卡
讀
UnRead
–
文艺家

〔美〕玛丽莲·弗伦奇 著

余莉 译

醒来的女性

THE WOMEN'S ROOM

MARILYN FRENCH

I

北京联合出版公司
Beijing United Publishing Co.,Ltd

CHAPTER 01

第 一 章

1

米拉躲在女士洗手间里。尽管有人已将门上的"女士"二字划去，在下面写上"女人"，可她仍然称它为"女士洗手间"。三十八年来，这种叫法已经成了习惯，她从不曾多想，直到看见门上那被划掉的字。在她看来，"女士洗手间"是委婉的叫法，原则上，她并不喜欢委婉语，可她同样讨厌那些被她称为粗鄙言辞的话，她这辈子就连"妈的"都没说过一句，即便话到嘴边也不曾说出口。然而，此刻，三十八岁的她却为了安全感，缩在塞韦尔楼[1]底层的洗手间隔间里，盯着，不，是在琢磨，那个被划掉的词，以及其他同样潦草地写在涂着灰色瓷漆的门上和墙上的字。

她穿戴整齐，坐在马桶圈上不住地看着表，感到自己愚蠢可笑而又不知所措。假如神情冷酷、穿着大衣、手握着枪插在衣袋里的沃尔特·马修[2]，或是怒目铮铮、穿着高领毛衣、惯于杀人的双手已经按捺不住的安东尼·珀金斯[3]，正在外面的走廊里等着她就好了。只要有那

1　塞韦尔楼〔Sever Hall〕，哈佛大学的一座标志性建筑。

2，3 均为美国著名男演员。

样一个既有魅力又可怕的人在等待着她，而她则慌张地坐在这里，想寻找一条出路，那么这一切就另当别论，甚至可能是令人激动的。可即便这样，一定会有一个冷酷又绝情的加里·格兰特[1]或伯特·兰卡斯特[2]，贴着另一条走廊的墙壁悄悄摸过来，等待沃尔特现身。她悲哀地想，那样就已经够了。此刻的她感到无比失落，如果上述任何一个人在家里等着她，她就不会躲在塞韦尔楼底层的洗手间隔间里。她会和其他同学一起，待在楼上的走廊里，背靠着墙，把书放在脚边，或是步态轻盈地从那些茫然的面孔前走过。如果知道有他们这样的一个人在她家里，她就可以超脱这一切，从此安然地独行于人群中。她苦苦思索着这个悖论，但也没想多久，因为那些乱七八糟的字太有意思了。

"打倒资本主义，去他的军工复合体。**杀光所有的法西斯猪！**"

下面还有对这几句话的回应："说得太简单了。必须想出新办法，干掉这些法西斯猪。它们死去，新的猪又来，就像伊阿宋[3]那头沙文主义蠢猪种下的龙牙长成了军队。[4]猪因血而肥。这个过程是漫长而艰难的。我们一定要保持清醒，抛弃那些该死的老一套，我们一定要像乔伊斯[5]那头沙文主义猪一样在沉默和流亡中奋斗，像他一

1，2均为美国著名男演员。

3　伊阿宋（Jason），古希腊神话人物。他的妻子科尔喀斯国王之女美狄亚（Medea）帮助他夺回王位，可他后来却喜新厌旧，抛弃妻子，最终遭美狄亚的诅咒而死。

4　出自希腊神话中伊阿宋取金羊毛的故事。伊阿宋取国王给他的龙牙种在田里，长出了一群巨人战士，他按美狄亚的指示把石头扔进战士中，让他们相互残杀。后来"播种龙牙"在英语中意味着挑起战争。

5　詹姆斯·乔伊斯（James Joyce，1882—1941），代表作有《都柏林人》《尤利西斯》《芬尼根守灵夜》等。乔伊斯一直被认为是一个歧视女性、物化女性的男性沙文主义作家。

样狡猾。我们必须进行一场情感革命。"

第三个人又加入了讨论，她用紫色墨水写道：

"好好待在你的茧里吧。谁要你帮忙？没站在我们这边的就是我们的敌人。凡是支持现状的人都成问题。**来不及了。现在就开始革命！干掉法西斯猪！**"

第二个回应的人很明显喜欢这个位置，她又回来了，因为下一条回应正是她的笔迹，而且用的是同一支笔：

"以剑为生的人终会死于剑下。"

紫色签字笔在其后潦草地写了几句，笔画张牙舞爪，字大得吓人：

"该死的基督教白痴！用你的箴言集去噎死他们吧！权力至上！一切权力归于人民！权力属于穷人！此刻，我们就要死于剑下了！"

这最后的爆发结束了本次讨论，不过，两侧墙上还有其他像这样的字迹，而且几乎所有话语都是有关政治的。墙上还贴着各种海报，比如学生争取民主社会组织、"面包与玫瑰[1]"和"碧丽提丝之女[2]"的会议通知。米拉的眼神从一幅粗略勾勒的画上移开，上面画的是女性生殖器。画的下面还有几个字："阴道是美丽的"。尽管这幅画看起来像极了一朵盛开的花，米拉还是认定那上面画的是女性生殖器。但她不太肯定，因为她从来没有见过自己的生殖器，而在解剖图上，这个部位也不会直接呈现出来。

她又看了看表。现在，她可以走了。她站起来，习惯性冲了冲

---

1 "面包与玫瑰"是发生于 1912 年 1 月到 3 月的纺织工人大罢工中的政治口号，"面包"代表合理的酬劳，"玫瑰"代表有尊严的生活。此处泛指女权组织。

2 美国全国性女同性恋组织。

根本没用过的马桶。有人在马桶后面的墙上写了几个字，笔画参差不齐，看上去像是用指甲油写的。红色的指甲油往下流，在下方形成厚厚的一颗"珍珠"，好像这字是用鲜血写就的一样："人皆有一死"。她深吸一口气，走出隔间。

这是一九六八年。

2

出于习惯，她仔细洗了洗手，又梳了梳她那精心打理过的卷发。她往后退一步，借着厕所里明亮的灯光照了照头发。头发的颜色看起来有些特别。自从去年她不再染发，新长出的头发不仅越发灰白，还带有淡淡的耗子毛般的棕褐色。所以她又开始染发，不过这次的橘色似乎有点儿太重了。她凑近镜子，又检查了一下眉毛和一小时前刚涂的蓝色眼影。妆容都还完好。

她又后退一步，试着让镜子照到自己的全身，可未能如愿。自从改变穿衣风格后——也就是进哈佛以来——她就无法在镜子里完整地照出自己。她可以在镜子里看到自己身体的各部分——头发、眼睛、腿，可是这些部分就是没法相互协调。头发和眼睛还算相配，嘴巴却很别扭。在过去的几年里，她嘴唇的形状改变了。两条腿看起来还不错，但配上笨重的鞋子和百褶裙却又不好看了。上身太胖，而腿又显得太细，尽管她的体重还和十年前一样。她忽然觉得有什么东西从胸口涌上来，急忙转过脸去。已经来不及烦恼了，她缓缓地向镜子转过脸来，并不去看镜中的自己，只是掏出口红在下唇勾了唇线。她的眼

6

睛什么也不看，只是盯着自己的嘴唇。然而，她还是能看到整张面庞，一瞬间，她心中满是酸楚。她将发烫的额头抵在冰冷的砖墙上，而后想起自己是在一个满是别人细菌的公共场所，便匆匆起身离开了。

她沿着楼梯往上走，楼梯一共有三段，陈旧不堪，吱嘎作响。因为女厕所是在这幢楼建成很久后才加上的，所以位置才会如此不便。这所学校原是为男士所建，听人说有些地方女士还不得入内。于是她就想，怪了，这是为什么？既然女人如此微不足道，还有谁会费尽心思把她们赶出去呢？她到走廊时有些晚了，走廊里已空无一人，也没有人在教室门外闲逛了。十分钟前还在这里的那些空洞的眼神、木然的面孔和年轻的身体已经不见了踪影。正是这些经过她却对她视而不见、全然漠视的眼睛，迫使她躲藏起来。他们让她感觉自己是个隐形人。你明明有一具有形的躯壳，而别人却看不见，那无异于死亡。人皆有一死，走进教室时，她不断地喃喃自语着。

3

或许你觉得米拉有些可笑。我也这么觉得。可我又有点儿同情她，可能比你更加同情她。你认为她自负、肤浅。在我看来，这些词或许可以用在她身上，可是，最先浮现在我脑海中的并不是这些。我认为她的可笑之处在于躲在厕所里，可比起这一点，我更不喜欢她那张刻薄的嘴，她显然也意识到了这一点，所以才试图用口红去遮掩。她的刻薄是那种不时发出"啧啧"声的刻薄，她砰地关上了脑中的教养之门，把宽容挡在了门外。可我又为她感到难过，至少当时是这样，后来便不再如此。

因为，开门或者关门都不重要，最终你还是被困在盒子里。我无从探知两种生活方式之间有什么客观上的不同。我所能看见的，只是幸福水平的不同，说是这么说，我也不很确定。如果叔本华所言不虚，那么，人类就不可能获得幸福，因为幸福意味着没有痛苦，正如我的一位叔叔所言，人只有在死亡和烂醉时才不会感到痛苦。彼时，米拉关掉了所有的门，此刻，我打开了所有的门，而我们都感到痛苦。

一九六八年，我回到哈佛，在这里待了很久，无论天气怎样，我都会沿着湖滨散步。我总是想起米拉，还有其他人：瓦尔、伊索尔德、凯拉、克拉丽莎和格蕾特。那一年本身就是一扇敞开的门，却也是一扇神奇的门：你一旦走进去，就再也出不来。你站在门后，回望身后的事物，它们就像童话书里的国度，五彩缤纷，有田野、农场，还有带塔楼、燕尾旗和锯齿栏杆的城堡。那里的房屋全都是宜居的村舍，盖着茅草屋顶，在午后的阳光下熠熠生辉。住在城堡里的人和住在茅舍里的人一样，都有着简约的身影，却也能让你一眼就分辨出来：善良的王子、公主和仙女是金发碧眼，而坏王后和继母则是一头黑发。我认为，在那里，有一个虽然长着黑发却依然善良的女孩，可她也不过是个例外。善良的仙女穿着淡蓝色的纱裙，手拿金色魔杖；恶毒的仙女则穿一袭黑衣，驼着背，长着大下巴和长鼻子。仙境里虽然有几个臭名昭著的巨人，有许多邪恶的继母和老巫婆，却没有坏国王。我小时候就希望生活在书中的仙境里，我评价周围事物的标准是看它们是否与仙境相符：美是仙境，不是现实。我还曾集中心力，试图让仙境在头脑中变成现实。如果我能做到这点，我会欣然抛弃真实世界去那里，我甚至愿意抛弃我的父母。或许，你以为这是早期精神分裂症的表现，可在我看来，我最终就是那么做的——住在一个只有五种基本颜色的仙境里，边界分明，里面没有弄乱草地的啤酒罐。

我之所以如此喜欢缅因州的海岸，主要是因为，在这里你几乎顾不上去幻想这些。这里的风又冷又厉，整个冬天，我的脸都有些皲裂。拍岸的海水令我兴奋，而且每每如此，就像纽约的地平线带给我的感觉一样。用来形容它的，都是些老掉牙的词——壮观、宏伟、汹涌，不过，怎么说都没关系。它本身就能让我联想到上帝。这些巨浪带着一股原始的力量，起起落落，发出恐怖的隆隆声，拍打着岩石，激起漫天白沫。如此有力，如此美丽，却又如此可怕，对我来说，这就是生命的象征。还有沙滩和岩石，以及它们培育的全部生命——蜗牛和贻贝。我常常把岩石戏称作蜗牛的廉租房，或者贝类的贫民区。你知道吗？那里的蜗牛比中国香港的人潮更拥挤。沙滩并不适宜散步，缅因州那灰蒙蒙的天空似乎扩展到了虚空之中。这里的天空，让人丝毫联想不到乐土——乐土的天空，应是如海水般湛蓝的，那里应该种有橄榄树，西红柿由青变红、鲜艳欲滴，在阳光里粉刷一新的白墙的映衬下，柑橘在翠绿的树叶间闪烁。而在这里，海水、天空和岩石都是灰色的。这里的天只能看向北方，看向那冰冷的极点；当天空向北弯成弓形时，你甚至可以看见它的颜色一点点褪尽。真如冰雪皇后[1]统治下的白色世界。

我说过尽量抛开童话般的幻想，但我似乎无药可救了。所以，

1　安徒生童话《冰雪皇后》中的人物。

我站在这门口，一边回望童话世界，一边享受着痛苦，孤独中又带着些许优越感。也许，我该转身面对现实世界。可我做不到，我无法向前看，只能回望那个童话世界。不管怎样，这一切都荒唐极了。因为我要说的是，米拉一生都活在童话世界里，当她穿过门时，脑中还全是童话世界的样子，她对现实世界一无所知。不过，显然她认为童话世界就是她的现实。因此，如果你想去评价她，就不得不搞清楚她的现实是否和其他人一样，换言之——她是不是疯了？在她看来，恶毒的皇后可以根据面容与身形判断，善良的仙女亦然。每当她需要帮助时，善良的仙女就出现了，她每次挥动魔杖都分文不取，帮了忙后随即消失。至于米拉是否心智正常，就要由你来判断了。

4

我不再试图武断地判断事物。就连这不毛之地上也满是生命：在海洋里，在苍穹上，在岩石中。我来到这里，是为了逃离一种更加深沉的空虚。往内陆几公里，有一所三流的社区大学，我就在那里教"童话与民俗学"（还真是逃也逃不掉！）和"语法12"之类的课程，我的学生大部分是成绩较好，能上州立学校或取得教师资格证，并快乐地享受着寒暑假的女学生。等等，容我想想，到底有多快乐呢？

看那岩石上的蜗牛群：堆积的卵石间有成千上万只蜗牛和贻贝，它们簇拥在一起，就像生活在古都的居民。它们拥有数千年来遗传的美丽色泽：红色、金色、蓝色、白色和橙色。它们聚居在一起。我还发现一个特别之处，它们每只都待在自己那块小小的地方，丝毫不去侵占更多的空间。你觉得它们还会因为没有容身之地而死去吗？很显然，它们生活在一个封闭的小圈子里。我喜欢来这里，观察它们。我从不触碰它们。但我一边看，一边想，它们不必创造秩序，也不必创造生活，那些东西是它们与生俱来的。它们唯一要做的就是活着。你觉得，这样的生活是不是好像幻象？

我感到孤独极了。我拥有足够的空间，可这却让我感到空虚。或者我并没有足够的空间，或者此空间非彼空间。克拉丽莎曾说过，孤独就是疯狂。她从不轻易发言，从她口中说出的话必定经过深思熟虑，就像熟透的瓜果。未到瓜熟蒂落时，她绝不与人分享，也正因如此，她才常常保持沉默。所以，我猜孤独就是疯狂。可我又能做什么呢？在每年参加的一两次同学会上，我不得不听那些学术八卦、校长混乱的报告（与现实毫不沾边），以及挖苦系主任无能的恶心笑话。在哈佛那样的地方，人们聊起学术八卦时很虚伪、做作，"拽人名"和大惊小怪处处可见，要不就是沾沾自喜、刚愎自用。在这样的地方，人人都觉得自己是失败者，八卦总是刻薄的，而且充斥着厌恶与轻蔑，这又为人生的失意增添了几分苦楚。除了几名年轻的男教员，这里没几个单身的人。女人就更少了，而且无一单身，除了那个在教职工大会上做针线活儿的六十岁寡妇。我不可能全知全能，对吧？我该为自己的命运负全责吗？我不认为感到孤独全是我的错。人们——其实就是伊索[1]——写信说（她一定会说！），我周

---

1 伊索尔德的昵称。

末应该开车到波士顿，去单身酒吧。她就是这样，而且她总会遇到某个有趣的人。可我不会，这点我是知道的。我顶多遇到一些肤色黝黑、蓄着短络腮胡（还算不上胡子）、赶时髦的中年人；或是衣着新潮（粉色外套，栗色裤子）且一周去健身房或网球场三个小时也减不掉肚子的人，比起我自己的空虚，他的空虚更会将我逼死。

于是，我沿着沙滩散步。从去年九月开始，这一年间我频繁地来这里，围一块方头巾，穿着溅满油漆的蓝牛仔裤——我曾用这样的油漆粉刷我的房间，想让它变得更舒适一些——还有一件绣花披风，那是凯拉从新墨西哥给我带回来的，冬天的时候，我还会在外面套上一件带衬里的厚尼龙外套。我知道，已经有人在说我是一个喃喃自语的疯女人。一个不顾"形象"的女人，是很容易被当成疯子的，正如米拉一样，她跑出去，买了可笑的短百褶裙，只因为她要回到学校了。可是，从另一方面看，或许他们是对的，或许我真的疯了。这里的人并不多——几个钓鱼的人，几个带孩子的女人，以及像我一样来这里散步的人。可他们都用奇怪的眼神看着我。

他们用奇怪的眼神看着我是因为我有其他的问题。因为学校上周就放假了，要应付那些试卷和考试，忙乱中，我无暇多想，于是两个半月以来，我都无事可做。假期的快乐，对我来说就好比撒哈拉沙漠，在肆虐的阳光下不断延伸，变得空旷、空虚。我想，我该计划明年的课程了：我要读一些童话（童话和民俗学），要试着多了解乔姆斯基（语法 12），还要找一本更好的写作指南（作文 1—2）。

啊，天哪。

我才意识到，这是我今年第一次，或许也是人生第一次，感到孤独而又无所事事。或许正因如此，所有往事才统统向我涌来。这些记忆跌跌撞撞进入我的脑海，令我认为，我的孤独并不全是环境的错，当时我还不明白，这或多或少是出于我自己的选择。

我也曾做噩梦，梦里满是血腥。我夜复一夜在梦里被追逐，夜复一夜转身打那个追我的人，我狠狠地打，不停地打。就好像我很愤怒，好像有多大仇恨似的。可我从不许自己心生仇恨，这恨意又是从哪里来的呢？

我沿着沙滩走，不断想起米拉来到剑桥头几个星期的样子。她踩着高跟鞋，步履蹒跚。（她穿高跟鞋总是走得踉踉跄跄，可她还是总喜欢穿。）身穿羊毛三件套套装，头发用发胶定了型，她近乎慌张地看着路人的脸，渴望有人投来一道犀利的目光，或评价般的微笑，好让她确定自己的存在。每当想起她，我的胃就会痉挛一下，带着一种微妙的轻蔑感。可是，对那个和我如此相像的女人，和我的母亲如此相像的女人，我怎敢有这种感觉呢？

你敢吗？你是知道她的：她就是那个在乡间俱乐部打桥牌的金发碧眼的妇女，两杯曼哈顿鸡尾酒就可让她饮至微醉。在穆斯林国家，他们让妇女穿上长袍，戴上面纱，这样别人就看不见她们，就像白色的幽灵在街上飘荡，她们买些鱼肉或蔬菜，转身走进又黑又窄的小巷，回到家，砰的一声关上门，任这声音回荡在古老的石头之间。人们看不见她们，于是她们和那些在卖水果的小贩之间乱跑的小狗也就没有多大差别了，只是外形不一样而已。你看不见女人站在卖手套或丝袜的柜台边，看不见她们拨开谷类食品盒，或者将六块牛排放进购物车里。你能看见她的衣服，看见那披散的头发，你停下来仔细打量她。她打扮得如此得体，换句话说，她和其他女人没什么区别，都不是妓女罢了。但或许她是，谁知道呢。今时不同以往，有些人已不能靠衣着区分。女人可以是任何身份的。是人妻还是妓女，真的不重要，因为无论怎样，在美国，女性都是最受蔑视的群体。你可能讨厌黑人、波多黎各人和怪人，但你至少还有些许害怕他们。有时，别人害怕你也是对你的一种尊重，而女性却连这样的尊重也得不到。

毕竟，有什么好怕呢？怕那个不停地跑到镜子前看自己是谁的傻女人吗？米拉对镜子的依赖一如白雪公主里的皇后。我们很多人都是这样的：我们听取别人对我们的看法，并对此深信不疑。我经常做杂志上的心理测验：你是一个好妻子吗？是一个好母亲吗？你的婚姻能永葆浪漫吗？菲利普·怀利[1]说，母亲就是一代蛇蝎，我相信他的说法，于是发誓决不做这样的母亲。我相信弗洛伊德所说"性别决定性格"，所以尽力去培养同理心和敏锐的天性。我记得玛莎说过，她的母亲不像母亲，她从没做过一件女人该做的事。她收集旧报纸和绳子，从不打扫卫生，每晚带玛莎去便宜的小餐厅吃晚饭。所以，玛莎结婚后，不知道怎么去和别的夫妻交朋友。别人到家里做客，她不知道端茶倒水，只是和乔治一起坐在那儿，和他们聊天。客人总是早早离开，然后再也不去她家，也不再邀请她。"所以，我订了《女性家庭月刊》和《家政》。我满怀虔诚地看了几年。我把它们奉为'圣经'，试着从中学习如何做一名主妇。"

我在沙滩散步时，时常听到玛莎的声音。还有其他人的——莉

1　菲利普·怀利（Philip Wylie, 1902—1971），美国作家，代表作有非虚构类作品《毒蛇的后代》（*Generation of Vipers*）。在这部抨击美国社会的作品中，他引入了"母亲崇拜"一词。有人认为这部作品中表现出了"厌女症"。

莉、瓦尔和凯拉。有时候我以为自己吞噬了所有认识的女人，脑中充斥着各种各样的声音。我走在沙滩上时，它们与海风、海水相混合，好似自然那无形的力量，如龙卷风一样围着我转。我感到自己像一个灵媒，所有的亡灵拥向我，叫嚣着"放我出去"。

所以，今早我拟订了一项计划，以度过这漫长而空虚的夏天。我要把一切都写下来，追溯得越久远越好，尝试去探寻其中的意义。可我不是一名作家。我教语法（我讨厌语法）和作文，可是，教过中学课程的人都知道，你不懂写作也可以教人写作。甚至你知道得越少越好，因为这样你就可以按规则来写，相反，如果你真的懂写作，那么，导语、正文等规则也就不存在了。对我来说写作并不容易，我顶多能写下只言片语，记录几段时光、几段生活而已。

我正试着把这些声音释放出来。或许它们能让我明白她们何以结局至此，明白我此刻为什么会觉得被吞噬和被孤立。说起来，这一切都始自米拉。到底是为什么，三十八岁的她会躲进女厕所里呢？

5

米拉是一个很独立的孩子。夏天，她喜欢脱光衣服，慢悠悠地逛到当地的糖果店。在她第二次被警察送回家后（还是她给警察指的路），沃德太太开始把她绑起来。她这么做并非狠心，只因为米拉去糖果店要穿过一条车水马龙的大街。她把绳子拴在前门的把手上，绳子很长，米拉还是能四处走动。可是，米拉喜欢脱衣服的习惯却没改掉，这令人难堪。沃德太太并不推崇体罚，她用严厉的责备和冷暴力取而代之。这个方法奏效了。新婚之夜，米拉不愿意脱衣服。渐渐地，米拉不再因为被拴起来而生气和流泪了。她学会了在那小小的一方天地里玩耍。不让她出去，她只好胡思乱想。于是，当绳子解开时，米拉成了一个俯首帖耳甚至有些羞怯的孩子，经常闷闷不乐。

她是一个聪明的孩子：开学第一天，她就把所有的课本学完了，无聊之际，她就将一学期剩下的时间用来活跃班里的气氛。结果学校决定让她跳级，如老师所建议的，把她调配到一个"更适合她水平"的班级。可她跳了几次，也没找到这样的班级。在她看来，同学们只是比她大几岁，高几寸，重几斤，比她更懂人情世故而已。她和他们说不上话，只是一头钻入藏在课桌里的小说中，她甚至会在上下学的路上看小说。

沃德太太觉得米拉将来会有出息——嫁得好，成为一个好女人。所以，她省吃俭用，送米拉去上培训班。米拉学了两年朗诵、两年舞蹈、两年钢琴，还学了两年水彩画。（沃德太太年轻时喜欢简·奥斯汀的小说。）在家时，沃德太太教她不要跷二郎腿，不要和男孩子一起爬树，不要在小巷里玩捉迷藏，不要大声说话，不要同时戴三件以上的首饰，也不要金银混搭。学完了这些后，她认为把米拉"培养成才了"。

可是，米拉有自己的私人生活。因为年纪比同班同学小很多，所以她没什么朋友，不过，她倒也不在乎这些。她把所有时间都用来看书、画画和幻想。她尤其喜欢童话和神话，所以后来她又接受了两年的宗教教育，此后，她的关注点就转变了。

十二岁时，她全身心地去研究上帝、天堂、地狱和尘世之间的关系。夜晚，她躺在床上，看着外面的月亮和云朵。她的床靠着窗户，她可以惬意地枕在枕头上，凝望着窗外的天空。她想象那些已逝的人，围成一圈站在天上。她想象他们的样子，他们也定然在往下看，是在期待一张友好的面孔吗？可她一个人也没瞥见过。读了一些史书后，她开始想地球上实际居住着多少人，然后她就开始担心阴间的人口问题。她想象自己在寻找三年前去世的奶奶，可望穿人群也找不到她的踪影。然后，她意识到，这些人都非常重，他们不可能全都站在那儿，否则，天堂就会被压垮了。也许，只有少数几个人在那儿，而其他人都在地狱里吧。

可是，米拉从社会学课本上了解到，她认为邪恶的穷人，并非打心底里邪恶，只是环境剥夺了他们的一切，造成了他们的贫穷。米拉认为，如果上帝是仁慈的，那他定能看到这种不公，也就会发善心，不会将那些少年犯都打入地狱。在她父亲每晚从市里带回来的《纽约每日新闻》上，总有关于他们的新闻。这个问题很棘手，她绞尽脑汁地思考了好几个星期。

她发现，要解决这个问题，就必须先了解自己，不仅要体会自己的感受，还要去检视这些感受。她相信自己真心想要爱人和被爱，真心想做个乖孩子，想得到父母和老师的支持。可她怎么也做不到。她总是给母亲出难题，讨厌父亲的小题大做。她怨他们总拿她当小孩看。他们对她撒谎她也心知肚明。她拿着杂志上的广告去问母亲，母亲说她不知道卫生棉是什么。她在学校听到别人说"他妈的"，于是回家问母亲这是什么意思，母亲说她也不知道，可是，后来，米拉听到她悄悄地对马什太太说："那种事，你怎么好跟孩子讲呢？"还有很多其他事情是她根本无权过问的。总之，这表明她父母眼中的乖孩子和她所认为的乖孩子标准是不一样的。她说不清为什么，只是，按照父母的意愿行事，感觉就像有人要将她勒死、闷死。

她还清楚地记得，一天晚上，因为一件事她对母亲十分冷淡，因为这件事她明明是做对了的，母亲却不承认。母亲狠狠地责备了她，她就跑到漆黑的玄关坐在地板上生闷气，感到委屈极了，连饭也不肯吃。母亲来到玄关说："米拉，快进来，别闹了。"母亲之前从没这样过。她甚至伸出手想拉起米拉。可是，米拉仍气呼呼地坐在那儿，不肯拉母亲的手。母亲只好回到餐厅。米拉都快哭出来了，心里不停地问自己："我为什么要这么生气，为什么要这么顽固？"她多希望自己刚才拉起了母亲的手，多希望母亲再回来。可是母亲没有再回来。米拉继续坐在那里，脑中突然浮现出一句话："他们要求太高，代价太大了。"她不确定那代价到底是多少，她将它称作"自我"。她爱母亲，也知道因为生气和冷漠，她失去了母亲的爱；有时候，沃德太太一连几天都不和她说话。可她依旧我行我素。母亲说，她被宠坏了，变得自私且冷漠。

她是一个坏孩子，可她不想当坏孩子。上帝肯定知道这点。如果代价不是这么大，她会是一个好孩子的。而她的坏也并非真的坏。她只是想做自己想做的事而已，这有那么可怕吗？上帝一定能够理解她的，因为人们说，他能识人心。如果他能理解她，他也就能理解每一个人。没有谁想故意做坏人，每个人都想得到爱与支持。如此，也就没有人下地狱了。可如果地狱里一个人都没有，又何必要有地狱呢？所以，根本就没有地狱。

十四岁时，米拉把所有能从图书馆借来的、有趣的书都读完了。他们不允许她从成人区借书，所以，她把自家书架上那些索然无味的书也翻了个遍。其实，家里人也不知道那都是些什么书。那些书都是自然而然搜集的，都是死去的亲戚留在阁楼上的遗物。米拉从中找到了潘恩[1]的《常识》和尼采的《善与恶的彼岸》，以及瑞克里芙·霍尔[2]的《寂寞之井》——一本她完全读不懂的书。

后来，她既不相信地狱的存在，也不相信天堂的存在。可是，如果天堂不存在，新的问题就又冒出来了。如果既没有地狱，也没有天堂，那么也就没有善终恶果，世界就是本来的样子。可现实世界即使在一个十四岁的孩子眼中，也是一个可怕的地方。米拉不必看报纸，不必看上面报道的轮船爆炸和火烧城市的场景，不必阅读上面有关集中营的传言，她也能明白这世界有多么可怕。她只须看看自己的周围就够了。在这儿，暴行和虐待比比皆是：在教室里、校园中，以及她居住的街区里。一天，母亲叫她去杂货店买东西，走在路上，她听到一个男孩的惨叫，随后，一阵鞭打声从一座房子里传出来。米拉从小就在温和的环境中长大，她吓坏了。她不明白父母怎么能如此对待孩子。如果她的父母这样对她，她会更加不听话，她很清楚这一点。她会想尽一切办法反抗他们。她会恨他们。可即便父母没有这样对她，生活中的恐惧依然存在于这个家里。那里弥漫着紧张、寂静的气氛。吃饭时，大家很少说话。父母之间总是存在某种莫名其妙的紧张感，就是在母亲和她之间也经常处于紧

1　托马斯·潘恩（Thomas Paine，1737—1809），英裔美国思想家、作家、政治活动家、理论家、革命家、激进民主主义者。美利坚合众国的国家名称（The United States of America）就出自潘恩，他也被广泛视为美国开国元勋之一。

2　瑞克里芙·霍尔（Radclyffe Hall，1880—1943），英国著名女作家，她的代表作《寂寞之井》（The Well of Loneliness）是一部女同性恋小说。

张状态。她感觉自己就像夹在战争中，武器就像刺进房间里的光束，能穿过房间，伤到每一个人，却抓也抓不住。米拉就想，是否每个人的内心都和她一样狂乱而暴躁？她看着母亲，母亲的脸上带着悲伤和愤怒；而在父亲的脸上，她也看到了难过和失望。她对他们的感情也五味杂陈——爱、恨、怨、愤，还有渴望拥抱、亲吻这些身体接触的呼喊。可不管对母亲还是父亲，不管爱也好，恨也罢，她总是漠然处之。她从不扑到他们任何一个人身上，家庭法则不允许有这样的行为。她想知道这样是否有人感到幸福。她是最应该感到幸福的，父母疼她，吃得好，穿得好，没有受过伤害。可她本身就是一个呼啸的战场。那么其他人呢？如果只有这样一个世界，那么也就不会有上帝，因为仁慈的造物主是不会创造这样的一个世界的。她对这个问题的最终解释是：世上本没有神。

接下来，她开始构思一个永远没有不公、没有残忍的世界。在那个世界里，孩子们会被温柔对待，并且享有充分的自由，人们以智慧推动整个社会的发展。那个世界的统治者——她认为一个世界必须要有统治者——是那里最英明睿智的人。每一个人都能吃饱，但没有人暴食，吃得像米特劳先生那样胖。尽管她当时还不知道柏拉图，可她想象出了一个和他所构想的如此相似的世界。但是，几个月后，她又放弃了这一想法。显然，一旦把某件事精心安排好了，她就感到厌烦了。她幻想自己的故事时也是如此。她曾幻想自己是一个被收养的孩子，一天，一个英俊帅气的男人开着黑色加长豪车到沃德家的门口接她，那人五官精致，不像沃巴克斯爸爸[1]那样难看，

1　20 世纪 20 年代美国著名四格漫画《小孤儿安妮》中的角色，是一位百万富翁。

却和他一样有钱。他要带她去另外一个美丽的国家，并且会永远爱她。她还幻想，世上真的有仙女存在，只是因为人们不再信奉她们，所以她们才不再出现，可是，她自己依然虔诚地相信她们，于是就有一位仙女前来找她，许给她三个愿望，她对此要想好久好久，而且变个不停。最后，她认为最好的愿望就是父母幸福、健康、富有，这样一来，他们就会爱她，并且从此生活幸福。问题是，这些故事的结局通常都很无聊，你再也无法往后想。她也试图想象如果一切都变得完美，那么生活会是什么样，可她怎么也想象不出来。

后来，很久以后，当她回想起这些岁月时，会感到惊讶，十五岁的自己竟想到了将来可能遇到的事：人性本非恶，完美即死亡，生活比秩序重要，适度的混乱对心灵有益。最重要的是，这些才是生活本相。不幸的是，她忘记了所有这一切，她不得不颇费周折才重新想起。

6

在得出这些结论的同时，她也暗自动摇了。问题在于性。你猜到了吗？伊甸园的故事并非白白流传这么多年。即便《创世记》和弥尔顿都认为，亚当的堕落并不是因为性，只不过第一次在那里感到了性的反应，我们就将性与堕落等同起来，因为我们所见的情形就是如此。我认为（下面，我要用瓦尔的口气说话了），性的主要问题就在于，我们长大以后才会意识到它。也许，如果我们从一降生就受到抚爱，性也就不会对我们产生那么强烈的刺激了，可我们没有，至少我和米拉都没有，于是，对身体接触的强烈渴望如暴风骤雨般裹挟了我们。

快十五岁时，米拉月经初潮，于是，她也得知了卫生棉的秘密。她开始体会到那种感觉，身体里有种奇怪的东西在流动，她觉得自己的心灵也开始腐败。她能感觉到这种腐败逐渐深入，但无法阻止它。最初的迹象就是，夜晚，当她躺在床上，试图从上帝和完美秩序开始推进，进而思考一些更有意义的东西时，竟无法集中注意力。她心猿意马，思绪漫无目的地游荡。她望着月亮，想起了一些歌谣，而不是上帝。她呼吸着夏夜的空气，一阵强烈的愉悦感包裹着她的整个身体。她无法安宁，睡不着，也无法思考，于是她坐起来，跪坐在床上，靠着窗台，看那轻轻摆动的树枝，呼吸着夜晚甜蜜的空气。她突然产生一种强烈的欲望，想要将手伸进睡衣里，揉弄肩膀、身侧和大腿内侧的肌肤。这样做的时候，身体内部会有一种奇怪的喷发感。于是，她躺回床上，开始思考，可脑中满是混乱的画面。可怕的是，始终都是同样的画面。她为自己这种腐败的状态取了一个代号："男孩们"。

十五年来，米拉一直非常孤独，大多数时候，她都活在自己的世界里。她瞧不起那些在街上玩跳绳和捉迷藏的孩子，觉得他们的玩法太蠢了。她也同样鄙视大人们空虚无聊的生活，他们只在沃德一家招待客人时才会聚集起来，他们的谈话也无聊极了。她尊敬的人只有两个：她的英语老师谢尔曼太太和弗里德里希·尼采。可是，在地球上这些愚蠢又聒噪的生物中，最愚蠢的就是男孩子了。他们在学校里吵闹、好斗、粗心、邋遢，又笨又傻，还喜欢起哄。这些缺点无人不知。而她，聪明、干净、整洁、思维缜密又能干，即便不学习也能得"A"。在她看来，所有的女孩都比男孩聪明，只是最近几年，女孩们也开始变傻了。她们一个接一个，开始不停地舔嘴唇，好让它们变得有光泽，可只会以嘴角开裂而告终。她们还会拍打脸颊，好让它们变得红扑扑的。她们还冒着被开除的风险在女厕所里抽烟。那些在六年级时还很聪明的女孩，到了七八年级也开始做傻事了。她们成群结队地走在一起，说着悄悄话，还一边咯咯傻笑。她连一个上学的同伴都找不到。这时她发现，即使她不想像她们一样，她还是想知道她们在说什么悄悄话，在笑什么。她对她们的蔑视于是转变为微妙的好奇心，这点令她深感恼火。

还有那些男孩！她比班上其他同学提前十分钟写完了拉丁语作业，之后，她就会偷偷看他们。她看到瘦得皮包骨的脖子、湿答答的头发和满是疙瘩的脸。他们在课堂上扔纸团、折纸飞机，却永远回答不出老师的问题。他们莫名其妙地傻笑。女孩们看着他们，傻傻地、偷偷地笑着，好像他们做的是什么聪明事，真是弄不明白。可更不可思议的是，如果有个男孩恰好在看着她，她就会面红耳赤，心跳加速。

不过，还有一个问题，这个问题更加难以理解，因而显得更加深奥。那就是男孩蜕变为男人的过程。大家都不待见男孩子，都看不起他们，其中包括老师们，还有她的母亲甚至父亲。他们会一脸厌恶地说："小子！"可大家又都羡慕他们。当校长走进教室里时，老师们（都是女的）又焦急又紧张，还得满脸堆笑。就好像当她在接受宗教教育时牧师走进来时一样。修女们一路深鞠躬，好像他是国王。她们还让孩子们站起来说"下午好，神父"，仿佛他真就是他们的父亲。沃德先生下班回到家时，沃德太太的朋友们都会匆匆离开，尽管他是世界上最温和的男人，哪怕她们的咖啡才喝到一半。

男孩荒唐，总惹麻烦，老是打架，还爱炫耀，而且吵吵闹闹，而男人则大步流星地走到每一个舞台的中央，成为场上的焦点。为什么会这样呢？她开始意识到，这个世界上一定有什么东西扭曲了。在家里，母亲是管家；在学校，除了校长，掌权的都是女性。可是，在外面的世界并非如此。报纸上的事迹都是关于男人的，除了偶尔会报道某个女人被谋杀，或者偶尔有关于埃莉诺·罗斯福[1]的新闻，可是大家都取笑她。只有讲食谱和服饰的那一页是留给女人的。她打开收音机时，节目里也都是男人的故事，要不然就是关于杰克·阿姆斯特朗[2]这样的男孩的故事。她讨厌这一切，所以，当母亲买回惠蒂斯麦片时，她也没胃口。干大事的总是杰克、道格和雷吉[3]，而女人永远是爱上老板的忠诚秘书，或是等待援救的美丽继承人。全都像是珀耳修斯和安德洛墨达[4]，或者灰姑娘与王子这样的故事。当然，报纸上也有泳装女郎被人献上玫瑰的照片。在桑洛克车站，还挂着一张大海报，上面是一个泳装女郎的全身照，她手里还举着一个叫作火花塞的东西。这两者之间的联系让她感到困惑，她想了很久，还是毫无头绪。还有一件更令人难堪的事，她甚至都不愿去想，那就是她儿时的志向。当她在书中读到巴赫、莫扎特、贝多芬和莎士比

---

1 安娜·埃莉诺·罗斯福（Anna Eleanor Roosevelt，1884—1962），美国总统富兰克林·德拉诺·罗斯福的夫人，同时是著名的政治家、外交家、作家，亦是女性主义者，提倡女权并保护穷人，从本质上改变了第一夫人的传统形象。

2 1947 年上映的美国动作电影《杰克·阿姆斯特朗》（*Jack Armstrong*）中的主角。

3 三个都是男子名，这里泛指男性。

4 希腊神话中，埃塞俄比亚国王的女儿安德洛墨达（Andromeda）被吃人的海怪挟持。宙斯之子珀耳修斯（Perseus）在归途中经过巨岩上空，发现了被锁着的安德洛墨达，便下去杀死海怪，救出了美人，最后娶安德洛墨达为妻。

亚，以及托马斯·E. 杜威的事迹时，她很崇拜他们，想着长大后会成为像他们一样的人。如今看来，这样的想法却显得如此不合时宜。

她不知道该如何处理这些问题，恐惧与愤怒彻底激发了她那固执的骄傲。她不会成为任何人的秘书，她要有自己的事业。她不会让任何人来拯救她。她不会看报纸的食谱版和服装版，只看新闻和连环画。不管她心里是怎么想男孩们的，她决不会让他们知道。她永远不会像其他女孩一样，舔嘴唇、拍脸颊、咯咯笑，还爱说悄悄话。她甚至不会让任何一个男孩发现她在看他。她坚持认为，男人只是长大的男孩，只不过学了一些规矩而已，同样不值得信任，同样是劣等人类中的一员。她永远不会结婚，她已经见多了父母的朋友那样的反面教材。她也决不会变成街上那些腆着大肚子、身材走形的女人。决不。

7

于是，她把兴趣转向文学，开始寻找一些关于青少年的书，希望能借由这些书了解自己，解决自己的问题。可她一本也没找到。她把能找到的那些薄薄的、矫情的"少女读物"都看完了，终于放弃了寻找。然后，她开始看一些蹩脚的小说和凡是能在图书馆找到的、看似关于女人的书。她把这些书都看完了，无差别地看，包括简·奥斯汀、范妮·伯尼[1]、乔治·艾略特和各种各样的哥特小说，以

1　范妮·伯尼（Fanny Burney，1752—1840），也称达布莱夫人，英国 20 世纪著名小说家和女权主义先驱者，代表作有风俗小说发展史上的里程碑《埃维莉娜》。

及达夫妮·杜穆里埃、萨默赛特·毛姆、弗兰克·耶比、约翰·奥哈拉，以及几百本不知名的神秘小说、爱情小说、冒险小说。但都没有用。她淹没在那些并不能教会她游泳的词语的海洋中，就像那些因为吃了没营养的东西而发胖的人，越饿越暴饮暴食。头痛一直伴随着她，有时候她觉得，自己读书是为了逃避现实。在读书时，她至少是暂时从现实中逃离了的。多年之后，当她一天抽三包烟时，头仍是这样隐隐作痛。她不喜欢去学校，经常称病在家；她不喜欢吃饭的时候桌上没有书；她上厕所时读书，洗澡时也读书；她读书到深夜，母亲催促她关灯，她就躲到被窝里用手电筒照着读。她兼职做保姆时，会偷偷地在主人屋子里翻找，搜寻那种图书馆没有的书。一天晚上，她终于有所收获。她找到了《琥珀》[1]，并在每周六晚上看孩子的时候分批读完。每当听到埃文斯一家的车从车道开上来，她就会小心翼翼地将书放回瓷器柜里。学校里有位朋友借给她一本《源泉》[2]。这正是她要找的书。这本书令她痴迷，反复读了两遍。后来，那个女孩让她还书，米拉就让母亲买给她一本，作为圣诞节礼物。

　　然而，在她看来，自己如此沉迷的那种阅读，一年多以来填满

---

1 《琥珀》（*Forever Amber*），是美国作家凯瑟琳·温莎（Kathleen Winsor）于 1944 年出版的小说。讲述了英王查理二世的情妇琥珀，在伦敦物欲横流、尔虞我诈的社会中逐渐意识到逾越固有的社会规范、取得女性独立地位的途径，最终前往美洲大陆的故事。曾改编为电影《除却巫山不是云》。

2 《源泉》（*The Fountainhead*，1943），作者是俄裔美国作家安·兰德，讲述的是天才建筑师霍德华·洛克因为自己的设计被肆意改动，而炸掉了建到一半的建筑，并为自己辩护的故事。他认为"维护创造也是同等天赋个人的权利"。

她大脑的那种阅读，简直太低级了。她就像疯了一样，她清楚地知道那对她并不好，可又无法控制自己。这种欲望在她下脑中粉紫色的水中游泳，她极力想浮出水面，去使用上脑。学校要求的必读书目令她感到厌倦，比如《织工马南》《凯撒大帝》和《林肯·斯蒂芬斯[1]自传》，她意识到这种阅读更为高级，尽管她也不知道是如何高级。好的文学作品，她的老师们所谓的好的文学作品，是与这个世界不相干的。与世界相关联的文学比脱离世界的文学格调要低。这个世界就像一个污水池，血肉在底下，精神和思想被高高捧起。沉入到物质世界，就像在泥塘里洗干净身体。从积累经验的角度来说，这或许是可以被原谅的，只要从中能学到经验，然后再回到高级的世界里来就好。很显然，女人就不会这样做，只有劣等的人类才会。哦，也有少数坏女人会那样做，不过，她们再也不会回到精神与思想的世界中来。女人一直都是纯洁、真实而干净的，就像科迪莉亚[2]、玛丽娜和简·爱一样。而且，她们一直都是处女，至少在结婚以前是。究竟性为何物？为什么有了性关系，你就永远进了污水池？她想像这些女人一样善良、纯洁而真实，可又不希望那些发生在她们身上的不好的事发生在自己身上。她不想陷入污水池，可是却一天一天地沉没下去。她有了一些女性朋友，不由自主地，她也开始和她们一起说悄悄话，一起傻笑。一开始，她不看她们看的那些杂志。

1　林肯·斯蒂芬斯（Lincoln Steffens，1866—1936），美国记者，发起并推动了一场揭露黑幕、打击腐败、促进社会改革的"扒粪"（muckraking）运动。

2　科迪莉亚（Cordelia），莎士比亚戏剧《李尔王》中的角色，李尔的三女儿，她在剧中表现出了鲜明的性格，骄傲、正直，不愿说取悦别人的话，却因此失去了宠爱与地位，以悲剧收场。

可后来，她开始借阅那些杂志，甚至自掏腰包买回来看。少女杂志《十七岁》里面都是在服装、发型、化妆和男孩等问题上给女孩们的各种忠告。

她们在英语课上读《驯悍记》，她在圣诞节收到了《源泉》，又读了一遍。她又试着读尼采的作品，后来发现，他说女人们是骗子，说她们狡猾，试图控制男人。他说，你去见女人时，应该拿一根鞭子。那是什么意思呢？没错，她的母亲确实会使唤父亲，但母亲并不是骗子。米拉也撒过谎，但只是为了不去上学。即便如此，她也不可能不尊重尼采。他比那些男老师都聪明，更比父亲的老板伍迪菲尔德先生聪明得多。有天晚上，他和他的胖太太来家里吃饭，之后米拉的母亲就夸他聪明。但尼采为什么说要拿鞭子呢？父亲喜欢母亲使唤他，他喜欢她。他每次发脾气都是冲着米拉，而不是她的母亲。彼特鲁乔[1]说，凯特就是他的狗、他的马。老师说，自古以来就是如此。可当他们在米特劳家吃晚饭时，肥胖的米特劳先生会对他的妻子吼道："牛奶！"尽管她和他一样高，也非常胖，她还是会从桌子旁蹦起来，忙不迭地拿来一壶牛奶。有时候，他们会在夜里听到哭喊声，然后沃德太太就悄悄对米拉说，那是威利斯先生在打他老婆。沃德太太还告诉她，街对面住了一个德国屠夫，只有他和女儿两个人住，每当他晚上想出去喝酒时，就用链子把女儿锁在床上，喝完酒回来还会打她。米拉也不知道母亲是怎么知道这些的。

自从她开始买杂志，她的眼神就经常游走在架子上的杂志间，尽管她总是马上移开视线，她还是会看到许多杂志里都有穿着黑色

---

1 莎士比亚名作《驯悍记》中的男主人公，将骄横的妻子凯特训练成百依百顺的好妻子。

内衣的女人的照片，有的女人赤身裸体被锁链捆绑着，一个男人跨在她们身上站着，手持一条鞭子。在电影里也有这样的场景。不光帝国影院里放的电影是这样——那是她和她的朋友们不许去的地方，尽管在外面的海报栏里也有那样的照片——就是在普通电影里，有时男主角也会打女主角的屁股。在挨打之前，女主角没有经验，还会像米拉一样顶嘴。那个男人就会破门而入，将她一把撂倒在膝盖上，她会杀猪般地号叫。之后，她就会崇拜他，眼神不离他，顺从他，并且永远爱他。这就叫征服与臣服，男人征服，女人臣服，大家都心知肚明。

8

当她躺在床上，用手在身体上乱摸时，这些事就悄悄钻入了她的脑海。自然力似乎总是难免碰撞在一起的。她的第一次尝试很笨拙——直到很多年后她才知道那叫手淫，却不可思议地快感十足。她沉溺其中，无法罢手。想到对自己的身体做这样的事情，她很害怕，却还是大胆地继续尝试。当她试探着摩擦时，她的脑中一直进行着某种想象，直到多年后，她才知道，那叫受虐幻想。她从取之不尽的题材中去发挥想象。历史课上讲的中国的男尊女卑，二十世纪以前的英国法律和穆斯林国家的风俗习惯，都能为她激发出新的幻想。莎士比亚的《错误的喜剧》，罗马、希腊和英国的戏剧向我们展示的世界里，也允许她产生这样的幻想。还有很多电影，比如《乱世佳人》，以及有纳粹分子入侵荷兰小镇、占领了女主人的大房子这类情节，或者有像詹姆斯·梅森[1]那样的卑鄙小人威胁漂亮姑娘这类情节的电影，都能为她提供想象的素材。就连不太相关的场景也都能激发她那敏感的想象。

她会选择一种文化、一个时期和一个地点，来编织事件发生的环境。这些事件都是以权力斗争为中心的。多年以后，她终于接触到色情文学时，竟觉得它们和她自己丰富多彩的奇想相比，显得十分乏味无聊。她的幻想中有舞台，有服装，还有激烈的权力斗争。她的思绪在男人虐待女人的场景里游荡了几百个小时之后，她终于意识到，形成她快感的基本要素竟然是羞耻。因此，一场权力的斗争就很必要了。她幻想中的女性角色或高贵勇敢、胆识过人、坚韧不拔，或无助被动却满腔怒火，但她们都敢于反抗。而她幻想中的男性角色永远都是一个样。他们傲慢冷酷，认为男人至上，但是都很好色。对他们而言，女人的顺从高于一切，他们会不遗余力地去追求这种顺从。因为权力都在男人手上，所以女人唯一的武器就是反抗。然而在米拉看来，投降的那一刻，也就是性高潮到来的那一瞬，男人和女人都屈服了。在那一刻，女人的所有恐惧与憎恨都变成了爱与感激；她知道，男人也有同样的感觉。在那个短暂的瞬间，权力无效了，一切都变得和谐了。

可如果米拉的幻想是受虐型的，她的反应就不是这样了。她意识到，生活和艺术之间存在很大的差别。在电影里和她的幻想里，男主角对女主角做的事令人痛心，但并不会造成实质性的伤害，不

1　詹姆斯·梅森（James Mason，1909—1984），英国演员，代表作品有《虎胆忠魂》《谍海疑云》等。他在银幕上是那种冷酷无情却让人又爱又恨的浪子形象。

会留下伤疤。所以她并不痛恨男主角。可在生活中并非如此。在生活中，虐待会令人受伤，会留下伤痕，还会引发刻骨铭心的仇恨。威利斯先生经常毒打威利斯太太。她又瘦又弱，缺了几颗牙齿，弯腰驼背，她看丈夫的眼神是呆滞空洞的。米拉无法想象如果威利斯先生同样瘦弱、眼神空洞，他还能像瑞德·巴特勒[1]似的吗？米特劳先生和米特劳太太都很高大、专横。米特劳先生戴眼镜，米特劳太太胸部丰满，他们住在一座整洁的房子里，谈论着周围的邻居和自己的汽车。就算米特劳太太对丈夫言听计从，米拉也无法想象他用链子锁着她、折磨她的场景。

于是，米拉断定，羞耻的是性本身。正是因为性，她才会有这些想法。两年以前，她还是她自己的，她的思想也还是自己的。那是一个干净整洁的地方，用以解决清楚有趣的问题。数学是有趣的，好像精巧的谜语。在头脑的游戏中，肉身就成为令人不快的干扰。忽然之间，她的身体被一种恶心难闻的东西侵袭，这种东西使她下腹疼痛、精神焦虑。别人会闻到她身上的气味吗？母亲说，从此以后，这东西会终身伴随她，直到变老。终身啊！血在卫生棉上结了块，令她恼火。那气味非常难闻。她不得不用卫生纸把它包起来，差不多要用掉将近四分之一卷纸，然后将它带回自己的房间里，扔进纸袋，再拿下楼丢进垃圾堆。一天五六次，持续五到六天，每个月她都得这样做。她那白净光滑的身体里竟会有这种东西？米特劳太太说过，女人在自己的身体里下了毒，她们不得不把毒排出来。女

---

1 瑞德·巴特勒（Rhett Butler），《乱世佳人》里的角色，个性潇洒，特立独行，机警聪明，最后因被伤透了心而毅然决然地离开女主角。

人们经常悄悄谈论它。米拉明白,男人是不会经历这些的。米特劳太太说,他们身体里没有这种毒。米拉的母亲说:"得了吧,别乱说!"但米特劳太太还是坚持己见。她说,这是神父告诉她的。所以,男人们是可以主宰自己的身体的。他们不会被那种无法控制的、痛苦的、恶心的、血淋淋的东西侵袭。这就是男孩们知道了会取笑的那个最大的秘密;这就是他们总是你戳我我戳你,看着女孩们发笑的原因;这就是为什么他们才是征服者,而女人是天生的牺牲品。

身体已经够遭罪了,她的思想却还被模糊的欲望侵袭着。当她坐在窗边的床上时,这种欲望如此深沉而模糊,她觉得只有死亡才能将其满足。她爱上了济慈。数学变得不再有趣,她放弃了微积分。拉丁文不过是关于男人们做的蠢事,历史也是。只有英文还算有趣,那里面有女人、血和痛苦。她仍然保留着骄傲。她思想的一部分退出了这个世界,但她的感觉仍是属于她自己的。她认为,不管有什么感觉,至少她不用表现出来。她曾经羞怯而沉默,后来变得拘谨、冷淡,而且呆板、固执。她的姿势和步伐变得生硬。虽然她非常苗条,可母亲还是让她穿上紧身褡,因为她走路时臀部会摆动,会惹得男孩们盯着看。她对男孩怀有敌意,甚至感到愤怒。她讨厌他们,因为他们明明都知道。她知道他们什么都知道,可他们却不必经历那些。他们是自由的。他们笑话她,笑话所有的女人。那些和他们一起笑的女孩也什么都明白,但她们已没有骄傲可言。因为男孩们是自由的,所以世界由他们统治。他们骑着摩托车出去兜风,甚至还有自己的汽车。他们晚上敢独自出门。他们的身体是自由、干净、清澈的,他们的思想属于他们自己。她恨他们。如果他们之中有人敢和她说话,她就转身攻击他。也许,在夜里,他们可以控制她的想象，可是，在白天，她决不许他们触碰它。

9

　　渐渐地，随着她的身体越来越成熟，男孩们开始围着她转。这时米拉才发现，男孩们需要女孩，就像女孩们需要他们一样。她还听到过一些关于梦遗的悄悄话。哪怕她还是认为男性和她不一样——但她也不认为女性和她一样——至少，他们不再是曾经那些可怕的陌生人了。他们也同样是自然的产物，这多少也算一种慰藉。他们的身体也发生了变化。他们不再瘦得皮包骨，脸上的粉刺也少了，他们身上男士古龙水的味道和头上的发油令她觉得，他们也像女孩一样在意自己的外表。也许，他们发出的某些笑声也和她一样是出于难为情。也许他们根本就不像她认为的那样瞧不起女人。也许是这样。

　　她进了一所不大的当地大学，仍然会感到孤独。她的年龄不再是障碍，因为为了攒钱上大学，她高中毕业后在一家商店当了一年店员。当时沃德家的条件很不好。她十八岁了，也许还不到十八岁，看起来和其他人一样——除了那些从"二战"中退役的老兵。女孩们试图跟她交朋友，可是稍微聊几句，她就发现她们和高中那些女孩一样愚蠢，除了衣服和男孩，她们对什么都不感兴趣。如往常一样，她又退回书中。在一九四八年，周末的约会对于任何人来说都是必需品，米拉却对此毫不在意。好在她的思想回来了，即便头脑不像从前那般清晰，但可以容纳更多事物。她喜欢坐下来读书，认真钻研霍桑的道德哲学，或独自揣摩罗素的哲学背后的政治寓意。如果在别人的书上也看到自己发现的东西，她就会大失所望，这样的情况还不少。她到咖啡馆里去，边喝咖啡边看书，偶尔抬起头时会看见男孩们聚在她周围聒噪。她感到困惑、惊讶、手足无措，却又有几分自得。他们围坐在她身旁，众星捧月，给她讲笑话，逗她开心。有人约她出去，有时她会和其中某个人去看电影。他们想"亲热一下"，可她不屑于这样。有个男孩轻轻吻了一下她的嘴，她就扇了他一耳光，她觉得又湿又恶心，她讨厌别人的肉体碰到自己的肉体那种感觉。有人指责她对别人太过粗暴（而她十分惧怕自己渴望被暴力对待的欲望），这让她多少收敛了一点儿。然而，她还是会下车，语气坚决地解释道："爸妈不让我坐在占用私家车道的车里。"

可他们仍然在咖啡厅徘徊。他们又说又笑，甚至为了引起注意而吵起来。她感觉自己成了马戏团里的唯一观众，那里全是猴子，它们一个接一个跳上桌轮流表演，又是搔胳肢窝又是扮鬼脸，直到另一只猴子吱吱叫着把它推下去，一边自己开始表演翻筋斗，一边还吱吱叫。即使他们的行为只是稍稍逗乐了她——米拉总是非常严肃——她也不明白他们为何选中她，只好尴尬地保持沉默。他们讲笑话——大多是些猥琐的、与性有关的笑话，她也会笑，毕竟听多了也差不多能明白他们讲的是什么，至少大多数时候能明白。可她不明白它们有什么好笑的。她用微笑来掩饰对此的无知。可是后来，她因为容忍了他们的胡言乱语而得了轻浮的名声，这令她十分惊讶。

这都是她后来才听说的，只有这时，她才将这件事与她在汽车里所遇到的麻烦联系起来。如果她跟着自己的感觉走，顺其自然发展下去倒也没什么，可是她读过一些心理学的书，知道自己性高潮的方式还不成熟，自己还没发展到"生殖器期"的心理阶段。成熟是一个伟大的目标，每个人都赞同这点。一个女人的成熟和男人有关，大家也都知道这一点。所以，当他们伸手抱她，试图揉捏她的身体时，她只是顺从地坐在那里，甚至向他们转过脸去。他们会弯下头，亲吻她，试探着把黏糊糊的舌头伸进她嘴里。呸！可是，因为她不再像之前那样将他们拒于千里之外，他们就觉得之前她欠他们什么，现在需要补偿似的，她想不明白这是为什么。他们会用力搂住她，把手伸进她的上衣，或是摸她裙下的大腿。他们开始呼吸急促。这惹恼了她，她感觉被侵犯了，被亵渎了。她不想让他们那黏糊糊的嘴巴、笨拙而陌生的手、粗重的气息碰触到她的嘴巴、她干净的身体和小巧的耳朵。她不能忍受这些。她会狠狠地挣脱他们，庆幸他们的车停在她家的私家车道上，不管他们想什么、说什么，她只管从车里跳出来，踏上自家的台阶。有时他们会跟在她身后道歉，有时他们只是砰地关上她没关好的门，开车走人，留下一路刺耳的轮胎摩擦声。没关系，她不在乎。她周末不再去约会了。

10

一个秋高气爽的日子（那时米拉十九岁），米拉正走在校园里，一个又高又瘦、举止腼腆的男孩走过来和她说话。他叫兰尼，和米拉同上音乐理论课。她在课上也曾注意过他，他看上去很聪明，对音乐也很了解。他们简短地聊了一会儿。突然，他很唐突地约她出去。她吃了一惊。她看着他的眼睛，那双眼睛亮闪闪的。她喜欢他的笨拙和率真，明显不同于那些假情假意、圆滑世故的年轻男人。

于是，她答应了。

约会之夜，当她梳妆时，发现自己竟然很激动，心在怦怦跳，眼里也有了别样的光芒。这是为什么呢？虽然她喜欢他的举止，但除此之外，他也没什么特别的，不是吗？她感觉自己似乎正陷入爱河，却说不清为什么。共处的那个晚上，她发现自己很顺从他，微笑着听他说话，在她眼里，他的脸也变得英俊了。那晚，他送她回家时，她向他转过脸去。他吻她的时候，她也回吻了他，这个吻穿透了她的整个身体。她吓坏了，下意识地抽开身。他明白她的感受，便放开了她。可是两天后的晚上，他们又出去了。

兰尼兴高采烈地来找她。他有着狂放的想象力，他无牵无挂，快乐而自由。他被家人宠坏了——他们完全接受、完全赞同他。他有自在的灵魂，他充满了快乐、自信和古怪的念头。他告诉她，他每天早上一醒来就开始唱歌。他上厕所的时候会把吉他带进厕所，一边弹一边唱。她听得目瞪口呆。在她家里，每天清晨都静悄悄的，大家起床都是懒洋洋的，要是她像他一样，大家会觉得她疯了，会觉得她是在扰乱安宁。和她相识之后，他也一直都如此。他还会把大家聚在一起，突然叫她上车，载着一车人去酒馆或去某人的家，要么就是到格林威治村[1]去。不管去什么地方，他都闲不下来，他走来走去，一会儿拿块比萨饼，一会儿表演一段吉他，或是心血来潮去拜访突然想到的朋友。他一整晚都和她在一起，却很少给她性方面的压力。她就这样陷进去了。和他相比，她觉得自己很庸俗，被

1　格林威治村（Greenwich Village），也叫西村，指美国纽约曼哈顿下城西区14街至西休斯敦街之间的区域，艺术家、作家等的聚居地。

一连串责任（论文、工作和要读的书）约束着。他摆脱了这些琐事，他说生活不只如此。生活是为了快乐。她倾慕他，认同他的看法；她想像他一样，但做不到。所以，她既过着他的生活，也过着她自己的生活。她通宵玩乐，如此夜复一夜。她白天经常睡觉，但也没耽误自己的事。她变得非常憔悴、疲惫。她开始怨恨，因为她觉得兰尼只是需要一个观众。当她试图加入他们，跟大家一起唱歌，或用双手揽住他的朋友们（她认为也是她的朋友）时，他就变得冷淡起来。对于他来说，她只是赞美的微笑，是掌声，是崇拜的目光。

他们很少单独在一起了，因为她回家的时候，大家会挤进车里，和他一起送她回家。如果他喝醉了不能开车，就会让别人送她回去。可是，在少数几次送她回家的时候，他会在私家车道上用手揽着她，她会转身对着他，给他爱的亲吻，抱着他，也任由他抱着自己。身体里的冲动不再让她害怕，她感觉心醉神迷。她喜欢他身上的味道，不像大多数男孩那种须后乳或古龙水的味道，而是他自己的气味。她喜欢他的手放在自己的身体上，却不会得寸进尺。她觉得自己爱上了他。一段时间以后，她开始邀请他来家里。他认为这是暗示他们的关系可以更近一步，或许真是这样吧。但她总会在暧昧气氛快要越界之时抽身而退。

他们谈起有关性的问题。他再三保证，她却疑虑重重。她不能越轨。她想要他，她的身体想要他的身体，她的心灵也需要这种经历。可是母亲对性的极端说法铭刻在她脑中。性与肮脏和罪孽无关，它要强大得多。沃德太太说，有性生活就会怀孕，不管男孩们说什么，没有什么能彻底避免它。怀孕了就得结婚，那是强加在两个人身上的婚姻，它意味着贫穷、怨恨，还有即将到来的孩子和"像我这样的生活"——沃德太太这么说，只需看看她的脸就知道那是什么样的生活。一直以来，米拉观察着父亲对母亲的爱慕和母亲对他的蔑视，感到很厌恶。当沃德先生试图给妻子一个晚安吻时，她那别过去的脸；面对他的唠叨时她的一脸苦相；以为米拉睡着了之后，半夜那些激烈的争吵；近来才稍有所缓解的、难以忍受的贫困生活。如果可以，没有人会选择过这样的生活。这些事，她向兰尼吐露了一些，还告诉他自己害怕怀孕。他说他会"做一些措施"。她告诉他，母亲警告过她，没有什么措施是安全的。他说如果她怀孕了，他们就结婚。他甚至说要先娶她。

后来回想时，米拉或多或少能理解他的感受。他一定认为，应该水到渠成了，而她却并没有配合服从。这让她显得像一个喜欢调情的女人，一个女挑逗狂[1]。他都说了要娶她了，她还想怎么样呢？

但是，正是米拉所爱的兰尼身上的那些品质，让她害怕成为他的妻子。米拉明白，选择丈夫就是选择一种生活，哪个年轻女子不明白这点呢？用不着简·奥斯汀来教她这些。从某种意义来说，这是女人的第一次、最后一次，也是唯一一次选择。婚姻和孩子让她完全依附于一个男人，无论他是富贵还是贫贱，无论他是否有责任心，住在哪里，做什么工作。我想，这点至今仍旧没有变。不过我也不确定，这个问题似乎与我无缘，可有时候，我会从车载收音机里听到一首很流行的歌。歌很好听，但歌词大意是："如果我是木匠，你是位尊贵的小姐，你还会爱我吗，还会为我生孩子吗？"它要那个女人"跟随"她的男人，无论生活条件如何，好像单单一个

1　原文 prick tease。

男人就能代替一种生活。不管怎么说，我理解米拉的犹豫。她突然明白，她想要按自己的方式生活。对她来说，这是一个惊人的启示，她感到不知所措，因为她不知道自己该怎样做。她知道这是对社会成规公然地挑衅。假如她试图说服父母让自己搬出去独立生活，将有可能引起家庭战争。接下来她该怎么做？她知道自己想做什么样的工作，但她从未听说过女人可以得到那样的工作。她想以无拘无束的方式去享受性，可怎么才能做到呢？

每当她想起和兰尼结婚，脑海里就会浮现这样的画面：她一个人，跪在地上，擦着厨房的地板，婴儿在隔壁房间啼哭，兰尼却和朋友们在外狂欢。他仍然坚持生活就是享乐，可是，如果她让他多承担一些责任，她就变成了束缚他的苛刻的妻子——不了解男人的母老虎、黄脸婆。她看到自己眼泪汪汪地向他哭诉，而他则毫不理会，高视阔步地出门和他的伙伴们一起寻欢作乐。这个场景总是如此，她想象不出更加美好的画面。他给她的角色不是她所渴望的。她仍然拒绝和他上床。

他打电话的次数少了，他们一起出去时，他也不理她，总是有一群朋友围着他。有时候，他完全将她晾在一边，让别人送她回家。但没有人敢向她献殷勤。很显然，大家都默认她是兰尼的财产。她开始意识到自己在学校里名声不好，她不太明白这是怎么回事。无论在课堂内外，她都很直率，而且能自由思考，什么都能聊。她经常就传统道德，甚至是性，和别人展开热烈的讨论，她在讨论性的时候很冷静，而且只是谈论抽象的理论，毕竟，她对此知之甚少。她公然宣称自己是无神论者，她毫不客气地抨击那些带有歧视的偏见和一切浅薄的想法，她无法忍受陈腐的思想。

渐渐地，人们视她为异类，风言风语传播开来。他们所批判的既不是她的思想，也不是她的举止，而是她的道德，说她为人随便，是个荡妇。很显然，大家都认为她不仅跟兰尼上床，还和其他人上床了。她在大学的书店找了份工作，可是那个二十几岁、脖子长长、满脸粉刺的书店经理告诉她，他不仅不会雇用她，还为她将来的丈夫感到悲哀。听到这些，她完全蒙了。她之前从没见过他，可他仿佛知道些什么似的，对她摇着头，说对她已经"久仰大名"，听说她蛮横、霸道。有人告诉她，别人认为她是势利小人。有一天，在校园里，一个与她同上历史课的年轻人抽着烟斗向她走过来。他像是想和她搭话，她也很高兴。她对他挺有好感，他看上去像是个文雅而聪明的人。他问了她几个问题：她父母离婚了吗？她学过基督教义吗？等到她提防地看着他时，他指着她的香烟说，她应该知道她不能在校园里吸烟。他说，女人是禁止吸烟的。

　　这些男人如此理所当然地跑来告诉她该做什么，这让她愤怒，可是，在愤怒与耻辱背后的，是对这世界深深的不满和不公感。她觉得，人们联合起来反对她，逼她放弃她一直珍视的所谓的"自我"。不过，她还是有一些好朋友——兰尼、比夫、汤米和丹，他们对她友好而尊重，和他们在一起，她感到很放松、很快乐。她不在乎人们在她背后说什么，当然，她也不希望他们当着她的面说这些话。她不理会他们的评论，觉得那些议论很愚蠢，无关紧要。

　　她也不担心人们会怎么讲她和兰尼。她确定他知道她爱他，也知道她不信任他；她也确信，兰尼明白，如果她不和他上床，她也不会和别人上床。但他们的友谊还是变味了。他们有几次激烈地争吵，即使不公开吵架，他们互相之间也常闹别扭，仿佛各自站在一根一尺长的绳子两端，使劲拉，谁也不愿多让一步。现在，他很少给她打电话了，并且告诉她，因为她，他不得不去和"校妓"艾达约会。米拉生平第一次有了嫉妒的感觉。

可她还是没有让步。她不想和他争执，可是他的每个行为都让她确信自己最初对他的判断是正确的：他不值得信任。她对性充满了恐惧，如果感觉不到他会一直守候在身旁，她是不会去冒险的。如今，他们在一起的时候，他也只说起自己和男性朋友们的开心事。他想和她发生性关系，这让她备感压力。他似乎对她再也没有别的方面的兴趣。她说话的时候，他只是勉强听听。他不再过问她的事。最后他干脆连电话也不打了。

她很痛苦。她重新回到自己的内心世界，蜷缩起来。她感觉自己不得不离开，有一种深深的挫败感。说到底，她所批判的这个世界，也正是她所需要的这个世界。可她别无选择。她试图劝告自己，她想要的生活终有一天会实现，总有一天，她会拥有一切：冒险、刺激和独立。但她也知道，对她来说，这样的生活离不开性，而她永远把握不好欲望和风险之间的关系。她很清楚，自己的选择就在性和独立之间，这种选择让她很无力。她一直冒着怀孕的风险——怀孕意味着依赖，一个性感的女人头上始终悬挂着一把达摩克利斯之剑[1]。性就意味着向男性臣服。如果米拉想要独立的生活，她就得放弃性。这种境况是她那受虐幻想的可怕化身。女人确实是天生的受害者。

1　达摩克利斯之剑，源自古希腊传说：迪奥尼修斯国王请他的大臣达摩克利斯（Damocles）赴宴，命其坐在用一根马鬃悬挂的一把寒光闪闪的利剑下。意指令人处于一种危险状态。

11

　　年轻男人喜欢说女人想被强奸；毫无疑问，他们故意这样说，是为了减轻他们向女人施加压力的负罪感，但他们也说对了一点点。同米拉一样内心纠结的年轻女人，在面对两难困境时，有可能就对暴力的解决方法半推半就地接受了。可她们想象中的强奸是像《源泉》中那样的：它源于激情和爱，并没有像贾斯汀的身体所遭受的那种鞭笞与折磨。没有骨折，没有伤痕，也没有组织损伤。不会产生任何恶果的行为，就像用橡胶做箭头的箭，多么可笑；就像儿童看的动画片，里面的猫或熊或者其他什么动物，死了一遍又一遍，却总能起死回生。我们总假设自己可以反悔，这让我们不必像清教徒般严格自律而一本正经地对待所有事情。

　　不管怎么说，性对于年轻人来说，是非常单调的。瓦尔曾说，它在年轻人身上就是浪费。她说，他们是欲望最强的，也是最无能的。我说，她是萧伯纳的书看多了。她甚至笑都不笑一下。她把刚才的话修正了一番：老实说，男人的欲望是最强烈的；而女人，不管是出于害怕还是生理原因，在三十几岁以前，欲望是达不到最强的。她认为，是大自然造就了奇怪的人类，它让年轻的男人强奸年轻的女人，使她们怀孕，然后一走了之，就像希腊神话中诸神的所作所为。然后，女人生下孩子，独自抚养他们。到三十几岁的时候，年轻女人开始"性致勃勃"——如果她能活到这个年纪的话，这时，男人们就觉得害怕了。男人们对女人的报复嗤之以鼻，把她们当成碰不得的孩他妈、蛇蝎、魔女和女巫。到了这时，大多数年龄稍大一点儿的男人已经死于冒险或纵欲过度，所以年龄稍大点儿的女人就去引诱年轻的男人，但她们不会像年轻男人对待女人时那样使用暴力。她说，理想的婚姻，是筋疲力尽的中年男人配年轻的女人，或者中年女人配年轻男人。年轻女人怀了年轻男人的孩子，年长的男人接替过来照顾她，让她不至于忍受性需求无处满足的日子，在做爱的时候，他们也能控制得好一些，至少还能带给她一点儿快感。等到她年龄再大一点儿，老家伙一命呜呼了，她就放孩子们出去，再带回一个能带给她性满足的、还在艰难学习的年轻男人，然后将她这么多年来从老家伙身上学到的东西教给他。

晚上，瓦尔会讲很多这样的事来逗我们，但我觉得她说得很有道理，至少和当下的社会规则一样合理。我说，主要问题是年轻女人要抚养孩子。这不同于农耕时代，那时女人可以一边种庄稼，一边带孩子。她说，如果一个社会需要孩子，就得像投资枪支弹药一样投资他们。她还说，投资他们就意味着给他们多一点儿重视，少一点儿溺爱。

不管怎么说，年轻女人的某些行为确实可称为挑逗，男人则认为这种行为完全是冲着他们来的。毫无疑问，当房间里出现一个对我们有性吸引力的人时，我们大多数人都会增加几许美好、几分魅力和几分热情。我也常见到年轻的男人这样，他们红着脸，眼睛发亮，却没有人说他们想被强奸。如果进行到一半，他们想退出了，也没有人说他们是男挑逗狂[1]，那个失望的女人还以为全是她的错。交配游戏就像某种可怕而精彩的舞蹈一样复杂，比如说，充满阳刚气的弗拉明戈舞。或许，在过去，那些被称为贴身保镖的女孩来跳这种舞

1　原文，cunt teases，与上文的 prick tease 对应，指只挑逗女人而不和她们上床的人。

会更容易些，那些女孩能像男孩一样自由，快乐，大大咧咧，不用顾及结果。现在，我们有了避孕药，但那又是另一回事了，即使它或许能帮到可怜的米拉。她无法理智地走出困境，因为无论哪种选择都不可靠。就像在一所着火的房子里，身后是大火，前方是两扇窗，其中一扇的下面是几个消防员扯着一块巴掌大的帆布，另一扇窗的下面是肮脏的哈得孙河。遇到这种情况，你能做的，只能是闭上眼睛，纵身一跃。你无法理智地判断是不是只有走廊着火，是否可以逃到后面的楼梯去，也无法判断是跳到水里更安全，还是跳到帆布上更安全。

12

很久没联系之后，一天晚上，兰尼打电话叫米拉出去。她的心雀跃了一下，就像一只落地太久的鸟儿折断的翅膀痊愈了，正扇动着翅膀试着飞翔。或许，他愿意用她的方式去尝试——做朋友，保持亲密关系，直到她准备好冒险的那一天。她知道，在为他打开门的那瞬间，她，至少是她的身体，是爱着这个身形瘦削、有些笨拙的男人的，她喜欢他那分得很开的淡色眼睛、修长而光洁的手。但此刻他拘谨而礼貌，在车里沉默不语。

"你好像在生气？"米拉试探性地问。

"我为什么要生气？"他说，语气里带着挖苦的味道，这让她无言以对。

沉默了好一会儿，她冷静地问："那你为什么给我打电话？"

他并没有回答。她看着他，只见他嘴唇动了动。

"为什么？"她追问道。

"我也不知道。"他冷冷地说。

她感到心烦意乱。好像他给她打电话并不情愿。除了爱还会因为什么呢？爱可是超越了单纯的欲望的。她想找个安静的地方，和他好好谈谈。可他把车开到了"凯利之家"，那是离学校不远的一个大学生俱乐部，他们常去的地方。粗糙的松木壁板上挂着大学生运动会的优胜锦旗，前部有一个长长的吧台，后部有几张桌子和一台留声机。桌面上铺着红格子桌布，房间里弥漫着吵闹的音乐和啤酒的味道。正如平常的周六之夜一样，这里挤满了人，人们把吧台围得里三层外三层。她不喜欢站在吧台前，兰尼就异常客气地带她到里面去，帮她脱下外套。等她坐下后，他就到吧台去买饮料。这里有一个给客人端酒的酒保，可是人太多了，需要等很久。兰尼消失在吧台前的人群中。米拉点燃一支烟，坐在那里等着。她又抽了一支。去上厕所经过她身旁的男人们会停下来匆匆看她一眼，她感到既难堪又焦急。她想，他一定是遇到熟人了。她朝人群瞥了一眼，却看不到他的影子。于是她又抽了一支烟。

比夫和汤米从后门进来时，看见她正在抖烟灰。他们走过来，问兰尼去哪里了，然后站在她旁边聊了起来。汤米走到吧台那里去，几分钟后，拿回一扎啤酒。他和比夫在米拉桌旁坐了下来，她和他们聊着天。她感到舌头有点儿僵，嘴角还在发抖。等壶里的啤酒快喝完的时候，兰尼突然出现了，他端来一杯酒，那是给她的加拿大俱乐部加威酒。他冷冷地看着他的朋友，又看了她一眼，将杯子放在她面前，又僵着步子走回吧台去了。比夫和汤米面面相觑，又看了看她，三人都不解地耸了耸肩，继续聊天。

米拉的五脏六腑都在颤抖。她很生兰尼的气，但更多的是困惑、不安，甚至有点儿害怕。既然如此，为什么他一开始要给她打电话？他是故意带她出来又冷落她的吗？她忧伤地回忆起类似的许多个晚上他都是这个样子，但那时总有一群朋友和他们在一起。这一切让她感到耻辱，这种耻辱感让她来了劲。去他妈的。她要表现出不在乎，装出开心的样子。她会让自己开心起来的。她变得越来越活泼，她的朋友们也热情地回应她。

　　其他人也加入了他们。比夫又拿来一扎啤酒，又为她点了一杯加威酒。她很受感动，因为她知道比夫很穷。她对他笑，他也眼睛发亮地看着她。比夫对她很好，好像她是多么脆弱又纯洁的姑娘；他徘徊在她身边，保护着她，却从没想占有她。他那憔悴的脸、破旧的外套令她感到难过。她想要给他些什么。她知道，他是不会怀着邪念接近她的。或许是因为他的跛脚。他是靠拿残疾人奖学金读大学的。比夫患过小儿麻痹症，倘若他衣食无忧，他也会是个活泼、有魅力的人，对于女人，他从没迈出过第一步。因为和他在一起有安全感，所以她敢于爱他。她用微笑传达给他爱意，他也回她以爱的微笑。汤米目光炯炯地看着她，丹也是。此刻，在喝下了三四扎啤酒之后，他们一起唱起歌来。她正在喝第三杯加威酒，所以到底是第几扎啤酒，她也数不清了。

　　她不用再假装，她真的开心起来，比兰尼在场时玩得还要开心。兰尼总让她觉得自己不属于这里，她不应该加入进来，而应该乖乖坐在餐厅角落的椅子上，微笑地看着男人们围着桌子大吃大喝。她想，是性导致了这个问题。和这些朋友在一起，就不会有性的问题，所以他们可以只做朋友，可以一起寻欢作乐。他们是她的伙伴、她的兄弟，她爱他们。他们互相挽起手臂，围着桌子唱起了《惠芬普之歌》。

兰尼并没有回来。有人开始放音乐。汤米邀请她跳舞，她答应了。他们放的是她喜欢的格伦·米勒[1]的老唱片。唱片一张接一张地放着，有《伤感的旅行》《珍珠项链》和《宝贝，外面冷》。她一支接一支地跳着舞，他们则不停地去买啤酒来。桌上放着第四杯加威酒，里面的冰融化了，杯壁上淌着汗。又有人来了，是一些她不太熟悉的人，但他们在课上见过她，还知道她的名字。他们现在又在放斯坦·肯顿[2]的歌。歌声就如她的情绪，越来越亢奋，越来越狂野。她在跳舞的时候也注意到，四周没有别的女孩，在跳舞的女孩只有她一个，而周围的男孩就像排好队似的等待着。她想，这好像也没什么，因为她一次只和一个人跳舞。

林迪舞是男人的舞蹈。男人们将舞伴用力甩开，拉着她们旋转，而他们则站在原地不动。这种舞一定是某个不会跳舞的男人发明的。周围摇摆的人群让米拉感到眩晕，可她喜欢这种舞。脚步在移动，身体在摇摆，大脑嗡嗡作响，而外面的世界已经消失。她不再想着兰尼。她是音乐、是舞步，她放纵自己，甚至不必考虑她的舞伴，因为不管舞伴是谁，她都不在乎。她在偌大的舞池里旋转，令人眼花缭乱。

一曲结束，比夫突然出现在她身边，抓住她的胳膊肘，在她耳

1　格伦·米勒（Glenn Miller），生于1904年，是20世纪三四十年代最受欢迎的乐队指挥和编曲家，他的唱片销量高达数百万张，多首单曲曾经入选"十大金曲"。

2　斯坦·肯顿（Stan Kenton, 1911—1979），原名斯坦利·纽科姆·肯顿（Stanley Newcomb Kenton），美国作曲家、钢琴家。

边低声说："我觉得你该走了。"

她生气地朝他转过脸去："为什么？"

"米拉，"他声音急促地说，"好了。"

"我要等兰尼。"

"米拉。"他的声音低沉而绝望。她不知所措。

"相信我。"他说。米拉相信他，于是乖乖地跟着他穿过拥挤的人群，从后门走了出去。他们在那儿站了一会儿，然后他急促地说："我们上楼去吧。"

楼上是比夫、兰尼和另外两个男孩共同的房间。她去那里参加过许多次派对。兰尼喝醉后，常常是比夫开兰尼的车送她回家。所以，她一点儿都不觉得紧张。新鲜空气让她意识到自己醉得不轻，三杯加威酒已经让她吃不消，走到楼上后，她倒在了沙发上。

"不行。"比夫说着，指了指卧室。

她很听他的话，任由他扶她进房间，她知道那是兰尼的卧室。他扶她轻轻躺下。她躺在床上，感到整个屋子都在旋转，他轻轻为她盖上一床毯子，然后走了出去，关上门。她从他拧钥匙的声音中听出了慌乱，但眩晕感让她非常难受，她强迫自己睡去。

过了一会儿，她渐渐醒过来，依然昏昏沉沉。她似乎听到了吵闹声、喊叫声、摔门声，还有争吵声。声音越来越大。她试着坐起来。她依然头晕目眩，只得半坐着，用手撑着身体。她仔细聆听，想弄清楚外面发生了什么事。吵闹声越来越近，似乎是往房间这边过来了。然后她听到撞击声、摔门声，好像是有人在打架。她一跃而起，朝门口走去，试着打开门。可是门被锁上了。她只好退回去，坐在床上，脱掉鞋，缩进毯子里。后来，吵闹声平息了，只有几声砰砰的摔门声，然后就彻底安静下来。她重新试着站起来，打算敲门让比夫放她出去。突然，门开了，亮光刺得她睁不开眼，门口站着一个人。

"这下你该满意了吧，贱人！"兰尼对她吼道。

她眨了眨眼。他摔门而去。她坐在那儿，一个劲儿地眨着眼。又是几声摔门声，然后就安静下来。门又开了，比夫走了进来，把书桌上的台灯光线调暗。她眨着眼睛看着他。他走过来，坐在她旁边的床上。

"出什么事了？"

他的声音很微弱，简直不像是他的声音。他说话拐弯抹角，她不明白他想要表达什么。她问他一些问题，他也总是回避。可她不依不饶，最后，她终于明白了。他说，是因为跳舞，还有兰尼把她一个人留下。全是兰尼的错，他是个浑蛋。所以，那些小伙子理解错了，这不怪她，他们不像比夫那样了解她，不知道她的天真——他把这种天真称为"纯洁"。所以……

"所有人吗？"她毛骨悚然地问。

他严肃地点了点头。

她脑子里一阵翻腾。他们打算怎么干呢？"一个一个来？"她问他。

他厌恶地耸耸肩。

她把手搭在他的肩上，说："比夫，你刚才把他们都打跑了？天哪！"

他是那么瘦弱，体重比她还轻。"不要紧。不是真打，就是推推搡搡而已。没伤着人。"他站起来说，"我送你回家，我有兰尼的车钥匙。"

他已经尽力不让她知道真相，好像只要她不知道，事实就没有那么丑陋。但这也是徒劳。他满怀同情地开车送她回家，一路沉默。她对他满怀感激之情，不仅因为他为她所做的一切，也因为他的为人，可她说不出口。她小声咕哝着一再地感谢他，除此之外，再不知说什么好。她走回楼上自己的卧室，倒在床上，很快睡死过去。她一连睡了十四个小时。第二天她也没有起床。她对母亲说身体不舒服。周日一整天，她都躺在床上。

13

她屈服了。原来如此，她所学到的那些奇怪的规矩原来是这个意思。所有的事物也都恢复了本来面貌，一切存在即合理。而所有的一切对她来说也都如此难以接受。其他女孩也去酒吧，其他女孩也跳舞，唯一的区别是，她是一个人去的。因为她未标明是属于某个男人的财产，所以就成了任何男人都可以进攻——甚至一齐进攻的荡妇。女人不该去公开场合纵情跳舞，更不该不去考虑那里的男人们会怎么看她，甚至对她做什么。这简直太不公平了，她无法接受。

她是一个女人，单这点就足以剥夺她的自由，无论历史书如何声称妇女投票权已经结束了这种不平等，或者只有在古老的旧中国妇女才会裹脚。她生来就不自由，她不能在夜晚独自外出。她不能在孤独烦闷的时候去当地的酒馆借酒消愁。有两次，她白天坐火车去逛纽约的博物馆，一路上不断有人搭讪。她甚至要有人陪着才能出门。如果这个陪同者弃她而去，她就会很无助。她没办法保护自己，只能靠一个男人来保护她。遇到那些情况，就连虚弱又跛脚的比夫都比她应付得更好。假如那些小伙子把她弄到了手，那么世上的一切愤怒、骄傲和抗争都无济于事。

而她，永远不可能自由，永远不可能。情况会一直如此。她想到了母亲的朋友们，突然能理解她们了。不管去哪里、做什么，她都得考虑男人们的想法，他们怎么看她，他们会做什么。几个月前的一天，她去看牙医，在电梯里，她无意中听到一个染着红头发、有些驼背的上了年纪的丑女人在和另外一个五十来岁的胖女人谈论强奸。两人咂着舌头说着锁门锁窗之类的话，还不时地瞄她一眼，好像她也包括在谈话之中，好像她也是她们中的一员。她不屑地别开了脸。谁想强奸她们啊？她们倒是巴不得呢。可是没过几天，她在报纸看到一条新闻，一个八十岁的老妪在自己的公寓里被奸杀。

她在想，如果比夫当时不在，会发生什么。想着想着，脑子里一片昏暗，恐惧、血腥与受辱的画面一并涌上来。她珍视的并不是贞洁，而是对自己的权利，对她自己的思想和身体的权利。可怕，太可怕了，难怪她亲爱的兰尼会骂她贱人，说她活该。他当然会把她从那一类值得尊重的女人中排除。事情不就是这样吗？不论她将头抬得多高，无论她如何离群索居，也不会改变事情的本来面貌。还说什么不公平，太可笑了，反抗是没有用的。她也曾有几次和别人谈起女人和自由，随即明白，这样的抗议只会让男人们更加随便地对待她。

于是米拉退却了。她被打败了。她用尽全部的骄傲，不让这种失败表现出来。她一个人走在校园里，高昂着头，冷若冰霜。她独自坐在咖啡馆里，或是和比夫一起，或是和班里的某位女同学一起。

她对从身旁经过的男生看都不看一眼，即便他们和她打招呼，她也不会对他们笑。因为她不确定那晚都有谁在那里，太多人了，太多熟悉的面孔，空气中弥漫着烟雾，令人眩晕。如果她碰巧看到兰尼在不远处，便会刻意避开。

　　学年末的时候，她遇到了诺姆。他是她父母朋友的儿子，两人是在家庭野餐时相识的。他温和而聪明，对她以礼相待，也不逼她发生性关系。于是，她想独自生活的梦想消散了。她独自一人，不管过着什么样的生活，总免不了这样的危险——遇上一群野蛮人。她伤心地想着，自己对那些一贯被叫作野蛮人的人并不友好，但他们可能永远不会有野蛮行为，反而只有文明人才做得出那样的事。她一味地痛苦着。她的人生迷失了。她将会像其他女人一样，只拥有"不完整的人生"。她别无选择，只能保护自己免受野蛮世界的伤害，那是一个她不理解的世界，是对于她的性别而言难以独善其身的世界。要么结婚，要么进修道院。她带着进修道院般的决然选择了婚姻。她在婚礼上哭了。她知道，这就意味着放弃了世界，那个一年前还被兴奋与诱惑点缀得熠熠生辉的世界。她明白自己的位置，她知道自己勇气的限度。她失败了，她被征服了。她会把自己献给诺姆，躲进他的臂弯，将那里当成堡垒。俗话说得没错：女人的天下就是家。比夫听说她要结婚了，就到咖啡馆来找她，并当着一群年轻男人的面祝福她。"我真心祝福诺姆，"他大声说，"我知道，他娶了一个处女。"她知道，他是在以这种方式为她正名；她也知道，这是在赞美她。然后，她不再去想他。他们有这样那样的想法，但归根结底，他们的思想都是一样的。

14

出于对戏剧性的直觉,我本想就此停下,正式结束全书,就像拉下帷幕一样。这可能源自一些剧本和女性成长小说,在那些作品里,总是以女主角结婚告终。结婚意味着一次重大的改变、一种全新的生活。可是对米拉来说,与其说是新生活的开始,倒不如说是旧生活的延续。尽管她生活的外部改变了,但其实内部还是老样子。

噢,米拉终于可以离开父母那充满紧张气氛的家,可以随身带走一些小物件,比如毛巾、小地毯和窗帘,将他们那配有家具的房间布置成她自己的"家",而且乐在其中。她和诺姆在科堡附近租了一个配有家具的小房子,诺姆就在那里的医学院念书。她毫无留恋地离开了学校。她再也不想回到那里,不想再看见那些面孔。她想,在学校时,大多时候她也都是自己读书,在校外一样可以学习。为了让诺姆从医学院顺利毕业,度过实习期,她会出去工作养家。等他完成了这些,未来就有保障了。他们已经计划得很周全。

诺姆父母在新罕布什尔有一套小别墅,他们就在那儿度完了蜜月。回来之后,他继续学业,而她试着找一份工作。由于她不会开车,找工作有一些障碍,于是她让诺姆教她。他有些不情愿。首先,他每天都得用车;再者,她不擅长操作机械,所以不会是个好司机。他将她抱在怀里,说:"你要是出什么事,我该怎么办啊?"她有些困扰,可他的爱紧紧包围着她,她非常感激,所以便不再去探究为什么而困扰。她只好坐公交车,或是求母亲载着她到处奔走。最后她找到了一个打字员的职位,周薪三十五美元。这点儿薪水可以勉强维持生活，但不会很宽裕，所以她决定去纽约找一份工作，在纽约和新泽西之间往返。诺姆知道后很惊恐。那可是纽约啊！那是一个多么危险的地方。往返车费就得花掉她三分之一的薪水。她得早出晚归。还有，男人们可能会……

米拉从没和诺姆提起过在"凯利之家"的那个晚上。诺姆也没有提起过，要么是他自己不愿提起，要么是他感觉到了她的恐惧，但在之后的岁月中，他总会含沙射影地提及此事，戳米拉的痛处，直到米拉对此麻木。如果他不这样做，米拉可能早已学会了克服自己的恐惧。有了"太太"（它代表某个男人的财产）这个头衔，把自己武装起来，她感觉在这个世界上强大多了。如果他们知道她在某个男人的庇护之下，就不敢再进攻她了。

她放弃了去纽约的想法，接受了打字员的工作。诺姆也找了一份兼职，此外，他花了很长时间提前预习秋季将要学习的课本。他们的生活安顿下来。

她蜜月过得很愉快。能够毫无顾虑地亲吻和拥抱，简直是难以想象的快乐。诺姆一直在用避孕套。不过，结了婚，这件事也就没那么可怕了。裸露身体时，她很害羞。诺姆也是如此。两人在共同的羞怯和欢愉中咯咯笑着。唯一的问题是，米拉并没有达到高潮。

一个月后，米拉以为自己性冷淡。诺姆说她胡说，只是没有经验而已。他有一些已婚的朋友，他知道时间久了就会好的。她不好意思地问他，能不能忍一下，她觉得她就快到高潮了，可是他就这样射了，然后一软到底。他说，任何一个健康的男人都不能也不应该忍着。于是，她更加不好意思地问，他们是否可以再来一次。他说，那样对他的身体不好，而且他可能不行了。他是学医的，所以她相信他。于是，她只好躺回去，享受所能享受到的快乐。等他睡熟之后，她就自己手淫到高潮。做爱之后，他总是很快就睡着了。

他们的生活就这样继续着。他们偶尔招待朋友，她学会了做饭。他经常帮她分担家务。周五她发了工资后，晚上他会带她去杂货店采购。如果她执意要求，他还会在周六帮她打扫房间。有时候，她觉得自己已经是一个成年人了。比如递给客人一杯饮料时，或者化好妆、戴上首饰，准备和丈夫一起出门的时候。可是，大多数时候，她都感觉自己像是一个跌跌撞撞、笨手笨脚走错了家门的孩子。她的工作枯燥无味。公共汽车上那些面色灰暗、身体疲惫的人，让她感觉到肮脏与贫穷。晚上，诺姆打开电视（那是他们用结婚礼金买的一个大件），因为这房子只有厨房和卧室兼客厅，她别无选择，只能听着。她试着读书，注意力却总被打断。电视机的声音太大了。生活空虚得可怕。但她对自己说，这只是因为女人都认为婚姻是治疗一切空虚的灵丹妙药。尽管她不认同这种观念，但无疑还是受到了影响。她对自己说，怪就怪自己，她要是真的想学习或是思考，是可以做到的。可是，她又为自己辩解道，在办公室工作八小时，再坐两个小时车，然后准备晚饭，洗碗——这是诺姆碰也不会碰的事，做完这些，她就已经非常累了。再说，诺姆老是在晚上看电视。好吧，她又反驳道，他开学后就会好些了，他晚上就得学习了。转眼间，她二十岁生日快到了。她的另一个自我说，瞧瞧济慈二十岁的时候都干了些什么。最终她的整个自我会占上风，把这些都推翻。噢，别用它来烦我！我已经尽力了！

她隐隐觉得自己只是在勉强生存，而她别无选择。生活日复一日、百无聊赖，她游走于各种责任间，朝着自己无法看清的某个目标前行。*自由*，这个词已从她的词汇表里消失了，取而代之的，是*成熟*。她隐约觉得成熟就是懂得如何生存。她的孤独不减从前，除了有时候她和诺姆相拥在一起，认真说说话的晚上。有天晚上，她说起了自己的想法：她想回学校，考个博士学位，然后去教书。诺姆大吃一惊。他提到了一大堆问题：资金困难，还有她精力有限——她除了做这些，仍然要做饭、打扫，因为他一回到学校，就没时间帮她了。她说他们应该共同分担。他提醒她，归根结底，也该他赚钱养家。不过他并没有坚持，他不专横，也不苛求。他只是把问题摆出来，问她是不是这样。她困惑地皱着眉，不知怎么办才好，最终不情愿地同意了。这就是她曾经想要的啊。诺姆很有责任心，不像兰尼那样。当她在照看哭泣的婴儿或是在厨房里跪着擦地板时，他永远不会丢下她出去和男孩们喝酒。他又补充道，学医很难，要求很高。她坚持说自己能做到。她可以做到他做不到的事情，可以边上医学院，边料理家事。于是，他使出了撒手锏——那里有很多男孩子，他们会为难她，男教授不会轻易让她拿到学位。这次他的潜台词太明显了。她仔细想了想，说："诺姆，有时候我觉得你想把我锁在一个修道院里，而且只有你能来看我。"

"说真的，我真的会那么做的。"他严肃地说。

她背过脸去不理他，而他很快睡着了。才三个月，她的保护伞已经让她感到压抑。那也曾是她想要的，不是吗？要不是因为内心如此悲苦，她真想大笑一场。

15

生存，是一门艺术。它需要感官和心灵变得麻木，需要耐心去等待，却不必弄清你究竟在等待什么。米拉依稀以为，到诺姆完成学业开始实习的那一天，她的等待就到头了。但那太遥远了，五年的枯燥生活让人难以忍受，所以她干脆想都不去想。

诺姆回学校去了，如她所期望的一样，他不再看电视了。可她发觉，即便电视没开，她也还是无法集中注意力。她怀疑这不只是因为疲惫。每当她拿起一本严肃的书，一本能引发她思考的书时，她就会这么想。这是令人难以忍受的，因为思考就包括思考她自己的人生。她在夜里阅读，大量地阅读，仿佛青春期伊始那样。她读一些杂书：神秘小说，诸如奥哈拉、马昆德[1]和毛姆等人的社会讽刺作品。比这些更深刻、更沉重一点儿的书，她就感到有心无力，看不进去了。

她没什么可怪诺姆的。她照顾他，关心他，做他喜欢吃的东西，却不向他索求什么。她讨厌的不是诺姆，而是她的生活。但性格如她这样，又能拥有怎样的生活呢？虽然诺姆经常发脾气，但他坚称他爱她，和她在一起很幸福。她讨厌的是那该死的学校和那些吹毛求疵的教授。他的学业并不顺利，第一年成绩平平。他抱怨说，这都是因为她的事令他烦心。因为她怀孕了。

五月，她的月经没来。她很紧张，因为她平时周期很规律，还

---

1 约翰·菲利普斯·马昆德（John Phillips Marquand，1893—1960），美国小说家。他的作品讽刺了美国的新英格兰上流社会人士在风云变幻的 20 世纪仍竭力维持其贵族气派和清教徒准则。重要作品有《威克福德岬》《普尔翰先生》等。

因为在她第一次尝试用子宫帽失败之后，诺姆坚持用以前的老办法。他不喜欢在欲火焚身的时候，还要等她在浴室里鼓捣十分钟。她怀疑他是想自己掌控局面。她担心避孕套有风险，可有时避孕套破损严重时，诺姆就什么都不用，只是在高潮前抽出来。她觉得那样很冒险，可他向她保证说不要紧。

多年之后她才觉得，在这方面，她对他言听计从，这很奇怪，可能因为她讨厌戴子宫帽。到后来，她干脆完全不喜欢做爱了，因为他总是让她"乘性而来，败性而归"；如今，手淫的时候，她也能到高潮。回溯从前，她才意识到，她把自己的人生托付给他，就像她当年必须将人生托付给父母一样。她只是将自己的童年转移了过来。尽管诺姆比她大七岁，还在战时参过军，也有过几次冒险经历，但他这个年纪，还不足以去当一个孩子的父亲。或许，在潜意识中某个隐秘的角落，她是想要孩子的。也许，她所等待的，她所谓的成熟，就包括生一个孩子，将他抚养长大。也许吧。

可在当时，这完全是一场灾难。他们要怎么生活？她面色苍白、眉头紧锁地去找妇科医生。那天晚上她带着这个消息回家时，诺姆正在准备一场重要的考试。一天的工作、舟车劳顿，在医生办公室漫长的等候，已经令她疲惫不堪。从汽车站走过两个街区回来的路上，她想象着，也许诺姆已经准备好晚餐了。可是进门之后，他仍在学习，在吃着奶酪和饼干。尽管他知道她去了哪里，也知道她干什么去了，他还是因为她回家晚了而生气。她走进房间，看着屋子里的他，他也无言地与她对视。三个星期以来，他们很少讨论什么别的事。无话可说。

突然，他把手里的书从房间那一头丢过来。

"你毁了我的人生，你知道吗？"

她在一把摇椅边上坐下来："我，毁了你的人生？"

"现在，我不得不退学了，要不然我们怎么生活？"他紧张地点燃一支烟，"你回来告诉我这些，我还怎么准备考试？如果我考不及格，就会被退学。你知道吗？"

她靠在椅背上，半闭着眼睛，一派超然。她想指出他最后一句话的逻辑错误。她想指出，他这番抨击多么不公平。可他觉得这么说没错，觉得他有合法的权利像对待调皮的孩子般对待她，这让她不知所措。那股力量让她无法抵抗，因为他的合法权利是整个外界所支持的。这她是知道的。她试图说服他，于是探身过去说：

"我在床上逼你了吗？你说你的方法是安全的。是你说的，学医的先生！"

"是我说的！"

"对啊。就是因为这样我才怀孕了。"

"就是安全的，我告诉你。"

她看着他。他脸庞发青，嘴唇紧紧抿成一条线，似在狠狠地谴责。

她声音颤抖地说："你的意思是说，你不是这孩子的父亲？你的意思是这孩子的父亲另有其人？"

他愤恨地瞪着她："我怎么知道？你说除了我你没和别人上过床，可谁知道是不是真的呢？我听过不少关于你和兰尼的事。大家都在谈论你。那时候你自由惯了，难道现在就会改了？"

她又跌坐回椅子上。她和诺姆说起过她对性的恐惧、对男人的恐惧，以及对她所不了解的那部分世界的胆怯。当时他温柔地听着，充满爱意地抚着她的脸，紧紧抱着她。她曾以为他能理解，因为尽管他在军队时有过一些冒险经历，但他和她有一些共同之处——害羞、恐惧和胆怯。她以为自己已经逃脱了，但她所做的一切只是引敌入室，让他进入她的身体。它就在那里生长。他和他们的思考方式一样；他，和他们一样，认为他对她有与生俱来的权利，因为他是男的，她是女的；他也像他们一样，相信他们用于形容女人的，称之为贞操和纯洁，或是婊子和荡妇的东西。但他很绅士，值得尊重，他已经是男性中出类拔萃的人之一。如果他也和他们一样，那就没有希望了，就一点儿都不值得活在这样一个世界上了。她又向后靠了一点儿，然后闭上眼睛，轻轻摇晃着椅子。她的意识进入了一片安静而黑暗的领域。死亡的方式有很多种，但此刻她不必想这些。她所要做的，只是找到一条出路，而她已经找到了。她终究会死，这一切终会结束，都会过去的。她再也不会有现在这种感觉，多少年来，她一直都有这样的感觉，只是现在更为强烈，仿佛火箭在她的全身炸开。她的胃，她的头，比心更痛。身体里迸出火与泪，那泪水如愤怒之火一般灼热、刺痛。没什么可说的。他就是不明白。这种伤痛太深了，好像她是孤身一人，好像她是唯一有此感受的人。一定是她错了，尽管她丝毫不觉得。没关系，什么都无所谓了。

过了很久，诺姆走近她。他跪在椅子旁，"亲爱的，"他温柔地唤着，"亲爱的？"

她仍然摇着椅子。

他把手放在她肩头。她颤抖了一下，躲开了。

"走开，"她有气无力，无精打采地说，"让我一个人待会儿。"

他拉过一个脚凳，坐在她旁边，抱住她的腿，头靠在她膝盖上："亲爱的，对不起。我只是不知道要怎么完成学业。或许家里人可以帮帮我们。"

　　她知道他说得没错。她知道他只是害怕，和她一样害怕。但他觉得他有权利责怪她。她得知消息的时候也很心烦，但她并没有责怪他。她只把它看作两人的共患难。她把手放在他头上。那不是他的错，只是诸事不顺。没关系，她终会死去，会远离这一切。她碰到他的时候，他哭了。他的确和她一样害怕，或许比她更害怕。他把她的腿抱得更紧了，他啜泣着，道着歉。他不是有意的，他也不知道自己是怎么了，幼稚得可笑，他很抱歉。他紧紧地抱着她，哭泣着，她缓缓抚摸他的头。他振作起来，看着她，抚摸她的脸颊，他讲笑话逗她，擦去她脸上的泪水，把头靠在她胸口。这时，大颗大颗的泪珠扑簌簌地从她眼眶中落下来，惊吓之余，他一把拥她入怀，不住地说："对不起，亲爱的，天哪！对不起。"她想，他以为她是因为忠诚遭到怀疑而哭吧，他不知道的，永远不会知道，永远不会明白。终于，当她不再泪如泉涌时，他对她笑了笑，问她饿不饿。她明白了，起身去做晚饭。一月，孩子出生了。过了一年半，她又生了一个。诺姆的父母借钱给他们，还写了借据：借八千美元，于工作后还。这之后，她又买了一个子宫帽。可是从那时起，她已经完全变成另一个人了。

16

　　我崇拜的作家弗吉尼亚·伍尔夫反感阿诺德·贝内特[1]的写作方式。她在一篇文学宣言中抨击了他的写作方式。她觉得他太过于强调现实和数字，以及肮脏的英镑和便士等与人物出场不相关的外在因素。她觉得，小说人物的个性，能够通过人物的口音、穿了十年的冬衣和装满蔬菜与通心粉的网袋表现出来，借助一个眼神、一声叹息，艰难走下火车台阶，消失在利物浦的昏暗灯光里来刻画，而不需要通过个人银行账单来看清他们的性格。我不太关注贝内特，我喜欢伍尔夫，但我觉得，这肮脏的英镑和便士在塑造罗达和伯纳德[2]这两个人物形象上，起到的作用比她想象中大。哦，她是知道的。她明白需要五百英镑度过一年的感受，知道需要有一间自己的房间的感受。她可以想象莎士比亚有个妹妹[3]，却为她构想了一个暴力的、末日般的结局，然而，我知道事实并非如此。你也看到了，没那个必要。我还知道，有许多中国女人，因为嫁给她们憎恶的人，过着自己都鄙夷的生活，后来投井自杀。我不是说这样的事不会发生。我的意思是，这并不经常发生。如果这种事常有，那我们也不用担心人口问题了。要毁掉一个女人，比这简单的方法多了去了。你根本用不着强奸她或杀了她，你甚至不用打她。你只需要把她娶

1　阿诺德·贝内特（Arnold Bennett，1867—1931），英国现实主义作家。代表作《老妇人的故事》。

2　罗达、伯纳德，均为伍尔夫小说《海浪》中的人物。

3　源于伍尔夫的一篇读书随笔《假如莎士比亚有个妹妹》。

回家。你甚至都不必这么做，你只需要让她在你的办公室做一份周薪三十五美元的工作。正如伍尔夫所想，莎士比亚的妹妹跟着哥哥去了伦敦，但她并没有到达那里。出门在外的第一晚，她被强奸了，身体流着血，内心也遭受重创。她跟跟跄跄地走到下一个村庄，找个地方躲了起来。不久后，她发现自己怀孕了，为保护自己和孩子，她想出了一个办法。她找到一个对她迷恋不已的男人，意识到她说什么他都会相信，于是和他睡了。几个月后，她把怀孕的消息告诉他，他负责地娶了她。提早出生的婴儿让他生疑，于是他们吵架，他打了她，但最后他还是忍下了这口气。因为这种局面对他有利：他在家里要多舒服有多舒服，还能享受到一些连母亲也给不了的东西。如果他不得不忍受这个可能不是自己亲生的哭叫的孩子，那么，现在他觉得，乡村小酒馆里那么多的男孩，没有谁就一定是他父亲的孩子或者他孩子的父亲。可是，莎士比亚的妹妹吸取了全天下女人都该吸取的教训：男人才是我们的终极敌人。同时，她也知道，如果不找一个男人，她就无法独自在这个世界立身。所以，她用上了她的才能，她把本用来创作戏剧和诗歌的才能用于话术，而非写作。她用言语对付男人：她苛求、哄骗、逗弄、引诱、算计和控制这种上帝认为有权掌控她的生物，他很愚钝，所以她对这粗笨的白痴不屑一顾；他又令人生畏，因为他能对她造成伤害。

两性之间的天然联系就这么多。

可是你看，他不必经常打她，他也不必杀了她，如果这样，他就没有女仆了。英镑和便士本身就是强大的武器。当然，它们对男人来说很重要，但对女人来说，更加重要，尽管她们的劳动大多是免费的。因为女人，甚至包括未婚的女人，都被要求进行同样的劳动，不管她们是否接受过训练，也不管她们是否喜欢，若没有那些闪闪发光的英镑和便士，她们就无法摆脱这些。多少年来，她们用厨刀刮下尿布上的屎，她们四处寻找便宜两美分的四季豆，她们学会听到咳嗽声就醒来，她们伤透脑筋去计算最有效、费时最少的方法为男人们熨烫白衬衫，清洗厨房地板并打蜡，一边照顾家里和孩子一边工作，或者把去酒馆的钱存起来，供孩子上大学——这些不仅需要精力、勇气和头脑，而且构成了生活的真正核心。

你也只能无可奈何地说，是啊，可谁又感兴趣呢？你可以去读那些有关鲸类、堆料场和铆钉的文章，或者《伊凡·杰尼索维奇的一天》[1]。说实话，我对这些肮脏细节的厌恶并不比你少。我喜欢陀思妥耶夫斯基，他会提到这些细节，却不过多描写。它们往往蕴含在背景当中，如同不可见的飞逝的时间。可是，肮脏的细节并非大多数女人生活的背景，而是她们生活的全部。

米拉已经沉下去两次，而且，她还会再沉下去。然后，她就会被淹没。多年的成长与准备后，她成熟了——生过孩子，不就成熟了吗？然后开始堕落。伍尔夫是知道的，她常常注意到女人们在婚后是如何堕落的。而米拉的下沉，甚至沉溺，也算是明智之举，以接受无力改变、不可避免的事实。可是，当她哭着步入婚姻的殿堂时，她是对的；当她哭着坐在摇椅上，想要选择死亡时，也是对的。

我们的文化理念认为，强大的个体能超越他们所处的环境。就

---

1 《伊凡·杰尼索维奇的一天》（*One Day in the Life of Ivan Denisovich*，1962），是俄罗斯作家亚历山大·伊萨耶维奇·索尔仁尼琴的成名作，小说叙述了主人公在苏联劳改营中的生活。

我而言，我不太喜欢哈代、德莱塞或华顿的书，他们把外部世界描绘得太过强大、不可抗拒，让个体毫无机会。我开始变得不耐烦了，我不断感觉到这纸牌游戏的不公平。不公平就对了，可是，如果真是这样，我就不玩了。我宁愿换一台赌桌，在那里，我可以保留我的幻觉，我只是在与概率对抗，我还有赢的机会。然后，如果你输了，你可以怪自己的技术不好。那是一种悲剧性的缺陷，就像罪过一样，这种解释令人欣慰。你还是可以继续相信，正确方法是有的，只是你还没有找到。

我最尊敬的人，比如卡西雷尔[1]，那个美丽的灵魂，坚持不让内心被外界触碰。真能做到吗，你怎么看？我从毕生所读中明白，精神生活是卓越的，它能超越一切身体的堕落。但我却没能体验到这点。如果你的身体一天到晚都在处理屎和四季豆之类的事，你的精神世界就免不了充斥着这些。

17

诺姆认为怀孕全是米拉的责任，这使她大受影响。尽管她认为这不合情理，诺姆的行为却比任何理性的争论更加有力——他为妻子的叛逆行为向父母道歉，因为她确实做了他们警告她不要做的事。他对米拉多么亲切宽容，承认第一学年的成绩不好确实不是米拉的

---

1 恩斯特·卡西雷尔（Ernst Cassirer，1874—1945），德国哲学家，文化哲学创始人。代表作有《启蒙的哲学》。

错。这意味着，现在的一切都是她自作自受了。那东西在她的体内
生长。她开始想吐，像一滴油被一只靴子踩散。她所在的屋顶修理
公司不欢迎孕妇。怀孕是污秽的事情，应该像用过的卫生棉一样被
藏起来。米拉把所剩无几的骄傲尘封起来，去公司乞求老板。她解
释说，她的丈夫还是个学生——一个医学生。那是一个神奇的词。
他们准许她工作到怀孕第八个月，告诫她要保持干净、整洁、精神
饱满。

　　整个孕期，她都很不舒服，不停地恶心、腹痛。她从没想过这
是由身体不适引起的。她的肚子一天天鼓起来。到七个月的时候，
她感到非常难受。为了不让胃难受，她不停地吃东西，体重增加了
十六公斤。在最后两个月，她停止工作后，身体便开始严重失衡，
甚至走路都费劲，躺着也不怎么舒服。大部分时间，她坐在昏暗的
起居室里，在身体两侧放上靠垫以支撑她的大肚子，脚搭在脚凳上，
读着《追忆似水年华》。她要上街买东西、打扫房间、做饭，还要把
衣服送去洗衣店洗（她对此还有些许憧憬，因为孩子出生后，这会
成为她的一大乐事，她可以独自出门，只有一个不会哭的大白洗衣
袋陪着她）。此外，她还要熨烫床单和诺姆的衬衫，缴纳各种费用，
阅读报纸上的菜谱，试着寻找一些有趣而别致的方法来烹饪廉价的
食材。在这期间，她最不想做的事就是动脑。

　　我不知道自愿怀孕是什么感觉。我想，那种体验和我所认识的
女人的体验是非常不同的。或许会很快乐——女人和她的男人共享
的快乐。可是，对于我认识的女人来说，怀孕是一件可怕的事。并
不是因为它很痛苦——其实不是，只是不舒服而已。而是因为它彻
底毁了你，把曾经的你抹得一干二净。你已不再是你，你必须忘记

自己。你看见公园里有一片绿草地，你很热，想去那里坐一坐，甚至在凉丝丝的草地上打个滚儿，可是你不能；你只能摇摇晃晃地走到最近的长凳，轻轻地坐在上面。做什么都要费很大的劲儿，从高高的架子上拿一听罐头成了大问题。即使失去了平衡，你也不能让自己摔倒，因为除了你自己，你还得对另一个生命负责。避孕套上的小针孔将你变成了一个行走、说话的载人车辆，如果这非你所愿，就会变得非常可怕。

怀孕是一次漫长的等待，在这个过程中，你会明白，彻底失去对自己生命的控制意味着什么。没有了咖啡时间，也来不及恢复身材和自我，只能打起精神准备分娩。那个让你身体膨胀，顶着你的胃好像肚皮快要裂开，从里面把你踢得面色发青的东西，哪怕是一个小时，你也别想摆脱它。你甚至不能回击，因为那样会伤到你自己。这种战斗状态已经和你融为一体。你不再是一个人，而是一个孕妇。你像是战壕里的士兵，又热又闷，处处受着限制，还厌食，但你不得不待在那里，而且一待就是九个月。这个士兵甚至开始渴望开战，即便牺牲或者残废也心甘情愿。你甚至盼望分娩之痛早些来临，因为那样就不用再等了。

正是这种失去自我的感觉，使孕妇们常常看上去眼神空洞。她们不让自己去想这种难以忍受却无能为力的状态。即便事后想起，也是令人沮丧的。毕竟，怀孕才只是开始。一旦孕期结束，你才真的完了。孩子生下来，那是你的孩子，而且在你的余生，他都会向你索求。你的余生，你的整个人生就这样在你眼前展开，在那用垫子撑着的大肚子里。从那里看去，仿佛看到一连串奶瓶、尿布、啼哭和喂食的画面。你没有自我，只有等待；没有未来，只有痛苦；

没有希望，只有烦累。怀孕是最严格的训练，是最有力的强制纪律。和它相比，那剥夺人的个性、将人训练成没有人性的机器的军队纪律也显得宽松了许多。士兵还有休假，在这期间找回自己的身份；如果他们愿意铤而走险，还可以和上级顶嘴，甚至不接受管束。晚上，当他躺在床铺上时，还可以打扑克、写信、回忆，憧憬退伍的那一天。

所有的这些都是米拉没有想过，或者根本不愿意去想的。在这几个月里，她学会了噘着嘴唇，皱着眉头忍受着。她把这种处境看作她人生的结束。从怀孕开始，她的人生就属于另外一个小生命了。

若你要问，这女人为什么会接受这一切？这个问题无从追索，这就是**天性**，无从解释。她必须服从天性，努力接受自己无法改变的命运。然而，心灵是不易被征服的。怨恨和反叛在内心滋长，那是对天性本身的怨恨和反叛。有些人的意志被打垮了，但那些没被打垮的，在她们的有生之年，埋下了仇恨的种子。我所认识的所有女人身上，都有一丝反叛者的影子。

18

怀孕的最后一段时间，米拉只能小睡一会儿，因为她的肚子太大，不管用什么姿势，过不了一会儿就会觉得不舒服。为了不吵醒诺姆，她经常轻手轻脚地起来，穿上那件唯一穿得下的棉睡衣，踮着脚尖走到厨房。她泡上一杯茶，坐在餐桌前，一边喝茶，一边茫然地盯着墙面。不知是谁在上面贴了一层黄色墙纸，上面画着一些冒着炊烟的红色小房子，每座房子旁边都有一棵绿色的小树。

一天夜里，她连坐也坐不住了，便在厨房里走来走去。走了一个小时，什么也不想，只是听着自己体内的动静。肚子开始痛了，她叫醒了诺姆。他给她做了检查，数着她的脉搏，开玩笑说，幸好他上学期学了妇科。他说，分娩时间还没到，但还是要送她去医院。

护士的态度冷冰冰的，动作也不温柔。她们让她坐下，了解了一些信息：父亲的名字、母亲的名字、地址、宗教信仰和"蓝十字会[1]"号码。然后，她们给了她一件病号服，叫她去一间好像体育馆更衣室的屋子里换上，那里又湿又冷，还有股味儿。此刻，她的肚子隐隐作痛，屋子里恶浊的冷空气侵袭着她的皮肤，让她感到恼怒。她们让她躺在一张台子上，为她剃阴毛。水是温热的，可洒在身上很快就变凉了，她开始颤抖。然后，她们开始给她灌肠。她差点儿崩溃了，难以相信她们会这样对她。她的肚子和下腹越来越疼，好像内脏撕裂了一样，像是有人用锤子敲打她的骨盆。疼痛没有丝毫减弱和终止的迹象，一刻不停。同时，她们往她的屁股里注入温水。水流以一种不同的节奏跳动上升，然后，突然出现的另一种绞痛令她不禁弓起了身子。当这一切结束后，她们让她从台子上起来，推着她去了另一间屋子。屋里空荡荡的，除了必要的设备，什么也没有：白色的墙，靠墙两两一组摆着四张床。她们把她的脚抬起来放进一条马镫形的皮带里，然后在她膝盖上搭了一块布。一会儿又有一个护士走进来，掀开布，观察一下。走廊外，带轮子的病床排着队等着进产房。病床上的女人们呻吟着，有的在号哭，有的一声不

1　（美国）蓝十字会，成立于1929年的医保组织，致力于为底层美国人民提供医疗保障。

响。其中一个尖叫道："妈的，莫里斯，你个浑蛋！"另一个不住地垂泪："哦，上帝啊，亲爱的上帝，马利亚，耶稣，约瑟，救救我，救救我！"护士们从走廊穿过，也不理会她们。一个女人尖叫起来，一名护士回过头，厉声呵斥道："别像个孩子似的！你以为你要死了啊！"

米拉后面那张床被粉色的帘子围了起来，帘子就挂在墙上，用铁环穿在两面墙之间的铁条上。床上的女人不停地大口喘气："啊嗯，啊嗯！"她叫护士，却没人进来。她叫了好多次，最后发出一声刺耳的尖叫。一个护士跑了进来。

"又怎么了，马蒂内利太太？"语气中带着恼怒和蔑视。米拉看不见那个护士，但能想象她站在那儿，背着双手，脸上带着一丝嘲讽的样子。

"是时候做脊椎麻醉了，"那女人以孩子般的委屈声调呜咽着，好像一位无助的受害者，"快叫大夫来，是时候了。"

护士没吱声，只听到床单掀动的窸窣声。"还不是时候。"

那女人歇斯底里地叫起来："是了，是时候了！我当然知道。我已经生过五个孩子。我知道应该什么时候生，不然就太迟了。这种事以前就有过，那次就是太晚了，来不及麻醉了。去告诉他，赶快告诉大夫！"

护士出去了。过了一会儿，一个男人走了进来，他面色灰白，穿着皱巴巴的套装。他走到马蒂内利太太的床边，说："我听说你在吵闹，是怎么回事啊，马蒂内利太太？我以为你是个勇敢的姑娘呢。"

女人的声音畏缩地低了下去，变成了啜泣："啊，大夫，快给我做脊椎麻醉吧。是时候了，我知道是时候了，我生过五个孩子……

我跟你说过上一次出了什么事。求求你了。"

"还不是时候，马蒂内利太太。你静一静，别打扰护士们。别担心，相信我，一切都会好的。"

她安静了下来。他步伐沉重地走了出去。米拉知道，他一定因为鄙夷这个女人而噘起了嘴。她紧闭着。她下定决心，不能像那个女人一样。她不会发牢骚，不会孩子气，也不会哭闹。她要一声不吭。她会好好表现。不管有多痛，她都会做给他们看，女人也可以很勇敢。

可是，马蒂内利太太很顽固。只有医生在的那会儿她才会安静下来，就像一个被警告说再哭就会挨打的孩子，等父母离开房间，又继续哭闹起来。她小声啜泣着，自言自语着什么，不停地咕哝着："我知道的，我生过五个孩子，不然就太迟了。哦，上帝啊，我知道太迟了，我知道，我知道的。"

米拉极力不去感知周围的事物。令她痛苦的并不是分娩。生孩子固然痛，但不是非常痛苦。令人痛苦的是这种场景，是冷漠与麻木，是医生与护士的蔑视，是躺在床上将双脚放进马镫形皮带里，让人随时可看到暴露在外的阴部这样的耻辱。她试着离开，找一个心安之处，在那里，这一切丑恶都不存在。她脑海里不断闪过一句话：没有别的出路了。

突然，马蒂内利太太又尖叫起来。一名护士进来，一面喘着气，一面生气地叹了口气。护士没有说话。马蒂内利太太一个劲儿尖声叫着。那名护士跑了出去，领来另一名护士。她们一把拉开粉色的帘子。米拉半坐起来。又一名护士跟着医生一起进来了。他们看到了米拉。

"坐下，躺着！"护士命令米拉，可她却坐起身来，笨拙地转过上半身去看。她们把马蒂内利太太的床推出屋子。米拉看到马蒂内利太太那屈起的膝盖间，一个毛茸茸的棕色小脑袋从粉色的产门里钻了出来。一名护士瞥了米拉一眼，迅速将一块布盖在马蒂内利太太的膝盖上。那女人一直在哭喊着："啊，耶稣，帮帮我！上帝，救救我！"做脊椎麻醉已经来不及了，抱怨也来不及了。她们把她推进了产房。

19

一个半小时后，她们把米拉送回了家。她的分娩彻底停止了。她坐在房间里，绞着手指。诺姆去学校了，但他说无线电话会一整天带在身上。她坐在厨房里，盯着墙纸。下午三点左右，疼痛又开始了，可她没有动。她不吃也不喝。诺姆回家比平时早了一些，他回到家看见她，大惊道："亲爱的，你在做什么呀？你应该在医院的！"他扶她起来，帮她下楼梯。她任由他摆布。

他们把她放到同一间病房的同一张床上。孩子要出来了，她感觉到了。疼得要命，但那只是肉体上的痛。她的心里还有另一种难以忍受的痛，比这还深的痛。她不住地想："这种事，一旦你身处其中，就再也出不去了。"她反抗过，想要摆脱它。可事情还是发生了。它的发生违背了她的意愿，而且不受她掌控；它的结束也违背她的意愿，不受她掌控。病房，那些呻吟的女人，还有护士们，都渐渐模糊了。除了疼痛，她的脑中一片空白。她隐约感觉到有人给她打了一针，他们正推着她去什么地方。她听到医生责备的声音："你要用力！用力！你要合作！"

"去你的。"她说，或者她以为自己是这样说的，然后就昏过去了。

他们用器械把孩子夹了出来。孩子生下来的时候，太阳穴凹下去很深，头顶尖尖的。

第二天一早，医生来看她。

"你昨天怎么处于催眠状态？"

她茫然地看着他："我也不知道自己做了什么。"

她躺在另一间病房里，周围拉起了粉色的帘子。光透过帘子照进来，世界变成了粉色的。

他们不让她看孩子。几个小时后，她开始问起孩子，他们告诉她是个男孩，很健康，可他们就是不抱他进来。

她从床上坐起来，蛮横地喊道："护士！"这是她生平第一次有这样的举止。护士掀起帘子进来，米拉抑制住怒火，说："我要见我的孩子！那是我的孩子，我有权见他！抱他来！"护士吓了一跳，赶紧冲了出去。大约二十分钟后，另一名护士抱着一个用毯子包着的婴儿进来了。她站在离米拉半米的地方，抱着他，不让米拉碰他。

她气得发狂。"叫医生来！"她嚷道。幸亏医生还在医院里，不到半小时他就赶过来了。他忧心忡忡地看着她，问了她一些问题，比如她为什么想见孩子。

"因为那是我的孩子！"她吼道。注意到医生脸上的担忧，她靠回枕头上，冷静地说，"他们不让我见他，我担心他出什么事。"

他会意地点点头。"我让他们把孩子抱来。"他拍了拍她的手，温和地说。

她这才开始明白。鉴于她生产时的行为，他们以为她疯了，怕她会伤害孩子。几天之后，一名护士说女人有时确实会发疯，有时候，她们甚至企图自杀。这个症状有一个名字：产后抑郁症。她苦涩地笑了笑。是的，这样就叫作发疯了。每个女人得知自己怀孕都应该很激动，要生产时更应该欣喜若狂，她们会尽全力配合医生。她们都是听话的小女孩，孩子出生后，她们都高兴不已。她们会搂着小宝贝，轻声细语。当然，如果你不是这样，那就是疯子、怪人。谁都不会去问，女人为什么要杀死自己历经苦痛生下的孩子，或者在痛苦结束后还要自杀。但她已经吸取了教训。他们掌握着权力。你得表现得像他们希望的那样，不然他们就会把从你身上掉下来的、用自己的痛苦换来的孩子带走。你得理解他们的期待，并调整自己去适应他们，如果你能做到这些，就能在这世上生存。护士再次把孩子抱进来时，米拉对她笑了笑。她不相信早上护士说的话，又问起凹痕和尖尖的头部是怎么回事。她明白了，那些记号是她造成的，而不是天生的，只因为她没有用力。最后，护士把孩子放在她怀里，观察了她一会儿，就离开了。

这感觉真有趣。护士说，一定要扶住他的颈子，因为他撑不起自己的头。还有，不要碰他的头顶，因为那里还很软，头盖骨还没有闭合。真可怕。孩子看起来很老，干瘪得像个老头。他的头顶有一些绒毛。她确定护士走了后，便收起笑容，掀开婴儿毯。她朝里面看去，两条胳膊、两条腿，手和脚都是完好的。她一脸惊讶地看着他手脚上各十个小小的指甲，它们比身体其他部位要青一些。他浑身布满红色和青色的斑点。米拉紧张地抬头看看护士回来没有，然后松开尿布一侧的别针。他的阴茎小得像一条虫子，它突然竖起来，冲着她的眼睛喷尿。她笑了。

她把尿布别好，审视着孩子。她注意到他与家人的相似点，尤其像她死去的叔叔。他闭着眼睛躺在那里，可是他的嘴在动，小手还一捏一放的。她想，在那温暖而黑暗的地方待了那么久，他一定很害怕吧。当他张开小手时，她把小指放进他那小小的掌心，他一把握住。这一用力，那小小的指头有点儿发青，指甲盖也变得惨白。他握着她的小指时，她心里一动。他似乎想把它放进嘴里。她笑了。总是这样，总是这样，从最开始就是——我要，我要。她任由他抓着小指，引导他放到嘴边。他试图吮吸她的手指，尽管他还不知道该怎么做。她把他抱在胸前，和他一起躺下休息。他靠着她，放松下来，转身半面向着她。一会儿后，护士进来把他带走了。

米拉靠在枕头上，一动不动，感到怀中空落落的。她感觉体内正在发生着什么，一种拉扯感，从阴部周围开始，穿透她的腹部、她的胸口、她的心脏，直指她的喉咙。她感觉乳房胀痛，她想把乳头塞进他的嘴里。她想把他抱在怀里，想把手指放在他的掌心，让他靠着她，感受她的体温和心跳。她想要照顾他。她知道，这种感觉就是爱，一种比性爱还盲目、还不理智的爱。她爱他，因为他需要她；其次才因为他是她的孩子，是她身上掉下的肉。他很无助，得靠着她才能移动，好像她的身体就是他自己的，好像她是他一切需要的来源。她知道，从此以后，她的人生将受这个小家伙的支配，他的需要将会是她人生中最重要的事，她永远会努力去满足那一把抓过来的手，那犹如玫瑰花蕾般张开的小嘴，还得不时擦去喷在她眼睛上的尿。可是，不管怎样，因为那种爱，什么都值得了。那不只是爱，也不只是需要——那是绝对的意志，是一切疼痛的答案。

20

白天，米拉听到粉色帘子外有人在说话。她们说话声音很轻，就像在说悄悄话，听不清她们在说什么。护士已经将她床边的帘子拉起来了，显然，她们是在确认她没有发疯后才这么做的。她在一间宽敞明亮的屋子里，里面还有另外三个女人。床都安着床头板，靠着墙。那些女人和她打招呼，仿佛她是她们正在等待的一位迟到的客人。

"哦，你醒啦！我们还尽量不打扰到你。"

"感觉怎么样？伤口还疼吗？"

"你的孩子可真漂亮。我看见护士抱他进来。他将来一定是个大嗓门！昨晚，他把整个产科病房的人都吵醒了。"那个女人大笑着说。米拉看见她嘴里缺了好几颗牙齿。

米拉被她逗笑了："我还好，谢谢。你们呢？"

她们都感觉不错。她们正聊到一半。后来，米拉也记不起谈话的内容了。不过没关系，她们的谈话没有一定的方向，没头没尾，也没有目的。她们只是翻来覆去地讲了又讲，什么都可以谈，因为重点并不是谈话的内容。四天以来，米拉一直听她们讲，偶尔也插一两句。她们比各自缝了多少针，却并不抱怨。除了有一次，护士拉上帘子给艾米莉亚洗澡，米拉听到她有点儿紧张地小声说"下面很疼"。她们比较孩子生下来时的体重，惊讶于艾米莉亚那小小的身体竟生出了六斤重的孩子。她们比孩子的数量和长幼。格蕾丝有七个，艾米莉亚有四个，玛格丽特有两个，而这是米拉的第一胎。"头胎！"她们惊呼道，脸上带着愉快的笑容，好像她完成了一件非凡的壮举似的。的确了不起。如今米拉也成了她们中的一员。

她们谈论她们其余的孩子。玛格丽特担心她三岁的儿子——他会接受这个小宝宝吗？格蕾丝笑得岔了气，用手捂着肋部直喘气。她是剖宫产的。她说自己再也不用担心这种事了。要是她的孩子们每隔两年没在婴儿床上发现一个新的婴儿，他们才会觉得不安。她最大的孩子多少岁了？米拉问。她说十六岁。米拉还想问她自己多大了，但没问出口。她可能在三十五到五十岁之间吧，米拉估计，不过她看起来像有五十岁了。格蕾丝就是那个缺了牙齿的女人。那晚，她丈夫来看她，米拉看到她的丈夫，才知道格蕾丝一定只有三十几岁，因为她丈夫看上去还很年轻。

　　她们在一起聊个没完，但都很体贴。如果其中一个人靠在枕头上，闭着眼睛，其他人就会降低声音，有时候甚至会彻底安静下来。她们谈论婴儿、孩子、疹子、肠绞痛、婴儿食品、饮食和苦恼。她们谈论如何修补破地毯，谈论最喜欢的汉堡食谱和制作婴儿日光服的简易方法。她们给孩子分类，并按那些类别讨论他们：第一种爱耍脾气，第二种腼腆，第三种聪明，第四种与爸爸合不来。但她们不对这些加以评价。无论脾气坏、腼腆、聪明还是老实，她们都从不说喜欢与不喜欢。那是她们的孩子，他们是什么样就是什么样，但不管他们是什么样子，女人们都爱他们。她们张口不离孩子，却很少提及丈夫。即便提到，也是一笔带过，好像谈论教会会规似的。丈夫是一种奇怪的、莫名其妙的生物，必须服从他们，他们还是一种需要安抚的外部约束。他们有的不吃鱼，有的不吃蔬菜，还有的不愿和孩子一起在餐桌上吃饭。有的一周三天晚上要去打保龄球，所以要早点儿吃饭。有的在家的时候不允许打扫卫生。她们把私下里与自己男人的关系和她们的感受隐藏起来。米拉强烈感觉到，与无比重要的、投入她们全部关注的孩子相比，这些都是放在第二位的。

她被这些女人吸引，因为她们热情，而且平易近人。她意识到，要是和她们同住一个街区，她们可能都不会这么友好。医院的病房就像其他人为形成的集体一样，让病友们相处更融洽。她们的谈话常常让她感到心烦，尽管她也从中学到不少。她回家后按照艾米莉亚所说的方法补好了起居室的地毯，很管用。然而，她所听的并不是她们的谈话本身，而是隐藏在谈话之下的东西。等她们的身体恢复些了，缝针处也不太疼了，她们就更常开怀大笑了。丈夫、婆婆、孩子全都成了笑料。可她们从不谈论自己。

她们不抱怨、不强求、不要求，她们似乎什么也不想要。习惯了男人世界里的自大与没完没了的"我"，米拉自己实际也成了其中的一部分，此刻，她为这些女人的无私而惊叹。米拉一贯都很看重她的智慧、她的观点、她的知识，可是当她认真聆听她们的谈话时——一个月前她还把这叫作愚蠢的谈话，她真真切切地理解了她们在说什么，禁不住惭愧不已。

是的，我就像你们一样。我和你们操心着同样的事——生活琐事、日常花销和家里的小修小补。我，像你们一样，也知道，这些平凡的小事可能比公司并购、侵略、经济萧条和总统内阁决议这些"大事"还要重要。并不是说我所担心的事就是重要的事。不，它们只是一些小事，却很关键。你知道吗？对于一个人的生活来说，它们是最重要的事。对于我的生活、我孩子们的生活，甚至我丈夫的生活来说——尽管他从不承认这点——都是最重要的。一天早上，因为家里没有咖啡了，我丈夫就大发雷霆！你相信吗？他可是个成年人啊。没错，这些事对她们来说非常重要。对我自己来说也是如此。没错，我的生活被各种小事围绕着。每当约翰尼在少年棒球联合会度过了愉快的一天；每当秋日的早晨，阳光从厨房的窗户倾泻进来；每当我可以把便宜的肉做成美味佳肴，或是将简陋的房间布置得漂漂亮亮，这些时候，我就很快乐。这些时候，我觉得自己有用，觉得我的世界很和谐。

她听她们说话，听出了她们的容忍、她们的爱和她们的无私。生平第一次，她觉得女人很伟大。在她们的伟大面前，所有战士和统治者的功绩都变成了浮夸的自我膨胀，甚至使诗人和画家看起来就像任性的孩子，上蹿下跳地嚷嚷着："看看我，妈！"她们的痛苦、她们的问题，与整体的和谐相比，就变成了次要的。那个在楼下的产房里呻吟或诅咒的女人选择忘记她的痛与苦涩。她们多么勇敢啊。勇敢、脾气好，又宽容，她们捡起掉落的针，为别人织出一片温暖，她们任由自己的牙齿腐坏，却节衣缩食让孩子们去看牙医。从婴儿孕育的那一天起，她们就将自己的愿望搁置一边，就像一朵被碾碎的花。

阳光照得她眼花缭乱，她看着她们，微笑着。她听到玛格丽特又在担心她三岁的儿子，她不在家他会不会不开心。艾米莉亚担心她母亲是否记得在吉米的午餐盒里放水果而不是糖果。而沉默的格蕾丝也有一连串担心的事，她希望约翰尼把自行车修好了，希望斯特拉能自己做饭了。她和她们一起笑，笑那大千世界的种种荒谬。她和她们心心相印。她觉得自己终于成了一个女人。

瓦尔听她说起这些当然会嗤之以鼻。一晚,伊索尔德、艾娃、克拉丽莎、凯拉还有我围坐在瓦尔家,米拉和我们讲起她生孩子的经历。那是一九六八年的晚秋,我们这群人相互都不太了解。我们仍拘于礼节,因为对彼此还不够了解,还没法无拘无束地交谈。

我们走到一起,是因为我们都反感那些在哈佛见到的价值观和行为,尽管那时我们还未意识到这一点。这种反感与众不同——那里所有的一年级新生都不快乐,但是,我们最终会意识到,我们与其说是不快乐,倒不如说是愤慨,我们的反感,则深刻、积极地表达了对事物本来面貌的认识。然而,在这个晚上,我们还在试探彼此的想法。

我们夸瓦尔的房间漂亮。她没什么钱,可她刷了墙,在里面栽满植物,放上旅途中搜集来的零碎物件。那是一个令人赏心悦目的地方。

米拉以她惯有的过分热情又略带土气的语气说,女人多能干啊,看看瓦尔这漂亮的房间,哪个男人愿意做这些,或者说能想到这些,尤其是用这么一点儿钱。同样把自己和哈利的房间收拾得很漂亮的凯拉举双手赞同。米拉又说,生了诺米后,她突然发现女人是多么伟大,然后描述了她的经历。瓦尔依然嗤之以鼻。

"你就这么接受了,接受了那些陈词滥调!"

米拉眨了眨眼。

"让一类人为了别人而放弃自己的生活多方便啊!多好啊,你在外面做一些实现自我价值的事,有人在家里擦浴室的地板,捡起你穿过的脏内衣!而且从来不做球芽甘蓝,因为你不喜欢吃。"

大家一齐插话进来。

"没错，没错！"凯拉抢着说。

"你怎么没为我做这些呢？"伊索尔德咧嘴笑着对艾娃说。

一脸严肃的克拉丽莎试图插话："我不认为……"

但瓦尔并没有停下："我的意思是，米拉，你知道自己在说什么吗？'女人的伟大在于她们的无私'，你干脆说'女人的天下在家里'好了。"

"胡说！"米拉的脸有些发红，"我不是在下定义，只是在描述而已。约束是存在的。不管你说事情应该是怎样的，它们是什么样还是什么样。就算明天世界改变了，对那些女人来说也太迟了……"

"对你来说也太迟了吗？"凯拉突然冒出一句。

米拉往后一靠，似笑非笑："听着，我说的是，女人的伟大在于她们得到很少却付出很多……"

"就是咯！"瓦尔猛然来一句。

伊索尔德咯咯轻笑着说："她们是从没机会发泄。"

"她们拥有的空间太小了，"米拉固执地继续，"但她们没有去仇恨，没有变得卑鄙，她们努力让那个小小的空间变得幽雅、和谐。"

"去跟那些患精神分裂症的女人讲这些吧。或者讲给那些坐在厨房里喝酒把自己给醉死的人听。或者讲给那些昨夜被酒醉的丈夫打得遍体鳞伤的人和那些把自己孩子的手烧伤的人听。"

"我不是说所有的女人……"

"好了，"克拉丽莎命令地说，屋子里稍微安静下来，"但并不是所有问题都有同样的根源。男人也受约束啊。"

"我才不担心男人，"瓦尔喊道，"让他们自己担心自己去吧。过去的四百多年来，他们不是把自己照顾得很好吗？女人的问题确实有着同样的根源：只因她们是女人。米拉向我们描述的她的生活，就是一种长期浸淫在耻感中的训练，一种压抑自我的教育。"

"说得好像女人没有个人身份似的。"伊索尔德表示反对。

"本来就是。当你在谈论女人的伟大或约束时，一旦你说出这两个词，就相当于承认了女人的一种身份，一种缺乏个人特征的身份。凯拉问米拉是否被她所受的约束摧毁，答案是'是的'，或者近乎如此。你瞧！"她把杯子重重地放在桌上，"我真正要说的是，告诉女人她们因为放弃了自我所以很伟大，就相当于鼓励她们继续这样做。"

米拉举起手，就像一位交警做出"停下"的手势。"等等，"她说，"我希望你们安静一分钟，瓦尔，我要回答你，但我得想想该怎么说。"

瓦尔笑着站起来："好吧。谁还要酒？"

当她返回座位上时，米拉说："好了。"我们都习惯像克拉丽莎一样体贴地说"好了"。她总是将各种观点记在心里，就像钟表记录精确时刻一样。米拉说："是的，我希望她们继续这样做。"

一片哗然。

"我是说，如果她们不那样做，世界会怎样？会崩溃的。谁会去做那些琐事呢？男人们为了维持生计而工作，女人们为了让生活舒适一些而工作。"

"那你为什么要读研究生呢？"凯拉差点儿从椅子上跳起来，"你为什么要住在你那什么也没有的、脏乱而单调的公寓里呢——抱歉我这么说——你为什么没为你的孩子和丈夫布置一个美丽而舒适的家呢？"

"我有！我会的！"

"并且你喜欢这样。"

"我讨厌这样。"

她们都笑了，米拉也自嘲似的咧着嘴笑起来。

"好吧。你并不是说——米拉，你看我说得对不对——你并不是说女人们只应该创造幸福生活。你的意思是，那是她们任务的一部分。对吗？"凯拉仍然往前倾，好像米拉的答案对她来说是全世界最重要的。

"不。我的意思是那是她们实际在做的事，而且那很美妙。"

"是吗？"这次说话的是克拉丽莎，"但如果她们想做，而且能够做其他的事，那不是更好吗，对不对？"

米拉点点头。大家向后坐了回去，气氛缓和了下来。她们很高兴，因为她们的底线相吻合。然而，平静只是暂时的。

瓦尔重新靠回椅子上，双手交叉着："没错，没错。我们被告知，女人只要做好她们该做的、她们一直在做的就好了。但我对此表示怀疑。当她们在外犁地、拉渔网或出征打仗时——就像在苏格兰或其他地方一样，就没有时间来装饰家里或者做美味佳肴了。这一大堆关于女人该干什么的狗屁说辞不过一百年历史——你们意识到了吗？还没有工业革命古老，可能只是从维多利亚时期开始流行的。可是，不管怎么说，如果女人们做完了如今所谓的她们天生该做的事，还有剩余的时间和精力，那么她们就可以做其他的事。可如果你被无私洗脑了，就不会去做自己想做的事了，你甚至想都不会去想这些事。你已经分身乏术了。"

"不对！"凯拉喊道，"我就两者都做到了。我照顾哈利，负责整理房间，还要做饭——当然，早餐一般是哈利做的，"她又迅速补充了一句，"我还能做自己想做的事。"

伊索尔德沉静的声音突然插了进来："所以呢，看看你现在的样子。"

大家转而看向伊索尔德，就连凯拉也是，她就差跳下椅子靠过去了。

"你精神紧张，还有了眼袋，每喝上三杯就异常兴奋……"

"等等，我没你说的那么糟……"

"对于女超人来说，"瓦尔对凯拉笑笑说，"再难都有可能。但那些普通的凡人呢？"

谈话就这样进行着。最后，克拉丽莎出来总结，她说："唯一的解决办法就是坚持每个人都应该有私欲，每个人都要扮演两种角色。"这得到了大家的一致赞同。

但你知道吗，这并没有用，只是说得好听。因为事实是，并不是每个人都扮演了两种角色，也许是因为做不到，而且不是每个人都能接受这种想法，所以，这一切在我看来，就好像我们在谈论天堂的街道规划和建筑一样。其实，主张男女各有私欲，即便对我们来说也没有多大意义，因为尽管我们都是研究生，我们在家中还是扮演着女性角色，尤其是对有丈夫的凯拉和克拉丽莎，以及带着一个孩子，偶尔有一个男人在身边的瓦尔来说。即便是很少做家务的艾娃，当有客人来她和伊索尔德家吃晚饭时，工作中的她也会匆忙跑回家，因为她觉得伊索尔德做的饭"有毒"。她会做鸡肉龙蒿和意式烩饭，会操心着这些。然而我们本该是"无拘无束"的。

我提到这些，伊索尔德叹了口气。"我讨厌每次讨论女权都以谁做饭结束。"她说。我也是。可到最后，总是关于那该死的做饭。

CHAPTER 02

第二章

1

米拉高高兴兴地从医院回到家里，等待她的是一大堆脏碗盘。此后的几年，脏碗盘似乎永远也洗不完。诺米出生后，她和诺姆在那两居室的公寓里住了几个月，后来因为太挤，就搬进了一个有独立卧室和客厅的地方。当她发现自己又一次怀孕后，只是短暂地沮丧了一番。她安慰自己，如今再生一个倒也无所谓，没有继续深想。她的意思是，如今的她无足轻重，未来的人生也不会有其他可能性了。

几个月来，随着其中一个孩子饿醒，每天她都是凌晨两点钟起床。孩子开始哭起来时，她赶忙从床上爬起来，用婴儿毯把他包好抱起来，抱到外屋去，以免吵醒诺姆。她把他轻轻放在客厅的地板上，在他哭声变大之前，轻轻关上卧室的门。凌晨屋里总是很冷，她抓起旧的法兰绒睡衣披上，来到厨房，打开烤箱，热上奶瓶，把门打开。宝宝能抬头以后，她就把他带在身边，一边抱着他，一边在炉灶边忙活。她会关上厨房的门，抱着宝宝坐在餐桌旁，在温暖的屋里喂奶。

把孩子喂饱，再给他换好尿布，一般已经差不多三点了，她常常还会回到床上，一直睡到六点半或七点。此时，诺米和克拉克就又该饿了。诺姆随后也会起床，所以在那一小时内，家里一片混乱，孩子在哭，诺姆在洗澡，米拉要热奶、煮咖啡，还要给诺姆煎蛋。克拉克出生后，小诺米也来添乱，他还不能走路，就在厨房的椅子腿和妈妈的脚之间爬来爬去，像在探险。诺姆走后，米拉就坐下来喂奶，或是给孩子喂煮鸡蛋和麦片粥，然后给他们洗澡、穿衣服，再把其中小的那个放回干净的床上，她在换尿湿的床单时，就把他放在地板上——在地上总不会掉下来吧。九点钟，她把孩子们的衣服泡在一个水槽里，把脏尿布放进一个大锅里煮。她利用这点儿时间叠被子，打扫浴室，给奶瓶消毒，换好自己的衣服，又开始打扫房间。因为人太多，房间太小，所以屋里总是又乱又脏。十一点半，她洗完孩子的衣服，又用搓衣板洗完尿布，把它们晾到从房间窗户拉到后院一根柱子上的晾衣绳上。做这些很辛苦，尤其是在天气寒冷的时候，她的手都会冻僵。如果衣服掉在地上，她就得暂时让孩子独自待着，跑下三层楼梯，到后院捡起衣服，喘着气再跑上楼，重新把衣服洗好，晾上去，并祈祷自己不要再犯同样的错误。接着，她把土豆放进烤箱烤上，开始加热肉罐头。这些做起来也不容易。诺米不喜欢吃肝脏和羊羔肉，她一喂他就会吐出来。克拉克不喜欢吃鸡肉。而且有时候，明明昨天还吃的东西，今天却会吐出来。

　　小婴儿都需要新鲜空气，所以，中午洗完碗后（在喂孩子的间隙她自己喝过几口茶，吃了些烤土豆皮），她会把孩子包好，裹严实，自己也穿厚点儿，一只手抱孩子，另一只手拿折叠车，拖着车下三段楼梯，把两个孩子弄到楼下。这时真正的问题来了，她需要用双手支起折叠车，又要找地方把孩子放下。有时候，某个邻居会帮她一把。有时候，她只能把孩子放在过道里。当她有了两个孩子，而且都还不会走路的时候，这个问题就更加严重了。把他们安置好以后，她就走路去杂货店。那些容易腐坏的东西，她每天都得去买，因为一次拿不了太多。之后，她会去公园，在那里，其他年轻妈妈坐在公园长凳上，也带孩子出来透透气。

她喜欢这些女人，看到她们就很高兴。她一整天就只能和她们说说话，因为诺姆晚上经常不在家，即便回来，也得学习。女人们兴致勃勃地谈论孩子大便的颜色、婴儿食品、疝气及其成因。她们比较孩子的病征，互相给出有益的建议，互相夸奖孩子。好像她们之间存在一种秘密的姐妹之情，一种属于每个有孩子的人的地下组织。任何一个推着婴儿车经过的女人她们都很欢迎，都能一见如故。但她们似乎从不谈别的事。在米拉认识这些女人的头一两年里，除了他们的姓，或者偶尔提到他们的职业，她们从不谈论自己的丈夫。并非她们之间有所保留，而是因为除了孩子，她们对什么都不感兴趣。尽管没有明确组织，但她们真的就像参加某种神秘祭礼的成员，完全沉迷于生孩子和养孩子这些事。她们用不着保守组织的秘密，也不需要仪式、握手、组织手册，别人对她们完全不感兴趣。她们感觉自己被精妙的知识团结在一起，一个微笑或颔首，她们就能心照不宣地告诉对方，这是生命中最重要，不，是唯一重要的事情。她们对外人则毫不关心。

米拉尽量和她们在那里多坐一会儿。诺米会走路之后，就和其他小孩一起在草地上或雪地里玩耍。可是，到了下午三点半左右，他就开始哭闹。大家都理解，每个小孩都有闹脾气的时候。如果某个女人早早地离开，或者说话时心不在焉，也没有人会说她什么。孩子第一，孩子就是一切，没有人在乎其他的事。

　　每当这时，米拉就一只手抱着玩累了、烦躁不安的诺米，一只手推着婴儿车走路回家。对她来说，上楼梯还是有点儿麻烦的。她分几步来做：抱着孩子，拿起杂货和钱包先上楼，进屋把孩子放在地板上，把杂货放到厨房里，再返回去拿婴儿车。克拉克出生后，她只能先把孩子们和钱包送上楼，再回去拿杂货和婴儿车。她总是很紧张，不是担心孩子们会磕着碰着，就是担心她上楼时有人把婴儿车和东西偷走。

　　等她终于回到家，心情一下子就沉下来。因为这是一天中最糟糕的时候。小宝宝醒了，闹个不停，要人陪他玩；诺米也饿了，开始发脾气。她不得不开始做晚餐。诺姆回家早的时候，一回来就要吃饭。她先在厨房忙一阵，然后抽空去陪他们玩儿，当闻到什么东西烧煳了，或是听到什么东西在锅里沸溢了，她马上又跑回厨房。（那几年，诺姆总抱怨她做的饭不好吃。）可是当她回到厨房时，其中一个孩子（有时候还是两个）就会开始哭叫。她任由他们哭，先削完土豆或胡萝卜的皮，要么就择好豆角再去照顾他们。诺姆不喜欢回到家里看到他们乱糟糟一团，所以，她尽量在他回来之前把孩子喂饱。可是无论她先喂哪一个，另一个都会哭闹起来。

　　诺姆有时也会陪他们玩一会儿，可是，除了把他们抛到空中再接住，他不知道该怎么陪他们玩儿，而米拉不让他那样做。他们刚刚吃饱，她想让他们休息一下，好好睡觉，别太兴奋了。即便这样，很多时候，当她和诺姆坐在餐桌旁想说说话时，总会被哭闹的孩子打断好几次。米拉总会马上从桌旁跳起来去哄他们。可是，过一会儿，诺姆就会把一本书拿到餐桌上，一边吃饭一边看起来。

2

当然，万事都在变化。孩子们也在长大。当她能娴熟地驾驭背着孩子打扫卫生（他们听到吸尘器的声音就会大喊大叫）这门艺术时，他们已经能走了。然后就到了晚上。

吃过晚饭后，诺姆直接去客厅学习了。米拉洗了碗，擦干，想着就有这么一小会儿的自由时间，于是洗了澡，梳好头，拿起一本书到客厅。她从八点半一直读到十一点。十点她就困了，可是还不能去睡，因为十一点左右，宝宝会醒来喝最后一次奶。她和诺姆很少交谈。克拉克出生后的那个六月，诺姆从医学院毕业了，不过他还要实习，所以似乎比以前更忙了。他经常值夜班，而米拉也巴不得他去值夜班。由于他白天在"这吵闹的鬼地方"睡也睡不着，于是下夜班后他会开车到他母亲家去，在自己原来的卧室里睡个安稳觉。有时候他还会在那里吃饭，米拉三四天也不见他的人影。诺姆发现米拉对此从不抱怨，于是心存愧疚。但她却觉得，他不在家反而好些。她可以调整自己的计划，全心全意照顾孩子，不至于在他们哭的时候手忙脚乱。诺姆回到家经常很累，爱发脾气。米拉觉得，顶着一天的压力过后，回到家还要在这巴掌大的地方听孩子的哭叫，确实不容易。房子再宽敞一点儿就好了，孩子们再大一点儿就好了，钱再多一点儿就好了。

他们的性生活也少得可怜。诺姆不是不在家，就是很累。刚结婚时形成的模式已经牢不可破。他们性交时间很短，米拉也得不到满足。她躺回去，心想无所谓了。诺姆似乎发现了她并未满足，奇怪的是，他似乎反而很高兴。她也只是猜测，他们从不谈论这种事。有那么一两次，她试着和他谈一谈，却被他断然拒绝了。然而，他的拒绝并不是恶狠狠的，而是带着一丝取悦，他挑逗她，叫她"性感尤物"，或者摸着她的脸蛋，笑着表明自己很快活。可是在她看来，他觉得她不去享受性才是对的，这会让她更值得尊重。而在他少数几次想做爱的时候，他会为此向她道歉，并解释说，那对男性身体是必不可少的。

然而，米拉的生活中也有愉快的时候，那就是和孩子们在一起时。他们会让她感到由衷的快乐，尤其是她独自和他们在一起，不用操心诺姆的晚餐，也不必担心他们会吵到他的时候。托着他们小小的身体，给他们洗澡，看他们开心地咯咯笑着，一边抹沐浴露、搽粉，一边看他们指着她的或他们自己的脸，问哪是眼睛、哪是鼻子，这时，她的脸上一直带着笑容，那是发自内心的笑。在她看来，他们的出生和她对他们的爱的萌生，是一种奇迹，然而，真正的奇迹，是他们第一次笑，第一次站起来，第一次牙牙学语时发出类似"妈妈"的声音。冗长而乏味的日子里充满了奇迹。当一个孩子第一次认真地看着你时；当他看见一束光，像小狗一样雀跃地追过去，想把它抓在手里时；当他们不自觉地咯咯笑着时；当他因为看到可怕的影子在屋里移动、听到街上一声巨响或做了一场噩梦而哭泣时，你抱起他，他就贴在你身上啜泣。这时，你就会感到满足——说"幸福"并不准确。就像在医院里第一次抱着诺米时那样，米拉仍然感觉，孩子和她对彼此的爱是无条件的，是比其他生命体验更真实、更亲密的。她觉得自己领悟到了生活的真谛。

突如其来地，小小的白色乳牙从那如阴户般娇嫩的粉色牙龈里长出来。他们开始移动，爬行，站起来，蹒跚学步，就像人类中的第一个人用后肢站起来时一样，怀着兴奋和恐惧，以及一丝得意。然后，他们开始说话了，先是两个字，然后是七个字，越来越多。他们认真地看着她，看着她的眼睛，问问题，说着话。他们俨然已经成了一个小人儿，她一点儿都不懂他们的小脑袋里在想些什么，但她会学着去理解；虽然这两个人是在她的身体里生长，是从那里破土而出，还曾与她共享脉搏、食物、血液、快乐和悲伤的，但是现在，他们已是独立的人。她永远也摸不透他们的内心、思想、精神和情感世界。好像人不是突然降生，而是一步一步长出来的；好像每次出生同时也是一次死亡，他们每成长一步就离她更远一步，不再和她一体，时间越久，就离她越远。他们会和别人结婚，有自己的孩子，然后聚散离合，直至最终永别。而就连这最后的诀别，也是另一种模式的新生。他们会问问题，会表达，会要求："这是蓝色吗？""热。垫子热。""饼干！"就这样兀自讲着。她回答，或同意，或否定，但她不知道自己的话会被怎样理解，不知道他们进行思考和感受的背景是什么样的，也不知道他们形成了怎样的色彩、味道和声音系统。

这并不是说，他们在出生之前就没有自己的个性。米拉有自己的一套"古时妇女的说教[1]"，并对它们深信不疑，她就好像一个古

1　英语谚语，old wives' tale，指一种迷信、信仰，或世代相传的教导，往往集中在妇女的传统问题上，如怀孕、青春期、社会关系、医疗和健康。此处根据后文需要，直译。

代戈尔韦的坐在壁炉边的爱尔兰妇女。诺米在子宫里时总是不安分地动来动去，分娩时不得不用产钳从她身体里拖出来，所以出生后看起来很独立，不太友善。四个多月大的时候，他才开始微笑。刚能走的时候，他就在屋子里蹒跚学步，并且抵触米拉帮他，如果不让他碰什么东西，他还会发火。然而，他还是有需要的。他经常不高兴，即便她抱着他，他也不会安静下来。他想要什么东西，却又不知道具体需要什么。他很聪明，很早就会说话了，而且在学会走路之前已经学会了推论。一天白天，他睡醒后，她抱着他，他竟然对着衣帽架说："爸爸，再见。"她一开始也不明白，后来才意识到，他看见诺姆的雨衣不见了，所以意味着诺姆出门了。他是一个不安分、爱探索的孩子，似乎总想往前超越一步。

相反，克拉克则一动不动地躺在子宫里。他的出生很顺利，就像是滑出来的一样。他出生十天就会笑。诺姆说那只是神经反射，可是克拉克每次见到她时都会笑。最后，诺姆不得不承认，他的确是在笑。克拉克黏着她，对她笑，对她喋喋不休，他爱她。有时，她也会把他放在弹跳座椅上一小时，他在上面蹦蹦跳跳，一个人玩儿。他就是早些年人们所谓的天使般的孩子。可有时候米拉担心他太乖了。有时她会特意将注意力从诺米身上移开，来陪克拉克玩，因为她担心诺米那不满足的天性会让她习惯去迎合他而忽略了克拉克。

当然，也免不了有不顺心的时候。哦，老天，我还记得那些年！孩子们耍一下午的脾气，你会以为自己把恶魔放出来了。遇到阴天，他们连着吵了两天，你就会觉得遇到了严重的手足之争而左右为难。（这全是你的错——因为你没给予他们足够的关注。）每次发烧都是一个潜在的杀手，每声咳嗽都让你心如刀绞。桌上的一毛钱不见了，说明孩子们长大了有可能做贼。一幅胡乱涂鸦的"杰作"可能预示着诞生了一位未来的马蒂斯[1]。老天爷啊，老天爷啊，我很高兴，经历了这一过程，我就会更了解我的孙子了，如果我会有孙子的话。

是的，生命的真谛。正如我所想象的，仿佛住在一艘大型远洋邮轮上，发动机藏在甲板下，好像一颗巨大的、跳动的心脏。你需要时刻照料、喂养、添煤，听着它、看着它，从早到晚，每天如此。你所观察的心脏会成长、变化，最终接管那艘船。这多么了不起，但又终将被遗忘。你并不存在，在生活的现实面前，就连孩子也变成次要的了。他们的需求和渴望从属于，且必须从属于他们的生存；从属于那颗必须使之跳动的伟大的心脏。孩子的看管人就像神殿里的祭司，而孩子是圣器，圣器中的火才是神圣所在。然而与祭司不同的是，孩子们的看管人并不享受特权和尊敬。在清洗、喂养、照顾，听着"烫，太烫了！不，不！"的各种琐屑当中，他们的生命渐渐流逝，连他们自己都不曾察觉。

他们的容貌和身体发生了变化；眼睛已经忘记了世界是什么样子；兴趣也变得单一，只关注那一个或几个小小的身体，他们在屋里横冲直撞，骑在用扫帚做的"马"上大声叫喊。圣火会偶尔冒烟，神圣的生命也偶尔会发出刺耳的声音。

圣火和神圣的生命都会将个体抹杀。米拉在照顾孩子的同时，世界依旧在前进。艾森豪威尔当选为总统，约瑟夫·麦克阿瑟正面临美国军方的麻烦。除去孩子以外，米拉一生中最重大的事情发生

---

1 亨利·马蒂斯（Henri Matisse，1869—1954），法国画家，野兽派的创始人、主要代表人物，也是一位雕塑家、版画家。

在那一天——她正跪在厨房地上擦地板，其中一个孩子哭起来，诺姆不在，他不是在医院，就是在他母亲家里睡觉。她跪坐在地上，来回摇着头，脸上半是笑容，半是愁苦，她想起了自己为什么害怕嫁给兰尼。不管怎样，她害怕的事还是发生了。俄狄浦斯无法摆脱命运，她也不能。剧本在她出生之前就已经写好了。

3

　　有一次，听瓦尔说起她前夫时，塔德缓缓地摇着头说："我曾希望能认识年轻时的你。我曾想象，你骑着自行车，穿过街道，风扬起你的秀发，你经过我身边，挥着手，而我——才二十岁却已历尽沧桑的我，站在那儿，用特别的眼神看了你一眼，只一眼便认定了你。但现在我不这么希望了。你们女人会吃了男人。你们使男人让你们怀孕，在孩子还小的时候照顾你们和孩子，然后你们关上门，把他们丢弃，自己霸占孩子——那是你们的孩子——继续逍遥快活。我很高兴现在遇见你，在你逍遥快活的时候，在你有时间留给我的时候。"

　　这么说对瓦尔其实是不公平的，可这让她感触良多，于是把这些话说给我听。对我来说也不是这样，但我也深有感触。因为，这听起来——感觉上，好像男人们也觉得自己是受害者似的。听起来，就好像塔德认为，男人天生就不能感受事物的真谛，好像他们只能通过女人了解这种真谛，好像他们甚至恨自己的孩子夹在他们和自己的女人之间。不管怎么样，在我的书里，不会出现父子之争。孩子成为你的生活，这是必然，而非选择。这是一种自古以来的安排，是传统观念的核心。只是我不知道它是否必要。你能想象这样一个世界吗？在那里，父母不必依靠对方生存，他们都可以爱护和照顾宝宝，都有机会因此给自己的生活注入动力。我能隐约想象得到，但也仅仅是隐约。我无法想象，哪一种社会结构能容纳这种安排，却不用改变所谓的人性。也就是说，不仅要消灭资本主义，还要消灭贪婪、残暴、冷漠和从属——噢，别想了。

不管怎么说，塔德才二十四岁，瓦尔已经三十九岁了，我们都觉得他爱她，而他确实爱她，可是，他仍把她当作吞噬者。就好像在内心深处，在那鲜少爆发的安静的内心深处，那种看法丝毫没有动摇，因为它一旦动摇，世界就会崩坏，好像在本质上，男女是相互讨厌和害怕着的。女人把男人看作压迫者、暴力狂和有着超级力量，需要以智取胜的敌人；而男人则把女人看作破坏者和一脸威胁地扯着锁链的奴隶，不断提醒他们，走着瞧吧，只要她们想，就能往食物里投毒。

我很了解女人在婚姻中的感受，但我却不知道男人的感受。天知道市场上有多少书是从男人的视角，讲述他们在婚姻中的悲哀的。问题是，它们都不诚实。你见过哪个男作家在书里写到男主人公会因为妻子是个好管家而依恋她？或者她了解他的性需求，总能满足他，而其他女人却做不到？或者由于她不是很喜欢做爱，他也正好解脱，因为他自己就不怎么喜欢做爱？不，你根本见不到。即便有，也是喜剧小说里的情节，而且里面的主人公也不是什么英雄。

无论如何，我都不想写不诚实的东西，所以，我也试着去了解诺姆这些年来的感受。可是我遇到一个问题，那就是米拉并不清楚诺姆这些年来的感受。我怀疑他为了从医学院毕业所花的心思，比花在她和孩子身上的还多（这么说绝对不为过，你会点头承认的）。尽管他常常感到不高兴、不满，可是当她问他怎么回事时，他总会亲亲她的脸颊，什么也不说，意思是他和她在一起很快乐（而她不得不容忍他的脾气和不满）。尽管他会看着她照顾孩子们，偶尔从书中抬起头，感动一番，可他仍然不容分说地使唤她——孩子们出生前，他从不敢这样。

　　我还没来得及写下已经想好的下一句，瓦尔的叫声就插了进来："哈！孩子们出生后，他就知道她是他的了，她就得依赖他，他叫她做什么她就得做什么！"这样说或许有一定的道理，可我只是试着去理解诺姆的感受，即便他真是那么觉得的，他也察觉不到自己是那么觉得的。倒不如他压根感觉不到，是不是？不，我想，那样就是压抑了。我也糊涂了。坐下，瓦尔。我只是试着去理解诺姆。

　　毕竟，他娶了他梦寐以求的女孩。毫无疑问，诺姆是爱米拉的。他爱他眼中的她的独立，但那是一种特别的独立，是他所没有的独立。在他看来，她总在追求真理，在她的世界中，当这种追求与其他人的观点发生冲突时，她会直接让他们滚蛋——当然，她不会用这样的措辞。但同时，她又有很强的依赖性，她脆弱、敏感而胆怯。他觉得她需要他来保护，尽管他自己也脆弱、敏感而胆怯，但当他拥抱着她，告诉她自己会照顾她时，他觉得自己也变得强大了。

　　这一切都是可以理解的。让我烦恼的是（说实话，其实是瓦尔所烦恼的事，因为她离不开塔德），那些令我们相互吸引的品质，都与现实毫不相关。瓦尔，或许是我们的文化使我们将这种关系和欲望混为一谈。瓦尔，请你从我脑中走开吧，哪怕一会儿也行。

那么，诺姆又能保护米拉什么呢？我想，是保护她不受其他男人的骚扰吧。他经常自作聪明地摇着头对她说："你不了解男人，我了解。他们很可怕。"当米拉说她对男人有一些了解时，他又摇摇头，给她讲自己十岁时在街角的糖果店被一群爱尔兰天主教的孩子攻击的事，他们四处游荡，专等公立学校的学生路过。或者讲他在军队的朋友如何作弄那个被迫入伍的可怜的犹太人。他没完没了地对她讲所有他听说过的有关强奸的事。

可诺姆并不常在米拉身边，没法保护她，使她免受其他男人骚扰。她只有自己保护自己，把自己锁起来，不去看他们，也不去想他们。她能做到这些，因为她是一个已婚女人。

我仍然试着去了解诺姆的感受。他娶了自己心爱的人，一切还不算糟。他上医学院时，她来养家糊口。他们没有他想要的物质生活，但每当他想要她美丽的身体时，她就在床上。而且，她很会做饭。对他来说，读医学院很难，可是，结婚后，他比单身时学习还努力。他没钱去和男孩们喝酒，他也不想去。晚上，他喜欢坐在那里学习，抬头便可见米拉在缝缝补补，或熨衣服，或看书，专心致志的样子。她脸上的甜美慢慢变成严肃。这让他感到满足、舒适、安定。

我说对了吗？

有时候，他也会无缘无故地对她发脾气。毕竟，他也只是个普通人。虽然他从没有认真想过这些，但有个人可以让你对着大喊大叫，又不用担心她再也不理你，这样也很不错。在学校里，他每天都需要表现得文质彬彬，对他的父亲也是。他曾经冲着母亲大喊，可是她生气了，好几天不和他说话。最后，她当然还是会和他和好，可他仍然受了委屈。米拉可不会生那么久的气，他总能哄好她，让她再爱抚自己。他确定米拉和他在一起很幸福，就像他和她在一起很幸福一样。

可是，后来孩子们出生了。天哪，首先，她的身体肿得就像个气球。然后，她开始变得非常焦虑和固执，他不得不时刻担心她，而她似乎从不考虑他的感受。好不容易熬过这阵子，又一个孩子出生了，他们无处不在。他并不是不爱他们，可他们总在那儿。他也不怪她。孩子一直哭，她不是要给他们洗尿布，就是得给他们蒸土豆。但是，不管怎么说，她是他的，完全属于他的，女人不就该这样，完全属于你吗？突然间，她就完全不属于他了，她属于孩子了。

我不知道。我想我遗漏了什么东西。我感觉，就在我打这些字的时候，瓦尔正在把信纸折起来。如果你想写信给我，抱怨我这么写诺姆，请你寄给她好了。

4

一九五五年，当其他人都在担心冷战和在建的防空洞时，米拉和诺姆则在担心他们的首付。他们打算在梅耶斯维尔买一套小房子。诺姆实习完了，在一个老朋友的诊所里当助理医生。他想继续进修，成为医科专家，可他无法忍受再和孩子们一起挤在那小小的公寓里了。于是，在父母的资助下，他们在郊区买了一套两室一厅的小房子。尽管没有家具，米拉仍然很兴奋。亲戚们把阁楼上闲置的家具送给了他们，年轻的夫妻就这样组成了一个家。

梅耶斯维尔是一个多民族聚居区，它由许多块小小的飞地组成，那些飞地将各阶层、肤色和年龄的人相互隔开。那里有大量完全相同的小房子，每家都有各自的冰箱、炉子、洗衣机和篱笆院。搬到这里来的，大多是带着小孩的年轻夫妇，他们在公寓里住着不方便，需要自己的院子和洗衣机。那些人以前在自己的家乡租个小房子，而现在那种房子已经快绝迹了，所以他们就来梅耶斯维尔买房，享受首付五百美元、利率为 4.5% 的退伍军人房贷政策。在梅耶斯维尔，有三种差异：宗教、年龄和教育——种族还不算是问题。这里有许多天主教徒、数不清的新教徒，以及少数犹太教徒。只有极少能够忍受整天都是满大街小孩子吵闹声的退休老人住在这里。上过大学的男人和没上过大学的男人各占一半。在一九五五年，大学文凭还是很有分量的。它标志的不是知识或文化，而是一种向上流动的可能性。尽管在米拉和诺姆那些年在这里认识的所有人中，只有两个真正富起来的人，而他们都是没上过大学的。其中一个开了一家二手车行，最终当上雪佛兰经销商，变成了百万富翁；另一个是房地产经纪人，靠几桩地产买卖发了财。不过，凭着医学博士学位，诺姆在这里不会觉得不舒服。当然，那里还有其他年轻的医生、律师、会计和老师，这些都是诺姆认为值得尊敬的人。还有他们的妻子，有护士、老师或私人秘书，这些都是米拉能说上话的人，至少她是这么认为的。她们的境况都一样。她们都不富裕，都在努力奋斗，都有小孩，都带着渴望。她们一点一点地从各个街区聚集起来，把自己和别人区分开来。毫无疑问，对她们来说，唯一的区分标准就是钱，没有什么能与之等价。这些年轻人，开着破旧的车，车上挤满了孩子，她们对外面的世界充满渴望。她们想在客厅新添一个沙发，想在餐厅加一套桌椅，想买一辆车。像欧洲游、皮大衣和游泳池之类的东西，她们只能在梦里想想。无论她们想要什么，她们脑中所充斥着的都只有五彩缤纷的物质。

同时，在很多情况下，很长时间里，她们只能忍受着物质的匮乏，怀揣着希望，一天天地过下去，竟没有意识到她们的生命正在流逝，而且永不复返。男人们胸怀抱负地工作，欲望使他们的斗志昂扬有某种竞争的味道。他们大多数人都没有朋友。女人们则在家里带孩子，看着天，想想是不是该在下雨前把衣服收了；如果看起来不会下雨，她们就想着是不是该浇浇草坪。像这样的小镇上，主街道两旁本就不多的老建筑被夷为平地，街道被拓宽，两旁新开了卖园艺工具设备的商店、二手车行、旧家具店和电器商店，以及地毯经销店。有人说，美国就是从那时开始变丑的。可是在那之前，许多主街道就已经很丑了。也许只是材料变了。铬合金、玻璃、霓虹灯和塑料取代了木板和砖石。由于人越来越多，所以城市也越来越丑陋了。好像在"二战"中死去的人没有新出生的人多似的。世界爆发了，人口也大爆发。因为《退伍军人安置法案》，那些本来不会去上学的男人也上了大学。每个人都满怀希望，每个人都想过好的生活。但大家都知道，好的生活是以无霜冰箱、带两个扬声器的高保真音响、铺满整个地板的地毯和烘干机为标志的。

如今，这一观点看起来滑稽可笑，因为生活并不是这样的。"甜蜜的生活"并不只是塞满洗衣剂的新洗衣机。可是，尤其是对女人来说，洗衣机、烘干机或冰箱都是小小的解脱。若没有它们，没有避孕药，也不会有现在的女性革命了。事实，太太，我只看事实。肮脏的英镑和便士确实重要。伍尔夫知道这一点，即便她不认为它们属于文学的范畴。毕竟，她曾经发问：为什么女人没有钱？过去，难道她们不曾像男人一样努力干活，不曾在葡萄园和厨房、在地里和家中劳作？为什么到最后所有的英镑和便士都到了男人手里？为什么女人甚至没有自己的房间？而在她那个年代，至少每位先生都有自己的书房。

世界爆炸了，几乎没人有自己的房间。他们不得不凑合着适应洗衣机和后院烧烤。工薪阶级正式进入了人类的历史。

5

搬家后，米拉的生活轻松了许多，她觉得自己简直像个贵妇人。渐渐地，她不用凌晨两点就起来喂奶，每天喂七次渐渐减少为六次、五次、四次，到最后，甚至连奶瓶也用不着了。又过了一年，尿布也用不着了。对一个女人来说，尿布从她们的生活中消失的那一天是了不起的一天，但很少有女人能够确定就此摆脱它了。她们将尿布收好放在阁楼上，"以防万一"。当然，衣服还是要洗的。不过，现在她已经有了洗衣机，而且一周只需洗三次。当然，房间还是要打扫的，米拉曾以为，换个大点儿的地方，打扫起来就会容易些。可空间大了，要打扫的地方也会更多，这点她不曾考虑到。她对于打扫的经验就是，越有钱，打扫的任务越重。避免这一任务的唯一方法就是生而为男人，或者花钱雇另一个女人来打扫。尽管如此，生活还是很惬意的。漫长的夏天在她面前延伸，她在厨房里哼着歌，清洗早餐用过的碗筷，孩子们在后院翻滚、玩耍。也许，她可以找回一种人生。每周会有一次，诺姆回家早，她的朋友特里萨就会开车载她去图书馆，她会借一堆书回来，而且每次都是同一个作者写的。她看完了图书馆里所有詹姆斯、赫胥黎、福克纳、伍尔夫、奥斯汀和狄更斯的作品，不加鉴别地看，毫无区分地看。她还借出一些关于心理学、社会学和人类学的通俗书籍和学术著作一起读，过了很长时间，她才逐步弄清浅显的通俗作品和深奥的学术著作的区别。由于缺乏相关应用，她读过的大多数东西都忘记了。又过了一段时间之后，她才隐隐感觉她所读的都是无用的东西，她并没有真正学到什么。可是在头几年里，她还是很幸福的。她的家热闹而有活力，她的孩子都很漂亮，而且一天只哭一两次。她正在慢慢找回自己的人生。

下午，孩子们仍会小睡一会儿，所以，她有一两个小时的闲暇时间。他们晚上七点就上床睡觉，她就可以晚一些睡，于是又有了几小时的空闲。晚上的时光，她就用来看书，即便诺姆打开电视也妨碍不了她。下午，她也有自己的社交生活。

住在郊区的女人经常像生活在古希腊的女人一样，将自己锁在家里，整天只见得到孩子。希腊女人还能见到奴隶，那也可能是一些有趣的人。不过住在郊区的女人至少还能互相来往。

同住一个街区的女人都乐于交朋友，新来的会被邀请参加各种茶话会。时间一久，就形成了小团体。米拉也有几个朋友：布利斯、阿黛尔和娜塔莉。她们每个人也都有其他的朋友，于是就形成了一个社交网络。米拉二十五岁，她的朋友都比她大一两岁。她们都有孩子。她们的丈夫都将工作视为事业，而非职业。

她们在彼此家的厨房和后院打发掉大多数闲暇时间。她们坐在院子里，端着热咖啡或冰咖啡，就着自家烘焙的咖啡点心，看着孩子们玩耍。天气不好的时候，她们就坐在厨房而不是客厅里，方便孩子们时不时哭着跑进来时，给他们拿饼干，也方便给客人续杯。而且，如果孩子们浑身沾满泥巴、巧克力、粪便跑进来，也只是弄脏厨房而已。各家的房子都是紧挨着的，所以她们甚至可以放心地把孩子一个人留在家午睡，自己跑出来。窗子打开，隔壁家的声音稍微大点儿都听得见。

夏天，她们就坐在草地上或自家造的露台上，一边抿着冰茶或冰咖啡，一边看着沙箱或塑料充气澡盆里的孩子。她们不太在乎自己的衣着，上面到处是孩子们的脏手印，或婴儿吐出来的发酸的牛奶。谈话是一种体力挑战，因为她们说话时，偶尔会有一个孩子的手缠在颈上，或坐在膝盖上扯妈妈的耳朵。或者说着说着，突然站起来去阻止约翰尼把手里的小石子吞到肚子里去，在米吉用铁铲打约翰尼的头之前把她抱开，或者把试图跑出院子却卡在栅栏缝里的蒂娜拖出来。

这就是每日的活动，看起来也是一种闲散的生活，并没有什么特定的目的。每天的生活大同小异：阳光时有时无；有时穿夹克，有时穿棉衣和靴子；对孩子的如厕训练有时顺利，有时寸步难行；有时，床单会被冻结在晾衣绳上。女人们会在早上、午后工作。有时在晚上，电视里放着《天罗地网》或迈克·华莱士的访谈节目，她们就会修理东西，熨衣服，或为孩子缝制新衣服。这样的生活也不算糟，这比那些成天在收费站收硬币，在流水线上检查罐头的人好得多了。她们早已习惯了那些未曾言明的、未经深思的压迫。她们没有选择地自动适应了自己的生活。她们没有行动的自由（孩子是比劳改农场更有效的枷锁）。连大便和四季豆都能接受，此时的她们还有什么不满足的呢？

6

每天的谈话使她们更加亲近。她们大多数人对彼此生活的点滴再了解不过。她们总不忘问一句：今天约翰尼的咳嗽好些了吗？米拉的月经量还是那么多吗？比尔把厕所修好了没有？要是谁家的厕所坏了，一家人都会用你家或你邻居家的厕所，所以当他们家的厕所修好时，你马上就会知道，就如同熟悉自己的洗澡习惯一样。

大多数时候，她们都在谈论孩子。每个人看着自己孩子的眼神都闪闪发光。她们都觉得自己的孩子是漂亮、聪明的。而他们也确实都是漂亮、聪明、有趣的，即便有时候他们会打破别人的脑袋。当孩子们受欺负时，当他们哭得很凶时，女人们都会表现出温柔的怜惜。有时候，她们也对孩子厉声说话，有时候还会打他们。可是，过不了一会儿，孩子就会靠在妈妈胸前，伤心地在她膝盖上抽泣。这并不是说，你听不到街上有女人对她的孩子大喊大叫，那尖厉的声音里透出烦恼与失望；也不是说，在这附近没有父母用皮带教训孩子。只是这样的事不经常发生而已。这一代的孩子是被温柔地养大的，他们远离了拥挤的城市及狭窄的公寓，远离了贫穷的农场及困苦的生活。

女人们对于孩子总有无尽的兴趣：他们的疝气、发烧，他们有趣的言行，他们读几年级，他们的倔脾气，等等。你或许觉得这样的谈话很无聊，你或许宁愿谈论汽车和球赛。但我觉得她们很有人情味，而且无论你信不信，这样的谈话还能起到一定的教育作用。我们从中学到孩子高烧不退怎么办，或者如何去掉约翰尼衣服上的污渍。在这一过程中，我们学会了接纳多样性。因为孩子们都是不同的，尽管有人的孩子年龄更大一点儿，身体更强壮一些，有人的孩子更聪明一些，有人的孩子更漂亮一点儿，但他们都没有本质的区别。他们之所以不同，是因为我们对他们的爱不同。你最爱的是自己的孩子，这是天性使然。

但是，除了孩子，还有其他事情可谈。一次特别晚宴（亲戚们周末造访）的菜单就足够她们讨论几个小时，一条新短裤或一件新衬衫就能占据她们两杯咖啡的工夫。谈起打扫房间，她们就一起大笑或叹息，但每家的屋子又都是一尘不染。也许因为家里到处都是小孩时，屋里随时都是又脏又乱，所以等孩子长大之后，女人们总是把屋子收拾得很整洁。她们很少谈起自己的丈夫，但都会把他们作为话题背景。她们说起荒唐的习惯或压抑感时，常常会提到他们。

"保罗喜欢喝浓咖啡，所以我会把咖啡煮得很浓，我自己喝的时候另外加水。"

"诺姆完全不吃猪肉。"

"汉普不愿碰婴儿的尿布，从来不碰，所以孩子小时我从没让他一个人带过。因此我才这么早训练他们大小便。"

从不会有人质疑这些话，也没有人会问娜塔莉或米拉为什么不纠正丈夫的习惯，或阿黛尔为什么不以自己的喜好煮咖啡，让保罗煮他自己的。从来不会。丈夫们是围墙，他们有绝对的权力，至少在小事上如此。对于他们那难以想象的无理要求和痴心妄想，那令人费解的饮食习惯和奇怪的偏见，女人们常常会大喊大叫、喋喋不休。但这就好像她们是住在棚屋里的黑人，陈述着住在大房子里的白人的荒谬要求。

　　当然，这是因为男人在不同水平上体验着生活。汉普因为出差飞遍全世界，他坐头等舱，在高档饭店用餐，享受空姐和服务员的热情；比尔是飞行员，开着飞机满世界飞，他住惯了高级酒店和度假胜地，去豪华饭店吃饭，服务员们都围着他转；甚至就连诺姆和保罗在外也能享用一顿昂贵的午餐和公司提供的晚餐，身边也有谄媚的护士和秘书。他们把这些派头带回家，开始把家里的女人看成乡下人，认为她们心胸狭窄、土气寒酸。渐渐地，他们娶的那个与他们原本平等的人变成了仆人，这或许是无法避免的。有一年冬天，比尔感冒了，他躺在床上既无聊又难受，于是叫布利斯把茶、姜汁酒、阿司匹林和杂志给他送到楼上——她数了一下，叫了她二十三次。结果，布利斯被他传染了，但他要赶飞机，他让她起床，开车送他去机场，而她照做了。莉莉还给我们讲了一件关于卡尔的滑稽事。他嫌莉莉做的饭不好吃，于是决定用他母亲的方法做土豆饼，他把面糊撒在炉子上，结果面糊粘在上面了，一气之下，他把一整碗面糊摔在厨房墙上，说这些事该她来做，然后怒气冲冲地离开，去吃麦当劳了，留她一个人收拾残局，她还要给孩子喂饭、洗澡。因为爸爸吹嘘的晚餐泡汤了，还大发脾气，把家里弄得一团糟，两个孩子受到了惊吓，一直哭个不停。萨曼莎讲起她的冰块托盘可以唠叨二十分钟，它们老是咯咯作响，还总碰着她的头，可辛普就是不让她买新的。玛莎的喋喋不休则是关于乔治手里的任何一件工具都可能造成受伤事故。前两天，他的锤子从梯子上掉下来，正好砸中了杰夫的头，结果缝了十针。肖恩坚持每天都要换新床单；米拉缠了一年诺姆，他都不愿教她开车。和这些相比，冷战又算得了什么呢？

可是，没有人提出要改变这种情况，也没有人敢挑战男人们提要求和掌控的权力。只有玛莎公然嘲笑她的丈夫："他没用，笨手笨脚的！"然后就笑了。听到别人的固执和愚蠢时，其他女人也只是摇摇头，笑笑。丈夫和孩子一样，有自己的怪癖，女人只能去容忍他们。即使真的争论起干净的床单、滑动的冰块托盘或汽车驾驶课这类问题，也是在夜深人静时，在家里悄悄进行的。她们坐在阳光下看着孩子们在草地上玩耍时，从不提这些事。女人们确实很亲密。可是，当萨曼莎的手上长满皮疹时，或者娜塔莉下午就开始喝酒，拎着她的黑麦威士忌瓶子从这家走到那家时（除了在晚宴上招待男宾时，主妇们是买不起酒的），没有人去追问原因。那天布利斯跑出家门，大声嚷嚷着，让谢丽尔别在马路上骑自行车。布利斯的声音很失控，听起来歇斯底里的，但大家就像没听见一样。因为她们有时也会这样声嘶力竭地喊叫，当洗衣机冒水的时候，当培根烤焦的时候，当约翰尼磕破头皮的时候。每当这时，诺姆、保罗或是汉普就会打电话来说他们会很晚回家，因为他们要去参加一个行业晚宴、商业会议或员工聚会。

如果她们都坐在米拉家的厨房里，布利斯正津津有味地讲着比尔蛮不讲理的故事，比尔突然探头进来，问布利斯是不是在这儿，她就会赶紧跳起来离开，临走还一边笑一边挤眉弄眼，大家都不会多说什么，也不会联想到什么。

对于她们来说，这里有两种世界，一种是男人们在的世界，一种是只有女人和孩子们的世界。在她们自己的世界里，她们互相陪伴，互相倾诉。她们通过幽默和不必言明的理解互相支持，互相关心，互相证实自己的合法性。米拉觉得，她们对彼此的重要性大过她们的丈夫。她很想知道，若没有彼此，她们能否生存下去。她爱她们。

7

在接下来的几年里，她们大多数人的物质条件都有所改善。他们一年能买得起一两件衣服，或买布料来做衣服了。她们开始买得起酒和食物，办得起派对了。布利斯和比尔给他们那空荡荡的客厅添置了一张便宜的咖啡桌和一盏吊灯。诺姆和米拉为诺姆的母亲送给他们的旧沙发做了一个沙发套。孩子们长大了一些，有的已经上了学。女人们有了余力社交。客厅拿来公用，丈夫们也被拉拢到她们的小社会中来。从那以后，男人们才会在某个周末的下午，推着割草机，隔着草坪简短地聊上几句。

米拉是第一个开派对的，大家几乎都来了。小小的客厅被打扫得一尘不染。当天下午还堆在沙发一角的洗好的衣服、散落一地的玩具，到了晚上都被扔进了壁橱里。几张小桌子上摆着盘子，里面是盛装魔鬼蛋、橄榄、奶酪和饼干，还有装着薯条和椒盐脆饼的篮子。尽管这些女人几乎每天都会见面，可她们聚在一起时依然聊得热火朝天。男人们还是平常的样子。他们的着装比工作时稍微随意一些，但都穿着整洁的运动夹克和锃亮的皮鞋。而女人们呢？破旧的宽松裤子、没化妆的脸、头上的卷发夹和身上的围裙统统不见了。她们穿上低胸裙，戴上水钻首饰，高高盘起头发，穿上长筒丝袜和高跟鞋，抹上眼影，涂上口红。她们个个魅力四射，今晚经过盛装打扮之后，她们显得优雅迷人。而且她们也知道自己很美。她们径直走进客厅，说话的音调比平时都高；她们笑得比平时更大声、更放松。

男人们也感觉到有些东西不同以往，他们只是耸耸肩，把客厅留给"姑娘们"，自己端着威士忌去厨房谈论足球赛、汽车和性价比最高的轮胎。女人们穿着不太熟悉的衣服在不太熟悉的屋子里，不安地面面相觑。突然，她们相互品评起来，看着别人身体的曲线或长长的睫毛，就好像以前从没见过这些似的。她们对眼下的一切懵懵懂懂。

这些女人从没离开过她们的孩子，要想外出，就得花钱找保姆，出去吃晚餐，看演出或是看电影，这些都得花钱，而她们从没有过钱。怀孕给她们的教训是，关于将来，不能想太多：将来就是现在。她们的眼界被生活限制着。

可是，今晚她们都盛装打扮走进这个客厅，相顾傻笑着。她们眼见彼此焕然一新。她们都还年轻，都很美丽动人。出门前，她们看着穿衣镜里的自己，发现她们和自己模仿的那些人——时尚杂志和电影杂志里那些魅力四射的女人——相比起来，也没多大差别。她们隐约意识到，除了日常生活中的自我，她们还有另外一个自我。那是一种奇迹。她们似乎还可以有一次机会，能过上与现在不同的生活。她们不知道那是一种什么样的生活，也没去追究那是一种怎样的生活。她们中没有人会抛弃自己的孩子，没有几个人会丢下自己的丈夫。但是，要过上不同的生活，好像这两点都是必需的。不过，无论如何，她们都已经觉得很舒展了。

她们不承认这是一种幻象。她们一起坐在客厅里，和往日坐在厨房里时一样，只不过混合威士忌代替了咖啡。她们开始聊天，谈论艾米因为最小的孩子得了麻疹而不能来，谈论汤米看到晚餐是蟹肉薄饼时的反应，谈论福克斯一家计划在婴儿出生后把房子扩大。但她们都心里痒痒的，有什么蓄势待发。最后，有人（是娜塔莉？）说了一句："还有男人们呢！"大家马上表示赞同了。有人站起来（是布利斯？）说："我把他们叫进来。"说着去了厨房，但并没有返回来。是啊，打扮成这样，穿着不舒服的内衣、紧身裙和高跟鞋，戴上假睫毛，用发胶把头发定型，不是为了坐在客厅里谈论她们每天都谈论的那些琐事，对此，她们都笑着表示同意。娜塔莉带了几张唱片来，她和米拉用留声机放音乐。有辛纳屈、贝拉方特、安迪·威廉姆斯、约翰尼·马蒂斯、艾拉·费兹杰拉和佩姬·李[1]，这些是她们都喜欢的。然后，男人们陆续参与进来，谈话变得更热烈了，一群人聚聚散散，几个人开始有了醉意。最后，阿黛尔的丈夫保罗站起来和娜塔莉跳舞，肖恩和奥利安跳完，又和阿黛尔跳。

到午夜时，有许多对儿在跳舞，人们互相交换着舞伴。几乎每个人都与别人暗暗调情。要不然，口红、珠片、胸衣还有什么意义呢？第二天，大家都觉得自己度过了一个美妙的夜晚，几年来最棒的夜晚。对于是否还要举行这样的派对似乎毫无异议，丈夫们和他

1　佩姬·李（Peggy Lee，1920—2002），美国歌手，20 世纪 40 年代班尼·古德曼乐团的当红女星。她的歌声风情百变，是美国爵士乐及流行乐坛最具代表性的女歌手之一。

们的妻子一样赞同。

这听起来也许有些好笑，但其实这些派对单纯得可怕，之所以说可怕，是因为单纯本身就是可怕的。轻微的调情对他们有好处。男人和女人数年来都生活在被自己的性别和职业所约束的世界里。如果说，女人们觉得很难谈论外面的大世界，那么男人们会觉得，除了自己的工作，谈论其他任何东西都很难。于是，他们只好转到中间地带，谈起了汽车、游戏甚至政治，但他们无法谈论关于个人和人性的事，除了一些闲言碎语，他们对其他人一无所知；除了外在的形象，他们对自己也一无所知。这一群人对另一群人也是一无所知。

如果，在派对结束后，他们兴奋得眼睛闪闪发亮，脸颊红扑扑的，这样有错吗？如果，和别人的配偶说话时，展现出连自己都未曾发觉的魅力与幽默，这样是有罪的吗？或者，发现别人对自己有好感，于是放任自己的感情像蛋糕上的糖霜一样融化，这也是有罪的吗？他们可能看起来像《时尚》杂志上那些见多识广的人，但他们大多数人其实还像十四岁时那般单纯。他们尝试了做爱，有了孩子，可他们仍然对性懵懂无知。对于大多数男人和所有的女人来说，性本身是令人失望的，他们从不提起。毕竟，性是与生俱来的本能，如果不是这样——如果这东西比不上偷偷摸摸的暧昧、黄色笑话、挂历上的性感女郎和成人杂志，比不上成百上千本书里女主角为爱痴狂的故事，他们又为什么总觉得欲求不满呢？对于男人来说，很奇怪的是，性是贫乏的。那是一种感觉良好的体力运动，可是完事后，他们又会觉得孤独、冷淡、筋疲力尽。而对于女人来说，那是一种讨厌的义务。那么，他们又为什么会如此享受派对唤起的心荡神迷呢？

　　或许是因为大多数人的性经历极其有限，一旦性生活出现问题，他们很容易怪罪到另一半头上。如果和唐上床的是玛丽莲·梦露，甚至是布利斯，而不是灰头土脸、胸部下垂、肚皮也因生过六个孩子而变得松弛的特里萨，感觉就会完全不同了。布利斯或许也会觉得，和比尔相比，性经验丰富的肖恩能让她更加兴奋，知道怎么让她保持"性致"。如今，市面上已经有很多性教育手册和指南，它们或许会教你一些不同的东西。但是，在那些年，我们只能在外部找原因。如果产生问题，不是因为我们无知，而是伴侣不对。而且这种推论似乎还得到了证实：新的性伴侣带来的刺激，足以掩饰性爱中的缺陷，直到习惯这个伴侣，缺陷又冒出来。

　　然而，一切性欲和不满，女人们都不会表现出来。她们只谈论开派对的事。她们计划着、准备着。男人们则像影子一样跟在妻子身后。和妻子们相比，他们不那么花枝招展，不那么引人注目，个性也不那么突出。他们就像色情电影里面的男人。编剧、导演和制片人都是男人，也有男演员，是为了娱乐男人而拍的。其中视觉的焦点都在女性身上，表现她们的身体，以及当精液射满她的脸和阴茎插入她肛门时她快乐的样子。伊索曾说过，二十世纪的色情电影就像希腊悲剧，只凸显女性的情感。这里也是如此。

　　男人们并没有对派对表现出不满，他们甚至愿意多花二十美元来做准备。他们允许女人为派对计划、采购、烹饪、打扫、添置新衣服。每次派对上他们都站在厨房里，每次都是女人请他们出来。他们不情愿地来到客厅，和"姑娘们"开着玩笑。他们应女人的邀请跳舞，并高兴地接受女人们对他们一成不变的舞蹈风格的恭维。

好像就算在通奸的时候，他们也都是羞怯的处子，女人们则是淫荡的。好像他们是被勾引的，而他们也欣然接受。

8

我比对参加派对的这八九对夫妻，他们每对都是不同的。

娜塔莉总是起得很早。她先要开车送汉普去车站，再送大一点儿的孩子们去学校。忙乱了一上午之后，给蒂娜洗完澡，把她放进婴儿围栏里，她才在常用的彩色塑料杯里冲上一杯速溶咖啡，坐在杂乱的餐桌前，开始计划自己的一天。

娜塔莉身材高大，颇有力气。她喜欢自己动手：刷墙、贴墙纸、修理家具、擦洗地板、给地板打蜡，这并不是因为缺钱，只因她需要找到用武之地。她对她的家有着极大的兴趣。那是她的骄傲，她的家看起来就像家居杂志里的房子——但总是差那么一点点，因为娜塔莉从不收尾。她做事虎头蛇尾，所以她家里总是显得很乱。

她结婚很早，父母算是松了口气。她曾经是个野孩子。如今，她自己也有了三个孩子。她丈夫在她父亲的公司工作，给他安排了一个不用接触重要事务和人物的高层职位。汉普没什么作为，但他们都知道，她父亲是不会解雇他的，而且那时候的工资待遇很好，娜塔莉还在想是不是要换一个更大的房子。

她喜欢这样的生活。她喜欢把脚跷在桌子上，啜一口咖啡，计划着早上要做些什么。墙纸糨糊还没有买，她准备买糨糊时，先看看家装店最新的浴室墙纸图案，为浴室选新的墙纸，那里已经旧得不成样子了。她还会去趟杂货店，看看新款粉色玻璃灯罩是否到货了。家里还需要黑麦威士忌，晚餐时喝的。然后，她回到家，从书房开始收拾。她在一面墙上贴满了红色的平绒墙纸，这样一来，其他墙上的镶板也多了些暖意。

她穿上凉鞋，披上外套，然后裹好宝宝，把她放在汽车车座上。娜塔莉体形漂亮，无论她如何打扮，看起来总像是生来就有头有脸的人。她从这家商店跑到那家商店，和店员们闲聊一番，上午十点半回到家里，到下午两点钟，已经把墙纸贴好，糨糊也清理干净了。最后，她会靠在裁剪台上，欣赏自己的作品。

她有无限的耐心和不错的品位，贴墙纸真是棒极了。她惬意地伸了伸懒腰，给宝宝喂了点儿饼干和奶酪，放她在屋里小睡，然后给自己倒了杯黑麦威士忌和苏打水，就去浴室洗澡了。她们家是这一片唯一拥有两个浴室的。她不明白其他人是怎么回事，为什么他们只有一个浴室。谁愿意在一个满是尿骚味的浴室里洗澡？再说，修一个浴室也没那么贵，连一千块都要不了。

她穿好衣服，打扫完厨房，然后看了看表。快三点了。孩子们——一群话痨——很快就要回来了。她给阿黛尔打电话。可阿黛尔来不了。她总是来不了。

"你到底是怎么回事？"娜塔莉笑她，听阿黛尔又在找借口：谁要去看牙医，谁要去参加童子军，谁又生病了。娜塔莉扮了个鬼脸。"你有这么多孩子，真是讨厌。"娜塔莉总结道，丝毫不顾别人的感受。钱是坚硬的盔甲，娜塔莉一直都很有钱。她不用考虑其他人的感受，因为她办得起最像样的派对，对朋友也很大方，她们看中什么都会送给她们。

于是，她又给米拉打电话。和往常一样，米拉正在看书。克拉克还在睡觉，诺米上幼儿园还没回来。可是，现在下着雨，他们只能待在屋里。娜塔莉扮了个鬼脸，有些绝望地说："好吧，把孩子们接回来吧。克拉克醒了，你就过来。没关系的。"

米拉三点半才过来。莉娜和蕾娜也到家了。她们吃了些花生酱和果冻。在新贴了墙纸的书房里，四个孩子一起看电视，他们并没有一起玩，因为年龄相差太大了。后来，伊夫琳也带着她的两个孩子来了。电视机前的孩子更多了。女人们坐在厨房里，喝黑麦威士忌。孩子们嘀嘀咕咕的，不断地来厨房要饼干和冰激凌，尽管米拉皱着眉说："别吃了，诺米，不然你又该吃不下晚饭了。"

"你真是瞎操心，"娜塔莉笑着说，"你管他们吃不吃晚饭。"

到四点半时，大家都走了，娜塔莉感到有些失落。这时，莉娜进厨房来拿花生酱和果冻三明治，娜塔莉狠狠地训斥了她。

"我要做作业，我需要补充体力。"那孩子并不理会妈妈，冷静地说道。

蕾娜看了看外面，发现雨已经停了。于是她冲进厨房，找到溜冰鞋的芭扣，就跑了出去。只留下蒂娜一个人，在婴儿围栏里坐成一团。娜塔莉俯下身来说："那些坏姐姐都跑了，把我们小蒂娜一个人留在家里是吧？坏姐姐。来，妈妈抱。"她说着把孩子抱起来，把她放在厨房的地板上，让她自己爬。

还有晚饭呢。想到这里，娜塔莉心里一沉。她讨厌每天的这个时候，她讨厌做饭。要是只有她自己，吃一块奶酪三明治就够了。但是，她得选好猪排，再去翻食谱，看看如何能把它做出花样。她发现一个用利马豆和番茄酱做蔬菜炖肉的方子，于是按照食谱上的方法，认真地准备。这时，蕾娜进来了，外面又下雨了，她一边抱怨，一边打开电视。蒂娜的脾气又上来了，她把厨房地板上的瓶瓶罐罐摇得叮当响，还哭了起来。五点四十五分，娜塔莉抓起外套，将蒂娜放进围栏里，叫蕾娜看着她，她则开车去车站接汉普。汉普一回到家，就往杯子里倒满黑麦威士忌，从冰箱里拿出一罐啤酒。他往书房里"他的"椅子上一坐，开始看电视。

"你觉得新墙纸怎么样？"娜塔莉热切地问。

"漂亮，亲爱的，真的挺不错。"他的声音有气无力的。

娜塔莉把蒂娜放在高脚凳上，然后热了几罐婴儿食品喂给她。厨房里炖着的肉咕噜咕噜响，她觉得闻起来挺香。她又倒了一杯黑麦威士忌。如往常一样，晚上家里总是闹哄哄的。莉娜和蕾娜为争什么东西吵起来了，小宝宝在发脾气。还有电视的声音——汉普在他那舒适的椅子上坐成一团，一边喝酒一边看报纸，不时看着某个愚蠢透顶的牛仔节目。

"你能不能叫孩子们闭嘴，娜塔莉？"他喊道。

"烦死了！"娜塔莉抱起高脚凳上的蒂娜，上了楼，"你们都给我闭嘴，听见了吗？你们吵到爸爸了！"

娜塔莉正在婴儿房准备哄蒂娜睡觉，蕾娜哭着跑了进来："莉娜拿走了我的本子！她说是她的！可那是我的！"

"就让她用吧，她要做家庭作业。"

一阵大哭。

"我明天再给你买一本。"

怨气与满意在蕾娜心里交战了一会儿。她想要新的本子，却不想这样轻易让步，不想让他们觉得她甘愿受委屈。她一边抽噎，一边嘟囔着回到和姐姐共同的房间。

"莉娜，你不讲理，我不喜欢你了。妈妈要给我买一个新本子，耶！"

"哼，住嘴，蕾娜。她也会给我买一本。"

"她不会给你买！她只给我买。"

"她会买的！"

"她不会买！"

莉娜跳起来，跑进婴儿房。她瞪着眼睛，嘟着嘴问："妈妈，你也会给我买一个新本子，对吗？"

"你能住嘴吗，莉娜？小宝宝要睡了。"娜塔莉关上灯，带上门。莉娜站在玄关里盯着她："你会给我买一个的吧，是不是呀？"

"如果你需要，我就给你买。"

"我需要。"

蕾娜就站在她房间门口，一听见妈妈说："好。"她就冲了过来。

"这不公平！她拿了我的本子还要给她买新的！不公平！"

莉娜迅速转身对妹妹说："我要用它来做家庭作业，小朋友！我可不像你那样，在上面乱涂乱画！"

蕾娜又哭了起来。

"闭嘴！"有声音从楼下爆发出来。女孩们安静下来，小宝宝却又开始哭叫起来。

"天哪。"娜塔莉小声嘀咕着进屋去哄宝宝。女孩们回到自己的房间，坐在屋里瞪着对方。

炖肉很失败，又干又硬，根本没人吃。她们只好拿饼干和冰激凌充饥，汉普则吃了一块花生酱三明治。娜塔莉叫嚷着，让姑娘们洗澡睡觉。她打扫完厨房，大约九点钟，便和汉普一起在书房喝起了酒。

一个节目就快结束了，她走进去时，汉普抬头看她，她面带笑容："今天过得怎么样？"

"还好。"他懒懒地回答道。回到家后，他已经喝了四杯黑麦威士忌和啤酒了。

"新墙纸真的还不错吧？"她自我感觉很好。

"是啊，亲爱的，我不是说过了吗？确实不错。"

"今天下午米拉和伊夫琳来过了。"

他稍微打起精神："哦，是吗？"

"伊夫琳是从医院过来的。汤米摔了一跤，嘴上缝了三针。米拉在这里时，克拉克一直在哭。天哪，她把那孩子宠坏了。"

他盯着电视。

"我到'卡弗家'去了一趟，灯罩还没送到。"

"哦。"

她冲他羞怯地笑了笑，说："卡弗先生说，每次看到我，都希望自己再年轻个二十岁。他好可爱对不对？"

"是挺可爱的。"

"哼，你就跟一本没有字的书一样无趣。"

"或许我就是那样的吧。"

"可不是嘛。爸说他花钱是请你来写公文的。"

"真的吗？"他转身看着她，"岳父大人是什么时候跟你说的？"

"我们在游艇上时，上个月。"

"为什么他不跟我说呢？"

她耸耸肩。

他又转过头去看电视，可他看不进去了："你是不是想让我辞职？你是不是这个意思？"

"汉普，我希望你去做你想做的事。你知道吗，我真觉得你很聪明。"她的声音里带着宠爱，她的笑容风情万种。她走向他，在椅子旁边的地板上坐下来，抬头对着他笑，"还记得你学的是——什么来着？你是个工程师，你可以重新找份工作。"

"你要靠我赚钱养活。"

"既然爸还给我开工资，我为什么还要靠你来养活呢？"

"那么，既然爸还给我开工资，我又为什么要离开呢？"

"因为你在那儿不开心啊。"

他站起来，把电视的声音开得更响。刺耳的枪声传来，一个牛仔倒下了。娜塔莉重重地叹了一口气，起身到厨房，倒了杯酒。"也给我倒一杯，好吧？"汉普叫道。她拿着酒回来，把威士忌和啤酒递给他，再回去倒她自己的，回来之后，她在屋子中间的椅子上坐了下来。

"布利斯打来电话，"娜塔莉又说，"她下周要开派对。"

"哦，是吗？"汉普再一次抬起头。

"是的。只有这个才能引起你的兴趣，是吗？又搞上谁了？我知道不是伊夫琳，尽管她很美。是书呆子米拉，还是瘦猴儿布利斯，她的屁股够大？这些天你又爱上谁了？你可以跟我说说。反正不会是我。"她的语气酸酸的，悲不自胜。

他慢慢地看向她："你什么意思，哪些天？"

汉普身材高大，却长着一张稚气的圆脸。他笑起来像个孩子，看上去人畜无害。他的声音也很稚气。而娜塔莉的声音又尖又细，尤其是被惹怒时，所以，他们在吵架的时候，无论说些什么，听起来都像是娜塔莉在咄咄逼人，而汉普在避让。

"你不和我上床也就算了，可你似乎认为其他每个人都很有魅力。"

"娜塔莉，"他直视着她，"在这个世界上，你最没资格指责别人。"

她微微红了脸，看向一边。他们总是假装不知道她的绯闻，她也不确定他究竟知道多少。可是，至今她已经一年没有绯闻了。自从她父亲不再派汉普出差，她就老实了。实践证明，汉普是一个糟糕的销售员，所以，他"升职"了，现在每晚都在家。

她恢复镇定，说："天哪，你每晚都在家，我做什么你都知道。什么事都没有！"她的害怕转为愤怒，"我坐在这里，和你一起看那刽蛋的破电视！你坐在这里，像被猪油蒙了心！你什么也不干！你不帮我带孩子，就连垃圾也不倒一下。你连一个手指头都懒得动，我在一旁伺候你，你还说我去鬼混！"

"是吗？总还有白天呢。"他讽刺地说。

"是啊，是啊！"带着自怜、自我辩解和愤怒，她差点儿哭了出来，"我到处去买东西，贴好墙纸，整天照顾你那不听话的孩子，还要招待米拉和伊夫琳，我还有时间和诺姆在干草堆里睡觉？"

他什么也没说，看着电视里三个牛仔藏在岩石后面，枪声响了起来。

她看着他。"还是你在说保罗？"她又说，故意激他，"或者肖恩？或者——你觉得是谁呢？"

他厌倦地转身对她说："娜塔莉，这他妈的有什么不同吗？你就是个婊子。狗改不了吃屎。不管你是和谁有一腿，又有什么不同？"

一阵枪声传来，牛仔们倒地而死。娜塔莉怒气冲冲地穿过房间，狠狠地扇了汉普一耳光："王八蛋，骗子！我倒想知道，你又是什么东西！修道院长先生，你该去当牧师的。你他妈是个性冷淡，难道我就也应该是这样？"

　　她站在那儿，等待着，咆哮着。他没有反应，她又打了他一下，自己都感到有点儿疼。她期望他跳起来，抓住她的手臂，把她按在沙发上，用强力制伏她。早些年就是这个样子的。她会攻击他，他会还手打他，强奸她。然后，她就会满足地躺在他怀里，用小姑娘般嗲嗲的声音保证，她会做一个好姑娘，听汉普爸爸的话。

　　他坐在那儿，无动于衷地看着她。灰白的脸庞上挂着病态的笑容。

　　她大声叫嚷着，扑到他身上，挥动胳膊打他，但下手并不太重。他抓住她的胳膊，她的心狂跳起来。他叹了口气。她呜呜地哭了。他站起来，仍然抓着她的手臂，把她推倒在椅子上。然后，他穿上外套出去了。留下她坐在椅子上抽泣着，听见汽车开出车道的声音。

9

　　"哦，我可不喜欢做饭。汉普对吃的没什么讲究，他有花生酱三明治就够了。但我确实喜欢打扫房间。我们刚结婚那会儿，汉普回到家就会用手去摸窗台和墙。他说，他在海军服役时，管这叫白手套测试。哈，他要能摸到灰尘才怪！"

"诺姆也非常保守。除了牛肉和鸡肉，他见什么都跟见了响尾蛇似的。猪肉他是绝对不会吃的。我看这都怪他母亲。"

　　"我根本不知道我们家的人喜欢吃什么！"阿黛尔扶着额头失望地说，"每个人的饭点都不一样。这太难了！有时候，保罗要夜里九十点才回家，有时候他在外面吃。宝宝还在吃奶。至于其他人，太难伺候了！埃里克要参加童子军，琳达要上钢琴课，比利要去矫正牙齿，周二我要去妇女协会——家里乱得跟疯人院似的！"阿黛尔笑着，试图掩饰微微抽搐的手，"所以，我就炖一大锅汤或者做些意大利面或者鸡肉什么的，等他们回来，就端出来给他们吃。"

　　"再来点儿酒吧，阿黛尔。"

　　"本来不该再喝了，但我还要喝。"阿黛尔高兴地笑着。

　　"真不知道你是怎么做到的，你真了不起，真的。我家那三个捣蛋鬼都快把我逼疯了。"

　　"阿黛尔能够随遇而安。"布利斯轻声笑着说。

　　阿黛尔愉快地笑了笑："是啊，该来的就让它来，我也不会激动。我是在一个大家庭里长大的。我母亲很了不起，她总那么镇静。她总说：'又不是世界末日。'我们家房子很大，大得就像一个老怪物，你知道吗，有十间卧室。呃，我们家有九个孩子。她从附近找了个姑娘来帮她，我们每个人也都搭一把手。等我的孩子长大了，就轻松一些了。等明迪不再用尿布，就会好多了。"她的手放在膝盖上，抽搐着。她抬起手，把酒一饮而尽。

10

阿黛尔爬上那道隔开自家后院与布利斯家后院的栅栏，回头再帮迈克爬过去。布利斯隔着栅栏把明迪递给她，两人道别之后，阿黛尔从后门回到了家。她将明迪抱进客厅，把她放进围栏里，可是宝宝开始闹，抽抽搭搭的。

"迈克，陪明迪玩一会儿。"阿黛尔吩咐道。迈克跌跌撞撞地走到围栏边，在宝宝的头上摇着什么东西。

阿黛尔回到厨房，安排她的计划。周三下午，送埃里克参加童子军训练，还要买一箱苏打水，为童子军会议做准备；去干洗店取保罗的灰色西装；送比利去迪娜波利家补习功课。此外，她还在那一页的下方写下"牛奶"两个大字。她看了看时钟，已经下午三点零五分了。她拿起电话。

"嘿，伊丽莎白？你怎么样？噢。"她笑了起来。"是的，很好，我们还活着。"欢乐的笑声又响起来。"我在想今天要怎么熬过去，你知道吗？难熬指数为 AA 级。"又是一阵大笑。"是吗？噢，伊丽莎白！哦，我明白。欢迎你把衣服拿过来洗。从那天把肥皂泡一路喷到客厅以后，我家的洗衣机就一直没出过什么毛病。"对方传来一阵笑声。"哦，好啊。那是一定。要不，如果你需要的话……对，没错。不，听着，该我开车送他们了。没关系，反正我也要出去。你明天能开车送姑娘们去上舞蹈课吗？哦，谢天谢地。如果没有你，我都不知道该怎么办了。"说到这里，阿黛尔的声音有些颤抖，可她立马恢复了镇定。"是的。没错。我家成了扔旧衣服的地方。我还想检查一遍呢，有些看起来还挺好的。"一阵咯咯的笑声。"你要去集会吗？

斯皮诺拉神父说有话对我们说，我猜是要感谢我们吧。我们开会时要喝咖啡，吃蛋糕，需要有人自愿带些什么。哦，谢谢你，伊丽莎白。总让最忙的人帮忙，你却仍然愿意出力。我可以带自己做的姜饼。是的，就是那种，哦，真高兴。是啊，我也不知道怎么把它们放进车里。车库里堆了有两米高的旧衣服呢。我把它们放在厨房里，但孩子们总要钻进去。"又是一阵咯咯的笑声。"是啊，它们是很软，但那东西总有点儿……怎么说呢……味道。哦，不，她还不会走路。我是说迈克。我想我不该叫他宝宝了，是吧？"她放声大笑，声音有些刺耳。"当然，这几天我们真该找时间聚一聚。或许哪天晚上我们能有时间。不，这周不行，保罗还要值班，或许下周的某个晚上吧。我们可以一起看场电影什么的。噢，噢，夜班，噢。会很久吗？其实，有时候也没那么糟。保罗上夜班时，我也没觉得不高兴。"此起彼伏的笑声。"是啊，他总喊着太吵了，睡不着。我明白。唉，可怜的人啊，白天才能睡觉，他一定不习惯。我可做不到，这我知道。是啊。晚上才能消停点儿，我明白你的意思，没错。"一阵笑声。

厨房里传来一阵孩子们的声音。

"伊丽莎白，我得挂了。那些印第安人回来了，听起来好像后面追着骑兵队似的。好了，再见。"

埃里克和琳达都在哭喊。她抱起他们，把他们的外套脱掉，让他们安静下来，问他们怎么回事。他们哭得上气不接下气。校车上有个大男孩欺负埃里克，琳达打了他，他就和他们在同一站下车，一直追到了家门口，还扬言要回来报仇。她又给他们把外套穿上。而她自己的外套还穿在身上，一直忘了脱。

"好了，孩子们，我们会找到这个大坏蛋的。"说着，她朝前门走去。这时客厅里突然传来一声巨响，紧接着是恐惧的哭声。

她冲了进去。围栏翻倒在一边，明迪四脚朝天地躺在围栏旁边的木地板上，尖叫着，迈克压在她身上，一边呜咽着，一边内疚地看着妈妈。阿黛尔一把将迈克拽起来，把他重重地撂到地板上。迈克大哭起来。她再弯下腰抱起明迪，把她贴在自己身上，轻轻地拍着。她用另一只手把围栏扶起来。

"怎么回事？"她生气地问迈克。迈克都一岁半了，可还是不太会说话。他想解释，一面委屈地看着她，一面抽泣。妈妈的粗暴让他很伤心，他自责地看着她。他本想和宝宝玩，想爬进围栏里去。

"好了，好了。"她揉着迈克的头发，略带歉意地说，"没关系，迈克，她没有摔伤。"他稍微平静下来，可还是在啜泣。"好了，我们去拿饼干。"

他拽着她的衣角跟进厨房。明迪乖乖地靠在她肩上，安静下来。她伸手从高处的饼干盒里拿了两块饼干给迈克。大孩子们也嚷嚷着要饼干，她又给了他们每人两块。明迪已经不哭了。她又把她抱回客厅，重新放进围栏里。明迪大喊大叫着，表示抗议。

"啊，天哪。"阿黛尔叹了口气，猛地转身对迈克尖声说道，"我要出去一趟。你看着明迪，听到了吗，别再想爬进去了！就在外面看着她。"说完她就出去了。

迈克瞪大眼睛看着她，一副不解的样子，但有了饼干，他还是比较满意的。他坐在旁边看着妹妹。明迪看到妈妈走了，脸都哭青了。于是，他用手轻轻拍她的脸，抹了她一脸的巧克力。他坐在那儿，吃完饼干，一边双手抱膝晃来晃去，一边和明迪说着话。十分钟后，她不闹了，就那样睡着了。

阿黛尔抓着两个大孩子的领子，把他们拉出门口："那小子在哪儿？指给我看！"

安全的家和美味的饼干让他们平静下来，他们很想就这么算了，可阿黛尔偏偏不肯。她拽着两个孩子吃力地走在街上。就在这时，加德纳学校的校车来了，一群孩子下了车。一个很显然刚才还躲在矮树丛后的男孩跑出来上了车。"他在那儿！"孩子们指着他嚷嚷着。阿黛尔朝校车跑过去，却和比利撞个满怀。比利一下子闪开，阿黛尔扑倒在了人行道上。她抬起头，看见校车已经开走了。她就那样躺在人行道上，一只手撑着下巴，想着自己是否受伤了，是否折了腿。哦，对啊，这倒是个不错的故事，可以跟姑娘们讲讲。她一瘸一拐地站起来，发现自己只是擦伤了膝盖。

在回家途中，她告诫琳达和埃里克，不要和那个调皮鬼说话，别理他。如果他再跟着他们回家，就直接来找她，她来对付他。他们睁大眼睛，神情严肃地点点头。她跌倒的时候，他们还笑她，所以他们现在很内疚。

她看了看表。"哦，天哪，埃里克，穿上你的校服！"她说着从冰箱里拿出一个瓶子，放进盛着水的锅里，然后走进客厅。阿黛尔紧抿着嘴，把宝宝从围栏里抱出来，抱进厨房，把她嘴上和手上的巧克力洗干净，给她穿了一件上衣，把她重重地放在厨房的地板上。宝宝小声抽泣着，其他孩子都安静下来。他们都意识到了妈妈在气头上。他们迅速穿上外套，阿黛尔给迈克套上外套，然后检查了一下奶瓶。瓶子太烫了，她又稍微在冷水里过了一下，然后抱起宝宝，拿上她的一包东西，让他们全都上车。她把宝宝绑在车座上，把奶瓶放在她的手里，宝宝吸了一口就大叫起来，阿黛尔一把夺过瓶子，发现还是太烫了。她坐在驾驶座上，把头靠在方向盘上不停地说："哦，天哪，哦，天哪。"然后，她振作起来，把车开出车道。宝宝的舌头烫着了，一路哭叫着，她自己擦伤的膝盖还在火辣辣地疼，其他孩子都不敢吱声。她意识到自己本该清洗下伤口的。她在街上一路飙车，直到后来才稍微冷静了一点儿。

她吩咐大家好好待着，自己进了一家苏打水折扣店，买了一箱最便宜的罐装苏打水。接着，她开车去伊丽莎白家，按着喇叭。汤姆跑出来，上了车。然后她又开车去艾默利太太家，本周的童子军会议就是在这里召开。汤姆帮埃里克拿着那箱苏打水。然后，她把车开到迪娜波利家，让比利下了车，告诉他需要接时就给她打电话。她又开车前往小镇另一边的裁缝店，去取保罗的灰西服，那是唯一保罗觉得还不错的裁缝店。她把衣服挂在后座的挂钩上，命令孩子们不准碰它。接着，她在牛奶店前停了车，进去买了四升牛奶。此时，奶瓶已经凉了，明迪安静地吸着奶。阿黛尔终于开车回家了。宝宝已经哭得没力气了，温暖的牛奶下肚，她就又睡着了。阿黛尔把她从车座上抱起来的时候，发现很吃力，因为买的那包东西还缠在她的胳膊上。琳达帮她把东西解开，然后试着帮忙把牛奶桶提进屋，可牛奶桶太重了，在车道的半路就掉了下来。阿黛尔听到咣的一声，转过头来看。琳达抬头看着妈妈，吓得脸色发白。（哦，天哪，天哪！）阿黛尔掉过头，走回去，把宝宝放在车座上。琳达就站在那儿，呆若木鸡。阿黛尔努力控制着自己的声音，说："回车里去，琳达。"她又回到牛奶店，重新买了四升牛奶。

"拿着我的钱包，琳达。"阿黛尔说着，再次将车开入车道。她将熟睡的宝宝抱起来，琳达跟着她走在车道上。"离那些碎玻璃远一点儿。"阿黛尔厉声命令道。琳达小心翼翼地跳过那些碎片。阿黛尔将宝宝抱进客厅，放进围栏里。她叹了口气。明迪今晚可能会醒，一天睡三次太多了。接着，她又回到车里拿牛奶和西服，把牛奶放进冰箱，把西服挂在挂钩上。然后，她拿了扫帚和簸箕，让琳达跟着她。她让琳达拿着簸箕，自己把碎玻璃扫进去，直接倒进垃圾桶，把盖子紧紧地盖上——你永远预料不到孩子们会伸头进去找什么。她把扫帚和簸箕交给琳达，再从架子上拉下水管，打开外面的龙头，把洒在地上的牛奶冲洗干净。

完事之后，她走进屋，脱下外套。琳达站在玄关里看着她。"你看我干什么？"阿黛尔尖声喊道，"你要站在那儿看我一整天吗？"琳达往里退了几步。"把你外套脱了挂起来！"

琳达缓缓脱下她的外套，向玄关里的壁橱走去。阿黛尔走进客厅，把宝宝的外套脱下来。她抱起宝宝，准备上楼，却发现琳达那小小的身体正站在壁橱边，无声地颤抖着。于是她又走下去。琳达正靠着壁橱哭泣着。阿黛尔伸手摸了摸孩子的头。琳达号啕大哭起来，把脸埋进衣服里。

"对不起，对不起。"阿黛尔说着，自己也快哭出来了，"没关系，亲爱的，我知道你不是故意的。"孩子突然转过身，把头靠在妈妈的身上。阿黛尔站在那儿，爱抚着琳达的头，嘴里不停地念叨着："没事，没关系的，宝贝儿。"宝宝还沉沉地躺在她的手臂里。琳达不哭了，阿黛尔俯身问她，"我要把明迪放到床上去，你要来帮我吗？"

琳达热切地点了点头。阿黛尔站起来，牵起孩子的手，三人一起上了楼。此时，阿黛尔的心里很是感动。经历了如此的冤枉之后，那小小的手仍然如此信任地放在她手里。阿黛尔给明迪换好尿布，把她放进婴儿床里。

"妈妈，明迪这个时候怎么能睡觉呢？"

"她累了。"

"那我可以和洋娃娃玩吗？"

"当然不可以！房间里不能开灯，而且要保持安静。"

"可是我想和我的芭比娃娃玩。"琳达的声音已经有些歇斯底里。

"那就带到楼下玩。快去拿，轻点儿。"

琳达拿上她的洋娃娃和小饰品，不小心掉了一点儿东西，阿黛尔就小声说道："小声点儿，听见了没有？"

琳达把玩具拿到了客厅的角落。阿黛尔进了厨房，在高脚凳上坐了一会儿，想着今晚总算是轻松了。保罗晚上要出去。还剩一些意大利面，可以给埃里克和琳达吃。保罗是不会碰意大利面的，说是不喜欢吃，但阿黛尔怀疑他是担心自己的身材。比利遗传了保罗不爱吃意大利面的特点。不过，他可以吃剩下的那点儿鸡肉。她加热一下就好了。她躬着身子坐在那里，甚至都没去问琳达今天在幼儿园过得怎么样。她站起来，深吸一口气，朝客厅走去。琳达蹲在地板上，玩着她的洋娃娃。

"你这样就不乖了，不乖，一点儿都不乖！"她拍了几下洋娃娃的屁股说，"你马上回屋去，不准出来！记得别吵醒宝宝！"她压低声音生气地说。她说着，把洋娃娃立起来，按着它朝沙发走去。

"妈妈，"琳达呜咽着说，"我不是故意的，妈妈。"她用那小小的、尖厉的声音说。

"可你还是把牛奶摔了，你不乖！"她模仿着妈妈的声音说道，把洋娃娃脸朝下扔在地上。洋娃娃有五十厘米长，另外那个大洋娃娃也很小，还不足半米高。她给芭比系上围裙，用平静而快活的声音说："我在想，今晚给爸爸做什么晚餐呢？我知道了，我要做带葡萄干的巧克力蛋糕，还有培根。"然后，她按着芭比娃娃转了一个圈，口中念念有词。"回来啦，亲爱的，"她用一种很矫揉造作的声音说，"你今天过得怎么样啊？猜猜我做了什么？带葡萄干的巧克力蛋糕！"然后是一阵沉默，可能这段时间是留给爸爸回答的。"哦，是的，和往常一样。你吃完饭后去打那孩子的屁股好吗？她今天非常不乖！巧克力蛋糕好吃吧？"

阿黛尔默默地站了一会儿，转身走进厨房。她给自己倒了杯酒，打开收音机。那四升装的、便宜的加州酒很快就要喝完了，保罗会发现的。她偷偷看了看琳达在做什么，往酒里兑了些水。之后，她又坐回高脚凳上。收音机里正放着曼托瓦尼[1]式的音乐："你回到家中多么美好，你在炉边烤火多么美妙。"她和保罗曾伴着这首歌跳过舞，他们依偎在一起，那是很久以前，多年以前的事了，好像是上辈子的事。那时，她活泼、能干，又独立，是一名法律秘书，对于女人来说，她的收入很可观，而保罗当时还是一个法律系的学生。然而，她一直都清楚，事业并不是她真正想要的。她想结婚，生孩子；想嫁给一个有体面工作的人，享受生活，不要像自己的母亲那

1　阿努恩佐·波罗·曼托瓦尼（Annunzio Paolo Mantovani，1905—1980），英国流行乐队指挥家，编曲者，小提琴演奏家。其乐团演奏的音乐被称为"曼托瓦尼之声"，他本人也被誉为"情调音乐之父"。

样匆忙。可是，她无可救药地爱上了保罗，就像没有事先检查一下泳池里有没有水，就从跳板上跳下去了。

她手撑着头，小口抿着酒。一曲唱罢，收音机上的报时是五点整。她懒懒地起身，从冰箱里拿出意大利面和鸡肉。埃里克骑车回来了，他进门的时候嘴里抱怨着什么。阿黛尔带他上楼，换好衣服，开始做家庭作业。

"晚饭吃什么？"埃里克问。听说吃意大利面，他很满意地下楼去了。

可是琳达跟着进了厨房："我也要吃意大利面吗？"

阿黛尔坐直了说："你不是喜欢吃意大利面吗？"

"不，我不喜欢。我不喜欢吃，我讨厌意大利面！"

"可你一直都很喜欢吃！"阿黛尔反驳道，"周一吃面条时你还很喜欢呢！"

"不，我不喜欢，我不想吃！我才不会吃呢！"那孩子在厨房地板上跳着脚说。阿黛尔伸手在她屁股上打了一下，她痛得叫起来。然后她跑进客厅，倒在沙发上哭起来。

大门开了，保罗走进来。"天哪，"他低声说，"哪天我回来看到家里是安安静静的？一天到晚都吵吵闹闹的。"

阿黛尔转身对着他，面色苍白。"你有五个孩子，"她声音沙哑地说，"你还想怎么样？"

他转身面对她。他英俊潇洒、西装革履、举止优雅："你去拿我的西服了吗？"

她朝挂起的衣服点了点头。

"拜托，阿黛尔，你为什么不把它挂在卧室里？你挂在这里，孩子们的脏爪子……"

"我没时间！"她猛然说。"再说了，"她又辩解道，"上面还套着塑料袋。孩子们也没碰它。"

这时，门又开了，比利走了进来。比利今年八岁了。看到他，阿黛尔的眼睛一亮。"迪娜波利太太要去买牛奶，顺便载我回来了。"

"哦，太好了，亲爱的。你们的课外活动怎么样？完成了吗？"

于是比利开始向她解释这个活动有多难，以及约翰尼·迪娜波利笨得让人难以置信。才小小年纪，比利已然表现出权威和见识广的样子。

保罗仍然无所事事地站在厨房里。"能至少给我杯喝的吗？"他突然插嘴道。

"哦，保罗！"阿黛尔倒抽了一口凉气，"对不起！"她说着朝冰箱跑去，她记得里面冻了一小罐马丁尼酒。

"意大利面？"保罗不屑地问道，"幸好我今晚要出去。"

"噢，要吃意大利面吗，妈妈？"比利抗议道，他的声音已经带上了哭腔。她一脸严肃地看着他。她想，对孩子们来说，食物就是一切吧。他们整个晚上是否开心就取决于晚餐吃什么。

保罗在客厅里，边喝酒边看报纸。琳达坐在沙发上，依偎在他身边。"我讨厌意大利面！"琳达朝厨房吼道。

"嗯，我不得不承认，我也是。"保罗说着，搂着她，挠她痒痒。

"好啊，太好了！"阿黛尔冲进来说，"我得节约开支，意大利面是最便宜的了，你们却到处给我找碴儿！"

"老天，阿黛尔，既然她不喜欢意大利面，为什么一定要让她吃呢？"

"因为，"阿黛尔说，"就只有这个了，鸡肉只够比利吃，我根本没有时间做别的！"听到自己这么大声地说话，她自己也吃了一惊。

保罗抬起头，冷冷地看着她，几乎是在打量她："怎么会没时间呢？看你的脸色，我猜今天下午你还有时间和姑娘们一起喝酒呢。"他站起身，拿起西服和酒上楼去了。

她看着他，眼中蓦地噙满了泪水。不公平，太不公平了。

"妈妈，我是吃鸡肉吗？"比利迫不及待地问。

"为什么他可以吃，我不可以？"琳达跳起来问。

"闭嘴！你们都给我闭嘴！让你吃什么就吃什么！"她咆哮着，跑回厨房给自己倒了一杯葡萄酒。然后，她做了些沙拉，开始摆盘。保罗从楼上走下来，看上去容光焕发，他轻轻在她脸颊一吻，说他也许不会太晚回来，让她不用担心。

他走了以后，阿黛尔感觉平静多了。她叫孩子们过来吃饭。琳达斜了意大利面一眼，就是不吃，她的声音有些歇斯底里。

"那你就饿着去睡觉吧。"阿黛尔冷冷地说。

琳达开始哭号。

阿黛尔一屁股坐到椅子上。她拉起琳达的胳膊，把她拉近，尽量平心静气地说："琳达，我不知道你不喜欢吃意大利面，之前你一直都很喜欢吃的。你看看比利的盘子，里面的鸡肉不够你们两个人吃。"

"那为什么他有，而我没有呢？你总是把什么好的都给他！"琳达哭诉道。

"他有，是因为我知道比利不喜欢吃意大利面。听着，以后我再也不给你做面条了，好吗？我之前不知道你不喜欢吃。好了吗？"

琳达望着妈妈，在心里盘算着。目前的情况好像是，不管她做出什么样的反应，要么吃意大利面，要么没的吃。可是，她不确定自己能不能相信这种暂时安抚的口气。她觉得自己不想相信，想要提出抗议。可是阿黛尔放开她的手，疲倦地站起来。很显然，她不会再做出让步了。于是，琳达只好吃意大利面，心里指望着之后有所补偿。可是吃完面条后什么也没有。

阿黛尔放好洗澡水，先给迈克洗了澡，再给琳达洗，然后叫埃里克过来洗。每洗完一个，她都会把水放光，擦干净澡盆，然后再放满水。她把迈克放到床上，然后下楼来。

"给我讲个故事。"琳达要求道。

真是予取予求啊，阿黛尔凄凉地想。一个孩子做错了事，却还是可以理直气壮提要求。她摔了牛奶桶，我却得陪她整个晚上。"我太忙了。"她说。

琳达噘起了嘴。

"把电视打开。"

明迪又开始哭。阿黛尔走上楼去，敲敲浴室的门："快点儿从浴缸里出来。"她给明迪换好衣服，把她抱到楼下。然后，她从冰箱里拿出一个罐子，放进一个盛着水的平底锅里。"埃里克！"她朝楼上喊道。没人应答。她又爬上楼，走到浴室门口，一把拉开门。埃里克内疚地看了她一眼。地上全是水。他则坐在浴缸里，手里拿着一架玩具飞机，全身红通通的。她大步走进去，还差点儿滑倒了。她把缸里的塞子拔出来，粗暴地拉住埃里克的一只胳膊，把他从浴缸里拽出来。她用一块厚绒布草草帮他擦干身体，说："现在穿好你的睡衣，做作业去。"她跪在地上，用海绵将溢出来的水擦干。也好，这样一来，也就把浴室的地板擦干净了。明天姑娘们洗完澡时，她也想这么做。

她回到厨房的时候，锅里的水已经煮开了。她戴着防热手套把罐子拿出来，放进水槽里，然后又热了一瓶奶。

"该睡觉了，琳达。"她叫道。琳达站起来，悄悄走进厨房，埋怨地看着妈妈。

"睡觉。"阿黛尔坚决地说。琳达原地一转，脖子和肩膀绷得直直的，以此表示对妈妈的不满。她用力踏着步一脸不高兴地走上楼去。

阿黛尔往装麦片的碗里倒了些牛奶，喂了宝宝一些麦片和罐装蜜饯。她把宝宝放在高脚凳上，拿了些橡胶玩具给她玩儿，开始打扫厨房。这时她才突然意识到自己还没有吃饭。她把孩子们剩在盘子里的东西倒进装意大利面的盆里，草草吃了。

这时，埃里克和比利吵起来了。她叫比利把作业拿到楼下做，让埃里克去睡觉。埃里克又不高兴了，他嘴里嘟嘟囔囔说不公平，还把卧室的门狠狠地一摔。

阿黛尔打扫完厨房，看了一眼时钟。

"比利？"

"在呢。"一阵不情愿的叹息传来。

"你做完作业了吗？"

"做完了。"听起来满是怨气。

"那好，该睡觉了。"

"哦，妈妈，我不能把这个节目看完吗？"

"好吧。可是，看完马上就去……"

"我看的是电影，妈妈。"

"什么时候完？"

"十点。"

"噢，那你现在就得上去了，年轻人。"

"我能不能……"

"不可以！"

比利不情愿地关掉电视，不情愿地吻了吻她。可她认真地亲吻他，还久久地捧着他的脸。比利抱了抱她，把自己的脸颊贴在她的脸颊上。他们就这么待了一会儿，他才上楼去了。

时间已过九点，家里总算安静下来。阿黛尔抱宝宝上楼，连同奶瓶一起，把她放在婴儿床上，同时默默祈祷着。明迪乖乖地睡着了，好像今天没有睡过三次似的。她可能凌晨四点就会醒来。阿黛尔叹了口气，走进浴室。她放上洗澡水，滴上沐浴精油，九十八美分一瓶，未免有点儿奢侈，但她觉得自己值得。她洗完澡，穿上吊带睡衣和睡袍，下楼去了。她品味着这种安静，感觉自己好像在享用着它，呼吸着它。她给自己倒了杯酒。管他妈的呢。她在客厅里坐下来。周围一团糟：洋娃娃散乱地堆放在一角，一张椅子上摞着比利的社会研究课作业，另一张椅子上扔着几件取下来的外套。保罗的领带吊在沙发上，那应该是他和琳达坐在沙发上时解下来的。阿黛尔捡起领带，挂在楼梯的栏杆上。她坚决地别过脸，不去理会其余的东西，坐了下来。奥尼尔太太，这就是你的生活啊。

从浴室出来后，她照了照镜子。镜子里是一张俊俏而饱满的脸，乌黑的卷发披散着。这是一张标致的脸。她遐想着，它本可以出现在杂志封面上。有好多封面女郎长相还不如她。可她又不想出现在杂志上，那不是她想要的。她从未想过要有梦幻精彩的人生。她想着琳达迷糊睡去时心中的不满和埃里克的抱怨，想着迈克推倒围栏后害怕地看着她的神情和琳达把牛奶洒掉时那惨白的脸。她眼中泛起泪花，双手抱住头："哦，上帝，帮帮我，求求你帮帮我吧，我不想当一个坏妈妈。我不想让他们害怕我，那是我自己的孩子啊。哦，上帝啊，我是怎么了？我尽量不朝他们大喊大叫，我不想让自己不高兴，更不希望他们不高兴。我也想当一个好妈妈，哦，马利亚，上帝之母，帮帮我，告诉我该怎么做。"她想着基督教会的殉道圣人，想着抹大拉的马利亚和耶稣在十字架上受的苦。她知道，如果自己再强大些，她也能做得很好。她可以变得慈祥、有耐心，可以做个慈爱的母亲，这些都是她一直想做到的。她滑坐到地板上，跪在沙发旁，祈祷着。

"哦，上帝，请赐予我力量吧，让我别再那么冷酷地对待他们，我是多么爱他们啊。"

她疲倦地站起来。时间还早，她想看会儿电视或者报纸。可是，她已经筋疲力尽了。于是，她又走进厨房，为自己倒了杯酒。她关掉了所有的灯，只留下大门和玄关的两盏。她拿起保罗的领带，走上楼去。

她旋开卧室的台灯，四处看了看。房间很破旧，有人来家里的时候，她总会关上房门。他们没钱修整。屋里有一张没有床头的双人床、两个破旧的衣橱。一个橙色的板条箱侧放着作为床头柜。她一直想给它刷层漆，却一直没有时间。

如果我和她们少坐一个小时，说不定就能忙过来了。她这么想着，然后又打消了这个念头。最后，她总结到，我需要和她们聊一会儿，不然我会疯掉的。

她像残疾人一样坐到床上，弯腰驼背的，双手紧扣在膝盖间。她想着保罗，想着他出门时的样子多么气派。还有丰盛的晚宴，他们也许还会吃虾仁，喝鸡尾酒。她在想别的律师会不会带上他们的妻子，是不是所有的律师都是男人？可是，她又摒弃了这些想法，因为她觉得这么想很俗气，又会显得她恶毒、小气、多疑、善妒。当然……好在他一般都会回家。她也不能奢求什么了。她小口啜饮着酒，从一个橙色板条箱上放报纸和书的架子上抽出一个小本子，翻开本子中的日历，一遍又一遍地算着日期。就像一个拖延着不去看银行存折，因为知道再取一笔款就会被银行冻结账户的人，终于决定要面对现实了。她坐在那儿，眼神放空，面无表情，双唇紧闭。她仿佛能听到保罗的声音："这得看你，阿黛尔，我对这种事情不怎么热衷。我有点儿吃不消了。我会戴套，所以你就不必用什么了。"他这么说，好像这全都是她的事情。可事实并非如此，并非如此啊。有一种更高的准则，她不得不服从。

"上帝啊，求求你，让我学会耐心，让我学会接受你的意志。瞧啊，我是上帝的仆人。"

但她的脸上起了皱纹，神色严厉，她的身上已经没有一丝优雅，所以她知道，自己的祈祷不会到达天堂。

11

有教养的阿黛尔不喜欢娜塔莉的尖酸与心直口快，她喜欢米拉，却总觉得米拉看不起自己。所以，她感觉自己与布利斯和伊丽莎白最为亲近，不过，伊丽莎白住在小镇的另一边，她们很少见面。把孩子抱过栅栏，到布利斯家喝杯咖啡，坐个一小时是很方便的。但一路拖着他们到伊丽莎白家却不容易。布利斯懂礼貌，说话轻声细语，而且很有女人味，这些都是阿黛尔喜欢的。娜塔莉的穿着和动作还有米拉的言论中，有一些几近男性化的东西。布利斯很爱笑，有一种随遇而安的心态，这些是阿黛尔想要模仿的。而且即便不是天主教徒，布利斯也好像什么都能理解。

布利斯正在阿黛尔家的厨房喝咖啡。在成为朋友的这三年里，这些女人从不相互评价。她们说起对方时，只是有事说事，或者简单分享一下感受。可阿黛尔却感觉如鲠在喉。昨天，她在米拉家喝咖啡，米拉给她看了自己家的新椅子和新台灯。她的家干净、整洁，而且还很宽敞。诺米一整天都在学校，克拉克也上幼儿园了。阿黛尔带着迈克和明迪进来时，米拉正在读哲学书。她觉得孩子们把米拉家弄乱了，心里不舒服，决定以后再也不去米拉家了，还是去满屋都是孩子的家比较好。

她说:"你们知道吗?有时候，我觉得米拉精神有点儿毛病，我是说，她为什么要看那些奇怪的书啊?好像要炫耀什么似的。"

布利斯从嗓子里发出她那惯有的、轻柔的笑声，好像一声带笑的叹息:"比尔说她受的教育太多了。"

"她总是谈论女人的权利。"

"我不觉得她喜欢待在家里。"

阿黛尔一脸震惊："那她想干什么呢？她还有孩子啊。真是有病。有时候，我晚上还会帮她祈祷。"

"可别忘了我。我们都需要祈祷。"布利斯轻柔地一笑，"今天早上，比尔八点就要去机场，你不知道家里有多乱。谢丽尔说喉咙痛，不想去学校。米吉哭着说谢丽尔不去她就不去，"布利斯又笑了笑，"所以，大家都在家里看电视。"

"他们这么经常旷课，你不担心吗？"阿黛尔关切地问。

"不担心啊，"布利斯耸耸肩说，"反正他们也没学到什么东西。"她往咖啡里加了些糖，搅拌了一下，"本来不想送他们去的，他们从电视上学到的更多，但我还是不想让他们待在家里。"

所有的女人都会这样说自己的孩子。一提起让他们到外面去或者叫他们"捣蛋鬼"，她们就禁不住笑起来。除了米拉，她觉得这样有失道德，尽管她也认为，她们一心一意地爱着孩子，替他们操心，偶尔说说他们的坏话，不失为一种平衡的方法。布利斯说得那么随意、好笑，她的语气让你不会很当真。可要是娜塔莉这么说，感觉就很一本正经。

"是吗？"阿黛尔皱了皱眉说，"比利在学校里表现很好，他好像学到了很多东西。"

"哦，可能男孩不太一样吧。"

"没错。"阿黛尔摆弄着她的勺子，"可你不能和米拉说这些，她会生气的。不过话说回来，她受的那些教育有什么用呢？"

"呃，不过我觉得我受的教育是值得的。"布利斯笑着说，意在提醒阿黛尔，米拉可能上过大学，但在这群女人中，只有布利斯是从大学毕业了的。"总有一天，我会回到大学教一年级。同时，我还要管教好家里那三个一年级学生。这也许是一种不错的经验。经历了这些，教书都是小菜一碟。"她一边说一边笑。

阿黛尔也笑了："谢丽尔现在读几年级了？三年级吗？"

"学校成绩单上是这么写的，不过我可不信。"

"那比尔的'成绩单'上是怎么写的呢？"

"写着他是一个领航员，可只是在他工作的时候如此。其余时候，他也是个一年级小学生。"

阿黛尔嫉妒布利斯能和丈夫轻松相处。布利斯当着他的面也敢这么逗他，他还跟着一起笑。阿黛尔绝不敢这样做。并不是因为她害怕保罗，而是……好吧，她也不知道是为什么。布利斯的生活好像也很轻松。她不用担心客厅里堆积如山的脏衣服，也不用担心孩子们不吃饭。当然，她只有两个孩子，而且比尔经常在家，她可以自己出去买东西或逛商场。但他也不怎么帮她，大多数时候，他都坐在阁楼的小屋里做飞机模型。

"你今晚要去市场采购吗？"

"是啊。诺姆今晚可能在家，所以，我把孩子们送去米拉家，顺便载上她。你要去吗？"

"我走不开。保罗今晚要开会。你能帮我买点儿快餐吗？我家里的快吃完了。"

"当然可以。还要什么？"

阿黛尔愁眉不展："那……如果不是太麻烦的话，能再帮我买点儿牛奶吗？我的车出了点儿故障，这周还没钱修。"

"没问题。四升吗？"

"嗯。谢谢你布利斯，真是帮了我大忙了。如果没有这些朋友，我都不知道该怎么办了。"她的声音有些哽咽，"她们都太好了。"她这么说着，眼里涌起了泪水。布利斯安静地坐在那里，看着她。

阿黛尔抬起头，望着她的朋友。

"怎么了？"最后，布利斯小声问她。

"哦，没什么。"阿黛尔说，她那欢快的语气又回来了，她一边说一边拿纸巾擤鼻涕。"只是，"她的声音哽住了，"我又怀孕了。"

"天哪！"

"哈，再多一个也一样。"阿黛尔故作轻松地说。

布利斯坐在那儿没吭声，阿黛尔又哭起来："一定是参加完娜塔莉家的派对后有的。保罗和我有点儿喝多了……你知道的……即便不在安全期，我们还是冒了险。"

"保罗怎么说？"

她耸耸肩："他真的是太好了，他竟然说随便我。他没有生气，说他会好好工作，会赚足够的钱。他不担心，可是，我……"

"你不想要孩子。"

"并不是我不想要。我喜欢孩子。只是……我也不知道，这日子太难了，我都应付不过来……"此时，她已经停止了哭泣，擦干了脸上的泪水。她的脸肿了起来，泪痕斑斑，看上去毫无光泽。她呆呆地盯着墙出神。

"阿黛尔，"布利斯慢慢地说，"我知道这有悖你的宗教信仰，可是你想过去做流产吗？你看，明迪还在用尿布，小迈克也还不满两岁。太棘手了。"

"我知道。"

"而且你才……多少岁呢？"

"下周就满三十了。"

"比利才八岁。近几年孩子们还帮不到你什么。"

"我知道。"

然后，布利斯沉默了，阿黛尔也不再说话。布利斯以为自己惹怒了朋友："或许你觉得这样不对……"

"不是的！"阿黛尔突然大声说，"我想去！可如果我去了，我就得忏悔，就得说我错了，可我不觉得这样做是错的，也并不想去忏悔。而且，我就再也不能领圣餐了！"一股愤怒的苦水就这样倾倒出来。

"天哪。"布利斯轻声说。

阿黛尔站起来，伸手去拿酒瓶。眼看酒快没了，她想让布利斯帮她带点儿回来，这样保罗就不会知道……"嗯，我觉得我们会熬过去的。孩子出生的时候，明迪就会走了，如果我好好训练她，她就可以不用尿布了。姑娘们的房间里还可以加一张床。所以，如果是女孩的话就没问题。"她笑了笑，"妇女协会正准备开办幼儿园。教会愿意借给我们房子。我们每周轮流值一个下午的班，只要雇一个全职人员来管理就可以，而且工资并不高。到那时，迈克就长大一点儿，可以去幼儿园了。我们再艰苦几年，等保罗还清他的合伙人入股金，到时情况就会好起来了。我的车已经快要报废了，可是……"她摩挲着前额。

布利斯看着她。听说阿黛尔比她还小一岁，她吃了一惊。阿黛尔的脸蛋很好看，比她好看，可脸上已经皱纹遍布，黑发也开始变得灰白。布利斯想，阿黛尔的教会对女人可真残酷，但她并没有说出来。

"当然，"布利斯欢快地说，"宝宝还小，男孩女孩都没关系，你可以在姑娘们的房间里放一张婴儿床，等你们换了更大的房子再说。等她出生的时候，比利就九岁了，埃里克七岁，琳达六岁，迈克可以去上幼儿园，明迪也能走路了。你就什么都不用做了！"

两人都大笑起来。"我向保罗提起幼儿园时，他就是这么说的。他说幼儿园就是为那些被惯坏了的、每天下午打桥牌的女人建的。"

她往两个杯子里倒上酒，递了一杯给布利斯。

"还要我帮你带点儿酒吗？"布利斯问。

"好啊！"阿黛尔的语气中透出真正的快乐，好像她是在宣告独立一样。她笑着坐下来，"我还留着那些婴儿衣服呢。"

"我还以为早都穿破了呢。"

"嗯，是呀！这已经是穿第二遍了，也要穿到不能穿为止。"

"对啊。"布利斯的神情变得很严肃，"可是，穿坏了以后……"

"我不想去想，真的不想去想了。"

"好吧，"布利斯又笑了，"至少接下来的几个月，你会感觉很踏实。"

阿黛尔笑了，布利斯又说："就算是对怀孕的补偿吧。"

12

布利斯有一张苍白的鹅蛋脸，映在未开灯的房间的镜子里，反射出白色的微光。她的姿态舒缓而优雅，身形纤瘦而修长，眼中放射出智慧的光芒。她处事小心，总会三思而后行。她总是穿着很得体，用紧身牛仔裤配宽松柔软的衬衫，突出那优美的翘臀。她总是轻声细语，笑起来也很温柔。她很少在任何人面前表露自己，她也从不轻易信任一个人。

她把孩子们载去米拉家，带上米拉一起去超市。周五晚上，超市里总是人头攒动。在里面，她们很少说话，各自全神贯注选着物美价廉的东西。这可是一项技能，甚至可以说是一门艺术。其中包括烹饪知识，知道怎么用一块便宜的羊肉做出美味的洋葱马铃薯炖羊肉，或者如何用骨头——那时骨头还是免费的——和一块便宜的牛肉炖出好喝的汤。有趣吧，我花了好几年的时间来学习，已经能驾轻就熟了，可现在，我一点儿也不需要做这些了。

回到车里后，布利斯对米拉说了阿黛尔的事。

"老天，不会吧！可怜的人！她都快崩溃了吧。"

"她太紧张了，不知道怎么让自己放松。我要是阿黛尔，我就让保罗一周至少在家待一晚上，这样我就可以出去。她不懂提要求。我才不会让他轻松得跟没事人似的。"

"也许，这样会好些，可即便如此，五个孩子……"

"很快就是六个了。"

"她为什么不去做流产呢？"

布利斯解释给她听。米拉安静地坐着听完，叹了口气："老天爷，老天爷啊。"

"过去，生育是无法控制的。"

"过去，孩子有可能夭折。"

"母亲也可能会死。"

两人陷入了沉默。布利斯把米拉送回家，接上她的孩子。她把买来的东西放好，见孩子们已经洗完澡，便让他们上床睡觉。然后，她翻过栅栏，敲了敲阿黛尔家的后门，把食物和酒交给她。

　　"进来坐会儿吧。"阿黛尔说。她看上去心情很低落。

　　"不行啊，孩子们自己在家呢。"布利斯说。她很庆幸自己能找到借口，因为她不想眼睁睁地看着阿黛尔痛苦。

　　于是她回到家，打扫完厨房，冲了澡，洗了头。她在浴室里待了很久。洗完澡后，她擦了身体乳，站在全身镜前看着镜子里的自己。

　　她三十一岁了。她的身体还很光滑、白皙。她散下头发，那一头红色的长发已到腰际。她想着，自己就像一团火焰，焰心是白色的。她裹上浴巾，整理好浴室，趿着那柔软的毛圈拖鞋走了出去，给自己倒了杯无糖汽水。她打开电视，拿起做了一半的裙子，在沙发上坐下来。这是她为派对缝制的，只需稍稍装饰一下，但这些都得自己动手做。她想应该会很漂亮的。

　　她喜欢夜晚的这个时候，一切都安静下来，尤其是比尔也不在家。她可以坐下来，静静地想心事。也不知怎的，比尔在身边时，即便没有任何迹象，她也总觉得他能感觉到她在想什么。而这些天，她不想让他感觉到自己在想什么。

　　布利斯从小家境贫寒，常常食不果腹。她父亲自称"农场主"，她对别人说，这其实就是穷农民的代称。他就连穷农民都算不上，他们住在得克萨斯州的棚屋里，它们和她在肯塔基州和田纳西州看到的棚屋一样破旧。家里有很多孩子，有的死掉了。不过，布利斯是受妈妈宠爱的孩子。女人们都知布利斯反应敏捷，能审时度势，找出最好的生存方法。父亲常常喝醉酒，时不时还会动粗。不过，几年后，他再也不敢碰布利斯。她有办法吓跑他。她十岁那年，父亲遗弃了十几岁的哥哥们，家里的状况没有之前那么糟了。战争拯救了她的哥哥们。他们应征入伍，之后便留在了部队里。那里的生活比得克萨斯好一些。布利斯的母亲节衣缩食，努力攒钱，布利斯则刻苦学习。她们齐心协力送她去了州立师范大学，她也努力完成了学业。她并不以自己的才智自诩。她知道自己聪明伶俐，反应敏捷，却不够理智。她从童年就懂得，生活就是生存。她看不起那些不谙世事的人。你所做的一切都是不得不做的，因为这偌大的世界冰冷而无情，而你，不管是谁，不管在哪里，都是孑然一身。

刚开始教书的第一年，她认识了比尔。当时，她在得克萨斯州的一个小镇教一年级，年薪两千美元。校方认为这对她来说已经是天大的恩惠。她确实可以凭此养活自己，并寄钱给母亲，直到母亲去世。战时，比尔曾当过空军飞行员。战后，他找了一份给得克萨斯一位商人开私人飞机的工作，每年可以赚七千美元。布利斯嫁给了他。她也并不是不喜欢他。她觉得他可爱、风趣，而且容易摆布。她觉得自己的婚姻之所以比她周围的女人成功，是因为她对婚姻的期望值比其他女人低——不求幸福，只求生存。

比尔得到那份工作后也让人两难，因为他们得搬到纽约去住。那是一份不错的工作，有着大好的前途，过不了十年，比尔就能每年赚三万多美元。但是，她害怕搬去那里。因为她总是把纽约与她所厌恶的犹太佬和黑鬼联系在一起，而且，她还有点儿担心她那乡巴佬气息暴露在大城市里。在得克萨斯时，晚上她会躺在床上设计自己的言行举止。她要表现得冷静、沉着，当然，她本性就是如此；她不会谈起自己的过去；她要处处谨慎小心。这些都是她平常的行为习惯，所以她不必太过勉强自己。

他们在新泽西的郊区买了一套小房子，因此就不用搬去纽约。比尔要飞行时，布利斯就送他到纽瓦克去。那里的犹太佬很少，也没有黑鬼，所以布利斯不用担心。在那里的四年中，布利斯蜕去了那些尚未成形的土气。再说，她觉得自己以前也没有多少乡巴佬气。其实，城里人和得克萨斯人也没有太大的不同，他们也没有传说中那么优越。只是她怀疑米拉有优越感，因为她是南方人。她有时会发表一些对南方的评论，说那里的人是如何对待她所谓的"有色人种"的。每当她说到这些，布利斯就会撇起嘴，因为她觉得南方人对待黑鬼比北方人对待"有色人种"要好。南方人理解黑鬼。他们都是孩子，是不会照顾自己的孩子。当黑鬼女仆生病的时候，雷多拉的白种女人会直接带她去医院，并坐在那里等医生做完检查，最后付清医药费。黑鬼女人自己做不来这些。

布利斯对北方的很多东西都不敢苟同。比如，福利开始成为一个大问题。许多波多黎各人为了免费的救济品来到纽约。布利斯知道自己为什么而来，她也知道自己做到了。既然她能做到，他们也能。她还记得贫穷是怎么一回事。她还记得饥饿的感觉，那是一种你不得不在一段时间内习惯的痛苦，肚子里总是空荡荡的。她还记得父母的样子，但是想到他们当时的年纪，她还是大吃一惊。他们都缺了牙，满脸皱纹，瘦骨嶙峋，像上了年纪的老人。她还记得自己当时多么渴望走出去。她八九岁的时候，躺在床上，咬牙切齿，听着父亲在外面打母亲。父亲走之后，哥哥们又在激烈地争吵，母亲总是让他们闭嘴。这些愤怒都源自贫穷，她是明白的。她不必对自己说些什么，她咬紧牙关，睥睨着当前的艰难，她知道自己必须走出去，一定会走出去，要不惜一切代价走出去。哪怕牺牲自己，牺牲自己的感情。

她的确做到了。

而且，她过得和想象中一样幸福。虽然他们不得不小心花钱，在比尔当上飞行员之前，他们都得精打细算。他们也知道，这种状况还要持续几年。可是，他们总算是衣食无忧的。她还有一个像样的小房子，身上还穿着一条漂亮的桃红色雪纺裙，裙子的颜色比她的发色稍浅一点儿，穿在她身上摇曳生姿。她对自己的手艺很满意。

十一点时，她关掉电视，检查了一遍门锁和电灯，便上楼去卧室了。她拿起艾米·福克斯借给她的一本平装小说。小说讲的是重建时期发生在南方腹地的爱情故事。封面上，一个漂亮的红发女人穿着一件低胸的白色礼服，露出丰满的胸部，只看得到她的上半身，因为她是在封面的底部。她身后站着一个手拿马鞭的英俊男人，封底上印着他的全身。而在他身后的背景里，是一座隐藏在绿荫下的白色种植园。她一般不看这些无聊的消遣读物，她平时很少看书。可是艾米吊起了她的胃口，此外，现在的心情也许适合看一些轻松的东西，比如神话故事什么的。她想，或许可以从今晚开始读。

于是，她脱了睡袍，把它搭在卧室的椅子上。她转身走向床，不经意在五斗橱上的镜子里瞥见镜中的自己。她的头发披散着，在白色吊带睡衣的映衬下，肩头泛起蜜桃色的光泽。她站在那儿，什么也没想，只是看着镜中的映像。真美啊。她仍然什么也没想，只是把睡衣从肩上褪下来，对着自己的身体沉思。多美的身体啊，皮肤白嫩、细滑，胸部圆润而坚挺，双腿修长而光洁。可它不会一直是这样的。布利斯想起了母亲的身体，两只手臂瘦得皮包骨。她的手在胸部、两肋、腹部和大腿上游走。触摸之处，血液随之奔涌起来，好像它已经等待很久了。自从她长大，有了固定的房间洗澡后，只有比尔见过她的身体，也只有比尔碰过它。她以前从未想过性的问题，根本顾不上去想。性爱是有钱人才能享受的。假如她曾被某个人吸引呢？假如他是一个卡车司机、一个挖臭水沟的工人，或是像她父亲那样一无是处的人呢？如果她因为和对方有了性关系不得不结婚（如果她真的被某个人吸引，那是最有可能发生的事。她绝不会像对比尔那样，直到结婚后才让他得到她），那她或许就这样完蛋了，永永远远，一辈子就定了。

布利斯明白女人为何会沦为妓女。如果最后埋单的是你，那他妈的最好先让他们把定金给付了。否则，你自己就会永生永世为此埋单，就像她母亲一样。阿黛尔和米拉抱怨钱不够花，她什么也没说，顶多插句玩笑话。可她坐在那里暗自好笑。贫穷，她们知道什么是贫穷吗？是母亲那布满皱纹的脸，是因长年用洗衣板搓衣服而关节粗大的手，是因为提着大桶打水洗衣服、给孩子洗澡和擦洗地板磨出的老茧、累弯的腰。她的母亲在杂草丛生的、干枯的菜园里挖菜根。没错，这才是贫穷。她穿好睡衣，向床走去。可是，一念之下，她又扭过头去看。她又在镜中看到了披散着头发的自己。她感觉自己的身体在悸动，仿佛每个毛孔都是一张张开的小嘴，饥饿、干渴，仿佛就要枯萎而死。她关了灯，钻进被窝里。微凉的床单爱抚着她的身体。她躺在床上，感觉自己像是一朵洁白的花，在被窝里悄悄绽放，悸动着，热情地，等待着采摘。

13

　　每过来一个人，女人们都会转过头去看。米拉这才意识到，大家都在等保罗。举办派对的一年多来，保罗的人气开始上涨。在此之前，他是阿黛尔的丈夫，偶尔瞥见他在后院里笨拙地拔着杂草。可是现在，他成了派对的中心人物，尽管没有人承认这一点。

　　周围谣传着关于他的那些风流韵事，对此，女人们反倒是骚动多于谴责。他长相英俊，舞跳得好，也喜欢跳舞，而且他喜欢女人。他对每个女人都要勾引一下——她们私下里会交换意见，而且，在氛围合适的时候，他还会故技重施。米拉发现，如果在哪场派对上没有和保罗跳舞，或者气氛不够热烈，没有听到保罗亲昵地耳语"你知道吗？你有一双猫一般的眼睛，真性感"，她就会感到怅然若失。米拉从未想过有人会这样看待她，不过，她心里很高兴，而且她觉得其他女人也有同样的感觉。布利斯说，保罗说她的脖子很美，他喜欢搂着它；娜塔莉说，他说她散发着性爱的味道。米拉听了这话感到很震惊，可娜塔莉似乎觉得这是一种赞美。

　　米拉和布利斯正在客厅里说着话，突然注意到布利斯脸上现出一丝惊愕，连忙转过头去，看见保罗和阿黛尔正站在门口。她转回头继续说："是啊，确实漂亮。我真嫉妒你的巧手。颜色也很漂亮！"布利斯穿着一件飘逸的浅桃色雪纺连衣裙，与她那头红发相得益彰。

派对在布利斯家举行，来参加的还是往常那些人。此外，他们还邀请了另一对夫妇——萨曼莎和休·辛普森。他们刚搬来，就隔了几个街区，而且他们还是艾米和唐·福克斯的朋友。米拉见萨曼莎独自站在那里，就走过去打招呼。萨曼莎很年轻，顶多二十四岁。米拉心想：比我刚搬来这里时小不了多少，而现在，我是唯一的三十岁以下的女人。萨曼莎很活泼，她高兴地谈论着他们的新家，说住在那里多么好，还讲到了自他们搬来以后发生的所有"灾难"。"所以，辛普——也就是我老公，不得不拿掉浴室的门锁，这时，弗勒在歇斯底里地哭叫，我隔着门想哄哄她，可我们又没有工具，辛普只得东奔西跑地去借……"谈话就这样继续。灾难总是很滑稽，即便有时是真正的灾难，即便会导致一个孩子受伤；灾难很滑稽，男人们很没用，女人们则与铺天盖地的意外斗争，把它们扼杀在摇篮之中。听着萨曼莎讲这些，米拉意识到，这就是神话，是英雄主义和幽默感的神话。他们就是这么创造出神话的。她喜欢萨曼莎，除了她的相貌。

"改天你一定要过来喝咖啡。"米拉说。

"嗯，太好了！搬完家，辛普又回去工作了，我一个人好寂寞！"

她们说着话，派对不温不火地进行着。人们在人群中穿来穿去。舞会开始了。米拉去给自己倒了杯酒。布利斯多拿了些冰出来。

"天哪，你实在是光彩照人。真的！"米拉又说。

布利斯回她一个矜持的微笑："谢谢。我猜保罗也是这么觉得的。他还邀请我和他一起去巴哈马群岛。他要去那里参加律师会议。你觉得我该去吗？"

对这种玩笑话，米拉应对起来已经得心应手："为什么不去呢？

这里的冬天漫长又寒冷。不过,我好嫉妒,他都没邀请我。"

"哦,等着吧。他会邀请你的。"

后来,他的确邀请了。那是在午夜之后,大家开始脱衣服。男人们脱去外套、解下领带,女人们脱掉鞋子、摘下耳环。保罗在跳舞,棕色的衬衣和米黄色的裤子显得他身材修长,他那张英俊的爱尔兰面孔在酒和热气的作用下泛起了红晕。他端着一杯博若莱红酒,和米拉跳起恰恰舞。"来点儿吧。"他不停地说。

此时,音乐换成了慢舞曲,他用另一只手揽过米拉僵硬的身体,紧紧搂着她的腰。他盯着她的脸。"啊,这双猫一样的眼睛,"他小声说道,"真希望知道那背后隐藏着什么。你何不给我一个机会去发现呢?和我一起去巴哈马吧,我周二要去那里。"

"我还以为你不会邀请我呢。"她嬉笑着说。

诺姆在和阿黛尔跳舞,不停地逗她,所以他们这场舞,其实只是挪动着脚步聊天。汉普坐在沙发上和奥利安说话。他从来不跳舞。肖恩的舞伴是萨曼莎。

"真让人嫉妒,我能插个队吗?我今晚还没能和保罗共舞一曲呢,对吧,保罗宝贝儿?"娜塔莉有点儿醉了。

"到爸爸这儿来吧。"保罗说着,张开双臂,抱住她俩。可是米拉笑了笑,挣脱了。"真扫兴!"保罗追着她喊。

米拉走进浴室。过了一会儿,她正补着妆,就听到有人敲门。"马上就好!"米拉说。

"哦,是米拉吗?"门外传来萨曼莎的声音,"我能进来吗?"

"当然。"

萨曼莎走进来,撩起裙子,小声抱怨道:"妈的。"米拉看了她一眼，说："需要帮忙吗？"

"不用了，是这讨厌的胸衣。每次解手它都很碍事。"

米拉笑了笑。她并没有问为什么像萨曼莎那么苗条的人还要穿那种东西，因为她自己也正穿着。萨曼莎终于把胸衣弄好了，坐在马桶上。米拉则坐在浴缸边上，点燃了一支烟。她刚到梅耶斯维尔时，这种亲密令她很惊讶，可如今已经习以为常。

"米拉，"萨曼莎显得有点儿不自在，"我见你在和保罗跳舞。保罗——奥康纳？"

"是奥尼尔。没错。"

"哦，他是什么人？我是说，他是你的朋友吗？"

米拉笑了："他做什么了？"

"米拉！"萨曼莎身体往前倾，像说悄悄话一样，"他把手放在我的——屁股上！我都尴尬死了！我不知道说什么！还好，我背靠着墙，应该没人看见。然后他还说我的——屁股很性感。你能想象吗？"

"然后他邀请你和他一起去巴哈马群岛？"

"是啊！你怎么知道的？好像我能去似的，周二我要带孩子去看医生。再说，我之前从来没见过他。"

"这趟旅行可热闹了。他邀请了屋里的每个女人。"

"噢。"萨曼莎看起来很失望。

"除了特里萨和阿黛尔。"

"为什么不请她们？"

"因为特里萨总是怀孕，而阿黛尔是他老婆。"

萨曼莎瞪着米拉。米拉有一种优越和老练的感觉，她说话的语气，好像在给出"过来人的建议"："哦，他这么做只是为了吸引女人。我确定他说的有一部分是真的，但剩下的就……那就是他的游戏，是他社交的一种方式。一开始可能有点儿吓人，不过，至少他会试着和女人交流。再说，他也没有恶意。"

萨曼莎突然面露喜色："哦，我喜欢他！我是说，我觉得他很有趣，尽管他……我也说不清，米拉，我觉得这些人好复杂。或许是我之前被保护过度了。我在南方念的大学，毕业后就待在家，然后开始和辛普约会。再后来我们就结婚了，婚后我们也和家人住在一起。这是我们第一次有自己的住处。我觉得自己太嫩了。"

萨曼莎站起来，洗了手，梳了梳头，或者说，她只是把梳子从头顶滑下去。她那亚麻色的头发褪了色，几乎变成白色，蓬松的头发高高盘起，上面还喷了大量的发胶，两鬓垂着几缕细细的发卷。她往脸上抹了些腮红。米拉看着她，心想，她看起来真像一个机器娃娃。

"你为什么把头发染了？你肯定还没长白头发。"

"我不知道。我以为染了头发看起来更老练一些，而且辛普喜欢这个颜色。"

"你自己喜欢吗？"

萨曼莎一脸愕然："为什么这么问？我的意思是……喜欢吧。"她有点儿恼火。

"哦，只是染发太麻烦了。"

"就是啊！我时不时得打理它，差不多得花上一天，而且每两周我就得重染一次，不然黑发根就会露出来了。"她开始对米拉讲这个过程。

此时，保罗没在和娜塔莉跳舞。他正紧紧搂着布利斯，和她跳狐步舞。汉普和阿黛尔一起坐在沙发上。他在给她讲一本关于冷战的新书。他还没读过那本书，但书评写得很详细。阿黛尔根本就不感兴趣，可还是体贴地坐在那里，一脸专注地听着。她在想，他的目光从不与别人的目光交会，总是有点儿斜眼瞟人。不过他人不错，大家都喜欢他。他从不与人争执。他气色不太好。

娜塔莉本来在和伊夫琳说话，可是突然止住了。她嚷嚷着："我还要一杯酒！"她脸上的妆花了。她走进厨房时步伐有些不稳。一群男人正在厨房里说话。她倒了几乎满满一杯黑麦威士忌，在厨房里站了一会儿，可是没人理她。"你们男人真恶心！"她突然大声说，"你们就知道足球！天哪，真让人烦透了！"然后，她端着酒，踉踉跄跄地走出了厨房。

男人们瞥了她一眼，继续聊天。

她回到客厅，朝汉普坐的沙发走去："天哪，你和他们一样恶心。整个晚上，就像一块肥猪肉似的坐在沙发上，说啊，说啊，说个没完！是在谈论书吧？好像你读过似的！为什么不谈公文和电视呢？这才是你的本行！"

屋子里安静下来。娜塔莉环顾四周，感到很尴尬，于是把怒火撒到了其他人头上："我要回家了！这场派对真讨厌！"她真的回家了，甚至没有拿走外套，却仍然端着她的酒。她穿着那双红色的缎面高跟鞋走在雪地里，一路滑过街道，还跌倒了两次。

谁也没有说什么。娜塔莉时不时就会喝多，这是出了名的。他们耸了耸肩，继续聊天。米拉在想，他们怎么能就那样一笔勾销了呢？好像喝醉了就不是人，就可以不用当真似的。当然，娜塔莉睡一觉就过去了，而且，她或许会忘记自己做过什么。可是她的声音中带着一种痛苦，愤怒之下藏着绝望。这些又从何而来呢？米拉瞥了一眼汉普。他仍在若无其事地说话，丝毫没被干扰。他人似乎不错，有点儿无精打采，甚至有些呆滞，不过，丈夫们大都很呆滞，女人们不得不找点儿自己的乐子。而娜塔莉的日子似乎过得很开心。

保罗在布利斯耳边说着什么。诺姆走过来，拉起米拉，两人笨拙地跳起了舞。他紧紧地抱着她，她的心沉了下去。她知道，稍后他的性欲又要起来了。

然后，有一个勉强算得上认识的人邀请她跳了舞。罗杰和桃瑞丝是这群人里来得相对较晚的。罗杰很有魅力，他皮肤黝黑，目光锐利。他理直气壮地把手环在她的腰上，这是其他男人不曾做过的。保罗的触碰是带有性意味的——他总是试探性地、巧妙地不断尝试。而罗杰碰她的时候，就好像他有权利那么做一样，好像她是他的，可以任他摆布。她当时就有这种感觉，只是后来才明白过来那是什么样的感觉。她厌恶他，虽然他舞跳得还不错。她不知道该说些什么，只能僵着身子和他周旋。她问他住在哪里，有几个孩子，有几间卧室。

"你就不能安静点儿吗？"说着，他把她拉得更近。她知道，这是他刻意想要显得浪漫。而她也似乎能感觉到这种浪漫。他身材很好，身上还有种好闻的味道。可她不允许自己不知不觉陷入其中，像小孩一样接受他的斥责，接受他的——怎么说呢——措辞。

"我想安静的时候就会安静的。"她推开他，没好气地说道。

他吃惊地看了她一会儿，变了脸色。"你知道自己需要的是什么，"他轻蔑地说，"美美地干一炮。"

"嗯，我看了那场比赛。他们比分落后，输了比赛。"

"他们怎么搞的？"辛普说，"都怪斯密斯没传好球。"

汉普笑了笑说："不管怎么说，他们都输了。"

"没错，可是他们比之前打得好，他们本来要落后二十分的。"

"这可不好说，"罗杰说，"他们在主场打得要好些，台上有那么多蠢货为他们打气。"

"是啊，她现在会爬了。这就好了，我可以不用把她放在围栏里。可她见了什么都往里钻。"

"弗勒在围栏里根本待不住，我一把她往里放她就哭。"

"她是你的第一个孩子。等你有了五个的时候，他们就肯待在围栏里了。"

"我听说你又怀孕了？"

"嗯，是啊！越多越好。"

"你倒是一点儿都不显怀。"

"哦，才三个月呢。时间久了，我就会肿得像气球。"

"你生过五个孩子，身材还保持得这么好。"萨曼莎的眼神游离到特里萨身上，她正站在墙边和米拉说话。她个子很高，背驼成一团。她的肚子就那样垂下来，像一个附在她的身上的装满石头的麻袋。她的胸部也松弛下垂了，稀疏的头发已经变成灰白色。

阿黛尔循着萨曼莎的目光看去："可怜的特里萨。他们太可怜了，日子过得举步维艰。"

萨曼莎睁大眼睛，朝阿黛尔靠过去，小声说道："我听卖牛奶的人说，他很同情他们，于是把剩下的牛奶免费送给他们。"

阿黛尔点点头:"唐已经失业一年了。他偶尔接一些零工、兼职或临时的杂活儿,可要养活六个孩子,那样根本不够。他现在大多时候都待在家里,无所事事。她本来应聘了一份代课教师的工作——她有大学文凭,可是现在又怀孕了。真不知道他们以后该怎么办。"

萨曼莎厌恶而又恐惧地看着特里萨。一个女人能让自己变成那个样子是可怕的。她的那些遭遇也是可怕的。如果一个男人不工作,你能怎么办?太可怕了。她决不会让那样的事发生在自己身上,决不。你要能掌控自己的人生。她转身问阿黛尔:"她是天主教徒吗?"

"是的。"阿黛尔坚定地说,"我也是。"

萨曼莎的脸红了。

"我有一会儿没见到保罗了。"

"哦,他走了。"

米拉惊讶地转过身:"他走了?可阿黛尔还在这儿啊。"

布利斯笑了起来:"他跟着娜塔莉走了。他说他为她感到难过,还说他觉得她情绪很低落。阿黛尔知道他走了。他会回来的。"

米拉有些吃惊。她没想到他那么敏感、那么关心别人。不过她心里有些犯嘀咕,可没去多想。"他还挺好,"米拉认真地说,"我也很担心她。"

布利斯奇怪地瞥了她一眼,她也不知是什么意思。

比尔和一小群人在厨房里说笑。他刚从加利福尼亚返航,他每次回来后，总要讲一堆低俗的黄段子："……于是，那个空姐就说：'还有什么事吗，机长？'他转过身，上下打量着她，说：'好啊，你可以拿给我一只小猫咪[1]。'然后，她就站在那儿，看着他，冷静得像条黄瓜：'这可没办法，机长，我的猫大得像个水桶。'说完就走了。"

大家哄堂大笑。

"我没听懂。"米拉环顾四周，寻求答案，"他为什么要一只猫啊？"

14

"他有厌女症！"瓦尔叫道。凯拉则夹枪带棒地说："这人是个老油条。"克拉丽莎咧嘴笑着说："真够刺激的！"伊索则摇了摇头，说："太荒唐了。"米拉讲完这场派对上发生的事后，她们立刻议论纷纷。

"我说，你们当时怎么会那么……幼稚？"

"伊索，我跟你说，关键是，那时的人就是那样的。所以我才说，如今世道不同了。对于山姆来说，我们都是老油条。五十年代就是那样的。"

"你们啊，女人的世界真是复杂，你们啊！"凯拉调笑着她们。

"不觉得可怕吗？我还记得那种优越、平静的感觉，然后我就开始想为什么会有那种感觉，我是怎么突然就变成了一个什么都懂

---

1 "小猫咪"英文为 pussy，它还有"阴道"的意思。在这里，机长故意用多义词。

的女人，就在那天早上，我还感觉自己像一个孩子。如此认真，如此诚挚，如此品行端正！天哪！这一切太搞笑了，真是让人精神为之一振啊。我一直以为，外遇这种事绝不可能发生在我身上，所以，我就假定她们也不会。她们不能那么做！她们是好女人——天哪，原来我内心深处这么认可性道德。"

"可那个叫罗杰的家伙呢，"克拉丽莎插话进来，"即便那个时候，你都提高了意识[1]吗？"

"我是削弱了意识。"米拉纠正她，"我说不清楚那种感觉，无法用语言描述。"

她们仔细地研究，抓住一个又一个人，问动机，问她们对人际关系的看法，问结果。她们已经把这个问题刨根问底了，可瓦尔还不满意。

"你说这个男的——保罗——喜欢女人？要我说，他不喜欢。他利用她们。她们对他来说只是性目标。"

米拉缓缓地摇着头，仿佛在争辩："我不知道，瓦尔。"

"他真指望他那些甜言蜜语能带来什么好处吗？"克拉丽莎问，"你说过，那只是他的社交方式。"

"是的，"米拉叹了一口气，"我也不知道。或许他只是随口说说，根本不在乎谁会当真。可是，萨曼莎跟阿黛尔和保罗是很长时间的朋友了。有一次，萨曼莎遇到大麻烦，他们很友善地帮助她，尤其是阿黛尔。从那时起，保罗就开始给萨曼莎性暗示。她告诉我以

1　原文"raised consciousness"，"consciousness raising"是女权主义运动中的一个术语。女性以小组的形式互助，其中一位讲述自己生活中的例子，而小组成员根据她的描述找到根植于她意识深处的"个人问题"的心理根源。

后，我火冒三丈，因为我觉得保罗这么做是在让她们争风吃醋，离间她们之间的关系。可她说不是这样。她说，他之所以有性暗示的举动，是因为那是他知道的唯一可以讨好女人的方式。他试图告诉她，他是她的朋友，但前提是要成为她的爱人。在我看来，这也不无道理。"

瓦尔仍然嗤之以鼻。

"至少他试着和女人交谈。"米拉沮丧地说。

"你还感恩戴德呢，真是个好女人。"凯拉恶狠狠地说。

"听听，"伊索突然站起来说，"听听你说的话！每次哈利放下书看着你的时候，你不也高兴得上蹿下跳的！"

"我没有，我没有。"凯拉抗议道，可她们全都看着她。她最后只好耸耸肩，说："好吧，至少我还是个好女人。"

15

派对过后的那个周一早上八点多，娜塔莉打电话给米拉，叫她过去聊天。米拉直到下午才忙完过去。她从娜塔莉家后门进来时，娜塔莉正在厨房里哼着歌。她看上去和以往不同了。她神采奕奕，看起来气色更好了。

"喝一杯吧，不要吗？我给你冲点儿速溶咖啡？"她从洗碗机里拿出一个彩色塑料杯，米拉每次看到那台洗碗机都会心生嫉妒。"唉，周六晚上我真是喝多了。裙子被我毁了，摔倒的时候，把裙子侧面都撕碎了。我的鞋子也毁了，为了配那条裙子，我还专门给它染了色，全都完了！那条裙子花了我九十美元，鞋子也花了十七美元。"

米拉倒抽一口凉气。她每年只买一两件衣服，不过花十到十五美元："啊，娜塔莉！还有办法修补吗？"

娜塔莉耸了耸肩："不行了。我把它们扔了。"

"可怜的娜塔莉。"米拉真诚地说道。

"哦，不过也值了。"她得意扬扬地说。

"为什么？我感觉你玩得并不高兴啊。"

"派对是糟糕透了！"娜塔莉对着她意味深长地笑。

米拉怔怔地看着她，她不明白娜塔莉是什么意思。

娜塔莉亲热地捏了捏米拉的脸。"你真单纯，太可爱了。"她隔着桌子在米拉对面坐下来，"难道你没发现保罗离开派对了吗？"

"嗯。他太好了。我还有点儿担心，他那么做我很欣慰。我有些意外，我从没想过他会那么体贴……"

"是啊，他非常体贴！"娜塔莉笑意盈盈。

米拉的笑容凝固了："你是说……"

"当然！你以为是什么？"

"我以为男人和女人之间会有单纯的友谊，不一定要有性关系。"米拉不以为然地说，"我以为他在做朋友该做的事。"

"朋友？傻瓜，去他的吧。我不需要朋友，我朋友够多了！天哪，太浪漫了！我一丝不挂，裙子扔在地板上，内衣就搭在上面。我帮他留了门。他突然出现在我卧室门口，我都没听到他上楼的声音。我身上只盖了条床单，我坐起来，倒抽一口凉气。我是真的吓了一跳。你知道吗，他突然就站在了门口。我都不确定他会来。他慢慢地朝我走过来，目不转睛看着我，跟马龙·白兰度似的。他在我旁边坐下来，狠狠地把我推到床头板上，吻我。天哪！太棒了！他的身体压在我的胸上，另一只胳膊搂住我的腰，抱得我喘不过气，他还不停地吻我。太美妙了！"她提高了声音，脸上流露出迷醉的神情。

米拉像块石头一样坐着。

突然，娜塔莉的脸色一变。她露出厌恶的表情，声音也变得刺耳难听："汉普那个婊子养的下地狱去吧，他只配亲我的屁股，去他妈的。他不想肏我，我就找一个想肏我的人，他肏他自己去吧。"

"他不和你上床吗？"米拉小心翼翼地问她，脸上有了些生气。当然，如果事出有因，那又不一样了。书里常说，如果婚姻很美满，夫妻之间是不会吵架的。如果是汉普的错，那一切还可以解释，而且假以时日，耐心商讨，也是可以解决的。

"那个浑蛋两年没和我上床了，我都快疯了。不过，现在，去他妈的。"

"他为什么不和你上床啊？"

娜塔莉耸耸肩，眼睛看向别处。"我怎么知道？可能是他不行吧。他什么都不行，天知道。周日我让他帮忙粉刷蒂娜的房间，他却把一整罐漆泼在地毯上。不仅如此，他还让我自己清理，他却坐回椅子上看电视。他太幼稚了！"她鄙视地说。

米拉陷入了沉思。

娜塔莉继续说："他连垃圾也不倒一下。也许是害怕掉进垃圾桶，垃圾工认不出他来，把他和泔水一同运走吧。他每晚都坐在那张椅子上，每晚都是。他不和孩子们说话，也不和我说话。他就坐在那儿，喝得醉醺醺的，看电视。看着看着还会睡着。一天夜里，他差点儿把房子给烧了——他的烟把地毯烧了一个大洞！我闻到有什么东西烧着了，马上跑过来。看看地毯，我把它补上了，你看看！他椅子周围的地毯也都被烧坏了。"

她让米拉站起来看椅子。

米拉重新坐下，娜塔莉继续喋喋不休。她脑中仿佛有一部血字书写的汉普的罪行史。米拉无言以对。这倒并非因为娜塔莉的控诉，这些都是听惯了的抱怨。娜塔莉以前也拿这种行为开过玩笑，所有的女人对丈夫都有类似的抱怨。只是，娜塔莉的抱怨是认真的。米拉觉得自己正进入一个新境界。女人们常常半开玩笑地抱怨或哀叹，但她们仍然不会公开讨论自己和丈夫之间的关系。她们都是现实版美国故事的一部分。意外降临的孩子，不合格的丈夫，勇敢的女人苦笑着认输，可她们还是继续往堤坝上放沙袋。可是，娜塔莉道出了实情，她正在将它从神话（谁也拿它没办法）带进现实领域（如果你是美国人，就必须做点儿什么）。就像意大利人拿教会开玩笑一样，女人们也可以拿婚姻和孩子开玩笑，因为教会就在那里，一成不变，稳如磐石，无可对抗，不可战胜。

"我可能得喝上一杯。"

娜塔莉倒酒的时候，米拉说："如果和他在一起那么不幸福，你为什么不离开他呢？"

"他妈的浑蛋，我是应该离开他的。他活该。"

"那你为什么不离开？"

娜塔莉一口喝光了酒，起身再去倒一杯。她的声音开始变得沙哑："他妈的浑蛋，我会的。"

"你父亲会给你钱。你不必为了钱和他在一起。"

"我才不是为了钱呢！那头蠢驴，一天到晚只知道写公文。我要是靠他那点儿钱养活……我们都得饿死了。浑蛋！这是对他的惩罚。要是我和他离婚，我爸马上就会开除他。他整天只会写公文。爸告诉过我，他别的方面一无是处，蠢驴一个。"

此刻，米拉毫不留情："据你所说，孩子们和他不怎么亲？"

"当然不！那些小鬼头。他什么也没为他们做过，只是每个月会吼一次：'闭嘴！'也就这样了。他们会绕开他走，从那个窝在椅子里的懒胖子身上跨过去。这就是他，不过一团肥肉。那具肥胖的身体对我有个屁用！"

"这么说，他们可能不会想他。他们不需要他，你也不需要他。那为什么还留下？"

娜塔莉突然哭了出来："你知道吗，我讨厌那些孩子！我讨厌他们！我受不了他们！"

米拉不以为然。倒不是不赞同娜塔莉的感觉，而是不认同她说的那些话。她注意娜塔莉很久了，见识过她是怎么对孩子的。她并不体罚他们，但总是说他们的坏话，叫他们"臭小鬼"。而且，她总想摆脱他们，不是把他们打发到屋外，就是打发他们上楼，让他们走开，走开。只要能摆脱他们就好。娜塔莉会满足孩子生活上的需要，尽可能给他们做好吃的饭菜，帮他们打扫房间、洗衣服，还给他们买新内衣，可就是不想和他们待在一起。不过，所有的女人都是这样的，只不过程度有所不同。可米拉还是觉得，想是一回事，说出来又是另一回事。一旦说出来，就不能改变了。在内心深处，米拉确实相信，如果你不说出讨厌自己的孩子，他们就不会知道。

"那你为什么生他们？"她追问。

"天知道，大家都这样！意外，我的三个小意外。天哪，这是什么样的生活啊。"她站起来，又倒了一杯酒，"其实，他们还是婴儿的时候，我也是喜欢他们的。我喜欢小宝宝。你可以抱着他们到处走，轻声和他们说话，他们温暖又无助，而且非常爱你。可是，他们长大以后呢？他们开始顶嘴的时候，我简直受不了，又没有经验。烦透了。我妈和我之间就是这个样子。"

"我可不那么认为。我的孩子们长大一点儿后，我更喜欢他们了。我觉得他们变得更有趣了。"米拉一本正经地说。

娜塔莉耸了耸肩："很好，你那样挺好。我却不是那么觉得的。"

米拉神经质地撇撇嘴："那么，离不离开汉普，和他们有什么关系？"

眼泪从娜塔莉眼中涌出来，滚落在她腮边："天哪，米拉，如果我离开了，他怎么办？他会很无助，你知道吗？我还要提醒他换内裤，还要给他放洗澡水。他真的很聪明，天哪，他是聪明的。你应该知道的，米拉，你在派对上跟他聊了挺久，他脑子真的很好使，可他什么时候用过它？他坐在那贪蛋的椅子上看电视。如果我离开他，他就没有工作了，他就什么也没有了。"

米拉没有作声。

"他甚至连什么时候擤鼻涕都不知道！"娜塔莉又哭起来。

"你爱他。"米拉说。

"爱，爱。"娜塔莉模仿着米拉道，"什么是爱？几年前，孩子们出生以前，我们很幸福。"她的声音变得更高、更尖，听起来就像孩子的声音，"我们以前还会玩点儿情趣游戏。他回到家，只要在什么东西上发现灰尘，就打我的屁股。不是真打，你懂的。他会把我的裤子脱了，把我摁在他膝盖上，打我的屁股，这是真的打，会疼的，然后我就又哭又叫。"此时，她的脸上带着笑容。米拉一脸惊骇。"他扮演我的爸爸，他想要怎样我都会照做。那时候，我真的很幸福，一天到晚都很兴奋。我整天跑来跑去地做事讨好他。我喜欢做那些。我会买他喜欢吃的东西、他喜欢听的唱片，还有性感的睡衣，我随时准备着一大罐橙花鸡尾酒——除非我想被打屁股。"她傻笑着。她的声音和表情已经完全像个孩子。她带着孩童般梦幻、甜美的表情，好像在讲述着刚看完的一本书里的故事。"还有，哦！要是他打我，我就会哭着依偎在他身旁。"她停下来，抿了一口酒。"我不知道是什么时候改变的。我想，是蕾娜出生后吧。那时，我不得不长大。"她苦涩地说，"我得洗那些沾满屎尿的尿布，要买东西，再也不能像以前那样闹着玩了。现在，你看，我又要当妈，又要当爹。他却什么也不做。"

"你长大了。"

她又拔高了声音："我不得不长大！我没得选！"

"他要么是自命不凡，要么就什么都不是。"此刻，米拉听出自己的声音里也有了几分苦涩，她在想，这苦涩从何而来呢，"有时候，我觉得所有的男人都是那样，自命不凡。他们要么就什么都是，要么就什么也不是。"

"什么也不是，什么也不是！没错。那个浑蛋什么也不是！"娜塔莉又来劲了。她擦干泪水，站起身，又去给自己倒了杯酒。

16

那天晚上，米拉把整件事告诉了诺姆。她心烦意乱，脑中翻江倒海，可又说不清自己在想什么。她对娜塔莉的通奸行为表示震惊。诺姆不耐烦地听着，脸上露出厌恶的表情。他说娜塔莉很蠢，说她是醉醺醺的母狗。他说，她无关紧要，不用管她。他还说，你应该忘掉这件事，它无足轻重。娜塔莉是个婊子，保罗是个浑蛋，如此而已。

他上床睡觉了。米拉说她还要待一会儿，可是，她感到很不安。她在楼下的屋子里踱来踱去，看着外面的黑夜，望着屋顶上空的明月，看着灌木丛，听它们发出不祥的沙沙声。她觉得有什么东西在移动，鬼鬼祟祟的，很吓人，而且到处都是。为了让自己镇定下来，她往果汁杯里倒了点儿诺姆的白兰地，端到客厅里。她坐在那儿，一边喝着酒，一边抽烟，陷入了沉思。那是她第一次那样做，那是一种新的开端。

此时，她多想找个人聊聊这件事，尤其想要弄明白，它为什么如此困扰着自己。她想，她是在嫉妒吗？难道她希望保罗挑逗的那个人是她？可是如果他像马兰·白兰度那样朝她走过来，她会笑出来的。还是，她从自己声音中听出的怨恨，其实反映了她对自己婚姻的感受？她劝娜塔莉离开汉普，是因为她想离开诺姆吗？她不知道，而且似乎怎么想也想不明白。

她决定，无论如何，都不会把娜塔莉的事告诉任何人。娜塔莉并没有让她保密，可是，这事关个人名誉，还是不乱讲为好。这也就意味着，她不能和任何人讨论这件令她困扰的事。于是，她决定读些心理学方面的书。

时光飞逝，冬雪融化成霏霏春雨。特里萨腆着大肚子，弯腰在菜园里种菜。唐找了一份修屋顶的工作。福克斯一家把房子扩建了，还办了场派对。阿黛尔开始显怀了。娜塔莉重新装修了浴室，正考虑布置阁楼。米拉读完了琼斯[1]写的关于弗洛伊德的传记，还读了几本弗洛伊德的专著，现在正在读其他心理学家的著作。她本想读威尔海姆·赖希[2]的作品，可图书馆里没有他的书，她让诺姆从大学的医学图书馆里帮她借一本，可是，他严禁她读赖希的书。

这是一个漫长而多雨的春天，每个人都无精打采。柏林、古巴，还有失势的约瑟夫·麦卡锡，外面的世界，似乎离我们很遥远。比尔升职了，布利斯很得意，这意味着她偶尔可以请人看孩子了。这样一来，比尔不在镇上时，她晚上就可以出去了。她还报名了桥牌课。

五月下旬，太阳终于出来了。一天下午，娜塔莉过来喝咖啡。过去的一个月，米拉丝毫未再提保罗的事，娜塔莉也没有。可是她们之间的关系已经改变了。如今，娜塔莉会把生活中和汉普发生的那些恼人的事一五一十讲给她听。她会花四十五分钟对他破口大骂，然后又高高兴兴地说起别的事。米拉又烦又恼，她开始躲着娜塔莉。娜塔莉感觉到米拉在躲她，感到既受伤又愤懑。她不再常来米拉家

---

1 欧内斯特·琼斯（Ernest Jones, 1879—1958），英国心理学家，是弗洛伊德的朋友和支持者。著有《西格蒙德·弗洛伊德的生活与工作》一书。

2 威尔海姆·赖希（Wilhelm Reich, 1897—1957），弗洛伊德的学生，出色的第二代精神分析学家，是"性解放"的发明人。

了，可偶尔还会打一个电话。米拉总是很忙。娜塔莉不明白，既然已经不用上学了，为什么看书还比陪伴她重要。于是，她不再打电话来。但是，五月下旬的一天下午，她从米拉家后门走了进来。

"嘿！你猜怎么着？我买了个房子！"

"太好了！娜塔莉！在哪儿？"

"西区。"

"西区！哇！真是高档不少！"

米拉倒上酒和苏打水。娜塔莉告诉她，那房子里有十个房间、两个半浴室、两个壁炉，还有洗碗机和铺满整个地面的地毯。房子背靠着乡村俱乐部的高尔夫球场，占地六亩。她还说，他们会自动成为俱乐部的会员。娜塔莉已经简称它为"俱乐部"，就好像她一直都是那里的会员似的。

米拉对此的感觉，已经不只是嫉妒了："你什么时候决定买的？为什么呢？"

娜塔莉说，梅耶斯维尔的房子太小了，他们需要更大的空间。这也就意味着，要整理出阁楼或者扩建房子，可是那样太贵了，而且你再把它卖出去也赚不回来多少。姑娘们越长越大，她们总是吵个没完，也需要自己单独的房间了。"再说，我讨厌这个地方。还有什么值得我留恋的呢？"

米拉隐隐感到了这句话中的责备，她不假思索地问道："你还会见保罗吗？"

"保罗？当然不。为什么要见他？噢！那个浑蛋！不会见了。"然后她笑着说，"不过，我倒是又看上别人了。"

"谁啊？"

"卢·迈克尔森。当然，我认识他好几年了，而且我一直喜欢他，只是……"她露出一个孩童般欣喜的微笑。

"我以为伊夫琳是你最好的朋友。"

"是啊！我喜欢伊夫琳！很喜欢她！可她要照顾那两个讨厌的孩子，没时间管卢。"

"大的那个已经上大学了，不是吗？"

"是的，可南希还在家。你知道吗，她长大了，十一岁，太难带了。到现在她都还在用尿布，她都学会走路有好几年了，可还总是磕磕碰碰的，她眼神不好，吃饭还得别人喂呢。"

"真是噩梦啊。永远都是个婴儿。"

"汤米也不是什么省心孩子。我的意思是，至少他是正常的，可他总会遇到这样那样的麻烦。我想伊夫琳是不会介意的。她也许还会祝福我。"

"好吧，你们真的在一起了吗？"

"还没有。"娜塔莉拖长了嗓音说，"还在暧昧阶段。"她笑了。她非常不安，不停地抓弄着她那因得了皮疹而脱皮的手。

"哦，不管怎么说，买了房子真是件好事。娜塔莉，我真为你高兴。"

"是啊。当然，还要重新装修呢。等里面的人搬出去了，改天我带你过去看看。那房间真的不错，你知道吗，等我装上滑动玻璃窗，看起来一定很漂亮……"

她走了。米拉听完她对于房子的成百上千个计划，心想，这下好了，这些计划足够让她忙上几年，这样她就没有心思去想其他人了。米拉并没有把关于卢的那件事当真。她经常在派对上见到卢和娜塔莉，他们总像老朋友，甚至夫妻那样打情骂俏。她说起卢，只是为了挽回一些自尊，好像是为了表明，有一个男人觉得她有魅力。她想，不过我们都是那样的，我们总想证明自己有魅力。而对男人来说，这就没那么重要。女人又成了牺牲品。为什么男人就应该对我们如此重要，而我们对他们却不是呢？这也是天性吗？她叹了口气，继续读男性心理学家写的书。

17

布利斯往屋里看了看。休·辛普森，也就是辛普，手拿酒杯，侧身向她走来。

"布利斯，今晚看上去挺时髦啊？"他每次说话，听起来都好像和你很熟似的，好像你们之间有什么不可告人的秘密似的。

"比尔，头发长得挺快嘛。"连续三场派对上，辛普都这么调侃比尔。布利斯很恼火，可她优雅地笑了笑，说："我倒希望他的头发长成尤·伯连纳[1]那样。"她面带可人的微笑看着比尔，比尔则傻笑着，拍了拍斑秃的头顶。比尔跟辛普讲他最近听来的黄段子。在过去的一周内，布利斯已经听了四遍。她朝他扮了个鬼脸，好像生气的妈妈在责备小男孩："别讲了，比尔。"说完，她笑了，他则回她一个"小男孩很淘气，但他知道妈妈会原谅他"般的笑容，然后

---

[1] 尤·伯连纳（Yul Brynner, 1920—1985），美国俄裔演员，代表作有音乐剧《国王与我》，电影《十诫》《豪勇七蛟龙》等，是影史上著名的"光头影帝"。

说："就再讲一次，布利斯。"她笑弯了腰，跟他们打了个招呼，便到厨房去了。

保罗和肖恩站在洗碗池旁边，他们小声说笑着。布利斯歪着头走近他们，脸上挂着会意的笑容。

"我能猜到你俩在说什么。"她说。保罗张开手臂，她走过去，他轻轻地抱了抱她。

"我们在讨论股市。"肖恩笑着说。

"股市是没法预测的，你知道。你广撒网，没准儿就能投对一只。"

"我懂。"布利斯对保罗笑了笑。他们挨得很近。"我猜，你没有最喜欢的股票吧。"

"当然有。"保罗轻咬着她的耳朵，"可你无法确定它能给你带来利润。"

"只要是利润，你都会照收不误。"

"我就是喜欢投机。"

"那你何不投机一次，给我倒杯喝的？"

"那我就得把手拿开了。"

"那又不是什么不可弥补的损失。"

肖恩在迷迷糊糊地出神。保罗走开，倒了两杯饮料。

"我记得，有天晚上都没见你人影。"布利斯奚落道，"至少，今天晚上你哪儿也不用去了。"因为派对是在娜塔莉家开的。

保罗朝她扮了个鬼脸："我躲的不是你，而是阿黛尔。"

"我也在那儿啊。"

"可你却不让我尝到一点儿甜头。男人嘛，在那种情况下总得做点儿什么。如果女人唤起了他的情欲，却不满足他，他就会去找别的女人。"

她吐吐舌头。"这是我听过的最烂的借口，不就是饥不择食吗？"她从他手里拿过酒，"当然，"她又轻快地补充道，"萝卜青菜，各有所爱。"

"有的女人确实很性感，而有的只是表现得性感。"

"哦？你怎么看得出来？"

"我就是能看出来。"

"可以换句话说：有些女人是讲标准的。"

他热切地看着她。两人说话的时候，脸上一直挂着笑容："那我符合你的标准吗？"

"你在乎这个吗？"她说着，直起身子，摇曳着走开了。

诺姆独自待在书房里。布利斯进来时，他正心虚地关掉电视。他用顽童般的眼神看了她一眼。

"我只想看看最新的比分。如果我在派对上开电视，米拉会发脾气的。"

她嗔怪地看他一眼："我猜，没经过米拉的允许，你也不敢走开吧。是不是？"她用手指轻轻点了点他的鼻子，"我要告发你哟。"

他做出滑稽的害怕状："哦，千万别告诉她。我愿给你当牛做马！"

"好吧。你和我跳舞，我就不告发你。"

他双手抱住头："哦，那不行！那不行！除了跳舞，什么都可以！"

她用脚背轻轻踢他，他蹲下去，抱着腿。"啊！哇哦！你要把我打残了。好了，好了，我听你的！"说着，他一瘸一拐地跟着她去了大客厅。

娜塔莉已经把地毯卷起来，方便大家跳舞。这是她和梅耶斯维尔的告别宴，她邀请了六十个人。她家比其他人的家都大，能容下这么多人。

诺姆和布利斯进来时，米拉正和汉普坐在一起。她看着他们跳舞。他们跳得很滑稽，除了和她，诺姆和谁跳舞都是这样。

"我觉得诺姆想和布利斯发生点儿什么。"她说。

"你介意吗？"在这些派对中，汉普和米拉已经成了朋友。虽说汉普不读书，至少他对书籍有些了解，他就像她的"安全岛"。可他们私下里并不怎么深谈。

"不介意，"她耸耸肩，说，"那样可能对他有好处。"

汉普看着她，目光炯炯。她却并没有看他。她看着罗杰占有一般地搂着萨曼莎，把她领进舞池。她想跳起来保护萨曼莎，把他从她身上推开。可是，萨曼莎正像洋娃娃一样机械地迈着步子，洋娃娃一般的脸上笑容满面。

"我觉得自己和周围格格不入，"她对汉普说，"与所有我认识的人都合不来。我总感觉自己像个外人。"

"你比他们好多了。"汉普说。

她吃惊地扭头看他："什么意思？"

"就是这个意思。"

"我不觉得谁会比谁好。我不明白你是什么意思。"

汉普耸耸肩，笑了："他们是一群废物。"

"汉普！"她觉得不自在，想找个借口离开，又不能失了礼数。"我去倒杯喝的。"最后，她想到这个办法。

她从娜塔莉身边走过，她正在厨房里大声谈论着她漂亮的新家。

过去的几个月里，这是她唯一的话题。布利斯和肖恩在墙边小声说着话，笑容满面。布利斯在奚落、逗弄肖恩，肖恩一边乐在其中，一边思考着要不要扑过去。罗杰站在水槽边和辛普说话。他背对着米拉。她听见他在说："屁都差不多，唯一的区别就是有的水多，有的水少。"她走到水槽边，在他旁边倒酒。她没有看他一眼，也没有和他打招呼，倒完酒后径直走进了小客厅。奥利安正和阿黛尔坐在一起，聊关于孩子的事。她看起来和阿黛尔一样疲倦。她刚经受了很长时间的折磨，她的两个小孩又是得麻疹，又是得腮腺炎，又是长水痘，连续折腾了两个星期，而且她的大儿子骑自行车时差点儿把胳膊摔断了。阿黛尔的脸色也很难看。米拉和她们坐在一起。

"真是够你受的。"她说。

奥利安笑了，眼神忽闪着："哦，那没什么，挺好玩儿的！"她又开始开玩笑了。无论之前在和阿黛尔谈论什么严肃的问题，为了照顾大家的情绪，她都会一笑置之。米拉心神不宁地待了一会儿，起身离开了。她漫无目的地游荡着。

"不，特里萨和唐再也不会来参加派对了。我不知道娜塔莉请过他们没有。特里萨说她办不起派对，所以不想来了。但我觉得，像那样把自己孤立起来太傻了。你觉得呢？"葆拉说。

"那是出于自尊心。要尽量保有自尊。"一个坚定的声音说。

米拉转过身，她喜欢说那句话的人。这话是玛莎说的，她是这群人里的新来者。米拉朝他们走过去，说："特里萨经常读书。"

18

布利斯最近在和她的桥牌老师调情，她把分寸把握得很好。比尔出航的时候，桥牌老师晚上会带她去酒吧，和她讲自己的故事，倾诉他的孤独，描述他的婚姻。布利斯总是笑着逗他。他会开车送她到购物中心，她的车就停在那里，然后两人坐上一会儿，亲吻一会儿。最后，他约她去汽车旅馆。她说她得想一想。

布利斯并不用道德问题骗自己。她在穷山恶水长大，那里的人行为粗鄙，甚至野蛮。她的高中女同学不止一个出现在满载着醉醺醺的男孩的汽车里。她的姨妈，结婚不久就被丈夫抛弃了，之后就找了一个接一个的情人。有人却说，那样的生活都是她自己造成的。布利斯太穷了，无法为昂贵的中产阶级道德埋单。她想，如果姨妈能从那些男人身上得到些什么，倒也是本事。她看不惯那些明明已经经济拮据，却还死守着道德的人。她认为，男人和女人之间就是赤裸裸的经济关系。

经济关系和政治关系，对于这两点，她没法用抽象的理论来讲清楚。她只能对自己说，你必须玩这场游戏，而且以他们的方式来玩。她已经认清了上层阶级，认清了这个阶级对一个女人的期望。她只是按规则来玩这场游戏，这规则早在她出生之前，在遥远的远古时代就已经制定好了。布利斯只有一个想法：要赢。为此她会不惜一切代价。只是在内心深处，某个温暖的地方，还有几个她所挂念的人，那就是她的母亲和孩子，而现在，她的母亲已经死了。可是，就像母亲曾为她的生存而斗争一样，她也要为了孩子们的生存而奋斗。或许，她的孩子们也知道这一点。尽管逗他们笑、陪他们玩的往往是爸爸，而妈妈总是责备他们，可他们仍然能感觉到她那强烈的爱，并且回报了她。他们明白自己无拘无束的独立是建立在一个不可动摇的基础之上的。

布利斯从没有像那些女孩一样，和一群醉醺醺的男孩混在车里。性和爱情，是放在购物篮里的美好之物，她买不起。不过，近几年她的饮食越来越好，她的身体也逐渐苏醒。她把自己卖给了比尔，她很清楚自己在做什么，她认为自己的出发点是高尚的。在这场交易中，她会坚持自己的条件。她可以是妻子、女仆，甚至生育工具，但他要为她的服务付钱。她会忠诚于他，因为那是条件之一。比尔已经兑现了他答应的条件。尽管他们的生活还称不上"舒服"，但还可以接受。他对她很忠诚，她很确定这一点，尽管他经常讲那些发生在飞机上的黄段子。他迟早能赚不少钱。他就是安全感。

冒这样的险是很可怕的。她坐下来，仔细地想了这个问题。她在心里想了一遍又一遍各种可能性。最糟糕的是，他可能会和她离婚，他倒不至于杀了她。如果离了婚，她就去新泽西找一份工作，可是，她只有在得克萨斯的文凭，北方人都看不起它，所以她可能没法去教书。即便能去教书，年薪也只有六七千美元，比尔很多年以前就能赚这么多了。此外，若没有人来做她做的那些事——没有报酬的劳动，那点儿钱根本就不够她和孩子们生活。她要请人在放学后帮她看孩子，要请人洗衣服，如果孩子们生病了，还要请人照顾。如果她找不到教书的工作，赚的钱会更少。比尔不在家时，她会把所有针对女性的招聘广告看个遍。她发现，只有打字员会赚得多一些，可她连速记都不会。她可以去办公室、百货公司或干洗店做职员。她可以去工厂做工，她可以带着她的文凭去纽约，去做更体面的金融职员，那样就能赚更多钱，但也会在衣着和交通上花更多钱。

没有别的出路，女人必须结婚。

可是，带着两个没长大的孩子，谁还会娶她？那就当情人好了。可是布利斯不会骗自己去相信有谁会疯狂地爱上她，甘愿接受她的两个孩子。当然，比尔也可能不会和她离婚。她可以忏悔，他非常需要她，所以他有可能愿意接受她，并以男人的宽宏大量原谅她。可是，自那之后，他就会变得警惕，甚至侦察她。那可真是无法忍受。她的余生就会过得跟犯人没两样了。

当然，他也可能不会发现。如果她足够小心和聪明，他是不会发现的。可是，就算计划得密不透风……也会不小心碰到，或者不小心说漏嘴。无论她多么小心，总有那种可能。于是结论就是：她必须聪明又谨慎，但即便那样，他还是有可能发现。那她就得使出浑身解数让他不相信，或者即便他相信了也得原谅她。为了一个桥牌老师，这样做代价太大了，太不值得了。

于是，她对桥牌老师说，她觉得他非常有魅力，这阵子她太孤独了，需要找个知己说说话。可是她爱她的丈夫，她不能这么对他。她很抱歉，但他们还是再也不要见面了。

他不明白。游戏的问题就在于，所有的玩家对规则的看法并非一致。他不明白她是在照顾他的男性尊严，在迎合他的自我意识，他相信了她的话。他开始往她家里打电话。她很害怕。所幸他打电话的时候比尔不在家。可是，第三次电话打来时，她对他说，如果他再打电话来，她就会给他的妻子打电话，把一切都告诉她。这个办法奏效了。布利斯再也没有去上过桥牌课。

可她的身体仍然存在着，没有了桥牌老师的压力，她感觉身体的压力越来越大了。于是，她开始在派对上引诱别人，她知道自己在做什么，也知道那些男人明白她在做什么，可她就是情不自禁。她扮演着引诱者的角色，她告诉自己一切都在掌控之中。布利斯，这个蛇一般的女人。

可布利斯感到很痛苦。每当派对结束，她和比尔一起回到家，她刚在浴室里脱掉衣服，就听到比尔在床上叫她：

"嘿，妈咪，快过来，宝宝想吸你的奶奶。小比尔好冷，妈咪，要小布利斯和他玩儿。"

她接着洗澡，认真地卸了妆，把头发梳上一百次。可他还在叫个不停："妈咪妈咪妈咪妈咪妈咪！比比要嘛！"

她要么安静地站在那儿，要么喊一句："就来了！"然后看着自己的身体。她的手滑过身体两侧，幻想着，被一个想要拥有她、占有她、控制她的人紧紧地、牢牢地、热情地抱着，那是什么样的感觉，不管她如何反抗，他都会抱着她，裹着她，把她紧紧地贴在自己的胸前，让她知道她是他的。

19

米拉正在擦窗子，忽然听到砰的一声。天气很热，汗珠从她脸上和手臂上滚下来。她听到娜塔莉的声音，小声咕哝了句："又来了！"娜塔莉想和她说话，可她想在中午之前，趁自己还没有热得受不了，把窗户擦完。她从梯子上下来，看见娜塔莉就站在卧室门口。

"我有话对你说！"娜塔莉气势汹汹地说。她手里还摆弄着什么东西。

"娜塔莉，我能过会儿再听你说吗？我想把这些窗户擦完。"

"不能！我都快疯了，我必须和你谈谈。"米拉看着她，娜塔莉终于爆发了，"性命攸关！"

她们下了楼。"有酒吗？"娜塔莉。米拉从橱柜里摸出一瓶波旁威士忌，她为娜塔莉倒了一杯，然后给自己冲了杯冰咖啡。

娜塔莉的表情很奇怪。她手里拿着一捆用橡皮筋捆起来的厚厚的纸，好像里面还有一些小便笺。看她的样子，不是什么好事。

"当时，我正在收拾卧室里的东西。我去搜汉普的衣箱。我以前从不看他的东西。"她生硬地说着，紧张地吐了一口烟，"嗯，我只是帮他折好内衣和袜子，帮他熨好手帕，然后一起放进抽屉里，可我从没往抽屉里看过。我从不看这些文件。"她不停地强调着。

"我相信你。"米拉说。她这才意识到，自己也从不看诺姆的文件。

"可是我要把它们打包。明天搬家的人就要来了，所以我把他抽屉里的东西都倒出来了。在他放袜子的抽屉的最里面，就在他那些买了好几年却从没穿过的滑雪袜后面，我发现了这些！"她几乎把那些纸凑到了米拉的鼻子底下。

"当然，我并没有看它们，可是它们不小心掉下来，正好打开了一页。看了一页后，我就得把剩下的看了。"

米拉看着她。娜塔莉开始拿那些纸扇风。

"米拉，你不会相信的！我自己也无法相信！那可是总是安静坐着的温和的汉普！他是什么时候写的呢？还是他手写的。我知道，他一定是在火车上或是办公室里写的，写完后，就把它们带回家藏在了那后面。他为什么还要留着它们呢？米拉，我感觉他想杀我！"

米拉说："为什么？上面写的是什么？"她伸出手去，可娜塔莉紧攥着那些纸不放。

"太可怕了！太可怕了！故事，写的全都是故事。每一篇都没有结尾，只是个开头，都是关于他的故事。他用的是自己的名字。汉普这样，汉普那样。太可怕了！"

米拉困惑地朝她侧过身去。

娜塔莉试图描述那些故事。过了一会儿，她打开一页便笺开始读。她把纸拿得很近，不让米拉看到。不过毫无疑问，她读的是那便笺上的内容。她翻开一页又一页，随意挑选着，都是同一类内容。

每个故事的开头，都出现了一个名叫汉普的男人和一个女人。有时候那女人也有名字：娜塔莉、佩内洛普（"是他的母亲啊，米拉！"）、爱丽丝（"他的妹妹！"），还有其他名字，露比、伊丽莎、李（"他喜欢李·雷米克，我敢打赌，写的就是她。"）和艾琳。上面写的，与其说是性事，不如说是暴力。在每个故事中，那男人都让女人屈从于他：把女人绑起来，用链子锁在床上，或是锁在墙头的铁钩上。每个故事里都有女人被男人折磨的情节。在写佩内洛普的那个故事里，他把烧红的火钳戳进她的阴道。他还用卷发棒去烫爱丽丝的乳房，用九尾鞭抽露比，一边折磨李一边和她性交。这些故事围绕的都是同一个主题。情节都没有展开，没有背景设定，只有简略的描述。只有男人、女人和动作。只有动作被描述得生动而细致。抽打的次数，换姿势的次数，女人的哭声、尖叫声和乞求声，全都描述得很详细。里面并没有描述男人的情感。他是讨厌，还是喜欢，他是否从这些行为中得到快感，以及故事是如何结束的，这些都没有。重点突出的只有那些动作。米拉惊呆了。那是温和、友好、讨人喜欢的汉普啊！在私底下，他居然一直如此憎恨女人。

"你觉得这有可能是战争的缘故吗，米拉？"娜塔莉找了一个理由，"你知道吗，他曾被俘入狱。天知道他们在那儿对他做了些什么。"

米拉沉思片刻："我觉得不是，似乎要追溯到他的童年。"

"天哪，米拉，你觉得他会杀了我吗？"

"只要他继续写下去，就不会的。"米拉颤抖地笑着。她站起来，给自己倒了杯酒，又帮娜塔莉续了杯，"也许他只是在写黄色小说，想靠卖这些赚钱，不用靠你的父亲。除非他写的这些都是他的幻想。啊，天哪，他憎恨我们，憎恨所有女人。"

"倒也不是全部。"她身后响起一个酸溜溜的声音。

她转过身，娜塔莉正慢悠悠地晃着剩下的纸，瞪着她："有一个女人是他喜欢的，只有一个。"

米拉皱了皱眉，她不理解娜塔莉的语气："你什么意思？"

"别告诉我你不知道！"娜塔莉指责道。看着米拉那不解的神情，她大声喊道，"这些是给你写的！你还要说你不知道吗？"

米拉跌坐在椅子上："什么？"

"情书啊。有这么多呢。'我亲爱的米拉''我的甜心宝贝''我可爱的孩子米拉'，哦，没错！没错！但我想我没必要给你看了。"

"娜塔莉，我从没收到过汉普的信。"

"真的吗？"她甜甜地问道。她打开一张折好的纸，念道，"'我亲爱的小琪琪，以前你还是个小女孩，可现在已经长成了女人。我是看着你长大的。你永远是我的琪琪。'我还可以继续念。"她说着停下来，又把纸折好。

"娜塔莉，"米拉解释说，"如果这些信能被你找到，很显然，它们就没有寄出去。"

"这也可能是保存的副本呢。"

"可能是，但它们不是。娜塔莉，其实你心里也明白，汉普从没给我寄过这些信。"

"这些年，我一直以为你是我的朋友。"

"我是啊。"

"果不其然。每次开派对，你都和汉普坐在一起聊天……"

"只是因为大多数时候我们都感觉与派对格格不入。"

可娜塔莉是不会相信的。她又喝了一杯，她在自己想象的故事中越陷越深，她骂米拉是叛徒，每走一步就说一句米拉怎么背叛她："我敢打赌，你把保罗的事也告诉他了！所以，他才把油漆罐打翻在地毯上！我以为你是我的朋友，我以为我可以信任你！"

米拉不再争辩了。很显然，再怎么解释也没用了。娜塔莉不停地纠缠，米拉则坐在那里，一边喝酒，一边抽烟，一边等待着。娜塔莉又为自己倒了杯酒，米拉又给自己倒了杯咖啡。最后，娜塔莉哭了。米拉知道事情结束了。娜塔莉用手捂住脸，哭着说她多爱汉普，多不能忍受他喜欢别人。她哭了几分钟，然后慢慢平静下来。

"可他并不爱我。"米拉冷冷地说。

"你什么意思？"娜塔莉愤愤不平地说，"我都把那些信念给你听了。”

米拉耸了耸肩：“它们和便笺上写的故事没什么两样。不然你以为他为什么会把它们放在一起？在那些信中，我是一个他想要征服的可爱的孩子；在那些便笺上，他征服了那些不再是可爱的孩子的女人。一旦你不再是一个可爱的孩子，就会被他折磨。”

娜塔莉还是不明白：“他爱你。”

“哦，得了吧，娜塔莉，你才是爱上了别人。”

“我没有！从来没有！我和别人上过床，可我从没爱过他们。”

米拉又靠回椅背上。真是没救了。

“我相信你从没收到过那些信。”娜塔莉终于说。

米拉笑了笑说：“那就好。”

“我还得回家收拾东西。我们有时间再聚。”

“好的。”

娜塔莉走了出去，像一个学乖了的孩子。可是米拉知道，不管实际情况如何，眼下的事实就是事实。她在汉普心中是那样的，正是那点伤害了娜塔莉。米拉知不知道这些信并不重要，要是她早知道，也不会和汉普走那么近。她如果知道，反而更糟，因为她竟敢拒绝汉普——那个娜塔莉爱着的男人，那个背叛了娜塔莉的男人。可是娜塔莉不去找汉普算账，反而来骂米拉——一个即便算不上忠诚，也算很高尚的朋友。娜塔莉将永远不会原谅她。

“你担心什么呢？”她把这些告诉诺姆时，他这样问她。

20

七月，娜塔莉搬走了；八月，阿黛尔的孩子出生了。除此之外，这是一个平静无事的夏天。孩子们一直围在身边转。女人们很早就学会了在潮湿的夏天一边坐着喝冰茶，一边听孩子们的吵闹声。米拉和布利斯的关系更近了，她甚至跟布利斯讲了她和娜塔莉之间的事。这件事令她很失望，但并不是因为伤心——她一点儿都不伤心——而是因为她所耳闻目睹的一切。她试图向布利斯解释："他们总在一个地方不停地兜圈子，哪儿也去不了。所有在婚姻中感觉不幸的人，都一模一样。他们不停地做着同样的事，说着同样的话，既可悲又可怜，但他们从不试着去想想自己在做什么，为什么要这么做，他们从不会为了让自己过得更加幸福而去改变什么。到处可见这样的情况。这对我来说，就像地狱一样。它或许就是但丁所谓的第一层地狱[1]，但已经是个无尽深渊了。像那样永远周而复始。"

布利斯耸了耸肩："娜塔莉以前是有点儿放荡。"

"我知道，"米拉无奈地说，"但她过得很不快乐。"

"如果她不是那么放荡，汉普可能对她还好点儿。"

"布利斯！他有病！我们总是怪在女人头上。那不是娜塔莉的错，是汉普母亲的错。"在意识到自己说了什么后，她摇了摇头。可是，从那些她读过的书中汲取的智慧都指向一个根源：那是母亲的错。而且怪在佩内洛普头上比怪在她丈夫头上容易多了。她人高马

1　但丁在《神曲》中将地狱描绘成一个形似上宽下窄的漏斗，总共有九层的地方。第一层地狱名林勃，未能接受洗礼的婴儿和古代异教徒在这里等候上帝的审判。

大、飞扬跋扈又能干,而他只是一个干瘪的小男人,善良却没用。

布利斯不愿意谈论娜塔莉。那些天,她的举止很奇怪。她总是哼着唱着,你和她说话,她就马上停下来回答,然后又继续哼。好像她把自己关在了一个隐秘的地方,不想出来,唱歌就是她围起来的墙。

"我希望有人能办场派对。"布利斯突然说。

"是啊。可我不行。我和诺姆不过在乔治湖待了两天,就几乎破产了两个月。"米拉笑了。

布利斯笑了笑,又开始小声哼起了《鞋里的沙子》。

九月,萨曼莎终于紧张地决定试一试。她既兴奋,又害怕。她以前从没有开过派对。不过,派对进行得还不错。部分因为派对的中心人物是一群相互熟悉的人,他们无须担心什么,所以不会抱团,而会对那些不太熟悉的人示好。米拉心想,这些派对的安排就像某种社会模式。在她看来,这些派对保守着人们亲疏远近关系的秘密。大多数社会的问题在于它们是排外的,而大多数现代国家的问题在于人们过于疏远。她刚读过《理想国》一书,引发了如此思索。

米拉为这场派对买了一条新裙子。那是一条白色的塔夫绸蓬蓬裙,上面有大朵的紫色印花。那条裙子花了她三十五美元,是她最贵的一条裙子。她穿着它的时候小心翼翼,就像从婆婆那里借来的。她走路的时候,好像生怕擦到墙面似的。

"于是我拿出冰块,"萨曼莎说,"我把托盘放在冰箱顶上,就去拿柠檬。突然呼的一声!"她把手放在头顶,"头上起了弹珠那么大的一个包!"

米拉发现,她和别人在一起时,越来越容易陷入自己的世界里了。她感觉这些日子里，她仿佛与周围的事，甚至与她的朋友和派对隔绝开来。周围发生的事已不再能引发她的感觉，而只会让她思考。她没有了感觉，不再紧张和激动。一切都变了。娜塔莉走了，布利斯沉浸在自己的世界里，阿黛尔也不再像以前那样友好了——她要照顾刚出生的宝宝，忙得不可开交。还有米拉也愈发厌倦了她们所玩的游戏。她不再认为发生在那些女人身上的事情是有趣的，她已经厌倦了这些。她已经厌倦了拿男人们的无能或心不在焉开玩笑，反正他们总是人在心不在。这些也都没意思了。她烦死了比尔的黄段子、罗杰的举止和诺姆那顽童般的行为。她喜欢萨曼莎，可是她看不惯她那洋娃娃般的机械动作，而萨曼莎似乎打定主意要做一个天真的孩子。萨曼莎仍在玩着那古老的游戏，努力表现得风趣和勇敢。米拉又遇到了两个她喜欢的女人，可她们都没有参加派对。之前那群人似乎不喜欢莉莉和玛莎。米拉辗转在派对的各群人之间，心情有些苦闷，她觉得自己不合群。

　　这时，比尔邀请她跳舞。这很难得，因为他很少跳舞，而且他的舞跳得很烂。可是，人家好不容易邀请你，你又怎么好拒绝呢？你不能去伤害一个男性的虚荣心啊。于是她优雅地笑了笑，让他领着自己跳了一段疯狂的林迪舞。他像猴子一样在舞池中蹦来蹦去，恣意拉着舞伴摇摆。这支舞跳得毫无风度，而且杂乱无章，跳得人疲倦不堪，没有那种令人满意的和谐统一的舞步。比尔留着短发，额前翘着一绺梳不平的鬈发，长满雀斑的脸上洋溢着开朗坦率的笑容。他看起来就像一个典型的美国男孩，她想，而且只有十二岁。除了讲一连串黄段子，他完全不知道怎么聊天。他每讲完一个笑话，都会爆发出一阵刺耳的笑声，就像马的嘶鸣。米拉很尊重布利斯，是因为聪明如布利斯，总能用尊重和喜爱的眼神看着比尔。她从不会流露出觉得比尔很可笑的神情，尽管在米拉看来，她的真实感觉并非如此。

比尔一边拉着米拉转圈，一边换着脚跳舞，嘴里还不停地讲着笑话。

"于是机长说他正打算回来睡上一觉，然后大家就都笑了，你懂的。"讲到他自认为很妙的地方，他就异常兴奋地傻笑起来。他一边笑还一边跺着脚，伸开手臂，不小心撞到了电视上的一个杯子，杯子掉了下来，正砸在米拉胸口，里面的东西洒在了米拉的裙子上。比尔指着她，笑弯了腰。她当时的样子一定很好笑，胸前一直有东西往下滴。你再看她脸上的表情，那可是她的新裙子啊！她简直不敢相信，没法接受。毕竟，这么多年来，她头一次有了一条像样的裙子，今晚是她第一次穿，可是，那个小丑，那个浑蛋，那个蠢货，那个傻笑着的白痴……

于是，她去浴室里洗裙子，才发现倒在裙子上的是可乐。可乐倒在塔夫绸上是洗不掉的。她洗了又洗，怎么也洗不掉，眼泪都差点儿掉下来了。这时有人在敲浴室的门，她只好腾出浴室，但她不能再回到楼下去了。如果有人问她怎么了，她一定会哭出来的。她不想表现得像个傻瓜、爱哭鬼一样，小题大做。于是她决定在萨曼莎的卧室里坐一会儿。她一把推开门，不禁呆住了。

布利斯和保罗正站在那里谈话。如果他们是在接吻，她反而不会感到太惊讶。在派对上，人们总是容易性起。可是，他们只是站在那儿说话，离得很近，很认真地在交谈，显而易见，那是一场漫长而认真的亲密谈话。如果他们是在接吻，此刻便会停下来，转过身，开一个玩笑，而她也会跟着笑。可他们只是转过身，看着她，而她必须找一个借口。

"比尔跳林迪舞时太狂热了，"她指着裙子上的污渍说，"我来看看萨曼莎有没有我能穿的衣服。"

这个借口算是过关了，他们相信了。然后，他们也解释了一下为什么会在这儿——他们在计划为阿黛尔庆祝生日。说完，他们便离开了。米拉一屁股坐到床上，忘记了自己在伤心。

她想了想。她不怪布利斯。对于布利斯这样一个聪明而又有内涵的女人来说，嫁给比尔一定是很痛苦的。而大家都明白，离婚对于一个女人来说多么恐怖，那意味着贫穷、耻辱和孤独。所以，布利斯还能怎么办呢？她很佩服布利斯的勇气。布利斯正在做的是米拉所不敢做的。她并没有怎么去想保罗，传闻他风流成性。她之前并不相信，她觉得，之所以会有那些谣言，是因为他在派对上喜欢和女人搭讪，而且举止轻浮。她觉得那只是单纯的调情而已。

正是这点让她感到痛苦。她感觉自己中了一枪，好像正中眉心，而且这是她活该。她曾经以为他们全都是"绕着玫瑰花丛起舞[1]"的幸福的孩子。只有娜塔莉除外，她不一样，她一直很有钱，她有资本去坚持自己的原则。可是，现在布利斯也不一样了。她见过布利斯和别人调情，那些事萦绕在她身边，令她十分困扰。如今，真相浮出水面。她像个傻瓜一样坐在那儿。大家都说她聪明，其实，她知道自己才是最蠢的那一个，蠢到已不能适应这个世界，所以，她才退却到婚姻中去。她蠢到无法在真实世界里生存。她活在梦里，幻想

1　原文，ring-around-the-rosy，一种儿童游戏。

着事物应该有的样子，还任性地以为一切就是她想象中的样子。她带着智慧与骄傲所做的一切，不过是蒙蔽了自己。一件她从没想过的事，一个她从未用过的词，炙烤着她。她觉得自己就像个罪人。

21

布利斯可没有米拉那么愚蠢。她看到米拉站在门口时的表情，立刻就明白米拉已经意识到真相了。她害怕了。她认为米拉不会伤害她，毕竟做了这么多年朋友，她也知道米拉正直高尚。可正因如此，她才不信任她。米拉太讲原则了。她可能会觉得最好的办法是将这件事公之于众。她可能会产生一些疯狂的想法，比如，认为婚姻是建立在相互欺骗的基础之上的。她什么都做得出来。毫无疑问，她会告诉诺姆。她甚至还会告诉萨曼莎，这些日子她们走得很近。而他们又会告诉其他人。当然，他们没有证据，可布利斯明白，这样的事是不需要证据的。即便她和保罗没有婚外情，流言也一样会传开，到最后她会付出惨痛的代价。

可她不知道该怎么办。好在周一比尔要出航了，她可以一个人在家待五天，认真想一想。她首先要做的是试探米拉的态度。如果她对此持谴责态度，那么就必须采取有力行动；如果不是，就可以微妙地处理。

她没有等太久。周一，她去米拉家喝咖啡。她们一坐下来，米拉就看着她的眼睛，说："看来是真的了？"

布利斯笑着摆摆手说："嗯，是真的。"

"那你是怎么安排的？"米拉真的很好奇。

"这个嘛，反正是趁比尔不在家的时候。"

"我知道，可孩子们怎么办啊！"

"他来的时候，我给他们吃安眠药。"

米拉目瞪口呆。

"天哪，布利斯！"

"不会伤害到他们的，我只给他们吃一点点，这样他们会睡得更香。"

"和阿黛尔说话的时候，你不会觉得很荒谬吗？"

"一点儿也不。"

随着谈话更深入一些，布利斯发现米拉是赞成的。可她也看出了米拉有所保留的原因，那就是孩子们和阿黛尔。布利斯并没有要求米拉保密。她太骄傲了，而且这样做一点儿好处都没有。米拉自己会判断说与不说。布利斯感觉她不会说。可是如果米拉看到阿黛尔难过，或看到孩子们目光呆滞，那就难说了。必须采取行动。

保罗本应该周二晚上来找她。那时，她已经做好了计划。可是，他来得早了些。"我等不及了。"他说。看到他时，她的心几乎都要跳出来了。他们拥抱在一起时，她感觉，和他分开，真是比死还痛苦。他们久久拥抱，无法放开彼此。每次试着分开时，另一个人总会把他们再次拉到一起。布利斯打开留声机放起了音乐，他们的拥抱和亲吻就像一支舞。他们在对方的怀抱里如痴如醉。躺在他的胸膛上，有那么一刻，布利斯想，和他结婚，一直拥有他，会是什么样子呢？可是，她很快打消了这个念头。那是不可能的，等她觉得自己调整好了心绪，鼓足了勇气，便抬起头看着他。

"来坐下，我们得谈一谈。"

她拿出一壶他教她调的马丁尼酒，分别倒进两个冰杯里。她穿着一件新睡袍，翠绿色的，很飘逸，头发披散下来。他看着她，仿佛她是他无意中发现的珍宝，简直不敢相信那是他的。他不停地伸手碰她，温柔地撩起她的一绺头发，一会儿触摸她的脸颊，一会儿用手轻轻滑过她的双唇。有时候她会一把抓过他的手，亲吻它，然后，他们就会又抱在一起。可是，她终于还是挣脱了他，移到他旁边的沙发上。

　　"保罗，"她把手放在他的手上，"米拉知道了。"

　　"她是怎么知道的？"他放下酒杯，"不是你告诉她的吧？"

　　"当然不是，周六晚上她看见我们了。"

　　"可我们什么也没做啊。"

　　她扮了个鬼脸："你傻，她可不傻。"

　　"是她说的她知道了吗？"

　　"是的。"她感觉没必要细说了。她笑自己，男人就是傻，这不是明摆着的事吗？

　　"你觉得她会说出去吗？"

　　"不会，至少现在不会。但我也说不准。你知道的，她多么坚持她的那些原则。"布利斯站起来，在房间里踱步。她做出一副认真思考的样子，那婀娜的身体满是柔情，看上去既紧绷又性感。她迅速而坦率地说了一番话，然后坐回沙发上。她的优雅很好地掩盖了那被困在她纤瘦身子里的盘旋而上的能量。她坐在那儿，看着他，准备好应对他的一切反应——反对、退缩，甚至蔑视。她讽刺地想着：哼，勇气嘛，我可不缺。可是，他笑了。他觉得这个主意好极了。

　　"就她，能和所有人斗吗？那个翘屁股的小婊子！"

　　布利斯满意地笑了。她和保罗真是天造地设的一对。

那是一个简单的计划，只是需要花些时间，还要认真去演，不过，保罗和布利斯对此都很擅长。在计划进行的过程中，阿黛尔就被他们玩弄于股掌之间。几天后，在和布利斯一起喝咖啡时，她不断重复着桃瑞丝对米拉的评价。阿黛尔说，罗杰和桃瑞丝不喜欢米拉，他们觉得她有点儿精神病。"布利斯，我知道你和她是好朋友，我不是故意要得罪你，但我也不怎么喜欢她。"

布利斯低头搅着咖啡。"为什么？"她以一种听起来像是"随便一问"的语气说道。

"这个嘛，我也说不清楚，我和她相处不是很愉快。"阿黛尔局促地说。

按照计划，保罗前几天应该站在某个阿黛尔能够看到的地方，望着米拉的家。要是阿黛尔和他说话，他还要表现出惊慌失措的样子。布利斯猜他已经这样做了，只是阿黛尔没有说出来而已。

布利斯什么也没说，只是低着头，搅着咖啡。

阿黛尔望着她："你不是跟我讲过她和娜塔莉之间的事吗？关于汉普写的那些信。"

"嗯。"布利斯小心地回应。

"写的什么？"

布利斯叹了口气，抬起头来："哦，没什么。你知道娜塔莉是怎样的人。她认为米拉和汉普有一腿。"

"哦。那到底是不是这样呢？"

布利斯不自然地耸耸肩，说："我怎么知道呢？"

"你们关系很好啊。"

布利斯又微微耸了耸肩，说："还没好到那种程度。"

这个方法奏效了，他们继续着他们的计划。保罗久久地望着米拉家的方向，流露出渴望的神情，被阿黛尔看见时，他要装出愧疚的样子。布利斯对阿黛尔很友好，比往常友好。她表现出同情阿黛尔的样子。每隔一段时间，她试探阿黛尔的时候，阿黛尔都会对她说一些米拉的坏话，并观察布利斯的反应，可布利斯从来不做回应。她也没有维护米拉。有一天，阿黛尔问她米拉最近怎样，布利斯耸耸肩，说："我不知道。我很久没见到她了。"

"为什么？"

"嗯，"布利斯摇着手说，"我不知道。只是……唉，你知道的，朋友之间也可能疏远。"

"你什么意思？"

"我不能说。"布利斯难过地说。她用手捧起阿黛尔的脸，"对不起，阿黛尔。我真的不能说。"

圣诞节之前有人办了一场派对。阿黛尔小心地监视着保罗。他几乎一整晚都在和米拉跳舞。他不停地过去和她搭话。那一周，在喝咖啡时，阿黛尔直直地盯着布利斯，问：

"米拉和保罗有一腿，是不是？"

布利斯吃惊地抬起头，尴尬地说："阿黛尔！"

"是不是？"

"我们是四年多的朋友了，阿黛尔，别让我在背后中伤她。"

"你就说是不是。"

布利斯把胳膊肘支在桌子上，两手托着腮。"我不知道。"她含糊地说，"我也听说过一点儿，但我不清楚，说真的，"她抬起头，直视着阿黛尔，"说实话，我真的不相信他们说的，真的。"

CHAPTER 03

第三章

1

　　艺术之于生活的不同，在于艺术是有形的，它有开始，有经过，也有结尾。然而，在生活中，一切就那样随风而逝，难以把握。在生活中，有人感冒了，你觉得不要紧，可是，他们突然就死了。或者有人得了心脏病，你悲痛万分，最后他们却活了过来，还又活了三十年，他们脾气任性，需要你来照顾。你以为一场爱情就这样结束了，正沉浸在安娜·卡列尼娜式的悲情中，可是两周后，那个男人又站在你的门口，向你张开双臂，敞开怀抱，脸上带着绵羊一般温驯的表情，说："嘿，接受我吧，好吗？"或者，你以为一段感情正在茁壮成长，却不曾注意过去几个月来它一直在衰退，衰退，衰退。换句话说，在生活中，你的情感永远跟不上事件。要么就是你不知道这件事正在发生，要么就是你不知道它有什么意义。我们庆祝生日和婚礼，我们哀悼死亡和离异，然而，我们真正庆祝和哀悼的又是什么呢？仪式代表着我们的情感，但情感和事件是很难同步的。情感更加深远，而且会绵延一生。我会和你一起跳波尔卡舞，会用力地跺脚，以庆祝我曾拥有的活力。可那样的活力是短暂的，无法整理，无法保证，无法稳固。你可能被我引诱，以为我是为你而庆祝。无论怎样，这都是艺术的功效。它可以让我们在事件发生的那一刻，就把情感定格下来。它让我们的心灵与思想，语言与眼泪得以融合。然而在生活中，有时你连一个洋葱和一片烤面包都分不清。

一九五九年的最后一个月，米拉过得很满足，浑然不觉自己的生活已经发生了翻天覆地的变化。娜塔莉已经走了，特里萨已经被毁了，不再容易接近。米拉已经有一段日子没和阿黛尔来往了，不过因为她还有其他朋友，所以一直不太在意。她和布利斯的关系越来越好，除了她的家人，她最爱的就是布利斯。她们的亲密不是口头上的那么简单，她们的心灵息息相通。有时，她们只需对看一眼，就会对同一件事心领神会。那是一种同舟共济的感觉。

这个秋天，几周以来，布利斯每周只过来一两次。她整个夏天都很反常，会哼着歌去买油漆。有段时间，她干脆不过来了。然后，不知怎的，米拉去她家时，她似乎总是很忙。她大多数时间都在家里，给客厅刷漆，装上新的窗帘，再给卧室刷漆，换上新的床单、新的灯罩和新的淡粉色遮光窗帘。最后米拉实在憋不住，问她到底怎么了，出了什么事。布利斯只是哼着歌，扬扬眉毛。没什么事啊，她只是很忙而已。米拉只好带着满腹疑云回到家。她曾以为的爱和支持突然就终止了，毫无缘由地终止了。至少布利斯没有告诉她为什么。她明白，去逼问布利斯也没什么意义，她知道布利斯是一个多么倔强的人。布利斯厌倦她了，她不知道为什么，或许永远也不会知道。或许是因为她知道了布利斯和保罗之间的事吧。但这仅仅是怀疑，她也不能肯定。

后来，也在那个秋天，在布利斯完全和她绝交之前，葆拉和布雷特办了一场派对。在派对上，米拉隐约觉得自己在那群人中成了外人，于是，她比平常喝得多了些，也比平常更随意一些。第二天，她回想起，保罗时不时地过来邀请她跳舞，频率比往常高。她也觉得很奇怪，并且拒绝了许多次，可他仍然一次又一次地过来。她有一种奇怪的感觉，可是她喝醉了，迷迷糊糊的，也想不出为什么，只知道自己昏昏沉沉的。直到后来，那种感觉才凝固成结论——原来自己被当成了诱饵。可是她有口难言，也无法核实这种猜测。此后，布利斯对她也只是出于社交礼貌似的打打招呼。之后，在狂风大作的一月，某天她正在收晾衣绳上结冰的床单，阿黛尔从后门走出来甩拖把。米拉和她打招呼。阿黛尔抬起头，看了她一眼，就转身回屋去了。

然后，她就什么都明白了。很多个晚上，她都在想这件事。她坐在黑暗里，端一杯白兰地，一边抽烟一边想。她终于明白了，保罗的声名狼藉是他活该的。他有外遇，而且阿黛尔也知道。可是，她又能做些什么呢？有那么多孩子，不管保罗给多少赡养费都是杯水车薪，如果离了婚，她和孩子们就得像乞丐那样生活。不会避孕的人是不容易离婚的，这倒给了保罗莫大的自由。如果他冒着失去家庭、房子和妻子的风险，他才会谨慎行事。当你拥有这些时，你很容易不当回事，甚至肆意挥霍。可是，一旦你失去了这些，你也不会好过到哪里去。阿黛尔唯一的选择是痛打他一顿。也许他们之间有不成文的约定。他不坚持避孕，但孩子们得由阿黛尔抚养，而他仍享有自由。不过保罗和布利斯还是不想让阿黛尔知道他们的事，以便家庭之间还能正常往来。他们认为最好的办法是找一个替罪羊，让阿黛尔去怀疑。布利斯不太担心比尔，他还蒙在鼓里，即便他有所怀疑，保罗和米拉的事也会让他转移注意力。毕竟，一个男人还能同时脚踏几条船呢？真是一个巧妙的计划啊。米拉痛苦地想象着，他们两人坐在一起，一边计划，一边得意地笑。

不过，她还是多少能理解。他们确实相爱，他们只是在保护自己的爱情而已。这可以理解，她并不怪他们。伤害到她的是布利斯的背叛。当然，米拉只能成为牺牲品。因为布莉斯知道，她有可能说出去。这下好了，她爱说就说吧，如今没有人会相信她了。阿黛尔是不会听她说的，阿黛尔现在理都不理她了。对了，米拉想象着，她可以去阿黛尔家控诉，坚持要求进门，她可以大声对阿黛尔喊出真相。她可以监视布利斯的家，保罗晚上去那儿时，她就亲自拉着阿黛尔去捉奸。可是，那又有什么用呢？阿黛尔会认为，米拉是因为保罗抛弃她去找布利斯而怀恨在心。或者，她会相信米拉，但她们再也做不成朋友了。阿黛尔会憎恨布利斯，她可能再也不会相信任何女人了。她还是会和保罗一起生活，带着屈辱和蔑视过日子。保罗和布利斯会失去他们所拥有的，阿黛尔可能会告诉比尔，布利斯也会失去她所拥有的，只有保罗能全身而退，然后去其他人身上寻求安慰。不，这样做不值得。因为米拉想要的，只是让一切恢复原样，但那已是不可能的了。她还记得那些曾经的亲密促膝长谈，她想要布利斯的爱，这是她曾经拥有过的。可是，你不能期待布利斯对米拉的爱能胜过她自保的欲望。她曾经拥有过布利斯的爱，但无论怎样，它都回不来了。对米拉做过这样的事情之后，布利斯再也不会爱她。

米拉把这件事想了一遍又一遍，直到最后，她终于想明白，自己并不会为此感到难过了。她对布利斯的爱渐渐转化成了理解和麻木。她没有选择怨恨，而是选择去理解。只是最后剩下的只有孤独。有一天，她把家里打扫完之后无事可做，便想找个人聊聊天，然后，她惊讶地发现，一切都变了，她已经没有朋友了。

一天晚上，诺姆在家，看他心情还不错，米拉就把整件事连同她的推测和盘托出。他听完嗤之以鼻。他认为米拉的想象力太活跃了。简直荒唐，没人会相信米拉会做出那样的事。除了有些同情比尔，他对其他部分都不感兴趣。"可怜的胖子，"他说，"去年夏天奥尼尔一家回去看望阿黛尔的家人时，比尔还过去把他们家的草坪给修剪了。"

这些年来，米拉感觉，和诺姆谈话是无意义的。他们的世界观有天壤之别。诺姆不明白为什么娜塔莉、布利斯和阿黛尔对米拉如此重要。她就和他争论，如果某些病人，或一些当地医学会的名人不喜欢诺姆，他也会心烦意乱的。可是他说，那不一样，那是工作，他得为了生计着想。而对于他们的私人感情，他是不在乎的。他不明白，她为什么要为那些愚蠢的荡妇和家庭主妇烦恼。他这么说时，她的脸色变得苍白："那我呢，我又是什么？"

他伸手深情地揽过她，说："亲爱的，你是个有思想的女人。"

"她们也是啊！"

他坚持说她与她们不同，但她还是推开了他。她知道，他这番话有很大的问题，但又说不清问题在哪儿。她在维护女人，不让他攻击她们，而他不明白她为什么要维护那些背叛了她的人。她最后只好放弃了。

她开始结识新的朋友，可再也没有几年前的热情。她喜欢莉莉，但她住在北边，和她隔了几个街区；她喜欢萨曼莎，可她住在十个街区以外；她还喜欢玛莎，可玛莎住在另一个小镇，若没有车，米拉便没法去找她。米拉有时会去找莉莉和萨曼莎，可是，比起以前，那种感觉不一样了。以前，你只需去隔壁或附近的人家，孩子们回来时，你可以看见他们，或给他们留张字条，告诉他们你去了哪里，他们就能跑过来找你。而现在，你得走一段路去某人家，多少有些拘谨地坐在那里，喝些咖啡或其他饮料。米拉深深地想念以前那种交往，想念邻里间每一天的亲密陪伴。她知道自己再也不会有那种亲密感了。

无论如何，要失去的注定留不住。一九六〇年春天，诺姆宣布，他已经把家里的债务都还清了。一两个月之后，他离开了当地的诊所，入伙了一个在建的现代医学诊所。他会在五年内，从自己的利润中偿清他的合伙人入股金，预计那将是一大笔钱。他说，他们是时候搬进一个"真正"的家了。夏初，他找了一个适合他们的地方，还带米拉去看过。那房子非常漂亮，可米拉一时难以接受。房子太大了，周围什么也没有。"要打扫四个浴室啊！"她惊叫道。这样的担心让他觉得她很土、很小家子气。"离最近的商店有五公里呢，我又没有车。"他一心想买这座房子。于是，他答应给她买一辆车，帮她做家务，但他还加了一句："反正除了这些，你还有什么可做的？"

米拉和他争辩。当然，她也想买这座房子，她也想要物质的满足。可是，这座房子让她感到害怕。她觉得自己正在往下沉、下沉——沉到一个陌生的地方去。诺姆的父母为他感到骄傲，他才三十七岁，就能拥有那样一座房子！可是，他们也有一点儿担心：要交入股金，要买房子，还要再买一辆车，他不会欠太多债吧？他们意味深长地看了米拉一眼。她觉得自己在他们眼里成了工于心计、野心勃勃的女人。她不在乎他们怎么想，可是这样不公正的看法还是伤害了她。她自己的父母很是兴奋，米拉真是好样的，嫁了一个能买得起这样房子的男人。

米拉在往下沉。他们搬到贝尔维尤时，她三十岁了。

2

是的，我知道，你以为自己已经阅遍世事。那是一群年轻的、奋斗着的白人中产阶级，在向你展示了他们生活中不堪的那一面之后，我还要让你看看老一辈的、富裕的白人中产阶级的不堪暗面。你或许有些失望吧。在一个令人兴奋的时期，满是富有想法和激情的年轻人，我从哈佛开始讲起，却只为了让你看一下午的肥皂剧。对此，我很抱歉，真的。但凡我知道任何激动人心的冒险，我都会把它们写出来，这点我向你保证。如果我在讲述的过程中，想到了什么令人激动的事，我会很乐意把它们插进来。在之前描述过的那些年里，也发生了一些很重要的事：柏林墙建起，约翰·福斯特·杜勒斯[1]上台，还有卡斯特罗——他可是自由党人的宠儿，直到后来，他把那些参透了他的马基雅维利式手段的人都给枪毙了，突然就成了恶魔。此外，一位寂寂无名的参议员获得了民主党的提名，

1　约翰·福斯特·杜勒斯（John Foster Dulles，1888—1959），当时的美国国务卿。

并拉上林登·约翰逊[1]和他一起。

　　有时候，我在写这些时也会感到厌烦，就像你们读它时一样。当然，你们有的选择，可我没有。我之所以厌烦，是因为，你也知道，这一切都是真的，它确确实实发生过，它令人厌烦、痛苦，充满了绝望。我想，如果有另一种结局，我也不会感觉这么糟。当然，我不知道结局，因为我还活着。如果我不是活在这无以慰藉的孤独中，或许，我对事情的看法会不一样吧。那是一个无解的问题。我的意思是，你可以在大街上朝一个陌生人走过去，说："我的孤独无以慰藉。"他可能会把你带回家，介绍他的家人给你认识，然后留你下来吃晚饭。可是，那并没有用。因为孤独并非渴望陪伴，而是渴望友善。友善是指人们能看到你的本性，那就意味着他们要有足够的智慧、敏锐和耐心，还意味着他们能接受你，因为我们看不到我们不能接受的东西，我们抹杀它，我们迅速把它塞进装着陈规陋习的盒子里。我们不会去看那些可能动摇我们精心建立起来的精神秩序的东西。我尊重这种希望灵魂不被打扰的愿望。对于人类来说，习惯是一件好事。比如，你可曾花几天时间从一个地方到另一个地方旅行？你早上醒来，忐忑不安，每天你都要找牙刷，因为你不知道昨晚把它放哪儿了，你还得回忆一下自己是不是把梳子和毛刷拿出来了。每天早上，你都要决定去哪儿吃羊角面包、喝咖啡、喝卡布奇诺，或者喝卡瓦汁。你甚至得想，该用哪一种语言。我从意大利去法国，就说了两个星期的"si[2]"，从法国去西班牙又说了两个星

1　林登·约翰逊（Lyndon Johnson，1908—1973），美国第三十六任总统。

2　意大利语"是的"。

期的"oui[1]"。那还是很容易说对的词。因为你没有这种习惯，所以你要花很大的力气去度过每一天，这样一来，你的精力就所剩无几了。你见游客们眼神呆滞地望着几个教堂，还一边在旅行指南上查找它们属于哪个城市。你每天到达一座新的城市，都得花一两个小时寻找一家价廉物美的旅馆，你的整个人生都会处于维持生活的状态。

这下，你明白我的意思了吗？每个你新认识并且真正接受的人，都或多或少会打扰你的灵魂。你得变着法让他适应。像我这样的人，别人会怎么看我——我也不知道。中年主妇、激进的女权主义者、好女人，抑或疯女人，我真的不知道。可是，她们看不到我的本性。所以，我很孤独。我想，或许连我自己都不知道自己的本性是什么。你需要通过外界的反馈，才能看清自己。有时候，当我情绪非常低落时，就会想起彼得·斯捷潘诺维奇[2]的话："你不得不爱上帝，因为他是你唯一可以永远去爱的人。"这句话对我意义深远，每当我念起它，就会热泪盈眶。我从没听别人说过这句话。但我不相信上帝，即便相信，我也无法爱他／她／它。我无法爱上一个我认为创造了这个世界的人。

哦，上帝（比喻地说）。人们应对孤独的办法，就是把自己放进比自己大的外物里，放进某个框架或目的里。可是，这些大的外物——我说不清是什么——对我来说，没有诺姆对米拉或布利斯对

---

1 法语"是的"。

2 彼得·斯捷潘诺维奇（Pyotr Stepanovich，1782—1852），1991—1992年间任苏联空军总司令兼苏联国防部副部长。

阿黛尔说的那些话重要。比如说，你真的关心 1066[1] 吗？瓦尔会叫道，那多重要啊，可我的学生们并不关心 1066。他们甚至不关心"二战"或者大屠杀。他们甚至不知道珍·亚瑟[2]。对于他们来说，猫王只是那奇怪而与他们无关的过去的一部分。你或许会说，不，重要的往往是小事。可是，当你忙于应付诸多无关紧要的生活细节，你又如何能看清事情的全貌呢？当你回望人生的时候，能否指着某个地方（就像地图上的十字路口，或学者在研究莎士比亚时遇到的难题）说："是这儿！一切就是从这儿开始改变的，就是这个细节把所有的事情联系在了一起！"

我发现，这很难做到。我觉得自己就像个疯女人。我在房间里走来走去，那里乱七八糟的，堆满了房东留下的零散的旧家具，窗台上还有几株垂死的植物。我和自己说话，和自己，只有自己。如今，我已聪明到可以想出一段流畅的自言自语的对白。可问题是，没有人回应，除了我，再无别人的声音。我想听别人的真话，可我强调那得是真的。我和那些植物说话，可它们枯萎了，死去了。

我希望我的人生是一件艺术品，可是，当我回望它的时候，它就像你眼花缭乱时看到的凹凸不平的墙面。我的人生无计划地绵延，

1　1066，是指 1066 年发生的诺曼征服，是法国诺曼底公爵威廉同英国大封建主哈罗德为争夺英国王位进而征服英国而发动的一场战争。这场战争既是诺曼人对外扩张的继续，又是西欧同英国之间的又一次社会大融合。它以威廉的胜利而告终，对英国历史的发展产生了深远的影响。

2　珍·亚瑟（Jean Arthur，1900—1991），美国女演员，她从 20 世纪 20 年代拍摄无声片一直到 1953 年拍摄最后一部影片为止，一共拍摄了近百部电影。

下沉，就像一条宽松的旧裤子，可不管怎么宽松，你还是穿得上。

就像米拉、瓦尔和其他许多人一样，我在后半生也回到了大学。我同时带着绝望和希望回到那里。那是一种全新的生活，它本该让你重获新生，让你光芒四射地进入一个新的旅程。在那里，你可以结交比阿特丽斯·波尔蒂纳里[1]，让她带你去尘世的天堂。在文学里，新的生活和第二次机会，让你可以一睹上帝之城的风貌。可是，此刻我开始怀疑，以前读过的那些都是骗人的。你可以相信前四场戏，但不要相信第五场。李尔最后真的变成了一个整天胡言乱语的老呆子，他会对着燕麦粥流口水，能坐在位于斯卡斯代尔的里根家的炉火边，他就很高兴了。哈姆雷特收买了委员会，把克劳狄斯驱逐出境，然后自己当了国王，他穿着黑色皮衣和德国军靴宣布，乱伦者以死论处。他写信给他的表弟安杰洛，他们决定一起净化整个东海岸，于是，他们联合黑手党、海军和中情局，取缔了性的合法化。罗密欧和朱丽叶结婚了，他们有了自己的孩子，后来，因为她想回去读研，而他想住在新墨西哥的一个社区里，两人分手了。她现在靠救济金过活，而他留了长发，扎着印第安式头巾，常常把"噢嗨"挂在嘴边。

茶花女还活着。她在波尔多开了一家小旅馆，生意还不错。我见过她。她亚麻色的头发褪了色，画着橘色系的浓妆，嘴角透出冷漠。她对苦艾酒、干净床单、瓶装橙汁和某些可供出卖的女性身体的价格了如指掌。她全身上下比以前丰满了许多，但身材还不

1　比阿特丽斯·波尔蒂纳里（Beatrice Portinari），但丁的梦中情人，但丁在《神曲》中就是以她为线索，开启了天堂之行。

错。她穿着闪亮的淡蓝色套装走来走去，或者坐在吧台前和朋友们说笑，同时留心着伯纳德的一举一动，那是她最近的情人，已经结婚了。除了爱上伯纳德令她偶尔脆弱，她是个坚强而有趣的人。别问我伯纳德有什么值得她如此迷恋。她喜欢的不是伯纳德，而是爱情本身。她相信爱情，不顾一切地继续相信着，所以，伯纳德有点儿烦了。被人喜欢是一件令人厌烦的事。作为一个三十八岁的女人，她应该坚强而有趣，唯独不应该爱上一个人。一两个月后，当他离开她的时候，她会想要自杀。但是，如果她能够停止相信爱情，她就可以只是坚强而有趣，而他也会永远爱她。可若是这样她也会感到厌烦。于是，她不得不将他扫地出门。她选择停下来喘口气。

伊西和马克离婚后，特里斯坦和伊索尔德[1]结婚了。结婚后，他们放浪形骸，纵欲无度。他们发现，舒适婚姻带来的快乐无法与打破禁忌带来的兴奋相比，于是他们在《波士顿凤凰报》上贴了一则广告，邀请男男女女来参加派对，和他们一起尝试禁忌的快乐。他们办了三次、四次甚至五次派对。他们抽大麻，甚至会吸一点儿可卡因，同时确保自己还有底线，至少还知道害怕当地的警察来找他们的麻烦。你也不要胡乱批评，至少，他们在守护自己的婚姻。而你呢？

过去的伟大文学作品的问题在于，它没有告诉你如何去接受真正的结局。在这些作品中，你要么结婚，从此以后过上幸福生活，要么就死去。可事实是，这两种都不是真正的结局。哦，你也确实

1　均为瓦格纳歌剧《特里斯坦和伊索尔德》中的人物。

会死，可绝不会在恰当的时候，你周围不会挂满情深意切的挽联，不会有满场的人见证你的痛苦。事实是，你要么结了婚，要么没结婚，从此以后你不会过上幸福的生活，但你仍要生活下去。那才是问题所在。你想想，假如安提戈涅[1]确实存在过，一年又一年，她一直做着安提戈涅，那不仅可笑，而且让人厌烦。所以，岩洞和绳子是很有必要的。

不只是书中的结局。在真正的生活里，你又怎么知道你是在书的第一册还是第三册，或是在戏剧的第二幕还是第五幕？舞台的工作人员并不会在恰当的时候冲上来将帷幕拉下。那么，我又怎么知道，自己是正活在第三幕的中间，正向前进入伟大的高潮，还是已经活到了第五幕的尾声，一切都行将结束？我甚至不知道自己是谁。我可能是赫斯特·普林[2]或多萝西娅·布鲁克[3]，或者我可能是一部电视剧的女主角——她叫什么来着？缪尔太太！对，她走在沙滩上，她爱上了一个幽灵，她本来长得很像吉恩·蒂尔妮[4]。我一直想长成吉恩·蒂尔妮那样。我坐在一张椅子上，没人需要我给他织羊毛袜，于是，我会不会织就没什么关系了。（很奇怪的是，瓦尔就会。现实

---

1 安提戈涅（Antigone），俄狄浦斯与其母亲的女儿，她不顾舅父的禁令埋葬阵亡的兄长而被囚入岩洞墓穴，后自缢而死。

2 赫斯特·普林（Hester Prynne），美国作家纳撒尼尔·霍桑《红字》一书中的主人公，因婚外恋生下一女，被罚以戴上标志"通奸"的"红色 A 字"示众。

3 多萝西娅·布鲁克（Dorothea Brooke），英国女作家乔治·艾略特《米德尔马契》（Middle-march）一书中的人物，她在丈夫去世后，最终与丈夫的侄子在一起。

4 吉恩·蒂尔妮（Gene Tierney, 1920—1991），美国演员，公认的美女。

不会像书中所写的那样。你能想象彭忒西勒亚¹织袜子的画面吗？）我只是坐在这儿，活到末日的边缘——什么？你说这些都是瓦尔的想象？那她可能忘了告诉我，接下来将会发生什么。

3

　　米拉过上了一种新的生活。她本该是快乐的，在只有两三间屋子的公寓里住了那么些年，本该是苦尽甘来了。不就是这样吗？为了这座大房子，诺姆曾经拼命地工作，米拉也是。并不是所有努力工作的人都能过上这种生活，他们算是幸运的。米拉有了自己的车，是诺姆的旧车。他给自己买了一辆新的名爵和一座带四间浴室的房子。在与自己的良心搏斗了一阵，又和诺姆进行了一系列激烈的争论之后（他不想直说他不愿意请人做家务，而是说他们只能请一个黑鬼女人，而她无疑会把他们洗劫一空——好像他们有什么可偷的东西似的），她还有了一台烘干机、一台洗碗机、一个每两周会给厨房地板打蜡的丈夫，以及一个用来洗床单和诺姆的衬衣的洗衣房。到了一月份，床单再也不会冻得硬邦邦的了。

　　她在那空荡荡的大房子里踱步时这样安慰着自己。她站在宽敞的门厅里，望着那盏豪华的枝形吊灯和旋梯对自己说，一定要快乐，应该快乐。她别无选择。快乐是她身负的道德责任。她也不是很不

1　彭忒西勒亚（Penthesilea），希腊神话中美丽而强健的亚马孙女王，曾身披铠甲，率领十二个女战士帮助特洛伊作战，在战场上死于阿喀琉斯手下。

快乐，只是——空虚。

在贝尔维尤，生活节奏和以前不一样。她每天早上七点要和诺姆一起起床，在他洗澡和刮胡子的时候煮好咖啡。他早饭不在家里吃。她会和他一起坐下来喝咖啡，他则在这时给她安排家务：西装要洗，鞋子要修，要去银行办点儿事，要打电话给保险公司，因为他的车上有了凹痕。然后他就走了，她则把孩子们叫醒，在他们穿衣服时，为他们准备好煎鸡蛋。趁他们吃饭的时候，她换好衣服，然后开车送他们去校车站。除了诺姆，每个人早上心情都不好，所以他们很少说话。送完孩子们后，她就返回家。

那是一天中最难熬的时候。她从大门进来，走进厨房，屋子里满是培根和烤面包的味道。炉子上还摆着油腻腻的煎锅，锅的后面是溅满咖啡渍的咖啡壶。脏碗摆在餐桌上，四床被子还没有叠，屋子里丢满了穿脏的内衣裤。客厅和餐厅里也满是灰尘，起居室里还扔着昨晚用过的苏打水杯和掉落的薯条屑。

令她烦恼的不是那些要做的活儿。它们并没有对她产生多大影响，也并非多令人讨厌。只是，她感觉，其他三个人都过着自己的生活，而她却得围着他们团团转，替他们收拾残局。她成了一个仆人，他们一分钱都不给她，却希望她没完没了地干活。作为回报，她可以把这里叫作她的家。可这也是他们的家啊。她只在每天早上送孩子们去上学后想这个问题，其余时间，她并不多想。她也会小小地犒劳一下自己：我要做这个，还有那个，然后我就坐下来看会儿报纸。该做的还是得做，她把一堆衣服丢进洗衣机里，打扫厨房，叠被子，整理房间，然后动手收拾家里的其他地方。你不得不每天都收拾一遍，因为房子太大了。当她四肢着地，打扫着巨大的浴室时，她告诉自己，她算是幸运的。米拉心想，擦洗三个男人用过的厕所、浴室地板和四面的墙壁，这是每天必须做的事。这就是为什么女人比男人更理智。她们不必去接触那些男人才提得出的疯狂或荒谬的计划，她们有自己必须做的事——刷马桶和擦地板。她不断这样告诉自己。

大概十一点半的时候，她重新煮了一壶咖啡，坐下来一边喝咖啡，一边看《纽约时报》，这是她的另一份小小的奢侈享受。她至少要坐一个小时，逐字逐句读完报纸上的内容。下午，她就去完成她的任务。没有任务的时候，她就去找莉莉、萨曼莎或者玛莎。可三点钟她必须回家，孩子们该回来了。他们年纪太小，还不能独自待在家。对于这点，她倒不是很在意，尽管她也希望偶尔能有那么一次，她可以想在外面待多久就待多久，尽管她也不知道自己能做些什么。到那时，莉莉、玛莎或者萨曼莎的孩子们也都回家了，女人们就得围着孩子转。那只是她渴望中的自由的感觉。可是，孩子们回家后，她喜欢和他们说话。他们聪明又有趣，她总想拥抱他们。他们会边吃零食边聊天，吃完就换上衣服出去。她又有了一个小时的自由时间。这时，她会把衣服从烘干机里拿出来，耐心地仔细叠好。她还会从冰箱里拿出点儿什么东西解冻。接着，她会拿起一本书坐下来看。孩子们总是跑进跑出的，经常打断她，所以下午她就只看一些轻松的书。之后就该准备晚饭了。诺姆一般六点半到家，如今，他们都在一起共进晚餐。在餐桌上，诺姆总在吃饭的时候批评孩子，说他们叉子拿错了，让他们不要把胳膊肘放到桌子上，嚼东西的时候要把嘴巴闭上，所以气氛总是很紧张。之后，孩子们去做作业，诺姆在起居室里看报纸，米拉就去打扫厨房。孩子们已经会自己洗澡了，她只需提醒和监督他们，等他们洗完再去把浴缸刷干净。他们可以在睡觉前看会儿电视，但他们都得看诺姆想看的节目。有一次，她坚持让他们看儿童节目，诺姆就生了一晚上的气。他们看电视的时候，她就和他们坐在一起，看看书或缝缝补补。然后，他们就上床睡觉了。诺姆会多坐一会儿，到十点钟，他就会在椅子上睡着。她走过去摇醒他："诺姆，别在椅子里睡。"他醒来，站起来跟跟跄跄地回卧室去。

米拉关掉电视。这时，她已经太累了，没法专心看书。可她还不想睡。于是她给自己倒上一杯白兰地，关掉所有的灯，坐在起居室角落的窗子旁，一边喝酒，一边抽烟，直到十一二点才去睡觉。

她知道，自己正活在美国梦里，她索性就给自己戴上这副面具。她在有档次的理发店里做头发，理发师见她有白头发，建议她染发时，她就听从了他们的建议；她买了高价的针织三件套；她还修了指甲；她有一叠信用卡。

当然，也会有美妙的时刻。有时候，在给孩子们叠被子时，她会想到他们，心里充满柔情。她会躺在他们的床上，把脸埋在床单里，轻轻闻一闻，床单上还残留着孩子们的味道。有时候，她一边喝咖啡一边看报纸，阳光从厨房的大窗户里斜照进来，倾泻在木桌上，她的心就会平静下来。有时候，她穿好衣服准备出门时，会慢慢地从这大房子里走过，感受它的干净和整洁，心里想着，这种整洁有序带来的舒适感，或许就是她最大的愿望了，也许，这样就足够了。

她并非不幸福。她过得比她的朋友们要好。她的朋友们都有各自的烦恼。整个下午，听了莉莉、萨曼莎或玛莎的抱怨后，回到她那安静整洁的家中，那种感觉真好。在了解了其他人的生活后，她还有什么好抱怨的呢？

首先是莉莉的生活。

4

女人在年轻时都是好看的，而莉莉则称得上美艳动人。她生着一张轮廓分明的古典式脸庞，浓重的眉毛，线条清晰的下巴，还有一双精致的棕色大眼和修长的脖子。她的身材也很完美，是那种你梦寐以求的身材：肩膀不宽不窄，纤腰细腿，前凸后翘，小腹紧实而平坦，各部分比例恰到好处。她将头发和眉毛染成了红色，喜欢穿艳丽的衣服——上面装饰着亮片、雪纺纱和银线。每当莉莉走入餐馆或酒吧时，所有的男人都会回头看她。如果她意识到这一点，也许会很高兴。可是她并不知道。她甚至没有意识到自己的美丽。她一直在担心自己的容貌。她从杂志上学习如何化妆，花上几个小时来试验不同牌子和种类的化妆品。她在脸上的某些部分施以暗色粉底，再在其他地方施以明亮的浅色粉底，鼻子周围的出油区则用另一种特制的粉底。她修了眉，小心翼翼地给它上色。她在眼周要用三种不同的化妆品，又在粉底之上擦了胭脂和扑粉。谈起化妆品，她可以说得头头是道。米拉不明白她为什么这么在乎化妆。"你这么漂亮，根本就不需要化妆。"莉莉定定看着她。"啊，你是没见过我不化妆时的样子。"莉莉很认真地说，"怪吓人的。"她把自己的外表描述得一无是处，到处都是缺陷。

她的生活也如出一辙。表面上看起来，什么都好。她的丈夫卡尔是一个沉着而友善的人，好像无论发生什么他都不会激动。在孩子们遇到危机的时候，他总会说："没关系，莉莉，不会有事的。"他们最大的孩子安德里亚似乎遗传了他爸沉静的性格。而小卡尔（他们叫他卡洛斯）则有点儿难缠。然而，莉莉曾遭遇过非常严重的不幸，她刚二十七岁就切除了五分之四的胃。不知为什么，和别人说起话来，她总是很痛苦的样子。她的声音忽高忽低，说话时总爱扯着头发或是咧着嘴。人们说，"莉莉很情绪化"，或是"莉莉有些焦虑"。如果换个场合，谈话可能就到此为止了。可莉莉和米拉所处的文化让她们相信幸福是一种不可剥夺的权利。说一个人不幸福，米拉会去追问为什么这么说。于是人们又补充道："莉莉脑子有病。"那已经不是描述，而是一种评判了。莉莉并不去追究她为什么不幸福，她似乎知道为什么。在谈话当中，她从一个问题跳到另一个问题，做一些隐晦而含糊的评论，你很难从中推断出让她烦心的到底是什么。她总是顾左右而言他。

她们还住在梅耶斯维尔，米拉曾和莉莉谈起她的童年。那是很残酷的。你不得不因痛苦的童年付出代价。那些经济理论都建立在错误的基础上。在生活中，你因痛苦而付出代价，因快乐而获得报偿。莉莉的父亲是个疯子。他是个操意大利口音的瘦小而亲切的人。从表面看，他是一个好男人。他撑起他的家庭，不喝酒，也不做坏事。他和莉莉的母亲的婚姻是由家里包办的。当时莉莉的母亲才十六岁。她不想结婚，也不喜欢这个男人，就离家出走了。可是，俗话说得没错，离开家，女人什么也做不了。她在外面很害怕，也没法照顾自己，于是她决定回家，还提前给家里发了电报，告诉他们她的车次。家里人在中央车站接她，她的未婚夫也一起去了。就在车站中央，当着她家人的面，他将她暴打一顿，她的一只眼睛肿了，鼻子也血流不止。一个月后，她嫁给了他。女人还能需要什么？[1] 那是一个西西里的旧式家庭。

结婚之后，他对妻子照打不误。孩子们出生后，他那无名的怒火又找到了新的发泄对象。他做砖瓦匠养活他们，他们从没饿过肚子，只是常常鼻青脸肿。他用多年积蓄在布朗克斯区买了一座三层小楼，并把顶楼租了出去。至于他如何残忍，以及莉莉的童年如何痛苦，我就不一一赘述了。这就够了。

高中毕业后，莉莉想到艺术家的画室工作。她一直想当一名画家，尽管她也不太清楚画家是做什么的。家里人认定这样的目标证明了她的叛逆和自私。每当父亲气哼哼地进来寻找发泄对象时，母亲总会喊道："打孩子们！别打我！"母亲给她找了一份在服装厂上班的工作。这样一来，她每周能赚二十五美元，交给家里二十美元。可就算她开始工作了，父亲还是会打她。

有一次晚上挨了打后，第二天早上，莉莉看着镜子里的自己：脸是肿的，肩膀上还有伤痕。她壮着胆子对母亲说："妈，我十八岁了，我可以给家里赚钱了，不再是一个孩子了。他什么时候才能不打我？"

对于她母亲来说，这番话一定很可笑，因为她自己都还带着伤

1　原文是德语，Was will das Weib? 出自弗洛伊德的一句话："尽管我对女性心灵做了三十年的研究，但是，还没有回答而且始终也无法回答的一个问题就是：'女人到底想要什么？'"之后巴黎学派学者塞尔日·安德烈在他的著作《女人需要什么》一书中也提及了弗洛伊德的有关论断。

呢。但她还是对莉莉的桀骜不驯大为不满，冲她嚷道："只要你还住在这家里，你就得挨打！"

莉莉暗自决定，她要逃离这个家。

她把每一分钱都节约起来。除了从午餐费里省钱，她周六晚上也不和姐妹们一起去看电影了，那可是她唯一的乐趣，可她并不觉得这是一种牺牲，为了实现她的目标，别的一切她都可以不在乎。她的工资涨了一点儿，她并没跟家里说。几个月后，她存下了一小笔钱。

你也许会说，莉莉这样是在承认失败，她并不真的想离开家。如果她真想，就会拿那笔钱买一张去皮奥里亚或芝加哥的火车票。可是莉莉平生从未走出过布朗克斯，从没有单独行动过。她很害怕，她的眼界非常有限。她在离家五公里的基督教女青年会租了一间房子。也许，她并不想切断与家人之间的联系，只是想维护自己的独立和自由而已。她很聪明，每天去上班时，她都会在挎包里装一件衣服，下班时就留在工厂的柜子里。到了周五晚上，她就假装和朋友去看电影，悄悄地用一个纸袋把这一周积累的东西装起来，带回那个她租下却没住过的房间里去。她逐步地集齐了所有生活必需品。她不敢带走所有的衣服，那样会被发现的。接着，她要把缝纫机也带出来，那是她唯一的贵重物品。一开始，她每天就带些小零件，可马达是个问题。于是，她等待着最后一天。在一个周日，她的父母去亲戚家了，她把马达和她的最后一些个人物品装进一个纸袋子里，离开了家。她留了一张便条，告诉父母别担心她，她受不了家里的情况，所以搬出去住了。

她觉得女青年会的那间屋子简直像是宫殿一般。她自由了！

傻莉莉，她竟然还去工厂上班。没过多久，周二那天，她下班时父亲正等在外面，教区的牧师也一起来了。父亲一把将她从下班女工的行列中拽出来，粗暴地拉着她的胳膊。他朝她吼着，说她是贱人，是淫妇，是竟敢离开父母的坏女人。他扇了她一个又一个耳光。牧师就在一旁看着。她啜泣着，试图解释，为自己的贞洁辩护。她说她住在女青年会，她并没有乱来，可是根本没用。她父亲看向牧师，希望他认同自己给女儿定的罪，而牧师也真的认同了。他们一路推搡着她回到青年会，收拾好她的东西，把她拖回了家。牧师在她家里喝了杯酒，吃了些自家做的蛋糕，觉得自己已经尽到了维护道德的责任，就离开了。莉莉则因为自己的放荡行为受到了惩罚。之后，她再也没去过教堂。

她终于明白了，要想脱离父亲的家，只有一个办法。她开始四处留意。虽然她的性本能非常强烈，可她从没在那个禁区中花过心思，她还有更加迫切的问题要解决。她得到父母的允许，可以去"约会"，这就对了，她终于有了自己的空间。不久后，她认识了卡尔。他温文尔雅，完全不像她的父亲。无论是他的个性，还是他的生活，都很稳定。得到父母的同意后，莉莉和卡尔订了婚。从那一刻起，一切都改变了。她得到了更多的自由，父亲也不再打她了，虽然偶尔还会轻拍一巴掌。她明白了，如今，她已被看作是另一个男人的财产。

因为卡尔很温和，这种约束对她来说倒像是一种解放。她的行动越来越独立。她二十岁时，一天晚上回到家后，她宣布自己已经辞职了，还租了一个店面，打算开一家服装店。父母甚至都没问她哪儿来的钱——也许他们以为是卡尔给她的吧。但那是她一年半的积蓄。他们耸了耸肩，他们不再对她负责了。

傻莉莉啊。对于服装生意，她又知道些什么呢？她开始往返于各工厂间，进一些自己喜欢的衣服，估算着利润。她每天都去店里，从早忙到晚。她精力充沛，乐此不疲。一到周六晚上，她就从店里挑一件衣服穿上，化上浓妆，和卡尔一起去夜店。卡尔喜欢带她去夜店，他喜欢盛装打扮地带她去炫耀，喜欢花钱和朋友们一起玩儿。但他并不急于结婚。

莉莉的生意并不景气。她不够心狠，没有经验。有些女人周五买了衣服，周一就拿来退，而衣服明显是穿过的。她不知道怎么拒绝。另外，她对衣服的选择也不够客观，只是根据自己的喜好进货。她撑了一段时间，一个人守在店里，热情并未减退。她就这样苦撑着，直到所有的积蓄都花光，连房租都交不起。她的美梦只持续了一年。最终，她含泪以低于成本价盘出了剩余的库存，宣布破产。之后，她就嫁给了卡尔。

5

卡尔沉静的外表源于他严格的自我克制和性格遗传。卡尔五岁时父亲就抛弃了他们。他的母亲是一个冷淡而沉静的女人，她找了一份给人打扫房屋的工作，五个孩子大部分时候都自己待在家。她的收入微薄，每天早出晚归。当她疲倦地回到家时，家里乱七八糟，孩子们也饿着肚子。于是大女儿玛丽就尽量帮忙。可正如卡尔后来所说，玛丽很"自私"，她想要自己的生活，她只是心不在焉地做做饭，仅此而已。她做了四年，到她十八岁的时候，她就搬出去住了。家里没人打扫，没钱去采购。对于一个孩子来说，那种生活很凄凉，而对于卡尔这种那时就已经很讲究的人来说，更是令人沮丧。所以，即便他长大以后，也从不帮忙做家务，哪怕是举手之劳。他认为那是女人的事。卡尔一度看不起母亲的软弱，怪她没能力操持家庭，怪她没有给自己一个像样的生活环境。

每个孩子都必须工作。他们要做一切力所能及的事——卖报纸、擦鞋、跑腿、为杂货店擦地板。老三在十二岁那年得肺结核死了。玛丽不管他们以后，莉莲接替了她。最小的孩子卡尔也跟着哥哥埃德温到街上去游荡。这让他们体内的躁动得以释放。没有工作的下午，他们就去运动、捣乱和打架。有一次，他们去偷水果摊上的东西被抓住了；还有一次，他们把当地的一个"娘娘腔"绑在挂晾衣绳的杆子上，后来有人发现了那孩子，才把他放下来，不然他就被勒死了。这两件事都没什么值得大惊小怪的。这些年来，街上的野孩子不断被送进少管所，再后来就进了监狱。卡尔开始思考起他的未来。

卡尔总说，"二战"使他交了好运。他的身体有点儿缺陷，倒也不是多严重，主要是小时候营养不良所致。可这些缺陷足以让他被定为4-F[1]。所以，当其他男人被选拔入伍时，卡尔却在一家兵工厂谋得一份工作。他刻苦学习，终于成了一名技术精湛的机械师。他的技术非常好，这或许是他的德国父亲将精确有序的本能遗传给了他。他工作很出色，大家都喜欢他。在大街上的那些年，让他学会了如

---

1 4-F，指美国选拔征兵不合格者，可免除兵役。

何保持沉着冷静。他看上去很冷静、随和、友善，也不会妄自评价别人。至于他的外表之下是什么，你只能去猜了。就连莉莉也说不清。他从不敞开心扉。

卡尔、埃德温和莉莲都工作了。他们让母亲辞掉工作，搬进漂亮的公寓享受天伦之乐。可是这个女人太虚弱了，已经累垮了。她早就放弃了一切希望。她做饭，上街买东西，可她从不学着去用他们给她买的洗衣机。她会胡乱地打扫一番，但总是扫不干净。卡尔童年时期对她的蔑视有增无减。他觉得是她意大利人的本性让她变得如此懒散。她已经油尽灯枯了，本以为她能享受几年奢华日子，但不过两年她就死了。直到她死，比尔也不曾改变对她的看法。

虽然卡尔不反对结婚，但他也不想改变自己的生活。工作日的晚上，他和老朋友一起出去玩儿，打打扑克；周六晚上，他带莉莉出去；周日，他几乎睡一整天。他享受这种生活。母亲死后，他的家就分崩离析了。埃德温结了婚，莉莲在曼哈顿找了份工作，也搬了出去。所以，莉莉的店倒垮得正是时候。对于卡尔来说，结婚是他延续目前生活的最好方式。他催促莉莉赶快找一份工作。她为此很高兴，因为在她看来，她似乎不会再像母亲那样受压迫了。她在高档办公楼找了份前台接待员的工作。卡尔说这工作不错，虽然赚得不多，但工作很轻松。她后来才渐渐发现，虽然卡尔从不明说，但他希望她工作，是为了有钱去夜店。他还希望她把家里收拾得井井有条，打扫得干干净净，希望她默默地去采购、做饭、洗衣服。他并没有明说，但如果你哪里没做好，他就会冷冷地说"你还没洗衣服呢"，或者"莉莉，厨房的地板好脏啊"。但他从不帮忙。他坐在椅子上看报纸、看电视，偶尔站起来指点她哪里没做对。她和他顶嘴，可总是落于下风。卡尔从不抬高声音说话，只是冷眼瞧着她。如果她做事出现什么马虎或疏漏的地方，他就很瞧不起她。他在床上背过身去，碰都不让她碰一下，好像她的身体很脏似的。

潜移默化之下，莉莉的独立和勇气瓦解了。如果他像她父亲那样打骂她，她还能鼓起勇气反抗。可情况变成这样，她就只能乖乖就范。他的蔑视是那么冷酷，所以她想尽办法不被他蔑视。她不停地擦洗，用吸尘器除尘；她费尽心思研究菜谱。可他还是能找出瑕疵来：一个没有擦的壶，一顿他不喜欢吃的饭。很多个晚上，他都背对着她睡。在蜜月期间，他发现莉莉性欲旺盛。这很奇怪，好像不太符合课本上的知识。可莉莉的确享受性爱。她的高潮一阵又一阵，而卡尔则满腹狐疑，一脸厌恶地看着她。有时候，她用手指轻轻触碰卡尔，他会打着寒战避开。对她来说，这比任何惩罚都要伤人。她感觉，他似乎认为她很放荡，而她则极力证明自己是值得尊敬的。

虽然卡尔常常背对她，但莉莉还是怀孕了。这着实让卡尔震惊。有了孩子就意味着他这种生活的终结。莉莉不得不辞去工作，那样一来就没钱供他和朋友们一周打三次扑克，周六晚上也没法到卡迈恩家的夜店去和朋友们消磨时光了。孩子整天都哭哭啼啼的，需要你去哄。他坚持让莉莉做流产。

莉莉就像奴隶一样服从了。她如机器人一般接受了这件事，几乎没机会看清肮脏的手术室和周围的环境。可是，这件事改变了她，也改变了她和卡尔的关系。对于这次流产，她永远也不会原谅他。但她并没有对他提起，也没有和任何人说过。直到多年以后她才提起这件事。经历这件事后，她对他变得冷酷了。她也不确定自己真的想要一个孩子，生孩子让她感到害怕。可是，流产这件事毁掉了她内心深处的某种东西，她不曾意识到自己还有这种感情。生孩子变得非常重要。在她和卡尔在婚姻里进行的权力斗争中，那是胜利的标志。几个月后，她又怀孕了，这一次，她坚决要生下来。无论卡尔说什么，她都无动于衷。即便他从此拒绝和她做爱，她也毫不动摇。她甚至不用辞去工作，因为她被解雇了。前台接待员的工作不适合显怀的孕妇。卡尔希望她再找一份工作，至少再工作几个月，可是她拒绝了。她在争取自己待在家里的权利，只需把家里打理好就行了。她仍然在努力做到让卡尔满意。卡尔不情愿地抱怨着，他推掉了两个晚上的牌局，周六晚上也不去夜店了。莉莉吵嚷着要卡尔带她出去。卡尔每两周带她去一次中餐馆。"鱼与熊掌不可兼得。"他不满地说。莉莉生了一个女孩，一个平静而快乐的孩子。宝宝哭闹的时候，卡尔就喊莉莉，自己权当听不见。莉莉很不解。她感到自己赢了这场战役，却输掉了整个战争。

在莉莉的敦促下，他们搬进了杰克逊高地的一座小房子里。两年后，莉莉又怀孕了。她生下了一个情绪热烈、好动、不怎么听话的孩子。卡尔又找到一份好工作，公司总部在新泽西，他们不得不搬家。他在郊区买了一个小房子。他想念他的老牌友们，现在他只好待在家里看报，看电视，修整草坪。他养成了一种习惯，无论莉莉怎么和他吵嘴，无论她说什么，他都回答："好了，莉莉，没关系，会好的。"

6

卡洛斯是个个头很大的婴儿，脑袋很大。他两岁时脑袋就已经像四岁孩子那么大了。他的性情也很暴躁，易沮丧、易怒，动不动就发脾气。他令莉莉想起了她的父亲。她害怕他。他不住地往她身上爬，总是向她伸出手，摸她，抱住她的腿。而她则不断地推开他。她不喜欢他在她身上。她把他的手从自己的耳朵上拿开，只许他抱着她的脖子，或者只许他抓着她的胳膊。有时她会把他的两只手都拿开，把他放在地板上，他就开始大哭大闹，叫得脸色发青。

莉莉对这个孩子的冷淡似乎起到了相反的作用（两个孩子卡尔都不会管）。一方面，他非常害羞，如果陌生人进来，他就用双手遮住脸。虽然他已经会走路了，可有客人在时，他会爬到角落里躲起来，即便是熟悉的人来也是如此——比如他的外祖母。可是在莉莉面前他就非常不客气。等他再长大一点儿，他对待外界的态度时而腼腆，时而富有侵略性。他对认识的孩子非常暴力、粗鲁，可见了陌生的孩子又会躲起来。

五岁时，他不再去摸莉莉了。即便她去摸他，手也会被推开。他学会了父亲那一套隐晦的刻薄劲儿："你说你能做好什么？你什么都做不好，你连地板都擦不干净。你为什么还不去擦地板，蠢货？"莉莉听了会心里一颤，然后责骂他。等卡尔回来，她向他抱怨，卡尔总说："没关系的，莉莉，他还是个孩子，等他长大了就不会那样了。"他坐到餐桌旁，还不忘加上一句，"再说，他说得也没错，你看，你都没把叉子放在餐桌上。"

他们说得没错，莉莉为自己没当好家庭主妇而感到内疚。她把房间收拾得很干净，可她自己却乱成一团。她的头脑非常混乱，因为她知道自己曾经想当一名家庭主妇，和孩子们一起待在家，可内心深处她又深感困扰，她并不喜欢这样的生活。她认为这都是卡尔的错。他从不和她交流，从不陪孩子们玩儿。于是，她开始对卡尔抱怨、唠叨。一到晚上，每当她开始这些长篇大论时，卡尔就会叹口气，放下报纸，关掉电视，双臂环胸坐在椅子里，面对着她。

"好吧，莉莉，好，好。你想聊什么？"

她顿了顿："嗯……今天工作怎么样？"

卡尔沉默了好一阵儿，思索着。最后他说："嗯，对了。今天的确发生了点儿事。几个小伙子带着工具和电线到店里来，他们又是钻孔，又是钉扣环、接线，忙活了足足一个小时。然后，他们在店里另一头装了一部新电话。"

莉莉不自然地笑了笑："卡尔……"她嗔怪道。

他说完拿起报纸，"就这些了，莉莉。今天工作时就发生了这些事。"

她抱怨他不管孩子们。比如，除了饼干和花生酱三明治，卡洛斯什么也不吃。他得学会好好吃饭。卡尔就会随他去。他说："好了，莉莉，没关系，他想吃花生酱就让他吃好了。"可是每次卡洛斯不肯吃饭，卡尔就会站起来，抓起他的胳膊，把他拖到房间里，用皮带抽他。莉莉就会哭喊着，攥紧双手，不知所措。他则无动于衷地看着她说："哦，你还想怎样？是你说他得学会好好吃饭。我不明白你到底想怎样，莉莉？"

莉莉和他一样倔强，她始终没有停止抱怨。一年又一年，她的抱怨声此起彼伏。卡尔再也受不了了,他打电话叫他哥哥来,和一群朋友一起忙活了三个月,就在车库旁边盖了一间屋子。那屋子又大又明亮,还带浴室和通往家外面的楼梯,从家里面是过不去的。卡尔搬了进去。下班回来后,他会和家人一起吃晚饭,吃完饭后,他马上就回他的房间去。只有他有那房间的钥匙。他在那里安静地看电视,看报纸,睡觉时也不会有人摸他了。莉莉一见到他就开始嚷嚷,而他则温和地回答:"你看,房子是你的,孩子也是你的,账单我来付。我们还一起出门,不是吗?没有人会知道的。你还有什么可抱怨的?"米拉就是在这时遇到了莉莉,她对莉莉社交时那俗艳的打扮感到好奇。莉莉似乎没想去吸引男人。米拉从没想过,莉莉是在引诱自己的丈夫。

7

米拉的生活已与从前截然不同。她彻底过上了轻松的新生活。只有早上不太好过。她讨厌起床。诺姆先是叫她,叫不醒就把她摇醒,醒来后,她像一个疲惫的醉汉一样摇摇晃晃地下楼去,倒一杯咖啡。

早上的时候,孩子们和她一样不开心。他们会争吵,抱怨早餐不好吃。鸡蛋煮久了他们不吃,煮得不够久他们也不吃。他们不喜欢吃麦片粥,他们想吃英式松饼或烤面包片。当他们抱怨自己好可怜时,米拉就离开厨房去穿衣服。等她将他们送到校车站回来后,常常需要把他们的早餐倒掉。

她回来以后，看到那油腻的煎锅和乱七八糟的桌子，心情瞬间低落，她得打扫卫生。下午会稍微好过些。虽然要还贷款，可家里的钱还是够用的。诺姆唯一舍得花钱的地方就是房子，所以米拉的下午就用来计划如何装饰房间，买家具、地毯、帷幔、灯和装饰画。慢慢地，家里就什么都齐全了。可是，东西一多，就更难收拾了，于是她买了一个小的文件盒和几叠规格为2厘米×3厘米的卡片。她在每一张卡片上写下一个需要完成的任务，然后分门别类地将卡片装进文件盒里。标题为"擦窗子"的那一叠注明了家里每一个房间的擦窗任务。每当她擦完一个房间的窗子，就在卡片上记下日期，把它放到那一叠卡片的末尾。"家具抛光""洗地毯""抹瓷器"也都是如此安排。她定期将餐厅瓷器柜里的所有餐具拿出来，用手洗干净（这些都是好瓷器，她可不敢交给洗碗机去洗），再放回洗干净的架子上。对于厨房也是如此；对于书籍，她依旧如此。她把它们搬出来，仔细拂去灰尘，再放回那擦拭过的、一尘不染的、打了蜡的书架上。她没有把普通的日常打扫记在卡片上，只记下了那些大规模的任务。所以，每天她把那些小的杂务（比如打扫厨房、叠被子和打扫两间浴室）做完后，还会进行大扫除，擦洗窗户和镜子，给目之所及的每一寸木地板打蜡，清理小的装饰物，拂去天花板上、墙上和家具表面的灰尘，还要用吸尘器为地毯除尘。之后，她再把完成的大任务标注在相应的卡片上。她解释说，这样可以避免遗漏。她把整个房子清扫一遍要花两周，也就是十个工作日。她不会在周末的时候打扫卫生。对于那些超大型的任务，比如清洗厨房和食品储藏室的所有餐具，她一年只做两次。洗窗帘也是如此。这是代代相传的家政方法，米拉的母亲也是这样做的，只是没有卡片。她母亲在搓衣板上擦洗床单和衬衣，走路去两公里外的地方采购。沃德家总是窗明几净，空气中弥漫着一股柠檬油和肥皂的清新味道。

每天早上做完家务后，米拉会感到非常满足。接下来，她就去洗澡，用昂贵的沐浴精油，在全身涂满高级润肤露。她觉得这是一种莫大的享受。她穿着用料讲究的丝绒长袍，站在巨大的壁橱门前，挑选一套下午穿的衣服，然后再根据衣服挑选出与之相配的香水和化妆品。她换好衣服从家里走出去，在阳光中享受着家里的安静、有序，欣赏着抛光的木头在阳光下耀眼的光芒。婆婆给了她一个老式座钟，上面有一块拱形的大玻璃罩，米拉以前也有过一个类似的，它每到整点会报时，每过一刻钟就响一次铃。它的嘀嗒声很大，在楼下的每个房间里都能听到。她一边走一边听着它的嘀嗒声，感受着这种秩序与平静、清洁与舒适。她走进厨房，上午的晨光已经消逝，淡淡的光芒洒在旧橱柜上，透亮的瓷器、古老的陶罐和水杯、美丽的盘子在架子上整齐地排列着，光洁明亮，闪闪发光。这是她一手创造的美。时钟嘀嗒作响。

接下来，她要出去采购或是办事，要么就去会朋友。如今，孩子们都长大了，她可以多在外面逗留一会儿，到四点钟才回家。可是，她经常一回到家就生气，地板上不是有脏脚印，就是干净的墙上有手指印，要么就是毛巾脏兮兮的。她对孩子们发脾气，可他们根本不理她。她知道，他们还不懂。干净和整洁就是她的生命，她为此付出了一切。

回家之后，她总是又得出去。孩子们预约了牙医，还要参加少年棒球联合会的比赛，出席童子军会议。克拉克要去上小提琴课，诺米要去学小号。周六早上，她要带孩子们去上骑术课，并等他们上完课接他们回家。而此时诺姆正在外面打高尔夫球。她的夜晚比以前平静多了。最近诺姆很忙，经常不回家吃晚饭。她习惯了让孩子们早早吃饭，等诺姆回家再吃晚饭。后来即使诺姆回家吃晚饭也如此安排。这样好多了。他们吃完饭就去做作业，做完就看电视。夏天的傍晚，他们会出去打一会儿球，然后洗澡睡觉。没有孩子们在餐桌旁，诺姆会吃得更香。大约九点钟以后，她就闲下来了。诺姆会坐在那儿看电视，她间或抬头瞟一眼屏幕，又埋头看她的书。诺姆很早就困了，上床去睡觉。她喜欢一个人坐在那儿，聆听着这沉睡的家里的寂静和屋外的吵闹声——一声狗吠或一阵汽车发动的声音——融入时钟的嘀嗒声之中。

天气好的时候，她会打理一下花园。春天，她会开车去苗圃，选几箱春季开的花，比如三色堇、紫罗兰、番红花、鸢尾、铃兰、黄水仙和长寿花，把它们精心栽种在潮湿芬芳的泥土里。空气柔和微润，她喜欢用手去摸那凉爽、潮湿而松软的土壤。她站在那儿，环顾四处，计划着如何布置花园。她要买一些刻着精致花纹的白色铸铁，围在假山花园的旁边作为篱笆。她还在露台上摆了躺椅和带玻璃面的桌子，并在花园里挂了一个小鸟投食器。

在诺姆不回家吃饭，或者吃过饭又出去开会时，米拉会用晚上的时间看书。到十一点左右，她会给自己倒上一杯饮料，关上灯，坐下来陷入沉思。他一般不会太晚回来，一般都在十二点左右。从车库走到厨房时，他总会在门阶上绊一跤，他就会大声抱怨："真是的，你为什么就不能留盏灯？"可她还是会把所有的灯都关掉。

她会给他端来吃的，可他总是不饿。他会给自己倒一杯黑麦威士忌或白兰地，然后坐在她对面。这时灯已经亮了。

"今天过得怎么样啊？"

"还好。"他会叹口气说。他解开领扣，松了松领带，看起来很疲惫。那个烧伤的病人已经好转了。那个得荨麻疹的病人病情比他们想象的严重，已经转移到体内了。可怜的沃特豪斯太太得了癌症，癌细胞已经扩散，没有希望了，他已经移交给鲍勃医生。他们可以对她采取放射性治疗，但那只会延长她的痛苦。可她的孩子们仍然想治疗。他和鲍勃已经向他们解释过，那样会花很多钱，而且没什么作用，只会延长痛苦。可他们仍然坚持要这样做。他们想让自己觉得已经尽一切努力救她了。

"他们觉得内疚，因为他们希望她死。"

他愤怒地喊道："你怎么能这么说？真是荒唐！你都不认识他们，却说出那样的话！他们只是想为救她全力以赴而已。她可是他们的母亲啊，我的上帝！"

米拉养成了一个习惯，喜欢胡乱在脑中编一些打油诗。但她从不写下来，从不会有意识地这样做。现在，她又开始在脑中作诗了。

鸟儿飞，鸟儿落，鸟儿不懂该想什么。

她说："他们明知道没用，却还要坚持，唯一的解释就是为了减轻负罪感。他们之所以会愧疚，是因为他们希望她死。"

"米拉，别胡扯了。"他厌恶地说，"你知道吗，不是所有人都像你，他们的动机很简单，他们只是想为爱的人竭尽全力。"

爱啊爱，头上苍天在，我们都以爱之名搞破坏。

她不说话，诺姆就换了话题："莫里·斯普拉特也去了诊所，你还记得他吗？他比你大两岁。我认识他是因为和他哥哥伦尼是同学，伦尼篮球打得很好。莫里说他哥哥现在是一家铝业公司的副总，卖室内壁板之类的东西。"他笑了笑，"天哪，简直无法想象！瘦得皮包骨的伦尼·斯普拉特现在是一名成功的商人，我是真没想到啊。莫里来诊所是因为头皮问题——头皮问题！他都已经全秃了，你能想象吗？秃得就像一个台球。真好笑！他在一家软饮公司工作，还向我透露阳光公司将与洲际罐头公司合并，开发罐装饮料。我可以投一股。"

"投一股？"

"买点儿股票。"

"哦。"

一阵沉默。

"你呢？你一整天都做了些什么？"

"我就打扫卫生啊。就是这儿。你没看见家里干净得发亮吗？"

他环顾四周："我倒真没注意。"

"我还种了些花。"

"哦，好啊。"他善意地对她笑了笑。她的生活如此简单而温馨。她可以莳花弄草，并乐在其中。因为他赚钱给她花。

你整天都在做什么？
小男人对小女仆说。
你无所事事只会玩，
扫扫灰尘擦擦盘。
你随心所欲大声唱，
我却辛苦把房钱赚。

她清了清嗓子，开始说起她心里所谓的"家庭记事"：

"今天下午，诺米打棒球时把窗户玻璃打碎了。"

"你应该告诉他，他得拿出自己的零用钱来赔！"

"他又不是故意的。"

"我不管。他得学会负责任！"

"好吧，诺姆。我就说是你说的……"

"你为什么总让我当坏人？我以为你想把他培养得有点儿责任感呢！那个小鬼还以为钱是从树上长出来的呢！"

> 我家院里有棵摇钱树，
> 花开又花落，我却白辛苦。
> 每日锄草浇水把它养护，
> 财富邻人也羡慕。
> 树上的美元都归诺姆，
> 我只是普通的家政妇。

"好吧，诺姆。还有，克拉克的数学考试得了 A。"

"好，好。"他站起来，叹了口气。他累了。他把杯子放在木桌上说："我要睡了，明天可是个大日子。"

明天可是个大日子。她听他洗完澡，关了卧室的灯。她站起来拿起他的杯子，用睡袍的袖子擦了擦桌上的水渍。她把杯子拿进厨房，回来时又给自己倒了杯白兰地，然后关了灯。她从不和他一起就寝。

8

明天是个大日子。她在想，那是什么样的感觉。她的每一个明天都很忙——比如，明天，她要整理客厅。但那仍然不算是大日子。大日子，会是什么样的呢？对此，她唯一能想象到的就是，早早出门，坐在车里或是开车——哦，开车去随便什么地方，去曼哈顿，或者去——去博物馆，或者去小岛边划船。总之，就是放着这些家务不管，想干什么就干什么。也不准时回家，让孩子们自己在家，自己找吃的。要很晚才回家，和诺姆一样晚，没准还有点儿微醺。

不，她当然不会这么做。她也不想这么做。孩子们会担心、害怕。诺姆做了他分内的事，她也该尽自己的责任。她也确实做到了。

有些晚上，他们会说点儿别的。诺姆回家可能稍早一些，他可能心情很好。她总是能审时度势，带着一点儿胆战心惊。这种时候当她问他今天过得怎么样，他会带着特别亲切的笑容看着她说："我们的小妈妈今天都做了些什么呀？"

米拉知道，诺姆认为她是一个很称职的母亲。他没有对她这么说过，但她听到他对别人是这么说的，而且他在责骂孩子们时，经常会说："你们有全世界最好的妈妈，怎么能那么做，让她担心呢？"但他自己对他们一点儿耐心都没有。他和他们一起吃午餐时，他们似乎总会犯错。他们经常因为小孩子家的琐事哭着跑回来，诺姆就会说他们没用。可是，每当诺姆如此问她时，她心里就很紧张。他脸上总是挂着同样的笑容，那是一种腼腆的、父亲般的笑容，是你会对刚爬到你腿上的小女孩展露出的那种笑容。这总会让米拉脸红，或者觉得双颊发烫。这时，她会结结巴巴地说一些不相关的事，比如羊排的价格是多少，在干洗店碰到斯蒂尔曼太太，或者今年的家庭教师协会会议将投票表决给每间教室买圣诞树的事。无论她说什么，都是结结巴巴地，红着脸，舌头好像打结了，一副初次与人通奸的模样。可他好像从来没注意到。或许，他希望在他质问她的时候，她表现出紧张的样子，就像那些来来去去的年轻前台姑娘一样。或者，像那些得了阴道炎悄悄找他看病的年轻女子，当他提出一连串问题时，她们红着脸，屏住呼吸，小声作答。

为了表示爱意，他会耐心地听着，包容地等她说完这些鸡毛蒜皮。然后，他会亲切地看着她，稍微伸一伸手，说："去睡觉吧？"好像这是一个问题似的。有时她会说"我还是先看会儿报纸吧"，或者"我还不是很困"，可他还是会向她伸出手，这个时候，她知道她必须站起来，拉住他的手，和他一起去睡觉。她别无选择。她心知肚明，他也是。这是一条不成文的规定，或者它是一条成文的规定：他拥有对她身体的权利，即便她不想如此。仿佛履行职责似的，她会站起来，可她内心深处却在挣扎，在尖叫。她感觉自己就像一个被贵族霸占了初夜权的乡下姑娘。她感觉自己是花钱买来的，一切都明码标价：房子、家具、她，都是他的，仿佛这是白纸黑字写下来的。她站在那儿时，他就去检查灯和门锁，然后回来搂着她，轻轻地推她上楼进卧室。她那不情愿的样子似乎正能取悦他。

她开始感到自己走路的样子与往常不同。有时候，她会在美容院里或大街上，看到一个女人像她这样走着，好像她们的臀部、手臂和脖子是一件件借来的瓷器，需要特别呵护；好像它们是属于另外一个人的珠宝；好像那些动作不是由肌肉和骨骼做出来的，而是由外界的音乐指挥着的。她们的身体不是由肌肉和骨骼、脂肪和神经构成。她们就像买来为酋长跳舞的女奴隶，她们那涂满浴油的柔嫩肌肤，在温水中洗浴，芳香四溢，却都是为了他。她们的身体只存在于主人的眼里和手中，无论他是否在场。她还记得，布利斯经常哼歌的那些天，就是这样走路的。米拉曾以为布利斯是在跟着音乐的节奏舞动。她不知道她现在走路是什么样子，但感觉就是那样。

诺姆总是坚持要她上他的床，他总是坚持戴避孕套。她的子宫帽用盒子装着，干巴巴地躺在床头柜里。她就那样躺着等他戴上它，已然有了一种无助和被侵犯的感觉。他总是戴不好。然后，他就躺下来，靠近她，用嘴吸她的乳头，她感觉痛了就会推开他的头。这时，他会认为她已经准备好了，便进入她，花几秒钟的时间进去后，他把头往后仰，眼睛闭着，手放在她的身体上，神思早就飞到九霄云外去了。而她就那样躺着，无比讽刺地看着他，心想：他在想什么呢？是某个明星或者病人的身体，或者只是一种颜色或气味？他在想象着什么呢？这一切结束得很快，事后他从来不看她。他会马上起来，去浴室彻底地洗一遍。等他回来的时候，她已经回她自己的床上去了，闭着眼睛，让下身缓一缓，放松下来。他会说"晚安，亲爱的"，说完便上床，很快就睡着了。她则会躺在床上，花半小时或更久的时间抚慰自己，直到性起，之后她会自己手淫，十五或二十分钟后，她就到高潮了。高潮到来时，她会哭，她也不明白为什么。那是艰辛而苦涩的眼泪，高潮的那一刻，她除了快感，还有空虚感，一种痛苦的、残酷而又绝望的空虚。

多年以来，米拉已经了解了一些性知识。有几个月，她曾试着让诺姆和她以另一种更为温柔的方式做爱，可是诺姆完全拒绝改变。

他认为自己的方式是最好的，除此之外，任何改变都会让他不高兴。所以，在他看来，那是不对的，是不自然的。他唯一愿意尝试的方式是口交，可米拉坚决不同意。诺姆可能觉得，能让他高兴的方式她也会喜欢吧，不然就是她和其他许多女人一样性冷淡。米拉放弃了改变他的想法，可她找到了别的方式，好让整件事于她不那么可悲。她尝试走神，让他以他自己喜欢的方式来，只要她心里不想着就好了。可是，她始终做不到这点，因为当他的脸触碰她乳房的那一刻，她的心里就充满了愤怒，根本无法分神想其他事。不管时间多么短，她都有一种被侵犯、被利用、被勉强的感觉。月复一月，年复一年，这种感觉有增无减。任何表明他欲望的迹象都令她感到害怕。所幸的是，这种迹象出现的频率越来越低了。

9

米拉的朋友们也有了一些变化。葆拉和布雷特离婚了，她后来又嫁给了一个很像布雷特的人，只是比布雷特更活泼些，而且比布雷特有钱多了。罗杰和桃瑞丝也离婚了。桃瑞丝过得很不好，她在一个州政府机关工作，整天打印文件。萨曼莎高兴地宣布，她在家里待烦了，找了一份工作。米拉感到震惊。萨曼莎的孩子休吉才三岁，就连弗勒也才是个六岁的小孩。她认为这样做太过于贪心。萨曼莎不再染发，脸颊上也不再扑腮红，可她走路的样子仍然像一个机器娃娃。他们家的问题层出不穷。萨曼莎上班时，弗勒在学校生病了，发高烧，不得不让邻居帮忙照顾。萨曼莎将休吉也交给同一个邻居照顾，结果休吉从树屋里掉下来，摔断了手腕。萨曼莎赶到医院签家属同意书之前，他在急诊室里受了几个小时的罪。听到这些，米拉撇了撇嘴。之所以会发生这些事，全都是因为萨曼莎不在家。如果她安安分分在家带孩子，事情就不至于发展成这样，甚至根本不会发生这样的事。米拉自己是绝不会让自己三岁的儿子在树屋里玩的。每当萨曼莎打电话来，告诉米拉最近又出了什么祸事，她总会冷冷地批评她。

肖恩和奥利安搬到了巴哈马群岛，据她信上所说，肖恩从他父亲那里继承了一大笔遗产，他们在那里买了一艘小船，过上了天堂般的日子。玛莎又回到学校去了。一开始她只是旁听生，后来因为成绩好，被录取为全日制学生。她说，她想当一名律师。听到这话，米拉又撇了撇嘴，简直太荒唐了，诺姆也这样认为。待玛莎完成学业时，她都已经三十七八岁了，谁肯聘用一个没有经验的中年女律师呢？诺姆对米拉保证，玛莎连法学院也进不了。米拉是相信这点的。她只需看看自己周围的情况，就知道诺姆说的是实情。最后米拉说"嗯，只要她高兴就好"，掩饰了她不高兴的真正原因——身边的朋友已经没剩几个了。大家都在工作、学习，或者已经离开。她只能在偶尔一次的晚间聚会上见到她们。后来，有一件事打破了这种局面。

那是莉莉的主意。她说，她已经很久没有出去过了，她的朋友桑德拉和杰拉尔丁也是，所以大家何不一起聚聚，再叫上以前的那群人，大家一起去打保龄球如何？玛莎和乔治、萨曼莎和辛普、米拉和诺姆、莉莉和卡尔，还有新加入的两对夫妇，他们都是卡尔和莉莉的老朋友。这听起来很不错，大家一致赞同。

没轮到她们的时候，她们就站在球场外聊天，还从吧台点了很多饮料。米拉很高兴见到他们。萨曼莎的状态让她很吃惊，她看上去紧张又疲倦，可嘴里却说个不停，就像她曾经唠叨家里发生的灾难。辛普还如往常一样，以谄媚而故作亲密的方式表现着他的圆滑。他很快灌下了两杯马丁尼酒，但他喝酒从来不会脸红。玛莎看上去很高兴。她小巧玲珑，有着瓷白的肌肤和一双深邃的蓝眼睛。她的样子很甜美，或许正因为这样，她才容易大惊小怪。

"啊，真是个不折不扣的白痴！"她正在笑乔治，"那个浑蛋！我告诉他放错了，他偏不听，他也不再退回去看看！就像瞎了眼的白痴一样，还在继续干！等到他发现镶板倾斜得都快和楼梯扶手平行了，他才停下来。天哪！"她笑着说，"结果，每块都斜了很多。我就朝他嚷嚷，可是，嘿，那个男人太没用了。"

乔治坐在那儿看着她，面无表情，但萨曼莎不太喜欢玛莎批评人的方式。如果是像平常一样的笑声，或者用更缓和一点儿的语气，这也许会是个有趣的故事，可是玛莎的笑声中有太多真实的愤怒，她的措辞也太激烈了。

"噢，好了。"突然传来萨曼莎安慰的声音，"乔治是一个诗人，又不是木匠。辛普连灯都挂不好，最后还得叫我父亲出马。还记得吗，辛普？"她转向他，欢快地说。

"萨曼莎，其实我自己能挂好的。是因为休吉，他总是把螺丝钉拿走，又不知道丢哪儿去了。"

"得了吧，辛普！"

"是真的！"他几乎是在哀诉，"你做什么那孩子都会捣乱。"

"唉，至少乔治还尝试过，"米拉生硬地说，"诺姆根本管都不会管。上周，我还是自己把百叶窗穿起来的。诺姆就坐在那儿看球赛。"

"呃，米拉，他每天都要工作嘛。"卡尔懒懒地说。

"你以为我就什么都不用做了？"她尖锐地反驳道。

卡尔仿佛没听见她的话似的，继续说："这样一来，他就能一边看球赛，一边看你的屁股。"

乔治避开了这场由他的毛病引发的谈话。他总是尽量不和人交谈，要说话也是跟女人说。乔治在一家大公司做无名的工作。他业余时间会写诗，但从没拿给任何人看过。他把阁楼简单修理了一下，把他收集的那些神秘的书放了进去，他在家的大部分时间都待在那里。他们有两个孩子和一辆开了九年的破车。玛莎每次坐上去都会边踢边骂。男人和女人都觉得乔治很奇怪，因为他从不站在厨房里谈论足球和汽车。他总是和女人们坐在一起，有时候会和她们聊天，但更多时候一言不发。他曾经对米拉坦言自己更喜欢女人，说她们更加活泼、有趣和敏锐，她们会和别人打成一片，而男人就不会。每次和乔治聊天，他都会把话题引向某个神秘的教义之类的东西。他可以讲上几个小时的卡巴拉[1]或者《吠陀经》[2]。没有人会对此感兴趣，也没有人会听。如果从这些还看不出他一点儿都不像男人，那么，还有他瘦小的身材，像挂在铁丝衣架上的软料衣服似的无精打采。他颤颤巍巍，膝盖弯曲，看起来总是一副要跌倒的样子。米拉

---

1 卡巴拉（Kabbalah），犹太教的神秘哲学，全称"卡巴拉生命树"。它被视为神创造宇宙的蓝图，或者神体的构造图。

2 吠陀经（*Vedas*），婆罗门教和现代印度教最重要的经典。"吠陀"，是"知识""启示"的意思。

觉得他简直像是羞于拥有一具躯体，而他沉浸在他的"研究"中时，甚至会忘了这具肉体的存在。不过，乔治喜欢跳舞，而且跳得不错，玛莎常说，他还是个性爱高手。

"你该和乔治试试的，"每当米拉抱怨她和诺姆的性生活时，玛莎就会说，"我说真的。他的床上功夫很棒。"这时，米拉会略带狐疑地盯着她。她从没听一个女人这么说过自己的丈夫。"如果说我们的性生活有什么问题，那都是我的缘故。"玛莎坚持说，"我们做爱的感觉很好，只是我到不了高潮。"

"自慰呢？"

"不能，自慰也不能。不管怎样，就是到不了。不过，乔治倒是乐意花上几个小时来帮我，他甚至很高兴能帮我。但还是没用。我想我该去看看心理医生了。"

轮到米拉和玛莎之后，她们就去打球，回来后远离人群，两人单独坐在一起。

"莉莉的朋友都很奇怪。"米拉不以为然地说。

"是啊，很与众不同。"她们暗中把他们四个审视了一遍。哈利又矮又胖，面色灰白。她们听说他做了违法的事，喜欢赌马还是什么的，可他的形象与电影里的罪犯一点儿都不符合。他看上去阴郁中带着疲倦，好像连睁眼都很费力。汤姆则是个大块头，他个子很高，肌肉发达，看上去像是干重体力活的人。他发色很深，眉眼深邃，总是与不熟悉的人保持距离，皱着浓眉打量别人。他的妻子也不太与人接近，她没有待在他身边，但离他也不太远。她穿一件镶银线的淡蓝色包身裙，薄薄的针织面料紧裹住身体。她的身材还不错。她把淡蓝色的缎面高跟鞋脱下来，换上保龄球鞋，把换下来的高跟鞋放在凳子下面，上面放着她的银色手包。她的头发染成金色，高高地盘在头顶，还戴了假睫毛。打保龄球的时候穿成这样，是有点儿另类。

莉莉打倒了三根球柱，叹了口气，转过来加入玛莎和米拉的聊天中。她重重地坐在长凳上。她今天也穿着参加派对的裙子，缎面衬衫配短上衣，头上还插了一把水钻发梳。

"那个杰拉尔丁可真不简单。"玛莎说。

像她丈夫一样，杰拉尔丁也比较矮小，还有一点儿丰满，但凹凸有致。她精力非常充沛，一边说话，一边摆弄着手中的木球，用力把球抛出去，让它在球道上一直滚到头。她看起来有用不完的力气。

"是啊，她很性感，向来如此。"莉莉说。

米拉目不转睛地看着那个女人。性感是什么意思？她什么地方让人觉得性感了？她并不比她们中任何一个人更有魅力，尤其比起莉莉。照米拉看来，她有点儿胖。她并不像其他女人那样扭动腰肢，也没有弯下身子，或有任何搔首弄姿的举动。可那些男人似乎很为她着迷。

"那个——他叫什么来着，莉莉？那个大个儿……"

"汤姆。"

"噢，对，他看起来好像很讨厌她。"

那个男人正在看杰拉尔丁打球，他的表情很阴郁。

"是啊，"莉莉叹了口气说，"他很奇怪。你知道吗？杰拉尔丁人挺好的，风趣活泼。可是汤姆，呃，我说不好。他们都是老邻居，卡尔和汤姆、哈利和迪娜[1]，他们都是从小一起长大的，只是迪娜年龄

1　迪娜（Dina），杰拉尔丁（Geraldine）的昵称。

要小一些。那些男人都很奇怪，他们都很守旧。要说卡尔不好，那汤姆就更糟糕了。他们不知道怎么去生活，只知道怎么去扼杀。哈利还好，他对杰拉尔丁不错。偶尔会有像黑手党一样的人从黑色轿车里出来恐吓她。我猜他们是来找哈利麻烦的。可怜的桑德拉，她从没走出过家门。汤姆把她锁在家里，他自己拿着钥匙，所以我才策划了今天的派对，我想帮帮她，让她喘口气。"

"你的意思是他真的把她锁在家里？"米拉惊呼。

"我是说……她住在法明顿的一座小房子里，距离商店很远，而她又没有车。"

"她的朋友有车吧。"

莉莉看向一边，闪烁其词："是——吧，也许吧。"

杰拉尔丁全中了。她高兴得跳起来，一边拍手，一边转过身热情地朝卡尔喊："卡尔，我很棒，是不是？"她抱了抱卡尔和站在他身边的乔治，又跑过去抱了抱桑德拉。接着，她欢蹦乱跳地朝三个女人走过来，重重地坐在她们旁边的凳子上。

"你们看到了吗？"

她那暖棕色的眼睛带着笑意看向你，喋喋不休地说着她之前打得多么不好，后来又是如何提高的；她看着别人打，别人得分高她就高兴地叫起来，别人得分低她就大呼遗憾；再次轮到她的时候，她就边喊着"看我的！"边迈着军人般的步伐走向起点线。

其实，她兴奋过了头。大家都看着她，她自己却浑然不觉。每个人都看着她，被深深感染了。萨曼莎很羡慕杰拉尔丁的率性和快乐，但她不喜欢辛普对她的态度，于是，她对米拉和玛莎说："她真够拼的，依我看，简直是有病，对吧？"米拉也这么认为，但她觉得她是无辜的。"这样可不太好。我都有点儿替她担心了。"

玛莎咯咯轻笑着说："天哪，你真傻！她就是个发情的婊子！"

"噢，她只是喜欢引人注意而已，"莉莉语气和善地反驳道，"她一直都是这样，她没有恶意的。"

"她很棒！"玛莎说，"我喜欢她！可她仍然是个十足的贱人啊。"

男人们的反应并不在口头上。辛普似乎没注意到她对待每个人都是一样的，他溜到她身边，偷偷用一只手搂着她，紧贴着她的脸，对她露出故作亲密的笑容；诺姆离她很远，可眼睛一直没离开她；卡尔也离她很远，可是每当她朝他走过来，他都会笑着用一只手搂住她。只有汤姆阴森森地盯着她，每次她跳着朝他走过来，说些什么话逗他时，他就会不客气地回她两句，转身离开。哈利则坐在长凳上，看着这一切，温和地笑着，一副懒散的样子。她每次走过去，都会搂着他或者拥着他，要么用其他方式碰碰他。他总是无动于衷，只是茫然地对着她笑。

打完保龄球后，他们就去餐馆喝酒吃东西。那家餐馆又大又空，里面有几张长桌和一台自动点唱机。吧台占据了整面墙。那地方看上去很简陋，也不是特别干净，只有几个十几岁的孩子站在吧台前。诺姆撇了撇嘴，瞪着米拉。

他在无声地表达，你看，你的朋友常来的就是这种地方。

"丈夫们不要挨着妻子坐！"萨曼莎安排道。这是她们的老规矩，以促进交流。虽然他们已经认识多年，这样分开坐也不会觉得新奇，可他们仍然老老实实地换了座位。但是汤姆对萨曼莎怒目而视。他挨着他的妻子坐在桌子的一端，挨着莉莉。他和谁都不说话。米拉也靠近桌边，一边是哈利，另一边是乔治。杰拉尔丁已经踏入舞池了，她往自动点唱机里投了币，跳着舞回到桌边。

"有人想跳舞吗？"

辛普一跃而起。其他人也陆续两两起身。诺姆领着萨曼莎进入舞池。只剩下汤姆和桑德拉坐在桌子的一边，哈利和米拉在另一边。

"你还真不一样。"

"不一样？"

"我也不一样。"

"哦？"

"我住在下水道里。看得出来吗？"

她不以为然地看着他。

"我敢打赌，你老公一定是个差劲的情人。"

"你再说一遍！"

"我看得出来，我什么都能看出来。"他轻松地说，懒懒地扫视着周围，寻找侍者。他打了个手势要了杯酒，然后转身对米拉说："你用不着对我摆架子，没必要。"

她小口抿着酒。就连她自己都觉得她的语气有些冲了。她低头盯着桌子。

"我也是个差劲的情人。"他继续说。他说话时声音轻柔而缥缈，好像连嘴唇都不动一下，表情冷漠。他甚至看都不看她，似乎只是疲倦地凝视着前方。"没错，可怜的杰拉尔丁，她白纸一张。她十六岁就嫁给了我，她求我娶她，我就娶了。可怜的孩子，她父亲经常毒打她，她得逃出那个家。我当时二十五岁。我从小就认识她，你知道吗？我们住在同一个街区。你看她，她现在已经是三个孩子的妈了，你肯定看不出来，是吧？她自己都还是个孩子。可我什么都为她做不了，再也不能了。很多年前就是这样了。只要我不在她身边，就给她打电话，我跑很远的路去打电话，只是想和她说说话，你知道吗，只是想听听她的声音。我什么也做不了。它自己就硬了，精液喷在我的裤子上，顺着腿流下来。但是，我和一个女人在一起时，我却什么也做不了。不只是杰拉尔丁，其他人我也试过，可仍然不行。"

当音乐换成摇滚乐时，跳舞的人回来了。辛普请米拉跳舞，她马上站了起来。杰拉尔丁正领着卡尔跳某种林迪舞和摇摆舞的混合舞。一曲舞毕，米拉从另一张桌子旁拉了把椅子过来，坐在玛莎和萨曼莎中间。哈利独自坐在桌子另一端，盯着墙看。杰拉尔丁跳得正欢，她把每一个能拉上的人都拉着在屋里旋转。

比萨端上来了，大家都开始吃，除了杰拉尔丁。

"吃吃吃，你怎么能光想着吃呢！"她独自舞动着，在桌边徘徊，"嘿，哈利，亲爱的，快过来！"

哈利没有转身看她，只是摇了摇头。

"卡尔？"此时，音乐换成了慢拍。"噢！这是我最喜欢的歌！"杰拉尔丁激动得快掉眼泪了。

桑德拉怜爱地看着她。"迪娜，我和你跳。"她同情地说。

汤姆的大手猛地抓住她的胳膊，拧了她一下，把她拉回椅子上。

"哎哟！"她大叫一声。

"你坐下！"他命令她。

乔治站了起来。"宝贝儿，我来和你跳。"他放下吃了一半的比萨，亲切地说。

杰拉尔丁贴在他身上，他们开始一起摇摆。又上了一些饮料。比萨吃完后，大家又都站起来跳舞。这时，一群穿着黑色皮夹克，手里拿着摩托车头盔的年轻男人走了进来，他们聚集在吧台前。诺姆意味深长地看了一眼米拉，米拉不理会他，可已经默默地准备离开。她拿起桌上的烟和打火机，塞进手提包里。杰拉尔丁把她最喜欢的歌又放了一遍。其他人坐了下来，她和乔治还在跳舞，紧紧贴在一起摇摆着。玛莎向前探出身子，想和桑德拉说话，可桑德拉几乎头也不敢抬，只是含含糊糊地应了几句。汤姆时不时会把目光从杰拉尔丁身上移开，盯着桑德拉，就好像在检查一个开战之初被抓住的俘虏，生怕他在战争中动什么手脚。俘虏的手被反绑在身后，他的双脚也被捆在一起，你把他丢在战壕的一角，此时敌人在向你射击，你还得反击，脸上满是泥浆和炮灰，你怒不可遏，又要时刻保持警惕。可你还得时不时回头看看，确保俘虏没有挣脱束缚，没有挣扎着爬过去，捡起掉在地上的带刺刀的步枪，一刀刺向你的背。虽然桑德拉盯着面前的桌子，可每次汤姆看她的时候，她的眼睛都会眨动一下，她眼角的余光能感受到汤姆的视线。

此时，音乐换成了伦巴。杰拉尔丁和乔治还贴在一起跳着舞。他们不只是摇摆，屁股也贴到了一起，还相互轻轻撞着，好像在做爱一样。玛莎问了桑德拉关于孩子的问题，桑德拉刚回答完，突然，汤姆一下子站起来，撞翻了自己的椅子，跨进舞池打了乔治一拳。乔治用手护住脸。大家都站了起来。卡尔和辛普试图抓住汤姆的手臂。萨曼莎叫了出来："辛普！你的牙齿！当心你的牙齿！"她抓着汤姆的外套，汤姆朝辛普挥拳，辛普躲开了。然后汤姆抓着辛普的手臂，把他的外套袖子扯了下来。女人们围聚起来，用拳头捶着汤姆,试图把他从乔治身边拉开。乔治坐在高脚凳上,双手抱着头。保安从酒吧后面进来了。他个头比汤姆小,但他抓住汤姆的双臂,拖着他朝门外走。走到门口时,汤姆转过身,对保安说了些什么,可保安仍然没有松手,他又回头看向这边的桌子,望了望瘫倒在地、面色惨白的桑德拉。

"你他妈的还不滚回家去!"他吼道。桑德拉抓起她的包和外套,急匆匆地跑了出去。

"你他妈的还没付酒钱呢。"乔治厌恶地说。

10

诺姆嘴唇紧闭,牢牢抓住米拉的胳膊肘,把她都抓疼了。然后他向大家道了晚安。她很庆幸,第二天电话响个不停的时候,他到外面打高尔夫球去了。这就是你那些朋友,他说,他再也不会和这群粗鲁之徒来往。她争辩说,只有汤姆很粗鲁,而且他不是他们的朋友。他不和她争,但他不会再参加和他们有关的一切派对,也不会邀请他们中的任何人,不会再和他们来往。就是这样了。

"可他们是我的朋友啊,诺姆!"米拉抗议道。

他冷冷地看着她:"那是你的问题,他们又不是我的朋友。"

"可你那些无聊的医生聚餐,每次我都去了。"她都快哭出来了。

"我的朋友很礼貌,很正派。你不想参加,我也不会逼你去。"

"你不参加算了,我自己去。"她倔强地说。

"你也不许去。"他严厉地沉声说。

这让她想起了桑德拉被汤姆拉着坐下时的样子,她明白那个女人的感受。你没办法摆脱他们,没有办法。她不会去,当然不会去了。他不会允许她去了。她已是一个三十二岁的成年女性,可还得像孩子一样需要得到别人的允许。她坐下来,心情沉郁,无可奈何。

第二天,她们打电话来,对昨天发生的事情解释、说明或妄加揣测。可米拉已经不再对此感兴趣了,这一切都太粗野了。

萨曼莎兴奋又激动地讲个没完。她咯咯笑着承认,当时她只想到一件事,那就是辛普的假牙。去年,他把整口牙都换了,花了他一千五百美元。乔治的懦弱让她很惊讶,她很同情玛莎。还有那个叫汤姆的简直是疯了!

莉莉则对桑德拉满怀同情。她说,可想而知,她过着怎样的生活。

"有天晚上,我和她一起去参加特百惠派对。噢,一点儿都不好玩儿,无聊死了,就是为那些愚蠢的家庭主妇办的,你知道的。但那好歹也是一个出门的机会,于是我问她要不要去。最后她说服了汤姆,还是来了。我开车接上她,载着她到我的朋友贝蒂家去,派对就是他们办的。派对结束后,大家都回家了,贝蒂拿出一瓶酒,我们畅饮一番。我们玩得可开心了!我们聊天,说笑,非常高兴。可是,我们待得有些晚了,我估计,我送桑德拉回家时已经是半夜了。我们走进她家大门。我们聊得太投机了,根本停不下来。于是,桑德拉让我进去喝点儿咖啡,因为我喝醉了,不方便开车。当时,汤姆就坐在沙发上看电视,他看了她一眼,立马冲上去狠狠地扇了她一巴掌，把她打倒在地。然后，他朝我走过来，我赶紧逃走了。"

"他还想打你吗？"米拉惊骇不已。

"当然。他还以为他是在帮卡尔的忙呢。"

"莉莉！"

"哦，他们就是那样的。你不知道。那是他们老一套的做法，他们以前是邻居。"

米拉把哈利说的话告诉她。莉莉并不惊讶。

"是啊，可怜的哈利。他人一点儿都不坏。我们来到这世上都是白纸一张。残暴是一种生活方式。若不这样，男人们会感觉自己一无是处，明白吗？"

她很同情乔治，却又有点儿瞧不起他。

"你和那样的人打交道的时候，得按他们的方式来。"她冷冷地说。

从那以后，再没有桑德拉和汤姆的消息。乔治脸上的伤痊愈后，哈利和杰拉尔丁依然高高兴兴地出去。莉莉和卡尔仍然和他们来往。

可是，她的朋友们对这次事件的反应让米拉百思不得其解。她认真地想了好几个星期。不管他们观点如何，都觉得那个晚上充满戏剧性。确实发生了些事情，那是铁的事实。似乎他们还很羡慕汤姆的率性——这样的念头在她脑中一闪而过，她想想都觉得厌恶。他们自己的生活里也有很多微妙之处：微妙的权力游戏、微妙的惩罚和微妙的奖励。这个汤姆可能是个野蛮人，可他的行为中也有一些干净、直率的东西。

只有玛莎不这么认为。在这群朋友中，只有玛莎不怪乔治。她认为，杰拉尔丁自己招蜂引蝶，乔治只是逢场作戏。他没有逼迫她，也没有对她动手动脚，一切都很自然。所以，汤姆因为迷恋杰拉尔丁而打乔治，是在以清教徒的方式发泄自己的欲望。乔治能怎么样呢？汤姆比他重三十公斤，比他身强力壮得多。所以，他防卫的方式是护着自己，那是一种理智的、非暴力的做法。

米拉吞吞吐吐地向玛莎讲述了她的困惑，她感觉，大多数女人都喜欢这样的场面，觉得这令人兴奋。"可这是为什么呀，你说呢？"

玛莎冷笑一声。"这个嘛，你应该知道的啊，米拉。"她阴阳怪气地说道。

米拉困惑地看着她。

"汤姆和桑德拉之间的关系让她们想起了她们自己和丈夫之间的关系。难道你看不出来吗？"

米拉摇了摇头。真是太荒谬了。诺姆从不打她，她也不害怕他。她从玛莎家回去，一路上心情很烦躁。诺姆说得对。她的朋友们一点儿都不文明，一点儿都不优雅。她们怎么就不能变得更加……能被人接受呢！她真心觉得诺姆说得没错。她应当接受他的命令。于是她决定只在白天去会她的朋友。可她暂时不想见到玛莎，玛莎简直是个泼妇。她只想见莉莉和萨曼莎。

可要见莉莉也越来越难。

莉莉的儿子卡洛斯长到六岁时，简直变成了一个怪物。他时而残暴凶狠，时而又像得了紧张性精神分裂症一样胆小羞怯。他去上学后，更加表现出胆小的一面。他很少说话，也不做作业，甚至不回答老师的问题。可一旦放了学，回到自己住的街区，他就开始羞辱其他孩子，他打他们，骂他们，朝他们扔石子，按响他们家的门铃又跑开。

他的行为没有随着年龄的增长而改善。到他八岁时，就已经在邻里间出名了，还被扣上了怪人的帽子。处在他那个年龄段的孩子，全都比他小一些，他们一看见他就跑。这些年来，那些有哥哥的孩子会去找他们的哥哥帮忙。于是，大一点儿的孩子就开始报复他。他们会在上学的路上拦住他，因为那时他总是很胆小。他们会联合起来对付他，打他，把他推倒，撕烂他的衣服。然后他就会哭着跑回家，不肯去上学了。莉莉抓狂地跑去学校，让他们想办法解决。她向卡尔哭诉，让他想想办法。最后，她提出开车送卡洛斯上学，放学后再接他回来。

可是，他总有自己出门的时候。一天下午，他独自走进街角一家糖果店，准备买一个甜筒。一群孩子看见了，就跟着他，等他出来时，他们把他团团围住。他们羞辱他，嘲笑他，逼着他走到离家较远的一个废弃加油站后面的空地上。他们把冰激凌涂在他的脸上。他们叫其中一人去找绳子。他们一边等一边羞辱他，威胁他。卡洛斯被逼急了，可他们人太多，他再拼命也没有用。绳子拿来后，他们用绳子套住他的脖子，想把他吊在树枝上。可他个头太大了，又在拼命挣扎，没那么容易挂上去。树枝太细了，承受不住他的体重，而他们又没法拽着他往更高处爬。他们争论着，那愤怒的吵闹声穿透了秋日午后的余晖。

最后，他们决定把他吊在加油站坡形屋顶的边缘。他们把他拖过去，他尖叫着，拳打脚踢。他们用绳子套住他，其中一个孩子爬上屋顶，把绳子的一头拴在烟囱上，然后爬下来。他们抬头向上望着，不知道怎样才能把他吊起来。他们从电影里看到的都是用马拉的，于是，他们决定用自行车。

一个住在附近的女人听到了吵闹声和哭喊声。她已经习惯了这种声音，只是从窗口往外看了一眼，她看到一群孩子像往常一样大吵大闹着。可声音越来越高，和往常有些不一样。她又往外看了一眼，看到一个孩子脖子上套着绳索站在废弃的加油站前。于是她报了警。警察像骑兵一样赶到了，孩子们作鸟兽散，只留下卡洛斯，他站在那儿，哭得歇斯底里，未绑紧的绳子还缠在他身上。

警察蹲下来，帮他解开绳子，他们试图安抚他，问他叫什么名字，家住哪儿，知不知道是谁干的。但卡洛斯只是哭。他们想让他坐进警车里，可是他踢他们，骂他们杂种，还把绳子扯开，跑掉了。警察跳进车里，开车跟着他。见他冲进一家院子里，他们按响了那家的门铃。应门的是莉莉，安德里亚就站在她身后。她一一回答了他们的盘问：是的，她有一个金发蓝眼的儿子，没错，他在家，他刚回来。他们坚持要进来看看他怎么样了。于是，她让他们进了卡洛斯的房间。他们进去时，他抬起头看着他们，满脸的挑衅和愤怒。其中一个警察在那孩子的床边蹲下来，轻声和他说话。他检查了一下卡洛斯的脖子，平静地问他是哪些孩子干的，有没有伤着他。但卡洛斯就是不肯张开他那发青的嘴唇。

莉莉完全摸不着头脑。片刻之前，卡洛斯从后门飞一般地冲进来，她转头笑着跟他打招呼，他却朝她大叫："贱人！没用的贱人！"然后冲进房间，砰的一声摔上了门。她正要去他房间，就听到门铃响了，然后警察们就进来了。他们问他话，他也不回答。他做什么了？她那双大眼睛愈发深陷，黑眼圈更暗沉了，眼窝仿佛嵌在一副骷髅上。警察走了。她转身问安德里亚："怎么了？怎么回事？"

十一岁的安德里亚向她解释了刚才发生的事。莉莉一直问："是啊,怎么回事?他做了什么?"安德里亚解释了一遍又一遍。最后莉莉终于明白了。一些男孩想把她的孩子吊死。对,就是吊死,杀了他。莉莉开始喃喃自语。

卡尔下班回来的时候,莉莉正在家里走来走去,疯了似的咕哝着,哭喊着,对着空气挥动拳头,好像天花板上住着隐形的敌人。她会突然停下来,仰起脸,挥起拳头,冲他大喊,那个想象中的敌人,那个浑蛋、人渣、垃圾。卡尔试图搞清楚状况,可他听不明白她在说什么。安德里亚光看着,什么也不说,直到卡尔转过身问她。

"这他妈是怎么回事?"

安德里亚也不太明白,只是把知道的告诉了他。卡尔试着把莉莉推到椅子边坐下。

"没关系,莉莉,没事的。来,坐下。过来。"

她坐下了,可还在胡言乱语。卡尔进去看卡洛斯,他还躺在床上。他不和爸爸说话,但没有骂他。他从来不骂他的爸爸。卡尔确认了卡洛斯没事,又返回去看莉莉。

"莉莉,听我说,没事的。我小时候也干过同样的事。我和邻居的孩子们也曾试图把一个'娘娘腔'吊起来。没事了,没有伤着他。只是孩子们闹着玩儿,小孩子就是那样的。"

他的声音舒缓、平和、不屑。没事的。可莉莉更狂躁了。

他耸了耸肩:"莉莉,小孩子都很坏,人都是很坏的,你没办法改变这一点。他没事了。"

莉莉安静了一会儿。她不去看卡尔,仍然好像盯着什么邪恶的东西,但她安静下来了。她不再吵闹之后,卡洛斯也振作起来。他下了床,打开门。

"好了，莉莉，我给你倒点儿喝的。"卡尔说。

卡洛斯悄悄穿过走廊，下了楼梯，在台阶上坐下来，从客厅刚好看不到那里。他的爸爸给妈妈倒了杯酒，她小口地喝着，爸爸也小口地喝着自己的饮料。她不再抽泣和哭喊，安静下来。

"可是，莉莉，听着，"卡尔又发话了，"你为什么让他自己去商店呢？你应该和他一起去的。他没有马上回来，你怎么不出去找他呢？"

莉莉又开始呼吸急促起来。卡洛斯往下走了两步，用他像妈妈一样的大眼睛远远望着。卡尔的话从宽慰变成埋怨，可声音还像往常一样平和。

"你知道那些孩子有问题，可你怎么还让他一个人出去呢？"

她准备反驳。她站直了，说："我的天哪，卡尔，他已经八岁了，他可以到街角的商店去买一个甜筒，他必须自己去，如果他一直没有自由，以后会是什么样子……"她的声音不知不觉又拨高了，她在椅子上坐下来，哭喊着，扯着自己的头发。卡尔厌恶地站起来。

"拜托，莉莉。"他抗议道，可没有用。满屋子充斥着她的哭叫声。卡洛斯走下楼梯，看着这一切。他满意了。他早就知道这全是妈妈的错。

11

晚上七点半，卡尔打电话给米拉，问她能否过去一趟。当时，她以为他只是不知所措了才打电话给她。后来，她又认为他是需要第三方在场，想让别人来评评理。

米拉进门时，莉莉一边走动，一边胡言乱语。她一看到她的朋友，就跑过去，边哭边打着手势。米拉生硬地拥抱了她。莉莉不哭了。她的眼神凄惨热切，急欲告诉米拉一切。米拉认真看着莉莉的脸，一边听着，一边点头。莉莉稍微安静下来。米拉说："来，我们坐下，你慢慢告诉我。"

她们一起坐在沙发上，卡尔坐在屋子对面。莉莉乱七八糟地讲了一大堆，米拉叫她停下来，耐心地问她问题。讲到有些地方，莉莉又要开始胡言乱语。这时，米拉会伸出手，轻轻碰一下莉莉的胳膊。莉莉看着米拉，眼中充满恐惧。米拉就温和地笑着让莉莉再解释一遍。最后，米拉总算了解了事情的来龙去脉，可她还是不明白莉莉为什么会变成这样。

"嗯，你肯定很难过，有几个孩子想要杀了你的孩子。"

可不是这么简单。莉莉依然哭喊不止。"根，根，根！"她大声喊道，"你需要根！可是你每走到一个地方都有人想杀了你，你又怎么扎根呢？我努力在这邻里间给他们一个家，可结果呢？现在我们又能去哪儿？一个陌生的地方，没有根！我需要根！"

过了很久，米拉才渐渐理出一些头绪。莉莉的脑中，家、安全感、恐惧和暴力都纠缠在一起。它们之间的矛盾抑或关系快把莉莉逼疯了。人若没有一个感觉安全、可以舒心睡觉的地方，就会疯掉。米拉试着这样对莉莉说：

"所以，你觉得你和你的孩子不安全，你没有地方可去，那么……"

可莉莉并没在听。她的声音又到了另一个境界，它像一根绳索，紧紧缠住她们。她走来走去，走来走去，反反复复，什么也听不进去，痛苦地哀嚎着。她自己的感受和声音令她眩晕。她像是坐在一个飞转不停的游艺机上旋转，根本停不下来，她没办法让它停下来，只好不停地尖叫。

"啊，天哪，让我死了吧，我想去死，求求你，谁来，杀了我。卡尔，杀了我！米拉！谁来！杀了我！我再也受不了了！"她突然跳起来，冲进厨房。卡尔和米拉跟在她身后。她拉开一个抽屉，从里面拿出一把大菜刀。卡尔一把抓住她，她挣扎着，咆哮着："杀了我，杀了我！我受不了了！"

卡尔紧紧抓住她的手腕，她站在那儿，脆弱不堪。她浑身都在颤抖，她哭着说："求求你，求求你，求求你。求求你杀了我。"

"我觉得，你最好送她去医院。"米拉轻轻地、慢慢地说，她惊讶于自己如此轻易地想出了办法。

事情一下子就落到了卡尔头上。直到后来，过了很久，米拉才意识到这点。而他当时可能还没意识到自己要做什么。平心而论，可能真的是这样。问题是，你都没意识到自己在做什么，还能对正在做的事负责吗？突然间，一切就变得不一样了。卡尔拿来莉莉的外套，给她穿上。就在刚才，她还很狂躁，可现在，她已经服服帖帖的。

"要我和你一起去吗？"米拉担心地问。卡尔怎么一边开车一边控制好她？"可以把孩子们放在后座，我在前排稳住莉莉。"

"不，不用了，米拉，没关系，我应付得了。如果你可以留下来帮我看孩子，等我回来……"

"不行，我家里也没人看孩子。我把他们带回我家，你回来就来接他们吧。"

"好，这样也好。"他把手放在莉莉背上，轻轻地推着她走，"好啦，莉莉，没关系的，走吧。"他一边说一边推着她出了门，走下台阶，上了车。他推着她，好像把她当成一颗会在屋里爆炸的炸弹。她已经平息下来。她一定感觉到了卡尔接手的那一刻。她一定在等待着那一刻，她全然接受了控制。她出了门，走下台阶，走进车里，一路都很温驯，只是抽泣了几声。他们开车离开的时候，她蜷着身子坐在前座上。

12

医生给莉莉打了镇静剂，当晚就让她住进了精神科病房里。她在那里待了几天后，他们告诉卡尔，要么把她转到州立精神病院，要么带她去私立医院。于是，他带她去了一家昂贵而奢华的私立医院。

米拉想了想，觉得这全都是莉莉的错。她还记得莉莉如何把卡洛斯推开，不让他碰她；她还记得他不吃午饭时，莉莉就给他吃饼干；她还记得莉莉那些狂躁的抱怨和过分的要求。她逼卡尔拿钱给她，说要买衣服，然后去杂货店买了些东西回来，说没花多少钱，其实就是买了一堆废料。但她可以用缝纫机把它改成好看的衣服。她剪了又缝，缝了又补，最后把它撕成碎片。若依米拉判断（这里的判断是指或褒或贬，或责备或不责备），卡尔已经把能做的都做了。他很和善，很宽容，可莉莉还是疯了。当然，这一切都情有可原，莉莉是因为她的童年才疯掉的。但毕竟她是疯了。

几个月后，莉莉出院了。直到莉莉打电话来，米拉才知道她出院了。那天，米拉没去见她，整整那周她都没时间，因为她在忙春季大扫除。一周后，她去看了莉莉，她们一起喝了咖啡，聊了聊关于衣服的话题。其间，莉莉总是不停地打岔，和米拉讲那些可怕的治疗和她写的那些吓人的字条。她用口红在卫生纸上写"救救我！"然后把它贴在窗子上，被进来的护士发现了。周末时，她还把字条扔出窗外，掉在探病的人头上。还有，每次卡尔来看她时，她都会疯了似的求卡尔放她出去。米拉笑着点点头。当然，她最近都不会再来看莉莉了。

　　她几乎谁也没见。她忙着做家务，忙着接送孩子们，忙着参加家长教师联谊会的活动，忙着去医生家属的桥牌俱乐部，忙着应付他们那已然非常正式的社交生活。其他人家里能招待二十个人吃一顿正式晚餐，但他们有女佣和男管家。米拉也得做同样的事，可她只有一个人。好在她已经习惯了去应付这些。她非常忙。偶尔会有三五个电话打来。肖恩把奥利安丢在了巴哈马群岛，他带着所有的钱跑了，留下奥利安和三个孩子，一座租来的房子和两艘尚未付款的船。她不得不求助于岛上的总督和美国大使馆。他们给她和孩子买了返回美国的机票。现在，她和玛莎住在一起。葆拉也和那个有钱人离婚了，为了养活自己和孩子，现在正在某个地方做医院前台。特里萨的第八个孩子把她逼疯了，她把孩子淹死在了浴缸里。如今她正住在州立精神病院。

　　这些电话仿佛来自另外一个世界，与她毫不相干。那是一个混乱不堪的世界。而她的世界整齐、干净，闪闪发光。但必须承认，这也是一个自私、狭小、令人恼火的世界，她对此心知肚明。两个孩子经常互相咆哮。每次发现毛巾被弄脏了，她都忍不住冲他们大吼。诺姆经常不在家。就算他在家的时候，一切也都得合他心意，否则他就会骂骂咧咧。是他在撑起这个家，不是吗？是他用汗水和自由换来的这一切，不是吗？所以，一切都得让他高兴，不然他就会大发雷霆，会破口大骂。如果有谁破坏了他的计划，他就会把"犯人"关进房间。

约翰·肯尼迪被刺杀的时候，米拉正在忙秋季大扫除。她从收音机里听到这个消息，简直不敢相信。她曾在诺姆的强烈反对之下投票给他。投票的分歧导致了他们多年来最严重的一次吵架。他是不可能死的。她拿着收音机不放。报道的口径不一致，有的说他死了，有的说他没死。事实证明，他真的死了。米拉想起了玛丽莲·梦露自杀的时候。她总觉得这两件事之间有所联系，但又说不清有何联系。她脑中浮现出各种画面。她替他哀悼，放下手中的活儿，去看电视上的葬礼报道。她看着杰奎琳·肯尼迪极力抑制悲痛的样子，看着夏尔·戴高乐跟在马拉着的灵车后面。她想象戴高乐踩到了马粪，甚至还笑了出来。

生活还要继续。她接到一个电话：肖恩和奥利安离婚了，或者说终于让奥利安同意离婚了。他愿意每年给她和三个孩子一万美元抚养费。和大多数离婚女人相比，这已算丰厚。可是在那奢华的年代，这些钱还不够养活四个人。肖恩在东汉普顿区的海上买了一座小房子，把他的情妇接了过去。

一天下午，米拉感到突如其来的孤独和无聊，就去看望莉莉。上次见到她时那副呆板的面孔已经不见了，可米拉没料到她会变成这副模样。莉莉看上去老多了。她和米拉一样大，都是三十四岁，

可从面相看说她多大年纪都可以。你说不清她到底有多少岁，只能
说她老了。她瘦得吓人，也越发憔悴了。她那染过的头发长长了，
有好几种颜色。发根处的几厘米是黑色，黑色中点缀着灰白，黑色
渐渐转为红色，到发尾处又愈发变浅。莉莉穿着一件没有腰带的薄
棉家居服。她看上去就像从某个落后村庄出来的女佣，营养不良，
劳累过度，一度经受打击和绝望。米拉惊骇地站在那里。莉莉的形
象比任何言语都更有说服力。她用不着再做任何解释和劝说，也没
什么好责备的。莉莉都变成了这样，还有什么好说的？突然，她就
相信了莉莉生存的痛苦，或者说，她已经感受到了这种痛苦。这是
一个残酷的事实，用不着判断，也不用承担责任，更不用摆出一副
公正的面孔。无须辩护，无须解释。事实就摆在眼前。

莉莉用颤抖的手倒了咖啡，却忘了放牛奶。咖啡快喝完的时候，
她又跳起来从箱子里取出一盒蛋糕。那是她特意为米拉买的。"我忘
了。"她焦虑地说。又出错了。

"看看我，看看他们都对我做了些什么。"莉莉说，可她的声音
听起来就像在唱歌，像是某种压抑的、走音的哭号。她伸出双手，
那双手几乎是橘色的，米拉这才发现，莉莉的脸也是蜡黄的。"他们
给我吃药丸，害我生了黄疸病，"莉莉唱道，"他们弄得我冒虚汗。
你摸摸我的手。"她的手又湿又滑。"我浑身都在冒虚汗。我不停地
发抖。我讨厌那些医生。只要能把你从办公室打发出去，他们什么
都做得出来。我只是一个疯女人，他们管我干什么呢？米拉，我减
少了剂量，但我不敢停药。我不能再回到那里去了，米拉，如果再
回去，我会死的，会疯掉的。"

米拉站起来，走到橱柜前，打开一个抽屉，想找一副蛋糕叉。

莉莉没有注意到。抽屉里的乱七八糟把米拉吓了一跳。可她还是仔细翻找着，找到了几把叉子。

"卡尔说我什么都做不好。米拉，我也不知道怎么会这样，我尽力了。我扫了又扫，收拾了又收拾。如果我不干活儿，他们又会把我送回去。我再也受不了了，米拉，太折磨人了，太野蛮了，你简直不敢相信他们对你做的那些事！现在我的记忆力也不行了。每次卡尔去，我都求他带我出去，他只是不停地说：'没事，孩子，会好的。'他无动于衷！无动于衷！他不管他们对你做什么。每天，他们进来，把你带到一个屋子里，把你的衣服脱光，一丝不挂。米拉，就好像你根本不是个人。他们把你扔在台子上，绑起来。米拉，他们把你绑在桌子上啊！然后，他们会电你一下，太可怕了，简直是对你的侮辱！他们不在乎对你做什么，你什么也不是，只是一个疯女人，你没有尊严。"

莉莉用叉子叉起蛋糕，但并没有放进嘴里。她把盘子里的蛋糕切得乱七八糟。她的表情很扭曲，两眼间有一道深深的纹路，眼睛直勾勾地盯着前方，好像还在望着那些令人恐怖的情景。她的整张面孔都很紧张，嘴边的皱纹像化妆师用黑色铅笔画上去的，面颊的皮肤绷得紧紧的。

"所以，我回到家里，尽力打扫。我知道，如果我不做事，他们还会把我送回去。可是卡尔，他做了什么呢？他只知道坐在椅子上看电视。我求他，恳请他周末带我们出去，去野餐或者露营，别的活动也行。孩子们在慢慢长大，我们一家人还从没一起出去过。你需要一个家庭，它应该像个家的样子。可他却说，如果我再要求，他就搬回车库上面那个屋子里去。那又有什么不同呢？不过是屋里又少塞一个人罢了。他每晚回到家就像一个纳粹分子，他走进来，站在门口指指点点，他看起来好冷酷，像个教官似的。'莉莉，碗擦干了吗？' 擦干有什么意义？它们自己会干的。可是，我还是得跑过去把它们擦干，不然就得和他争论，说我没有时间，或者不想擦，或者没必要擦，然后我们会吵起来，而错的总是我，不管我做什么、说什么，我还没开始就错了。我不明白怎么会这样。"

她正在把盘子里的蛋糕屑捣碎。米拉看着她，久久回不过神来，她觉得自己就好像乘着一叶扁舟来到了大海深处。

"我忘了洗他的袜子。你知道吗，他的袜子都是深色的，我不想把它们和白色衣物放在一起混着洗。袜子只有几双，我就忘了洗了。这样就是疯了吗？这很可怕吗？看他的样子好像马上又要让车把我拉走似的。他非常生气，脸色铁青，气得说不出话来，死死闭着嘴。于是，我说我可以手洗。可他马上就要出门，只有半个小时的时间，所以我说：'那就穿你的白袜子吧，它们是干净的。' 他那样子就像是我打了他一样。其实他也可以穿脏袜子啊，是不是，米拉？我疯了吗？我就开始洗袜子，他就在屋里走来走去，好像背后随时会伸出一把刀来似的，我很慌张，赶快把袜子放在炉子上烘干。这时，卡洛斯开始发脾气，嗯，我不知道他不喜欢吃煮得太嫩的鸡蛋，于是我忘了烤在炉子上的袜子，结果把它们烤煳了。什么味儿！"她开始咯咯地笑，"烤糊的袜子！你以前有没有闻过……"这时，她真的在笑了，哈哈大笑，笑得迸出了眼泪，"你真该看看卡尔当时的表情！"

莉莉的动作又急又快，但不太受控制。她想站起来倒咖啡，可起身的时候，又有些摇摆不定，似乎不知道自己为什么要站起来。她喋喋不休："我觉得男人们已经死了。你知道吗，他们没有生气。

你知道吗，我关注了杂志和电视上的那些女性讨论小组。那些女人太棒了，她们是那么美好，那么有力量，那么有活力。你知道玛丽·吉布森吗？她可真了不起！她说她做那些妇女测试时没有一次是及格的。我也会做那些测试。你知道吗，就是那些杂志上的测试，给自己打分，看你是不是一个好妻子、好妈妈，或者好女人。我总是不及格。玛丽说，错不在我们，而在于那些测试！"莉莉带着某种愉快的傲慢这样说道，面带笑容。"我喜欢她。你也应该看看她的节目，十点开播。还有凯瑟琳·卡森，她离婚了，她对那些分数分析得可准了。"莉莉不停地聊着她在电视上的朋友们。米拉心想，也许她们是她唯一的朋友了。

"啊，是她们拯救了我，治好了我的疯癫。我知道他想把我送回那儿，可我不会让他得逞。不会的，不会的。"她说完了，依旧是从前那副倔强而执拗的样子。她扬起下巴，那双令人畏惧的眼睛仿佛盯着远处燃烧的火焰。她那单薄的身体在松松垮垮的居家服之下缩紧，像钢铁一般坚硬而有棱角。

13

"她还没有吸取教训。"玛莎以严厉而幽默的口吻直截了当地说，"该死的浑蛋们试图给她洗脑：你还没学会接受你的生活。岛蛋的是，她最好还是学会这个，不然，没准儿哪天他们又会把她送回那儿，快到不容她反应过来。"

"她那么努力地在抗争。"

"去他妈的！她得适应这个世界。如果这个世界疯了，你最好也跟着疯，不然他们就会把你关到精神病院里去。天杀的精神科医生。除了她的精神，他们没去糟蹋她的其他东西，我已经很惊讶了。据我所知，每个去看精神病的漂亮女人，包括我自己，最后都得一丝不挂地躺在那张床上。"

米拉不太喜欢玛莎的言辞和她这种直接的表达方式。不过玛莎总归是给她的生活带来了某些令人耳目一新的东西。和玛莎说过话后，米拉往往会觉得呼吸畅快多了。可有时候，她又觉得自己是一个偷窥狂，在窥视玛莎的生活。

"真的吗？发生什么事了？"

玛莎毫不难堪地讲述起来，一边讲还一边笑。她嘲笑精神科医生这一行当，嘲笑自己如此受人摆布，嘲笑自己的妄想。

"我知道他就是一坨屎。可我喜欢他！你知道吗，这就是移情效应。我觉着自己的机会来了，如果我和他做爱，也许终于能有高潮。"她开心地笑着，"他真是十足的笨蛋！天哪，我看他一点儿都不了解女人的身体。可我猜，他还以为自己帮了我一个大忙呢——物理治疗，你懂吗？他们都以为那神圣的阴茎能包治百病，我也非常愿意相信这一点，非常乐意做一个神圣阴茎的崇拜者。唯一的问题是，我还得找到那条真正的神圣阴茎！"

米拉嘴微微一噘。

"哎，玛莎，我不明白你什么意思。莉莉出院的时候，我这么想过，既然她讨厌男人，那她最好还是找一个女精神科医生。你知道吗？我还和牛顿·唐纳森说过这事儿。他是诺姆的朋友，是一名精神科医生。可他说，那样万万不可。他看起来真的很吃惊。他说那样会导致同性恋。"

"噢，他这么说？你有没有问他，男病人去看男医生会怎么样？"

"没有。"米拉不安地说。

"没有，"玛莎模仿着她的口吻，"当然没有了！你把他的话当成了神谕，就像你听诺姆的话一样。你听听你自己说的话：诺姆说这样，诺姆说那样。伟大的诺姆神啊！"玛莎笑着坐下，摇晃着手里的饮料。

有时候，米拉真的很讨厌玛莎。"学校怎么样？"她讪讪地问。

玛莎咯咯笑起来："说得太过分了，是吧？好吧。"于是她开始聊起了学校，尽管她只说自己和她遇到的那些人，以及她加入的那些组织，可米拉仍然感觉不舒服，就像玛莎评价米拉的生活时一样。她怀疑自己是个受虐狂，不然为什么她还是离不开玛莎。玛莎总在批评和打击，可米拉觉得不仅如此。玛莎就是一块试金石，她就像有一台可靠的测谎仪。她并不去验证所有的真话，而是专门去检验每一句谎言。她说，那是因为她当了一辈子的说谎高手。"从幼儿园一路说谎到高中毕业，还从没被戳穿过。所以，谁在说谎，我一眼就能识破。"除去说谎外，玛莎是一个很宽厚的人。她耐心去倾听，尝试去理解——只是如此，去理解。她不会像诺姆那样轻易地对事物下定论，譬如莉莉疯了，卡尔应该果断一些，娜塔莉是个婊子，保罗是个浑蛋。如果有人对玛莎说"我感觉自己太没用了"（或者太笨了、太无能了、做错了，等等），她不会像大多数人一样立刻回答："你怎么会这么想啊，真傻，你当然很有用。"她只会说："为什么呢？"然后听你解释，再试着去体会这种感受。像玛莎这样能拆穿谎言却不否认事实的人，确实值得人信任，这点让她成为一个不可多得的朋友。

可是，她仍然会让米拉感到不自在。她打破了所有的规则，却不会受到惩罚。米拉曾羡慕玛莎能从容地骂乔治"笨蛋"，而乔治也能不以为意地笑对她的调侃，还附和说："我知道，我知道！"然而，当全世界都在说乔治懦弱又好色的时候，玛莎却不去理会那些批评，反而支持他，说在当时的情况下，他别无选择。她可以畅所欲言去上法学院的事，不管周围的人认为她是精神错乱还是自欺欺人，她一概置之不理，或者满不在乎。重回大学让玛莎在人际关系以外的领域有了自信和威信，这点尤其让米拉不舒服，因为她总认为自己是一群人里最有文化的。玛莎不仅进入了一个新的领域，而且它比女人们通常所在的领域更广大。在大学里，人际关系是职业化的，人们的感情还是一样的，但规则是不同的。茶话会中的人际关系，比教室里、院长办公室里和师生会议中的人际关系更有人情味儿，即便其本质是相似的。每当说起这些时，玛莎都会热情洋溢、妙语连珠，就像一个初见世面的邻家孩子描述自己的经历，或是刚刚从城市回来的乡巴佬向乡亲们讲述在大城市的见闻。学校总是美妙又可怕，既伟大也令人恐惧，可上学总是令人兴奋的。而且，那里也有种师生关系之间的双重挑战。在讨论完学期论文后，玛莎的法语教授邀请她去喝一杯。他叫大卫，个子很高，肤色黝黑，喜欢滑雪。他们在一起经常开怀大笑，他那双棕色的大眼睛总是上下打量着她。一天晚上，下课以后，她找他去问了几个问题。他们聊了一会儿，然后他又邀请她出去喝酒。这已经成了一种习惯，每周二不见不散。又一个周二，他提议一起吃晚饭，因为乔治不在镇上，而她上课前也只喝了一碗汤，于是她就接受了。后来，他的提议更加得寸进尺，搞得玛莎心慌意乱。今天是周一，她答应明晚给他答复。

"你知道吗，他真的很讨人喜欢，很有魅力。即便他没有自己想象中那么聪明，但我真的很喜欢他。当然，班上的女孩很多都比我年轻，比我苗条；他能选择我，确实让我受宠若惊。可这样做可能导致的后果让我很烦恼。如果我和他上床，法语科目得了 A，我就会一直觉得我不是靠真本事得到的 A，我知道自己是可以的，但别人肯定会觉得我是睡出来的。我可不想那样。"

"为什么不把你的想法告诉他呢？"

"是啊，是啊。我就该告诉他。我会让他等到这学期结束，如果到那时他还对我有兴趣，我们再见面。对，就这么着。"

她满心欢喜，匆忙但自信满满地走了。米拉坐下来，内心翻江倒海，火烧火燎。她生平第一次体会到妒火中烧的滋味。玛莎心慌意乱，她遇到了问题。可那算什么问题啊！米拉嫉妒她，不是因为有这样一个听起来很有魅力的男人对她感兴趣，也不是因为她做成了什么事，比如拿到学位、准备进入法学院，而是因为，玛莎，这个几年前还被关在米拉所属的这个狭小圈子里的女人，如今能够无所畏惧、从容自信地游走在那个大世界里，甚至可以因为要不要和大卫出去喝酒而犯难。而且，她也不担心对方可能提出性要求，即使真的提出了，她也觉得自己能够应付得了。

这令米拉大为震惊。她深深觉得，要走出这个小圈子，是需要具备某些特质的。无论这种特质是什么，是勇气、自信、活力，还是坚韧，自己都不具备。那晚，她坐下来，认真地思索，此后的很多个晚上，她也常常思考这一点。她感到很羞愧，觉得自己是个胆小鬼。她回忆起以前老师对她的学识和才能的高度评价，如同一个年老的运动员回忆起自己高中时为团队获奖赢得的那关键一分。她儿时的雄心壮志又在回忆中抬头了。她试着不去理会它们，可它们就像缠在一块破塑料上的蛛网，怎么掸也掸不掉。

首要的是，她得摆脱这种嫉妒。它令人痛苦不堪。于是，她坐下来喝上两三杯甚至四杯白兰地。她一边喝酒，一边看月亮穿过云层，脑中想着各种人类的奋斗。尘归尘，土归土[1]，临了，万物究竟有何意义？她提醒自己，这世上所谓的成就，不过是华而不实的东西，即便不是如此，也是毫无意义的。一切人类体力和脑力的结晶终将化为尘土。比如说，发现杠杆原理需要耗费多少时间和精力；烤肉的时候配上那些小小的香料叶子，又需要具备怎样的想象力和智慧。万事皆不易，且耗时良久。米拉想起在学校里写论文的时候，花了几个月的时间看书、认真思考，最后终于得出一个看似新颖、有见地的结论。结果，一年以后，她偶然在一篇自己出生前就已发表的论文里看到了同样的结论。建造一个王国或帝国需要耗费怎样的努力？到最后，还不是像马里帝国[2]一样，被掩埋在无名的浩瀚沙漠之下。人们昧着良心，以刀剑或枪炮、毒药或饥饿杀死别人，最终建立起一个王朝，它却在一年、十年或百年间倾覆。既然王朝有一天注定衰亡，那十年还是百年又有什么区别？

这些事都是男人干的。他们自大、浮夸，想要在外部世界建立

---

1 引自《创世记》，原文：Ashes to ashes，and dust to dust，in the sure and certain hope of the resurrection unto eternal life···在中文版《圣经》里译作：尘归尘，土归土，让往生者安宁，让在世者重获解脱。

2 马里帝国（Mari Empire），是中世纪时期西非的一个强大伊斯兰教帝国，兴起于 13 世纪上半叶，17 世纪初灭亡。

各种永恒的象征，表明他们是阴茎永不疲软的男子汉，可他们的肉体却做不到。那简直是妄想，可怕的妄想，但为了这种妄想，他们牺牲了数百万并未被这种疯狂裹挟的人的性命。伟大的神——诺姆。她把他比作神，这样对吗？她还记得，她曾经认为他没有自己聪明。可不知不觉地，他从一个胆怯的男孩变成了一个有权威的男人。可她知道，他还像以前那样空洞无物。但她还是服从于他。设想一下，假如她动摇了，从他身下爬起来说："我在这儿待着不舒服。"那又有什么意义？能得到什么？她会给别人和她自己带来麻烦，而这样做又是为了什么？她敢于打乱宇宙的秩序吗？

假如她能让自己解脱，又能怎么样呢？她可能会尝到玛莎那种兴奋和喜悦，可是，从玛莎身上也可以看出，那种兴奋和喜悦只会朝着一个方向发展——更大的孤独。你可以打破社会规则，也可以对它置之不理，可这样做之后，能有什么回报呢？你只会陷入永恒的孤独。也许，那时你可以创造出伟大的、美好的艺术品。可那又有什么用？尤其是在这样一个世界——诗集被用来生火，壁画被炸裂，图书馆被摧毁，历史遗迹支离破碎，就连幸存的艺术品也像了无生气的石头，陈列在博物馆里无人欣赏，因为人们看不懂。对于一九六四年的人们来说，就算《贝奥武夫》[1]永远消失了，那又和他们有什么关系？世界能因此有什么不同？

生命在流逝。树木枯荣，冬去春来，花谢花开。你最好的选择

---

1 《贝奥武夫》（*Beowulf*），一首讲述斯堪的纳维亚的英雄贝奥武夫的英勇事迹的叙事长诗。是迄今为止盎格鲁－撒克逊时期最古老、最长的一部较完整的文学作品，也是欧洲最早的方言史诗，与法国的《罗兰之歌》、德国的《尼伯龙根之歌》并称为欧洲文学的三大英雄史诗。

是坐看四季变迁，在无法改变的自然规律中及时行乐。这就是女人的生活，是女人在维持这个世界的运转。她们观察四季的变化，留住美好的事物。她们打扫着世界这座大房子，拂去窗户上的蛛网，让人们看到外面的世界。持久的忍耐，艰苦的命运。没有人为你别上勋章，也没有人授予你荣誉。你不能穿着体面的衣装去游行，你的半身像永远不会陈列在伟大的纪念堂里。可你必须完成自己的任务，其余都是在狂风中微弱的呼声。

随着岁月的流逝，米拉形成了一种安静的气质，她的脸上多了一抹宁静超然的光晕。人们夸她气色好，她觉得自己得到了祝福。经过多年的迷惘与烦恼，她自己和她的人生得到了和谐与恩赐。玛莎管那叫做适应，不过米拉总觉得那有些神圣的味道。她觉得自己更有女人味了。她可以在派对中安静地坐着，听男人们谈话，脸上带着亲切柔和的微笑。她不再和他们辩论，不再坚持自己的主张。她像磁石一般吸引着男人。她觉得自己被人爱着。她觉得自己总算做出了正确的选择。她已经逃离了过去那种持续的痛苦。她觉得自己成了上帝的选民。她下意识地相信，既然已经得到这种恩宠，她就永远不会失去它。她得到的不仅是恩宠，还有刀枪不入的神力。

14

即便在玛莎坠入爱河之后，米拉仍然保持着心灵的平静。玛莎爱上了她的法语老师大卫。他非常理解玛莎的难处，他就是那个"对的人"。他一直等到了那学期结束，看上去执着坚定，但又不至于霸道。他想要她，但并不认为自己有占有她的权利。他棒极了。米拉不喜欢听这些，可她还是会耐心地听完玛莎那一连几小时、几天甚至几个星期的快乐的絮叨。玛莎眼中闪烁着喜悦，容光焕发，令她看起来至少年轻了十岁，看起来像大卫的同龄人。米拉听着玛莎讲述他们共处的每个时刻——一起喝咖啡的时候，共进午餐的时候，一起喝鸡尾酒的时候，在卧室里的每个场景。他是玛莎的弟弟，是她的孪生兄弟和她的另一个自我。米拉认为这是一种危险的自我陶醉。他是一个调情高手，床上功夫很棒，而且就算不能让玛莎达到高潮，也能让她感受到他高潮的快感。这让米拉想起了心理学中的"投射"和同性恋的外在表现。他拥有玛莎求之不得的东西——面对世界的坚定和自信，同时又风度翩翩。米拉想起了"爱情就是嫉妒"的理论。他们能够容忍对方，是因为两人都疯狂地迷恋细节，对个人卫生十分讲究。他们之间最激烈的争吵，无非是关于洗发水和护发素是否应该一直放在浴室壁架上，或者壁架是否应该随时保持干净、整洁。他们曾经差点儿在争吵时拳脚相向，可事后又能笑着收场。

玛莎张嘴闭嘴不离大卫，越讲越兴奋（有时候，米拉觉得很恶心）。大卫已婚，还有一个两岁的女儿。可是，米拉觉得，从玛莎能毫不畏缩地讲这些细节来看，她并没有把大卫当成情人，而是把他当成了生活中永恒的一部分。"和他做爱时，我总感觉马上就能到高潮。性爱很美妙，哪怕只是坐着说说话也很美妙，和他在一起，我觉得很充实。我没有任何顾虑，可以放任自己。那种感觉太美好了，我简直无法用语言形容。"

可是，米拉懂的。我们不都是一样吗？那不就是他们给我们的食粮，不就是我们对爱情的所有想象吗？隔壁正上演着永恒幸福的场景，这让她的个人缺失感更加强烈，难以释怀，可又不能不听。尽管如此，她还是替她的朋友感到高兴。她不得不努力保持超然的态度；她不得不提醒自己，爱情是多么无常而脆弱；她不得不把这件事放进社会背景中去思考，记住配偶、子女和整个社会的要求。但是，什么也无法阻止玛莎的快乐从这一切之上漫溢出来，就像一个土地肥沃的农场被洪水淹没。洪水铺天盖地，无处不在，那是一个如此显而易见的事实，面对它，你很难保持超然。米拉感觉自己正蹲在一个鸡舍的屋顶上，这个鸡舍顶着顺流而下的洪水，已经摇摇欲坠。但她保持着平衡，在花园里努力工作着。

她在花园里劳作时，把一个小小的晶体管收音机放在身边，听广播里播出三个年轻的民权工作者失踪在密西西比州的新闻。突然，电话响了，梅耶斯维尔的老朋友艾米·福克斯大声嚷嚷着说了一番萨曼莎的事。米拉没怎么听明白，似乎她是说萨曼莎要坐牢。艾米不住地说："我知道你和她是好朋友，也许你帮得上忙。"

米拉试着给萨曼莎打电话，可电话一直打不通。真奇怪。她已经几周没有萨曼莎的消息了。米拉洗了澡，换好衣服，开车去萨曼莎家。那是位于郊外的一座七居室的房子，方圆几十平方米的土地上长着几棵老树。孩子们在街上骑自行车，和大多数郊区一样，这地方看上去有点儿荒凉。走到萨曼莎家前门口，她发现门上钉着一张字条。他们是生病了吗？她走近一看，原来是司法长官办公室签署的没收通知。没收？米拉按了下门铃，心想萨曼莎是不是在忙，可她马上就来应门了。米拉就站在那儿看着她。这还是萨曼莎——那个机械洋娃娃吗？她穿着宽松的旧长裤和破旧的衬衫。她的头发剪短了，不再鬈曲，乱蓬蓬的头发呈现出棕褐色。她没有化妆，面色苍白而憔悴。

米拉伸出手，叫了一声："萨曼莎。"

"嘿，米拉，"萨曼莎并没有握她的手，"进来吧。"

"艾米找过我。"

萨曼莎耸耸肩，带米拉走进厨房。屋子里到处是箱子。

"你在搬家吗？"

"我没办法啊。"萨曼莎闷闷不乐地说。这还是那个甜美、活泼的萨曼莎吗？从前她总是开开心心，任何事都能让她欢乐地扭动。

她给米拉倒了杯咖啡。

"发生什么事了？"

萨曼莎讲了事情的来龙去脉，语气很平板，好像此前已经讲了多次。可她仍然把每个细节讲给米拉听。那是一部关于她的史诗，铭刻在她的记忆里，令她痛苦不堪。那是几年前的事情，从萨曼莎和辛普搬离梅耶斯维尔开始。"我们没对任何人讲过。或许是为了保留一点儿骄傲吧，真的太丢脸了。"辛普丢了工作，花了几个月时间才找到新的工作。他们欠了一屁股债。为了维持家计，她出去工作。最后，他终于找到事做，可要还那么多债，家里仍然很穷，他又要补牙齿，所需的钱他们两年才赚得回来。后来，他又一次失去了工作。这回，他很快就找到一份新工作，可萨曼莎开始感到厌倦了，甚至觉得如同世界末日一般。其他人都活得好好的，或者至少在她看来是这样：生活蒸蒸日上，圈子也越来越大。她节衣缩食，可赚的钱永远不够花。然后，辛普又失业了。于是两人开始争吵。萨曼莎希望他退出销售行业，试试其他领域。她觉得，他有大学文凭，可以当一名很好的中学老师。他可以先去代课，然后参加一些教育课程，最后正式任教。可他坚决不去。他认为，销售是最赚钱的行业，总有一天他会时来运转。其实，他也没有什么错，他也能接到订单，可总会出点儿状况：不是厂家没能按时交货，就是厂家倒闭了，要么就是他分到的地区很穷，等等。然而，这一次，他并没有努力地去找工作。他就坐在家里看报纸，除非看到一个很感兴趣的招聘广告，不然绝不会进城。他一直被人踩在脚下，他们只能靠一点点失业救济金过活。

米拉想起自己之前曾经谴责萨曼莎丢下孩子不管出去工作。她回想起萨曼莎那娇俏的外表和举止，回想起自己如何不喜欢这些，如何觉得她做作、脆弱不堪，她曾经还觉得萨曼莎贪心。

"可辛普在做什么？出事的时候家里没有人吗……"

萨曼莎耸了耸肩："谁知道呢？"她转过身去。她那单调的声音戛然而止，她用双手捂住了脸。接下来的话是从她嗓子眼里挤出来的，就像和着泪水一般。她赚不了多少钱，没有受过培训，她找了一份打字的工作，一周能赚七十五美元。辛普失业了，她竭尽所能，但也不可能应付房贷和生活费。她每晚回到家时，他就坐在那儿，已经在喝第三杯马丁尼，他根本不做任何努力，这让情况更加恶化了。"他放不下骄傲，找份加油站的工作连想都不愿想，什么也不做，就算为了养活他的孩子也不行！"后来，银行开始拒绝兑现她的支票，她一查询才发现，他白天出去的那些时候——天知道他去了哪里——在当地的所有酒吧都签过支票，天晓得为了什么。他们的债欠得越来越多。

"情况越来越糟。每晚回到家，我都会朝他大吼。孩子们也帮不上忙，不爱回家。太可怕了。我不得不注销我们合开的支票账户，提醒银行不要兑现他的支票。我再也受不了了，就像在和一个可怕的孩子一起生活，所以，我让他走了。"

她擤了擤鼻涕，又倒了点儿咖啡。"结果，"她重新坐下，眼神空洞，嘴巴像一条拉变了形的橡皮筋，"有一天，警长来了。我歇斯底里地想阻止他把那东西钉在门上。我可怜的孩子们啊！如今，街坊邻居都知道了。再没有什么可失去的了。我不知道我们能去哪里。辛普和他母亲住在贝尔维尤的大房子里。我给他打电话，他说我们可以靠救济金生活。我打包时清理了他的衣橱，架子上有几个盒子，盒子后面全是这些。"她指着一大堆纸说。那些纸摞起来能有几尺高。"账单，全都是账单，有的还是两年前的。大部分他甚至都没打开过。他就把它们塞在那儿，好像它们自己会消失似的。"

她接过米拉递给她的烟，点燃它，深深地吸了一口。"嗯，真带劲儿。为了生存我早已经戒掉了。"她笑着说。那是她第一次笑，"我们一共欠了六万美元。你能想象吗？我是不能。辛普每次借钱，我都一起签了借据。现在他们从他那里要不到钱，因为他没有工作，可是我有，所以，他们就扣我的工资。我还有两个孩子！得靠我的工资来养活啊！"她泪如泉涌，"我才三十一岁，余生都得用来还债。幸亏还有我的朋友们，她们太仗义了。"

得知了萨曼莎的难处后，邻里的女人们聚在一起，她们竭尽所能、无微不至地关照她。"我今晚做了一大盆意大利面，萨曼莎，可是我做得太多了，你知道的，我们一家根本吃不完。你能不能帮我个忙，拿给孩子们当午餐什么的——你家孩子喜欢吃意大利面，是不是？""萨曼莎，杰克昨天去钓鱼，钓了好多青鱼回来，我正发愁该怎么处理。你拿几条去好吗？求你了！""萨曼莎，我和尼克今晚要去夜店，那地方太他妈无聊了，你陪我们一起去，能热闹点儿，好吗？"她们做得周到、体贴，没有一丝施舍的意味。她们送她一些旧衣服，时常带她一起玩，总是顺道载她，这样她就不用给自己的车加油了。"最让我难过的是，我就要离开她们了。"

"现在是什么情况？"

她又耸了耸肩："除非我能想办法每个月还上三百美元房贷，不然，从周五开始，我们就得睡大街了。如果能给我一个月的时间，梅的丈夫尼克——他是一名律师，是个很好的人——就能从辛普那里弄点儿钱来，帮我们渡过难关，直到我另找到一个住处。"

"那你父母呢？"

"我父亲去年冬天死了。他死后，养老金也没有了，母亲靠她的社保和他的保险金过活——也并不多。她勉强能生活下去。我一点儿都没向她提起过。她和姨妈一起住在佛罗里达。她知道了也只是徒增伤心，什么忙也帮不上。"

"天哪。"

"是啊。你知道最让我难过的是什么吗？我喜欢工作。如果我是男人就好了，那样我就不用担心了。辛普可以待在家里。你明白吗？可是所有的事都得仰仗他们，没有他们，你就什么都不是。如果他们做错了事，你也跟着完蛋了。就好像——你是一种附属品，你明白我的意思吗？"

米拉不想去想这个。

"完全是附属品。"萨曼莎继续说，"什么事都全靠男人。看他们是否工作，是否喝酒，是否还爱你。就像可怜的奥利安。"

"奥利安？"

"你知道吗，他们确实过得很好，她跟着他一路搬到巴哈马。后来，有一天他突然决定不和她过了，于是自己坐飞机离开，留给她一座租来的房子、两艘没付款的船和三个孩子，银行账户里的钱也没了。你应该已经听说了吧。"

"是啊。那是因为他们不关心自己的孩子，不管孩子。所以，他们是自由的。牺牲的总是女人。一直都是这样。"米拉听到自己说。

"现在，她又得了癌症。"

"什么？"

萨曼莎摇着头："下周她就要做手术了，是乳腺癌。"

"啊，我的天哪。"

"这类事情层出不穷。去年，跟我家隔了两户的那个女人还试图自杀。尼克说，女人的情绪是不稳定的，可我知道，她之所以要自杀，是因为那是唯一能控制她丈夫的方法。他总躲着她，对她一点儿都不好。一切似乎都在崩溃的边缘。我真不明白。我小的时候，事情似乎不是这个样子的。好像那时候有更多的自由，可所谓的自由都是男人们的自由。"

萨曼莎使米拉想起了莉莉。她只管不停地说，不怎么理会听众的反应。紧张之下，她脸上带着迷惑的表情，好像某人一觉醒来发现自己变成了一只屎壳郎般莫名其妙[1]。

"你知道吗，我真的挺愿意当一个家庭主妇。听起来很不可思议是吧？可我确实喜欢。我喜欢和孩子们一起做事。在我们很落魄，没钱准备圣诞礼物的时候，我喜欢和孩子们待在一起。爱丽丝和她

1　此处暗喻卡夫卡《变形记》中的情节。

的孩子跟我们一起，我们自己动手做礼物互赠。我也不介意打扫卫生和做饭。我喜欢有个伴儿，布置餐桌，插花，做美味的食物。生活还真是挺讽刺的，是吧？"

米拉喃喃地应了几句。

"我从不奢求太多。我只希望有房子，有家庭和像样的生活，我没有太大的野心。我想，要想有野心，我还不够聪明。可现在……"她突然停住，张开了双手，就像一个人突然意识到自己小心翼翼地从井里捧起来的水已经从指缝间漏光了。

可是，米拉没怎么在听。三百美元，这不算多。诺姆在高尔夫俱乐部一个半月就要花掉那么多。她的支票簿就放在包里，她只需拿出来，开一张支票给萨曼莎。这不算什么，可她不能那样做。她尝试过，她心里想着她的包，想象着自己拿出支票簿。如果她能做到那一步，就不会反悔了。可她不能。

当她告辞时，她答应想想办法。萨曼莎疲倦地笑了笑："谢谢你过来看我，听我讲这些伤心事。我知道你并不需要听这些，这个世界上的伤心事已经够多的了。"

米拉心想：我的世界不是这样的。

15

"绝对不行。"诺姆说。

"诺姆，萨曼莎好可怜！"

"我非常非常同情萨曼莎，"他冷峻地说，"可是，鬼才会用自己辛苦赚来的钱帮助那个恶心的辛普。"

"你不是在帮辛普。他都不住那里了。"

"那房子是他的，不是吗？如果他以后会还我又另当别论了。可是从你说的来看，他就是一个失败者，一个没用的蠢货，那我的钱不就打水漂了吗？"

"诺姆，又有什么关系呢？我们不缺钱。"

"你说得倒轻巧。那可是我辛苦赚来的钱。"

"你以为我每天都在做什么？我这些年都做了些什么？我和你一样辛苦。"

"嗬，米拉，别吹牛了。"

"你什么意思，吹牛？"她的声音陡然提高了，"难道我没有为婚姻做出同等的贡献吗？"

"当然有了，"他抚慰地说，可他的声音里带着一丝蔑视，"可你的贡献在其他方面。你并没有贡献钱。"

"是我做了那些工作，你才能去外面赚钱！"

"米拉，别胡扯了。你以为我需要你做那些吗？我在哪里都能生活，我可以请一个管家，或者住在宾馆里。是我辛苦工作维持了你的生活，而不是你照顾家里我才可以出去工作。"

"对于钱怎么花，我就没有发言权了吗？"

"当然有。你想要的我都给你了，不是吗？"

"我不知道。我从来没有想要过什么。"

"你买衣服，让孩子们去上音乐课，去露营，我抱怨过什么吗？"

"那现在我需要三百美元，去给萨曼莎。我需要这个。"

"不行，米拉。这件事到此为止。"他站起来，走出房间。几分钟后，她听到洗澡的声音。那晚他要出去开会。

米拉也站了起来，这时，她才意识到自己全身都在颤抖。她扶住餐椅的椅背。她想举起这把椅子，冲上楼去，用它砸开浴室的门，砸在他头上。她瞥见柜台上有一把切肉刀，于是想象自己拿起它捅入他的心脏，一刀又一刀。想到这里，她微微喘着气。

她感到自己被他连根拔起。她居然不明白自己是毫无权利的，这使他很恼火。怎么会这样呢，他掌握了一切权利？她想起那一晚坐在摇椅上想死的自己。那时她是有权利的，有去死的权利。她感到自己无法与他对抗。她不能未经他允许就把钱给萨曼莎。然而，如果她不给，某种东西就算结束了。她已经准许他将自己与朋友们隔绝开，那就已经缩小了她的圈子，如果她这次又让他阻止自己，她就真的被连根拔起了。可是，她一步也挪不了。

他打扮得光鲜体面地走下楼，准备出去时，瞥见她正站在厨房里。

"我可能很晚才回来，别等我了。"他以平常的语气说，好像什么事都没发生一样。他走过她身边时，匆匆吻了一下她的脸颊，然后穿过厨房，去了车库。她想象着冲出去，把车库的门锁上，逼他坐在车里吸一氧化碳。这样的画面浮现在她脑海中，把她吓呆了。

他们的一个孩子突然冲进厨房："嘿，妈妈，《奇人艳遇》[1] 开始了，我可以看十五分钟吗？"

她转身对他吼道："不行！"就像一个怀恨在心的复仇女神。

---

1 《奇人艳遇》（The Good Humor Man），1950 年上映的美国电影。

16

　　那晚，她像患了梦游症一样走来走去。孩子们看电视时，她就坐在起居室里。孩子们都上床睡觉了，她也没有去关电视，只是呆呆地坐着。新闻里还在报道施韦尔纳、古德曼和钱尼[1]，大家都认为他们死了。这使她深有感触。他们死得其所。年轻的时候，她总爱说一些男女平等的话，可现在连想都不想了。死得其所固然好，可她还是会想，那有什么用呢？不过，你早晚都得死，还不如死得有价值一点儿。最好死得有价值，不然，就太可悲了。她的脑中麻木又混乱。她起身关了电视，倒了杯白兰地。这下可糟了。一杯白兰地下肚，温热了她的内脏，热量传遍她的全身。她开始哭泣，但又不是哭，而是如狂风暴雨般猛烈地呜咽，她无法控制，每抽噎一次，就好像她的肝胆内脏都要吐出来了。

　　她花了很长时间才平静下来。她对那三个年轻人感到很好奇。他们以为自己能够改变世界，可能没想过自己会死，也没打算牺牲。他们只是相信那个目标值得去冒险。可是一旦那个目标是为你自己，愧疚感就会油然而生。你怎么敢为了自己斗争呢？那太自私了。或许钱尼就是为了自己而斗争，然而你不会觉得那是自私。她又倒了一杯白兰地，接着又喝了一杯。她喝醉了，开始想象各种场景。诺姆开完会回来，她站起来说……她在脑中编造了一席高尚的演讲。她逐一和他辩论，他惊讶于她的逻辑性，最终让步、道歉，请求她

1　施韦尔纳和古德曼是白人，钱尼是黑人，三人在密西西比州为争取黑人的选举权而被杀害。他们的死推动了全面反歧视法的通过。

原谅。或者，等他进来，她拿着切肉刀一刀砍向他的头，然后看着他绝望地、慢慢地死去。或者，他根本不会回来，而是喝醉酒，出车祸死了。或者，他在街上遭到袭击，被小偷捅死。那么，她的一切问题就都解决了。

天开始亮了，她意识到诺姆不会回来了。同时，她也意识到，诺姆不是敌人，而是敌人的化身。因为就算她开了那张支票，他又能把她怎么样呢？他会揍她，会和她离婚，还是会不给她钱买吃的，或者让她还回来？他什么办法也没有。她开始意识到，他凌驾在她之上的权威是基于双方的认同，如空中楼阁一般，并没有实际的依据，所以他才会经常以这样奇怪的方式维护它。只要她别过脸去，不去理会他怎么说，就能打破这种权威。可她为什么就不敢这样做呢？还有其他的东西——外界的东西——赋予了他这种权力，不是吗？还是，她只是不想失去他的爱？什么样的爱？是他们的婚姻吗？她醉醺醺地坐在摇椅上，晃来晃去，看着太阳爬上树梢。她在椅子上睡着了，直到孩子们进来朝她喊道："妈，你没有叫我们起床！妈，我们要迟到了！"

她甩甩头，醒过来，看着他们。

他们正在到处找书，时而朝她大呼小叫，时而相互吼叫。

"我们连早饭都没吃。"诺米责备地说。

她坐在那儿看着他说："反正你都不吃的。"

他停下来，惊讶地看着她，察觉到了什么异样。可是已经来不及管它了，他们飞快地跑着去车站，因为很显然，她是不会开车送他们去了。她坐在那儿，脸上挂着扭曲的笑容，然后，她站起来，给自己倒了一杯咖啡。之后，她洗了澡，换好衣服，带上支票簿，开车来到萨曼莎家。她递给萨曼莎一张三百五十美元的支票。"一点儿心意，希望能帮你渡过难关。"她解释道，"我也不知道该怎么解释，但这笔钱是为了我，不是为了你。"

她在他们的联名支票本上以醒目的大字填写了金额和收款人的姓名。可后来诺姆并未提起此事，一次都没有。

17

若你要问："诺姆到底是个什么样的人？是影子般的男人，还是有名无实的丈夫？"

说起来你可能不信，其实我也不太了解他。我认识他，甚至对他非常熟悉，但是，我依然不了解他。我可以告诉你他长什么样子。他个子高高的，约有一米八，金发碧眼。早年他还留着平头。随着年龄的增长，他的脸上有了红晕，也有一点儿发福，但不是太胖。为了瘦身，他一直在打高尔夫球和壁球。他穿高领毛衣和白色羊皮鞋的样子非常英俊。他还能紧跟七十年代的潮流。他把头发留长了一点儿，打理成左边略长的偏分。他留了鬓角，开始穿彩色的衬衫，打宽领带。他的面容仍然很俊朗。他的性格也很招人喜欢，会讲一些不下流的笑话。他喜欢看足球赛，偶尔还会去西点军校看一场。他了解他所在行业的最新消息，但报纸只看前面几页。回家后，他喜欢看电视，喜欢看西部片和侦探剧。他并没有什么极端的恶习。从许多方面看，他都是五十岁男人最理想的样子。

你以为他是我编造出来的。你心想，啊哈！这肯定是一个虚构故事里的一个符号化的人物。呜呼哀哉，我倒希望他是，这样他体现的就是我的失败，而非生活本身的失败了。我倒是更愿意相信，诺姆之所以是这样一个"纸片人"，是因为我写得不够好，而不是因为他本身就是一个"纸片人"。

这些年来，我读过很多男性作家写的小说，在我看来，那些小说中的女性角色大多是用来填充边角的"纸片人"——除了亨利·詹姆斯[1]的小说。所以，问题或许就在于，我们——男人和女人——并不是非常了解对方。或许我们对对方的渴求，超过了对对方的了解。但我也并不觉得男人们比我更了解诺姆。而且，不只是诺姆，还有卡尔、保罗、比尔，甚至可怜的辛普亦是如此，尽管我对辛普的了解比对其他人稍微多一些。当你没有了身份，掉出了某个阶层，你的自我反而更清晰了。你明白我的意思吗？就好像做一名中产阶级白人男性就是一份全职工作；就好像在西点军校受训的陆军上校，即便没有穿那身漂亮的军装，也得笔直地站着，说话时嘴不能张得太大，也得会讲一些酒桌笑话，走路像机器一样。唯一的出路就是你因严重违纪而被赶出军队，最终在贫民区的救世军[2]施粥所和几个小毛孩聊天。那时，你才终于可以做自己。辛普脱离了这个队伍，在其他中产阶级白人男性看来，那是不可原谅的罪孽——就像变成

1　亨利·詹姆斯（Henry James, 1843—1916），是美国小说家、文学批评家、剧作家和散文家，被一致认为是心理分析小说的开创者之一。代表作有长篇小说《一个美国人》《一位女士的画像》等。

2　救世军（The Salvation Army），是一个成立于 1865 年，以军队形式作为其架构和行政方针，并以基督教作为基本信仰的国际性宗教及慈善公益组织，以街头布道和慈善活动、社会服务著称。

同性恋者一样可耻。所以，我可以想象，他花着母亲的钱，来到经常光顾的酒吧，端着第二杯双份马丁尼，优雅地坐着，从容地讲着自己下午将要大赚一笔，正等着三点钟的电话（谁会在酒吧里讲这些？你可能会想）。他和其他声音空洞的人没什么两样。只是你知道他说的不是真的，你盯着他看，才发现，或许他自己都不知道那不是真的，他还没聪明到成为一个高明的骗子。他买了一种幻想，这就是他买到的全部，也是他现在所拥有的全部，他在里面转啊转，像孩子们生活在白日梦里一样。

不管怎样，其他人都还保留着他们的制服，所以人们对他们的了解也仅限于此。所有的士兵都是一个样子，就像乞丐和中国人都是一个样子一样。

然而，我还是要试着告诉你们我所知道的诺姆是什么样子。

他曾是一个快乐的宝宝。他的父亲是药剂师，母亲是个善于交际的家庭主妇。他还有一个弟弟，后来当了牙医。诺姆和他弟弟上学时都非常聪明，非常爱运动，非常善交际。他们圆滑世故，不偏不倚，正是这种过于礼貌的举止，让人很难和他们亲近。

他不怎么热衷于性生活。从小他母亲就认为，睡觉时手应该放在被子上面，如果他睡着时无意识地把手放进去，她甚至会把它们拉出来。她绝不允许她的孩子们早上睡懒觉，还经常警告米拉别让她的孩子们养成那种坏习惯。五岁那年，诺姆和邻家的孩子比赛谁尿得远，他母亲发现了，就吓唬他再这样做小鸡鸡会飞走。比起她吓唬他的话，她那惨白的脸和拽他回家时那急促的呼吸更令他印象深刻。十九岁，他恋爱了，那是他约会过的第一个女孩。他们订婚了。可他在外面上大学时，她和镇上埃索石油公司所属加油站里的一个技工私奔了。此后几年，诺姆都处于被背叛的悲伤中。他的一群朋友介绍安托瓦妮特给他认识，她是那种轻易就能和人上床的女孩。于是，他就在一辆三九年款福特后座上破了处。他心里充满了罪恶感，可又带着某种朦胧的愉悦感，或者说情感。只是自此以后，他便不再积极寻找这种感觉了。诺姆心里有一种很微妙的感觉，至少在那些天是的。他和朋友们一起笑谈这段经历，笑安托瓦妮特，可他隐约觉得，事情本不该这样，那本不是他会选择的方式。

小时候，他喜欢画画，可家人并不鼓励。当然，他们也没有强烈禁止。只是画画这件事和整个家庭的运转方向不一致罢了。家里唯一挂着的绘画作品是柯里尔与艾夫斯[1] 石版组画；他们从不读书，也不听音乐。但他们不会觉得少了什么，只是这样的事不存在于他们的世界而已。他们让诺姆去上骑术课——他父亲首次参战时是骑兵。他想去西点军校看球，父亲很鼓励。他发脾气的方式从来都一样：西点军校队一输球，他就踢收音机。收音机很遭罪，可他的家人也能接受这种方式，因为他们不允许他以别的方式发脾气。若他以除此之外的任何形式发脾气，他们都会认为他精神失常，会冷冷地送他回房间，不给他饭吃。

诺姆学会了做一名他父亲所谓的绅士。他什么都懂一点儿，但每样都不精通。他做什么事都没有激情。他学习，成绩不好不坏，总是得 C。他踢球，但没有成为主力球员。他的社交生活很愉快，但

1　柯里尔与艾夫斯（Currier and Ives），是在1834年至1907年间经营的一家美国版画公司，主要生产描绘 19 世纪美国风土人情和重大事件的版画。1920 年以后，柯里尔与艾夫斯的产品变得像古董一样值钱。

总是很节制。他约会，但性欲并不强烈。

他通过家人认识了米拉。在他眼里，她非常漂亮、柔弱、天真，同时又有些老练。也许是她的思想让他觉得她老练，因为她想到了一些他没想到的东西，可是，随着和她的关系越来越近，他开始从大学朋友那儿听说关于她的事，然后就觉得米拉没他想象的那么天真。这两种相互矛盾的印象令他纠结：他想把她留在身边时，就对她说外面的世界不安全，到处是危险的男人，他知道这样就能吓到她；他生她的气时，就大声叫骂，说别人都说她是淫妇。在他看来，她是那种具有神话色彩的处女与淫妇的结合体，尽管并不完全符合他的想象。他根本就没想过那会是什么样子。他从来不去想任何危险的东西。他对父母、职业和生活圈子的感觉一直都不偏不倚，还略带点儿幽默和不屑。这种避免陷入困难和危险的做法，如同他做什么都很适度一样，成了他的一贯特点。他总是走在宽阔、平坦的路上，看着那些选择狭路的人要么疯掉，要么变得粗鲁无礼。在他的词典里，这些词差不多是同义的，疯狂只不过是更过分的无礼而已。在某种意义上，他是一个超越了自身年龄的理想绅士。

对于他来说，米拉似乎是完美伴侣。他是科学家，是和事实打交道的，他了解世俗中的体育、金钱和地位；而她是艺术家，懂文学。她会弹一点儿钢琴，对艺术和戏剧有所了解。她似乎天生具有良好的教养。她给他增光。尽管她读了两年大学，他也从不觉得她不该像他母亲一样做家庭主妇。她得照顾他和他们的孩子，她还能提供他的家庭所缺乏的文化和教养。从表面上的各个方面看，他们的婚姻都是很称心如意的。他们都来自中产阶级、共和党家庭，虽然她接受过一些天主教的教育，但她和她的家人现在都不信教，也不会激起他的家庭对非清教徒的蔑视。她受过教育，她很健康，也并不娇生惯养，结婚头几年也不会拒绝做家务。除此之外，米拉身上还有一种无助、脆弱的气质，这点从内心深处打动了他。一切似乎很完美。

事实也的确如此。他们结婚已经十四年了，诺姆不得不承认，他们之间并不存在严重的问题。她是一个称职的妈妈，一个好管家，一个能干的女主人。她的性欲不是很强，但诺姆因此而尊重她。他感觉他的选择是明智的，还沾沾自喜地瞧不起那些有婚姻问题的同事。他对自己和自己的生活感觉良好，对米拉感觉良好。时光荏苒，他的脸上长出了和蔼慈祥的皱纹。他们过上了期待中的生活，对诺姆来说，这已经非常满足了。只是有时候当他们去百老汇看电影或音乐剧，看到一个漂亮的女人扭动着身体时——不是那种妖艳的女人，而是那种从肢体语言中透露出某种无助和脆弱的女人——他内心就会升腾起一种洪水猛兽般的东西，渴望伸出手去，使劲地抓住她，哪怕被拒绝，也要抓住她，把她拉过来。可他从没想过那些词：强奸、战胜、拥有、控制。他最开始对米拉也是这种感觉，但从未付诸行动，现在也不会。他会笑自己，笑自己那滑稽的欲望，笑它们的荒唐，回到家后，依然保持平静，务实地和不情愿的米拉做爱。他做爱时从不带任何感情。

18

那么，什么是男人呢？我在大众文化中的所见所闻告诉我，男人负责性交和杀戮。可是在生活中的所见所闻又告诉我，男人负责赚钱。也许这两者之间有一定的关联，因为在我们的世界里，赚钱就需要你小心地避开性交和杀戮，所以也许是文化提供了那些非生活的部分。对这一点我并不了解，也不关心。我觉得那是他们的问题。这些年，女人非常努力地想要摆脱强加在她们身上的刻板印象。但麻烦的地方是，这些印象中又确实有一部分符合实情，因此，要否定它们，通常也就意味着你需要否定一部分真实的自我。或许男人的处境也相同，但我不这么认为。我认为他们很喜欢自己的社会形象，觉得它们很有用。如果没用了，他们也可以随意改变。如果男人仅止于此，那么，我宁愿永远没有他们，靠单性生殖繁衍后代，那就意味着我只能生女孩，这点倒是很适合我。可是，在这种印象的另一面——也就是现实，同样好不到哪里去。因为即便我认识的男人不那么沉溺于杀戮，性交不太频繁，赚的钱（最重要的部分）也不多不少，他们也不会变成另一番模样。他们还是会很无趣。也许那就是成为胜者的代价吧。因为我所认识的那些被男人禽，也被生活禽了的女人，真的很了不起。

作为被歧视的群体，还是有一点优势的，那就是，你拥有自由，拥有想怎么疯狂就怎么疯狂的自由。如果你去听一群家庭主妇的谈话，你会听到许多无稽之谈，其中有些真是疯狂。我想，这也是太过孤单，没有人阻碍你胡思乱想、让你的思想符合社会规则的缘故吧。自由思考带来疯狂，可也带来智慧。普通女人会把那些禽蛋的事实说出来。你可以选择忽略它们。她们仍可以胡言乱语，却不用被关进监狱（当然，有一些还是会的），因为每个人都知道她们疯了，而且她们影响甚微。一个女人，不管虔诚与否、世俗与否、消极与否、过分自信与否、爱与否、恨与否，都不会遭到太多的抨击。她的选择在于，要么被说成拖油瓶，要么被说成荡妇。而我所不理解的是，女人怎么突然就有了影响力。众所周知，子不教，母之过。那么，这毫无力量的母亲，是如何做到这点的？她一周要洗五筐衣服，还要担心是否将浅色的衣服混进深色的衣服里，她这些力量都是从何而来？她如何补偿父亲造成的不良影响？为什么直到这种力量后来被称为责任，她才知道自己拥有它？

我正试着去了解输与赢。如今，游戏规则变成了男人只要远离是非就能赢，而女人总是输，再伟大的女人也不例外。伊迪丝·琵雅芙和朱迪·嘉兰[1]这样的女人从她们的输中获益而变得成功。这倒是很清楚，然而，不清楚的是，我们到底在玩什么样的游戏。若你赢了，赢得的是什么？在这方面有过经验后，我知道你输了什么。但我不知道，即便你赢了，除了钱，你还能得到什么。也许只是如此而已，岂有他哉。我猜就是这样，因为当我看着所有的赢家，看着全世界的诺姆时，我再看不到别的东西——除了钱，一种在尘世的安逸和某种合理性。

你会以为我讨厌男人。或许是吧，虽然我的一些最好的朋友是男人……我不喜欢这种处境。我不认同这种泛泛的仇恨。我感觉自己就像一个二十世纪的和尚，骂女人是多么恶毒，说她们出门的时候应该遮住全身，以免让男人沾染上邪恶的思想。世界以男人为重，女人只是与他们相关的存在，这种假说太鲜为人知、太隐蔽，就连

---

1 法国著名歌手伊迪丝·琵雅芙（Édith Piaf, 1915—1963）与美国女演员朱迪·嘉兰（Judy Garland, 1922—1969）一生中的婚姻与情感生活都非常不幸。

我们也是最近才发现。然而，看看我们读的那些书。我读过叔本华、尼采、维特根斯坦、弗洛伊德和埃里克松[1]的书，读过蒙泰朗、乔伊斯、劳伦斯的书，还读过一些不如他们聪明的人写的书，比如米勒、梅勒、罗斯[2]和菲利普·怀利。此外，我还读过《圣经》和希腊神话，也并未质疑后来的修订本中为什么将盖亚、特勒斯[3]和莉莉丝[4]放在脚注里，还说是萨杜恩（罗马神话中的农业之神）创造了世界。我读了又读，从来不去质疑，印度教徒、犹太人、毕达哥拉斯、亚里士多德、塞尼卡人[5]、加图[6]、圣保罗、路德[7]、塞缪尔·约翰逊、卢梭、斯威夫特……嗯，你明白的。多年来，我也没怎么放在心上。

所以，现在我很难说别人偏执，因为我自己就是一个偏执的人。

1　埃里克·H. 埃里克松（Erik H. Erikson，1902—1994），美国著名的发展心理学家和精神分析学家，提出人格的社会心理发展理论，代表作有《童年与社会》《同一性：青少年与危机》。

2　菲利普·罗斯（Philip Roth，1933 至今），美国当今文坛地位最高的作家之一，代表作有《再见，哥伦布》《美国牧歌》。

3　盖亚（Gaea）是希腊神话中的大地女神，特勒斯（Tellus）是罗马神话中的大地女神。

4　莉莉丝（Lilith）最早出现于苏美尔神话。在犹太教的拉比文学中，她被指是《旧约》中的人类祖先亚当的第一任妻子，因不满亚当而离开伊甸园。她也被记载为撒旦的情人，夜之魔女。

5　赛尼卡人（Seneca），北美印第安部落，是易洛魁联盟六个原有成员中最大的部落，也是最重要部落之一。

6　马库斯·波尔基乌斯·加图（Marcus Porcius Cato，前 234—前 149），罗马共和国时期的政治家、国务活动家、演说家，也是罗马历史上第一个重要的拉丁语散文作家。他在执政期间曾大力反对废除《奥庇乌斯法》。该法禁止妇女拥有超过半盎司的黄金，也不得穿着鲜艳的衣物或在罗马乘坐两匹马拉的马车。

7　马丁·路德（Martin Luther，1483—1546），是 16 世纪欧洲宗教改革倡导者，基督教新教路德宗创始人。

我曾警告别人，我有性格缺陷。可事实是，我厌倦了四千年来男人不断地告诉我女人有多么堕落。尤其让我深恶痛绝的是，当我环顾四周，看到这些堕落的男人和优秀的女人，他们都在私下里怀疑着，那四千年来的评价是正确的。那些天，我感觉自己是个罪犯，是个亡命之徒。也许那些用异样的眼神看我走在沙滩上的人就是这么认为的吧。我之所以有这种感觉，不只是因为我觉得男人堕落、女人优秀，还因为我相信，被压迫的人有通过犯罪途径赢得生存的权利。当然，这样的犯罪意味着，被压迫者公然反抗那些由压迫者制定的约束被压迫者的规则。可是这样的处境让你一不小心就会走上拥护压迫的道路。我们被束缚在"主－谓－宾"的句式里，最好的办法是把它倒过来。可这根本不是什么答案，对吧？

嗯，那就交给别人来回答吧，或许那些不像我这样有性格缺陷的新一代人可以。我对男人的感觉源于我自身的经历。我有点儿同情他们。就像一个刚从达豪集中营里放出来的犹太人，看见一个年轻英俊的纳粹士兵肚子上中了弹，在地上打滚，只是看了一眼，便继续往前走，甚至都不会耸耸肩。我一点儿都不在乎他们。我的意思是，不管他是什么人，不管他羞于何事、渴望何物，都不重要。我要在乎也太晚了。也许，我一度在乎过。

但是，仙境就在门后。我会永远讨厌纳粹分子，即便你能向我证明他们也是受害者，他们只是受了幻觉的支配，或者他们被幻想洗脑了。我心里的石头就像一颗牡蛎中的珍珠——是为了防御应激而累积起来的。我的珍珠就是我的仇恨。我的仇恨是从经历中所得，它并不是偏见。我倒希望它是偏见，那样一来，我或许就能忘却它。

19

　　我想，我该回到故事中了，可是，一往那边想，我就感到无比厌倦。哦，生活，生活啊！那些岁月。当有人悄悄对你说某某人生病了，你说"真倒霉"，然后问是什么病，他们低声告诉你"就是女人的毛病"，你还记得当时是什么感觉吗？你从来不去追问，只是隐约地感觉到，滴答滴答，血从各个孔里冒出来；器官伴随着各种黏性物往下滴，试图分离出来；胸部下垂、长了肿块，有时还不得不切除。这一切都让人有一种身在臭气熏天的岩洞里的感觉，永远呼吸不到新鲜的空气，又黑又臭，脚下是半米厚的黏糊糊的、令人恶心的覆盖物。

　　没错。我讲给你们听的那些故事，有几个人的没有提到。我没有告诉你们桃瑞丝和罗杰、葆拉和布雷特、桑德拉和汤姆，或可怜的杰拉尔丁的遭遇。我知道，但我不打算讲。没什么意义，都是大同小异。我也不会细致地描述奥利安的经历，只会告诉你她切除乳腺以后的事。肖恩去医院看她，一脸厌恶地别过他那英俊的脸庞。

　　"回家后别让蒂米看到你那个东西，"他撇着嘴说道，"真恶心。"

　　他其实不用担心。回家后，她就自杀了。但是，这并不是他的错。她只是不应该那么爱他，不应该太在意他对她的看法。应该，不应该。到现在，我所知道的了不起的女人，有奥利安、阿黛尔、莉莉和艾娃（说起来，她也算一个了不起的女人吧）。

　　毁灭，毁灭。我们所有人，都是幸存者。我们从自己生活的战争中幸存下来，我们从彼此身上获得唯一的帮助。是爱丽丝夜复一夜地陪在萨曼莎身边，直到她从癌病中、从被背叛的感觉中、从仇恨的剧痛中恢复；是玛莎发现米拉倒在地板上，手腕割破了；是米拉将玛莎放在床上，扔掉剩下的安眠药，陪着她，直到她恢复意识。然而，谁也救不了莉莉。她在我们的能力范围之外。

你相信这些吗？这并不是小说素材。它没有条理，没有艺术中如此重要的平衡——如果一条线向东，另一条必须向西，而两条线本质上都一样。这些生活就像是用来织地毯的线，织成以后，各种各样的颜色混合在一起，充满血迹、泪痕和汗味，连织线的人也惊恐不已。还有一些人的人生本非如此，最后却也殊途同归。比如，埃塞尔。你们不认识她，她是我的一个大学同学，她想成为一名雕刻家。当然，她结婚了。她脑子里装了很多古怪的东西。她喜欢搜集贝壳，家里到处都是贝壳，除了贝壳，她对别的话题都不感兴趣。于是再没有人去她家了。

在我试着写下这些的时候，有时会感觉，这就像是小时候做纸娃娃。它们看起来都非常漂亮，几乎一模一样，只是，有的是金发，有的是红发，有的是黑发。我还会画一套又一套衣服——晚礼服、西装、休闲裤、短裤、长睡衣，而且它们全都可以替换。我倒是很希望自己能画一个美狄亚或安提戈涅。可你也知道，她们有清晰的轮廓和明确的结局，而我所认识的那些人没有清晰的轮廓，她们的生活也没有明确的结局。我见证着，曾经见证着，岁月慢慢消磨殆尽。没有一种生活是在平静的绝望中度过的——不，应该说这些人的生活里，没有一件事是平静的。有激情、有极端、有尖叫、有血肉的撕裂——当然，是你自己的血肉。到最后，我们所有人都被毁了。所以，这似乎更像一种普遍的问题，而不是个体的问题。哦，如果你要挑毛病，它们就摆在眼前，但这毕竟不是悲剧。或者可能它真的是悲剧？米拉的神经质、自命不凡和冷漠，萨曼莎的依赖性（她像孩子一样把什么都留给辛普，直到最后追悔莫及），玛莎傲慢地以为自己能过上想要的生活，得到想要的东西，奥利安对肖恩那强烈的、坚定不移的爱，以及葆拉的勃勃野心……是的，这些都摆在眼前。

但是，你且想想：没有一个男人是被毁掉的。当然，除了辛普。可是，他在母亲家过得非常开心，每天喝着马丁尼酒，活在妄想中，酒吧里还有一群观众。然而，其他人都有不错的工作，有的还再婚了，他们所有人都过上了不同程度的所谓美好生活。没错，他们很无趣，可他们的无趣困扰的是其他人，而不是他们自己。他们或许不觉得自己无趣。肖恩住在长岛的一座小房子里，又有了两条船。那些天，罗杰在东区租了一幢漂亮的公寓，假期也在地中海俱乐部度过，而桃瑞丝还在靠救济金生活。你能想象吗？这些事是天注定的吗？也许男人比我想象的还要糟糕。也许他们正经历着各种内心的折磨，只是没有表现出来而已。也是有可能的。我会把他们的痛苦留给那些能明白、能理解的人，留给菲利普·罗斯、索尔·贝娄[1]、约翰·厄普代克[2]和可怜的、没有子宫的诺曼·梅勒。我只知道，那些女人人到中年，日子过得非常艰难，每天都在苦苦挣扎，比如，要让最大的孩子戒掉海洛因，要让女孩们读完大学，要付钱给心理

1　索尔·贝娄（Saul Bellow, 1915—2005），美国作家，一生中有过五段婚姻。他所塑造的是一个洋溢着浓郁的人文精神和犹太民族特色的文学世界，体现出主人公对自身命运的主动探求和思考。代表作有《奥吉·马奇历险记》《洪堡的礼物》。

2　约翰·厄普代克（John Updike, 1932—2009），美国作家，他的作品中充斥着在当时被视为文学禁忌的性描写，代表作有"兔子四部曲""贝克三部曲"。

医生，治疗女孩们的厌食症和男孩们的抑郁症，或让正齿医生给孩子矫正牙齿。真让人悲伤。我还记得瓦尔说过："啊，你没发现吗，我们的伟大之处就在于此啊。我们知道什么是重要的。我们没有卷入他们的游戏中！"但对我来说，那似乎是一种可怕的抬举。我回顾自己的人生，满目疮痍，到处是弹坑、翻倒的石块和泥潭。我感觉自己就像一个幸存者，除了活下来，什么都没有了，仿佛一个在干瘪瘦弱身躯里四处游荡的灵魂，一边收集蒲公英的嫩芽，一边喃喃自语。

20

萨曼莎渡过了难关。她经历了一年半的地狱般的生活（法律与经济方面），最后在小镇另一头的一套小公寓里安顿下来。她知道，只有和她的朋友们待在一起，她才有救，而无论如何，她最后终于得救了。为了找到一份更好的工作，她又开始上夜校了。至于她如何付学费的，我也不知道——萨曼莎向来是知道怎么从牙缝里省钱的，或者说，她被迫学会了。他们有饭吃，孩子们很健康，有时候甚至很开心。他们虽然年纪小，但经常帮萨曼莎做家务。他们很懂事。一九六四年，弗勒八岁，休吉五岁了。十年后的今天，弗勒就上大学了。不管怎样，他们还是挺过来了。萨曼莎当然有了变化。她变得非常瘦，直至现在，还一脸苦相。她只靠救济金过了几个月，这让她觉得很丢人。可之后，她又会说，谢天谢地，幸亏那几个月还有救济金。也有一些男人喜欢萨曼莎，有时候，她说她想再婚。可不知为何，她总是下意识地与他们保持一点儿距离。她还没准备好将自己的人生交到他们当中的任何一个人手里，毕竟，要结婚就得这样。所以，她仍然保持单身，如今有了一份不错的工作，在当地的一家小公司当办公室经理，母子三人靠她税前二百美元的周薪过上了还算宽裕的生活。一九六四年的夏天，充满了痛苦、改变、失去和艰难，此外，他们还面临一个非常可怕的问题，那就是他们能否生存下来，即使生存下来了，又如何继续存活？在一个富裕的社区，若孩子缺少教育会怎样？这样的悲惨先例人人都听说过。不过，她的孩子非常懂事，这也许是萨曼莎教得好。将来的事谁又说得准，你还不是得熬过去，期望着一切都会变好。

米拉并不觉得自己在其中起到了什么作用。萨曼莎的朋友和她住得很近，而米拉住在贝尔维尤，忙着给家具抛光。米拉给萨曼莎的那笔钱（想不到的是，一年半以后，萨曼莎还想着要还给她），是她离宣布独立最近的一步。诺姆也明白。他从不提起此事，可是，看到支票簿后的那几周，他对米拉很疏远。他看她的眼神很冷漠，就像在看一个陌生人。她常常想把此事摊开来说个明白，可是她不敢。她还记得上次他们谈起此事时的感觉，害怕诺姆再说什么，害怕知道诺姆的真实感受，害怕再次体验那个晚上的可怕心情。他们也就继续这样过下去。八月，那几个年轻的民权捍卫者的尸体找到了，警方开始寻找责任人，这真是徒劳又可笑。也就到此为止了，米拉苦涩地想。她发觉自己的嘴唇紧紧抿着，显出淡淡的痛苦。她继续擦拭家具。

然而，玛莎的生活很混乱，在那几个月，她经常来找米拉——她唯一可以倾诉的人。她的眼里、笑容里、声音里还满是大卫的影子，但这并不是爱慕。她对大卫了解得很透彻。她知道他傲慢、自私、有魅力、威严、聪明、偶尔犯蠢、非常刻薄、小气。可这些她全都可以接受。"我还能有多高要求呢？"她笑着说。有天晚上，他们在图书馆的复印室里大吵了一架，他想复印自己准备出版的论文，而她要复印她某一门课的论文，可即便她的论文五点钟就要交，他也不肯让她先复印，最后还把它撕得粉碎。米拉惊呆了："所以你就这么认了吗？"

"我揍了他，"玛莎说，"我朝他脸上打了一拳，还踢了他一脚。"

"那他呢？"

"他还手打我。"她说着摘下太阳镜，露出青肿的眼睛。

"天哪！"

"嗯，"她继续得意地说，"然后，他重新把我的论文打了出来，还跟他的朋友爱泼斯坦教授解释，说我没按时交论文都是他的错。我不知道爱泼斯坦怎么想，他可能觉得我们都疯了吧。可他并没有因为迟交而扣我的分。"她又笑了，"那是一场权力的较量，我们一直都在斗个不停。但我能理解，我承受得了。乔治的问题在于，他从不还手，总是让我跟自己的愧疚感搏斗。乔治只会生闷气。我倒宁愿他能在我眼睛上打一拳。"

"天哪，玛莎！"米拉禁不住打了个寒战。正是这种事使她退却的。

"哼，现在乔治还是那个德行。"玛莎继续轻快地说，"你知道吗，当我想明白我是认真的，马上就告诉了他我和大卫的事。"

"你是说他能接受吗？"米拉问。她很惊讶自己能够如此冷静。她无法想象这样的事发生在她自己的生活中。

"是啊。他能怎么样呢？他时不时也和他的秘书上床，已经有一年了。每次他留在镇上过夜，都是和她在一起。我们对对方一直都很坦白。"

"我明白了。"

"可问题是大卫。他太他妈的爱吃醋了，"她得意扬扬地说，"他一想到我和乔治睡觉就受不了。他抱着我说的这番话……好像对他来说，我的身体就是宇宙的中心。我真的觉得是这样。它简直要不是我的身体了。但他之所以那样，并不是出于占有欲。我们两人真的是一体的。我不喜欢肥皂，他就不用，他甚至丢掉了我不喜欢的香体露。几周前，他肚子上长了疹子，他就不想和我做爱，因为不想让我看见。他希望在我面前是完美的。真的，我们对所有事都有同样的看法，我们的感觉也息息相通。所以，我们之间的关系很混乱。我们太亲近了，我们真的想合二为一，这也就意味着，任何事，我们都不许对方有异议。哪怕最小的意见分歧，在我们之间都像是鸿沟。而我们又都很好斗，谁也不肯让步。我觉得生平第一次在男性中遇到旗鼓相当的对手。"

玛莎依然容光焕发。那些天，她心里一直想着大卫，她说他身上有一股好闻的味道。她看上去很精致，白里透红，发型是简单的长直发，着装简约，但剪裁很讲究。米拉看着她，心里说不出的羡慕，仿佛正见证着一个奇迹。

"所以他要我和乔治分开。可我不能那样做。乔治对我很好，我们的婚姻很美满，我们相互喜欢。而且，我们没多少钱，刚够我们共同生活和付我的学费。如果乔治自己过，他会很困窘。"

"大卫也和他的妻子一起过。"

"是啊，可他说那不一样。他不爱他的妻子。他把她当用人使唤。他很晚才回家，从不告诉她去了哪里。她在家打扫房间，替他做饭，就算他不回来吃饭，她也不会抱怨，她还要照顾孩子——照顾那个臭小鬼。有一次，我在公园里'偶遇'大卫，看到他们在一起。哼！不过，我讨厌孩子，他们都是怪物，而她糟到不能再糟了。他说他不和妻子同床睡。"说着，玛莎就像揭穿别人谎话时那样，粗声大笑起来，"反正，那段时间他真的让我很为难，可我还是坚持自己的想法。现在，突然另一边又出问题了。乔治觉得我真的爱上了大卫。我猜一开始他以为我们只是风流一阵，毕竟我和他在一起的时间比和大卫多，而且我们的关系是一般情人关系不能比的。可是，自从他觉得我爱上大卫后，他突然就阳痿了。那可是乔治啊！那个性爱高手！我简直目瞪口呆。他无论怎么弄都不行了！所以，现在除了别的事情（周三我还得交一份关于二十世纪三十年代德国社会主义的论文，真烦人），除了大卫的抱怨和要求，我还得忍受乔治那讨厌的消沉情绪。毕竟，这都是我的错，怪我自己那该死的愧疚感。等等！凭什么都是我的错？他开始和萨莉睡觉的时候我怎么没有'阳痿'呢？"

她们都咯咯笑起来。

"当然，我他妈的一生都在'阳痿'。没关系了！"她笑着大声说道，"你知道吗，当一个女人真方便！"

"如果你是'阳痿'，那我呢？我都没有享受过一丁点儿性快感。"

"但你可以自慰啊。"

她们陷入了沉思。

"当女人，真糟透了。"玛莎最后说。

她离开以后，米拉回想这件事，它就像另一种形式的童话故事。

她想象玛莎和乔治做爱的场景——玛莎会说，"我可能没法让你达到高潮，但我可以很淫荡地挑逗你"，她在他身边游走，翻过去压在他身上，用手和舌头爱抚他，而曾经能很快回应的乔治，现在软弱无力地躺在那里——米拉想，就像我一样，不由得原谅了自己。可是，诺姆一点儿都不淫荡。她想象着玛莎向大卫绘声绘色描述着乔治的阳痿，仿佛这是送他的一件礼物，就像用芭蕉叶盛着食物的土著，去取悦那个来到岛上的陌生白人。看到这种奇异的东西，他会露出笑容，会眼神发亮，他吃饱喝足，满足地躺下。他们的问题就都解决了。

可事实并非如此。大卫，亲爱的大卫，执拗的大卫变成了一个脾气暴躁的人。一开始，他怪她骗他，他们为此吵了几个星期。最后，在一次眼泪汪汪、暴力相向的吵架中，他只得说自己相信她。可之后，他变得非常奇怪，越来越警惕。他开始尖酸刻薄地挤兑乔治。当然，玛莎坚决地袒护乔治。在经历了一个半月的激烈争吵和粗暴性爱（这是玛莎喜欢的）后，玛莎逼问他，他终于说出了他的真实想法：如果她的丈夫可以和她生活在一起而不和她做爱，那他就是同性恋者。如果她丈夫是同性恋者，那将她置于何地？此外，他自己也一直有强烈的同性恋倾向。在这种剑拔弩张的关系下，他们迎来了感恩节。米拉一边听着，一边神思游离。他们的关系太激烈了，太投入了。她见过大卫几次，和他们一起吃过午饭，她也觉得他有一种无法抗拒的魅力。嗯，那意味着什么呢？她真的有那么爱玛莎，因为不能和她上床，所以想和大卫上床吗？她心里不是这么想的。她厌恶这一切。这一切都太荒唐、太可笑了。人们会因为这样的事死去活来，真是不可思议。他们真的会伤心、沮丧、崩溃，他们会自欺欺人，认为自己的烦恼很重要。

　　就在圣诞节之前，米拉和玛莎一起吃饭。

　　"事情就这么定了。"玛莎说，她看起来既阴沉，又高兴，"没有别的办法，已经束手无策了。我们都会离婚，然后，等事情安定下来——我们不想影响到大卫的事业，我们就结婚。"

　　玛莎的表情很平静，她脸上散发着光芒，然后，又变得阴沉了。

　　"我觉得很对不起乔治。可他得学会离开我独自生活。那对他来说会非常难，他什么都依赖我。但他能应付的。我希望如此。我只能对他深感愧疚。"

　　"你确定这样做是对的吗……"

　　"当然！"玛莎超然地说，"绝对是对的！我们属于彼此。"

　　然而，她还是等到节日过后才告诉乔治。一九六五年一月初，乔治搬了出去。

21

　　米拉很同情乔治，她不顾诺姆的反对，邀请他过来吃晚饭。可玛莎说得对，乔治离了她就没法好好生活。他过来吃饭，喝多了，不停地哭诉。他曾去看过心理医生。他在办公室附近租了一间破旧的小屋。他没有生活，也没有钱，他很可怜。米拉请了他两次，便再没请他。乔治不再给玛莎那么多钱了，他说他也要生活。玛莎付不起房子的按揭，买不起孩子的鞋。生活就这样继续。玛莎还是很快乐。现在，大卫可以到家里来了，他们可以整晚待在一起，可以在她的房间里睡觉，这曾是多么奢侈的事啊。她向孩子们介绍他，迷恋而又充满爱意地看着他们尽力和大卫好好相处。

"他和孩子们相处的时间比乔治多了十倍。米拉，他肯和他们交流，听他们说话！"

当然，还有一些问题。大卫并没有离开他的妻子，而现在玛莎很在意这点。是大卫把这件事变成了考验——爱的考验。她通过了，她和乔治分开了，和她爱的人分开了，还付出了一定的代价。大卫解释说，他在经济上有点儿问题。他的妻子不会为难他的，不是吗？她是那样一个无助的小女人，如果他离开了，她就会崩溃。他得等到……

这句话的结尾很含糊，可玛莎仍然相信他。米拉坐在那里，苦涩地想着，女人真好骗，可是玛莎对她的暗示没有在意。大卫确实和她生活在一起，他几乎每天都待在她家里。米拉也承认，他们在一起时，能看出大卫是真的爱着玛莎的。可那又能怎样呢？还不是老一套。米拉已经厌倦了。女人和男人的游戏。他们以不同的规则进行游戏，只因为他们各自遵从的规则是不同的。一切显而易见，只有女人会怀孕，也只有女人需要带孩子。其余的规则都是从这一规则派生的。所以，女人不得不学会保护自己，不得不谨小慎微。一切规则的建立都是对她们不利的。玛莎勇敢、真诚、痴情，但她也蠢得可怜。

米拉端着白兰地坐在黑暗中，这样告诉自己。她预见了玛莎的悲剧，心里感到难过，觉得自己刻薄又渺小。如果大卫抛弃了玛莎，那也将成为一场悲剧。她对他的情感太强烈，足以吞噬一切。或许不会发生这样的事，她又对自己说，或许他说的是实话。毕竟，玛莎相信他，而她天生是个测谎仪。或许一切都会变好，他们从此以后会过上幸福的生活。大卫在波士顿的大学申请到一份工作，工资比现在高，如果得到这份工作，他和玛莎就可以结婚，然后搬到波士顿，同时可以继续付给他的妻子赡养费。他是这么说的。也许是真的。可米拉内心深处仍有疑问：为什么他自己没有准备好，却要逼着玛莎先离婚呢？

当米拉想到自己的时候，这两种想法混杂在一起。她知道自己应该怎样做，而且她选择了正确的路。她在两方面都下了赌注。刚开始玩的时候，她不知道规则，可她还是碰对了。这一定是凭直觉。她的聪明才智后来用于给家务活提醒卡分类，那种学识和智慧并没有白白浪费。在一个女人作为牺牲者的世界，她生存下来，成为赢家。她有一座漂亮的房子，有两个听话的儿子，还有锦衣华服。她和她的丈夫一周至少会去俱乐部吃一次晚餐，如果她愿意，还可以每天下午去那儿打高尔夫球。做家务是出于自愿，而非必须。这不就是胜利吗？看看萨曼莎、莉莉，还有玛莎——她现在不得不向大卫要钱。

她坐在那儿，紧张得抿着唇，忽然听到车库门打开了，诺姆走了进来。他被门槛绊了一下，嘴里骂骂咧咧："妈的！"然后走进她待着的这间屋。"回来了？"她问。"回来了。"他答，去厨房给自己倒了杯酒，但没有开灯。

她什么也没说，可她全身的皮肤都紧绷起来。终于到了这一刻。天知道她曾想象了多少次。总会有一天晚上，他回家来，看到她靠在窗边的身影，会想起尚且尊重她的那些日子，会在她脚边的蒲团上坐下来，一边喝酒，一边看着她在黑暗中的轮廓。她看不清他的脸，但仍能想起他向她求婚时那渴望的神情和朝气，现在他一定是那个样子。他会说："我明白你为什么要坐在黑暗中，我也想，或许我们可以坐在一起，轻触彼此的手。我会问你昨晚梦到了什么。会问你，为什么当月亮躲进云后时，你会害怕地看着它，等着它再钻出来。每当我俯身看克拉克玩游戏，伸手去摸他那可爱的小脑袋时，为什么总会忍不住拍他一下，不是真的打他，只是轻轻一拍，然后说：'这招怎么样，小伙子？'他会回过头看着我，觉得我好烦，就像他最烦洗澡，需要被哄着才不情不愿应付了事。还有诺米，我讨厌那个孩子。为什么呢？米拉，我明明是爱他的。可是，当他像我小时候一样摇摇晃晃地在走廊里跑来跑去时，我真想杀了他……一部分的我想要跑过去扶住他，别让他摔伤自己，想要抱着他，一直抱着他，这样他就永远不会受伤；可是，另一部分的我想冲过去，一掌把他打倒在墙边，因为他居然会笨到让自己受伤。但最后，我什么也没做，只是啪啪地拍着手。他转过头愤恨地看着我，我心里一惊，因为不是这样的，我也不想对他这样，那我到底为什么还要那样做呢？米拉，你知道吗？你也有这种想法吗？我还想告诉你，昨晚我做了一个梦，一个噩梦。我告诉你好吗？"

谁知道呢？也许诺姆是这样想的。这很可能。

所以，当他坐下来，一声不响时，她听到了自己的心跳声，她知道有些事就要发生了，她的愿望就要实现了。她试着调节气氛，又不想过分影响这种气氛，这种分寸很难把握。她不想逼他，不想让他生气，只想欢迎他进入她的黑暗世界。在那里，他们可以一起望着黑夜，与它融为一体。于是她小声说："今晚的月色真美。"

他没有回答，她听到这句蠢话在她脑海中回荡，"今晚的月色真美"，一遍又一遍，好像一个热情过头的傻瓜，就像意大利歌剧中的一幕。幸亏是用意大利语唱的，因为当情侣们开始二重唱时，正因听不懂，你会相信他们唱的都是真心话。她觉得自己很蠢，觉得自己被否定了，所以她又张嘴想问："今天过得好吗？"就跟平常一样，却说不出口。

"到了冬天，我喜欢从这个角度看月亮。"她最终这么说，"树枝投下阴影，交错在一起，真好看。只是一棵树。你看，你明白我的意思吗？只是一棵树，但如此复杂交错，就像最精美的花边。想象一下，它的根该是什么样子？"

他啜了一口酒。她听到冰块碰撞玻璃杯的响声。他清了清嗓子。她觉得心里很柔软，像是什么东西要溢出来。这对他来说却那么难。她想伸手触碰他，可又克制住了。

"米拉，"他终于开口了，"这对我来说太难了，我不指望你能理解，我自己都不明白，这事并不怨你，只是因为我……"

她向他转过脸去，迷惑地看着他，额头上显出一道深深的皱纹。

"哦，我想你可能已经注意到了，我最近不经常回家，那是因为……唉，算了，说出来又有什么用！米拉，我想离婚。"

UnRead
-
文艺家

〔美〕玛丽莲·弗伦奇 著

余莉 译

醒来的女性

THE WOMEN'S ROOM II

MARILYN FRENCH

北京联合出版公司
Beijing United Publishing Co.,Ltd.

CHAPTER 04

第四章

1

在我看来，中世纪对罪行的看法是非常个人化的。在但丁笔下，诈骗之罪比杀人之罪更为恶劣。所谓的罪行并不是犯法，而是亵渎了一部分自我，人们会根据你亵渎的那部分自我对你进行惩罚。在但丁简明的地狱结构里，淫欲之罪不如易怒之罪严重，而最严重的是冒犯至高权力。

这在我们看来有些奇怪，因为我们是根据施害者对受害者的伤害程度来衡量罪行的（不是罪孽——唯一的罪孽就是性）。那种无法归类的，没有受害者的罪行，令人想起古人的思维方式。不过，我对那些老观念倒是很感兴趣。我并不是要重拾那些观念——毕竟，由某种外在的权威来告诉你如何使用自己的能力才是正当的，这太离谱了；那些凌驾于人的身体和情感之上的理由，也都荒唐可笑。但是，老观念也有其理智且深刻之处：谋杀、盗窃、殴打等行为既冒犯了施害者，也冒犯了受害者。如果我们能这样想，犯罪行为也就会减少了。我根据电影和电视中的主流观念推断，人们普遍认为，犯罪就是指某人抱着侥幸的态度违反规则；毫无疑问，谁都可能违反规则，但不是每个人都会嚣张地以为自己能逃脱惩罚。因此，规则的维护者把这种嚣张气焰打压下去就显得至关重要了。电视里的犯罪就是两股势力之间的较量，这种观点微妙地鼓励了那些大胆的人去挑衅规则。一些著名的规则维护者之所以受人喜爱，是因为尽管他们站在正义的一方，但他们也会破坏规则，会采取非正统的方法。

其实，除了害怕被发现和受到惩罚，那些非法侵入住宅、偷窃和杀人的人还会付出其他代价。我不知道具体是什么样的代价，因为我没有体验过犯罪。但我觉得，他对自己和自己与世界的关系的认知肯定被动摇了，其中肯定掺杂了些许伤痛、些许裂痕和绝望。当然，除了那些犯罪的人，我猜其他人也常有这样的感觉。有时，最可怕的罪行往往却是完全合法的。所以，或许说这些都没有意义，或许想把犯罪这回事说清是不可能的。但是，古人对罪行的理解给了我们重要的启示，尽管还需完善，但难掩其智慧之光：好的人生就是任何一部分自我都没有被扼杀、被离弃，各部分自我之间也不曾相互压迫的人生，只有在这样的情况下，个体才拥有成长的空间。但空间也是需要代价的，任何事都需要代价，而且不管我们做何选择，都不会乐于付出代价。

米拉就像当初陷入奴役一样突然获得了自由。至少她是这么认为的。她本可以拒绝离婚，也可以爽快答应，不提任何要求。可最终她同意了离婚，并向诺姆要了一大笔钱，说是她十五年来服役的报酬。诺姆很吃惊，他没想到她是如此看待他们的婚姻的，可同时，他也不忘争辩要扣除她吃穿用度的费用。

离婚并没有给她美好的自由，感觉更像是在暴风雪中被赶出了因纽特人的冰屋。天地广阔，但处处冰冷刺骨。

她心灰意冷，坐在桌前一页一页翻看记满她辛劳的纸，同时查看有哪些公司需要会做这些事的员工。她濒临崩溃。有几天，她就像失控的火车，在家里横冲直撞，拼命地擦洗，从地窖到阁楼，再到每个壁橱，她要把这十五年来的污渍都擦干净。可无论怎么擦，依然无法抹去诺姆的痕迹——那两个孩子。一开始，她偶尔会把气撒在他们身上。其他时候，她就不停地哭，悲恸欲绝，第二天去买东西时还得戴上太阳镜。有时候，她会待在浴室里，泡澡，擦浴油，刮腿毛和腋毛，染发，化妆，试各种衣服，最后再换上旧睡袍。

　　她开始在白天喝酒。有几次，孩子们放学回家，看到她喝醉了，脚步踉跄。有一次，诺姆回来拿他的东西，发现她喝醉了，还严厉地警告她，如果她再这么"颓废下去"，他就把孩子们带走。她蓬头垢面，穿着打理花园时穿的宽松长裤，没精打采地坐在椅子上。她靠在椅背上，笑了。

　　"带走吧！"她对他叫道，"你那么想要他们，就带走好了！他们也是你的孩子。长得也像你，跟你一样大男子主义！"

　　诺姆大惊失色地退了出去，从此再没回来过。每次想起这个场景，米拉都会忍俊不禁。她把这件事讲给玛莎听，讲了一遍又一遍。"哈！'米拉，我警告你，我要把孩子们带走！'哈！他才不想要他们呢。他们会限制他，让他没法跟他的小淫妇厮混。"

　　然而，到了晚上，在酒精的作用下，她的心情越发沮丧。一天晚上，玛莎打电话过来。她们已经习惯了在任何时间都可以打电话给对方，因为再也不用担心丈夫们会抱怨。玛莎凌晨一点打了一次，一点半打了一次，两点又打了一次，可都没人接。她放心不下，于是穿好衣服，开车去米拉家。米拉的车停在车库里，玛莎不住地按门铃，直到诺米睡眼惺忪地来开门。玛莎装作若无其事的样子让诺米回去睡觉，仿佛凌晨三点来访并没有什么奇怪的。近来，两个孩子的生活中出现了莫名其妙、突如其来的混乱，他们已经习以为常。他们每天耳闻目睹，却保持缄默。他们神情木然，只管做自己的事。所以，当玛莎在屋里到处找米拉的时候，诺米已经回到床上，并且睡着了。玛莎在浴室地板上找到了米拉。她的手腕割破了。地板上有血，但不是很多。玛莎把她的手臂洗干净，替她绑上了止血带。她手腕上的割痕并不深，只是割破了小静脉，并没有伤到大动脉。可她仍然昏迷不醒。玛莎把地板擦干净，用冷水帮米拉洗了脸，她这才慢慢苏醒。

"你在干什么，喝醉了吗？"

米拉看着她："我想是吧。"她又看了看自己的胳膊，"哦，对啊。是我干的，我割腕了，我真的割腕了。我早就想这么做了。"

"嗯，但你方法不太对。"玛莎说。

米拉站起来："我想喝一杯。"

于是她们下楼去。

"你把孩子们留在家了？"

玛莎点点头。

米拉看了看表："没关系吗？"

"老天，莉萨都十四岁了，可以自己在家了。"

"好。"

她们坐下来，一边喝酒，一边抽烟。

"我一直在想，我应该好好关心孩子们，可我没有。"

"嗯，我理解。在那么痛苦的情况下，什么都不重要了。"

"是啊，就连报复诺姆也缓解不了我的痛苦。他可能会愧疚一阵子，但更可能因为我妨碍了他的计划而恼火，怪我把孩子们推给他。而且即便这样，他也总有办法的。他有钱啊。我不能拿他怎样，除非杀了他。我若能打他一顿，心里也会好过些，但我不能。我真想一枪毙了他，可也还是解不了我心头之恨。我想让他哭，想让他和我一样痛苦。"

"我想乔治对我也是这样的感觉吧。"

"哦，乔治忙着自怨自艾，根本来不及生气。他要是会生气，那才新鲜呢。"

"是啊。听着，米拉，你得找些事做。"

"我知道。"她叹息一声。

"回学校怎么样？"

"好啊。"

"那好，"玛莎站起来，"我明天要去学校，九点还有课。中午我在学生活动中心等你，一起吃午饭。然后，我们一起走动走动，看看能做些什么。"

"好吧。"

于是，就这么定了。不需要再进一步讨论什么。此时，她们都非常清楚对方心里在想什么，她们的任何行为和情感都无须解释。

2

那年春天，塞尔马到蒙哥马利有人游行；几个长相奇怪的家伙的新歌流行起来，他们给自己取名叫披头士乐队。在米拉那一代人看来，这次游行是值得称颂的。它象征着一代人无法实现的愿望。披头士乐队的音乐似乎有点儿吵吵闹闹的。但两者都没有产生更大的反响。五十年代成长起来的这一代人都很安于现状。

米拉去大学报了名，准备秋季入学，学校还承认她之前的两年学历。割腕的这一插曲令她冷静下来。她已经努力去死，可却没能办到，所以，她决定努力活下去。她经常在花园里劳作，也没怎么管孩子们。他们回来又出去，只让她做饭和洗衣服，也不是很挑剔。有时候，她看着他们，心里会想，自己对他们的爱是何时、又是如何被磨灭了的呢？她还记得她抱他们坐在腿上，对他们说话，听他们说话。可是，她越往后想，记忆就越发模糊了。他们如今一个十二岁、一个十三岁了，她还记得最后一次爱抚他们是在旧房子里，至少是在五年前。那天，克拉克被一帮孩子欺负了，他哭着跑回家，身上还带着伤。他哭哭啼啼地跑过来，她把他抱坐在大腿上，搂着他；过了一会儿，他不哭了，靠在她的肩头，眼睛红肿，抽噎着，把拇指塞进嘴里——如今他晚上还会这样。突然，诺姆回来了，他大发脾气。

"米拉，你要把那孩子教成娘娘腔吗，还让他坐在你大腿上？天哪，你还让他吸手指！你到底怎么回事？"

米拉抗议着，诺姆咆哮着。克拉克急忙爬下来，哭得更厉害了。然后，他被送回了房间。诺姆摇摇头，为自己倒了杯酒，嘴里还不停地嘀咕着女人多么愚蠢和母亲无意识的占有欲。"我不是怪你，米拉，我知道你没有多想。但我告诉你，你得仔细想想。你不能那样惯着儿子。"

是不是从那时候起，当他们触碰她，她想要伸手触摸他们、拥抱他们时，她就会克制自己？她也不记得了。那又是另一个世界的事情了，一个对诺姆唯命是从的世界。如今，一切都不同了。她可以随心所欲。她只在有必要的时候才打扫房间。她可以穿着旧衣服在家里走来走去。每餐饭都很简单、轻松，而且符合孩子们的口味。时间久了，孩子们都平静下来，他们在家待的时间也更久了，有时候他们甚至会坐在米拉身边，和她说说话。可是诺米长得太像诺姆了，克拉克的肤色和眼睛也很像诺姆，她看着他们的时候，心里会有些不舒服。他们都是诺姆和她的骨肉。她还记得莉莉是如何推开卡洛斯的手，她极力摆脱他，好像他已是一个大人，正准备袭击她似的。他们聊天时，她发现自己不停地纠正他们的语法错误，提醒他们做作业、帮着干活儿，提醒他们身上脏了该洗澡了。如果他们没有打扫房间，她就会数落他们。这招奏效了。他们不再在家里久待，也不和她坐在一起了。但她并不在乎。

　　唯一和她有深厚感情的人是玛莎。那年夏天，玛莎过得很糟糕。钱的问题越来越严重，玛莎害怕失去自己的房子。"这倒是没什么关系，只是公寓比这房子还要贵。我们去哪儿住呢？我并不怪乔治，不过他在这件事上太浑蛋了。我看，这就是他发泄愤怒的方式。他自己也有公寓，每周还要去看两次心理医生，那可不便宜。我得找份工作。可是，要解决房子的问题，要照顾孩子们，还要去学校，我都不知道哪来的时间。还有大卫，我开始对他失望了。到现在都快九个月了，他还和伊莱恩住在一起。他倒是不时会给我钱，所以我才能撑到现在，可那倒成了他和他老婆住在一起的借口。波士顿的工作没戏了。我觉得他总有找不完的借口。他可真是活在理想世界里啊，两个女人、两个家庭都以他为中心。他妈的，他可真是妻妾成群！"

但她又害怕因为这件事和他吵架。

米拉怀着极度紧张的心情回到了学校。她只上两门课，过了这么多年，她不知道自己还能不能再捡起来。不过，在地方大学里还有一大群像她一样重回学校的中年妇女，她们发现对方时都很惊奇。她们都怀着同样的恐惧，都有家里的问题要担心。米拉并不是一个人。她的课程感觉挺容易，她下了三倍的功夫去学习，倒不是因为焦虑，只是出于兴趣。再说，她有时间，她有的是时间。

多年以来，她第一次充满渴望地向往起性生活。她默默回忆起玛莎的故事，想象玛莎和大卫在一起的情景，她在想，自己是否能有玛莎那样的感受。可是，她觉得玛莎和大卫是与众不同的，并不是所有人都像他们一样。他们都讨厌自己的身体。他们一天要洗三次澡。玛莎对自己的生殖器感到恐惧，大卫第一次亲吻它时，她还想制止他。他喜欢她的阴道，坚持要为她口交，等到放松下来后，她也喜欢上了那种感觉。可一开始总有一阵厌恶感。她也喜欢他的阴茎，几乎是崇拜它，而他一开始也觉得这很荒谬，很恶心。她喜欢口交多于其他性交方式，于是大卫也学会了好好躺着享受。当他们性交的时候，他的阴茎用力地插入，让她几乎晕厥过去；看到她意乱情迷的样子，感觉到她的潮湿，他就能达到高潮。他们都从对方身上找到了欲仙欲死的感觉。或者说，几乎是为了对方而经历那种感觉。不在床上的时候，他们也好像住在对方身上一般，想要成为对方，去体验对方体验过的生活。米拉想，这就是"超越"吧，好像你能超出自己的本体去生活一样。可这又过于激烈了。她一直琢磨着"过于"这个词。你该如何保持感情持久如此呢？

十月末，有天夜里，已经很晚了，米拉的电话响起来。电话那头，一个微弱而遥远的声音在叫她的名字。是玛莎。听不清她是在说话，还是在哭。她的声音很微弱，只是隐约听见声"米拉"，然后就听不清了。然后她又叫了一声"米拉"，就又不说话了。在一片沉寂中，只听到压抑的叹息、抽泣，或是占线的声音。

"玛莎？你没事吧？"

电话里的声音变大了一些："米拉！"

"要帮忙吗？"

"啊，天哪，米拉！"

"我马上过来。"

她穿上衣服，走进十月的寒夜里。今晚的月亮很早就变成了橙色，此时正在淡去。星星在头顶闪耀，它们像是在为那些年轻的情侣装点天空。或者说，只是在恋人们眼中如此，米拉苦涩地想。她知道玛莎的问题来自大卫。

玛莎家的大门没锁，她直接走了进去。玛莎正坐在浴缸边，趴在马桶上。她手里拿着一个瓶子。米拉走进来，她抬起头。她的脸是浮肿的，脸颊上青一块紫一块。她的一个鼻孔又红又肿，血流如注。她穿着睡衣，肩膀露在外面，也是又青又紫。

米拉惊叫一声："天哪！"

"别给他打电话，他站在他们一边。"玛莎说着，突然控制不住，把脸埋在掌心，歇斯底里地号啕大哭起来。

米拉任由她哭。她轻轻地拿走她手中的瓶子，看了看，是催吐剂。妈妈们都知道它，这是用来让宝宝呕吐的，当你怀疑你的孩子误食了祖母的安眠药时，就会用上它。

"你做了什么？"

玛莎在抽泣，说不出话来。她只是一个劲儿地摇头，然后大呕一阵，吐出一堆夹杂着软绵绵的碎末的液体。米拉等她吐完，用冰凉的湿布给她擦了擦脸。玛莎不让米拉打扫厕所。"我知道那是什么样子。我已经为孩子们擦过无数次了。"

"我也是，我已经习惯了。"

"你才没有习惯呢！"玛莎坚持说，然后，她跪下来，把马桶刷干净。打扫完之后，她站起来："好了，我感觉好些了。"

"你做了什么？"

"吞了一瓶安眠药。"

"多久以前？"

"在我服催吐剂的十分钟前。"玛莎说着，笑了。

"我要洗个澡，然后让这地方通通气。"她说。

"我得说，你是个特别合作的自杀者，"米拉笑着说，"介意我喝一杯吗？"

"喝吧，给我也倒一杯。"

玛莎去洗澡了。米拉坐在玛莎的卧室里，一边喝酒，一边抽烟。自己吐的东西还得自己打扫干净，自己用过的厕所还得自己冲洗。可不是吗？除非你是个孩子。你不能让孩子们去做这些。不过又凭什么不能呢？玛莎的卧室朴素而雅致。里面布置得很简单，也没有多少东西，但墙上挂着装裱考究的、精致的版画。还有垂挂着的、花纹精致的落地窗帷幔。屋子里非常舒适、非常美好。平衡，平衡。生活中是需要平衡的。

玛莎进来时脸色很难看。她那精巧的脸上有了深深的、忧愁的纹路，嘴角也生出了苦涩的皱纹，眉头紧锁着，眼睛浮肿。她在床尾坐下来，接过米拉递给她的酒。米拉看着她，等待着。她啜了口酒，抬起头来。

"嗯，就是那么回事。"

米拉倾听着。

"大卫今晚过来吃饭，"她说，然后深吸一口气，开始揭开那疼痛刚刚有所缓解的伤口，"我们打算小小地庆祝一下。他的论文被收录进了《比较文学期刊》，他很高兴。我也为他高兴。你知道的，我最近很少做饭，工作以来就没什么时间了。可是今天下午，我跑东跑西，专门去买了做菲力牛排的里脊肉和新鲜的芦笋。我昨天特意炖了只鸡，我的孩子不喜欢吃炖鸡肉，这是用来做意式烩饭的。我还买了一小罐鱼子酱，真的算很挥霍了，还煮了鸡蛋。我还买了新鲜的草莓，草莓已经快过季了，贵得吓人，还买了红酒。依我说，这可真是一顿大餐。我很开心，一切都感觉很美好。能为他做这一切，我真的很快乐，我愿意永远为他做这样的事。他坐在那儿，看起来那么帅气。他风趣地描述同事听到他的文章被发表时的反应。他们系的人忌妒心强，老喜欢背后说闲话。他很风趣，但真的理解他们。你知道吗？他和大多数男人不一样，他听到别人说坏话，还会考虑他们的感受，所以，他很有趣。"

她又抿了一口酒，然后弯下腰去擦鼻子。她吸吸鼻子，血和鼻涕一起淌出来。她擤干净鼻子，站起来，可还是不太通气。

"他带了干邑白兰地过来，我们坐下来，用高脚杯一起喝酒。莉萨在她的房间里做家庭作业，杰夫已经睡着了，我们坐在客厅沙发上，离得不太近，因为我想望着他。沙发前的茶几上还放着喝了一半的咖啡，我们都有点儿醉了……"

她开始哭起来。米拉等待着。

她又重新抬起头来："后来莉萨也睡了。我靠在沙发扶手上，看着他，沉浸在这种氛围中，我感觉很温暖、撩人又惬意，就那么含情脉脉地看着他。突然，他转过身，一脸严肃地跟我说：'玛莎，我有话和你说。'"

她一边说一边哭，说几个字就要喘几口气。

"我还沉浸在美妙的氛围里，并没有注意他的语气，于是伸出手，说了句'亲爱的，你说吧'之类的蠢话。他拉着我的手说：'玛莎，伊莱恩怀孕了。'"

"他双手捧着头，我站起来大叫：'什么？！'他把脸埋在掌心里，不住地摇晃着，我才发现他在哭。我挪过去抱住他，搂着他的背，摸着他的头，抚慰他。他开口了，他说那是个意外，他也不知道是怎么回事，他还说，她想套住他，因为她知道他想离婚。我也哭了。我摇着他说：'好了，我理解，亲爱的，没关系，会好的。'过了一会儿，他平静下来。可我的大脑一直嗡嗡地响，火气越来越大。等他不哭了，我一把推开他，坐下来朝他大吼大叫。意外？他们什么时候又睡到一起了？若不是这样，怎么会有这样的意外？好吧，是骗我的，我也一直知道那是骗我的。可是，她知道我的事，也知道他想离婚，他怎么能相信她会避孕呢？他怎么就一点儿都没防备呢？当时我想起来，他说过想要一个儿子。他爱他的女儿，可是……"玛莎苦涩地笑了，"看着他的脸色，我明白了。我明白了他的真正想法。他从没想过和伊莱恩离婚。我为他毁了自己的生活，但他却从没想过要破坏他自己的生活。我看着他，真想杀了他。我怒吼着向他扑过去，踢他，抓他，破口大骂。他只是一味地躲避。我的样子一定很狼狈，但他也没好到哪儿去。我把他赶了出去。那个狗娘养的浑蛋、杂种、王八蛋！"她又失控了，愤怒而痛苦地叫喊着，抽泣着。孩子们的卧室房门紧闭。玛莎哭了半个小时。"啊，天哪，我不想活了，"她最后叹息一声，"太难受了。"

3

　　读到这里，你会发现我们所有人常常说起一个词：**他们**。而我们所指的就是——男人。我们都曾毁在他们手里，但还不仅如此。因为我们每个人都还有朋友，我们的朋友也曾毁在他们手里。而我们的朋友又有她们的朋友……但还不只是和丈夫的相处问题。我们听说了莉莉的朋友埃莉的事。她的丈夫布鲁诺是个非常残暴的人。后来，她和他离婚了，可是离婚后，他还会半夜闯进家里打她，她却无法阻止他。真的，就连警察也帮不上忙，因为屋主还是他。她的律师也无能为力。也许律师是有办法的，但布鲁诺威胁过他，他可能害怕了。所以，没有人能帮她。她不想去警察局投诉布鲁诺，她不想让他丢了工作，她尤其不想让他坐牢。可最后，她却不得不那样做。他确实丢了工作，但没有坐牢。只是他再也不会给她钱了。的确，她赢了。可是赢得了什么呢？"靠福利救济的母亲"这样一个身份而已。

　　还有桃瑞丝的故事。罗杰想离婚，她很生气，于是狠狠地敲了他一笔。她要他每年给她和孩子们一万五千美元，毕竟他年薪有三万五。当初结婚后，她就辍学了，并支持他完成了三年的学业。她同意把鸡蛋放进他的篮子里，因为这是他想要的，可之后他却打翻了这个篮子。你没法责怪她。她今年三十五岁，已经很多年没出来工作了。她以前做过打字员。她没有退休金，也没有工龄。但罗杰对法官的判决很不满，于是跑到国外去了，她联系不上他。他每个月会给孩子们寄一百美元，可是有三个孩子啊。她毫无办法。

还有敢在离婚后找情人的蒂娜。菲尔也有一个情人，但那是不同的，孩子们又没有跟着他。他说，只要她还和那个男人混在一起，他就不会给她钱。如果她告他，他就把孩子们带走。他用威胁的口吻说："这个国家的任何一名法官都不会把孩子判给一个留宿男人的母亲。婊子就是婊子，你可别忘了。"仿佛他自己就是全知全能的法官一般。事实也许并非如此，但蒂娜太害怕了，根本没去细想。她说："菲尔，他是个很好的人。孩子们也喜欢他，他对孩子们的关心比你多了。"这根本不管用。如果他们之间的问题是她以为的人与人之间的冲突，那还可能有用，但他却把它当成权力的争夺，并对她嗤之以鼻。结果，蒂娜没有告他，他也就没有给钱。所以，她也靠福利救济。如果你想知道那些靠福利救济的母亲都在哪里，问问你身边那些离了婚的女性朋友吧。靠救济金生活，听起来很容易。可是，它除了带给你耻辱和愤恨，并不能让你过上很好的生活。对女人来说，这并不是一件愉快的事。但当她们看着自己的孩子时，又会欣慰地笑了。

我们所有人都听过这样的故事，不断有人说起，好像每个人都会经历离婚似的。一段时间后，你就不再问是谁的错；再过一段时间，你甚至不会问为什么。我们都曾无缘无故地结婚，而现在，我们又都无缘无故地离了婚。后来，这也就没什么稀奇的了。我们并不觉得世界因此崩溃了。结婚久了，你就知道婚姻是多么脆弱。我们都曾听过新闻评论员们虚情假意地感叹离婚率太高。困扰我们的并不是结婚与否，而是我们都太可怜了，被人侵犯隐私（就连诺姆有时也会查看米拉的邮件——他说他有这个权利，因为房子是他的），被人殴打，受尽各种委屈。可是，从警察到法庭，再到立法机关，没有一个人站在我们这一边。有时候，甚至连我们的家人和朋友都不站在我们这边。我们三五成群，不安地聚在一起，痛苦地埋怨着。就连我们的心理医生都不站在我们这边。我们骂**他们**骂到吐，也不过是把导致消化不良的东西吐出来而已。而恶疾本身仍会长期地、慢慢地折磨我们。我们明知法律是为**他们**而定，社会是为**他们**而建，一切都因**他们**而存在。可我们不知道该怎么改变这种现状。我们只是隐约觉得美国存在某些严重的问题。可我们只能爬进自己的洞穴，努力生存下去。

4

经过一番周折，乔治和玛莎又复合了。他们复合主要是因为钱，而且乔治真的没法一个人生活，所以，幸亏玛莎遇上了麻烦。不过，乔治真是一个不错的人。即便生气的时候，他也不会旧事重提。其实他也用不着这么做，和大卫的那段感情彻底毁了玛莎，她不再是从前的那个她了。

圣诞节过后是复活节，然后夏天到了。诺姆坚持要离婚，米拉拖着不离。她计算着结婚这些年来，她兼任管家、保姆、洗衣工、司机，以及妓女（现在她就是这么觉得的，那一直是最令她痛苦的角色），所应得的报酬是多少，然后把账单交给了诺姆。

"钱全都是你的。你以前说过，你就算住旅馆也可以过得很好。你就当十五年来你一直住在旅馆里，所享受的这些服务都是付费的，这就是你应付的报酬。"

诺姆气坏了，他的律师也气坏了，就连米拉的律师也觉得她疯了。他们拿着她的账单讨价还价，最后终于算是谈妥了。米拉和她的律师知道，尽管诺姆的收入很高，可是法官不会答应她的要求。她得到了房子的居住权（因为有房贷和共同所有权——如果她搬出去，可以得到房价折现的一半）、汽车（已付款，一九六四年产的雪佛兰）、每年六千美元的赡养费，还有每年九千美元给孩子们的抚养费（直到他们满二十一岁）。米拉算了算，算上房子、家具和她的衣服，他们结婚十五年间她每年得到两千美元，而离婚后，每年能得到六千美元。这可真是一个奇怪的协议，但如今，米拉已经像块椒盐饼干般脆弱。"我看这也不算是苦役了吧。除了吃住，我还得到了其他报酬。"

米拉在学校的成绩很好，而且她也喜欢回到学术工作中去。玛莎活下来了，萨曼莎活下来了，莉莉也勉强活下来了。孩子们在长大，日子在继续。米拉的表现很好，甚至很出色。老师们建议她继续攻读博士。米拉听了《埃莉诺·里格比》[1]，她觉得，流行音乐也发

---

1 《埃莉诺·里格比》（*Eleanor Rigby*），披头士乐队的歌，收录在专辑《左轮手枪》（*Revolver*）里，歌词讲述了孤独的主题，其中的埃莉诺·里格比是寄宿在教堂里的清洁女工。

生了变化。莉莉又发病了。玛莎取得了学士学位，进入了法学院，她没有精神错乱。米拉写了申请，还让老师写了推荐信。马丁·路德·金被杀了。罗伯特·肯尼迪也被杀了。"美莱村大屠杀[1]"发生了，尽管当时我们还蒙在鼓里。米拉收到两封信，通知她被耶鲁大学和哈佛大学录取了。她坐在那儿看着信，简直不敢相信。诺姆再婚了，他娶了那个被米拉称为"小淫妇"的女人。诺姆打电话来说要买她的那一半房子时，米拉正要将房子卖出去。根据房子在市场上的价值，米拉已经有了一个心理价位，可是诺姆出的价比她的心理价位少了五千美元，他们因此吵了一架。最后，他又加了两千五百美元，她同意了。这样也省得她每天早上把房子打扫干净等待买主了。唉，男人啊，去他的，够了，我再也受不了了。发生的事已经够糟了，何苦再去回味一遍呢。我真不该开始讲这些故事，但我不得不这么做。现在，我要将它进行到底。现在才七月二十六日，学校要九月十五日才开学。就像人们常说的，除此之外，我还能做什么呢？

　　米拉把所有家具都卖给了诺姆。她在一所很好的私立中学给孩子们报了名。一九六八年八月的一个早上，米拉把行李装进车里，准备去波士顿。她在屋外站了一会儿，看着空荡荡的家。孩子们和诺姆在一起，明天才回来，到时，诺姆和他的现任妻子就会搬进去。她想，那个女人搬进去时会作何感想，那可曾是她的家，里面的家具全都是她挑选的，而且精心照料了这么多年。她曾把青春奉献给了它们。是啊。她向房子行了个礼。

1　1968 年，越南战争中，美军在越南广义省美莱村制造了"美莱村大屠杀"（*My Lai Massacre*），杀害了五百多名手无寸铁的妇女和儿童。

"再见了，家具们。"她说。可是，家具终究是家具，它们一动不动地静静立着。

5

离开之前，米拉去拜访了两个人。她先去看望了玛莎。玛莎知道她要来，可是，当她到达时，玛莎正穿着一件脏兮兮的旧家居服，像孕妇似的，头上包了一块头巾，正跪在厨房里刮着地板上的蜡。

"我一边干咱们一边聊，你不介意吧，我最近忙死了。"玛莎说。

米拉在厨房的凳子上坐下来。她抿了一口玛莎递给她的杜松子酒，和玛莎有一搭没一搭地闲聊着。这是玛莎上法学院的第一年。她不知道该选什么专业。她喜欢国际法，可是女人是不可能学这个专业的。她还讲了一些学院内部的八卦。玛莎长胖了许多。那么多肉堆在她娇小的身体上，看上去有点儿奇怪。那些天，玛莎很少和米拉对视。她总是对着墙、地板和刀叉说话，绝口不提大卫。乔治很不高兴。在他们分开的日子里，他已经有了一定独立性，如今觉得玛莎管束他，有了离婚的想法。

"很好笑对吧？他和女同事有一腿，可他并不是因为这个想离婚。他想去曼哈顿潇洒。他想尝试以前没尝试过的东西。我简直没法理解，只觉得幼稚得要命。"她笑了。她一点一点地刮着蜡，干得很慢很慢。

"你要是还有多余的油灰刀，我来帮你吧，"米拉说，"按你这个速度，得两周才能干完。"

"没关系，我自己来。我本来就是个完美主义者，就算你帮了我，我也得返工。"

"乔治是认真的吗？"

"你是说离婚吗？我也不知道。不过，他说要在纽约买房子倒是真的。他想念单身汉的快乐生活，"她又笑了，"虽然他在单身时并不觉得快活。"

嚓，嚓，嚓。

"但我就麻烦了。我还要上两年学。我的工作也只是兼职，赚的钱勉强够吃饭。可现在乔治想住漂亮的房子，他已经不喜欢这破地方了。我都没法想象，他哪有那么多钱。几个月前，他工资涨了不少，可他要觉得那点儿工资够买房子，那真是做梦。更何况，我们分开的时候还欠了两千美元的债呢，其中有一千美元是他看心理医生的钱。"

"他现在还去吗？"

"不去了。他现在有我了啊。"玛莎一本正经地笑了笑。

玛莎仍然不看米拉。

她们聊了孩子，聊了未来。玛莎的声音很单调，没有抑扬顿挫。

"你见过他吗？"米拉终于问出来。玛莎停下手中的活儿，把头巾推至额前。

"不经常。法学院在文理学院的对面。有时候，我看到他在一群学生中间，他好像没有看见我。他看起来还是以前那样。我听到过一些传言，他和一个有夫之妇好上了，听说好像是法语专业的。"

她又开始刮地板。她才刮了不到半平方米。

"你呢？你现在感觉怎么样了？"

玛莎站了起来："再来一杯？"她朝柜台走去，背对着米拉，倒了两杯酒，"我也不知道自己是什么感觉。"她郑重其事地说，"我什么感觉也没有，真的。好像我从来都没有过任何感觉。他是个浑蛋，但我爱他。你知道吗？我就像《我的男人比尔》那首歌里的笨蛋。只要他开口，我明天就可以回到他身边。我知道我会的。我也不是不打算让他吃苦头，但我还是会回去的。可是，他不会开口了。"

"你为什么不重新找一个呢？"

玛莎耸了耸肩："我想找。至少，我以为我想找。可是，我的心思不在这儿了。现在我只想拿到学位，然后出学校。我已经在学校里待了太久了。天哪，我都三十六岁了。"

"我也是啊，可我才刚开始。"

玛莎笑了："谁说我们没努力过啊。"

"但我和你的感觉一样。好像以前觉得重要的东西现在都已经不重要了。好像再没有什么事情能那样深刻地触动你的心。它也再不会那么痛了。"

"也许是我们老了吧。"

"也许吧。"

米拉离开的时候，玛莎仍然蹲在地上刮着，她已经刮完一平方米的地板了。"祝你好运，"玛莎语气平淡地说，"还有，保持联系。"

保持联系。是什么意思？互送圣诞节贺卡吗？你怎么跟联系不上的人保持联系？在神经传导至皮肤之前，她就已经把它们切断了，这样对于任何接触，她都不会再有感觉。米拉理解玛莎在做什么，为什么这么做，但这让她感到可怕的孤独。那玛莎又有什么办法呢？继续去感受？就像莉莉那样？

米拉穿过格林伍德精神病院的庭院。院里有许多草坪，周围种着树，遮盖住四米高的铁丝网栅栏。草坪里也有树，还有长椅。院内还有几个花坛。人们在草坪上散步或者坐着休息。他们衣着整洁，看不出来谁是病人，谁是探病者。走到莉莉的宿舍处，米拉向人打听，一名护士微笑着把她带到草坪一角。几个年轻女人正坐在长椅上聊天。看到米拉，莉莉马上站了起来。走到一起之后，两人尴尬地抱了抱。米拉动作有些僵硬，莉莉有些紧张。她们心中五味杂陈。

莉莉瘦得惊人，但她穿得很漂亮，比在家时穿得好多了。她穿着整洁的棕色裤子和米黄色的毛衣，还化了很浓的妆，头发也是刚染过的。她向米拉介绍了另外几个年轻女人。她们也都穿得很漂亮，化着浓妆，涂着浓重的眼影，戴着假睫毛，施着橙色系的粉，涂着厚重的胭脂和深色的口红。米拉不知道她们是病人还是探视者。她们聊了一会儿天气，另外那三个女人就离开了。莉莉有烟但没火，米拉带了打火机来，她很高兴。"点烟都得找护士，这是这儿的规矩。她们害怕这里的疯子把这地方烧掉。"

"那几个女人是来探病的吗？"米拉朝离去的几个人努了努嘴。

"哦，不是，她们和我一样，"莉莉笑起来，"这地方其实就是为那些被丈夫抛弃的女人建的乡村俱乐部。"

米拉环顾四周。莉莉似乎是在说疯话，可周围几乎全是女人，而且年龄都在三十到五十岁之间。

"就没有男人吗？"

"有啊，但都是些老酒鬼。"

"那有没有女的老酒鬼？"

"有，有很多。我们都是没人要的人。"莉莉吸烟吸得很凶。好像她急着抽完这一支，好再点一支，"不过，我的朋友都和我差不多。"她聊起她们，聊起自己。

"我生病之前，去看我姨妈。她说我是被宠坏了，她说她老公还不如卡尔呢。她还说，与大多数丈夫相比，卡尔算是个好丈夫了。姨妈说我应该感谢卡尔，因为他没有欺负我。有时候，我觉得她说得对，但我就是受不了，受不了和他一起生活。我想离婚，所以我才来了这儿。我想离婚，可是，当他走出家门时，我又会一路追出去，抓住他的外套，哭喊着让他不要走。我没办法独立生活，我什么也不会。我该怎么付账单？我这辈子从没付过账单。厨房里的灯泡坏了，我只能坐在那儿哭，以为就要生活在黑暗里了。我哭着求他回来，可是，他回来了我又受不了他，他就是纳粹分子、冷血动物，我一直努力想让他更有人情味。结果，他又把我锁起来了。姨妈加入了一个自杀互助团。自杀互助团啊！她还想让我也加入。"莉莉爽朗地笑着。

"自杀互助团？"

"是啊，你知道吗，她们会在深夜给对方打电话，她们会说'过了今天的阴霾，明天的天会更蓝'或者'我在此为你加油，我知道你有勇气度过这一劫'这类的话。"她又笑了，还是笑得那么灿烂，但笑声中已听不出歇斯底里的味道。看她的样子，也没有在发抖了。"我见过她们的广告。上面用大字标题写着'如果你有任何需要，请给我们打电话'。上面还说，如果你毒瘾犯了或者想自杀，或是遇到任何问题，想找人倾诉，就给她们打电话，后面还附上了电话号码。然后用小号字写着'周一至周四，中午到晚上十点'。我记下了电话号码，却从没打过。这个时间段里我的心情通常还不错。"她又笑起来。

"问题是，"她又继续说，不时地笑着，"我并不想自杀！就好比我得的是感冒而不是肺炎，别人是帮不上忙的。精神科医生——真是笑话！他让我们都化了妆，打扮得花枝招展的，就像阿斯托太太家的马一样。我们浓妆艳抹地走来走去，就这样去喝茶，我的天！"

一个矮胖的女人从草坪对面走过来，独自坐在长椅上。她烫着卷发，神情迷茫。"那是伊内兹，"莉莉说，"她老公很久没来看她了，不像卡尔——他每周日都带着孩子们一起来。虽然待不了多久，但谁又能说他没有尽职尽责呢？伊内兹的老公只是偶尔来一次。我听过他们谈话。我看见她哭了，泪流满面，她哭得很轻，从不大声抽泣，也不会尖叫，就像绵绵细雨。她总是呜咽着说：'乔，求你了，让我出去吧。我答应你这次会好好的，我会努力做一个好妻子，真的，我真的会努力，我会去学的。'可是她太聪明了，她才不会傻到去当一个好妻子。"

伊内兹突然从长椅上站起来，跪在后面的地上，看起来就像是在拜那棵树。

"她喜欢昆虫，"莉莉说，"她总在观察它们。她过去在家时经常读有关昆虫的书，可她老公觉得那是有病。她不洗地毯，也不洗碗，只是一味地读关于昆虫的书。精神科医生和她老公的看法一致，他们觉得不能再让她这么疯下去，所以，他们什么书都不准她碰。可她还是会观察昆虫！"莉莉得胜似的欢叫着。

"还有西尔维娅。"她指着一个非常瘦小、干净朴素的女人说。那女人的头发精心绾成了蜂窝式，嘴唇涂得就像一道鲜红的伤口。"她老公从没来看过她。她来这儿已经有八个月了。她结婚十五年了，一直想要孩子，可她老公没法生，于是她就出去工作了，在小学当美术老师。她是为她老公而活的。大约一年前，她老公离开了她，和一个有五个孩子的波多黎各胖女人住在了一起。他们住的地方离她家只有几个街区，她总能撞见他们。她试着一个人生活，可是她太痛苦了。她好恨，她想要孩子，是因为他，她才没有孩子的。她求他回来，她太孤独了。可他就是不回来，还不断地说她多么丑。她看了看那个波多黎各女人，再看了看自己，终于明白了。她带着所有积蓄去医院做了硅胶隆胸手术，花了两千美元。可是，等她恢复后，护士看着她说：'真可怜啊，你做了乳房切除手术吗？'手术彻底失败了。她哭了，可医生照样拿走了她的钱。然后，她擦了防晒霜去找她老公，他终于回来了。可每次做爱的时候，他都会拿枕头挡住她的脸，说他看不下去。她开始觉得自己有病，说他想要毒死她。她说他在外面还有别的女人，他却说她疯了。她的情况越来越糟。她变得非常多疑，还会在他工作的时候打电话查岗，甚至睡不着觉。她一直觉得他想杀了她。他把枕头放在她脸上时，她害怕他会闷死她。他带她去看精神科医生，医生问他，她怀疑的是否属实，他发誓说绝对没有，最后，医生说她患了妄想症。于是她就被送到这儿来了。她很平静，但经常哭，为此，他们还专门给她吃药。无论你在生活中经历了什么，只要经常哭，那就是疯了。就连动物都还会哭呢，是吧，米拉？不管怎么样，她已经有一段时间没哭了，所以，他们觉得该让她出去了，于是通知了她老公。可他来了以后，却不同意她出去。真是个蠢货！他是开着敞篷车，载着那个波多黎各女人和她的五个孩子一起来的，护士看见他们，告诉了医生。医生找他对质，他承认了，承认一直都和那个女人在一起。医生很生气，说因为他撒谎，害她在这里被关了八个月。他责怪她老公。但要我说，他怎么就不相信西尔维娅，却相信她老公说的话呢？有可能她说的是实话啊。可他们从来都不这样想。他们总是相信男人。他们觉得所有的女人都有点儿疯劲。她下周就要出院了，要回去继续和他生活。和她老公啊！"莉莉笑了，"我告诉她，我觉得这个地方已经把她逼疯了！"

"问题是，"米拉试图控制住涌进莉莉脑中的那股疯狂之浪，于是坚定地说，"那些女人太把男人当回事了。我的意思是，她们把自己的男人当成了一切。男人觉得她们漂亮，她们就漂亮；男人觉得她们不漂亮，她们就不漂亮。她们把决定自己身份和价值、认可或否定自己的权力都交到了男人手中。她们已经没有自我了。"说完便沉默了。

"是啊。"莉莉用悲戚的眼神扫视着草坪上的人，试着再找一个例子同米拉讲讲。

"她们为什么不忘了那些男人，做回自己呢？"米拉坚持道。

莉莉瞪大眼睛看着米拉，好像她是在说傻话。"对，"她说，"我们都知道应该做自己。可具体怎么做呢？"

"你就把他们从你心里踢出去，就像我对诺姆那样。"米拉自豪地说。

"哦，卡尔太冷漠了，太冷漠了。他让我觉得自己一文不值。"她聊了很久关于卡尔的事，讲了一个又一个故事。

"别再讲卡尔了！别再想他了！"米拉终于忍不住嚷道。

莉莉耸了耸肩："卡尔是我生命中最熟悉的人，我的生活里一直都有他。我留在家里，他去闯荡世界。年轻的时候，我有精力，可慢慢都磨没了。厨房的灯坏了我都不知道怎么修。你知道吗，那灯泡很有趣，是那种长长的，叫什么来着……荧光灯？我都不知道商店里有这种灯卖。我以为它们永远都不用换。卡尔去商店买了一个回来，他爬上梯子，取下天花板上的塑料方块，拿出旧的灯泡，再换上新的。我不懂他是怎么做到的，他怎么什么都会呢？而我只会坐在黑暗里哭。

　　"卡尔，那个机器人，他把自己杀死了，所以也能杀死我。他为什么要那样做？他像自动机械一样走来走去。我不停地喊啊，叫啊，所以，他把我关在了这里。在哈勒姆区，政府通过提供海洛因来控制黑人，而数以千计的医生让家庭主妇服用巴比妥酸盐和镇静剂，让她们保持安静。当毒品不再管用时，他们就把黑人关进监狱，而我们就被送到这儿来了。不许吵闹。我读过一首诗，其中有一句是这样的：'每吵闹一次，你就会更安静一分。'这一次，他不会让我出去了。他永远都没钱带我出去吃饭，但他宁肯每年花一万两千美元把我关在这儿。

　　"他怎么会想我呢？我只是他的麻烦。他带孩子们去吃麦当劳，他花钱请人打扫卫生。他也不想念性爱，我们从来都不做爱。我曾因此去找过律师，他说，如果一年能有一次性生活，你就不能因此提出离婚。反过来也一样吗？男人也一年一次。我喜欢做爱，所以他就不做了。有时候，我洗完澡，躺在床上，他也会去洗澡。那时我就会非常兴奋，因为他从不在晚上洗澡。于是我从床上跳起来，穿上我最漂亮的睡衣，躺在那儿等他。我听见他在浴室里一边刮胡子一边哼歌，就变得欲火焚身。可是，他回到房间，上床后就关了灯，转过身去，说：'晚安，莉莉！'你知道吗，他看起来好像真的很开心。他简直是虐待狂，是纳粹。我当然是又喊又叫，还能怎么办呢？他为什么非得那么做不可？就算他用枕头遮住我的脸我也不介意，我真的太想要了。我也曾试着找情人，可我做不到，太愧疚了。我还试过自慰。医生说我里面很干，像个八十岁的老女人。他试着教我自慰，可我就是学不会。卡尔，谁知道他脑子里在想什么啊？他把我关进一个充满了激情和性爱色彩的箱子里，可却一直用橡胶管子给我泼冷水，把我的欲望浇灭。我又了解他什么呢？我只是嫁给了一副皮囊而已。"

莉莉仍然住在那里。米拉已经几年没见过她了，我也是。并不是因为我不关心她，只是，有时候，我已分不清谁是谁，我觉得我就是莉莉，或者她就是我。如果我见到她，我分不清我们当中是谁站起来去亲吻对方，或是沿着石板路走到大门口，走进停车场，发现院子里的人和车里的人其实没什么两样。即便我坐在车里，我也飘然物外，感受不到自身的存在。我的身体在开车，坐在座位上，可我的灵魂还在医院里，我的声音在那儿疯狂地回荡，无休无止。莉莉有无穷的精力，她的眼睛明亮，声音高亢。她永不疲倦，永不认输，永远有话要说。她谈论穆斯林女人、中国女人和那些奉行大男子主义的国家的女人，比如西班牙、意大利和墨西哥的女人。"所有女人都是一体的。"她说。我知道，这不是她从书里看来的，因为她根本就不看书。"当我听说她们的事情时，我并不觉得自己置身事外，我觉得这也是在说我。我觉得，我们是她们的转生。我甚至记得，从前、在别处，我是另外一个女人。我背着沉重的柴垛，弯着腰，慢慢地往希腊的山上爬；我戴着面纱、偷偷地走在街上，担心自己真的被人看见；我因为裹脚，连路都走不稳；我做了阴蒂切除手术，成了丈夫的所有物，没有性快感却要痛苦地生产。在我生活的国家，法律允许丈夫打我、将我锁起来，惩罚我。"

其实，莉莉和我并无不同：她在那些门里面，我在这些门里面。我们都疯了，我们都在同一条路上绝望地摸爬滚打。只是我有一份工作，有一个固定居所，我得自己打扫房间、自己煮饭，我不用一周遭受两次电击。他们以为，电击就能让你忘了已知的事实，真是奇怪。或许他们以为，如果狠狠地惩罚你，你就能假装忘了那些事实，就会乖乖地做家务。我早就发现，想让人觉得你神志正常，秘诀就是伪装。你一定不能让他们知道你知道。莉莉也明白这一点，之前两次，她就用了这一招，假装很温驯，假装为自己犯的错而悔过，于是，他们就放她出去了。可现在她太愤怒了，也不想假装了。我给她写了封信，告诉她乔治·杰克逊的事，可她并没有回信。

米拉给了莉莉一本关于昆虫的书，让她转交给伊内兹，却被一名护士发现了。她拿走了书，伊内兹就发疯了，她凶猛地袭击了那名护士，结果被关进了特殊病房。她在那里要穿约束衣，而且每天都要遭受电击，每天早上不准换衣服，也不准化妆。真是好心办了坏事。在俄罗斯，如果你不同意政府的观点，他们就会把你关进精神病院，这里也如出一辙。总有人会让你保持沉默。

6

"我们不是那样，"凯拉坚称，"我们很幸运，出生得晚。"

"是啊，"克拉丽莎附和道，"我从没有被束缚的感觉啊。我从高中就开始踢足球。"

"而且我一直都知道自己会有一份事业。"

"我得承认，"克拉丽莎补充道，"他们确实把我从自然学科推向了人文学科。不过，对我来说，反正都是用脑子，用在哪里无关紧要。他们把我推往这个方向，我还有点儿庆幸呢。"

伊索插嘴道："人文学科更加人道。"

"即便不是所有学人文学科的人都如此，至少这个领域是的。"凯拉说。

瓦尔一言不发地坐着，这很不寻常，于是我们都转过头看她。

"不，我不同意。当然，你们那一代人是要好过些。但我在想，能好到哪里去呢。你们都来自顶尖学校，以大多数女人的普遍情况来说，你们是特例。而且，你们都还没有孩子。我并不想吓唬你们，但也许你们低估了自己面临的状况。"

"这也并不重要。我们要相信自己可以做任何想做的事，否则还没开始就已经失败了。"克拉丽莎争辩道。

"是啊，直到你因为缺乏远见而一头栽进陷阱里。"瓦尔冷酷地提醒道。

"你可真会吓唬人。"伊索抗议道。

"也许吧。可是，如果你真的相信，某种从有文字记载以来就存在的情况真的会在十五、二十年间发生巨变，你都不用去管它，那你就太天真了。你觉得幸运，以为自己逃脱了，但你其实仍在地狱。你现在好比待在修道院里，跟那些小男孩混在一起。他们之前还觉得哈佛大学的男学生都不会进入社会底层呢。每个人都想被锁在这里，因为他们知道自己出去以后会面对什么，他们不愿改变。可无论如何，他们终究还是会被改变，你根本就对抗不过'它'。"

"历史的'它'理论！"凯拉叫道。

"得引用弥尔顿来解释一下何谓自由。"

"知善是人站立的充分条件，但是有倒下的自由。"凯拉笑着说。

"是吗，你自由吗？"瓦尔突然来了一句。

"或许不，但是……"凯拉开始讲她幸福的婚姻和他们的协议、安排……

"他们的冰箱挺脏的。"米拉插嘴道。

"米拉！"凯拉嗔怪道，"你为什么总要拉低我们讨论的层次呢，还提起那俗气、平庸、臭烘烘的破冰箱？我是在谈论理想、高贵、原则……"她不由得站起来，冲到房间的另一边，坐在米拉身上，抱着她，黏着她，说："谢谢你，真是谢谢你提醒啊，米拉。你可真讨厌，真了不起，一直都记得那个臭冰箱！"她不由得唱起歌来，其他人也都笑起来，严肃的对话戛然而止。

米拉扮了个鬼脸。"我怎么忘得了呢？"她哀叹道。

"可怜的米拉！"凯拉喊道，"永远困在那段有着发臭冰箱的历史里！"

"写一篇关于它的论文吧，"克拉丽莎建议说，"名字就叫《二十世纪小说中的冰箱形象》。"

"应该叫《'冰与火'之无霜综合征》。"伊索说。

"不，不对！"米拉喊道，"那应该是一个很脏的、需要清洗，而不只是需要除霜的冰箱。当然，除霜也好不到哪里去！"

"不如写首歌好了，"伊索说，"'要给你除霜已经够糟了，宝贝儿，可我现在还得为你洗澡'。"

"或者'你什么都不是，只是一个脏冰箱，可我依然爱你'。"凯拉唱道。

她们吵吵闹闹地为米拉想题目。她笑了，她们的声音在屋子里环绕，她们之前所谈论的，正是这个特别的小团体最近写在论文头几页里的内容。她垂下头，笑得直喘气，眼泪都流出来了。她终于抬起头来。

"去他妈的！"她喊道，她们开始尖叫，发出嘘声，还吹起了口哨。凯拉开始鼓掌，其他人也跟着鼓掌；克拉丽莎站了起来，然后她们都站了起来。她被围在一群拍着手、笑着、叫着的疯女人中间。"你说脏话了！你终于说脏话了！"她们叫道。

"我通过你们的测试了吗？"她喊道，"或者说入会仪式？"

"你知道的倒是不少嘛。"凯拉弯下腰，对着米拉龇着牙。

"天知道，到底有多少脏话呢？问题是，并没有多少。在莎士比亚时期……"

"别听老莎胡编乱造！"克拉丽莎说，"你得从'它'之中寻找那些能为你所用的东西！"

"语言的'它'理论！"伊索附和道。

"屁。"米拉说，她们又开始鼓掌叫好，"就是没有多少嘛。可见语言是多么贫乏。还有去你妈的、龟蛋、贱人、浑蛋、狗屁、他妈的、杂种。还有另一个有趣的词……"

可那个时候，在那间屋子里，她没机会说完。在掌声之中，在气氛活跃的谈话中，伊索打开了留声机，珍妮丝·贾普林的声音在屋子里绽开。然后，她们两人一组，面对面谈心，轮流更换搭档。最后，每个人都知道了其他人的所有事情，每个人都在谈论其他人的所有事情，每个人也都接受了其他人的所有事情，如此往复。

7

　　但并非一直如此。在这所声名显赫的大学里，有一位著名的英国教授曾轻蔑地称一类人为"没文化的乌合之众"。米拉、瓦尔和我就属于这一类人。当然，还有一些大龄男人也是，他们大多是天主教耶稣会牧师。我不知道哈佛大学为什么会录取我们，这可不是它的一贯作风。也许是因为战争吧——我们没法应征入伍。可是，在那些迷茫的面孔中，只有我们几个备感孤独。有几个人看上去很年轻，看面相还不到二十岁：凯拉二十四岁了，伊索二十六岁了，克拉丽莎也二十三岁了。可是，米拉和我都三十八岁了，瓦尔三十九岁了。真是没法比。教我们的教授中，很多都比我们年轻，研究生院的院长也才三十五岁。如此，是有些奇怪。我们都很孤独，而且对自己的洞察力充满了自信，我们不习惯别人把我们当成傻瓜，也不习惯别人在我们面前耍威风。我们不喜欢院长把我们当成难以管束的学生，却不知道该怎么办。有制度的限制，你似乎没法要求平等，你明白的。于是你只能放弃了。至少，我就是这样的。你就少和他们说话，自己学习，取得学分，与他们少来往就是了。当你完成学业，想让老师给你写推荐信时，他们会在信中夸你是个多么了不起的母亲，或是人到中年依然如此有恒心。

　　总之，我们花了很长时间才找到彼此。刚开始，米拉走在剑桥的街道上时，感觉自己像个外国人或者罪人。她留着一头染色的卷发，穿着针织三件套和丝袜，系着腰带，穿着高跟鞋，拿着相配的手包，感觉自己就像布朗克斯来的"恐龙"。她与他们一一擦肩而过，大多是年轻的面孔，男的蓄须，女的留长发，他们穿着破旧的牛仔装或内战时的制服，或者披着披肩，穿着长长的祖母裙或纱丽，各种奇装异服都有人穿。没有人看她一眼，所有人都目不斜视。就算他们恰好看到了她，也是瞥一眼便移开目光。她真觉得要疯了。

她被迫重新认识自己。可是，她在新泽西的大学学到的东西并不能帮到她。学校位于郊区正中，那里的人见多了郊区的主妇们，他们习惯了郊区生活，自己也成了郊区居民。在那里，她能感到自己是人类的一员。男人们经过她身旁时，眼睛会亮一下，这让她觉得自己风韵犹存，于是便安心了。有时候，她从别人身旁经过，或是已经走远时，还会有人扭过头来看她。

搬去剑桥后，米拉才开始意识到，她是多么依赖那些欣赏的眼神、那些回头的目光，如此，她才能感觉到自己的重要性。那是在一九六八年，当时的剑桥是那么年轻，一切情况与她想象中完全相反。刚去那儿的头几天，她跑出去买贴搁板的纸和图钉，想装饰一下房间，回来以后，她会疯狂地照镜子，梳头发，抹上各种化妆品，不停地试衣服。她跑出去买了短褶裙和白袜子，把珍珠项链从积灰的盒子里拿出来。可是没用。和诺姆离婚后，她第一次感到孑然一身，第一次感到彻底无脸见人。在新泽西时，她还有朋友，那些友好的夫妇经常邀请她去家里吃晚餐，当然，也会邀请他们所认识的单身男士。很多人都知道她：一个住着漂亮的大房子、带着两个儿子的离婚女人，如今又回去上学了。

但在剑桥，到处都是年轻人，他们就像箭一样奔向自己的目标。

他们总是很愤怒，他们不理解旧世界为何如此腐败，而且会继续腐败下去；他们不明白，它为什么不生病死去，或者，更宁愿它发现自己有病，于是自杀而亡。他们目中无人地走向自己的目标，偶尔在马萨街[1]上与别人撞个满怀，甚至都不记得说一句"借过一下"。不管怎样，他们是什么都不缺的年轻人。他们什么都懂，就是不懂分寸。

可米拉不这么想。她只是以自己的眼光观察事物。她觉得他们在排斥她，排斥她这个人。夜深人静时，她坐下来喝白兰地，突然意识到，这一生，她认识自我从来都是靠别人，比如屠夫看见她时的微笑和恭维，或是给地板打蜡的工人对她倾慕的目光，或者大学校园里男人的一次回头——都是对她外表的赞美。这令她毛骨悚然，她想起了莉莉。如何才能停止这种状况？一个人怎能用如此荒唐的东西来保持自我？怎样才能摆脱这种状态？

她坐在黑暗里，抽着烟。黑暗中，她看不见这简陋的、墙纸都脱落了的房间，房间里还有几张破旧的桌子。她回想起诺姆走后的那一年，在贝尔维尤那座豪华的房子里，坐在黑暗中的感觉。她试着从内心深处去感受那时的辛酸和她对孩子们、对屠夫和上蜡工人爆发出的无法控制的愤怒。她在剑桥感觉很不自在，进而觉得自己的一生都很委屈。她努力学习，殚精竭虑，似乎发现了能让自己感到自在的秘诀，但也只是似乎而已。她的生命都耗费在维持外表上，就像玛莎全神贯注地阅读《女性家庭期刊》和《家政》一样。

---

1 马萨街（Mass Ave），是当地人对马萨诸塞大道（Massachusetts Avenue）的叫法。这条大道横跨查尔斯河，连接了北边的剑桥和南边的波士顿市。

在那些年里，她也会如此。虽然她还不至于把那些杂志买回家，用杂志上的测试来检验自己，但她在牙医的办公室里，也会专心地翻看，给自己打分：你是一个好妻子吗？你还有魅力吗？你是否善解人意、体贴他人？你的营养均衡吗？你的眼影用对了吗？在你为他清理和熨烫衬衣的那些无聊时间里，你是否会放任自己吃下一整块咖啡蛋糕？你是否超重了？

米拉曾经努力让自己符合这些标准。她染了头发，也在节食，她还会花很长时间戴假发，研究适合自己脸型的发型。此外，她还学会了用恰当的语调来问令人不快的问题："诺姆，克拉克做错了什么吗，你为什么要打他？""哦，好吧，亲爱的，按你说的办。可是我们已经答应了马克利一家我们会去。是的，昨晚你回来后我们还说起过，还记得吗？其实我去不去都无所谓，可我觉得打电话告诉她我们不去了，只因为你忘记了，约了人打高尔夫，这样不太好吧。"她小心地维护他那男性的自尊和脆弱的骄傲。她只是慢慢地增强说话的效果，并不提高音量，她从不发脾气。她是一个完美的母亲：她从不打孩子，他们衣着干净，饮食健康。她的家里干净得发亮，她做的饭很好吃，她保持好身材。但凡杂志、电视、报纸、小说中说的女人该做的，她都做得很好。诺姆经常晚归，她从不抱怨；她从不要求他以她和孩子们为重，影响他的工作；她从不让他做家务。

她所做的一切都是对的，她很完美，可他还是对她说"我想离婚"。每当想起这一点，她就怒火攻心，将杯子砸向对面的墙。白兰地洒到地毯上，溅在墙上，杯子摔得粉碎，她的心也碎了。她还记得上一次这种想法侵入她的头脑时，她跌跌撞撞地哭着跑上楼去，拿起剃须刀片，割向自己的手腕。当她伤害自己时，她仍是"完美的诺姆太太"。当那种"无形的规则"控制住你时，你会自动出局，为新的"完美的诺姆太太"让路，而且要符合现代的殉节风范，把你自己沉入黑暗，不再被别人需要。白天，你要小心行事，循规蹈矩，不然，他们就叫你贱人、婊子、笨蛋、猪猡、臭婆娘、母狗、娼妇、妓女、荡妇、淫妇。可你并不是荡妇，即便每隔十天你都得和某个人做爱，哪怕你对他已经没有感觉。你也不是妓女，因为你不收费。你得到的只有衣食住行，而诺姆得到了他花钱买来的东西。

她四肢跪地擦洒落的白兰地，用纸巾捡起玻璃碎片，想到女人总得自己收拾自己的烂摊子，想象着如果有人跟在你身后帮你收拾，会是什么样的感觉，却想不起自己的童年有没有过这样的待遇，只觉得嘴角痛苦地抽搐着。她坐起来，心想，要求公平也没用。她又倒了杯白兰地，坐下来。她觉得心里就像打开了一道门，新鲜的空气吹了进来。她曾听过这样一套说辞：你的作用就是结婚，带孩子，如果可能的话，守住你的丈夫。如果你遵守这些规则（微笑，节食，微笑，不唠叨，微笑，做饭，微笑，打扫卫生），那么，你就能守住他了。这些条件很清楚，她接受了，却被辜负了。自从离婚，她就越来越对那种不公感到痛苦，世界对待女人是不公的，诺姆对待她也是不公的。而她现在所做的一切，只能使她更加痛苦，只能摧毁她仅存的东西——她自己的生活。

没有所谓的公正。过去已无法补偿，也没有什么能够补偿。她愕然地坐了一会儿，如释重负，感觉嘴角也放松了，眉头也不再紧锁。

此刻，有什么东西滑入她的内心，她好像从远处看着这一切，因此看得更加完整，虽然跨越了时间和空间，但也看得很通透。她明白了，还有比那一套说辞或是他们所犯的错误更深层的东西，那就是这一切的前提——她只能依附于另一个人才能生活——才是问题所在。她抚摸着自己的手腕和手臂，揉捏着自己的乳房、肚子和大腿。她的身体温暖而光滑，她的心脏沉稳地跳动着，向全身输送着能量。她可以走路，可以说话，可以感觉，可以思考。突然间，一切都变好了。诚然过去是错误的，可也正是错误的过去解放了她，让她来到这里。她还活着，从她童年脱光衣服跑到糖果店时起，她从未像现在这样充满活力。

没有公平，只有生活。只有她所拥有的生活。

8

不幸的是，我们周围的世界并非随着我们的变化而变化。在重回学校的第二周，米拉环顾周围的一切，看着、想着、判断着，而不是像过去那样，努力保持着规定的形象，一味注重别人如何评价自己。她知道自己再也不会躲进厕所了，除非沃尔特·马修真的在追捕她。可她仍然渴望与人交流。

有一天，在听完胡登关于"文艺复兴"的讲座后，一个红头发的小个子女孩走到她身边，她头发又长又直，奶油色的鹅蛋脸上长着一双大大的蓝眼睛。她说："你是英语系的研究生吗？我叫凯拉·福里斯特，一起喝杯咖啡好吗？"

米拉对她发出的邀请感激万分，恨不得亲她一口。凯拉留刘海，穿喇叭形超短裙、白色高领毛衣，像个啦啦队队长。

凯拉带她去了雷曼餐厅，那是一家自助餐厅，那些不住哈佛公寓的学生常去那里。她们穿过院子，凯拉一路上滔滔不绝，谈到了孤独，谈到了可怕的哈佛体制、可怕的哈佛毕业生以及满世界行尸走肉般的人。她一手抱着书，一手比画着，讲起这些东西活灵活现，嘴里发出"哎呀""真是"之类的感叹。米拉饶有兴趣地听她说。

雷曼餐厅是一座大餐厅，铺有地毯，装着六米高的窗户，还有水晶枝形吊灯。地毯是廉价的粗呢毯，桌子是塑料的自助餐桌，餐厅里弥漫着罐装番茄汤的味道。靠东面的墙边摆着一张长桌子，在中午十二点到下午三点之间，文理科的研究生们常聚集在那里。凯拉向米拉介绍了坐在桌旁的那群人。

布拉德，一个非常热情的年轻人，说话时口型很夸张。米拉看见他的时候，他正在模仿某位教授说话，见她们过来，便停下来和她们打招呼；来自艾奥瓦州的米西留短发，漂亮又风趣，她告诉米拉，自己最迫切的愿望就是能用电脑分析弥尔顿的全部作品；伊索，她又高又瘦，灰褐色的头发在脑后紧紧地绾成一个髻，面色苍白，表情冷淡，面前摊着一本翻开的书；瓦尔，她很高大，年纪和米拉差不多，说话嗓门很大，披一条披肩，米拉后来才知道，她是学社会学的；克拉丽莎，扎栗色辫子，沉默寡言，总是在审视别人。凯拉和米拉坐在桌子另一端。凯拉问了大家几个问题，很显然，她是知道答案的。

"待在这种糟糕的地方，你们感觉怎么样？显然，你们无动于衷，你们看上去很平和。我多希望能像你们那样镇定，一听到各种毛骨悚然的事，我就会起鸡皮疙瘩。你们是怎么做到的？我总是控制不住自己，经常焦躁不安，和这些行尸走肉般的人待在一起，太可怕了。生命力到底去哪儿了？是不是随着智力的发展，它就随之消失了？当然，你们没有我这样的感觉，你们满怀希望。我可不想落得和其他人一样，我不愿像他们那样生活……"

自此以后，米拉每天都会去雷曼餐厅。虽然那里的环境不怎么样，但至少在那儿总有人倾诉或聆听。

"我痛恨暴力，可我为什么还会做那样的梦呢？"温文尔雅的刘易斯紧张地说。他手里还拿着正在传阅的反战请愿书，所有的男人都面临被征募的危险。他就这么面不改色地讲述着，声音很温和，抑扬顿挫，娓娓道来。在梦里，他把烧红的拨火棍插入他最亲近的女性下身；他在一旁幸灾乐祸地看着别人被开膛破肚，遭受电击；他把别人绑在柱子上，往他们身上倒蜂蜜，等着蚂蚁爬过来啃噬他们；他还曾梦见阉割别人，把人肢解。伤人，杀人。"杀，杀，杀，"他用温和的语气说，"我的梦里满是血腥。昨晚我梦见把哈佛的所有教授集中起来，然后用机枪扫射他们。"他转向米拉，"你不觉得我有病吗？"

米拉瞥了伊索一眼，惊讶地看见那张冰山脸上露出了笑容。伊索的眼睛很奇怪，是暗绿色的死鱼般的眼睛，神色仿佛一个来自远古的人，人类的一切挣扎在她眼里都是徒劳。原本表露出关切与同情的米拉，禁不住笑起来。瓦尔不假思索地说："你的问题一半在于你是男人。"说完大步走开，去端咖啡了。刘易斯转过头对着米拉和伊索，忧心忡忡地说："就连我的母亲也在梦中被我虐待！可我爱我的母亲。"伊索放声大笑起来。

在他们一旁，克拉丽莎静静地看着莫顿·阿韦，听他详解莫扎特歌剧《后宫诱逃》各个版本的妙处。而米西则在听马克讲自制面包的做法，一边听一边讨教。正试着戒烟的凯拉独自坐在桌尾旁，嘴里呢着一个塑料勺子，读一本希腊文的书。若有人问她为什么呢着勺子，她就会像个教官似的，冷不丁冒出一句："口欲滞留[1]，这是无害的替代品。"

"我肯定进不去。研一的人不能参加。琼斯的研讨课只能有两三个高年级学生。"

"可索尼娅·托夫勒去上了。"

"真的吗？！"

"别走，再逛逛吧。我想去库普商店买唱片。"

"我得走了，我还要学拉丁语呢，每天要学十个小时。"

"你真是不得了。"

"只是笨鸟先飞。脑子不好，全靠苦功。"

"你觉得珀迪怎么样？"

"呃，他可是个讨厌鬼。"

米拉终于找到了插嘴的机会，她凑过去加入谈话："他写了一本很棒的关于弥尔顿的书。"

1　弗洛伊德将性本能背后的能量称为力比多（Libido），又将力比多的发展过程分为五个阶段，分别为口欲期、肛门期、性蕾期、潜伏期和生殖器期。在口腔期内，婴儿的吮吸、吞咽等口腔活动受到过分限制，致使婴儿无法获得口腔满足，长大后将会滞留下不良影响，此种不良影响就叫口欲滞留（oral fixation）。

“是啊，他的书里全是动词。”

“你是说《失乐园》里有动词？肏，老兄，这么多年来，我竟然不知道。”

“亚当和夏娃还能做什么？‘肏’就是一个动词啊。”

“或许对你来说是动词，可对我来说那是一个形容词，我从来不把它当动词用。把那肏蛋的盐递给我一下，好吗？”

“我真得走了。”一个懒洋洋的声音说，“我废物一个，我在这里混不下去的。”

“放屁，老兄，你上过斯沃斯莫尔学院。我只上过P.C.。”

“P.C.？”

“没听过吧？普罗维登斯学院啊，老兄。你还觉得你混不下去？”

“所以，我住进了研究生宿舍。你知道，那些本科生住的是洋房、套间，他们的书房里有大钢琴、东方地毯和枝形吊灯，而我的房间小得可怜，里面只能放一张床和一张书桌。有一扇窗户，但是太高了，我要站在凳子上才能看到外面。水管还会漏水，我只能把书全都堆在暖气片上烘干。干了之后也只能放那儿，屋子里没有放书架的地方。”

“你听说了吗？劳伦斯·凯利上了贝利的‘文艺复兴时期的人文主义’研讨课。”

“他怎么办到的？”

一阵沉默。

"他一定够机灵。"

"他是从伯克利来的，是马利诺夫斯基的学生。"

"哦，马利诺夫斯基是贝利的老朋友。"

"哦。"

"语言考试是什么时候？"

"哪一门语言？"

"这鬼地方全他妈是精英，烦死了。三门语言课，好像他们一定要证明自己有多优秀似的。"

"的确。"

"那你为什么还来这里？"米拉突兀地问道，但他们并没有理她。

"是啊，但你要知道，以前可是五门。我的天，还有古诺尔斯语。还有哥特语和冰岛语。它们居然真的存在。"

"他们会不会再开一门奇怪的班图语课？我倒是在行。这门语言倒是挺有趣的，只有两百个单词。"

"你是说词根吧。"

"没错。全是词根。你要动词，就加上'肏'；你要名词，就在后面加上'他妈的'。"

"布拉德，你可真粗俗。"

"真他妈肏蛋。三种语言，还有英语文学会考，他们给我们少得可怜的两千美元，就以为我们能靠它完成学业了？开玩笑呢。"

"至少你们还有两千美元。我每天晚上去酒吧打工，还要借钱。"

"真是糟透了。"

"一切都糟透了。"

"是啊。"

三点过后，米拉起身向图书馆走去。

没有人向她道别。

9

大约在开学一个月以后，有一天，伊索腼腆地将米拉拉到一边，邀请她共进晚餐。"我有一个室友，她不在哈佛上学，她非常孤独。这个地方太孤独了。所以，我觉得，嗯，我邀请了一些优秀的人。你明白我的意思吗？"伊索说话的时候，嘴巴几乎没怎么动。不知何故，她深深地打动了米拉。

这是米拉来这里受到的第一次邀请，她很兴奋。她感觉未来正在向她展开。那天下午，她去了趟商店，买了一些便宜的植物，打算放在窗台上；回到家后，她打开上周买的窗纸，裁剪一番，把它贴在弄脏了的鸡尾酒桌上。她把厨房窗户上那副易坏的塑料窗帘扯下来，量了量窗户的尺寸，她打算买一副耐用的红色棉窗帘、一块红色的桌布，还有新毛巾。很快，她也会招待别人的。

晚宴当天，她做了头发，用浴油洗了澡，穿了紧身裙和高跟鞋，还有"金伯利"牌套装。她花了二十分钟化妆，然后从容地走下楼梯，她就当自己忘记了穿高跟鞋的痛苦，一路蹒跚着走过凹凸不平的人行道，穿过四个街区，来到伊索住的地方。

伊索住的那条街，沿街种了一排树，她住在一座老式三层小楼的顶层。锈迹斑斑的大门敞开着，可以直接进去。她踩着吱嘎作响的楼梯走上三楼，腼腆地敲了敲门。她尽量不让自己感觉像在探访贫民窟一样。那房子的墙已裂开，墙上的漆开始脱落，二楼与三楼之间的扶栏也不牢固。她想放松一下手臂和脊背，可不知哪里冒出窸窸窣窣的声音，把她吓得不轻。她以为是一只老鼠蹿到了跟前。

伊索前来开门，她还穿着白天穿的宽松毛衣和肥大的裤子。

"哇，你打扮得真漂亮。"她惊讶地说。

米拉听到里面有人说话，她的心开始怦怦跳。她是在期待什么呢？一种新的生活，还是一群聪明、有魅力，而且阅历丰富的人？伊索领她来到客厅。她家的客厅和米拉家的客厅一样，贴着灰色的墙纸，一组巨大的暖气片几乎占了一面墙，窗框也是灰色的，透过窗户还能看到停在邻居院子里的汽车。不过，伊索家靠墙放着一个自制的书架，上面堆满了书，对面的地板上，则堆起了近两米高的唱片，唱片上方的墙上挂着一幅巨大的油画，画面中是五个女人拥抱在一起。米拉想，粗略一看，倒像是模仿马蒂斯的《舞蹈》。

屋子里还有其他人，布拉德正在抨击哈佛的精英主义，刘易斯在描述刚看完的一本关于残酷战争的小说，米西在问戴维·波特从纽约开车去波士顿的最佳路线，瓦尔眼神呆滞地听着莫顿·阿韦讲各版本的马勒第九交响曲唱片的优劣。一个留着胡子的年轻人盘腿坐在地板上，手里拿着一瓶酒。米拉坐在一把用栗色丝绒垫得又软又厚的椅子上，也盘腿坐着。她点燃一支烟，身子稍向前倾，想把火柴丢进那个胡子男面前的烟灰缸里，这时椅子的扶手掉了，她吓了一跳。

伊索赶忙过来，把扶手重新装好。"不好意思，"她说话的时候嘴皮子都不抬一下，"我的家具都是从二手市场淘来的。"说完去了厨房。

那个胡子男冲米拉扬了扬眉。"感觉跟回家了似的。"他嘲弄地说。

她紧张地说："是啊，我住的地方也是这样。你住在剑桥吗？"

"不是每个人都住在这里吗？"他不耐烦地回答，便转过身去了。

"格兰特，"伊索从厨房里喊道，"给米拉倒杯酒，好吗？再看看有没有人要续杯。"

米拉以为格兰特是伊索的男朋友。

酒倒了一轮，但人们喝得很慢。格兰特开始播唱片，大家在谈论女歌手艾瑞莎[1]。米拉觉得她的歌糟透了。她的声音听起来空荡荡的，仿佛无根之音。她的名字也很奇怪。然后，他们又聊起另一个名字很奇怪的人，还播起了她的唱片。这个人的歌更糟糕，米拉想，这些人怎么会喜欢这种音乐？这位歌手叫欧蒂塔[2]——她是女人，但你无法从声音中判断出她的性别。米拉不敢问他们是否喜欢佩姬·李。

她转向格兰特，深吸一口气，问他是学什么专业的。他用沙哑的声音说了些什么，提到了加尔布雷思[3]，打了个手势。她不明白，于是他简短地解释道"经济学"，就又转过头去。

音乐环绕，觥筹交错，谈话声不绝于耳。瓦尔站起来，去厨房

---

1 艾瑞莎·弗兰克林（Aretha Franklin，1942—），美国流行乐歌手。有"灵魂歌后"之称，是史上获得格莱美奖第二多的女性音乐人。

2 欧蒂塔（Odetta，1930—2008），美国著名音乐人、演员、民权运动人士，有"美国民谣天后"之称。

3 约翰·肯尼斯·加尔布雷思（John Kenneth Galbraith，1908—2006），美国经济学家，新制度学派的代表人物，曾先后在加利福尼亚大学、哈佛大学、普林斯顿大学任教。

待了一会儿。回来后，她坐在米拉身边的地板上，敲了敲格兰特的膝盖，示意他把脚挪开。米拉认定格兰特是瓦尔的男朋友。

"你好像有些拘谨。"瓦尔说。

米拉并没有意识到自己险些掉下眼泪，但此刻她一吐为快："我觉得到了我这个年纪再回到学校，就是一个错误。我不懂他们在谈论什么，我也不知道他们是谁，更不知道怎么和他们聊天，那天晚上我以为我顿悟了，以为我明白、发现了自己人生中的问题，可是，做出判断并不能改变什么，一切还是原来的样子。对了，那个格兰特是谁？还有，有人喜欢那个布拉德吗？他可真讨人厌，他难道不知道自己很讨厌吗？我根本听不懂他们在说些什么。"米拉说。她看着瓦尔，眼眶湿润了。

瓦尔身材高大，眉清目秀，一双明亮的眼睛几近纯黑色，她说话的时候总是直视别人。"我明白，我明白。他们在谈论音乐，他们喜欢谈论音乐。因为他们也没什么别的可谈的，他们不知道怎么交谈，音乐就是他们的一个共同纽带。你或许还没意识到，其实他们的状态比你还要糟糕，他们比你更孤独、更害怕、更不知所措。"

米拉看着她，说："你了解他们吗？"

瓦尔耸了耸肩："当然，我在剑桥住了十年了。"

"你在哈佛待了十年？"

"不，我刚进来。我以前住在萨默维尔市。我尝试过各种各样的工作，还参与了和平运动，有时候还靠救济金过活。他们因为我参加政治活动削减我的工资，我就靠我的头脑与他们对抗。我申请到了哈佛的奖学金，所以就来了这儿。"

米拉热切地看着她说："我觉得并不是年龄的缘故，而是我感觉自己好像来自另一个世界。郊区的人有不同的规则——我并不像他们，我从来没觉得自己是他们的一分子。但我也不觉得自己属于这儿。"

"时间久了，你会有归属感的，"瓦尔笑着说，"我觉得剑桥就是无家可归者的家。"

又进来一个女人，她很高、很瘦，身材非常修长、曼妙、前凸后翘。伊索从厨房里出来，略带兴奋地介绍了她。那是她的室友艾娃。艾娃进来后，坐在地板上，盘着腿，上身如花茎一般挺直，而她的头则像一朵水仙花。她羞怯地看了一眼这些陌生人。格兰特站起来，递给她一杯酒，她接过酒，眼睛忽闪一下，露出一个端庄而谦虚的笑容。她头微微前倾，黑亮的头发又直又顺，几乎遮住了脸。她抬起眼睛，看了看瓦尔和米拉，又垂下眼帘，眼神意味深长。她盯着手里的酒，没有说话。整个屋里的人都在谈论战争。

伊索在玄关摆了一张桥牌桌——那里也只能放得下这样的桌子——桌上铺了一块鲜艳的桌布，上面放着一个插满雏菊的醋瓶子。晚餐有意大利面、奶酪、沙拉和意大利蒜香包。她宣布开餐后，大家纷纷过来把盘子填满，又回到原位。米拉这次特别注意了椅子的扶手。他们一边吃饭，一边闲聊，酒也在席间来回传递。有人问起艾娃的情况。她用温柔的声音回答她不是学生，只是一个秘书。她回答其他问题时，虽然简略，却也因为举止温柔而不显草率。帮伊索洗完碗后，艾娃离开客厅，进了自己的卧室，关上了门。几分钟后，她房间里传出乐声，是一首勃拉姆斯间奏曲，弹奏得完美无瑕。大家都抬起头来听。伊索带着歉意地解释道，是艾娃在演奏，她在陌生人面前总是很害羞。

"能把门打开吗？"

"她会停下来的。她从不为别人弹奏，只弹给自己听。"伊索说，她的声音有些犹疑，也有点儿提醒的意味，就像一个问题儿童的母亲面对严厉的邻居时的语气。

谈话的主题又回到战争上。伊索谈起了越南，几年前，她曾去过那里，她是偷渡过去，然后搭空军的飞机逃回来的。她以那种呆板的、面无表情的方式讲述着，很难相信这样一个谨慎、严肃的女人竟会有如此冒险之举。一群人开始问她问题。她好像哪儿都去过，非洲、亚洲、墨西哥，她还在印度的灵修地待过几个月，还在尤卡坦州与印第安人一起生活过。

"我以前很焦躁。我打一阵工，赚些钱，然后就背上背包旅行。"

米拉大感意外："你是一个人去的吗？"

"有时是一个人。可是旅途中总会遇上一些人。我带了一部相机去拍照，有时候我会把照片卖给旅游杂志社，能赚点儿旅费。"

人们陆续离开，他们说要去学习了。格兰特突然也匆匆忙忙地走了。米拉发觉他并不是谁的男朋友。米拉和瓦尔还在，她们想帮忙洗碗，伊索谢绝了。艾娃也不再弹琴，羞怯地来到客厅里，大家夸赞她时，她深深地鞠躬，脸上还带着一抹甜美的微笑。

"你很早就开始弹琴了吗？"米拉问。

"从二年级开始。放学后老师会让我留下来，在教室里弹琴。"

她一边说，一边腼腆地看着她的听众们，然后又垂下眼帘。看样子，她并不想再多做交谈。

"她十二岁才开始上钢琴课，"伊索骄傲地说，"她爸给她买了一架钢琴。"

"是啊，可我十五岁时，他就把它给卖了。"艾娃咯咯轻笑着。

"他们当时生活得很艰辛。"伊索解释说，好像她是艾娃的翻译员似的。但艾娃向她投来一个警告的眼神，那是严厉的一瞥，只是一闪而过，然后伊索就不说话了。尴尬之余，米拉站了起来，不小心又把扶手碰掉了。

"哎呀！"她叫道。

夜深了，大家微笑着告别。

10

"瓦尔不只是一个人。她是一种经历。"塔德在认识瓦尔几周后如此总结道。

她很高，有将近一米八，骨架很大，丰满结实。她的嗓门也很大，即便用正常音量说话，几十米开外也能听得很清楚。米拉心想，可能她是控制不住吧，并下意识地撇撇嘴。她虽然年纪与米拉相仿，在哈佛却一点儿都不觉得拘谨。她可以大摇大摆地走在校园里，任披肩在身后飘扬。她有来自世界各地的披肩——西班牙的、希腊的、俄罗斯的和亚利桑那州的。她穿靴子，走路时有点儿内八。她喜欢放声大笑，和谁都能说上话。有时还会说点儿下流话。

米拉被瓦尔吸引，因为她们年龄相仿，还因为瓦尔似乎拥有她所缺少的经历和知识。可瓦尔说的话总让她感到震惊，而且那种直白的、露骨的表达方式，有时会让她恼火。瓦尔不像别人那样守规矩，好像对她来说，没有什么是神圣不可侵犯的。这让米拉有种微妙的威胁感。她说不清这对她有什么伤害，但仍觉得有点儿受冒犯。她默默地在心里把瓦尔的言行归纳为"心直口快，为所欲为"。有时候，在雷曼餐厅待烦了，伊索、瓦尔和米拉会到街对面的托加餐厅吃午饭。米拉叫一杯咖啡，伊索点一杯牛奶，瓦尔则要啤酒——海量的啤酒。即便话题变得很私密，瓦尔也依然会刨根问底，她能把每个话题都引向私密的方向。无论谈到什么，她都会扯到性，而且她说起那些与性有关的字眼时，就如平常语言一样随意。米拉能够忍受"禽蛋"这个词，因为诺姆常说。但其他更过火的词就会令她震颤一下，然后紧张地四处张望，看看大家是否和她一样震惊。

伊索对米拉有一种特别的吸引力，或者说，这正因为她那张没有表情的脸和了无生气的眼睛，以及那不动声色地讲有趣故事的样子。伊索打动了她，而米拉本身是个含蓄、内向的人，如今却有强烈的冲动，想要伸出手去，触碰她朋友的身体或心灵。可伊索的超然感有点儿拒人于千里之外。伊索可以谈论任何话题，但从不谈论自己。她会问别人一些私人问题，但都无伤大雅，不会触怒别人。"小时候你最喜欢的牛仔明星是谁""你十几岁时喜欢读什么书"或者"如果你有很多钱，想买什么车"，这些问题总会引发生动的讨论，而谈话的氛围往往都是自由的、孩子气的，感觉就像玩耍一样，因为他们讨论的话题似乎都很幼稚。可是，当说到罗伊·罗杰斯[1]、独

1　罗伊·罗杰斯（Roy Rogers，1911—1998），好莱坞演员兼歌手，代表作有《旋律时光》《糊涂劫车案》等。

行侠[1]和詹姆斯·阿尼斯[2]时，伊索的一双眼睛会盯着大家的笑脸，她观察着、聆听着，听到了表面之下的东西。之后，她会说："我觉得埃利奥特是一个敏感的人，因为恐惧而表现出专横，因为内心深处他觉得自己不够男子气。他傲慢的外表下面，跳动着唐托[3]的心。"她对这个讨人厌的年轻人，给予了别人做不到的宽容和理解。

米拉、瓦尔和伊索组成了一个三人组。她们跟凯拉和克拉丽莎也熟识，很喜欢她们，不过她们都结婚了，因而生活方式也会有所不同。也有其他学生穿梭于各种聚会间，但这三个女人之间保持着一种特殊的亲密关系。艾娃很少参加哈佛的聚会，但她经常和伊索一起来看瓦尔和米拉，时间一久，她讲话越来越自在，也不再偷偷瞄别人了，拜访的时间也更久了。

米拉也渐渐不再注重自己的外表。她穿着更随意了些，虽然没穿牛仔裤，但也是穿休闲裤、柔软的衬衫或毛衣以及低跟靴。她不再染发，任由她的头发长回原来的暗褐色。走在街上时，也会去看街边的景色，而不是注意自己的形象。她感觉孤单、孤立，但那种感觉并不算糟糕。如果她能够爱上一个人，那该是一件多么快乐的事。

她把这种感觉告诉瓦尔，可瓦尔对此并无共鸣。

---

1 独行侠（The Lone Ranger），是一个最早于 1915 年虚构的形象，一个在美国西部打击逍遥法外之徒的得克萨斯蒙面游侠，已经成为美国文化中的一个永久偶像。

2 詹姆斯·阿尼斯（James Arness, 1923—2011），美国演员，1947 年出演了他的首部影片《农家女》，是 20 世纪播出时间最长的美剧《荒野大镖客》中的男主角。

3 电影《独行侠》中的人物，是一位印第安杀手，拯救了主角独行侠约翰之后，两人一同惩恶扬善。

"嗯，你不是有过爱的人了吗？"

"是吧，我结过婚。"

"对，但你真的爱他吗，他是什么样的？叫诺姆，对吧？我是说，你看着他、和他说话的时候，有没有爱的感觉？还是那只是一种习惯呢？"

"那是一种安全感。"

"你还想要那样的安全感吗？"

她们正在瓦尔家的厨房里。米拉和伊索过来吃晚饭，艾娃去上舞蹈课了。瓦尔的房间也在一栋三层小楼里，但那里的天花板很高，百叶窗很大。房间是白色的，看起来很干净，窗台上摆着一丛一丛的植物，有藤蔓类的，有盆栽，窗边摆了一张低矮的柳条桌。没有窗帘，只有竹帘子，照进房间的阳光被植物反射出清凉的绿色。两张矮沙发套着鲜艳罩子，铺满靠垫，屋里还有几把白色的藤条椅，椅子上铺着漂亮的绿色和蓝色垫子。靠墙摆着一个大书架，墙面挂满海报、版画、非洲面具以及木雕人像。

"真漂亮啊，瓦尔，"米拉进去就说，"你是怎么布置得这么漂亮的呢？"

"我们刚住进来时这里又脏又乱。但克丽丝和我，"她说着搂住女儿的肩膀，"一起磨平墙面，上灰泥，再磨平，然后刷漆。可好玩了，是吧，克丽丝？"

那女孩瘦弱、苗条，长得很漂亮，却有些闷闷不乐。她轻轻从母亲的臂弯里抽身出来。

"克丽丝正在青春期呢，所以她恨我。"瓦尔笑着说。

女儿的脸涨得通红，嗔怪一声："妈！"就离开了房间。

"磨平、上灰泥、刷漆都是你做的？"

"当然，那又不难。"

米拉跟着瓦尔进了厨房。"我得去切菜了。"瓦尔抱歉地说。

克丽丝坐在餐桌旁，正以低沉而严肃的语调和伊索交谈。瓦尔和米拉进来时，她们起身慢慢走出厨房。"我们这次谈话要保密。"伊索朝瓦尔挤挤眼睛，又回过头去和克丽丝说话。"没错，比如，如果你将十五世纪的佛兰德艺术和十六、十七世纪的佛兰德艺术作对比，就可以看出来。那其中表现出对物质和财富的迷恋。他的观点是，在尘世里，财富是上层阶级的标志，所以，从某种意义上讲，加尔文主义被世俗化了，被转换成了资本主义……"她们边说边走出去了。

瓦尔朝米拉扮了个鬼脸："我那早熟的女儿啊。"

"她多大了？"

"十六。二月份就满十七了。她在读高年级了，有点儿早熟。"

"她很漂亮。"

"是啊。"瓦尔切着洋葱说。

米拉在厨房里踱步。这里宽敞明亮，窗台上的植物依着窗户攀缘。圆桌上铺了一块艳丽的条纹桌布，水槽前的地板上铺着一块鲜艳的大地毯。一整面墙边摆着的一米高的搁架上，码放着几十种香料，有的米拉连听都没听说过。柜台上放着一排排明晃晃的塑料质地、红红绿绿的小罐子。

另一面墙上也贴满了"墙纸"。米拉走过去看了看，发现是从书上或杂志上剪下来的页面。有波斯的、印度的，还有中国的，都是些有点儿色情的画。米拉移开视线，走到窗边，深深地吸了口气。

"你的婚姻维持了多久？"她紧张地问。

"太他妈久了。"瓦尔正往炖着的肉上倒酒，"四年。他很浑蛋，和其他男人一样。但我已经不恨他了，不恨他们了。他们也没办法。他们生来被培养成浑蛋，我们生来就是天使。我们当天使就是为了他们能当浑蛋。你没法打破这样的规则，他们也不能。"她笑着说。

"你是说，你后来一直没有再婚吗？"米拉小心地问。

"想不出我为什么要结。"瓦尔有些心不在焉地回答，同时用一个小勺子舀香料。她把香料拌入肉中，转身对着米拉，"怎么，你想再婚吗？"

"我想过。我是说，我以为我会再婚。大多数离婚的人都是这样想的，对吧？"她的声音听起来有些焦虑。

"我想是吧，数据统计结果是这样的，但我认识的大多数女人并不想再婚。"

米拉坐了下来。

"我觉得她们应该很孤独吧。你不也是吗？哦，对了，你还有克丽丝。"

"孤独，就看你怎么看待它了。就比如贞洁，只是一种心态而已。"瓦尔笑着说。

"你怎么能那么说呢？"米拉的声音尖锐起来，"孤独就是孤独。"

"我想，你可能很孤独，"瓦尔对她笑笑，"可是，你没离婚的时候就不孤独了吗？有时候，一个人不也挺好吗？你独处的时候会感到难过，难道不是因为社会告诉你孤独很可悲吗？你希望有个人能明白你心里的每种想法。即便存在这样一个人，他——甚至她，也没法完全做到吧？同床异梦才更可悲。我觉得，只要你有几个好朋友，有不错的工作，就不会觉得孤独了。我认为孤独是爱幻想的人创造出来的，它是某种神秘的浪漫。另有一种说法：当你找到自己的梦中情人，就再也不会觉得孤独了。这也是禁不起推敲的。"

"你说得太快了，"米拉说，"我跟不上。"

这时，伊索冲进厨房来，大笑着说："天哪，我的天哪！克丽丝真是了不得，她找出了托尼[1]的很多漏洞。我得叫她去读他的书，去和书争，别和我争，她太能说了！"她往自己和米拉的杯子里倒了点儿酒，"你怎么看这件事，瓦尔，你怎么应付她的？"瓦尔点点头。她在往一个玻璃量杯里加奶油。她微笑着简短地说："不要理会她。"接着又转向米拉，"这就是我教育孩子的理论。我对什么事都有一套理论。"她投给米拉一个优雅而略带歉意的笑容，米拉不由得有点儿喜欢她了，"其实，克丽丝的问题在于她很害羞。我们经常搬家，她没有同龄的朋友。我也会鼓励她出去，但你也知道十六岁、又害羞的女孩子是什么样子的。"

晚饭在厨房里吃——这儿没有餐厅。

"希望你喜欢奶油芥菜汤。"瓦尔说。

奶油芥菜汤？不过，闻起来还不错。

"每次做这道菜，我都会想起以前认识的一个人。当时我对他很有好感，但我们在暧昧阶段，需要我主动一些。但男人太迟钝了。总之，事情进展到了那一步。我很紧张，拼命想讨他欢心，觉得他

---

1 理查德·亨利·托尼（Richard Henry Tawney, 1880—1962），英国著名经济学家、历史学家、社会批评家、教育家。曾先后任教于格拉斯哥大学、牛津大学，并担任伦敦大学经济史教授。其代表作有《16世纪的土地问题》《宗教与资本主义的兴起》等。

是个了不起的男人……"

这时，克丽丝溜到了她身边："又在讲男人了？"

"为什么不能讲，他们是人类的另一半，不是吗？"她母亲嗔怪地说。

"男人，男人，男人，"克丽丝用一种略带嘲弄的声音说，"我讨厌女人们老是谈论男人。你为什么就不能谈谈资本主义呢？至少我还能学到点儿东西。"

伊索用餐巾纸掩着嘴，咯咯轻笑。

"我已经把我了解的关于资本主义的东西全都教给你了，克丽丝，"瓦尔从容地说，"它很简单，只是一场游戏，你明白吗？首先，那些贪婪的人先积累起财富，然后，他们制定了游戏规则，以保持他们已有的财富，之后就非常简单了。富人管束穷人，于是富者愈富，穷者愈穷，我也曾经玩过这种游戏。"

克丽丝不屑地看了母亲一眼："你犯了把事情简单化的错误了，妈。"

"你有更好的解释吗？"瓦尔不满地瞥了一眼克丽丝，挥动着手中的勺子。米拉意识到，母女俩的游戏开始了。

"我的论文写好后你可以看一看，"克丽丝说，"是社会学课的论文，那个老师简直就是一头蠢猪。他觉得黑人小孩都是牲口，他甚至真的那样骂他们。他还认为约瑟夫·麦卡锡[1]是位被中伤的圣人。"

---

1 约瑟夫·麦卡锡（Joseph McCarthy，1908—1957）），美国共和党参议员，在1947—1957年代表威斯康星州于参议院任职。从1950年开始，麦卡锡推行极端反共、排外的麦卡锡主义，因而遭到非议。

"那么你觉得他也是一只动物咯，你说他是猪。"

克丽丝朝她母亲扮了个鬼脸："可让你抓住把柄了。不管怎样，你一定会觉得我的论文有趣。他肯定会给我打F的。"

瓦尔看着女儿，她的表情温柔，满是爱意和心疼。

"剑桥的学校是个恐怖的地方，"她对米拉说，"充满了阶级纷争。底层的白人试图控制黑人，于是黑人学生满怀愤怒，白人也很害怕，就像埋了定时炸弹。谁知道哪天……我希望克丽丝能在它爆炸之前离开那个地方。"

"哦？"克丽丝戏谑道，"我还以为你是个激进主义者呢。"

"呸，胡说，才不是，"伊索说，"你妈自己会向丑恶的东西丢炸弹，但她不想让你牵扯进去。"

克丽丝听了很高兴："这可是你说的，不是我。"

瓦尔站起来撤走汤碗。克丽丝也马上起身帮忙。瓦尔又把另一些菜摆上桌——一碗以奶酪装饰的菠菜蘑菇沙拉、一份面条、一份色香味俱全的勃艮第红酒炖牛肉。克丽丝在一旁协助母亲。母女俩沉默不语，但配合默契。桌上还有法式面包，又上了些酒。克丽丝洗好碗，坐了下来。桌面上飘起阵阵香气。

"那汤美味极了，"米拉说，"做汤之前你正说什么来着？你说你很爱那个人……"

伊索咯咯轻笑："给她讲讲爱情，瓦尔。"

克丽丝咕哝道："等吃完甜点再说吧。"

伊索笑得很小声，几乎是压着嗓子笑的，完全止不住。她一边笑，一边催促瓦尔："继续。"

"我能安静吃顿晚饭吗？妈！"克丽丝怒气冲冲地说，语气听起来很严肃。

"怎么说话呢，克丽丝，"瓦尔说，"你今晚怎么这么暴躁？"她转身对米拉说："没什么。他就是喝完汤以后吐了。不是因为汤不好喝，他来的时候已经喝醉了。那些个晚上，你在房间里走来走去，等着**他**来，**他**就奇迹般地来了。你明白那种感觉吗？"

"不明白，真的。"

"爱情，就是坠入情网的感觉呀！"瓦尔往酒杯里斟了些酒。

"瓦尔讨厌爱情。"伊索脸上带着顽皮的笑容解释说。

米拉朝瓦尔眨了眨眼睛："为什么？"

"去他妈的。"瓦尔抿了一口酒，"所谓爱情，都是我们臆想出来的，就像圣母马利亚一样，就像说教皇是绝对不会犯错的，国王的神权是不可侵犯的，都是胡说八道，是那些聪明的男人构建出来的。这些东西本身不重要，重要的是为什么他们要这么说。"

"好了，瓦尔，这次就少点儿理论吧。"

"好吧，爱情会使人神志不清。古希腊人就知道这一点。爱情就是通过幻想和自我欺骗来控制理性。你失去了自我，你就失去了掌控自己的力量，你甚至都没法正常思考，所以我才讨厌它，并不是因为我是一个理性的人。我认为凡事都是理性的，用'非理性'这个词只是说明我们还没有完全理解这一事物。我也不认为理性与欲望是分开的。一切事物都来自自我中的各个部分，可我们却觉得自己对其中某些部分的了解要比其他部分多。但是爱情与自我没有关系，从构造上来说，它是独立于我们之外的一种疯狂，还有其他许多……"

"瓦尔……"伊索朝瓦尔晃了晃叉子。

"爱情是那些你认为应该发生的事情，是生活中的现实。如果没有发生在你身上，你就会感到受到了欺骗。你感到无聊而焦虑，因为你没有遇到爱情。所以，有一天你突然遇到了这个人，你心花怒放，觉得他太迷人了！他是什么身份根本无所谓。你的爱情如此突如其来，他可能正在与人辩论，可能正在马路边切割混凝土，脱掉衬衫，露出晒黑了的后背。这不重要。即便你之前见过他，对他没什么印象，可是，在某个时刻，当你看着他，之前对他的看法全部烟消云散。你会觉得之前从来没有真正认识过他！你一瞬间就意识到这一点，在那之前你从没发现他如此迷人！

"可你突然就发现了。那黝黑的脊梁，那有力的臂膀！当他倾身向前驳倒对手时，那坚毅的下巴，他眼中闪烁着智慧的光芒，那是怎样一双摄人心魄的眼睛啊！他用手指穿过头发，如此漫不经心，连他的头发都那么柔顺！"

伊索伏在桌上笑弯了腰。瓦尔正全神贯注地表演，她的神情交织着爱慕与嘲弄。

"还有他的皮肤，天哪，那皮肤就像缎子一般。你坐在那儿，情不自禁想去触摸他的皮肤。还有他的手！多漂亮的一双手啊！强壮、精致、粗大、有力，不管它们是用来做什么的，那都是一双漂亮的手。你每看到它们就开始出汗，腋窝都湿透了……"

伊索笑得被酒呛住了，不得不起身离开。不过，她只是走到了厨房门口。瓦尔并没有注意到。

"每当你看到那双手，就会想象它们游走在你身上。你害怕注视这双手，因为看着他的手，你的身体就会情不自禁开始兴奋，仿佛它们正在触摸你。在如此美妙的地方，他的手抚摸着你的身体！

天哪！你将目光从他手上移开。可那手臂如此强壮、温柔，造物主造就它们就是去控制、去拥抱、去保护、去安慰的。可同样是这双手，也能将你折成两段，将你推向深渊。这就是有趣的部分，那双手臂是无法预测的，它们可以抚弄你的身体，也可以将你撕碎……"

"啧啧。"米拉听见自己发出这样的声音。

"还有他的嘴！显得那么性感、冷酷、饱满、热情，好像他能用嘴将你吞噬。可你还是不顾一切地想要它。你甚至渴望它的冷酷。当他张开嘴！我的天，句句箴言！他说的每句话都带着光环，放射出智慧之光。他要么满怀深情，要么含蓄暧昧；从他嘴里说出的话都蕴含深意。他转身对你说'外面下雨了'，你见他眼里闪烁着光芒，他正在暗示今晚希望和你在某处约会，你在他眼里看到了激情和欲望，看见了不可抗拒的意志，而那些意志都指向你！或者，他正在谈论政治，他的每种看法都好有见地，你不明白屋子里的其他人为什么不像你一样想跳起来亲吻他的足尖，他简直是救世主。当他转身对你笑的时候，你希望自己缩成一个小球，滚落在他脚边。当他转过身去的时候，你感觉好像世界都停止运转了。你想去死，想拿起一把刀，刺进自己的心脏，站在屋里大声宣告：'如果他不爱我，我就不想活了！'他每次把头转开，你都会崩溃，你不仅嫉妒其他女人，还嫉妒男人，甚至墙壁、音乐和那该死的沙发上方的版画。

"好了，你们终于在一起了。你的热情已经到了极限，你或多少地知道这一点。你知道，其实是你让这一切得以发生，所以你不相信它。你一直觉得，是你让他邀请你喝咖啡、吃晚餐、听音乐会，或者做其他什么的，可是，一旦你失去自我控制，哪怕只有一分钟，那种魔咒就会被打破，你也会永远失去他。所以，每当和他在一起时，你就很高兴，充满活力，你的眼神有点儿疯狂却很迷人，你的行为都很妥当，但行为本身和你无关，你只是在表演，就像某人站在舞台上，表演那个你以为可以借此得到他的角色。你还很害怕，因为你已经有点儿筋疲力尽了，你不知道自己还能撑多久，可他每次出现的时候，你都撑过来，继续演下去了。

"大多数情况下，女人就应该微笑、倾听、做饭。他只花十二分钟就可以将你一下午的努力塞进嘴里，你还会爱慕地看着他狼吞虎咽。再过一段时间，他做了你想做的，和你上床——当然，如果你并不想，那又另当别论了，我没试过。我只能告诉你我知道的。你让他上了你的床，一段时间内，一切都很美好。你从没有过那样的性生活，他是你遇到过的最佳床伴。这是真的。你们沉浸在爱情的温暖中，你们做爱、吃饭、交谈，一起散步，不分你我。你们水乳交融，被温暖的、热情的、鲜艳的色彩环绕着，一切都如此顺利，你随波逐流，感觉自己的人生从未如此幸福。你们心心相印，钟情彼此，即便他在另一个房间，他觉得冷你也能感觉到。每一次你触摸他的皮肤，或者他触摸你的皮肤，都像触电一样，仿佛你身体里带着闪电，仿佛你们都是宙斯。"

米拉听得目瞪口呆。伊索回来了，又往杯子里添了酒，但她什么话也没说，似乎在咧着嘴笑。克丽丝坐在那里，低着头，用叉子拨弄着食物，表情木然。瓦尔完全陶醉了。她刚做了饭，又喝过酒，脸微微有些发红，她高举起酒杯，不住地比画着，两眼盯着伊索上方墙上的某处。

"这个时候你不会去想赚钱啦、上学啦这些讨厌的俗事。你的感官和内心似乎紧紧相连，这就是生命的全部意义，其他的一切都不重要。很长一段时间，或许有几个月，你都处于这种状态，逃课、失业，或是被赶出家门，等等。这都没什么，因为除了爱，什么都不存在。你开始妄想，觉得全世界都在和爱人们作对。你觉得这一切太不公平了，觉得其他所有人都麻木、愚蠢、冥顽不灵，不懂生命的热情。

　　"然后有一天，意想不到的事情发生了。你们坐在一起吃早餐，你昨夜宿醉未醒，看着心爱的人坐在对面，英俊潇洒、金光闪闪，你的爱人张开他那玫瑰花苞一样的嘴唇，露出白得耀眼的牙，接着，他说了一些愚蠢的话。你的整个身体僵住了，心里一凉。你的爱人从没说过这样的蠢话。于是你定睛看着他，以为自己听错了。你让他再说一遍，他就又说了一遍：'外面下雨了。'你向窗外望去，晴空万里。你说：'不，外面没有下雨。也许你该检查检查你的眼睛，或者耳朵。'你开始怀疑他的所有感官。一定是他的感官一时出了问题，才会犯这样的错误。即便如此，这个错误也不应该影响到爱情。难道锁、隐形眼镜和助听器会成为爱情的障碍吗？你安慰自己，只是宿醉未醒而已。

　　"可这仅仅是开始。因为从那以后，他不停地说出蠢话。你则一次次吃惊地看着他，我的天哪，你知道吗，你突然发现他瘦得皮包骨！或者无精打采，或者很胖！他的牙齿东倒西歪，他的指甲很脏。你突然发现他会在被窝里放屁。他真的不了解亨利·詹姆斯！这阵子他一直说他不了解亨利·詹姆斯，你曾经还以为，他对詹姆斯那番奇谈怪论体现了他卓越的见识，可是你突然发现，他是真的不懂。

"这还不是最糟的。因为在那几个月，你曾把他当作下凡的神仙来崇拜，而他也一直相信自己就是神。现在，他正趾高气扬地走来走去，他自负、盲目、迟钝，就像所有被你唾弃的男人一样，可这一次，是你的错！是你一手造成的。是你！都是你！天哪，是你造就了这个怪物！这时你会想，他也参与制造了你的幻觉。若没有他的合作，你一个人也不可能完成。你因为自欺欺人而讨厌自己（你告诉自己，你自欺欺人是因为他，不是因为爱情），你又因为他相信了你的欺骗而讨厌他，你觉得愧疚、自责，于是你试着慢慢地解脱。而现在，你转而试图摆脱他。可他紧抓不放，他不明白，你怎么会想要抛弃一个神呢？他拯救了你，这可是你说的。他是你迄今为止最爱的人——那是什么时候说的来着？他一直对你的话深信不疑，可事到如今，你还能说什么呢？他又不是你最爱的人了？可他是啊，曾经是。'所以，这个时候，'他明智而审慎地点着头说，'我也没办法。好好想一想。我渐渐习惯了你的存在，可能女人不喜欢那种感觉吧。'你能说什么，才不会彻底摧毁他那脆弱的男性自尊，才不会令他把你当成一个受骗的傻瓜或者骗子呢？"

瓦尔停下来喝了口酒。米拉屏息静气，直直地盯着她："那你是怎么做的？"

瓦尔放下酒杯，以最平淡的语调说："当然，他们会觉得你一定是有别的男人了。你知道吗，他们唯一能理解的东西就是主权。如果你抛弃了他们，那简直太不可思议、太伤自尊了。如果你投进别人的怀抱，那虽然很糟糕，但还可以理解。他们一直都知道自己有不如别人的地方。而且，对于他们来说，被你抛弃也并不意味着世界末日，他们不会一个人面对孤独，你也不过是又一个水性杨花的婊子。就是这样，游戏就是这样玩的。你一定得知道。"

"我不知道自己是否真的爱过，"米拉犹疑地说，"如果说曾经爱过，那时候也还很年轻……"

克丽丝同情地看着米拉，转身对母亲说："妈，不是每个人都和你一样。"

"他们当然跟我一样，"瓦尔欢快地说，"他们只是暂时不知道而已。"

瓦尔就是这样的思考方式，总是很绝对，没必要再和她争执。而且，她常常是对的，让你不得不忽略她的傲慢。那是她的一部分，就像她坐着时喜欢比手画脚，抽烟时喜欢把烟夹在指间在空中挥舞一样。时间一久，你就会觉得，瓦尔那放肆的言行其实是无害的。比起其他人，她并不见得更爱将自己的观点强加给别人。她只是大声地说出自己的观点而已。

11

十月，是剑桥最美的时候。阳光照在红砖砌成的人行道上，金灿灿、红艳艳的树叶给阳光染上了一层朦胧、柔软的色调，天空湛蓝。秋日的空气温柔、灰白，传递出淡淡伤感，脆弱的树叶在脚下发出悲伤的声音，这让秋天成了一个凋敝的时节。而在这里，成千上万个年轻的新面孔和为迎接新年而穿梭忙碌的身影，让这种凋零感烟消云散。

米拉对自己的课程不怎么感兴趣，但阅读书目是一大挑战。她在图书馆一待就是几个小时，并往来于各个书店，她感觉，这种深入、广泛的阅读让她的思维打开了。她主要阅读原始文献，而且只将各种选集作为研究指南。相对之前的阅读习惯来说，这是一次令人欣喜的改变。

她挂上了窗帘，买了一些抱枕和几株植物，举办了她的第一场晚宴派对。她邀请了伊索、艾娃、瓦尔和克丽丝。她在那小小的厨房里，围着熏黑的炉子，尽可能像她们那样优雅地忙活着。她准备了烤鸡，因为实在想不出更特别的食物了，但看她们的反应，好像她做了一顿盛宴。晚餐结束时，她高兴得满脸通红。她在餐桌上摆了红色的康乃馨，艾娃很喜欢它们，还兴奋地叫起来，看她的样子，仿佛那些花朵在她的灵魂里生了根，仿佛她的肉身被它们包围着。

"你喜欢就带回去吧。"

艾娃瞪大了眼睛："我吗？哦，不行，米拉。我只是很喜欢而已。"

"你带回去，我会很高兴的。"

"真的吗？谢谢你，米拉！"看艾娃的样子，好像米拉给了她很珍贵的东西。她抱了抱米拉，把脸埋进花朵里，一遍又一遍地谢米拉。艾娃的反应太夸张了，会让人觉得有点儿假，可即便认识不久，米拉也相信，显而易见，她是发自内心的高兴。

晚饭过后，她们坐在客厅喝酒。

"拿你的生活来说，"瓦尔对伊索说，"你在一个柑橘种植园之类的地方长大，你冲过浪、游过泳、滑过雪，还曾背包环游世界，你在急流里划过独木舟，你曾骑自行车穿越肯尼亚。再以我为例，我的生活没有那么精彩，但我去过很多地方。克丽丝和我乘坐一辆巴士游历了欧洲；我们在南方帮忙登记选民；我们在印第安保留地教过书，做过基本的护理工作；我们在阿巴拉契亚地区动员人们反抗剥削他们的矿业公司；多年来，我们为和平运动、剑桥的学校和城市问题出过力……"

"妈，那是你，我可没有。"

"或者，艾娃……"

她将视线从花朵上移开："哦，我什么也没做。"

"你做了。到目前为止，你独自生活了好几年，你靠一份无聊的朝九晚五的工作养活自己，住在旧房子里，为了赚点儿钱能每晚学芭蕾舞，那也需要勇气和力量……"

"那只是我的爱好。"艾娃小声地反驳。

"那你觉得电视和电影里又放了些什么呢？老一套的人物、'性感尤物'，还有家庭主妇——这还是他们费心去找女性角色的时候……"

"她们有三种类型：女主角、坏女人和介于这两者之间的人。女主角金发、品行端正，性格温驯得跟面包卷似的；坏女人总是深色头发的，最后会被杀死，她所犯的罪就是性；那个介于好坏之间的女人，或由好变坏，或由坏变好，不管怎样，她最后往往也会死。"伊索笑着说。

"我一直想当坏女人，"艾娃说，"可有时候，女主角的头发也是深色的。"

"其实，还有另一种类型，"伊索沉思着说，"没有性欲的。你知道吧，没有性欲的多丽丝·黛[1]就像个小男孩一样四处胡闹，没有性欲的洛克·赫德森[2]像年纪更大一点儿的小男孩。猫王也是那样，披头士乐队也是。"

"那倒是真的，"米拉附和道，"无性的，或是中性的，就像凯瑟琳·赫本一样。"

"或者嘉宝，或者黛德丽。"

"或是那个娃娃脸、扎着辫子的朱迪·嘉兰。"

"或者弗雷德·阿斯泰尔[3]，你怎么也想象不出他做爱的样子。"

"为什么，是你们假设的吗？"米拉问她们。

"也许是因为，一个真正的女人，要么是天使，要么是魔鬼。真正的男人就必须有男子气概，不能走可爱路线。或许那些中间人物，也就是那些无性和中性的人，可以逃避这种道德压力。"伊索说。

"我一直都知道自己是魔鬼。"艾娃小声咕哝着。

"但你的行为更像天使。"米拉笑着说。

"五岁的时候，我穿了件新礼服，兴高采烈地跑到院子里给爸爸看，我感觉自己漂亮极了，转圈给他看，裙子飞了起来，内裤露了出来，然后，爸爸把我抱进屋，用皮带抽我。"

---

1 多丽丝·黛（Doris Day, 1922—），美国歌手、演员，美国历来最受欢迎的女歌手之一，以邻家女孩的灿烂笑容征服了影迷，有 20 世纪五六十年代的"票房皇后"之称。

2 洛克·赫德森（Rock Hudson,1925—1985),20 世纪五六十年代好莱坞最红的银幕小生、大众情人，虽然扮演的多是粗犷硬朗的异性恋男子形象，但在现实生活中是不折不扣的同性恋者。

3 弗雷德·阿斯泰尔（Fred Astaire，1899—1987），美国著名电影演员、舞蹈家、舞台剧演员、编舞、歌手。他在舞台与大银幕上的演出生涯长达七十六年。

她们看着她。瓦尔皱起了眉头，好像很痛苦的样子。"那你现在对他是什么感觉？"她问。

"我爱我爸，但我们经常打架。我不经常回家，因为我们总是打架，那样妈会很难过。我上一次回家还是两年前的圣诞节，因为我说不喜欢林登·约翰逊，爸就打我，他直接伸手过来，狠狠地扇了我一巴掌。你们知道吗，真的很疼，疼得我眼泪都冒出来了。于是我拿起柜台上的一把叉子，就是那种用来翻肉的长叉，照他的肚子戳了下去。"她用那种柔和的亚拉巴马州口音说着，神情像个孩子，长睫毛下的眼睛忽闪忽闪的。

"你伤到他了吗？"米拉惊骇地问。

"你把他杀了吗？"瓦尔笑着说。

"没有。"艾娃的眼神闪烁了一下，"但我肯定让他流了不少血！"她咯咯笑了出来，笑得愈发大声，"他一定吓坏了！"她直起身，又补充道，"我告诉他，他要是再打我，我就杀了他。可现在我很害怕回家，因为如果他打我——他会的，因为他就是这样一头蛮牛——我就不得不杀了他。我不得不杀了他。"

"他会打你妈吗？"

"不，他也不打我哥。自从我哥长得比他壮后，他就不打了，但他最常打我。"

"打是他表示爱你的方式。"瓦尔干巴巴地说。

"没错，"艾娃抬头看着瓦尔，"是这样的。他最爱的就是我，这点我是知道的。"

"是在训练你。"瓦尔又说。

艾娃盘腿坐在地上，手里捧着那瓶康乃馨。她把脸埋进花朵中："好吧，可我不知道训练了我什么，因为我什么也不擅长。"

"艾娃，不是那样的！"伊索抗议道。

"我就是什么也不擅长！真的！我想弹钢琴，但我很害怕在别人面前弹；我想跳舞，可我年龄太大了。我只能整天敲那台老旧的打字机，这个我做得很好，可是越做越无聊。"

伊索对瓦尔和米拉说："艾娃只在十二岁左右上了几年的课，后来在大学里又学过两年，但她就弹得很好，他们还让她上台和克利夫兰交响乐团[1]一起演奏。"

"伊索，我只是赢了一场比赛。"艾娃急忙纠正，"你有点儿夸大了，那只是一场比赛而已。"

"但那已经很棒了！"米拉惊叹道。

"不，不是的，"艾娃又埋下头看花，"我太害怕了，我感觉自己再也不会上台，再也不会有那样的经历了。太可怕了。所以，我的钢琴之路到那儿为止了。"

"那你为什么不跳舞呢？"米拉继续问，"你还不算老啊。"

艾娃抬起头看她："太老了，米拉，我都二十八了。我几年前才开始跳舞……"

"她跳得很棒。"伊索打断她。

"这个嘛，"她匆匆瞥了伊索一眼，又转头看着米拉，"我觉得作为一个新手，我表现得很好，可是有点儿太迟了。"

"她应该从小开始上课的。二年级的时候，她坐下来弹钢琴，只

1　克利夫兰交响乐团（The Cleveland Orchestra），美国主要交响乐团之一，1918 年在克利夫兰音乐艺术协会的援助下创立。

是随便弹了几下，老师还以为她学过。"

"呃，我在收音机里听过。"

"你本应该去上课的。"

"可是，爸妈的情况不是很好，他们可能从没想过送我去。你知道吗？想都没想过。"

"我倒希望我妈是那样。七岁那年，我经常画画，于是，妈就跑去给我找了一个美术老师。他真是个可怕的家伙，他就住在下面的街区，靠教画画换碗饭吃。多讨厌的人！"克丽丝皱了皱眉。

"那确实是我犯下的少数错误之一。"瓦尔承认道。

"那是你的错，可受罪的却是我，"克丽丝打趣地说，"做爸爸的罪过啊……"

"我不是你爸爸。"

克丽丝耸了耸肩。"妈咪，你得承认，你永远是我唯一的爸爸。其他人不过是空有父亲形象而已，像是戴夫、安吉、富奇、蒂姆、格兰特……"她边说边掰着指头数，同时还顽皮地对瓦尔扮鬼脸。

"或许没有爸爸还更好，"艾娃忧伤地说，"你曾希望自己有个爸爸吗？"

克丽丝一脸严肃地看着她。"有时候吧。你知道吗，有时候，我会想象，有个人晚上回家来，咯吱窝下夹着报纸，"她咯咯轻笑着，"然后拥抱你或什么的。"她说完又笑了。

"那是爱人，克丽丝。"伊索笑着说。

"还有，带我去别的地方，真正玩的地方，比如动物园，你懂的，不像我妈一样带我参加反战游行。"

"我怎么不知道你想去动物园？"

"我不想去，只是打个比方而已。"

"那就好，因为我讨厌动物园。"

"那马戏团呢？"

"我讨厌马戏团。"

"我看你是讨厌任何没有语言的东西。"

"没错。"

"我喜欢马戏团，"伊索说，"我带你去，克丽丝。"

"真的吗？"

"一言为定。等下次去波士顿的时候。"

"太好了！"

"我也可以去吗？我喜欢马戏团。"艾娃喊道。

"当然，我们大家一起去。"

"我小时候就是个小魔鬼。我曾经不买票偷偷地溜进去。"艾娃咯咯轻笑着说。

"可真是够坏的。"瓦尔低声说道。

"她的真名叫黛丽拉[1]，如果你被取名黛丽拉，你会怎么想？"伊索坏笑着说。

"伊索！"艾娃站了起来，瞪了伊索一眼，然后转向其他人，"是真的。我跟着艾娃·加德纳[2]把名字改成了艾娃。我妈叫我黛丽拉·李。"

---

1 黛丽拉，英文为 Delilah，有"妖妇，引诱男人的女人"之意。

2 艾娃·加德纳（Ava Gardner，1922—1990），美国女演员，代表作有《赤足天使》《巫山风雨夜》等。

"那就是你，"伊索亲切地说，"妖女黛丽拉和安娜贝尔·李[1]的结合体。"

"我宁愿是玛戈·芳婷[2]。"她气鼓鼓地回嘴。她的背绷紧了，一双眼瞪着伊索："你想让我变成这些人，你觉得我是个妖精。你还觉得我快死了吗？"

"你就是个妖精啊，艾娃！你随时随地都在调情，不停地抛媚眼儿，不是吗？你的笑容和举止也很羞怯动人。你甚至都没法给车加油，当你走进去时，整个加油站的男人都不干活，光顾着看你了。"

"好啊！"艾娃生气地说，"他们还能有什么用？男人就是用来得到东西的工具。我要是知道怎么使用他们，那就太好了！"她的身体紧绷，攥紧了拳头，脸上那娇俏而羞涩的神情不见了，突然变成了愤怒。她看上去高贵、有力却又沮丧。

"你当然知道怎么使用他们。"伊索勉强地说。

艾娃又把脸埋进了康乃馨里。"你说得我好像一直试图从他们那里得到什么似的，可我没有。你那么说可不对。你知道，一直都是他们在找我，哪怕我看都不看他们一眼。你知道在地铁上是什么样子，还有昨天，我们去杂货店时，那个男人的反应，或是楼下公寓里那个。我并没有向他们索取什么，我不需要他们。大多数时候，我不需要男人。我只需要音乐。"

她们都默默地盯着她。

1　安娜贝尔·李（Annabel Lee），爱伦·坡一首悼念早逝爱人的诗中的人物，被认为是以其妻弗吉尼亚·克莱姆为原型。

2　玛戈·芳婷（Margot Fonteyn, 1919—1991），英国著名的芭蕾舞者。

"别人盯着我看，我就不自在。"她低着头说。

"如果可以做世上任意一件事，你最想做什么？"伊索换了一种欢快的语调问。

"跳舞。在真正的芭蕾舞剧中，在真正的舞台上。"

伊索又转身问瓦尔："你呢？"

瓦尔笑了笑："我想要的并不多，只想改变世界。"

伊索又问米拉。"我不知道。"她略带惊讶地说，"我年轻的时候想要……生活。不管这生活是什么意思。不过我还没有真正开始生活。"

"克丽丝呢？"

"我也不知道。"她那年轻的脸上透出一种近乎悲伤的冷峻，"如果可以的话，我想让每个人都快乐。我愿意帮助全世界忍饥挨饿的人。"

"很崇高的想法啊。"伊索笑着对她说。

"你呢？"

伊索笑了："我要去滑雪，真的。每当滑雪时，我都有强烈的满足感。我不像你们那么认真。"

"可那也是一件认真的事，"艾娃甜甜地说，"和跳舞一样认真。"

"不，一个是艺术，一个只是玩乐。"她啜了一口酒，"可我又在想，我现在在这儿究竟是在做什么。"

瓦尔抱怨道："我们又得讨论这没意思的话题了吗？"她转身对着艾娃，"每天，从早到晚，大家就坐在雷曼餐厅，喝着咖啡，抽着烟，捶胸悲叹，探索我们的灵魂，只为搞清楚我们他妈的为什么来这里。"

"好吧，我也在想，你们为什么来这里。这个地方这么可怕，"艾娃哆嗦了一下说，"谁也不和别人说话，即便说话，也总是谈一些奇怪的事情。"

　　"可你们为什么不离开呢？"克丽丝看着她们，又转身问她母亲，"你为什么不在乡间买一座大农场呀？我喜欢在乡下和猪啊牛啊什么的生活在一起。"

　　"确实。"伊索插了一句。

　　"我们大家可以住在一起。我真的很喜欢住在公社¹里，只是有些人太古怪了。但如果和你们住在一起就太好了。我们可以轮流劈柴什么的。"

　　"克丽丝，你不知道'什么的'不是'等等'的同义词吗？"瓦尔说。

　　"艾娃可以跳一整天的舞，伊索可以滑一整天的雪，妈可以每天早晨出门改变世界，米拉可以坐下来想想自己要做什么，我呢就去骑马。"

　　大家都觉得那样太好了，马上开始着手规划：房屋的大小、位置，要养什么动物，谁负责养哪种动物。她们因为猪而争论起来，伊索坚持认为它们很干净，艾娃则坚决不愿意养。她们还因为其他的家务琐事争执不休，艾娃坚决不做那些事。她唯一愿意做的就是喂鸡。

　　"我喜欢小鸡，"她叹息道，"它们会叽叽叫。"

　　这些争论最终以捧腹大笑告终。她们感叹人类实现社会和谐真

1　嬉皮士聚居地，往往远离市区，成员们自给自足，追求简单自然的生活。

是很难。

她们走后，米拉洗了碗，拿了一瓶白兰地到客厅。她关掉灯，坐在窗边，呼吸着十月份寒冷而潮湿的空气。楼下的过道里传来一个男人的脚步声。她听着，直到那声音消失。

她的胸中涌起一种充实、鲜活而又奇怪的感觉。她在想伊索和艾娃之间的关系，伊索就像艾娃的母亲。还有克丽丝列出的那些名字，他们是瓦尔的情人吗？瓦尔会当着女儿的面把男人带回家吗？瓦尔不介意克丽丝那样说话吗？当然，她自己有时也那么说话。但克丽丝才十六岁啊。她思索着克丽丝提出的大家住在一起的建议。显然，那只是一个白日梦，但谈起这个话题时，为什么大家都感觉那么自由、那么兴奋呢？她觉得独身生活并不尽如人意，但也从未想过再婚。和那样一群朋友住在一起肯定很有趣，每天都有奇思妙想，充满了生气，不像男人们，只是一味地维护自己的尊严和观点。这样一个晚上，如果诺姆在场，他一定会对她们讨论的那些话题，说话的方式，那种随性、玩耍般的愉悦氛围，以及她们的一些观点——尤其是瓦尔的——感到震惊。他一定会站起身来，看看表，严肃地说明天还有要事要办，在八点半离开。

然而，这确实很有趣。她感觉精力充沛，充满了能量。她想开始工作。她感觉以前她极力压抑的东西正在逐步释放，那种自我压抑曾令她疲惫不堪。但具体是什么东西呢，她也说不清。她唯一能确定的是，和那些朋友在一起，她可以做到完完全全的**真实**。

她又想起了瓦尔和克丽丝。在她们的调侃和争吵背后，你能感觉到亲近与信任，似乎很令人羡慕。而如今，对于自己的儿子，那两个从她身体里钻出来的婴儿，她深爱着的孩子，她几乎一点儿都不了解。她回忆起自己看着他们蹒跚学步，回忆起他们放学回家后第一次念出书本第一页的单词，回忆起他们用清澈的眼睛看着她，给她讲学校发生的事，她想起了那时自己心里的感觉。她回忆起自己将脸埋进他们的床单，闻他们身体的气息。

而现在呢？她每周会给他们写信，都是一些简短而礼貌的信，和他们谈谈天气，谈谈她正在看的书，告诉他们她去了哪里。刚开学的时候，他们每人会给她回一封简短的信，后来就再没写过。也许他们并不因为离开她而感到难过。因为诺姆离开后的头几个月，她真的太可怕了，从那之后，他们就和她保持着距离。她心中五味杂陈：他们是诺姆的孩子，长得像诺姆，所以她对他们感到愤怒；她因自己的失败而对他们心存愧疚——如果她表现得好一些，她和诺姆的婚姻也不至于瓦解；她心中满是愤恨。诺姆离开后，她的地位更加显而易见：一座房子和两个孩子的仆人。也许他们喜欢这样？是的，她有这种感觉，也许更甚。所以，她抛弃了他们，不是肉体上的抛弃，而是心理上的抛弃。如今肉体上她也抛弃了他们。

她猛然悲从心来。她无法道歉，也无法回到他们身边，更无法抹去他们的记忆。这世上没有公平，但也许仍旧有爱。

于是她决定和他们一起过感恩节。

12

一九六八年秋天，诺米十六岁，克拉克十五岁。他们都是安静而害羞的孩子。父母离异后，他们变得没有从前开朗了。然而，他们是典型的郊区富家子弟，贪图享乐，习惯有人伺候，害怕独立。他们抱怨父母离异给他们带来的伤害。两个孩子都发育迟缓，下巴上光溜溜的。诺米的声音有时还会不受控制地变得又尖又细。上私立学校也对他们造成了一定的影响。在面对这种变化时，诺米的反应是变得极爱交际，但成绩一塌糊涂。克拉克则变得很孤僻，经常在电视机前一坐就是很久，他的成绩也很差。当米拉告诉他们她已经和诺姆商量好，让他们与她一起过感恩节时，他们只问了一个问题。

"你有电视吗？"

"没有！"米拉吼道，感到很受伤。

他们到达洛根机场时，各背着一个帆布包，手上提着一台便携电视。

瓦尔办了一场盛大的感恩节派对，邀请了十四个人，但米拉担心瓦尔会对她的儿子造成不良影响，于是借口说她很久没见儿子了，想和他们单独待在一起。她的确已经有了计划，想和他们好好谈谈，真正地交谈。她还记得他们曾试图主动和她讲话，却被她打断了，想到此，她不禁心如刀绞。

星期三那天，他们到家时已经很晚了，也累了，他们疲惫地坐在电视机前看了一会儿，就早早去睡了，她对此很理解。星期四，她一整天忙着做饭，他们想看球赛。可当他们想一边吃饭一边看电视时，遭到了她的反对。球赛还没有结束，他们生气地朝她大喊大叫。

"爸爸都允许我们看电视！"他们嚷嚷着。这下可适得其反了。

"是吗？好啊！但我就不允许！"

他们闷闷不乐地吃着饭，机械、简短地回答着她的问题。一吃完饭，他们就看着她说："我们可以离开了吗，夫人？"

她叹了口气，无可奈何："去吧。但我希望你们能把碗洗了。"

话音刚落，他们就一跃而起，跑进房间，躺在床上看电视。那是米拉专门为他们腾出来的房间。等到他们睡觉后，她发现碗筷还是没洗。

星期五，她带他们沿着"自由大道[1]"散步。他们走得拖拖拉拉，当她向他们讲解建筑的特点时，他们看上去一脸不情愿的样子；当她讲到埋葬在公墓里的古人激动不已时，他们相互扮着鬼脸，说她疯了。他们倒挺喜欢"老铁甲[2]"，以及在北角区买的意大利冰激凌。一回到家，他们就跑到电视跟前去了。

星期六，她和他们一起穿过哈佛园，来到了哈佛广场[3]。他们喜欢库普商店[4]，还在那里买了很多唱片。她带他们去一家法国餐厅吃午饭，他们点了双份芝士堡。

"我点了法式乳蛋饼，"她让他们小声点儿，"我带你们来就是尝这个的——乳蛋饼、沙拉和酒！"

但他们大部分都剩下了，尝了尝酒，也剩下了，然后要了可乐，

1　自由大道（The Freedom Trail），是一条从波士顿公园到查尔斯顿之间的由红砖铺成的三公里多长的街道。

2　老铁甲（Old Ironsides），指 1812 年美英战争中建奇功的美国"宪法号"军舰。

3　哈佛广场（Harvard Square），并非一般意义上的有开阔场地的广场，而是地铁站附近的一个三角形区域，对哈佛学生来说相当于一个商业中心。

4　库普商店（The Coop），是哈佛大学与麻省理工学院合作社的绰号，主要提供图书、纪念品和宿舍用品等为学校服务的商品，只有隶属于两个学校的人员才有资格加入会员。

还对用醋、油和龙蒿叶制成的沙拉酱抱怨了一番。

在她看来，他们也有点儿奇怪。他们都长得很帅气，因为常打网球而皮肤黝黑。头发剪得很短，都穿着深蓝色的运动衣和法兰绒裤子。几个月以来，她没见过像他们一样的人，刚看到他们时，她还以为是圣约之子会[1]的阿拉伯人。他们称自己的父母"先生""夫人"。诺姆就希望他们这样说话，但她从不赞同。很显然，学校与诺姆的看法一致。他们潇洒、礼貌，却很沉闷。她琢磨着他们让她想起了什么，对，是肯，那个和芭比在一起的男洋娃娃。

周六晚上，她准备炖肉。她买了一包便宜的芝士堡和法式薯条，还有几瓶可乐。他们蘸着番茄酱一起吃，说那是他们吃过的最好吃的一顿饭。她冷冷地看了他们一眼。

"我们可以失陪了吗，夫人？"

"滚蛋！你们能不能别叫我'夫人'了?！"她吼道。他们吓了一跳。"除此之外，叫什么都行。"她无奈地补充道。可他们并没有笑，只是困惑地面面相觑。

"听着，"她恳求道，"我不常见到你们，所以，我想和你们说说话，多了解你们，你们在学校过得好不好，还有……总之就是关于你们的一切。你们明白吗？"她的声音有点儿颤抖。

"当然，夫——妈妈，"诺米赶快改口，"不过，我们已经告诉过你了。我们很好。"

她坚持要谈下去。而无论她问什么，他们的回答永远是："还好。"

1　圣约之子会（B'nai B'rith），1843 年创建于纽约，是世界上历史最悠久、规模最大的犹太人服务组织。

"那好，我们来谈点儿别的。对于我和爸爸离婚你们怎么想？"

他们对看了一眼，然后看向她。"还好。"诺米说。

"你们会觉得难以接受吗？会觉得自己和其他孩子不同吗？"

"不会，大家的父母都离婚了。"克拉克说。

"你们觉得爸爸的新妻子怎么样？"

"她还好。"

"很好，她很好。"

"你们喜欢剑桥吗？你们觉得我住的地方怎么样？"

"剑桥不错。你住的地方嘛——作为公寓来说还是不错的。"

"但是你该买一台电视。"

"我想，你们和爸爸在一起会更开心吧。"

克拉克耸了耸肩说："是啊，还可以打球。"

"他还允许我们吃饭的时候看电视。"诺米脱口而出。

"你们会和他聊天吗？"

他们又相互看了一眼，然后看着她，不说话。最后，克拉克想了想说："呃，从来不会。"

"你们对我读研究生有什么看法？觉得奇怪吗？"

"不觉得。"两人无精打采地回答。

"你们当然说得好听。"她说着站起身，走进洗手间哭起来。她告诫自己，这是在自怨自艾，况且破冰要循序渐进。她试着咽下胸中的那口闷气，用冷水洗了脸，重新化好妆，回到厨房。她离开时，他们已经把电视搬过来了。他们不想违逆她，所以没有离开餐桌，毕竟他们是有礼貌的孩子，于是他们就把电视搬到厨房来了。他们见她不高兴，于是把声音关小。她继续尝试和他们交流。

"听着，我和爸爸的事给你们造成了一定的影响。我真的想知道你们的感受。我并不是要审问什么，我是真的想知道。"

他们茫然地看着她，突然，诺米碰了碰克拉克的肩膀。"你看到那个传球了吗？"他激动地叫道。

米拉一气之下关掉电视，冲到他们旁边："我在和你们说话！在和你们**说话**！"他们低下了头。她见他们因自己的失控、愤怒而感到尴尬，也许是害怕出现三年前一样的疯狂场景。她的眼泪再一次流下来。她在他们对面坐下，双手捧着头。他们一言不发地坐着，紧张地看着她。"好吧，好吧，你们不说，我来说好了。我给你们讲讲我的情况。我来告诉你们我有多悲惨！"她见他们交换了一下眼神，但脑袋没动，"我讨厌这个地方，讨厌这些学生，他们都被宠坏了，大家都孤僻冷漠，要不是因为还有几个朋友，我已经彻底疯了！这该死的学校还歧视女人，尤其是我这个年纪的女人。它就是一个该死的男修道院，我们只是穿裙子的入侵者，他们只希望那些穿裙子的人是假男人，这样我们就不会碍手碍脚，就不会坚持认为情感比道理重要，精神和肉体一样重要……"

她看见他们茫然的目光。但他们盯着她的样子，好像知道有什么重要的事要发生，即便他们不明白她的意思。

"他们让我觉得自己就像你们的爸爸一样堕落，好像我一无是处，是个渺小可怜的小人物，好像我就应该成为这样的人。有时候，我确实是这样。我很孤独，真他妈的孤独……"她又哭了，"你们知道吗，三个月了，都没有男人邀请我喝咖啡，一个都没有！"此刻，她在抽泣，连她自己也感到惊讶，竟不曾发现自己有如此强烈的感情，她是如此悲惨，而这些感情从前深藏在黑暗和酒精之中。此刻，她已不再看着孩子们。她把脸埋入掌心，别开了头。这时，她清晰地记起了在那些绝望的日子里自己对他们的感觉，他们就在那儿，虽是她身上掉下来的肉，却与她毫不相关。他们不明白她是谁，也不在乎她是谁，只是接受她的服务。他们只是意外的产物。她还记得她因此恨他们，怪自己不理性，还记得自己指望从那么小的孩子身上寻求慰藉和关心，而他们根本不明白发生了什么。可她现在感觉到，他们别过脸去，离她远远的。她觉得自己完全是孤身一人了。

她忽然感到一个暖乎乎、结实的身体靠在自己身上。她抬起头，克拉克正站在她身边。他笨拙地用手搂住她的肩膀。她把头倚在他肩头，他则轻轻地拍着她的背，时急时缓，好像没把握自己能不能安慰好她。

"妈妈，别哭。"他带着哭腔说。

13

感恩节的前一天，下雪了，直到春天雪才停。剑桥的整个冬天都白雪皑皑，人行道上堆出了一道道消融不了的雪墙。我走在雪中，想着雪在文学中的象征意义，我之前对此不以为然。可是，在那一年，我感觉，自然在试着净化人类的恶行，覆盖那血迹斑斑的地球，让它安息。

也许，并没有哪一年比其他年份更糟；一年十二个月中，有多少伤痕累累的肉体，就有多少鲜血在暴力之下汇入土壤。很难统计暴力致死的数据。怎样才算是谋杀呢？人们因为政府和企业的政策而饿死，这算是谋杀吗？自然本身也会带来杀戮，正因如此，人类才有了主宰自然的想法，这似乎是最好的解决办法了。没人相信解药可能比疾病本身还糟。或许确实不是。细菌侵入，损害人体，也算是谋杀。我想一切死亡都是暴力导致的死亡吧。按照这个逻辑思考下去，永远没有答案。

可是，一九六八年给人的感觉，仍然比其他年份糟糕。我感觉自己就像一个抽搐着的庞大身躯里的细胞，那身躯被无数子弹击中，横躺在地上，而马丁·路德·金、肯尼迪和"美莱村大屠杀"那些无名的受害者，正是死于这些子弹。负罪感折磨着我们，因为杀人犯正是我们中的一员，我们生活在同一个世界。受害者也是我们中的一员。当然，受害者往往也是加害者。受害者的身体在尖叫，像铁水流过大脑、胸腔和肚子，滚烫、灼热、痛苦向每个感官蔓延，缓缓地翻转、下落，一枚射入身体的小小子弹，就能让一切都成空。杀人者——那个紧张的男孩，用颤抖的手指扣动扳机，他的同谋，腋窝被汗水浸湿，收了钱的杀手则流露出毫无顾忌的眼神，那个自认将世界从犹太人、共产主义者和阿尔比派[1]中拯救出来的人，绷紧了脊背。每个人都会是加害者或受害者。一九六八年，像一个动作缓慢的杀手，跨越了一年，跨越了大陆；像是一张照片，捕捉到了一次永恒的坠落。

人皆有一死，一切死亡都源自暴力，它摧毁了生活固有的状态。

1　阿尔比派（Albigensians），中世纪西欧反对正统基督教的一个派别，是纯洁派（Cathari）的一支，因12, 13世纪流行于法国南部图卢兹的阿尔比城而得名，14世纪逐渐消亡。

那么，那一年为什么如此可怕呢？马丁·路德·金、肯尼迪或某个村庄的村民就比比夫拉的饿殍或底特律的受害者[1]更重要吗？或许，我只是在玩一个智力游戏，根据日历随便编造一两个年份，说这是最糟的两年，它们因而有了特殊的意义，逐渐不再那么可怕，甚至成为值得纪念的日子。人类喜欢想方设法感谢苦难，他们将跌倒视为幸运，将死亡看作重生。我觉得这种看法也不错，如果无论如何你都要遭受苦难，倒不如感谢它。但有时我会想，如果我们没有去期待苦难，那我们也不会经历这么多的苦难了。

我的思绪继续飘远。我看到了那一年和接下来一年暴力的征兆，却不是简单感知到的。我所看到的是，一切行为都可以只是象征符号，可只有死亡那一刻是真实的，这令我感到害怕。好像舞台上用来刺杀凯撒的道具匕首，在碰到真正的血肉时渐渐变成了真的，好像米达斯[2]金手指的怪诞变体——这才是我们这个时代的真正传奇。

有的人斗牛，有的人做弥撒，有的人搞艺术，为了将死亡仪式化，为了将死亡转变为重生，或者至少是为了让它有意义。可我害怕的是，生活本身就是一种将一切变为死亡的仪式。人们斥责媒体编造事件——用他们的话说是扭曲事实。许多事件只是为了被传播而策划的：游行、静坐罢工以及人们把自己绑在栅栏上。我觉得这是一个好办法。一次主动策划的游行总好过围攻，象征性的抗议比真正的轰炸强。你仔细想一想，其实媒体事件每天都在发生。那些

1　指 1967 年到 1970 年间，发生在尼日利亚东南部城市比夫拉的惨烈内战，以及发生于 1967 年底的"底特律大骚乱"。

2　米达斯（Midas），希腊神话中的人物，能点石成金。

壮观的场面、庄重的仪式和不绝于耳的喇叭声，那些穿着皮草、天鹅绒外套，戴着珠宝首饰的政府官员以及神职人员都参与其中，奖章宣告了地位，戒指用来索吻，权杖要你臣服，这些都算是我们如今所谓的公关事件。只是，这些事件的受益者是那些掌握权力的人，吸引的却是那些无权无势的人的注意力。我想，这才是问题所在。谁能比亨利四世更了解"公关"这一行为呢？为了向卡诺萨的教皇格利戈里悔罪，他能赤脚在雪地里走上几公里。[1]

然而，哪些事件只是象征，哪些事件是真实发生的呢？你相信马丁·路德·金是被联邦调查局、被那些想要殉道的黑人激进分子，还是被那些信奉撒旦的蠢货杀死的？象征意义会根据你所相信的东西改变，而死亡是不会改变的。博比·肯尼迪曾经同情那些以色列人；美莱村民可能救助过北方的士兵。但这些推测和已然发生的事无关。在这些案件中，被谋杀的只是一个形象，而死去的人才是真实的。那些年的所有运动都遵循着同样的规律：从伯克利到芝加哥，那些被我们拳打脚踢的蓬头垢面的怪人和瘾君子；从加利福尼亚到芝加哥，再到亚拉巴马，再到阿提卡，那些被我们用石头砸、用枪射击的"懒惰的"黑人；那些被我们用机关枪扫射、用汽油炸弹轰炸的斜眼[2]越共，都在说他们并非我们认为的那样，都在

1　卡诺萨觐见，是教权与世俗王权之间发生的一场不流血的斗争：11世纪时，格利戈里七世进行教会改革，禁止世俗授职，结果德皇亨利四世拒绝这一做法，于是格利戈里宣布开除亨利教籍，废黜他的皇位。亨利别无他法，1077年1月，他在寒冬越过阿尔卑斯山，到意大利北部的卡诺萨，身披罪衣，赤足立于雪地之中，请求教皇宽恕。此即为闻名于世的卡诺萨觐见。

2　原文slanty-eyed，是欧美国家对远东地区（华人、日本人、越南人、韩国人等）的蔑称。

说，杀戮导致仇恨，如果我们杀害他们，他们就真的会变成我们所认为的那样了。你明白我的意思吧。尼克松去麦迪逊大道[1]买了一个新形象。如果把这些事件都当作媒体事件来看，或许那些死者还活着。

那么，存在于肌肉、骨骼、血液和肉体之外的真实自我，究竟是什么呢？外在形象可以内化，可以塑造言论、视野和行为。如果你一辈子都是服务员，你站着的时候身体可能会习惯性向前倾。但肉身和自我也可以分离，伽利略因而没有被烧死。况且肉身也不是固定的，它会因年龄增长、体重变化、事故、鼻子整形、染发和彩色隐形眼镜而改变。

我看见，我们赤身裸体地坐着，围成一个大圈，我们颤抖着，抬头看着天色渐暗、星星闪现。这时，有人开始讲故事，说他看到星星上有一个图案。然后，又有人讲起了飓风眼和老虎眼睛的故事。那些故事、那些形象都变成了真的，我们宁愿自相残杀，也不愿改变故事中的任意一个词。可过了一会儿，又有人看到，或自称看到了另一颗星星，她说那星星在北边，它的图案会变化，而且它还会带来灾难。于是人们怒发冲冠，开始把怒气转向那个发现它的人，将她乱棒打死。然后，他们又喃喃自语着坐了回去。他们开始抽烟。他们将视线从北方移开，不希望别人以为自己在寻找那个大逆不道者幻觉中的景象。然而，其中也有一些忠实的信徒，他们故意直视北方，看都不看一眼她所指的东西。那些深谋远虑的人聚集在一起，

---

1 麦迪逊大道（Madison Avenue），美国许多广告公司的总部都集中在这条街上，因此，这条街逐渐成为美国广告业的代名词。

窃窃私语。他们知道，如果人们接受另一颗星星存在的事实，所有的故事都得改写。于是，他们满腹猜疑地去寻找那些可能偷偷转过头去寻找另一颗星星的人。他们发现了几个他们以为在偷看的人，不顾他们的抗议，将他们处死。必须斩草除根。可长者们还得继续看啊，由于他们一直看着，其他人开始相信那里真的有什么东西，于是越来越多的人开始转身，时间一久，每个人都看到了，或是想象自己看到了，甚至没看到的也说自己看到了。

于是，地球感觉受了伤，而大自然母亲也在宝座上，通过她的"作品"发出叹息，显露出灾难的迹象。一切都完了。所有的故事都得改写，整个世界都在发抖。人们叹息、哭泣，感慨在过去的黄金年代里，也就是人们还相信那些古老故事的时候，生活是多么快乐、平静。其实，除了那些故事本身，什么也没有改变。

我想，那些故事就是我们所拥有的一切，是让我们区别于狮子、公牛和那些岩石上的蜗牛的东西。我也不确定自己是否想与那些蜗牛区别开来。基本的人类行为，就是呈现、创造或发明一个谎言。比如，我所在的这个世界一角流行的说法是：人可以没有痛苦地生活。他们摘掉鼻环，无视心结，拔除白发，修补坏牙，摘除病变的器官。他们还试图消除饥饿和无知，至少他们是这么说的。他们执着地研发着没有核的桃子、不带刺的玫瑰。

真的有不带刺的玫瑰吗？对此，我也很困惑，一部分的我认为玫瑰要是不带刺就太好了，而另一部分的我却又紧紧握着它的刺，哪怕掌心还在滴血。而完整的我认为，若没有饥饿和无知该多好——可或许无知也是一种智慧。我也不想沉溺于痛苦，因为会难以自拔。也许世上一切清醒的痛苦，都已随雪化去，被雨冲走，随风而去了，否则，世界如何去承受它身上满目的疮痍？我们已经忘记了巴黎保卫战[1]、阿尔比派和其他成百上千的古老故事。如今，燕尾旗，那些装饰华丽、傲气十足的马，还有貂皮和天鹅绒都已成为新的神话故事。

重点是，如果只有确定的东西是真实的——如莎士比亚所认为的那样，那么就只有死亡才是真实的了，剩下的都是想象，是短暂的、易变的。就连我们的故事也是这样，尽管它们留存得比我们长久。既然除了死亡，一切都是谎言，都是虚构的，那么又有什么值得我们去死呢？

两边的人都说，回到一九六八年的愿望就值得我们为它去死，尽管那些声音最大的人几乎都不是会去死的人。有一天，在雷曼餐厅，当大家谈论"革命"这个话题愈发深入时，米拉大胆地说，革命不怎么有趣。这时，坐在吊灯下、面前放着芝士汉堡和炸薯条的布兰德·巴恩斯放下手中的可乐，看着她说："那好，米拉，等革命爆发时，我会拦着那些革命者，让他们对你这种唱反调的网开一面。毕竟，我知道你没有恶意嘛。"他最近才加入了"新左派"组织[2]。

---

1 巴黎保卫战（Siege of Paris），公元 885 年 11 月 24 日拂晓，大批丹麦维京人在夏天抢劫了鲁昂之后，乘船直入巴黎，企图一举攻下法国首都。法国军民开始了历史上著名的巴黎保卫战。

2 原文 SDS，全称 Students for a Democratic Society，是 20 世纪 60 年代兴起的美国组织，由百名学生开始迅速发展壮大，自称"新左派"组织。"新左派"的政治纲领是希望政治和经济领域的政策能让人民决策。

14

尽管人们感到悲哀，感到不满，但生活还要继续。米拉仍然尽职尽责地参加各种课程和派对。研究生的派对通常吵闹、没有主题、没有条理；研究生宿舍也破烂不堪，没有家具，只有立体声音响，总是播放着滚石乐队和乔普林[1]的音乐。研究生们可以没饭吃，但不能没有音乐。有时房间里有光一闪一闪，那是他们在跳舞。厨房里总会有啤酒、葡萄酒、椒盐卷饼和薯条，有时候还会有奶酪和饼干。有一间寝室的房门总是关着的。米拉想，那也许就是供大家"亲热"的地方吧。这有点儿奇怪，因为那里总是有许多人，如果是为了隐私，大家完全可以去其他地方。几个月后，她第一次被邀请进入那个房间，她总算知道，原来他们是在里面吸大麻。他们一边吸，一边随手传递着烟管。每当他们听到警笛声或音乐声太大的时候，他们中就会有人起身打开房门，向外嚷道："嘿，小声点儿，你们想把条子招来吗？"

大麻似乎让他们进入了某种私密的感官世界。他们有的坐在地板上，有的懒洋洋地靠在床上，用力地吸着。他们盯着外面，眼神却是放空的。他们看上去很冷静，漫无目的地低声闲聊着。在她看来，他们在一起，只是因为他们在同一间屋子里，共同参与了一次犯罪，从而和其他人区分开来。就像他们跳舞一样，虽然伴着同一支曲子，但谁也不碰到谁，没有人领舞，没有人跟随。你分不出谁

---

1 指摇滚女歌手詹妮斯·乔普林（Janis Joplin），曾被《滚石》评为"史上最伟大的 50 名摇滚音乐家"之一。

和谁是一对或哪几个人是一起的。剑桥似乎是一个人和人彻底疏离、彼此隔绝的地方。

米拉又到其他房间去转了转。有的寝室很大，里面住了三四个学生。到处都是人，可他们说的还是在其他派对上说的那些事。她经过一个房间，史蒂夫·霍夫尔正在演他的独角戏：

"它是鸟，是飞机，是超级呼吸[1]！他声势如雷地来到这里，为了释放那被征服、被打败的魔鬼，让沃巴克斯爸爸当上宇宙之王！他飞到一间屋子里，卡利加里博士[2]正俯身看着一个呆滞的身体……是芭芭丽娜[3]！他张开他的超级嘴巴，开始吹。噗！房间里的每个人都昏倒了，不幸的是，芭芭丽娜也在其中。于是他小心地闭上了嘴，跳到她身旁，一把将那个美丽的姑娘从酷刑桌上抓起。他一转眼就不见了，只看见她高高地飘在摩天大楼上空。那个美丽的姑娘醒来后，睁开眼睛，她那两厘米长的睫毛（当然，这也有她那必不可少的眼线液和睫毛膏的功劳）轻轻颤动着，她看到救命恩人那英俊的脸，就将自己温暖而湿润的嘴唇覆在他的唇上——然后，她又昏倒了，可怜的超级呼吸！一滴泪水模糊了他的视线。他受到诅咒，拥有那可怕的力量，无法逃脱，他如何能明白女人的爱！他只能永远

1　原文 Superbreath，原本形容超级英雄呼出比常人力量大许多倍的气流的一种技能，此处是这位超级英雄的名字。

2　《卡利加里博士》（Dr.Caligari）是由罗伯特·威恩执导的惊悚片，影片通过一个精神病患者梦魇般的回忆，叙述了身兼心理学博士和杀人狂双重身份的卡里加里的生活，是德国表现主义电影的里程碑之作。

3　在 1968 年上映的美国电影《太空英雌芭芭丽娜》中，芭芭丽娜（Barbarella）是一个专门收服太空妖魔鬼怪的女英雄。

在天上飞，寻找魔鬼，建立沃巴克斯爸爸王国！让这个世界满是忙碌而生机勃勃的工厂、幸福的工人，甚至是更幸福的百万富翁！可是，直到世界变得安全，直到他卸下披风的那一天，他都无法拥有人间的快乐。姑娘们、小伙子们，当那一天来临时，当他建立起稳固、永久的金钱和机器王国时，他终于可以用佳洁士牙膏刷牙，用李施德林漱口水漱口了。孩子们，这可是你们现在就能做到的！他终于可以住在莱维敦的平房里，和系着白围裙的芭芭丽娜一起过上平凡的生活……"

"产生自然的自然[1]。"多萝西说。

"不，是被自然产生的自然。"蒂娜与她争论道。

"我要受不了啦。"恰克·斯皮内里细声细气地说。

"最初的原因和最终的原因是一样的，不是吗？我是说，根据形而上学来说是这样，或者如果你超越了普通类别，进入神秘的现实……"

"那不是直接原因。"

"是离开的充分原因。"恰克说。

"嘿，米拉！"霍沃德·珀金斯和她打招呼，一副很高兴见到她的样子。他是个瘦弱的年轻人，一只眼睛总在痉挛。他佝偻着背，晃了一下。他又瘦又高，他的身体对他来说，仿佛是一种特别的负

---

1 著名的荷兰哲学家巴鲁赫·斯宾诺莎（Baruch Spinoza）将自然分为"产生自然的自然"（natura naturans）和"被自然产生的自然"（natura naturata）。

担，仿佛它是一根长长的煮好的意大利面，他怎么也捋不直。他身上总是盖着或围着什么东西。

"真想不到，半年就这么过去了。还有六个月。这是我人生中最糟糕的一年。"

米拉用慈母般的语调叹息了一声。

"你是幸运的。"

"为什么？"

"你年龄要大一些，你对自己有把握。而我们这些人……太糟糕了。"

"你是说，你怕自己通不过考试？"

"当然！我们全都担心。我也不例外。我们都是本科学校里的优等生，都是一路得 A 过来，从没挂过科什么的。可是，一直以来，我们心里都清楚自己有多愚蠢，因为我们知道自己有很多不懂的东西。老师们——就连最好的老师们——也不知道我们实际上并不怎么样，因为他们从没想过问一些我们不知道的问题，所以他们仍然给你 A。可是，我们知道，迟早会露馅的。接着我们收到了哈佛的录取通知书！是因为那些老师推荐了我们，但他们不知道我们有多愚蠢。可你心知肚明，那一天正在到来。你进入哈佛后，他们就会把你揪出来。你会一败涂地。然后，大家都会知道。"他咕哝着。

"所以，你拼命地学习，是为了弥补你的愚蠢。"

"当然，"他用充满信任、几近哀求的神情看着她，"你觉得他们什么时候会把我揪出来呢？会是在基础测试的时候吗？"

她笑了："小时候，我以为我爸什么都知道，因为他不经常在家。当我知道他早晚会知道玄关里的脏脚印是谁踩的时，我很沮丧。

"我只吃糙米、青豆和酸奶。我得离开这儿，这里全都是行尸走肉。人们相互竞争，他们争相给胡顿[1]留下好印象，希望他能推荐他们去哈佛、耶鲁或普林斯顿任职。没有哪个人是真实的。"

"也许这就是真实。"

"不，你是真实的。你会说出你的真实感受。"

不，我没有，她想。不然我就会告诉你我这会儿有多烦了。

"我再去拿点儿酒。"她说。一旦派对变得无聊了，你就去喝酒，也许，人们就是因为这样才开始酗酒的。

一个留着红色长直发的年轻女人站在桌前往杯子里倒酒，酒都溢出来了。

"哎呀！"她抬头看着米拉，紧张地笑了，"我不知道自己为什么要喝这东西，我已经醉了。"

"如果你喜欢倒酒的话，这里还有一个杯子。"

凯拉笑了："好久不见，米拉。"她给米拉倒满酒，这次只溢出了一点点。米拉注意到她的手在发抖。

"是啊。可能因为我不像以前那样常去雷曼餐厅了。"

"我也不常去了。天哪，我讨厌这个地方！"她转过头，紧张地四处张望。她的眼神很焦虑。

"是啊。"米拉递给她一支烟。

她拿起烟在餐桌上敲了敲："不过，你可真不错，如此平静，好像这对你来说毫无影响，好像你每个学期都过得很从容。"

1　欧内斯特·胡顿（Earnest Hooton，1887—1954），哈佛大学人类学教授，美国著名人类学家和犯罪学家。

米拉很惊讶："有人刚刚说了类似的话。好奇怪。我怎么会给别人留下这样的印象？"

"你不觉得平静吗？"

"呃，我想是的吧，我不觉得紧张。但我在这里也不是很快乐。"

"'不是很快乐'。当然了，谁又会觉得快乐呢？可是你能正确地看待一切，你知道什么才是重要的。"

"我吗？"她凑近了盯着凯拉。

"是啊！"凯拉坚持说，"我们这些人就像傻子一样，整天担惊受怕。这就是我们全部的未来，我们的生活。"

"你的意思是，你对自我价值的认识取决于你在这儿的表现吗？"

"说得好，"凯拉亲切地对她笑着说，"没错，"她拿起烟，米拉替她点燃。她不安地吞吐着："不仅要完成学业，还得完成得漂亮。我们都想这样，都希望这样。这是有病，我们有病。"

"所以，我心理健康是因为我降低了期望值。"米拉说，"我也想去哈佛或耶鲁任职，可是我毕业时都四十岁了，我不觉得一个四十岁的老女人能得到这样的机会，所以，我干脆不去想了。我根本就不去想未来。我想象不到未来会发生什么。"

"这就是一场激烈的竞争，一场激烈的竞争。"凯拉一边抽着烟，一边目不转睛地盯着酒瓶，"如果有人在乎就好了。我嫁给了一个优秀的男人，可他真的不在乎我的表现如何，哦，也许他在乎，但他不愿帮我，你觉得我让他帮我有错吗？"她转身对着米拉，眼睛已经湿润了，"我会帮他，真的会。他沮丧的时候，我耐心倾听，他需要的时候，我吹捧他，满足他的自尊，我爱他，真的爱他。"

"我好像没见过你老公。"米拉四处看了看说。

"哦，他不在这儿。他是一名物理学家。他最近在写论文，几乎每晚都泡在实验室里。你觉得我有权向他要求什么吗？我知道他很忙。"

"当然，"米拉说，"你当然有权要求。"

凯拉看着她。

"不妨试一试，"米拉僵笑一下，"如果你什么都不要求，你就什么都不会得到。你可能还是什么都得不到，但至少你试过。"

"哦，谢谢你！"凯拉大声说，抱了抱米拉，还把酒洒在了米拉的衬衣上。米拉有些感动，也有点儿尴尬。

"我也没做什么啊。"米拉笑着说。

"你告诉了我应该做什么！"凯拉强调，好像这是很显然的事。

"是你自己告诉自己的。"米拉纠正她。

"也许吧，但是你帮助我，让我想到了自己要做什么。我以后可以来找你吗？"

"当然。"米拉一副困惑的样子。

这时，有人来到桌边，拍了拍凯拉的肩膀，是马丁·贝尔，他是一个深肤色的年轻人，话不多，但很热情。

"要跳舞吗？"

凯拉放下酒杯："好啊，来吧。"她离开时转身对米拉说，"别忘了，我改天过去找你。"米拉笑着点了点头。

米拉又开始游荡。她在一群交谈着的人旁边站了一会儿，那些人没注意到她；她又走到几个四处张望的人旁边，听他们讲哈佛多么可怕。没过一会儿，她拿起外套准备离开。在走廊里，她与霍沃德·珀金斯擦肩而过，他正在和一个年轻漂亮的女孩说话，她穿彩色长裙，戴吉卜赛珠链。霍沃德拽了拽米拉的袖子，那个年轻女孩转身走开了。

"米拉，你要去哪儿啊？你介不介意我哪天过去找你聊一聊？可能是哪天晚上，行吗？"

"当然可以。"

她一边走，一边摇头。她感觉自己突然变成了这里的"智慧的老女人"，可她觉得自己什么也不知道。

15

第二天下午，霍沃德·珀金斯敲响了她的门。他耷拉着脑袋，无精打采地在一张椅子上坐下。

"我好郁闷，想找个人说说话，希望你不要介意。"

她嘀咕了几句，给他倒了杯咖啡。

"我从不喝咖啡，那是毒药。不过，如果你有好茶的话，我可以喝茶，别是那种美式的茶包就行。"

"不好意思，我只有这个。"

"那我就什么也不要。"他换了个姿势。米拉点燃一支烟，在他对面坐下来。"我真的再也受不了了，这个地方，这个满是论文的世界。我真希望能参军。我不会杀任何人，我会拒绝那样做，但至少我可以离开这个茧。"

"你宁愿忍受战斗的折磨，也不愿意被论文折磨？"

"没什么比这更糟的了。"

"你觉得在流水线上工作怎么样？或是在收费站数硬币？拿着大镰刀割麦子呢？"

"至少你活在真实的世界里。"

她在想，若在"真实的世界"里，他会用他那副躯体做些什么呢？很多男研究生都像他一样，不食烟火，好像他们不是血肉之躯，而是游离在身体之外，好像身体是一件外出时需要穿上的衣服，到了晚上，当他们回到自己那黑暗的小房间里，就会将它脱下。身体是社交所必需的，就像她以前出席正式场合时戴的白手套一样。他们独自一人时是什么样子呢？灵魂笨拙地在房间里漫游，伸手去拿装着汤的罐子，躺在长椅上读书，窝在椅子里，没有关节所以无比柔软，有形的物质阻挡不住它飘向墙、椅子和窗户。

霍沃德开始讲有关浪漫主义的课程。他特别不喜欢凯拉，说她是"一本正经的小贱人"。

"她最近在写论文吗？"米拉机灵地转移话题。

"是啊，老天！就那样呗！她的论文是关于那些浪漫主义诗人写的戏剧。你能想象吗？我都不知道他们还写戏剧。管他呢。当然，莫里森喜欢她的论文——全篇都是无聊的、无关紧要的细节，小如蚂蚁也要拿出来晒一晒。"

"凯拉很聪明。"

"她说废话倒是很在行。来哈佛就为了干这个吗？世界正在四分五裂，可我们却在这里纠结卡尔西迪乌斯[1]对柏拉图的评论，以及圣

---

1 卡尔西迪乌斯（Chalcidius）是活跃于公元 4 世纪的哲学家，他将柏拉图的《蒂迈欧篇》（Timaeus）翻译成拉丁语，并进行了评论。

维克多·休对卡尔评论的评论！"他的声音透着愤怒，手臂在空中挥舞着。

米拉笑了。

"我现在明白了！炸弹飞出去，点亮了天空，凯拉·福里斯特和理查德·伯恩斯坦开始争论那种精确的文本结构是不是由毗邻潮湿水泽的圣斯坦尼斯洛斯学院预测出来的，也可能是作者佩恩自己编的。莫里森冷静而又专注地听着，好像就连波士顿大火[1]也无法转移他的注意力。他最后严肃地打断她：'非常有趣。'他说，'但你们都忽略了名噪一时的圣克劳斯的伟大学者阿希尼努姆·克劳斯博士写过的一篇鲜为人知却很有趣的文章。这篇文章对佩恩描述的世界末日做了修饰，在蘑菇云之上又增加了一朵绽放的花形状的云，那种蘑菇就是我们常见的蘑菇，形状也很常见。你们参考一下第三部分第七十二章，摘要一或者摘要二。'福里斯特和伯恩斯坦迅速记下来，当大火蔓延到剑桥时，莫里森正平静地继续着他那关于克劳斯的独白，念着克劳斯曾经出版过的书的每篇手稿的副本和出版日期。"

"在那个时刻，为什么不呢？真到了世界末日，这么过也不错。"

"也许吧，但只是在世界末日的时候。"

米拉站了起来："我得喝点儿什么，你要吗？不如来点儿酒？"

他要了酒。

米拉感到厌倦和烦躁。"依我看，你是害怕失败，所以讨厌那些

1　1942 年 11 月 29 日，美国波士顿发生火灾，烧毁了坐落在波士顿中部的椰林夜总会，致使三百多人丧生，一百多人受伤。

比你优秀的人。"她说这话的时候有点儿紧张，她从没以这样的方式抨击过某个人。

"我当然害怕。也许你说得对。但我还是看不惯福里斯特和莫里森，他们做的都是些无用功，从故纸堆翻出来的东西。"

她惊讶于他没有被惹怒，决定继续说下去。

"那你还来这儿做什么？"

"我就是想问你，我为什么会来这儿？"

"老天！"她尽力不让自己的厌恶从声音中透出来，"你们全都是这样！真让人恼火！你们都觉得哈佛是地狱，都只想过莫里森那样的生活。所有这些所谓深刻反省都只是为了自我保护，万一实现不了那样的目标可以找借口。"

他快要崩溃了。"没错。"他低声说。然后，他抬头看着她，"你觉得那样的目标很讨厌吗？"

"不，"她平静地说，"有什么不对的？你喜欢动脑子，你希望得到社会的认可，希望过上快乐的生活。为什么大家似乎都以为唯一正确的目标是压制精神需求？"

"可我觉得讨厌。我讨厌那样的自己。我就是讨厌自己，你知道吗？我都二十三岁了，还是个处男。你知道吗？"

"不知道。"她严肃地回答，同时打开了旁边桌上的台灯。屋外夜幕已落下，街灯亮了起来。

"可这是真的。你一定觉得我不正常吧。"

"不会。我相信还有很多人和你一样。"

"你什么意思，和我一样？"他有点儿不相信地问她。

她耸了耸肩："二十三岁还是处男，或者二十四五，又或者三十岁，又怎么样呢。"

"你真这么觉得？"他认真地，却又不敢相信似的看着她。

"我真这么觉得。"她坚定地说，一边想着找什么数据来支撑她的说法。她就是知道。

他坐了回去。他的灵魂蜷缩进了坐垫里。他又开始说起他的缺点，米拉逐渐意识到，他正在暗示性地对她提出性要求。一股愤怒之情油然而生。他自己什么都没付出，怎么敢要求她？即便他是热情满满地来找她，她也会感觉不情愿。可他什么也没付出啊。他希望她来引导一切，她来创造奇迹，不仅要制造性经验还要迎合他的欲望。她想，他可能还期望我光着身子跳舞呢。然后她突然就明白了一系列之前令自己困惑的事情，包括性感女郎、脱衣舞场所、黄色电影以及其他男人和女人之间的奇闻怪事。你可以像索尔·贝娄小说里描写的那些女人一样，穿着黑色露背装和吊袜带，嘴衔玫瑰走进门来。激起男人们的性欲，然后你就来满足它，让你自己得到快感。我的天哪。

他继续说着，看似在闲扯，可她能感觉到，他的话是围绕一个主题的，并非无心之语。她努力去琢磨那些言外之意。突然间，她明白了。

"所以，你觉得自己可能是同性恋。"

他突然停了下来。他注视着她，眼神犀利："你觉得我是同性恋吗？"

"我不知道。"

他稍微松了口气。"你是如何判断的？"他的声音有些颤抖。

她看着他，支支吾吾地说："你是说，如何判断自己是不是同性恋？"

"是的，或者别人也行。你是怎么知道一个人是不是同性恋的？"

米拉呆住了，她不知道该怎么回答他。那一刻，她突然意识到，自己一直都和女人走得最近，或许她爱的是女人，不是男人。"霍沃德，我不知道，"她慢吞吞地说，"我甚至不知道自己是不是。"

"什么，你吗？你是同性恋？"他笑着说，"你疯了吧！"

"你怎么知道不是？"

"你是吗？"他看上去很害怕。

她笑了笑："不是告诉你了嘛，我不知道。"

"这样的事你也笑得出来！"他生气地说。

"霍沃德，到了我这个年纪，你不用担心自己是什么，只管继续做自己就好了。"

"你是在讽刺我，米拉。我觉得那很恶心，很讨厌。"

"所以，"她厌恶地往前倾了一下，"你才觉得困扰。"

他又做出一副崩溃的样子。她想，没办法让他想开了。"你这么觉得？"他担忧地问。

"你害怕自己可能成为某种样子的人，你最后可能什么人也成为不了。"

他不知所措地坐在那里，心不在焉地闲聊着，不住地四处张望，似乎在寻找什么。她有些不安地看着他，觉得自己说得有点儿过了，她本不应该说那些的。她一面觉得，自己只是实话实说而已，一面则自我反驳，就你懂，你以为你是谁啊。她想说点儿什么来安慰他一下，但他已经嗫嚅着要告辞了。他站起身来，他想逃跑。她不能怪他。她深感愧疚，于是也站了起来。走到门口时，他转身看着她。

"谢谢你，跟你说说话真好，真的。我之前从没跟别人说过这些。谢谢你，你真了不起。"

他的灵魂缠绕着门。

他走后，米拉立刻给瓦尔打电话。

"我马上过来，"瓦尔在电话那头喊道，"克丽丝把半个剑桥的人都叫到这儿来了，都快吵死了。"米拉听到摇滚乐声从话筒中传来。

"你打电话来，我太高兴了。"十分钟后，瓦尔风风火火地赶来，嘴里嘟囔着，"从现在起，周日我得找个安静的教堂之类的地方躲躲了。妈的，图书馆也关门了。你有没有读完《多福之国》[1]再去读《革命》？我想让克丽丝交朋友，结果我家就乱了套。那些孩子走后，我扫出来快一簸箕的垃圾，一点儿也不夸张，你会觉得他们是乡下来的，可能因为他们老是坐不住吧。当然，他们这会儿都在吞云吐雾呢。"

"你让他们在你家里抽烟？会有麻烦的。"

"不然他们也会去别的地方抽。倒不如让他们待在一个暖和、舒适的地方。"

说完，她一屁股坐在霍沃德之前坐过的椅子上。对比太鲜明了，瓦尔的身体太庞大了。她填满了椅子，甚至要溢出来了。她仿佛住在自己的身体里，她的身体就是她的全部。她穿着花哨的短袖衫。米拉纳闷她是从哪儿找来的。夏天时，她底下什么都不穿。一想到

---

1 《多福之国》(*Poly-Olbion*)，英国诗人迈克尔·德雷顿 (Michael Drayton) 的代表作，诗中描绘了"不列颠岛"的美丽风光和光荣历史。

这儿，米拉就觉得不舒服，她感觉那样又潮湿、又邋遢。瓦尔踢掉凉鞋。

"瓦尔，你怎么判断自己是不是同性恋？"米拉脱口而出。

瓦尔笑了："你有向女人求欢过吗？"

"有，不过不是'那种'。"她向瓦尔转述了她和霍沃德的谈话。她急切地倾身向前："你知道吗，那让我想起了我自己。也许我也是同性恋，所以我才没法从诺姆那里享受到性快感。"

"据你所说，那是诺姆的错，不是你的错。当然，也有可能是。我也不知道。我的一个朋友说，可以根据你的心跳来判断，如果女人走进来的时候，你的心跳更加剧烈，那就说明你是。"

"可依你看呢？"

瓦尔耸了耸肩："我不知道。理论上我们都是双性恋。但这只是理论上。现实中，人们总会倾向于某一边的。那是我们根本不了解的领域。我们不了解的领域太多了。"

"那你……"

"有没有和女人上过床？有。"

"是怎么做的？"米拉兴味盎然。

瓦尔又耸了耸肩："也没什么。我们都没有多大的感觉。我们爱对方，但相互都没有激情。上一次我见到她的时候，我们还拿这件事说笑呢。她住在密西西比州，我是在那儿从事民权活动时认识她的。"

米拉困惑地靠回椅子。

"你这么感兴趣，为什么不试一下呢？"

"是啊，"米拉小声说，"可我不能那么做，对吧？不能真的去试。"

"我做了。"

"我觉得那样不好,"她看着瓦尔,"性太重要了,它对我们的影响太大了,我们无权拿别人做那样的试验。"

瓦尔冲她笑了笑。

"总之,我是不能,"米拉说,"你能是因为你不那么想。性对你来说不那么重要。"

"不,性很重要,但对我来说不是神圣的。"

"对我来说也不是神圣的啊!"米拉抗议道。

"显然是的。"瓦尔笑着说。

16

直到现在,我对瓦尔都还有些不满。她是我所认识的人中最我行我素的一个。我不知道她的行事方法是否如她所说,来自一种潜在的能量,一种救世主式的驱动力。她在脑中有条不紊地安排着一切,好像只有她一个人知道有关事物本质的秘密。她甚至能掰着手指将这些秘密一一列举,就跟列洗衣清单一样。而我,不但做不到,也不相信生活可以那样安排。可她的话总会影响到我。偶尔会出现这样的情况,瓦尔过去关于某些事情的言论,在当下得到了验证。她看事情的方式确有其道理。

可是,米拉有点儿讨厌她,因为她总觉得自己是对的,她似乎从来不会有不确定的感觉,她表达观点的时候很大声,就像海啸向你席卷而来。她的每次经历都能转化成一种理论,她想法太多了。

你可以选择溜之大吉，要么就会被湮没在各种想法中。不过，也许她并非从没有过不确定的时候。和塔德分手后，她曾一度陷入沮丧，有时候喝多了酒，她还会哭。她说，她最害怕的事情就是落得像朱迪·嘉兰或斯特拉·达拉斯[1]那样的结局。

"我永远忘不了电影的最后一幕，那时，她的女儿嫁进了那座有着高高铁栅栏的大房子，她就站在栅栏外——我甚至不记得她是谁了，我看到那一幕时，还是个小女孩，我的记忆也许不太准确。可我就是对那一幕念念不忘，它给我留下了极其深刻的印象。女主角好像是芭芭拉·斯坦威克[2]演的。她就站在那儿，外面很冷，还下着雨，她穿一件薄外套，浑身都在发抖，雨水从她头顶落下，顺着她的脸颊，和着她的眼泪一起淌下来。她就站在那儿，看着里面的灯光，听着里面传出的音乐，然后她就慢慢地走开了。他们怎能任她走向自我毁灭呢？我并不感到同情，我只感到震惊——你看见自己的命运被摆在银幕或舞台上。你可能会说，我这一生都在试着改变自己的命运！"

可她常常让米拉觉得，她像一个女教皇，而米拉则只能乖乖聆听教诲。在她们谈起霍沃德之后的几天，米拉又提起了性这个话题。

1　朱迪·嘉兰（Judy Garland，1922—1969），著名女演员，曾被美国电影学会评为百年来最伟大的女演员之一。晚年不幸，离婚后事业也陷入低谷，最终自杀。斯特拉·达拉斯是1937年的美国电影《慈母心》（*Stella Dallas*）中的女主角，原本是工薪阶层，嫁给了上流社会的丈夫之后育有一女，曾经以女儿为唯一的人生寄托，但在一场旅行之后发现自己的出身可能限制女儿未来的发展，最终做出了自我牺牲。

2　芭芭拉·斯坦威克（Barbara Stanwyck，1907—1990），美国好莱坞影视演员，代表作《斯特拉·达拉斯》《荆棘鸟》。

当时她们在餐厅吃午饭，只有她们两个人，两杯杜本内酒下肚，米拉整个人放松下来。

"你还记得我们那天说的吗？我不是要和你争论什么，你的经验比我多多了，只是我觉得，你太过于强调性了。"

"不对。我们大半辈子都在想着性。据说人类行为的两大动机就是性和侵略。我同意人类行为有两大动机，但并不认为是这两种……"

"那你觉得是什么？"米拉打断她。

"恐惧和追求快乐的欲望。侵略主要源自恐惧，而性主要源自追求快乐的欲望，有时两者也会有所重叠。总之，这两种冲动都会破坏社会秩序，秩序又来自那两种动机，而秩序也是人类的一种需要。所以，两者都需要控制。可实际上，除了那些针对异教徒的教令，侵略行为从未真正受到过谴责。从《圣经》、荷马、维吉尔[1]，到海明威，侵略一直都受到赞扬。你听说过哪一部约翰·韦恩[2]的电影被禁演吗？你见过那些关于战争的书籍被下架吗？他们把芭比娃娃和肯的生殖器去掉了，却制造各种关于战争的玩具。因为，对于我们来说，性比侵略更具威胁性。自有成文规定以来，关于性的规定就比较严格，如果我们相信神话，甚至可以追溯至更早的神话中。我想，那是因为，男人最脆弱的地方就在于性。在战争中，他们可

---

1 维吉尔（Virgil，公元前 70—前 19 年），奥古斯都时代的古罗马诗人，有《牧歌集》《农事诗》《埃涅阿斯纪》三大杰作。

2 约翰·韦恩（John Wayne，1907—1979），好莱坞明星，以出演西部片和战争片中的硬汉闻名。

以兴奋起来，或者，他们持有武器。性则意味着赤裸着暴露你的感受。这对大多数男人来说，比冒着生命危险与熊或敌人搏斗更可怕。看看那些规则！只有结了婚，你才能有性生活，你得嫁给一个同肤色、同宗教、年龄相近且社交和经济背景相配的异性，天哪，就连身高也要合适，不然他们就会群起而攻之，他们会剥夺你的继承权，威胁说不来参加婚礼，或是在背后说你的坏话。如果你的恋情跨肤色或性别，后果更严重。而且一旦结了婚，做爱的时候你也只可以做某些事情，其他事都是会遭人唾骂的。总之，性爱本身是无害的，侵略才有危害性。性爱不会伤害任何人。"

"不对，瓦尔！那强奸或诱奸呢？鲁克丽丝[1]就是被性毁掉的。"

"鲁克丽丝是被侵略性毁掉的。性和侵略二者交叉了。那是塔伦对她的侵犯，也是她自己对自己的侵犯。我不明白，她都能刺自己一刀，干吗不刺他一刀？强奸只不过是涉及生殖器的侵略。在性方面对人的伤害方式不止这一种。但这些都不是纯粹的性行为。"

"那性堕落呢？"

瓦尔跳了起来："什么是性堕落？"

米拉呆若木鸡地坐在那儿。

"是同性恋？口交？还是手淫？"

就算是过来人米拉，也只试过其中一种，她只能摇摇头。

"那你到底是指什么？什么样的性行为能被你称作堕落？是有害的吗？"

1　鲁克丽丝（Lucrece），莎士比亚创作于英国文艺复兴时期的诗歌《鲁克丽丝受辱记》中的人物。

"就是……色情……色情本身……还有那些在派对上涂口红的男人……天哪，瓦尔，你知道我在说什么！"

瓦尔坐了回去："我不知道。你是说 SM 吗？"

米拉红着脸点了点头。

"S 和 M 只不过是人类的'控制 - 顺从'关系在卧室里的一种表现，这种关系还可以发生在厨房、工厂里，发生在任何性别之间。这种关系令人浮想联翩，但性本身并不丑恶，丑恶的是残忍。性是没有堕落之说的。只有残忍才是堕落的，但那又是另一个问题了。"

瓦尔点燃一支烟，滔滔不绝。她提到了"多相变态[1]"，她说，整个世界就像一窝小狗，蜷缩在一起，相互舔，相互闻；她还提到了异族通婚和同族通婚，批判所谓的种族纯化观念是多么荒谬、有害；她还认为，是关于所有权的那一套陈腐观念，使得性被丑化了。

米拉又喝了一杯，感到浑身不自在。她觉得有点儿不堪重负，不是因为瓦尔的长篇大论，而是因为她语言中的巨大能量，那由她的身体、声音和表情辐射出的能量令她不安。她尽量不去深想瓦尔的话。瓦尔很极端，很狂热，她就像莉莉一样，对同一件事说个没完，好像别人也和她一样感兴趣似的。她沉默着，感觉自己渺小极了。瓦尔的能量将她的能量湮没了。

"你要把全世界都湮没了，"她抱怨道，"你想当世界的独裁者吧。"

瓦尔不为所动。"谁又不想呢？"她笑着说。

---

1 弗洛伊德认为任何人都是"多相变态"的，最初的幼年时期，人们的原欲为口腹之欲，随后指向肛门，然后才指向生殖器，而并非一开始就以性器作为欲望的对象。

"我不想。"

"其实，我骨子里真的像一个守旧的牧师。我每周会走上布道坛，教这个世界如何自救。"

"你还真以为自己可以做到啊。"

"当然！"瓦尔笑着大声说道。

米拉悻悻地回家去了。

然而，她会去回想瓦尔说的那些话，而那些话有时候也确实能帮到她。瓦尔对性确实了解甚多，一方面因为她经验丰富，另一方面是因为她非常聪明，且认真思考过。对她来说，性近乎哲学。她通过性来认识整个世界。她曾说过，布莱克[1]是唯一真正了解这个世界的人。她常常在晚上读布莱克的著作，那本书一直放在她的床头柜上。她说，即便他是一个大男子主义的人，可他知道什么是生命的完整。瓦尔和别人上床，就像其他人和朋友吃饭一样。她喜欢他们，喜欢性爱。除了片刻的欢愉，她对性爱几乎没有别的期待。同时，她还说，是我们高估了性爱；我们希望从中获得极乐，可那只是好玩而已，很好玩，但不是极乐。

她是一个快乐的人，是我所认识的最快乐的人之一。这种快乐不是微笑或欢乐意义上的快乐。她是一个幻想狂，她喜欢幻想政治、道德和思想白痴。她享受幻想的过程。我想，她身上有一种治愈的力量吧。她总是很轻松，尽管她很敏感，而且总能洞察周围的情况，

---

1 威廉·布莱克（William Blake，1757—1827），英国浪漫主义诗人，版画家。早期作品简洁明快，中后期作品趋向玄妙深沉，充满神秘色彩。代表作有诗集《纯真之歌》《经验之歌》。

可是，她很少感到焦虑。她笑那些荒谬的言行，回家做一顿大餐，和某人愉快地聊聊天，然后做爱到凌晨两点，第二天又认真地看书去了。她是永远不会焦虑的。

17

　　艾娃回亚拉巴马的家乡度假，伊索陪她一起去的，她笑着说，是以防"发生不测"。不出艾娃所料，两周过去了，她们还是没能回来。一月底，她们的电话还是无人接听。米拉很担心伊索，她本来要在沃顿的中世纪课程上当助教。很奇怪，她们关系非常好，却都不知道怎么联系上对方，不知道彼此父母或家人的联系方式。如果伊索和艾娃不回来了，米拉就和她们彻底失联了。二月中旬，新学期开始了，布兰德·巴恩斯说他看见伊索从沃顿的办公室里出来。可她的电话还是没人接。

　　第二周，伊索打电话来了。她的声音听起来很紧张，没说几句就挂了，米拉答应第二天和她还有瓦尔一起吃午饭。第二天，米拉在怀德纳图书馆后门附近的街边约好的地方等她们。她看到伊索正从远处走过来。伊索步子迈得很大，但走走停停，好像每走一步都在犹豫是否要往回走，这使她的走路姿势有点儿别扭。她低着头，双手插进变形的粗呢外套口袋里，那还是她年少时穿过的衣服。等她走近一些，米拉发现她神色僵硬。她嘴唇紧闭，颧骨看上去比以前凸出了，皮肤紧绷，仿佛扎在脑后的头发也在拉着她的头皮。她看起来就像一个中年修女，一边忙着去做下一件事，一边担心学校的煤炭是否够用。

瓦尔从米拉身后走过来，和米拉打招呼。伊索一看到她们，就停住了脚步。她脸上毫无笑容。她们慢慢地走近她，小心翼翼地打了招呼，尽管什么也没说，她们也明白，不能马上逼近她。伊索站在那儿，身体好像在颤抖。她们到她身边时，瓦尔伸出粗大的手臂拢过她的肩，转头对米拉说："我们去杰克酒吧。"那里有吃的，而且白天基本没人。酒吧里放着音乐，有几个人站在前面的吧台旁，后面空荡荡的，她们坐进后面的一个隔间。

伊索啜了一口瓦尔为她点的威士忌酸酒，看着她们。她的嘴唇颤动着，黑眼圈很重，头发扎得紧紧的，在头顶缩成一个小髻，简直要把她脸上的皮肤全都拉起来了。她看起来就像一个刚被解雇的女教师。"艾娃走了。"她说。

秋天，艾娃所在的舞蹈学校举办了一场演出。伊索告诉她们，就在圣诞节前，演出现场的一位女观众打电话来，说要为艾娃提供"奖学金"，让她去纽约上芭蕾舞学校。这意味着有免费的课上，还有可能去那个女人所在演出公司的芭蕾舞团跳舞。但这也意味着艾娃要搬去纽约，重新找一个住所，重新找一份工作，过新的生活。

"太好了！"米拉惊叫道。

"她是什么时候走的？"

"昨天。"伊索继续盯着她的酒，晃着酒杯。

"你们在一起多久了？"瓦尔继续问。

"断断续续有四年了吧。过去三年都在一起。"伊索试着让嘴巴停止颤动。

"你们还是可以见面啊。"米拉安慰道，但其实有点儿心虚。

伊索摇了摇头："不，不能了。"

"这相当于离婚。"瓦尔轻声说，伊索用力点点头，眼泪顺着她紧绷的脸颊落下来。她控制住自己，试着和她们说些什么，她一边断断续续地说，一边吸鼻子，一边喝酒，还一边扯着头发，她顺滑的头发被扯得乱蓬蓬的。她们曾在一瞬间擦出爱情的火花，她们的爱情强烈、激越，吞噬一切。她们也曾试图结束这种关系，伊索去环游世界，艾娃搬家、换工作。可她们总会回到彼此身边，于是，三年前她们决定不再逃避。她们厚着脸皮住到了一起，假装彼此之间只是室友关系。艾娃像小猫一样蜷缩在伊索怀里，可当她想要跳下来，当这怀抱过于温暖，当这温床过于压抑时，她也会伸出像猫一样的爪子。

"我给不了她想要的，我永远都是错的。她一直要求我，恳求我，请求我做些什么，可我却总是做不对。"

"她想跳舞，你又有什么办法呢？"

伊索点点头："我知道，但我觉得她想要更多的东西，我想给她，我希望我能够给她，我恨她，因为我给不了，而她非常需要这些。其实，最近一年，我们几乎都在吵架。"

但还不止如此。除了几次偶然的"出轨"，她们都忠于彼此。"没人知道我们的关系，这是我们的秘密，它将我们绑在一起，让我们同外界隔绝，就像养育着一个畸形的孩子，好像我们都有一条假肢，不得不捆绑在一起。如果我们分开了，要么就得向他人坦露我们的秘密，要么就只能与世隔绝，孤独终老……"

瓦尔点了三明治。服务员上菜时，伊索就暂时打住话头。瓦尔又点了酒。谁也没有吃东西。

"我们压根没去亚拉巴马。我们哪儿也没去。艾娃也没去工作。我们晚上才去超市买东西，也不接电话。我们在那个公寓里待了两个月，争执、交谈、走来走去、吵架、相互指责……"她把额头埋进掌心，"要疯了，我觉得我要疯了，也许我已经疯了，也许我们都疯了。"她又抬起头，含泪望着她们，"生活就是如此吗？"

艾娃想离开，想抓住这个机会；可她又不想走，不想离开伊索。她为自己想要离开的想法感到内疚，所以怪伊索想甩掉她；她恨伊索不愿离开哈佛和她一起走，而她却总是为了追随伊索而离开；她害怕孤身一人；她想一个人待着，因为她厌倦了吵架和相互指责。

"我也是，我也一样，为了她好，希望她离开，但我不想失去她。我也不想离开哈佛，我花了太长时间才安顿下来，而且，我喜欢现在做的事。她想离开我独自生活，我很生气，也很担心她：没有我，她该怎么好好地生活？她太……无助，太脆弱了。我们吵啊闹啊，没有解决办法。直到前天晚上，我们真的大打出手，然后她收拾好行李，打电话给那个女人，说她要去。再然后，我们都哭了，紧握着手。结束了，就像一场战争，结束时已无人生还。"

她突然笨拙地站起身，迅速穿过屋子，去了洗手间。米拉摆弄着酒杯。

"瓦尔……你之前知道？"

"我知道她们彼此相爱。"

"我真笨。我心里有条界线。我不会去想那条界线之外的事情。"

伊索回来了。她的头发整理好了，可脸上还是有斑点，红色的疹子把她的雀斑衬得更明显了，以前那些雀斑在她苍白的脸上是不怎么看得出来的。她的眼珠颜色黯淡，眼神呆滞。她点燃了一支烟。

"现在呢？"瓦尔发问。

伊索摊开手，耸了耸肩。"没什么，没事了。"她紧张地吐了口烟，"虽然我知道艾娃会很快找个人照顾她。"她勉强地说。

"这也是你们争吵的原因之一吧？"

伊索点点头，垂下眼睑。"真丢人。嫉妒是耻辱的。当然，她也指责我想摆脱她，好去和一帮女人厮混……"她紧抿着唇，"我太老了，哪还有心思胡来。再说……"她的嘴唇又开始颤动，于是啜了一口酒。

"再说，一切皆有可能。"瓦尔笑着说。

伊索惊讶地抬起头。

"我还记得和尼尔离婚的时候。那时我太年轻了，比你还年轻，不敢想象会独自度过余生，但我还有克丽丝，拿不准到底要不要瞒着她，因为我讨厌撒谎和偷偷摸摸。那时，我的嘴也会像你现在这样颤动——"

伊索的嘴唇不颤了。

"我也下决心不会乱来，也担心是否能找到那个对的人。但其实，我非常渴望四处留情。任何一个人对我都有吸引力。如果有个人来挑逗我，我会想和他试一试，即便他没那么吸引我。我太渴望经验了。我还记得，曾经在半年的时间里，我同时有五个情人。问题是，那太耗时间了。你可以不管丈夫，但你得花时间陪情人——白天晚上地聊天、吃东西、爱抚和做爱。其他你什么也做不了。于是过了一段时间，我就放弃了。如今，除了偶尔邂逅的帅哥绅士，我只和格兰特约会，但我也不那么喜欢他，他是个满腹牢骚的人。"

伊索目不转睛地盯着她的酒。她的脸颊上有两颗粉色的痘痘。她嘴唇紧闭，看起来像在生气似的。瓦尔说完后，她抬起头，眼神冰冷，满是伤痛。

"听你这么说，好像我们的情况相同似的，好像我面对的不是特殊的问题似的。"

"无论你做什么，你都会遇到问题。毫无疑问，你是知道这点的。如果人们认定你是女同，那么，不管你和谁在一起，他们都会中伤你。"

伊索涨红了脸，冷冷地说："你的意思是，既然已经背了骂名，就索性破罐子破摔是吗？"

"我不知道是否有人骂你。我从没听到别人说过什么。再说了，在这儿，谁又能判断谁是或不是呢？"

她们不禁咯咯笑起来，这是一个可悲的事实。

"我是说就长远来看。"

伊索稍微放松了一点儿。她拿起三明治，咬了一口。

"这是个代价的问题，"瓦尔说，"孤独、警惕、怀疑，因为怕被人发现，所以一味地压抑冲动。这样的生活太可怕了。"

"可那些风险呢？"伊索反对道。

"闲言碎语吗？那倒是挺有破坏力的。"

"如果只是这些就好了！"

"为什么？还有什么？"

"生存。"

她们分开时，伊索步履沉重地往家走去。她告诉她们，她一直离群索居，只有上沃顿的课时才会出现，才来见她们。米拉看着她远去的背影，眼角涌起了泪花。看着她低垂着头，双手深深地插在她那旧粗呢大衣的口袋里，迈着大步，好像她无比确定现在所去的就是她一心向往的地方。她要一个人回家，一个人思考这些，一个人做决定，或逃避做决定，一个人。她想，就像我一个人端着白兰地时一样。想到这里，米拉突然伤感起来，再想想，每个人都得经历这些，都得面对最残酷的现实和最深的恐惧。她又想，但我们可以为彼此做点儿什么，我们可以相互帮助。怎么帮助呢？一个冷酷的声音问道。她在二月刺骨的冷风里穿梭，快步地往回走，一路上，她思考着这个问题。走近家门时，她看见一个小小的身影坐在门阶上看书。是凯拉。

"冻僵了吧？"

"哦，我上完课离开会还有两个小时，就想来看看你。你不在家，我想干脆等一等，没准儿你会回来，就算你不回来，我也没有别的地方可去，当然，我也可以待在怀德纳图书馆或博伊尔斯顿图书馆里，但我还有会要开，而且，我想你会回来的。"她笑着说。

她背着她那不离身的沉重绿色书包走进来，喝了两杯杜松子酒兑奎宁水暖身，她像喝水一样，大口大口地往下吞。然后，她开始谈论德国浪漫主义和英国浪漫主义的区别，那是她最近在写的论文主题。"米拉，太有趣了，就好像你可以找到德国人和英国人心灵上的不同，可以区分出不同的民族性。真不敢相信，但我做到了。你知道吗？就像我和哈利一样。除了名字不那么'德国'，他真的太像德国人了，而我则十分像英国人，嗯，可能还有一些苏格兰特征，大概我们都有日耳曼的渊源吧，但我们却如此不同！"

"你们之间的不同就像英国浪漫主义和德国浪漫主义之间的不同

吗？"米拉笑着问。

凯拉顿了顿，严肃地说："不，不，我也不知道。我还没这么比较过。但你知道吗，这么比喻很形象，对我很有启发，也许可以说明问题。"

她突然哭了起来。

她试着忍住，但就是停不下来。她一边抽泣，一边抬起头，吸了吸鼻子，叹息几声，喝下第三杯酒。她开始念叨。哈利很聪明，非常聪明，米拉应该见见他，他真的很优秀，他的工作非常出色，他的教授说，有一天他可能会得诺贝尔奖。他在研究的是核物理这样艰难而耗时的学科，是可以理解的。她太爱抱怨了，能成为他生活中的一部分，哪怕只是最微不足道的一部分，她应该感到骄傲才对。只要她能让他的生活稍微轻松一点儿、快乐一点儿，更加舒适一点儿，那就足够了，她应该庆幸自己有这样的机会，她还有什么可抱怨的呢？她自己也很忙，她加入了四个学生组织，还在其中一个担任主席，她还得攻读学位。此外，她还参加了两个研讨班和胡顿教授那要求严苛的研讨课；还有家务要做，当然哈利会帮忙，她不得不承认，他真的很不错，一直都是他在做早餐，可还有采购、打扫、做饭，好多事。但问题还不在于此，她可以做这些，她什么都可以做，而且不会介意，但是，只要，只要，只要……

"只要他和我说说话就好！"她突然呜咽一声，跳了起来，跑进洗手间里，砰的一声关上了门。

米拉就在外面等着。几分钟后，她站起来，走到洗手间门口，站在那里。又过了一两分钟，她敲了敲门。她听见凯拉在里面抽泣。她打开了门。凯拉朝她冲过来，双手抱住她的腰，把头埋进她胸口，号啕大哭。她们就保持这个姿势站了许久。米拉从未见过有谁哭得这么久、这么伤心。她想，凯拉是真的心碎了，然后又想，那句老话确实言之有理。凯拉的心不是已经碎了，而是正在破碎，破碎过后就会心如死灰。她还想，她从没像凯拉爱哈利一样爱过任何人，在这样的爱面前，她感到自己的谦卑，甚至有几分敬畏。

过了很久，凯拉才平静下来。她说她想单独待会儿，于是米拉回到了厨房。一天之中，感受了那么多强烈的情绪，喝了那么多酒，米拉感到昏昏沉沉的，于是去煮了一壶咖啡。凯拉出来了，她的表情多少平和了一些，自信的样子又回来了。

"不好意思，我不该喝酒的。"

"我在煮咖啡。"

"好啊，我要在会上做报告呢，我喜欢一切都在掌控之中的感觉。"她看了看表说，"天哪，我只有四十分钟了。"她大口地喝完剩下的酒，甩了甩头，让长发落在肩上，开始向米拉讲起她第一次喝酒的情形。那是在俄亥俄州的坎顿，在少女时代，她是啦啦队队长，是班上最受欢迎的女孩，还当过两次副班长，"我从没当过班长，班长一般都是男孩"，她当年还有个绰号叫"闪电"。她父母很好，真的很好，她父亲是当地一所大学的教授，母亲是馅饼烘焙冠军。他们家在一个村子的中央位置，那是一个有农场的村子，可以俯瞰群山，观赏日落，美丽又安宁。之后，她就去了芝加哥上大学，那里的环境很不一样，但也很好。可是突然之间，放假回家就变成了一种不愉快的体验。

"我不知道为什么。他们都很好，都很爱我。后来，我就和哈利结婚了。他们可喜欢哈利了！前不久的圣诞夜，爸烧起了炉火，妈搭起一张小桌子，铺上绣花桌布，摆上餐具。爸弹钢琴，我们唱歌，妈拿出各种好吃好玩的东西，他们的生活很美满、很幸福，我不知道自己是怎么了，不知道自己为什么讨厌回去……"

　　说到这里，她停了下来，眼中又噙满泪水，可这一次，她没有哭出来，只是不时吸吸鼻子。"上个圣诞节糟透了——我知道，都是我的错，我不应该喝酒的，我喝了三杯蛋酒，大口大口地喝，醉得一塌糊涂，我真应该管住自己的嘴。可这时，有人——我想应该就是我吧——提到了民主党大会，我对他们烦透了，还有戴利[1]和他的白人'盖世太保'，以及汉弗莱[2]抱怨在他的酒店套房里闻到了驱赶示威者的催泪瓦斯的味道。我爸勃然大怒，他大吼大叫，大骂示威者是无知的嬉皮士，忘恩负义的饭桶……你懂的，就是那一类的话。哈利很谨慎，他不停地打断我们，还让我住口，可在那时，我谁的话也听不进去，开始朝我爸大吼，我也不谈芝加哥了，转而开始数落起他的不是来——都是些发生在我小时候的事，平常我压根想不起来。妈气坏了，她的脸都肿了，我简直能看到她脸上的火气在燃烧。最后，是哈利让大家的怒火平息了下来。我不知道他怎么做到的，他让我回房睡觉。到我们走时，好像什么事都没发生过似的，大家都笑呵呵的，爸还不停地拍着哈利的肩膀说：'有你这样的人照顾她，我很欣慰，她需要冷静的头脑。'那时，我还很困惑，因为哈利总是待在他的实验室和书房里，是我在照顾他。我的口才也比哈

1　理查德·J.戴利（Richard J. Daley，1902—1976），出身于美国最有实力的政治世家之一戴利家族，曾先后六次当选芝加哥市长。

2　美国第 38 任副总统。

利好，而且在政治观点上，我俩是完全一致的。所以，我不明白这是怎么一回事，我感到一切都不对劲，一切都不是我曾经以为的样子了。于是我决定再也不喝酒了，不喝了。可是，我刚刚在你这里又喝上了，所以现在你该知道我有多愧疚了。"

她在这里逗留太久了，走的时候几乎是夺门而出，绿色书包几乎飞了起来，她已经迟到了十分钟。走之前，她抱了抱米拉："谢谢你，米拉，真的很谢谢你，你真好，我感觉好多了，你真好，谢谢你，谢谢！"

米拉小睡了一会儿，醒来后，热了一份速冻快餐。吃过饭后，她打算学习到深夜，弥补这浪费掉的一天。她看了几个小时的书，但注意力不太集中。凌晨一点左右，她干脆放下书本，拿起白兰地瓶子，走到客厅窗边坐下。她穿着法兰绒睡衣和羊绒长袍，裹了一床毯子，把毯子拉到下巴处——十点过后，房东就把暖气关了。她坐在那里，保持内心平静，任思绪飞扬。她脑海中不断出现一两周前在雷曼餐厅时的场景。当时，瓦尔让她很难堪。她们一群人围坐在那里，谈论几个月或一两年前女人不允许进入拉蒙特图书馆和教职工餐厅的事情。

"那规定带来很多麻烦，"普瑞斯说，"因为拉蒙特图书馆的楼上是教室，女助教却不能走前门，她们去上课得从侧门进去，还要爬后面的楼梯。这就跟在古罗马时一样，让奴隶来教孩子们什么是自由。"

"同样的事也发生在耶鲁，"埃米莉说，"莫里餐厅是他们举行委员会议的地方，但女人却不准在那里用餐，所以她们只能走后门、爬楼梯去开会。"

"这种状况持续不了多久了，"瓦尔冷冷地说，"一旦他们允许女人进入高等学府，天知道接下来会发生什么！他们说这简直是极大地降低了标准。但你得想想他们不让女人进入的真正原因。他们说要是允许女人上医学院、上哈佛、上其他学校会降低录取标准，但你我都很清楚，在高中阶段女学生的成绩普遍比男学生好，而且不会像男学生一样损坏书籍，弄脏图书卡片，所以，不是因为所谓的标准降低。他们那么说，只是出于礼貌，只是一种委婉的说法而已。他们不想让女人难堪。真正的原因是卫生。要是允许女人们从前门进，会怎么样呢？啪嗒，啪嗒，一大块经血会滴在门槛上。女人每到一个地方都一样：啪嗒，啪嗒。拉蒙特图书馆里现在到处都是血迹斑斑的月经纸。为了保持清洁，他们必须专门雇人来打扫。这就需要一笔费用！女人进来了，他们还得设置专门的女厕所，那也是要花一笔钱的，而且还很占空间！可你又能怎么样呢？只要你是女人，你就会不停地啪嗒，啪嗒。让女人进来，对他们来说是一种世风日下。"她苦涩地总结道，"因为就没人在乎体面和卫生了。"

　　米拉感到难堪，笑容僵在脸上。瓦尔一针见血地说出了她自己在哈佛的感受。她是污秽的——为什么污秽她不知道——但她玷污了纯洁的思想、纯洁的心灵和拥有纯洁上半身的男性。哈佛的氛围以一种前所未有的方式，让她重新感知了肉体和情感。她早年在郊区的生活，那种充满了血性和情感的生活，让她的观念、她的思想、她的抽象思维能力变得敏锐。总是过不好这一生，她想，心中并没有自怜。难道别人就过得好吗？在这里，在聪明的头脑之下，抽象的概念、疏离的关系之中，流淌着的是亘古不变的眼泪与精液，鲜血与汗水。她依然得吃喝拉撒。霍华德、伊索和凯拉的痛苦只是比她表现得更为明显而已。他们以为她安宁、满足，其实只是因为她比他们年纪更大，对痛苦更加习惯了。她只是比他们更能忍耐，或者，她只是没有说出来。所有的漂亮话——适应、成熟、升华——真正的意思其实是，你体内那欲望的巨壑是永远填不平的。人注定要永远活在欲求不满中。空虚的阴道，疲软的阴茎。这种欲望并不只是性方面的，它充斥于各种各样的事情当中。容纳与抽插，干涩与疲软，欲求不满总是痛苦的。

他们说她人好。不停地说，谢谢，谢谢你，米拉，你帮了我很大的忙，我感觉好多了。你真好。而她其实并不能体会他们的真实感受，无法理解他们特殊的痛苦和特殊的需要。那她又能帮上什么忙呢？她没有帮忙，她唯一所做的只是倾听。可他们又并没有撒谎。她确实帮了忙，因为她在倾听。她没有否定他们的痛苦，也从不通过眼神动作暗示他们是自寻烦恼。她没有劝他们说他们其实是幸福的，这些烦恼只是可以付之一笑的小问题；她也不会说这个世界就是这样的，现状是合理的，他们的问题只是在于他们不知道如何去适应这个世界。她只是全心全意地倾听，任由他们把自己说成可怕的怪物。

那样似乎也就够了。米拉和老朋友彼此之间一直如此互相帮助。可是对于霍沃德、伊索和凯拉来说，这显得如此珍贵。这意味着，他们身边没有这样可以说话的人。

凌晨四点，米拉得出这样的结论：一个可以倾吐心声的空间和一个可以倾听的人（即使这个人是不完美的），对人们来说足矣。即使不够，到头来，这也是我们能为彼此提供的唯一帮助了。

18

瓦尔参加了许多政治团体，米拉有时会和她一起去开会。她不再有那种极度的孤独感，但她总是隐隐希望，能遇到一个有趣的男人。然而，这些小组里的男人要么太理想主义，要么太热情，要么很自负，要么性取向模糊。而且他们并没有对米拉表现出兴趣。尽管她下意识地希望男性采取主动，但内心深处，她其实对他们一点儿兴趣都没有。他们让她想起了那些处于青春期的自大狂、童年的帖木儿[1]和爱德华二世[2]。

那些会议在剑桥简陋的公寓里召开，每个参会的人都捧着塑料杯子喝咖啡，杯子总被捏得噼啪作响。米拉经常帮他们端咖啡。

周四的会议上，政治学院的一个优等生安东·韦特和瓦尔争论起来。安东那漂亮的黝黑肤色和他对整个世界的全然藐视很引人注目。瓦尔正在感慨理想主义者的愚蠢——一九六八年的民主党大会后，左派拒绝投票给汉弗莱，一些左翼分子认为，尼克松的胜利会是革命的催化剂，最终会促成"尼克松最高法院"——她哀叹道，这会使国家倒退四十年。

"你说的那不是政治，是宗教。"安东说。尽管他和瓦尔都坐在地上，可他还是能俯视瓦尔。

瓦尔沉默了一阵。"老天，你说得对！"她说。

---

1 帖木儿（Tamburlaine），帖木儿帝国的创立者，东亚的征服者。

2 爱德华二世（Edward II），英格兰国王，据推测是一名同性恋者，他的一生被宠信的弄臣和叛乱的贵族主宰，以致最后悲惨地死去。

这时，一个坐在角落里，穿着挽起袖子的白衬衫、肤色黝黑的男人说话了："没错，我们都应该有政治头脑。我觉得我们都算是理想主义者，不然，我们就会走出去，做一些更实际的事情了。或者说，宗教和政治是一码事，政治学和伦理学是一码事。政治只是道德实施的一个领域罢了。"

安东对说话人表现出了足够的尊重，他半转过头去看着他："本，我们把道德问题留给女人和孩子吧，那是他们的强项。道德体系在利阿努运行得成功吗？"

本笑了笑。那是自然的、发自内心的笑，好像觉得自己很有趣似的。他叼起一支没有过滤嘴的香烟："安东，我不得不承认，利阿努目前需要的并不是某种可实践的道德体系。它只关心生存，生存就意味着力量，当然那也正是你所谈论的东西。但我觉得，人类在行动之前必须明确终极目标，否则无论我们做什么，都是对历史的犯罪。"

"图书馆里充斥着各种虔诚的戒律，但它们对政治现实一点儿影响都没有。"安东嘲讽地说。

"可基督教教义又怎么说？"米拉大声喊道。因为她知道如果不大声喊，他们是听不到她说话的。

安东转过身，香烟从他嘴里掉了出来。有人在笑，米拉脸红了。

"除了道德审判，它还有过什么作用？"

"不管怎么说，"米拉有些犹豫地说，"那是影响政治现实的一套伦理体系。"

安东嘲笑道："那是局外人为了挤进政治圈而使用的迷信手段。"

"但至少基督教为我们留下了遗产，"瓦尔说，"至少，我们对作恶会感到愧疚。"

"去和纳粹分子说内疚吧。"

"英国人就是因为道德传统才没有谋杀甘地的，"本插话道，"想象一下甘地要是落到纳粹手里会如何。"

"没错！"安东强调道，"所谓的有道德的英国——暂且不论英国帝国主义的丑恶行径——和纳粹分子打仗，谁更可能会赢？"

"那与道德无关。那要取决于资源、战备、武器和人口等。"

"对啦！"安东总结道，"还是要看力量。好了，孩子们，我们还是说正经的吧。"

今天的议题还是老问题：小组应该用仅有的那点儿经费去印宣传册吗？如果要印，那是去广场或其他繁华地区分发，还是在剑桥挨家挨户地发？如果是后者，他们去哪里找那么多人手？

米拉坐在那儿煮咖啡。她想大声质问安东，美国有那么多财富和武器，却为什么没能赢得越战？为什么没能打赢朝鲜战争？从他说的那些实用主义的政治主张来看，他也不过是一个丑恶的政客：他罔顾他人的意见，压制他们，对他们毫不尊重，又怎么能让他们投票给自己？她想起古希腊的悲剧，领悟到：政治是从家里开始的。

但其实到了会后表决的时候，本、瓦尔、米拉，还有其他大多数人，都投票给了安东的提案。

会议结束之后，米拉走到本的身边，自嘲地把刚才的想法告诉了他。他笑容可掬地，专注地凝视着她，真正像人与人之间交流那样凝视着她。"我也有和你一样的问题，"他笑着说，"我知道什么是对的，但现实中安东总是对的。再说，"他扮了个鬼脸，"我们都是理想主义者，无论安东怎么批评理想主义，他最后还得依靠它。"

"理想主义者似乎总处于劣势。你觉得有可能既是理想主义者，又是实干家吗？"

"当然是可能的，毛泽东就是。"

"一代人一种特征呢？"

"不太可能。"

这时，在屋子另一头一群人中的布拉德叫本过去。那群人都是男的，正在活跃地讨论着什么。本于是跟米拉告辞，加入了他们，他边走边对米拉说："我也说不清为什么。"

米拉和瓦尔离开了。大家基本都走了，只留下里面的那圈人和几个打扫的女人。

"我真讨厌那个叫安东的。"米拉说。

"是啊，你可不会乐意见到这样的人统治世界。"

"谁来统治世界我都不乐意，不过，我宁愿像本那样的人或其他实心眼的理想主义者来统治世界。"

"我不那么认为。像本那样实心眼的理想主义者总是会被精明的法西斯主义者击败。我想不通，为什么我们只能做出这样不愉快的选择。我觉得我们一直活在道德的矛盾分裂中：在家庭中，在城市里，在国家中，我们都有一定的行为方式，但一涉及政治问题，我们的行为就与平常判若两人。比如，如果通用汽车公司的总裁在家里被他用来对付世界的手段对待，他会崩溃的。这种道德分裂症全都是因为男女的分裂。男人让女人表现得仁慈得体，以便他们白天在外面为非作歹，晚上却能安然入睡。安东的确很聪明，如果他还能表现出一点点仁慈，如果他是女的，那……"

"不可能！"

"对了！正是社会规则使他不可能如此。"

"瓦尔，这么说就有点儿过分了。也有冷酷的女人，而且我相信世界上一定有男人是仁慈的。有这种可能。"

"当然。问题是我们在分析男女的性别模式。我敢打赌，如果你遇到一个仁慈的男人，他十有八九是同性恋者。"

"瓦尔！"

"想想看，假如列宁是女人。"

米拉禁不住咯咯笑起来，她们一路想象着一些不可能的事，一路欢声笑语地走回家——约翰·韦恩是女的，亨利·基辛格穿着裙子，加里·库珀和杰克·帕兰切是女的。走到门口时，米拉依依不舍，她问："你认识这个叫本的男人吗？进来喝一杯，给我讲讲他的事吧。"

"好啊。我明天没课。如果尼克松是个女人会怎样？还有乔·纳马思[1]？"

她们一路傻笑着爬上楼梯，瓦尔将手臂搭在米拉的手臂上："啊，做女人真好，可以享受这么多乐趣。"

"如果只有一辈子可活，"米拉唱道，"就像女人一样去活吧！"

进屋后，米拉倒上酒，急切地说："给我讲讲，讲讲！"

一年前，本·福勒参加过几次会议，可后来他又申请到了研究经费，去了非洲利阿努，他在那里做了几年的研究。他是政治学家、

1　乔·纳马思（Joe Namath，1943—），著名橄榄球运动员，是那个时代男人和女人的偶像，被称为 20 世纪 60 年代的风云人物。

社会学家和人类学家。他比大多数研究生的年龄都大，可能三十出头。他结过婚，但他的妻子无法忍受非洲的生活，于是他们离婚了。他这学期才刚回来，一边主持一门关于非洲的研讨课，一边写博士学位论文。他被认为是国内关于利阿努问题的专家。他说，在利阿努，白人的时代已经结束了，非洲黑人是时候站起来了。

米拉不停地发问。那他的妻子呢，是个什么样的人？离婚后她都做了些什么？他们有孩子吗？他打算做什么，教书吗？他是真的有学识，还是只有专家的虚名而已？

"天哪，姑娘，你是打算嫁给他吗？"

"瓦尔，他是我到这儿以来，第一个感兴趣的男人。"

瓦尔叹了口气，往后坐了坐，温柔地看着米拉："可我只知道这些了。"

"那就给我讲讲格兰特吧，我还不太了解他呢。"

"谈起他就难受。格兰特就是痛苦本身。我受够他了。"

"为什么？"

"你也见过他了。他是一个不善交际的人，太自我了，他满腹牢骚，他……他就是一个普通男人，只想着他自己，自己，自己，他那宝贵的自我太脆弱了。"

"那你为什么喜欢他？你们是怎么认识的？"

"哦，几年前，我在一个致力于剑桥改革的组织里做事。我们试图改变校方对待黑人的方式，虽然我们没有明确那么说。比如，他们专门设立了一个外国学生班。听起来倒没什么，但那些学生都是黑人，大多来自法属殖民地。学校把他们安排在这个班，让那些不受待见的老师来教他们——通常是前一年偏袒过黑人学生的新老师。这些老师只会说英语，而学生们不会说英语。有人提议将这些学生转到法语班，但被校方否决了。但他们的意见总有一天会受到正视的，这会是一个漫长而艰难的过程。可问题是这些无辜的学生也将为此受苦。我们只是观察着，看看能做些什么，试图让黑人孩子的父母参与进来。出于某种原因，格兰特也来参加会议了。他走到我面前，眼神闪闪发亮，他说：'我只是想告诉你，你是个了不起的人。'我们聊了一会儿。我不觉得他多有趣——当时要是听从这种第一印象就好了——但我觉得他很聪明，有高尚的价值观。他说他不喜欢现在住的地方，想找一个公社去住。当时，我住在萨默维尔的一个公社里，共有六个人。那地方需要八个人才能维持运转。于是我和他说了。有天晚上他来看了房子，后来就搬进来了。

"很久以后的一天夜里，我去了他的房间，上了他的床。从那以后，我就成了他的情人。尽管从我搬出来后，我们就没那么亲密了。他现在还住在那儿。"

"你为什么会跟他上床？"

瓦尔想了想："是因为蚂蚁。"

"蚂蚁？"

"一天晚上，我们一群人正坐在桌边吃饭，不知怎的，我们就谈到了蚂蚁。很显然，格兰特是花了一些时间来研究蚂蚁的，他为它们着迷。就蚂蚁的话题，他谈了很久，说到它们的种类、特征、社会组织和共同原则——道德。他越讲越入迷，浑然忘我，他并不经常这样的。那时候的他看起来很帅。那是在他留胡子以前。他容光焕发，眼睛也闪着光，他侃侃而谈，兴高采烈，激情澎湃。他只是希望我们认识，了解，喜爱蚂蚁这种昆虫！我就这样爱上了那样的他，爱上了那个晚上的他。"最后她说，"不幸的是，他只有在谈论蚂蚁时才会忘记自我。"

米拉又问起了瓦尔的前夫尼尔，瓦尔则问起了诺姆。然后米拉跟瓦尔讲了兰尼的事，瓦尔说起了她的其他几个情人。她们之间的谈话越来越亲密，越来越真诚。她们喝酒，聊天，放声大笑，笑得汗湿了衣襟。她们沉浸在这美好的发泄、放纵的自由当中，对彼此说了不曾说给别人听的话。

一直聊到了凌晨三点。米拉说："你听听我们都在说什么？就跟两个十几岁的姑娘在一起议论喜欢过的男孩子似的。"

"是啊。尽管我们如此痛骂他们，可他们还是我们话题的中心。"

"不过，瓦尔，那是自然的。你的工作是你的重心，但如果你和我聊工作，我估计会睡着。我要是跟你聊工作也一样。"

四点时，瓦尔疲倦地站起来："今晚真的很棒，米拉美人儿。"

她们互道晚安后，又偎依了一会儿，好像彼此是这世间唯一坚不可摧的事物。然后瓦尔就走了。晨光倾泻进屋里，米拉拉上遮光帘，抱怨了一番外面叽叽喳喳的鸟儿，就上床睡觉了。

19

自那以后，米拉一反常态，频繁地参加每次和平运动小组的会议。"我可真不明白你这是怎么了。"瓦尔挖苦地说。

"我是为了追求终极真理。"米拉自嘲地说。

可是，本并没有出现。米拉很失望。一个月后，她正要放弃时，他终于出现了。看见他的那一瞬间，她的心开始怦怦跳。她懊恼地责怪自己自作多情。可她还是无法平缓心跳，也不敢直视他。那晚，会议上的内容她一点儿都没听进去。她不停地对自己说，也许他有脚臭；也许他会坐在马桶上看杂志，整个厕所臭气熏天；也许他投票给了尼克松；也许他是一个素食主义者，靠吃豆类和糙米为生；或者，他认为欧内斯特·海明威是美国最好的小说家。然而，她的自我告诫丝毫没有影响她的脉搏。开会时，她什么也听不进去，结果会后也不知道和他聊什么。她笨拙地坐在那里，试着表现得镇定点儿，心想他会不会朝她走过来，想到这里，她的心跳就更快了。可是他被一群人围着，根本没有注意到她。透过眼角的余光，她看见瓦尔走到本身边，加入了那群人。她听不见他们在说什么，耳朵嗡嗡作响，但她能看到瓦尔做着手势，听到她在笑。她想，瓦尔的表现一定很棒，不由得讨厌起她来。可为什么啊？瓦尔有格兰特了啊，她不需要本。米拉坐在那儿，感觉气血上涌，泪水在眼眶里打转。

突然，瓦尔走到她身旁，碰碰她的胳膊："小家伙，准备回家吧？"

米拉僵硬地站起来，跟着瓦尔走出去。她不知道该说什么，怎么说。她尽力忍着不让自己哭出来。

"对了，"瓦尔欢快地说，"你周六晚上有空吗？"

"怎么了？"她麻木地问。

"哦，我请了几个人吃饭。有克丽丝、巴特、格兰特、我、你和本。我灵光一闪，就有了这个想法！"她转身对米拉说，"我在会上注意到你不见了。我想，要等你采取行动，还不知道要拖几个月呢。

你可别指望男人能察觉出你的心思，他们只会回家做白日梦，然后手淫或者不手淫。所以，我只好亲自出马替你安排了。希望你别介意。"

米拉没反应过来瓦尔是什么意思。她把每个词都琢磨了一遍，又问了一些问题，这才反应过来。她惊呼一声"瓦尔"，转身拥抱了她的朋友。她们正在人行道上，路人纷纷侧目，可米拉不在乎。

"米拉，先别这么亢奋，好吗？"瓦尔无奈道，"你都还没有真正了解他呢。"

"好吧，听你的。"米拉乖乖地说。瓦尔笑了。

"这就对了。"她说。然后她们都笑了。

那晚，她到得很早。只有瓦尔、克丽丝和她的朋友巴特在那儿。他们都在厨房里，瓦尔正在搅拌什么东西。克丽丝在切菜，巴特在摆桌子。他们正在争论着什么。

"我可以随心所欲，"巴特振振有词，"就算我化学考试两次不及格，我还是能进哈佛。瞧，我们还是给他们施加了压力的！"

"真不错，"瓦尔挖苦地说，"从前他们把你拒之门外，因为你是黑人；如今他们让你进来，也因为你是黑人。这就是所谓的进步吗？"

巴特深情地看着她："我还没进哈佛呢，只能说正要进。"

"嗯。但我没见你在为此努力啊。"

"我还有更多重要的事要做。"巴特傲慢地说完，大笑起来。

"是啊，比如贩毒。"克丽丝开玩笑说。

"那可是一种社会关怀！"

特兰特走进来时，他们都在笑。见着他，巴特一下子冲上前去，挥舞着拳头嚷嚷道："正想找你这家伙算账呢！"

米拉的心猛地往下一沉。克丽丝和巴特之前的互动方式对她冲击不小。从童年起，米拉就一直是个自由主义者，反对任何类型的偏见，认为各个群体之间应该充分地交流。可她的自由主义来得太容易了些。除了朋友家的女佣，她从未接触过其他黑人；除了诺姆的一个同事（她不喜欢那个人），她也从未接触过其他的东方人；她不认识任何美洲印第安人或墨西哥裔美国人。第一次见到巴特时，她吃了一惊。对于巴特、克丽丝和瓦尔之间那种毫不避讳的争论，她仍然感到不安。在内心深处，她时时感到这种戏谑和争论会演变成暴力，巴特会抽出一把刀把她们都杀了。这样的场景在她脑海中挥之不去，所以当巴特朝格兰特走过去时，她脸色苍白，但其他人都在笑。格兰特朝巴特晃着拳头，吼道："你就是一蠢货，哥们儿！"巴特也同样回敬他。

他们在餐桌两边坐下来。米拉站在柜台前倒酒，面对着墙，设法让自己放松下来。瓦尔看着她，轻声说："他俩总是吵个没完。"米拉看着他们。

他们不是用说的，而是用喊的。两人手里各拿着一件银餐具，作势要攻击对方。他们——不，是巴特，半带着笑容，格兰特则很严肃。米拉过了很久才搞清楚，他们在争论少数族裔抗议的正当方式。巴特赞成用坦克和枪支，格兰特则认为应该通过法律。

"进入权力机构是唯一能够获胜的方式！"

"胡扯，你进去，它会生吞了你的，哥们儿！等它把你吞进去以后，你就会被同化了！他们会买下你的灵魂，把它洗干净，漂白了，直到它比白人还白。"

瓦尔突然吼道：“够了！”他们转过头，见她正准备削胡萝卜。她平静地说：“你们去别的房间吵好吗？吵得我受不了。”

他们仍然继续争论着。巴特坐在那里，格兰特起身给自己倒了杯酒，然后，他们一起去了另一个房间。米拉看着瓦尔，说：“我以为你会加入他们。”

瓦尔叹息一声：“他们就那个问题吵啊，吵啊，吵个没完，不下十次了。他们就是喜欢吵。我可不想在讨论不出结果的争论中浪费精力。他俩也只是说说而已。像他们那样，干坐着谈论改变社会的正确方法，有什么意义？有人要用枪，有人要用不同的权力形式。太荒唐了。巴特其实是个很温和的人，在逼不得已的情况下他会动武，但他并不希望那样。格兰特呢，在文质彬彬、禁欲的外表之下，他其实是个杀手。他的脾气就跟刚从树上下来不久的野蛮人似的。”

“是啊，”克丽丝想了想说，“没错。妈，还记得那天晚上吧，他冲你发火，把鸡尾酒桌都掀翻了？就是很重的那张，上面还放着好多东西。他摔碎了很多东西，”她转身对着米拉，继续说，“把桌面彻底弄坏了。然后，他大步流星地走了，留下我们收拾残局。”

“他也就这种时候雄赳赳气昂昂的。”瓦尔冷冷地说。

“可是，妈，”克丽丝将她那轮廓柔和、稚气未脱的脸庞转向瓦尔，严肃地说，“你怎么能那么说呢？你怎么能说讨论什么是正确的方法没有意义呢？你自己不也总在谈论改变社会的正确方法吗？”

瓦尔深深叹了口气：“亲爱的，听我说，我知道我这么说像是在粉饰。可我是在询问人们需要什么，并努力构想出蓝图，逐步完善；而他们是在嚷嚷着‘大家都应该这样做’。这两者之间是有区别的。”

"我没看出有多大的区别啊。"

"也许没有，"瓦尔一手托着下巴说，"但我可不是为了和别人打架才谈论那些的。我想挖掘真相，而他们只想战胜别人，或喊得比别人大声。"

"嗯……"克丽丝思考着。

"你看到没？"米拉笑着说，"男人在客厅，女人在厨房，一直都这样。"

"我宁愿待在这儿。"克丽丝说。

"做饭！"瓦尔蓦地站起来，开始搅拌什么东西。

有人敲门。米拉之前已经全然忘记了本，这时，她的心又跳了起来。有人去开了门，门厅里响起说话声，脚步声渐渐逼近厨房。米拉望着窗外，感觉脸在发烫。

"嘿，本。"听到瓦尔和他打招呼，米拉微笑着转过身，却见本正在亲吻瓦尔的脸颊，然后递给她一瓶用纸袋装着的酒。瓦尔谢过他，他们聊了几句，米拉脸上的笑容僵住了。本和瓦尔转过身来，瓦尔说："你认识米拉吧。"他微笑着朝她走过来，伸出手，说："是的，但一直不知道你叫什么。"瓦尔又介绍了克丽丝，大家谈笑风生起来。笑容依然僵在米拉脸上，她一句话也说不出来。

他们端起酒去了客厅。"我们来玩一个新游戏怎么样？"一进屋，瓦尔就说。

"这次又玩什么？"格兰特面露不快。

"说空话。"她欢快地说，递过一盘开胃小菜。巴特咯咯地笑了。

格兰特扮了个鬼脸："你真是够了，瓦尔。你动不动就跟人说教，而别人讨论点儿什么，就都是说空话。"

"我谈论的都是实在的事情。"

"我的屁股才实在呢！"

"是啊，我觉得你的屁股倒是挺实在的。"她狠狠地瞪了他一眼。"听说，本是非洲事务的专家？"她一本正经地说。

"我全身上下也就消化系统称得上专业，"本笑着说，"我倒很乐意和你们说说它。"

格兰特转过身去了，巴特饶有兴致地倾身向前。

"你去过非洲？去的哪些国家？待了多久？那里是什么样子？那儿的人对你怎么样？"巴特问了一连串问题，本都轻松从容地回答了他，可在他的叙述之中，流露出他对自己所从事工作的热爱。每个人都认真地听着。他们听到的并非绝对的真相，却是另一个人所由衷相信的事实。想起克丽丝和瓦尔在厨房里的对话，米拉这下明白瓦尔的意思了。许多人说话时能感到其持有某种立场，某种偏见，有一种誓死为之辩护的态度。但本是不同的。他所说的是他的亲身体会，一些他希望不是事实的事实，一些他引以为荣的东西。她的心为他激荡。可他并没有看她一眼。他在和巴特说话，时不时地，他也对着格兰特说。

米拉一杯接一杯地喝酒。她假装去厨房帮瓦尔。"你感觉怎么样？"她问。

瓦尔咧嘴一笑，说："我喜欢他。他可能有点儿大男子主义，但也可能是我的错觉。他待人接物还算正派。"

"正派"是瓦尔对人的最高评价，相当于说一个人"非常棒"。米拉很满意。可当她们回去时，本依然没有看她。米拉快要喝醉了。她靠在沙发上，感觉头轻飘飘的，意识已经逐步飘离。

本很有魅力，相当有魅力。她想睡他——想到这里，她的脸泛起红晕。只是看着他，她的阴道就打开了，湿润了。她从前太孤独了。可是，当她坐在那儿，她忽然明白，过去几个月来，孤独感已经成为一种平常的感觉。近来，她已经不觉得孤身一人有什么缺憾。天哪，原来一直都是这样吗？她的孤独主要源于这种感觉——她应该找个男人，不然，她就会变成一个淋着雨、张望着灯火通明的房子的可怜女人。没错，本很有魅力，很有才华，而且似乎很正派。米拉不知道瓦尔为什么会说他有点儿大男子主义，她得记着要问一问瓦尔。但要是本不喜欢她呢？要是他已经在和别人约会了呢？要是今晚什么都不会发生呢？

那也没关系。她原来的生活状态不也很好吗？她心里的压力逐渐消失了。她想，或许是因为我醉了吧。喝醉了就什么都显得不重要了。

他们去厨房吃晚饭。瓦尔让米拉坐在本和巴特中间。他们喝了一口鲜虾浓汤，赞不绝口，然后开始谈论食物。本描述了利阿努美食。格兰特还是闷闷不乐，埋头吃着，吃完擦了擦胡子，开始讲起他母亲做的难吃的干粮。巴特笑了。

"哥们儿，你要吃过我婶婶做的干粮才知道什么叫干粮。她其实也不是我婶婶，"他对米拉说，"她只是唯一愿意照顾我的人而已。不过，她是一个很好的老妇人。她靠救济金过活，还会做意大利面。每周一她都会做意大利面，一次做很多，做好就放在锅里，也不储存起来。到了周五，哥们儿！那意大利面都快发芽了。太干了，都变成脆的了！"

他们都笑了。"你夸张了吧！"米拉说。

"不，他没有。"克丽丝以一种像她母亲那样低沉、沙哑的声音说。

"但她人很好，"巴特补充说，"她本可以不用管我的。我觉得是因为她太老了吧。她自己一点儿都不吃。她把所有的钱都给了我，让我去买衣服。"

"你的衣服确实很好看，巴特。"米拉说。

"他的品位不错。"瓦尔赞同地说。

"衣服，谁他妈的在乎衣服。"格兰特咕哝道。

话题又转向了风格的意义。风格是体现气质、个人特质、文化特点、亚文化和叛逆情绪的一种方式。他们热烈地讨论着，爆发出阵阵笑声。

说到衣服，巴特来劲了。他对瓦尔说："你的风格就很明显。你了解自己的身体和气质，所以你选的衣服很适合你。"他转身对米拉说："而你，穿得就有点儿保守了。但你正在进步。我很喜欢你的裤子。是什么面料的呢？"他说着伸出手，从她大腿处揪起一小块布，在两指间摩擦着。

"棉和聚酯纤维。"

"不错。你俩，"他对格兰特和本说，"你俩的风格有点儿像祖鲁人。我就不对我自己发表评论了。"

"去他的衣服。"格兰特重复着。

"你讨厌衣服，是因为你爸给了你一柜子的衣服吧。"

"我爸给我的，只有脑门上挨的爆栗。"

"我记得屁股上也挨过吧。"瓦尔说。

格兰特阴沉地盯着她："我好像一直都在挨打。"

"那你现在应该已经麻木了。"

"看来我是唯一有个好爸爸的人，"本说，"他在铁路上工作，经常不在家。可他在家的时候，全身心都投入在家里。夏天夜里，他会跟我、我的兄弟姐妹还有我妈一起聊天。我还记得他俩坐在门外的台阶上，手拉手地聊天。"

"也许这正是因为他经常不在家。"瓦尔笑着说。

"也许吧！可是你知道的，社会学家对那些常年不在家的父亲评价可不好。"

"我小时候就喜欢我爸不在家，"巴特说，"我只见过他一次，可他把我的魂都吓飞了。我姐姐说他曾经把我妈的眼睛打瞎了，而且他对他现在的妻子和孩子也那样。"

他们说话时，米拉一直瘫坐着。她大腿上巴特触摸过的部位还在隐隐作痛。他可能压根还没碰到，只是摸了一下裤子的面料而已。他那么做的时候，她的心跳都快停止了。他怎么敢那样？怎么敢？她感到气血往上涌，血管随着心跳抽动着，过了好一会儿才平静下来。他没有教养，不懂得男人对关系不亲密的女人不应该那么做。但她又想，假如是格兰特那样做呢？她可能会不乐意，可能会觉得被冒犯，但她也可能不太计较，归结为格兰特不擅长社交也就算了。她大腿上也就不会有这种刺痛感了。不，一定还有别的原因。她端详着巴特，看他说话，看着他笑。他多么年轻，只比克丽丝大一岁，可看上去老成许多，他竟想跟格兰特、本，甚至瓦尔较量——他通常都很听她的话。然而，凑近一些看，忽略那使他看起来老成的黑皮肤……他的脸颊柔和而圆润，就像克丽丝一样。他的眼神里透出信念、希望甚至仁慈。明白了，问题在于他的肤色。她下意识地咬紧了牙关。她真正想要抗议的是：他怎么敢用他的黑手碰我？他的手就放在桌上的餐盘边，她垂眼观察着它。身体被那样一双黑手抚摸会是什么感觉？她侧过头，沉默了。她感到喉头有些哽咽，脑中嗡嗡作响，心底在无声地悲鸣。她突然间全明白了。

但这不是偏见，而是一种陌生感。她从来没和黑人小孩一起跳过绳，也从不曾和他们手拉手一起回家。这些年来，尽管她有一些质朴的自由思想，但她还是耳濡目染对黑人产生了恐惧之感。偏见是藏在骨子里的。

巴特的手放在餐盘边，那是一双巧克力色的、粗短而厚实的手，手掌的颜色要浅一些，几乎呈现粉色。他的指甲也很短，手指就像小孩的手指一样，无意识地自然弯曲着，看上去脆弱、可爱却又强壮、有力。米拉把自己那白皙、瘦削的手轻轻放在巴特的手上。巴特一下子转过头来。格兰特在抱怨他那讨厌的父亲。米拉小声说："请把面包递给我一下好吗，巴特？"她拿开了手，他笑着把篮子递给她。一切就这样过去了，她又回到自己的世界里。

她在想，他是否能察觉到她因为他碰她而生气，以及她处理这种情绪的方式。如果他知道了，会不会原谅她。如果他被白人触碰的感觉和她被黑人触碰的感觉一样，那么他会原谅他，可如果他没有那样的感觉呢？毕竟，白人是统治种族。想到这里，她的眼眶湿润了。也许他不会原谅她吧。如果他察觉到了——他一定察觉到了。就算不知道她的想法，他也知道所有白人的想法。他会原谅她吗？

"你怎么泪汪汪的？"她身边有个声音说。她转向本英俊和蔼的笑脸。

"你相信宽恕吗？"

他摇摇头："没有宽恕这回事，但也许可以忘却。"

"是啊，忘却。"

"你有什么心事吗？"

"嗯，我在想你讲的关于非洲的那些事，或那些受压迫的地方、受压迫的人，比如，黑人、女人、任何人。"她的声音渐渐微弱下来。

"只有一个办法。"他轻轻地说。格兰特和巴特正在争论合理的家庭结构问题。他们都赞同家庭应该由男性主导，每个家庭里都应该有父亲、母亲和几个孩子。除此之外，他们再没有达成一致的地方。"那就是——对了，是独立。我不知道还能怎么说。利阿努的人民只有到了不再需要我们的时候，也就是和我们平等的时候，才会宽恕我们。"

"可那持续不了多久，也许永远不会。国家力量差别太悬殊了，因为利阿努是一个小国。"

"对，但非洲黑人国家可以成立一个联邦，我并不是说绝对的平等，而是指他们或他们的联盟能与我们平等谈判就行了。"

米拉把脸埋进掌心，突然间泪如雨下。她想，我喝多了，一定是喝多了。

"你怎么了？"本的声音中没有厌恶和不耐烦，听起来很亲切、很担心。可她还是止不住泪水，她也不知道自己为什么会哭。他将一只手放在她背上，她才抬起头来。

"你怎么了？"他又问。

"噢，上帝！生活真是太难了！"她哭出声来，一跃而起，冲进了洗手间。

20

"噢，我只是喝醉了。我很紧张，喝太多了，所以哭了。"米拉耸耸肩，装作一副满不在乎的样子。

"但我以前从没见过你那样。"瓦尔说。

她把刚才脑子里对巴特的想法说给瓦尔听，为自己的想法羞愧不已。

瓦尔冷静地听着，不时点点头。最后她说："依我看，虽然你把巴特当陌生人，当外人，但你自己也觉得自己是陌生人。你好像在表达——男人，我想去爱你，可我能够原谅你对我做的那些事吗？好像你感觉巴特和白人之间的关系类似于你和男人之间的关系。"

"瓦尔，这太扯了！天哪，你老是根据你那套奇谈怪论来解释一切！我只是喝醉了，有点儿脆弱，为自己伤感、难过一下而已！仅此而已！"

瓦尔盯着她看了一会儿，轻轻地别开头。"好吧，对不起。"她说，她的声音听起来有些僵硬。"我得去图书馆了。"她说着，拿上书走了。

米拉坐在雷曼餐厅里，感觉有些内疚，又有些解脱。她试着调整自己。瓦尔一直对她很好。她举办派对，特地邀请了本。可为什么她非要让每个人都以她那种固执的方式看世界呢？米拉收拾书包，起身走出这栋楼。她埋头走着，一路沉思。她一会儿想再也不理睬瓦尔了，一会儿又想晚上打电话去道歉。泪水又涌上了她的眼眶。她想，我可能精神崩溃了。了解自己怎么就这么难，这么难？

"米拉！"听到有人叫她，她抬起头来。一个人影朝她靠过来，是一个漂亮女人，长得很像年轻时的凯瑟琳·赫本。阳光下，一头蜜棕色的秀发飞扬，光泽闪闪。她又高又瘦，穿长裤和毛衣，敞开的外套在风中飘舞。是伊索。

"伊索！"

"你看起来脸色不太好啊。"

"天哪，你好漂亮。你这是怎么了？"

"这才是本来的我。"伊索原地打个转，欢快地说，"你说我怎么了？"

她们都笑了。"太好了！"米拉欢呼道，"你到底怎么搞的啊？"

"我把头发放下来，又去买了几件新衣服。"伊索咧嘴笑着说。

"天哪，如果对我来说也那么容易就好了！"

"你不需要啊。"伊索夸她。

"伊索，今晚和我一起吃饭吧。"她恳求道。她想弄清自己的问题。找个人说说，或许能帮她理清思路。

"抱歉啊米拉，我正要去和唐·奥格尔维一起吃午饭——你认识她吗？晚上我还约了伊丽莎白。明天午饭还要和珍妮·布赖特一起。对不起啊，我听着像个自大狂。我只是太高兴了。"

米拉看着伊索。她整个人容光焕发、光彩照人。

"你在试着过风流日子。"米拉大着胆子说了一句，嘴角挂着浅笑。

"我正试着往'风流'上靠，"伊索纠正她，"我感觉很好！我还要办派对，周六晚上，你来吗？"

"我会来。"米拉羡慕地说。

"你想让我邀请谁吗？"

"你看上去真漂亮。"

伊索像无辜的孩子一样看着她。"你真这么觉得吗？"她问，看上去有点儿吃惊。

"我真这么想的。"米拉肯定地说。伊索高兴极了。

"好，我要试一试，"她的声音有些颤抖，"反正也没什么可以失去的，对吧？"

"对的。"米拉说。她的声音很柔和，充满了瓦尔式的把人类视为受惊的可怜孩子般的慈悲，"噢，对了，你能邀请本·福勒吗？你认识他吗？"

"从非洲回来的那个嘛，认识，没问题！祝我好运吧！"伊索转身跑了。

派对上来了很多人。伊索显然每个都认识。米拉站在昏暗的客厅门口，看着他们跳舞，里面的家具都已经搬走了。瓦尔在舞池里和莉迪亚·格林斯潘笨拙地跳着舞；伊索也在跳舞，还有马丁·贝尔、凯拉、霍沃德·珀金斯和那个长得像吉卜赛人的漂亮女孩，还有布拉德和斯坦利，斯坦利在和克拉丽莎跳舞，但她看也不看他一眼，仿佛在独舞。她跳得很棒，最后，每个人都停下来看着她跳。她跳舞时低垂着头，眼睛半闭着，黑色的长发散落脸旁，矫健的身体舞动着。她的舞蹈性意味浓厚，却并非性感。她只为自娱自乐而舞动，并非为了表演，而以一种特别的方式展现出性的愉悦。米拉看着，看着，突然觉出了其中的不同，尽管她不曾像克拉丽莎那样跳过舞。她想，克拉丽莎为何能旁若无人、自由自在地跳舞呢？即使做不到旁若无人，那当你独自一人，在空旷的房间里放音乐时，就能自由自在地跳舞吗？这些天发生的每件事都让人琢磨不透。

伊索穿一件白色的摩洛哥纱裙，裙边镶着红色和金色的穗带，长发垂肩。她的脸就像电影里那样时刻变化着：先是戴着帽子和眼镜、抿着嘴的腼腆女孩，当她揭开帽子时，飘逸的金发便散落下来；当她摘掉眼镜、脱下军装式夹克时，又成了一个性感尤物。伊索的转变没有那么戏剧化，但那披肩的长发，让她的脸庞看起来更加饱满；深肤色和华丽的衣装，让她之前那张女学究般的脸上多了几分高雅、智慧和成熟。米拉走了进去。

"来啊，"伊索说，"该你试试了。"她伸出了手。

"我肯定会像个傻瓜一样，不知道怎么跳。"米拉拒绝了。

"跟着音乐摆动你的身体就好了。"伊索说着拉过她的手，温柔地引导她起舞。

起先米拉有些窘迫，但当她意识到没人注意她时，她的尴尬和忸怩便逐渐消失不见了。音乐一响，她就沉浸了进去，忘我地融入音乐的节奏和气氛中。伊索离开她去了别处，凯拉又向她靠过来，她们笑嘻嘻地看着对方，跳起了双人舞。她又陆续和布拉德、霍沃德、克拉丽莎共舞。她开始领略到这种跳舞方式的妙处。完全的自由，没有固定的舞伴。她不用依靠别人，不必因为舞伴笨手笨脚、在她要旋转飞跃时对方却原地不动而懊恼。她可以想怎么跳就怎么跳，无论跳到哪里，都有人与她做伴。她在一个集体当中，是其中的一员，他们同在一起，都在为自己身体的韵律和节奏感而发自内心地喜悦。她蓦地闭上了眼睛，再睁开时，眼前是瓦尔的脸。瓦尔正在兴头上，可当她看见米拉时，面色微微一沉。米拉觉得很受伤，因瓦尔的受伤而受伤。她朝瓦尔靠过去，手臂绕在瓦尔肩上，对她耳语"对不起，对不起"，接着又回到原地继续。瓦尔耸耸肩，咧嘴笑了。她们携手共舞，又各自舞动到了别人面前。

这是一支累人的舞。过了一会儿，米拉离开舞池去找啤酒喝。厨房几乎是空的，只有克拉丽莎的丈夫杜克靠着冰箱站着，还有两个她不认识的人在角落里低声聊天。米拉请杜克让开，好拿啤酒。

"你看上去有点儿茫然。"她说。她明白那种感觉。

杜克是个体格魁梧的人，也许再过几年他就会发福。他白白胖胖的，看上去就像一名退役的足球队员。其实，他是西点军校的毕业生，最近刚从越南回来，现驻扎在新英格兰地区。

"呃，我理想的度过周末的方式，可不是参加哈佛的派对。"他说。

"你来这儿的时候是什么感觉？毕竟，剑桥是和平运动的中心。"

"这对我没什么影响，"他严肃地说，"我希望战争结束。"

"你在越南有什么感受？"

他不动声色地说："我只是在做我的工作。我不在前线，可我不喜欢这场战争。"

虽然米拉不太喜欢他的长相，但她现在不由得同情起他来。他也陷入了困境。她好奇他是什么感觉。

"你一定觉得很难熬吧。"她同情地说。

他耸耸肩说："不会，你不能把所有事情混为一谈。我相信这个国家，我相信一支训练有素的军队。有时候，政治家会犯错，可你只需要做好自己的工作，希望政治家们能改正错误。"

"但假如你的工作是杀人呢？假如你觉得那是违背道义的呢？"

他露出困惑的表情："我的工作又不是捍卫道义。况且你怎么知道什么事是违背道义的呢？"

"假如你在德国，他们让你把犹太人赶进火车，送往集中营呢？"

他看起来有些烦了："这根本不是一回事。你们这些人总是把事情看得太简单。这场战争之所以不好，是因为很多美国人在战争中牺牲了，而且他们的牺牲什么都没换回来。我们花费了数百万美元，这些钱全都打水漂了。"

"我明白，你打算继续留在军队里吗？"

"也许吧。军队生活很好，我喜欢。我甚至很喜欢越南，我在那儿买了一些好东西，有时间你过来，我一定拿给你看看。有雕塑、地毯和漂亮的版画。其中有一幅……"他细致地描绘了一幅又一幅画，历数它们的题材、色彩和线条，"它们真的美极了。"

"是啊。这些画是超现实的，而现实往往是相反的。"她呷了一口啤酒说。

"我可不那么认为。"然后他又长篇大论了一番他所处的现实。他讲了瞄准器、来复枪、绘图法、图表、绘制地图，以及士兵与武器相关的新发明。他很能说，口才也算不错。米拉有种说不清道不明的感觉，他似乎有点儿居高临下。他的语气和用词，都是在用专家的口吻来教训一无所知的外行。虽然确实如此，可他的语气很讨人厌。她在想，如果她给他讲上十分钟的英语韵律学，他是否受得了。

"是的，但我的意思是，你之所以喜欢那些画，是因为它们超越了现实。"

"管他那么多呢！这些画可价值不菲。"他大声说道。然后又细致地解释每幅画花了多少钱，他回国后它们又能估价多少。"还有那些地毯，"他接着说，"我拿着它们去了三家交易商那儿……"

米拉感觉有些麻木了。杜克真的不懂交谈。他是一个喜欢自言自语的人，他可能和任何人都无法对话。他会以居高临下的口吻说话，但既然他在军队里，他当然也会低声下气地说："是的，长官，敌人部署在……"

她环顾四周。厨房里没别人了。她又拿了瓶啤酒。她不知道该怎么找借口离开。杜克现在又讲起了计算机的使用。他滔滔不绝，说得天花乱坠，她试着认真听。过了很久，她问："可重点是什么？我是说，你到底想表达些什么？"

他似乎并没有明白她的意思，继续絮叨着，但他说的那些对她来说毫无意义。

"我的意思是，你得有一个计划或是一个目标吧。你做这些工作，到底是为了什么？"

"当然是为了了解计算机的用途，掌握它的操作方式啊。"

"只要手段正确，结果和目的相反也没关系吗？"眼看他又要扯远，她只好打断他。

"你说什么？"

"你没有目的只有手段，那计算机对你来说不过是个大玩具罢了。"

"米拉，这是很严肃的事情。"他强压着怒火。

幸好，这时瓦尔进来了。她红着脸，拍着胸脯说："像我这个年纪，以我这个体重，一天抽三包烟——这种年轻人才干得出来的事情我再不能干了！"她说着伸手去冰箱里拿东西。

一个长相英俊、面相和善的年轻男人跟着她溜了进来。他站在摆在橱柜上的一堆汤罐旁，一副看得入迷的样子。

　　"在欣赏家庭自制的波普艺术吗？"瓦尔打趣道。

　　"这个造型很……有趣。"最底下一排有五个罐子，再上面一排有三个，最顶上有一个。

　　"你觉得沃霍尔会从中受到启发吗？"

　　"不，但也许我能参透事物最深、最神秘的本质。"

　　"你是在学康拉德。"米拉说。

　　"不，是学梅勒的《我们为什么在越南》。"

　　"你是不是从那些罐子里听到了雷鸣般的呼喊？"

　　"当然。'遂了我的愿！喝下这泔水！'"

　　一大群人拥入了厨房。哈利和一个奇怪的胡子男进来拿啤酒，他们站在那儿交谈了一会儿。米拉在一旁听他们说，但她已经知道，最好别和哈利说话。他可能确实像凯拉说的那样聪明，而且他很英俊，瓦尔说他这种类型是"来自瑞士阿尔卑斯山的纳粹"，高个子、金色头发、表情严肃，经常穿一件滑雪衫。但哈利只谈论物理方面的话题，基本不会谈及其他。只要有人乐意听，他就能无休止地讲下去，这时的他还算有趣。可是，他和杜克一样，总是自说自话，将话题扯远。他不会谈论天气、食物、电影或人物。其他人说起这些话题时，他就默不作声。米拉在一旁听着，她想看看，接下来他会和陌生人掰扯些什么。他注意到了她。

　　"你好，米拉。这是唐·埃文斯。他来自普林斯顿，是来这里参观的。我们是在阿斯彭认识的。"

　　"我听出来了，也是一名物理学家吧。"她对他笑了笑说。

他也回她一个礼貌的微笑，然后就转头和哈利说话。他说着说着，哈利忽然打断他，纠正了些什么，他就又解释一番，继续往下说。哈利再次打断他，纠正了些什么，他就再解释几句，接着往下说。就这样循环往复。他们根本不是在交谈，而是彼此都想胜过对方一筹。他们的谈话不是为了达成某种共识，也不是为了探索某种真理，而是为了炫耀，是两个人同时在自言自语。米拉觉得厌倦，于是转身走开。杜克还站在冰箱旁边，他突然插了几句。那两个人停下来，看着他。哈利说："我们去卧室吧，那里安静些。"说完三人一起离开了。

厨房里人越来越多。克拉丽莎和凯拉在和那个长得像吉卜赛人的女孩说话。米拉凑上前去，她们向米拉介绍了那女孩，她叫格蕾特。

"嗯，我看见你和霍沃德·珀金斯跳舞了。"米拉笑着说。

格蕾特扮了个鬼脸："他到哪儿都跟着我。"

"可怜的霍沃德，"凯拉说，"得有人对他好点儿。我去好了！"说完离开了厨房。

格蕾特翻了个白眼："我觉得她不知道自己会面对什么吧。"

她们谈论起研究生的必修课，这是她们眼下比较感兴趣的话题。米拉发现，屋子里的年轻女孩都没有穿胸罩。这好像是一种新时尚，可她觉得有些不雅，都能看到她们胸部的轮廓了。

克拉丽莎非常严肃地说："我觉得文学很有趣，我喜欢文学，但有时候，我觉得周围的世界如此混乱，而我们所做的一切似乎毫无意义。你会觉得是不是应该去做一些更具体的事情，能将社会引向正确的轨道，而不是把世界拱手让给那些只在乎权力的人。"

"我觉得你做不到，"格蕾特说，她长着一双敏锐的眼睛，"除了时尚，一切都不会改变。"

"时尚也很重要，"米拉说，"它们也有意义。我的抽屉里放着一堆白手套，它们正在渐渐发黄。"

"什么意思？"格蕾特问。

"嗯——社会环境正在变得轻松和随意，我们不再像以前那样注重给别人留下的印象了。"

"我觉得，我们还是像以前一样注重自己留给他人的印象，只不过方式变了。"格蕾特反驳道。

这时，瓦尔来到她们身后："我的天哪，一切都还是老样子。男人们在一间屋里谈论世界的未来，女人们在另一间屋里谈论时尚。"

克拉丽莎笑着问："哪些男人？"

"你老公算一个。还有哈利和那个从普林斯顿来的人。他们在谈论用电脑技术来预测国家的命运。他们都想加入规划美国未来的智囊团。上帝救救我们，让我们有多远躲多远吧！"

她们都笑了，就连克拉丽莎也笑了。米拉想，她是怎么看待自己丈夫的呢？他们似乎完全不是一个类型的人。"他们一定在讲一个特别现实的世界吧，"克拉丽莎笑着说，"杜克只知道那些。"

"他的名字是怎么来的？"

克拉丽莎歪了歪头，说："他本来的名字叫马默杜克，但那就是一个不能说的、黑暗的秘密了。"

她们又说回了时尚的话题，开始讨论它是否有意义。

"我始终认为，时尚的变化是有意义的。"米拉说，"如果一个女人出门时必须穿紧身褡，穿摇摇晃晃的高跟鞋，花几个小时梳妆打扮，那么多少能看出女人在社会中的地位和阶层。"

"没错。"格蕾特皱着眉头说，每当她认真思考的时候，就会皱起眉头，在深色的眉毛间形成一道深痕，"不过，时尚变得更轻松、随意并不一定意味着社会阶层就不存在了，或者女性的地位有了较大改变。"

她们全都参与进来，讨论很热烈，屋子里不时爆发出阵阵笑声。就在这时，本出现了。

"请问，派对是在这里吧。"他笑着说。

米拉朝他灿烂地一笑，因为她现在感到很快乐，很尽兴。她接着把刚才的话说完："我们正享受着比过去更大的自由，可以体验的东西也越来越多了。你可以穿牛仔裤，把头发放下来，尝尝被当成'嬉皮士'的滋味；你也可以穿上毛皮大衣和高跟鞋去邦威特百货，领略当贵妇的气派……总而言之，现在比过去更自由了。"

"拓宽思维的边界！没错！"瓦尔应和道，"这是唯一可能出现的进步。凡是被我们称作进步的东西，其实只是变化而已。这些变化不见得比以前更好，可进步是存在的，拓宽思维的边界，这就是一种进步。想想看，在原始穴居人眼里世界是什么样的，一定危机四伏。我们逐渐适应了大部分恐怖之物，随后就产生了基督教……"

"那可真是一次飞跃。"克拉丽莎笑着说。

本轻轻碰了碰米拉的胳膊，轻声问："想喝点儿什么吗？"

她转身看着他的眼睛，那是一双温柔的金棕色眼睛。"好啊。"她含情脉脉地说。

"啤酒？还是葡萄酒？"

"基督教的出现是一次巨大的进步：它使我们产生了负罪感。问题是这种负罪感却让我们表现得比以前更坏……"

米拉心醉神迷地站在那儿。手臂上被本碰过的地方还有一丝酥痒。他回来的时候，递给她一杯葡萄酒，自己也拿了一杯。他就站在米拉旁边，边喝边听瓦尔说话。

"我们现在要做的，是走出这种负罪感，找到我们做事的真正动机。因为动机不是罪恶，我们无法得到自己真正想要的，才会退而求其次，去伤害别人，希望别人也得不到。如果我们知道自己真正想要的是什么，并且接受自己有这种想法，那我们就不会去做坏事了。"

"听起来不错，"克拉丽莎笑着说，"只是有些小小的漏洞。想象一下，如果原始人根据自己的感情行事——"

"原始人并不喜欢战争。"瓦尔打断她。

"那那些战争面具和战争舞蹈是怎么来的？"格蕾特质问道。

"他们不喜欢打仗，但得做好打仗的心理准备——现在的军队也还会这样做，"克拉丽莎大声说，"他们打仗，因为侵略是出于生存需求。战争有一定的经济基础。"

"除了经济基础，也有心理的作用，否则，人类早就步恐龙的后尘灭绝了。战争并非正当的形式。我可以承认我喜欢侵略，我觉得心理上有种快感，这才是我要表达的。如果我们能找到侵略欲或性欲的深层心理根源，并接受这种心理，不再试图去隐藏它们，那么，我们就能想办法用合理的方式来发泄，降低它们的破坏性。"

"但我们要怎么找出那些深层动机呢？"格蕾特问。瓦尔的话并没能说服她。

"科学、实验。不过我自己是知道的。"

大家都笑起来。

"我不知道，"克拉丽莎若有所思地说，"依我看，根本矛盾就是自发的情感和理性、社会秩序、社会阶层、习惯之间的矛盾……"

"在情感面前，秩序是丑恶的。"米拉热诚地说。她语调充满激情，没有丝毫的窘迫。她的意识都集中在她身边的本身上，在他露在卷起的袖子外面的、长着汗毛的黝黑手臂上。她几乎能感觉到他身体的温度，闻到他身上的气息。"但另一方面，一切又都是秩序。还有什么无秩序的东西吗？只不过秩序的种类不同罢了。我根本不相信真的有'无政府主义'。"

"无政府主义，"本对她说，"是一幅立体派[1]的画作。"

大家都兴奋地嚷起来："快点儿解释，注释，做文本分析！"

"没错，无政府主义只是另一种秩序而已。一伙穿着黑夹克的飞车党在小镇里横冲直撞，这可能是恐怖的，但并非无秩序，这伙人里肯定有一个头头，他们骚扰的小镇也有领导者。这是两种不同秩序之间的冲突。无政府主义的威胁大多是用一种新的秩序来替代现行的秩序。我得承认，只有一种秩序的生活，比有两三种秩序的生活更容易些，但如果只有一种秩序的地方是一个集权国家，就不是这样了。总之——我查了一下词典，无政府主义的意思是'**没有统治者**'。从政治角度很难想象没有统治者会是什么样。但如果换一个角度，就不难想象了。"他笑着说。

大家都饶有兴致地听着，可米拉并没有完全在听本说话。她垂下眼帘，盯着他的手臂，看他握着杯子的手。在薄薄的白衬衫下，他的肩膀看起来宽阔而结实；他的手很大，手背上长着深色的汗

---

1 立体派是西方现代艺术史上的一次运动和绘画流派，1908 年兴起于法国。代表人物有毕加索和布拉克。

毛；他的手指粗壮，但仍很精致；他的头发浓密、黑亮。她不敢看他的脸。

"想象一幅画桌子的古典主义画作。你看到的是桌面和桌上放的东西：桌布、一碟水果、一瓶花、面包和奶酪。如果桌布很长，你甚至连桌腿都看不见。或者，再举一个例子——一栋建筑。你看到的是它的正立面，如果你不绕过去，就看不到它的后面。如果是一栋写字楼，那么它的背面可能不怎么好看，那里有滑动式大门和旋梯，是这栋建筑的仓储区。可就算你看到了背面，也看不到支撑着这一切的地基、地下室和内部骨架。嗯，我们对社会的看法通常就像是这样。"

米拉抬起头看着他。他神采奕奕，眼睛明亮。他正乐在其中，享受着听众对他的注意。他的脸宽阔而圆润，颧骨凸出，眉毛呈暗褐色。他看上去很热切。

"在过去和当前的社会中，人们只会注意到社会上层的人。我们注意那些有钱、有权、有名的人。他们会制定规则、标准、生活方式和时尚，为社会定下基调，好像整棵植物已经设计好了，要开出像他们那样的花。可是，开花只是植物生长的一个阶段，这棵植物的目的是生存和繁殖。开花只是这个过程中的一步。对整个过程来说，植物的茎、桌子的腿、建筑的基柱都是整体的基础。根、桌板和建筑的墙面也一样。就像在社会最底层的人：他们必不可少，却很少被注意，他们不会被赞美，却会被依靠。

"而在立体派绘画中，所有元素都很重要，都会被关注。就连桌子的底部、抽屉的内层和桌子周围的空间也一样——每样东西都能被看到、被全面地看到，都能表现出它的重要性，都被给予了存在的空间。桌面和花朵并非画面的中心，画面呈现的是一个整体。社会也可以像这样。法律为人民，而不是为财富而制定，政府也可以有不止一个主要统治者。在立体派绘画中，没有哪一个特别的细节占据画面的主导地位，而整体仍然是和谐的。每个群体、每个人，都被赋予自治权、自己的空间，这是可能的。基础和顶层可以同样重要。"

"如果还有顶层的话。"格蕾特插嘴道。

"只要有桌子，就一定会有桌面；只要有建筑，就一定有正立面。总会有一些人比其他人更出名，但每个个体也都有属于自己的空间。"

米拉争辩说："可是在立体派画作中，物体都不是待在自己的空间里，而是侵占了其他物体的空间。所有物体都重叠在一起。"

"是这样吗？"本轻快地吐了口气，"那就更好了！因为在日常生活里，我们每时每刻都在侵犯和扰乱他人的空间——如果不是这样，生活就太枯燥无味了。我们说话和做事的时候是这样，我们触碰彼此的时候也是如此，所以，我们学着去侵占一点儿对方的空间，却也知道什么时候该回到自己的空间里来。我们会在交往中学习和谐共处。"

克拉丽莎摇了摇头说："本，我愿意相信你说的是有可能的，但我不相信矛盾可以消除。"

"我们并不想消除它。矛盾是一个很好的东西，我们因它而成长。我们只是学着去接纳它，去调和它！"他笑着说，看起来情绪很高昂。

克拉丽莎思考了一下，说："是这样。不过这不就是人类几个世纪以来一直在做的事情吗？游戏、体育、辩论，等等，不都是试图让侵略心理合理地发泄吗？"

"是的，"瓦尔插嘴道，"可与此同时，人们一边虔诚地说侵略是不对的，一边又吹捧那些英雄、武士和杀人者。"

"也对。"克拉丽莎若有所思地说。但她并未完全信服。

"现在到了我们理清思绪，认清动机，走出道德分裂症的时候了，"瓦尔对本说，"人应该按照自己的本心去行动。"

大家马上热烈地讨论起来。米拉轻轻碰了碰本的胳膊，待他转过头来，便立刻缩回去，像被灼伤一样。他微笑着看着她。他注意到了。

"本，你说得真好。"她说。

21

那晚，米拉有些兴奋过头了，本也是。记不起是谁提议，或许根本没人提议，只是自然而然地——他坐上她的车，送她回家。他目送她走上台阶，她邀请他上去喝一杯。当然，他欣然应允。

他们上楼时手挽着手，笑个不停。他们沉浸在一个完美的世界里，千方百计让对方犯傻，他们讲着笑话，笑出了眼泪。米拉笨手笨脚地摸索着钥匙，本从她手里接过来，却又掉在地上，两人傻笑着，重新捡起钥匙，打开门。

她倒了两杯白兰地，本跟着她进了厨房，靠在橱柜上，看着她倒酒，一边跟她聊个不停。他跟着她走出厨房，走进厕所，直到米拉惊讶地转过头，他才反应过来，"哦"了一声，笑着退了出去，站在门外，继续隔着门和正在小便的她说话。她出来后，他在沙发上紧挨着她坐下，用明亮的眸子盯着她，两人一边聊天一边笑。他站起来去厨房续杯，她也跟进厨房，靠在橱柜上看着他。他也一边倒酒一边看着她，直到杯子里的酒溢出来。这次回来后，他们坐得更近了。那一刻，无须预先准备，无须深思熟虑，他们握住了对方的手。没过几秒，本就俯在她身上，嘴唇在她脸上疯狂地寻找着什么，仿佛他要找的东西并不在她脸上，他就一直那么寻找着，她也一样。此刻，他的身体已经压在她的身上，他的胸膛压着她的胸部，他们的身体亲密地贴在一起，突然有了一种圆满的感觉。她的胸部被他压着——他们同时感到了柔软和坚硬。他们的脸贴在一起，两张嘴唇相互搜索着，时而张开，像要吞噬什么，时而温柔地摩擦着。他们轻轻摩挲着脸颊，像孩子一样，只为了感受彼此的肉体。尽管他刮过胡子，她的脸颊依然感到微微刺痛。他捧起她的脸，紧紧地、占有般地、温柔地捧着，他埋下自己的脸，紧贴在她脸上，像一个饥饿的人焦灼地寻找食物一般。然后，他们一同起身朝卧室走去，紧紧地贴在一起，宛若一体，就连狭窄的过道也没能将他们分开。

对米拉来说，本的爱抚如同打开了一个新的维度。他热爱她的身体，只此一点，就令她感到极度快乐，像发现了新的海洋、高山和陆地一样。他热爱她的身体。他一边帮她脱衣服，一边迫不及待地亲吻她，爱抚她，按捺不住地发出一阵阵呻吟。相比之下，她要安静一些，可她在帮他脱衣服的时候，也用眼睛爱抚着他的身体。她的手游走在他那光滑的背上，从身后环抱住他，亲吻他的背、他的脖子和他的肩膀。一开始，他的阴茎让她感到害羞。可是，当他抱着她，紧贴在她身上时，他把阴茎按在她的身体上，她伸出手，抓住它，爱抚它。然后，他把腿缠在她身上，覆盖住她，紧紧地抱住她，亲吻她的眼睛、她的脸颊和她的头发。她轻轻抽身，拿起他的手，放在自己唇边。他也握住她的手，亲吻她的指尖。

他向她压过来，她平躺着，他开始爱抚她的乳房。她感觉自己的身体漂浮在海里，在一波温暖而轻柔的海浪上，而这海浪并不会淹没她，可她此刻不在乎自己是否会被淹没。他的嘴突然吻上她的胸，开始吮吸她的乳头，在瞬息之间，他进入了她，达到了高潮，这一切发生得悄无声息，只听见粗重的呼吸声。一阵强烈的自怜情绪袭上她的心头，眼里蓦地充满了泪水。不，不，不应该又是这样，不能又和以前一样，这不公平。难道真的是她的问题吗？他伏在她身上，紧紧地抱了她很久，而她则有时间咽下泪水，重新挂上笑容。她轻轻地拍了拍他的背，提醒自己，至少这一次，她从中感受到了快乐，也许这是一个好的征兆。就算没有高潮，他也给了她前所未有的身体上的快感。

过了一会儿，他侧过身紧贴着她的身体。他们点燃香烟，呷着白兰地。他问起了她的童年：她小时候是什么样的？她很惊讶。只有女人才会偶尔问这样的问题，男人是不会的。她很高兴，于是躺下来，开始讲述她的童年。她讲得很投入，仿佛真的回到了那个时间、那个地点。她的语调随着话题的变化而变化着，她五岁时，她十二岁时，她十四岁时。她几乎没有注意到，他什么时候又开始爱抚她的身体了。他们相互触碰对方，已经显得自然而然。他轻轻地抚弄着她的肚皮和肩膀。她熄灭烟卷，开始抚摩他的肩膀。然后他又靠在她身上，亲吻她的小腹，抚摸她的大腿和大腿内侧。她燃起一股前所未有的强烈欲望。她爱抚他的头发，他的嘴唇逐步下移。她的身体绷紧了，睁大了眼睛——他正在亲吻她的阴部，在舔那里。她很害怕，可他不停地抚摸她的小腹、她的腿，当她试图夹紧双腿时，他轻轻将它们分开了。她又躺回去，感受着温暖而湿润的触感，她的身体里好像有什么东西在流动，在奔腾，一直涌到她的胃部。她试图拉他起来，可他不答应。他把她翻过来，亲吻她的背、她的臀部。他用手指轻轻揉着她的肛门。她一边呻吟，一边试着翻身，最后，她成功了，可他顺势将她的乳头含在嘴里，热流一路爬上她的喉咙。她用身体紧紧缠住他，抓着他，不再亲吻，也不再爱抚，只是紧紧地抓着，想让他进入她，可他偏不。她投降了，把身体交给他，任由他摆布。一种被动之下的销魂感，让她的身体仿佛漂进了海洋的最深处。只有肉体，只有感觉，就连这房间也不复存在。他开始揉她的阴蒂，轻轻地，慢慢地，像举行仪式一般。她不时听到自己轻轻的喘息。他又含住她的胸部，用身体缠着她，进入了她。她几乎立刻达到了高潮，还尖叫了一声，可他仍在继续，一阵又一阵强烈的快感伴随着疼痛向她袭来。她的脸和身体都汗湿了，他也是。这时，还有一点儿疼痛感，但已经不那么疼了。她紧紧地抓住他，好像她真的会被淹没一样。高潮已经退去，可他还在一次次进入她。她的腿开始疼了，他的插入已不再给她带来快感。肌肉已经疲倦，她无法再保持这个姿势。他抽出来，将她翻过来，拿枕头垫在她身下，将她的屁股托起来，从后面进入她。他的手温柔地抚摸她的胸部，他像狗一样趴在她身上。那是一种完全不同的感觉，随着他抽插得越来越剧烈，她开始大声地叫喊。她的阴蒂又兴奋起来了，那种感觉很急速、强烈、炽热，交织着疼痛和快乐。突然，他高潮来了，开始猛烈地抽插，并伴随着一串大声的喊叫，像呜咽一般。然后，他像一朵花一般，落在她的背上，叹息着，汗湿的脸贴着她的背。

他抽出来以后，她转过身，向他伸出手，将他抱在怀里。他伸手揽过她，他们并排躺了很久。他那湿答答的阴茎搭在她腿上，她能感觉到精液从她体内流出来，流到床单上。开始冷了，可他们都没有动。然后，他们移动了一点点，看着对方的脸。他们互相抚摸着，相视而笑。他们紧紧地拥抱对方，像朋友而非爱人那样。接着，他们站起来，本去浴室拿卫生纸，他们擦干了自己的身体和床单。本又回去往浴缸里放水。米拉则靠在枕头上抽烟。

"快，姑娘，起来了！"他命令道。她吃惊地看着他。他伸手揽过她，把她从床上拉起来，吻了她一下。然后，他扶她站起来，两人一起去了浴室，两人都撒了尿。那时，水已经放满了。本已经把米拉的沐浴露倒进水里。浴缸里冒着泡，散发出清香，他们一起进去，弯曲的膝盖交叠在一起。他们温柔地往对方身上泼水，然后躺回去享受温暖的水，时不时互相抚摸着。

他们为对方擦干身体。米拉穿上一件厚重的毛巾浴袍，本裹了条浴巾。

"我饿了。"她说。

"我饿死了。"他说。

于是他们一起把冰箱里的所有东西都拿出来，做了一顿大餐，有犹太腊肠、菲达奶酪、煮老的鸡蛋、西红柿、黑面包、淡黄油、半酸的咸菜、大个儿希腊黑橄榄、西班牙生洋葱和啤酒。他们把这丰盛的大餐搬到床边，一边享用一边喝酒、谈笑，一边轻轻地用指尖触碰对方。他们把盘子和啤酒罐全放在地板上，本把脸埋进米拉的胸膛摩挲着。可这一次，她把他推倒，自己坐到他身上去，不让他动。她亲吻、爱抚着他的身体，双手滑过他的身侧和大腿内侧，温柔地握住他的睾丸，然后慢慢向下滑，把他的阴茎含进嘴里。他快乐地喘息着，她的手和头就这样慢慢地一上一下，感受着静脉的悸动，感觉它慢慢变硬。她不让他动，突然，她抬起头，在他惊讶的目光下，爬到他身上，以自己的节奏移动，用阴蒂在他身上摩擦，直到高潮到来。她感觉自己就像女神，欢欣鼓舞、乘风破浪，她不断高潮，他也跟着来了。她弯下腰，紧紧抓住他，两人一起呻吟。终于结束了，他们筋疲力尽。

他们又躺回凌乱的床单上。躺了一会儿，米拉点燃一支烟。本坐起来，把被子整理好，枕头拍蓬松，在她身边躺下，盖上被子和毯子，凑过去抽了一口她的烟，头枕在臂弯里，躺在那儿笑。

已经凌晨五点了。晨光熹微，窗外透进一缕淡蓝色的天光。他们都不觉得疲惫，扭头看着对方，久久地微笑着。本又抽了一口她的烟，然后她就熄灭了烟卷。她伸手关掉灯，和本一起舒舒服服地躺进被窝里。他们四目相对，身体缠绕在一起，慢慢睡着了。直到早上醒来，他们的身体还交缠在一起。

CHAPTER o5
第五章

1

很奇怪，把这些都写出来以后，我才明白了一些之前不曾明白的东西。一切标志着米拉和本关系的迹象，从一开始就已经存在了。他们的关系仿佛是在一个模子里形成的。可就算知道了，我也不知道该说点儿什么。又有哪些关系不是在模子里形成的呢？在克拉丽莎与杜克离婚一年以后，杜克非常想复合，于是恳求她相信他已经改变了，变得更加体贴，不那么以自我为中心了。我还记得克拉丽莎说："他说他已经变了，或许是吧。可在我心里，他还是原来的样子。我觉得，我永远会那样看待他。所以，即便我能忍受回到他身边，我也会把他变回原来的样子，因为我已经对他形成了那样的期望。更何况我是不会回去的，哪怕他真的改变了——但那是不可能的。我们已经没救了。"

人是无法改变、无法同步成长的，这是一种绝望的想法。如果真是这样，那么，人们每隔五年左右就得重新结一次婚，就像签合同一样。去他的。别再有新的规则了，我们已经受够规则了。可如果各种关系都已经有固定模式，那人们如何在一起生活呢？如果时间能带来变化，那么，在一种模式里的变化，要么会彻底推翻模式本身，要么会伤害到两人之间的关系。

可人和人还是会生活在一起，男人和女人也好，女人和女人也好。古代那些家里挂着蕾丝边窗帘的女人，穿着人造丝印花裙子和高跟鞋去超市买半打鸡蛋、四升牛奶和两块羊肋排。这些女人，会像我所认识的那些人到中年的已婚女人一样，在黄昏到来时安静地坐着，对梅布尔或米妮咬牙切齿吗？

"女人之间通过相互中伤来发泄怒气。"这是瓦尔常说的一句话，她的声音犹在耳畔。梅布尔有许多讨厌的习惯，比如偷窥所有米妮信件的写信人、从不打扫沙发后面的灰尘和削土豆皮时不细心。除此之外，梅布尔洗完澡后，喜欢用很多爽身粉，弄得浴室的地板上满是粉尘，米妮的鼻子受不了这些粉尘——这些习惯就像一把把刀子向米妮掷过来，令她欲哭无泪、欲诉无门。当然，梅布尔声泪俱下地控诉道，米妮也没好到哪儿去。当有人给梅布尔打电话时（这可不常有），米妮总会问是谁打来的，真是爱管闲事。米妮动不动就拿出她的嗅盐，好像她很脆弱似的，其实她壮得像头牛。邻居家发情的狗在她们院子里的草坪上与一条流浪狗有过接触，这都能引起她的哮喘。可米妮都七十四岁了，她之前一定是见过这种事的！还有，米妮读完报纸后，从来，从来，从来不会放回原处，这点就足够把人逼疯了。

她俩只要听到虐待儿童的新闻就会啧啧批判；当电视上出现色情画面时，她们都会闭紧嘴巴扭过头去；她们每天吃罐头汤和鸡蛋，每隔三天吃一根羊排或汉堡，毫无怨言，因为她们的社保和退休金只够买这些；她俩都不赞成抽烟、喝酒和赌博，也不喜欢有这些习惯的女人；她们都喜欢薰衣草、柠檬油和刚洗好的床单的香味；她们都不想学那些年轻女孩那样，把头发烫卷，而是每周花一点儿零用钱，去把头发定型、染成暗色；她们都不会衣衫不整地出门，哪怕只是在家附近散散步；每天早上，那镣铐般的紧身褡和易破的长筒袜都会让她们那骨节粗大、饱受关节炎之苦的苍老手指挣扎一番；她俩都对曾经的邻居鲍姆一家记忆犹新。

这样的生活就够了吗？

街对面住的是格蕾丝和查理，他们也都七十多岁，结婚有五十多年了。他们也一样。只是，格蕾丝会因为查理每天要喝三罐啤酒、然后不停打嗝而生气，查理会因为格蕾丝不让他看他喜欢的电视节目、非要看那些愚蠢的游戏节目而生气。他们都为整洁的草坪而骄傲——"不像有些人家的草坪"，他们特意强调——然后，四个人一齐看向街头的马利根家。

可是，这样的生活就够了吗？

是什么让人与人在一起？我们为什么要这么讨厌彼此？我这么问，不是想要你虔诚地摇着头说，我们当然不应该仇恨自己的同胞。确实如此。但我想知道的是，为什么？因为这是生存所必需的，就像呼吸一样自然？好吧，这个理由我可以接受。而在内心深处，我们真正的困惑是：我们为什么要爱和恨？我们究竟要怎样一起生活？我不知道。我已经告诉过你，我独居。

要因为男人对待女人的恶劣行为而责怪他们很容易，但这让我有些不舒服。这和五六十年代出版的那些书里所说的太相近了，那些书里说，一个人生活中的所有毛病都是他母亲的错——所有的。母亲成了新的恶魔。可怜的母亲们，如果她们知道自己有这能耐就好了！她们是"阉割者"和"扼杀者"，仿佛是自愿成为恶魔的奴仆的。无论如何，女人生活中的许多痛苦都跟男人有关，这倒不假。无论个人空间还是社会阶层，他们都将女人排除在外，将她们置于从属地位。

可只是这样吗？

如果说，有谁有幸过上美好的同居生活，那非米拉和本莫属。他们有足够的智慧、经验、声誉，以及生存空间——你也可以管这叫机会或特权——去考虑他们想要什么，并争取实现它。所以，他们之间的关系可以说是一种典范。至少在那时看来确实如此。这种关系看起来如此理想。维持它的奥秘在于，既亲密，又自然，既可靠，又自由。而且，他们能够将这种关系维持下去。

米拉和本是在四月成为恋人的。那是米拉在剑桥度过的第一个四月，她的心情与周围的景色极为相称：树上冒出小绿芽、院墙里覆盖着连翘和紫丁香。阳光渐暖，绿芽逐渐绽放，在高低不平的红砖墙上投下绿色的影子。山茱萸和紫丁香的幽香沿着布拉特尔街飘下来，沿着花园街和康科德飘散开来，甚至覆盖了人山人海的哈佛广场。人们敞开夹克，走在街上，捧着一束从布拉特尔街的花店买来的水仙，拿着一张从库普商店买的海报，或握着一个从"妮妮家"买的漂亮苹果，每个人都笑脸盈盈，悠然自得。

米拉在为综合课复习，同时准备毕业论文；本则在整理他从利阿努带回来的十箱笔记。他们几乎每天都见面，一起在法式蛋糕店、皮罗施卡餐厅或格伦德尔餐厅吃午饭或喝咖啡。有些餐厅设有户外餐桌。手头拮据时，他们就在教职工餐厅见面，喝一杯——本和另一个助教可以在那里记账。他们总是把身上最后一毛钱都花出去。

米拉工作进展十分顺利。她和本的关系让她有了一种家的感觉，使她心中释然。她可以专注工作几个小时不觉疲惫，不会像以前那样，工作一会儿就要起身在房间里走走，或去怀德纳图书馆的顶楼透透气。她可以像以往那样有条不紊，同时不会觉得自己空有秩序却没有生活。

这对情侣每周末都腻在一起，像在度长期蜜月。每周六晚上，他们都会出去吃晚饭，他们尝遍了剑桥每家美味的餐馆。他们吃过鳄梨沙拉酱、四川炒虾球、蔬菜咖喱、加了洋蓟的希腊羔羊肉和鸡蛋柠檬沙司；吃过各种各样的意大利面、茄子酱、酸辣汤、醋焖牛肉、乳蛋饼和煨兔肉；某天晚上还品尝了法式鸡肉炖蘑菇。他们还在教职工餐厅吃过水牛肉。他们尝遍了各国美食，走遍了周围的每个角落。他们觉得一切都很美好，简直妙极了。

到了周日，剑桥的大多数餐馆都歇业，他们就在家里做饭。有时候，这会变成一个大工程，比如本坚持要做惠灵顿牛柳，他会花上一整天的时间去准备，最后还把厨房弄得乱七八糟。更多时候，他们做的饭很简单：奶油烤菜、法式薄饼、意大利面，或者沙拉。他们要么邀请朋友到家里来，要么用米拉以前买的立体声组合音响放音乐，独自享用。

每个周末他们都照例要做爱。他们一做就是几个小时，尝试了各种姿势：站着、坐着、趴在床边上，或者本站着抱着米拉。他们的多次试验都以失败告终，两人就哧哧傻笑。他们还会玩角色扮演游戏，扮成老电影里的人物。她当凯瑟琳大帝，他就当奴隶；他当酋长，她就当女奴。他们兴致盎然地扮演着，根据自己的受虐幻想来扮演自己喜欢的角色。就好像重回童年时代，玩过家家，扮演牛仔和印第安人。这解放了他们的想象，让他们可以自由地过曾经不敢想的私密生活，他们仿佛在化装舞会上穿上了曾封存在潜意识深处的服装。

他们长时间地散步，从查尔斯路走到清新池，再一路走到自由大道，最后在北端的某个意大利咖啡馆或冰激凌店门口停下来。他们无所不谈，从诗歌、政治、心理学理论，到做煎蛋饼和养育孩子的最佳方法。他们在大多数问题上意见相同或价值观相符，这使得他们的争论内容丰富而令人兴奋。而且，到了这个年纪，两个人都知道，存在小分歧才能使讨论更加有趣。

五月，有人组织了一场大规模的学生反战游行，活动组织者比瓦尔和本所在的和平小组更加激进。哈佛园里挤满了学生，抗议者们围着大学楼，拿着扬声器朝人群喊话，鼓动学生罢课。他们的声音在哈佛园里回荡：用暴力的手段阻止战争是道德的，因为战争是不道德的，这就是他们的主要观点。米拉一边听着，一边观察着人群。人们站在那里，有人若有所思，有人和讲话人争辩起来，讲话人试着公允地做出回应。可他们的论据本身就是不合逻辑的：他们说，他们占领大学楼是违法的，违法就是违背道德；可当法律支持不道德的战争时，不违法就更加不道德了。

米拉对这次行动不以为然。这就是一场智力游戏，是有欺骗性的——说话人坚称自己的行为合理，但它并不真的合理。真正的冲突在于政府与军队的权力和年轻人脆弱的血肉之间，而这种冲突，在她看来并不是真正的革命。革命是在勇气中，在强烈的愤怒、持久的忍耐和对自我的极度泯灭之中发生的，只有这样，才会有彻底的反叛。阿尔及利亚、中国和古巴的领导者们，或许曾坐在一起，想办法证明推翻政府是符合道德的、明智的，但他们的革命冲动植根于他们的现实生活、他们所耳闻目睹的一切——多年来看着人民所受的压迫，为了反抗这种压迫，他们情愿牺牲自己的生命。那些站在台阶上，手持麦克风拼命鼓动别人的年轻人固然也有一定的道理，他们也在全力以赴，哪怕声音已经嘶哑也要继续高喊，希望把自己的理念传达给更多的人。但他们的观众并没有忍饥挨饿，并没有生活在恐惧当中；他们的家人依然在斯卡斯代尔平平安安地活着，没有死于枪下，没有被折磨致残，也没有被囚禁起来。本说，美帝国主义很聪明，他们用几辆车、几台电视和性压抑就征服了人民。瓦尔和他就"马尔库塞理论[1]"争论了一番。米拉就坐在一边看着。事件并未真正发酵。没有足够多的人参与，人们也没有足够的热情。之后的某天晚上，校长给警察打了电话，他们把大学楼里的学生驱逐了出去，其间发生了暴力行为。有人受伤了，很多人被关进了监狱。第二天，校园里一片恐慌。一夜之间，事情激化了。

那些天的感觉很容易就被忘记了，因为那被点燃的激情来自道义，而非生存，因而很容易消散。我还记得坐在雷曼餐厅，感受到空气中的脆弱；周围飘浮着各种声音，宛如碎玻璃；我感觉，轻轻地触碰，就可以让整栋建筑支离破碎。有些人——大都是年纪较大的男研究生——他们冷酷、残忍、高谈阔论，不断重复着那些关于革命的耸人听闻的论调，企图营造出像去年秋天那样恐慌的氛围，他们躲在角落里，端着脏兮兮的咖啡杯，小声地谈论着枪支和坦克。年轻一点儿的学生胆子小，几近歇斯底里。他们总是一脸惊恐，

1　赫伯特·马尔库塞（Herbert Marcuse, 1898—1979），是法兰克福学派左翼主要代表人物，西方马克思主义最激进的代表人物，他认为在资本主义社会中人性普遍受到压抑，所以现代的革命根本目的是实现人的解放和人的自由，而不是之前那样只为改变贫困的状态。

发传单，传阅请愿书时，手都在颤抖。有传言说——后来被证实了——在档案里发现了一些材料，它们燃烧起来，像沙漠风一样席卷过每栋建筑，沙沙作响，打破了等级组织所必需的微妙平衡。许多年龄大一点儿的人都知道，可他们隐藏了太久，安稳地藏在享有特权的屋墙内，以至于那些年，他们一直没明白，权力不是你所拥有的，而是你享有权力的那些事物所赋予你的。那些和蔼地、文质彬彬地默默管理着大学的白人男性，原来是不愿认错的性别歧视者和种族歧视者，他们对自己的权力抱有误解，以为他们的权力就等同于国家的利益。别人也不可能指控他们阴谋勾结，因为他们的勾结是潜意识层面上的。米拉想，就如同她之前对诺姆的困惑一样：即便你指出来，他也不会去反思自己究竟做了什么；即便这件事侮辱了你，让你感到烦恼，他也不觉得他是错的，还说那是"自然的"。对于这样的人，你能怪他吗？

对米拉而言这已经是老生常谈了，但对那些年轻的学生来说并不是。从小他们就被教导，美国是一个民主、平等的地方，机会均等。尽管他们知道体制内有缺陷，也觉得会有好心人去修复。他们的上级、老师、院长和父母，都表现出善良的样子。可私下里，在他们自己的办公室里，他们却会写检举信。他们不曾知道，不曾看见，震惊之余，他们才发现，都怪自己无知，轻易地被愚弄了。于是他们尖叫着、哭喊着四处奔走，颤抖不已。他们突然意识到，这正是他们被教育的所谓完美理想的丑陋阴暗面，正是他们继承而来的所谓抱负，这其实一直显而易见，只不过他们没有深想过。这种精英主义思维非常接近希特勒的理念，他们的奢侈生活正是在此基础之上被构建、被满足的。安逸的代价原来是另一种奴役。这真是令人难堪。

他们试图解决这一困境。他们坚持着理想和抱负，试着放弃奢侈的生活。可是，他们不可能完全做到。有些人离开了学校，去流浪，住进公社里，放弃了他们优越的家世。这种做法引发了争议，人们议论纷纷，对此褒贬不一。他们说，如果你想改变什么，就需要权力，贫穷无法作为权力的基础。有人加入了激进群体，这些群体注定徒劳无功，它们不断地分裂，彻底被联邦调查局渗透，以至于最终只有几个人是真正的非政府成员。他们中那些敏感的人无法忍受自己失去了纯真，无法忍受负罪感和责任感——这就是得知"自己有的吃是因为别人在挨饿"这一事实的代价。对于这样的问题，几乎没有解决办法，也没有任何可供慰藉的东西。圣人可能会选择让自己挨饿，这样别人就有吃的，可就算这样也改变不了现状。

但瓦尔认为那纯粹是瞎说。她说，天真地想减少世界上的权力联盟，就等于将一个政治问题转变成形而上学的问题，好像默认了人口越多食物供给越不足似的。但其实这不是必然的，还有别的选择。假如人们不浪费粮食，假如他们肯放弃自己的三辆摩托雪橇和两辆轿车的话——她曾遇到过一家四口有四辆轿车、四辆摩托雪橇。克拉丽莎同她争辩道，除了靠专制的命令，你又如何能强迫他们放弃那些呢？社会主义总是在理念上说得好听，但实践起来很糟糕。瓦尔说，不是这样！我们之所以这样想，只是因为我们看到的是不发达国家的社会主义，在这些国家里，如果没有社会主义，人民就会饿死，但看上去好像会压制主动性、创造性和个性。在瑞典就不是这样。争论变得激烈起来。这个话题在争论中开始，也在争论中结束。

2

期末考试开始时，罢课运动渐渐平息了，一切又恢复正常。有些愤世嫉俗的人认为，六七十年代的骚动和抗议，和人们对林迪舞[1]的抵制一样，都没什么意义，这次的罢课运动并没有改变他们的这种想法。那些年被披露、被发现、被讨论的事，深深印在人们的脑海里，影响着我们的思想。不过，我并不指望哪天我从海滩开车回家时，会听到广播里宣称这里已经是人间伊甸园，当然，如果是在任总统谋求连任时这么说的话，就另当别论了。

那晚，瓦尔在她家的晚宴上和格兰特分手了。她厌倦地说："老天，我都四十岁了，还在干这种事情！"令她恼火的是，她和格兰特已经有很长一段时间对彼此没有感觉了，可他们却听之任之。"他真的很怨恨我——原因很多。他想找一个稳定的、总能陪伴他的伴侣，来抚慰他那受伤的灵魂，可我不愿意。但他却也不离开我，只是在我身边抱怨，在床上也表现得很无能，而且总是说一些无聊的话题。而我，只希望他陪伴我，大家在床上床下都能开开心心。可是，从——哦，老天，从我搬离公社开始，和他在一起我就不觉得开心了。可是我并没有分手，并没有结束这段关系。我不知道自己怎么就养成了这种令人丧气的习惯。当我不再需要他之后，我感觉自己年轻了十岁，也更开心了。我这才发现他在我心中是一种责任，就像一条每晚都得牵出去遛的狗。天哪！我是怎么了？"

"不只是你，"伊索安慰地说，"艾娃和我也是这样，我们很早之

1　20世纪三四十年代美国流行的一种黑人舞蹈。

前就发现在一起已经不再开心了。可即便这样，我们分开时，我还是会不知所措。至少你不会。"

"我和格兰特的关系没有你和艾娃的关系那么亲密。你们是真的爱对方。我们只是彼此喜欢而已。"

"那我呢？"米拉闷声说，"我更可怜。我和一个男人结婚十五年，但我可能在认识他六个月后就不再爱他了。"

"你有孩子啊。"伊索说，她总会想着法安慰别人。

"这件事我想过很多次——你明白的，自从我和本在一起后。一开始我真的想保密，只想和他待在一起就够了。"

"我们注意到了。"伊索咧嘴一笑。

"可是，过了一段时间，当我确定我们真的彼此相爱之后，我就好想像流行歌曲里唱的那样，站在屋顶上喊出对他的爱。我想和他面对全世界宣布，我们是一体的，我们是相爱的，我们在一起了。不是为了炫耀，只是出于，嗯，快乐，以及亲密无间的感觉。就好像你有了一个新的自我：一个是米拉，一个是和本在一起的米拉。你会希望全世界都承认这一点。那是一种心灵相通，一种新的情感上的合二为一。我知道，接下来，你会希望那种身份合法化，你也希望获得一种合法的身份。于是你们就结婚了。你们举行了婚礼，盖了公章，人们就会把你们看作一个联合体。可再以后呢，你——总是女方——就会失去她的自我，而男人通常不会如此。我也不知道为什么。可一旦你有了这种联合身份，一旦它存在于社会上，你就很难摆脱它。"

瓦尔耸了耸肩说："我和格兰特从没有过那种关系。"

伊索笑着说："谁能跟他成为整体呢？无论到什么地方，他都是阴沉沉地来，又阴沉沉地走。而且他来来去去都是独自一人。"

"那是因为他一直生我的气，怪我不和他一起住，不陪在他身边。"

"那你为什么不早点儿和他分手呢？"

瓦尔有点儿恼了："我不知道！我就是不明白这点！"

但是仅仅一个月之后，就见瓦尔和另一个人同进同出。大家议论纷纷。她的朋友照例平静地接受了，什么也没说，可即使如此，他们还是会惊讶。不是因为他的年纪——尽管他才二十三岁，而是因为他的性格。在哈佛的那年，他已经因为疯疯癫癫而小有名气。

塔德高个子、白皮肤、金头发、蓝眼睛，长相十分英俊。他也是一个极其古怪的人。他身材瘦削，别人跟他说话时，他的眼神会四处乱瞟。他和安东一样，都在政治学院，但大家不明白为什么他会去学政治。他是和平小组的一员，但是不常露面，开会时总是坐在后排，很少发言。偶尔发言也总是语无伦次，大家都听不懂他在说什么。只有几位女学生能理解他，对他很尊重，也颇有好感。偶尔有人议论他时，她们还会维护他，说他善良、敏感。这对安东和他的同学们来说，简直不可思议，他们把他受女生欢迎归结为他长得性感。其实不然，他的美是天使般的美，和他的身体不太相称。你不会把他和性联系起来。瓦尔说，他说话语无伦次，是因为他太敏感了，对人们的脆弱很敏感，害怕伤害到他们，所以努力在不冒犯别人的前提下委婉地表达自己的看法，不是因为害怕别人不喜欢他，而是因为不想伤害他们。"他不适合这个世界，"她总结道，"由我说出这样的话有点儿滑稽，但他确实是个品性高尚的人。可那些扬言要去东南亚救死扶伤的男人，真正高尚的却他妈没有几个。"她一脸蔑视地补充道。

一天晚上，在开完一个长会后，瓦尔从学生宿舍里出来，刚走下两级台阶，就发现塔德站在楼门口。一开始她觉得他是在等她，可后来又觉得不是，于是准备离开。

"我能和你谈谈吗？"他说得很快，她没听清楚，可她还是停下脚步，转过头来。他看着她，眼里闪着光芒。"我以前也不相信。但那个比喻太贴切了，"瓦尔后来对伊索和米拉说，"他的眼睛就像星星一样。"

他吞吞吐吐地说他很欣赏她在会上的发言，想进一步了解她。她一脸严肃地盯着他。

"我不太明白他的用意。他可能觉得，我是那群人里少数认真听他说话的人，所以想对我略表感谢吧。他可能想要同情和支持。他可能眼看着就要溺水了，于是把我当成了救生衣。他也可能带着性的目的——但看上去又不像，因为他是那样手足无措、不谙世故，丝毫没有装腔作势。这一点我很喜欢，但这样一来，要读懂他就更难了。反正当时我不知道该如何回应才好。"

"谢谢，我觉得你的发言也很有意思。"
"没有人能理解我的话。我的思路和他们不一样。"
"可能是吧。"
"他们不知道如何超越自我。"
"哦？那是什么意思？"
"他们太过关注自我，腾不出空间来关心其他事。"
"是的。"瓦尔犹疑地说。尽管她讨厌那群男人的自负，可她严重怀疑，她和塔德表达的不是一个意思。

"你超越了自我，"他热切地说，"我喜欢你这一点。"

"嗯。"瓦尔很困惑。在她看来，自己和其他人一样关注着自我，不同的只是她也关注别人的自我，而他们则并不关心他人。当他们说起人道的好处时，他们所表达的是他们所认为的人道应该具备的好处。而她说起人道的好处时，是以商榷的语气，以自己为例子，试图去探索究竟什么对人类有利。

"我也超越了自我，"塔德斩钉截铁地说，"我正在消灭自我。"

"你觉得那样好吗？"

他脸色有些发白："当然了！你不觉得吗？"

"不，"她有点儿烦了，不想陷入这种玄乎的讨论，"不过，你可以继续努力。"她笑了笑，快步走出门。

从那以后，她开始格外留意他的言谈。从他的发言中，她听出了更多的小心翼翼，他为了不冒犯别人的立场而处处谨慎。尽管她觉得这是在浪费精力，但她喜欢他这样。"你能想象有必要照顾安东的情绪吗？就像一个阿巴拉契亚山区的农民担心他的水渠会妨碍到田纳西河流域管理局一样！"

在哈佛学生罢课期间，各种会议冗长而又吵闹。作为"新左派"的成员，布拉德和安东想和其他小组并肩努力，有人部分同意，有人完全不同意。这个小组召开了一系列无聊的、缺乏建设性的会议。一天晚上，在布拉德家里，召开了一场各校代表参加的会议。瓦尔很晚才离开，感到很沮丧。她很清楚，罢课运动会分裂这个组织。她步伐沉重地走下楼梯。塔德也参加了一会儿，可很早就离开了。

他就站在入口处。这一次没错了，他是在等她。她叹了口气，因为她不想谈那些虚的。她微微一笑，想从他身边走过去，可他拉住了她的手臂。

"你今晚的发言很出色。"

她转身面向他，疲倦地笑了笑，可他突然间抱住她，把她推到墙边，吻了她。他吻得太过热烈，以至于她的身体做出了回应，尽管她的心里还不确定。他不停地吻她，她也回吻了他。他的眼睛和脸颊都是潮湿的。她握住他的手臂。

"塔德……"

"不！不！我不听！"他的眼睛大张，亮闪闪，湿漉漉的，"我不知道该用什么别的方法……我试着告诉你……我试着表现得很有礼貌，但我不知道该怎么做……别把我推开，你不能把我推开，你上次推开了我，从我身边溜走了。我不知道该怎么告诉你。"

他站在那儿，热切地凝视着她，右手轻轻地捋着她的头发。"我爱你。"他说。瓦尔可是情场老手，她知道该在什么时候插话。但这男孩确实打动了她。她意识到他们的处境，意识到朱利叶斯和安东随时可能从楼梯上下来。她受不了他们嘲讽、狡黠的眼神，他们撇嘴的样子，想到他们眼中她和塔德在一起的样子，她就感到难堪。她本可以生气的，可不知道为什么，她就是无法把这男孩推开。

"我们不能待在这儿，"她说，"我有车。不然你来我家，我们谈一谈？"

他和她一起走了，仿佛对他来说，这是全世界最自然而然的事情，好像这就是他所期待的。他揽着她，走下台阶，穿过人行道，坐进她的车里，好像他们之间已经达成了某种默契。瓦尔也感觉到了这一点，犹豫了一下。她实在不知道该怎么处理。她和这个男孩究竟在做什么？

他们到家时，克丽丝已经睡着了。瓦尔给塔德和自己倒了酒，然后坐在客厅的椅子上，而不像平常一样坐在沙发上。塔德坐在沙发一角，手摁着旁边的桌子，尽可能离她近一些。

"从一开始我就爱上你了，"他说，"你真美！"他的眼睛发亮，神采奕奕，"我就知道，事情会以这样的方式结束。"

"结束？还没有结束呢，"瓦尔严肃而又温柔地说，"我都不知道会怎样结束，你又怎么知道呢？"

"必须如此。"他坚持说，然后热情而小心翼翼地抱住了她，瓦尔的身体也有了反应，如他所期待的那样"结束"了。

"他在床上的表现也很棒，"瓦尔想了一下说，"不觉得那很奇怪吗？你想不到他会那样，因为他的肢体看上去很不协调。可他很在乎我的感受，竭力取悦我，所以，在我的阅人记录里，"她笑着说，"他算是性爱高手！"

"这次还好，没遇到笨手笨脚的家伙。"米拉打趣道。

"没错，"瓦尔摇了摇头说，"我也不确定。如果我有的选，我会选择接受，可我没的选，没机会展示真正的我。他一副胸有成竹的样子……我觉得他把我理想化了……他所谓的'结束'，是避免不了的。你怎么忍心毁掉一个人幻想中的结局呢？"

"你接受得了他的幻想吗？"伊索问。

"好像是吧。"瓦尔茫然地说。

3

塔德和瓦尔在一起了。她过去和格兰特从未如此亲密。有人窃笑，有人私语，但瓦尔完全不在乎。她并非没有察觉，她是个果断又敏锐的女人，听得出人们评论她和塔德时的语气。无论人们如何指责她老牛吃嫩草，或者说她降低了择偶的智力标准——认识塔德的人都认为他是个傻瓜。总之，他们觉得，她和他牵扯在一起就是自降身份。

可瓦尔真的爱上塔德了，不仅是因为他爱慕她，还因为他有很强的是非观和高尚的品行。此外，尽管她不赞同他的许多看法，但她欣赏他试图超越狭隘的自我，去探索更广阔的世界。

那年夏天，大家都很快乐。大多数人参加了夏季课程，学习语言或参加研讨班。伊索和凯拉在读但丁的诗，米拉在读斯宾塞的书，瓦尔在做统计学相关的研究——很枯燥，却是取得学位所必需的。本在整理他的第三箱笔记。

每天，大家都会聚在一起吃午饭。克拉丽莎常常和她们混在一起，她正在读福克纳的小说。这期间也有其他人来来去去。可是在这个夏天，这些女人真正地融为了一个集体。

政治活动仍在其他地方继续：大部分学生和教员都去参加了，那些运动在纽约、波士顿和芝加哥的地下室、阁楼中进行着。那年夏天，陆续走进霍尤克中心的人们闻到了大麻烟的香味。那是逃亡者和流浪者的时代。有的人看上去很年轻，有的人过中年，可他们脸上都有某种恒定的东西，仿佛时间为他们停了下来，好像他们生活在一个永恒的当下里，没有过去，也没有将来。时不时会看到有人倚在哈佛园靠马萨街一边的围墙下，或库普商店前面，或霍尤克中心附近的墙边。他们眼神木然、满怀敌意——也或许这两种情绪是一回事。

女人们的生活刺激、火热而放松。她们的工作很有趣，她们聚在一起很开心，又因为是夏天，她们觉得有权放自己几天假，于是，她们偶尔会一起开车去海边。研究生的生活似乎很轻松，但其实她们大多数人比别人更努力。由于她们的工作是自己选择、自己控制的，所以她们不必像公司员工一样，趁着十五分钟休息时间靠冷饮或零食放松。她们可以省下休息时间长时间地工作，然后每隔八到十天，给自己放一整天假。至少在夏天是这样的。

伊索的公寓离哈佛广场最近，傍晚她们会去伊索家拿一些苏打水或酒。那里总有客人在。伊索露面了。她穿着白色短裤、白色紧身运动衫。随着她的肤色变深，发色显得越来越浅，雀斑也更明显了，她看起来越来越像美国女孩。大家围坐在一起，谈论着从没在别处谈论过的事，玩着不是游戏的游戏。

"克拉丽莎，你小时候喜欢玩什么游戏？"

"跳房子、跳绳和山地之王。在开始踢足球之前，我特别喜欢山地之王。但足球一直是我的最爱。"

"你呢，米拉？"

"你问我吗？'记忆'——一种纸牌游戏，以及'学校'——我总是扮演老师，还有'大富翁'。"

她们一边说，一边笑自己，时不时相互取笑。伊索喜欢的游戏是垒球；凯拉喜欢赛马、贴标签和养热带鱼；瓦尔不喜欢游戏，但喜欢在后院搭东方帐篷、躺在垫子上吃午餐、喝自制的薄荷柠檬水，读书或者写作。

在特别的日子，她们会开车去海边，有时候塔德或本也会一起去——哈利和杜克从不和她们一起去。她们要么去格洛斯特海滩，要么去克兰海滩。她们游泳、看书、打牌；有时候她们还会带上鸡肉、沙拉、啤酒和鸡蛋，在沙滩上享用。这样的日子对她们来说，简直幸福极了：一辆车就是她们的奢侈品，远离城市的一天就是皇家贵族般的享受。

偶尔，米拉和本也会单独外出。他们会去瓦尔登湖，手牵着手，沿着湖边散步，或是违禁下水，在他们的"私人小溪谷"里游泳——那是个从沙滩看不见的地方。他们看着梭罗故居烟囱的残骸，试着想象一百年前这里的情景。他们去了康科德、列克星敦、塞勒姆和普利茅斯，一路上，他们因彼此而兴奋，却又不完全沉湎于彼此。他们像这样分享一切，能享受到更多乐趣。

八月，大部分人都走了。伊索每年都会回一次加利福尼亚，今年也不例外；凯拉和哈利，克丽丽莎和杜克都回家看望父母去了。克丽丝从她父亲那儿回来后，又跟着瓦尔和塔德去了瓦尔在科德角租的房子，米拉和本也受邀去住了一阵子。

他们玩得很开心。他们骑自行车、在海湾平静的水域里游泳，他们开车冲进海浪，在海里翻滚、冲浪。晚上，他们依偎在一起，谈笑、喝酒、摔跤、打牌。他们去一座小房子里玩，塔德和本在屋外用烧烤架烤肉，瓦尔、米拉和克丽丝在一起做土豆沙拉和凉拌卷心菜。那房子在一条漂亮的街上，街边绿树成荫。晚上，他们就坐在门外，空空的纸盘被露水浸湿。他们听着沙沙虫鸣，看着天空渐渐变成薰衣草紫，嗅着夏夜干净的空气，悠闲地低声聊天。在习惯了剑桥的喧嚣之后，这样的生活仿佛就像是在天堂，至少在蚊子到来之前是这样。这时他们就回屋里去，开始喝酒、聊天。

米拉和本留了两天之后，觉得该告辞了，可瓦尔嚷嚷道："为什么？"于是他们又多留了两天。他们凑钱买了食物和烈酒。到了第四天，他们感到总是吃别人的、喝别人的太不好意思，执意要走。"我们真得走了。"一晚，当他们在地上围坐一圈打牌时，米拉说。

"听我说，房东今天给我打电话了。他说原定八月底要租住这里的房客来不了了，当然，房东扣了他们的押金。他问我是否愿意低价租下这里直到八月底。我付不起那么多钱，但你们可以租下呀，这样我们就可以时不时来找你们玩了，"她咧嘴笑着，看着他们，"这样你们也不会孤单。"

米拉开怀一笑，伸手拉住瓦尔的手臂。

"没有你们在旁边感觉完全不一样了。"她充满爱意地看着她的朋友。四天虽短，但大家共同生活是非常美妙的经历。可她的两个孩子会在八月的最后两周来看她。她不可能……

"太好了！"本兴奋地说，"多少钱？我们还可以凑出两百元。"

"妈，"克丽丝低声嗔怪道，"我们下周还要去买上大学穿的衣服呢。"

"会去的，会去的，"瓦尔抚摸着克丽丝的头发说，"买一条牛仔裤和三顶帽子能花多长时间呢。"

"还有靴子。"

米拉洗着牌。此时，他们正围坐一圈打牌。本在提出建议的时候一直看着米拉，可她依然低着头。他满心欢喜地提议，说要把那个地方租下来，本希望她笑着回应，她却只是盯着地面，洗着牌。

"你似乎不太感兴趣。"

"你别说这些有的没的了，好吗？"她尖刻地说。

"这他妈的到底是怎么了？"他提高了嗓门。

"没什么，"她紧闭着嘴唇，"没事。"说完起身去了洗手间。本看着瓦尔。瓦尔耸耸肩。他们面面相觑。之前的欢乐变成了沉默。他们呷着饮料，冰块在杯子里撞得叮当响。

"她还玩吗？"

"等她决定吧。"

"好吧，我们等会儿。"

"还有谁要喝的吗？"瓦尔起身进了厨房，"塔德，还有奎宁水吗？"

"我怎么知道呢？不知道。"

"天哪，杜松子酒喝完了。"

"没有，瓦尔，我上次又买了些，"本大声说，"在水槽下面。"

"妈！还要一件夹克、一件蓝牛仔外套，还有毛衣，还有内衣。我可能还需要一套礼服。"

"真是的，你要礼服干什么用？"瓦尔在厨房里嚷道。

克丽丝抗议道："妈，你问我，我问谁呢？大学里应该会有需要穿礼服的场合。"

瓦尔端着酒出来，对女儿灿烂地笑着。克丽丝看了她一眼，放松下来。她拍了拍母亲的手，说："要一条长裙，很性感的那种。"

"还貂皮披肩呢。你真正需要的是家居服和睡袍。"

"用来干什么？"

"克丽丝，有些地方的传统就是睡觉时得穿点儿什么。"

"你穿吗？"

"我又没住宿舍……"

这时，本站起来，朝洗手间走去。她们沉默了一会儿，然后瓦尔又说起话来。本进了洗手间，随手关上了门。瓦尔看了看塔德和克丽丝。

"我们打一盘三人纸牌吧？"

他们开始玩红心大战。最后，米拉和本从洗手间里出来了。米拉的脸又红又肿。本看起来有些激动，但一言不发。他们又重新坐下来。瓦尔试着和他们说话，他们回应了，彼此之间却没有看一眼，也没有说话。瓦尔把牌收了起来。

"米拉，我做错什么事了吗？我知道我可能有点儿多嘴。不过出什么事了？请你告诉我们。"

米拉紧咬着下唇，摇了摇头。"没有，"她颤声说，"不是谁的错。是我的问题。我想，人是怎么也摆脱不了过去的，是吗？"她站起身，有点儿哽咽，"我自己的苦，只有我自己明白。"她闷闷不乐地说，脸上带着酒精引出的浓浓的绝望。"我要出去走一走，一会儿就回来。"说着就离开了。

他们沉默不语，直到她的脚步声从石板路上消失。大家都转过头看着本。他摇了摇头，看看自己手中的酒杯，抬头望着大家，眼中有一丝泪光。

"她说我太迟钝了。"

"对什么？"

"对她对她儿子的感情。她说她决不会让我和孩子们住在同一间屋里。我问她，她是不是打算在孩子们来的时候把我赶走。她说，我可以找一天过去吃晚饭，只能这样。我说很感谢她能告诉我这些。我觉得我在她心目中很龌龊。她把我当什么了，色情狂之类的人吗？他们一个十六岁，一个十七岁了，未必不懂生活是怎么一回事，"他喝了一口酒，摇了摇头，像一条刚从雨中跑进来的狗，"她表现得好像以我为耻似的。"

"更可能是她自己感到羞愧。"瓦尔小声嘟囔着。

"她说得好像这是一件耻辱的事情——让你的孩子和情人在同一个屋檐下生活。"他抬头看了看瓦尔，又看了看克丽丝，然后不好意思地红了脸。"没有指责别人的意思，只是在说她而已。"他解释道。

"嗯，那确实是个问题，"瓦尔说，帮他摆脱窘境，"所有带着孩子的女人都会想很多。"

克丽丝凑到她跟前，托着下巴，躺在一地牌上："你也想了很多吗，妈？"

"是啊。"

"我那时多大？"

"大概两岁吧。我和那个人认识是在和你爸离婚一年多以后……其实当时我有别的选择。我本可以和他一起去汽车旅馆，不必带他回家。"

"可你还是把他带回家了？"

瓦尔点点头，克丽丝笑着说："从此以后，你就一直带他们回家了。"

本看着克丽丝。"那你有什么感受？"他又看看瓦尔，补充道，"希望这个问题没有冒犯到你。"

瓦尔摊开手说："那得让克丽丝来说。"

克丽丝耸耸肩。"还好啊。我觉得如果妈不能带人回家就得去外面的话，我宁愿让她带人回来。就算她去当……那叫什么来着？我也无所谓。"她仰头问母亲。

"修女对吧？灰白头发的老太太，坐在家里给你织袜子，眼巴巴等你回来。"

"对了，"克丽丝笑着说，"Celibate[1]！把一生都贡献给我这个小主人。"

"你有没有想过，"瓦尔扮着鬼脸说，"如果我变成那样，你会付出什么样的代价呢？"

"那倒是，"克丽丝同意道，"莉萨的妈妈离婚了，她就是那样。这的确是种负担。话说回来，有时候不熟悉的人在身边走来走去，是挺讨厌的。我得确认关上了浴室的门；在屋里走动时还得穿戴整齐；有时想和妈说话，她却正和别人在一起。所以心烦的时候我就会狠狠摔门或者摔东西。但有时候，有别人在也挺好的，哪怕他是个蠢蛋，"她转头看塔德，眯了眯眼睛，塔德点了点她的鼻尖，"家里多一个人，感觉更像一个家。可如果我不喜欢那个人，就真的受不了……"

"可不是嘛！"瓦尔插嘴道，"有些人是被父母管束，我是被自家女儿管着！如果我带来的人她不喜欢，她就会表现得蛮横无理，让他待不下去。"

"可我的判断总是对的，不是吗？"克丽丝认真地问。

"那是根据你的标准。可你不理解我。有时候，我找不到符合我标准的人，可我真的太寂寞了，我想做爱，想找个人说说话——就

1　法语，意为"独身者"。

像和我喜欢的女性朋友一样，我喜欢保持一定的平衡——于是我会带回来一个不怎么样的人。毕竟，不是每个人都是上天赐予你的礼物那样……"

"如今这些都是说说而已了，"塔德煞有介事地说，"你现在有我了。"

瓦尔惊讶地扭头看他。他热切地看着她，握住她的手。她任他握着，但转过身去，若有所思。

本皱了皱眉头："我不知道该怎么做。米拉不停地哭着说，我们和她的孩子住在一起感觉会很恶心。她说了一遍又一遍。我问她，瓦尔和塔德住在一起，她会不会觉得恶心，她说那不一样，你离婚的时候克丽丝还小，而且她是个女孩，那不太一样——可她又冲口而出，说她刚知道你和格兰特在一起，而且他有时会在你家过夜时，她感到很震惊。"

"好吧，"瓦尔懒懒地说，"至少有一点是肯定的，那就是她爱你。"

"你怎么知道？爱情就像黑板擦吗？不需要我的时候，她就把我一脚踢开？"

"那是另一回事。但我想，如果她对你的感情不深，也就不会这么难过了。你知道吗，她和她的儿子们关系并不亲近。或许正因为她太爱他们，才疏远了他们。她在意他们的感受，他们三人的关系本来就没那么亲近，再看到她和你在一起……你能理解的，对吧？"

"我想能吧。"

瓦尔坐直身体，两腿一盘，摆出一个打坐的姿势。她向本靠过去。她有些醉了，声音变得有点儿孩子气，每次喝醉酒，她都会这样:"本,我是认真的,你真应该听我的。"

他倾身过去,在她唇上轻轻吻了一下,说:"我在听。"

塔德的胳膊猛地一颤,头昂了起来。

"好——吧!"她说着坐回来,"谁要玩——"她环顾四周,开始清点人数,"一个,两个,三个……哦……哦!加上我四个!玩桥牌怎么样?"

4

本的建议让米拉惊慌失措,她一度无法去想这件事,甚至有些恼怒——这揭开了她内心深处的某种秘密,而突然之间,她就被迫要去面对、去挖掘这个秘密。她朝海边走去。夜色温柔,蟋蟀在快乐地鸣唱。远离了霓虹闪烁的城市,夜空一片暗蓝,星星在空中闪烁。她问了自己一个又一个问题。是因为她的生活一直太安逸、太正统、太符合主流的道德规范,所以她才不曾被迫做过道德上的抉择,才没有陷入过如此无助的境地吗?她还记得,自己曾暗自批评人们将通奸行为看作道德犯罪。但她也记得当她发现布利斯和保罗真的有私情时,自己震惊的心情。那时,她告诉自己,令她难过的是阿黛尔被背叛——阿黛尔把布利斯当成自己最好的朋友。她提醒自己,玛莎和大卫在一起时,她就没有被吓到。但是,玛莎和乔治对彼此很坦诚,他们没有欺骗对方。

可她又欺骗了谁呢?她的儿子们知道她离婚了,他们去父亲家时也和他现任妻子住在一起。他们会明白的吧,如果她也……他们应该能理解！谁又能怪她呢？她难道就没有过自己生活的权利，没有享受生活、友谊和爱情的资格吗？

她走到了沙滩。海湾很平静，只在月色下泛着涟漪。沙滩上空无一人，只有几辆车停在边上，车里还有人。她僵硬地别过头，朝海水走去。

不知道为什么，一想到孩子们和本一起住——不，还不是，只是知道她和本的事，自己就会觉得难过。她左思右想，感到心中阵阵刺痛，可就是找不到答案。她走啊，走啊。过了一会儿，她感觉累了，想睡了，于是决定返回小屋，可她突然发现，她一走动就开始牙疼，于是把这怪到了本的身上。毕竟，这些年来她从未有过这种感觉，甚至不曾有过这样的问题。这些年来，她一直平静而快乐地生活，无须让牙医用探针检查她的痛处。他为什么就不能理解她的敏感呢？他一直坚持己见，逼迫她，如此迟钝。他怎么就不明白呢？

他这是在阻碍我的生活，她想。

她慢慢往回走。本在她心里的形象变得可怕起来。她再也不想见他了。一想到自己就要回到那座小屋，面对他，甚至和他同床共枕，她就感到痛苦不已。可那是不可避免的，因为只有三间卧室。也许她可以和克丽丝一起睡，或睡在客厅的沙发上。要和那个人并肩躺在同一张床上，真的感觉糟透了。

还有两天，她的儿子就要来了。他们只待两周。她很少见到他们，可他们是她的孩子。他们占用她的时间已经够少了。他为什么非得侵占那点儿时间呢，非要打扰呢，好像他是他们中的一员似的？

她停下脚步，满脸是泪。她试着回忆昨天的感受，那时她还全心全意地爱着本。她试着回忆他们第一次做爱的那个晚上。可都没有用。那些记忆就像发生在国外的新闻——都是遥远，但难以引人共鸣的事实。他这样做，他那样做；她感觉这样，她感觉那样。没错，她高潮了，那种感觉确实很好，可已经感觉如此遥远。而且，那天那个淫妇已经死了。那会在她记忆里留下永远的痛，因为那一切导致了今天这个局面，无可避免地走到了这个地步。她以前没有认清他的本质。他是一种不可忍受的压力。他像一片黑暗，妄图笼罩她的生活。

　　她的心伤痕累累。她痛苦地返回了小屋。灯还亮着，可大家都已经睡了。当她打开前门时，瓦尔跌跌撞撞地从卧室里出来，拉着身上松松垮垮的睡袍。

　　"你还好吧？"她睡意蒙眬地问。

　　米拉点点头。

　　"抱歉，我现在不能陪你说话了，我太累了。"瓦尔抱歉地说。

　　"没关系。"

　　"对了，虽是老话，但也不假——睡一觉起来，想法就不一样了。"

　　米拉僵硬地点点头。她不好意思问瓦尔克丽丝可不可以和她一起睡，更不好意思径直闯入克丽丝的房间。于是她在洗手间里换下衣服，穿上睡衣，悄悄钻进本的被窝里。她很安静、很小心，尽量不弄出动静。他躺在他的位置上，脸没有朝向她。她僵硬地躺在自己的位置上，也没有面对他。过了一会儿，她意识到，他根本没有睡着。他的呼吸声表明他还醒着。可是谢天谢地，他没有说话。她僵硬地躺着，尽力绷紧身体，避免触碰到他。又过了一会儿，他蜷起身子，呼吸渐渐深重。她苦涩地想，他竟然还能睡着，因为她压根睡不着。那晚，她辗转反侧。第二天早上，她觉得自己的体内仿佛中了毒似的，情绪完全掩饰不住。

一切并没有变好。米拉和本静静地收拾好行李，放在她的车上。和瓦尔、克丽丝和塔德告别后，他们一路默不作声地开回了波士顿。到了本的住处，他下车从后座拿出行李箱，在车子旁边站了一会儿，看着她移到驾驶座上。可她并没有看他一眼。她害怕她的脸会暴露出她的真实感受，会反映出她对这个侵略者的恨——对她来说，他什么也不是，只是一个试图挤进她生活，试图控制她的人——对，就是这样，男人都一样，进入她的生活，然后改造她，最后让一切都带有他的痕迹。

她开车离开了。他并没有再打电话给她。孩子们到了，她试着表现出高兴的样子。她带他们去了瓦尔登湖、格洛斯特港和罗克波特镇。她木然地和他们一起走在两个月以来和本一起走过的路上、街道上。她带他们去了川菜馆，他们很喜欢：她带他们去意大利餐厅，除了意大利面，他们还点了别的东西。看来他们的口味比以前杂了一点儿。她木然地和他们说话，他们隔着很远地回答她。这一次，他们没带电视来，可在看他们无聊地度过了两个晚上后，她替他们租了一台。但他们并没有像上次那样看很久。她甚至看到他们时不时拿出一本书来看。

在他们和她待了一周之后，一天晚上，她坐在昏暗的客厅里，一边喝白兰地，一边抽烟。孩子们之前在房间里看电视——或者她以为是这样，因为克拉克无所事事般地走出来，坐在她对面，他没有说话，只是坐在那儿。米拉感到心里一暖，感激他和她分享孤独、沉默和黑暗。

"妈妈,谢谢你。"他突然说。

"谢我,为什么?"

"谢谢你带我们到处转。你本来有那么多事要忙,而且你之前已经去过那些地方,一定烦了。"

他看出了她消沉的情绪,并把它理解为厌烦。"我并没有烦。"她说。

"是吗?不管怎么说,谢谢你。"

这可不太妙。他已经察觉到了她的情绪,她要是不解释,他就会以为她是真的烦了,刚刚那么说只是出于礼貌。她不知该如何是好。"我也只能做这些了,"她很谨慎地说,"我没多少能为你们做的,你们的爸爸……"

"他从来不陪我们,"克拉克愤愤地打断了她,"我们整个夏天都在那里。他带我们去划过三次船,带着他妻子和一大群朋友。他甚至都不和我们说话。每当谈话涉及那种事的时候……唉,你明白的,他就让我们出去。"

"什么事?我不明白。"

"嗯……"

"你是说,他们开始谈论性的话题的时候?"

"不!根本不是的,妈妈,"他解释道,声音里充满了厌恶,"那些人从不讨论性。我是说——他们会说起谁离婚了,谁偷税了……这类的事情,你知道的,就是那些很现实的事情,"他最后总结道,"就是那些不是客套话的事情。"

"哦。"

他们一同沉默了。

克拉克又说："总之，谢谢你，尤其是我们表现得不那么好——也就是显得不那么感兴趣的时候，你也不会怪我们。"

"至少你们这次表现得比上次好多了，"她讽刺地说，"这次你们至少表现出了一点儿活力。"

她想：他给了我一件武器，我就用上了。她在想为什么。她在想自己在表达什么意思。她意识到自己是在责备他，责备她的儿子。她怪他存在于这个世上，怪他这些年来给她带来那么多麻烦，却一点儿回报都没有，怪他需要换尿布，怪他半夜吵醒她，怪他把她困在了厨房、浴室和家里，怪他进入了她的生命，却并没有让她觉得这样的生活是值得的。那什么才是值得的呢？如果他成为毕加索或者罗斯福，就能报答她了吗？可他才十六岁，而且资质平平。总之，她把自己的不幸怪在自己的孩子身上。她必须得面对这一点：她觉得只能在他们和本之间做出选择，而她选择了他们，却为此永远不会原谅他们。

克拉克终于站了起来。她知道他要出去了。她得说点儿什么，可她脑子里一团乱。她不知道说什么好。

"克拉克。"

他朝她走近一步。她伸出手，他走上前握住她的手。

"谢谢你谢我。"

"没关系。"他慷慨地说。

"你愿意和我的朋友们一起吃晚饭吗？"她紧张地问。

他微微耸了耸肩："当然了。"

"我会邀请他们来吃晚饭。我不知道谁还在镇上，可我会给他们打电话。我的朋友们特别好，克拉克——对了，你见过伊索的，他们都是很有趣的人。"她听到自己喃喃着说。

他们的手仍握在一起，他抬起头，放低胳膊，这样他们就像在慢慢地、温柔地握手。

"你以为我厌烦了，其实不是，"她的声音激动起来，"我只是非常不开心。"

他放开她的手。她的心脏停跳了一拍。他一定很讨厌听到她说自己不开心。他在她脚边坐下来，仰脸看着她。黑暗中，街灯照进来，正投在他年轻、清澈的脸庞上。他看着她，眼珠仿佛漆黑的墨。

他轻声问："为什么？"

这时，诺米的身影出现在门口，走廊里的灯光映出他的轮廓。他走进屋，打开顶灯。就像他爸爸一样，她不禁想。

"要么进来，要么出去，"她听见自己用瓦尔那样的语调说，"但请你把灯关上！"

他把灯关了。

"如果你愿意的话，可以进来，诺米，我们在聊天。"

他走进来，坐在门边沙发的扶手上。

"在过去的一周，我之所以看起来很厌烦，是因为我不开心。我之所以不开心，是因为，"她顿了一下，试图找出原因，"我可能犯了个错误。"

他们什么也没说，但诺米从扶手上滑下来，坐到了沙发上。

"我交了一个男朋友。"她又停下了。

"然后呢？"诺米的声音从角落里传来。他进入了变声期，声音开始变得低沉。

"我有一个情人，"她说，"他提出这两周我们四个人可以在科德角租一个小屋住在一起。为此，我非常难受。我感到很尴尬。我担心你们会怎么想。"

一阵浓重的沉默。她想，我只是把重担甩给了他们而已。

"你为什么会觉得尴尬？"最后，克拉克问。

"对啊，"诺米说，"有个爱你的人挺好的，我倒希望我能。"他的声音慢慢弱了下去。

我爱你们，她想对他们说，但最终还是没有说出口。她的心剧烈地跳动着。这就是问题所在。之所以要说谎，就是因为这个。妈妈爱你们，孩子，可那不是异性之间的爱，她不能和你们做爱，你们也不能和她做爱，那是违背伦理的。可是她知道，为了证明她的爱，她也不能和其他人做爱，你们也不要和别人做爱。最终，我们大家都幸福地生活在乐园里，一个没有性的乐园里。

"没错，他的确爱我。"她的声音拔高了，有点儿像孩子的声音，又带着些犹疑。

"他没有理由不爱你！"与她的声音相比，克拉克从黑暗中传出的声音似乎有些粗重，"你那么漂亮！"

"我不漂亮，克拉克……"

"在我看来，你是漂亮的！"他坚定地回答。

她听在心里，听出了他对她的爱和忠诚。她感觉自己之前就像裹在一层厚厚的泥壳里，坐在太阳下暴晒着，那壳子慢慢变硬，然后突然间，碎裂了一地。

"我也许应该给他打个电话。"

他们没说话，已经夜里十一点多了，毫无疑问，他们并不希望现在家里来人。可她突然就不再考虑他们是否介意了。他们希望她有个爱她的人，那他们就得接受她想要的，而她想要本。她激动地站起身来，那种激动从她的声音里透了出来："我要给他打电话。他可能睡着了，也可能出去了，可我还是想打个电话给他。"

5

他接电话的声音听起来很疲倦，她羞怯地叫了一声"本"，他的声音就变得紧张而严肃起来。

"嗯。"

"本，我现在完全想通了……也许还没完全想通，但至少明白了一些事情。我非常希望你能过来，见见我的孩子们。"

"你确定我不会污染他们吗？"他生硬地问道，她这才意识到他之前有多受伤。

"噢，本，"她带着哭腔说，"真对不起。"

"我马上到。"他说。

二十分钟后，他来了，风风火火地进来，和他们聊起了足球、棒球、学校以及讨厌的老师。他们一开始很拘谨，慢慢就放松下来，变得活泼了，然后开始打呵欠——已经十二点多了——最终困得抬不起眼皮。他们今天跟大人说的话够多了。他们回卧室之后，米拉看着本，本也看着她，像第一次做爱那晚一样，轻柔地、自然地，朝对方走过去。他们移步到沙发边，坐下来，稍稍保持一点儿距离。

他们相互凝视，握住对方的手。他们沉默不语，听着孩子们进了洗手间，听他们关了灯，听到卧室的门关上。又过了一会儿，终于彻底安静了。他们拥抱在一起，米拉泪流满面，她颤抖着说："天哪，我好想你！"本用脸颊摩挲着米拉的脸，以至于谁也分不清那是米拉的眼泪，还是他的眼泪。然后，他也哭了："我之前就像被流放到了西伯利亚一样。"

他们控制不住自己，控制不住自己的手，不一会儿就开始做爱，就在没有门的客厅的沙发上，也不管孩子们还在房间里睡觉。她也不理解自己为什么要这样，可她并未停下来——在当时，对她来说，做爱是唯一重要的事。可是，几个小时之后，在抽了几支烟、喝了杯酒以后，本穿好衣服准备回家了。

"你可以不用走的，"她抓住他的手臂，意乱情迷地说，"我不再有那种感觉了……我……不想让你走。"

"亲爱的，这沙发就连坐着都不舒服，更别说睡在上面了。如果我们两个人睡在上面，明天我们就都得去按摩脊椎了。我可不喜欢按摩，所以我还是回去吧。"

"那就回去吧，坏蛋。"她撒娇地、慵懒地说，然后转身躺着，张开四肢，"你就把那个爱你的女人扔在寒冷、孤独的空被窝里吧。"

他弯下腰，温柔地吻了吻她，使坏地说："好啊，那是她活该。"

她回吻了他，说："明晚六点，记得过来吃晚饭，不然……"

第二天，她问孩子们对本的印象。他们都觉得他"还好"，随后又承认，他其实"很不错"。他们还新认识了邻居的几个孩子。他们问她，今天可不可以不出去逛，他们想和那几个孩子去附近的公园里打球。

太好了！

她拿起电话，开始给朋友们打电话，可只有瓦尔和伊索在镇上。于是她请她们过来吃饭。然后，她开着车去萨韦诺尔市场采购了不少东西。从结婚以后，偶尔操办派对以来，她就没有买过这么多东西了。此刻的她欣喜若狂。一路阳光明媚，她哼着小曲，像个无忧无虑的狂野女人般开车回家，随性地突然转向，险些出了车祸。她提着沉重的袋子爬上二楼，气都没有喘。她打开收音机，里面流淌出小提琴演奏的华尔兹舞曲。她跳着舞来到厨房，放下采购的东西，把牛骨放进一口大锅里炖上，开始洗菜、切菜。阳光从厨房窗户里倾泻而入。伴着唰唰的水声，从外面院子传来孩子们嬉戏的声音。

她心里一片宁静，满怀柔情。

她站在水槽边，面带微笑地拿着一串菜豆，厨房中流溢的金光、华尔兹柔和的旋律、窗外弯曲的绿树——她完全融入这一切当中。一切美好而宁静，窗外孩子们的吵闹声萦绕耳畔，高汤的鲜香扑鼻而来，菜豆的清新气味弥漫左右。她的家幸福又快乐，还有本——性感而令人激动的本——六点就会过来。这就是幸福。

她身体突然僵住了。天哪！她放下菜豆，擦干手，在椅子上坐下，点燃一支烟。这就是女人眼里的美国梦。她还是向往这样的梦吗？她明明不喜欢做饭，不喜欢购物，也并不真的喜欢房间里此刻播放的音乐。可她仍然相信，这样一个热热闹闹的家就是幸福。为什么孩子们在玩耍，本在做能带给他成就感的工作，而她就得开心地做那些没有目的、没有尽头的家务？

她站起来，撇去肉汤里的泡沫，思考着这个问题，可是她仍情不自禁地感到快乐，它再次向她袭来，就像窗外的阳光一样洒在她的头上、手臂上。这时，孩子们回来拿饮料。

"陪陪我好吗？"

"当然好！我们可以做饭吗？"诺米热切地问。

她把菜豆递给他，又递给他一把菜刀，告诉他该怎样切。她又叫克拉克把卷心菜切成细条。她想起小时候母亲总是监视她干活儿，反而致使她很讨厌下厨，于是尽量避免去看他们做事。

"噫！"克拉克厌恶地喊了一声。她正在削洋葱，不由得惊慌地抬起头。

"怎么了？"

"那黏糊糊的音乐！像梦遗一样的音乐——伊索是这么说的吧？"

她笑了："去放你喜欢的吧，只是别太大声了。"他走进客厅，放了乔尼·米歇尔的歌，然后回到厨房，轻声地和她一起唱。诺米也加入进来，他们用轻柔而甜美的声音，和她一起唱完了这首歌。米拉正切着洋葱，泪水溢出了眼眶。他们注意到了。

"都怪那洋葱。"她笑着说，放下手里的刀，用满是洋葱味的手拥抱他们，他们也抱着她，他们三人就那样拥抱了一会儿。然后米拉就回去忙了。

"糟糕，油不够了。"

"要我去杂货店买点儿吗？"

杂货店距离米拉家只有两个街区。但这两个被宠坏了的城里孩子第一次来的时候，并不愿意走那么远去买牛奶，只有汽水喝完时他们才会去。可这一次，克拉克却自告奋勇去买油。过了一会儿，她又发现没盐了，于是诺米也去了。一个小时后，克拉克又出去买汽水，然后，诺米去买咖啡。第五次，克拉克用完了最后一张餐巾纸，两人开始相互推诿。她看着他们，正要数落他们之前被惯坏了、有多么懒。但她笑起来："我觉得我记性太差了。"

克拉克说："妈妈，我倒不介意去，只是那个开店的老家伙脾气太臭，我进去的时候，"克拉克开始咯咯笑，"他就瞪着我，好像我有病！"

诺米哑着嗓子发牢骚："是啊，一天就跑了三趟！"

她笑了，也忘了要责备他们。他们不是懒，只是觉得尴尬而已。她扬起下巴，装出一副贵妇人的样子，说："就跟他说你妈是个怪人。"

孩子们笑着一起走了。

五点半时，本带着一瓶酒来了，她在孩子们面前亲吻了他。伊索面带微笑地走进来，和孩子们一起讨论棒球。瓦尔是一个人来的，克丽丝和巴特的亲戚一起吃饭去了，塔德去探望父母了。她一来就和本就一些政治问题争论起来，米拉一边在炉子旁忙碌着，一边笑听他们辩论。不，这不是美国梦，这比美国梦的内容更加自由、更加广阔。

她对自己的手艺很满意。他们一边喝酒，一边吃着布里干酪和上好的黑橄榄；然后是蔬菜通心粉汤、烤牛肉、糙米、芦笋、菠菜沙拉、鳄梨、加了蓝酪调味酱的蘑菇、冻葡萄和甜瓜。晚餐吃得很尽兴。饭后，孩子们乖乖地去洗碗。她和瓦尔、伊索、本一起拿着剩下的酒去了客厅，她感觉温暖、充实、无比满足。她试着去想，什么才是满足，它和美国梦有什么关联呢？可她太高兴了，顾不上思考这么严肃的问题。他们在客厅里聊天，过了一会儿，孩子们也进来了。他们并没有加入谈话，但也没有打呵欠，没有借口说要去看电视。当然，伊索不断地让他们参与进来，询问他们最喜欢的电视节目、体育运动和衣服类型。渐渐地，话题不再与这两个不善言辞的孩子有关，但他们还是一动不动地坐在那儿，聚精会神地听着，哪怕是听到诸如"包摄""累犯""修正主义者""阴部""屁股"和"他妈的"这一类的词。米拉觉得，今晚真是无比成功。

瓦尔和伊索是在凌晨两点之前回家的，此时孩子们仍然和他们一起坐着。她们走后，本含情脉脉地看着米拉。他并没有要求她什么，可她觉得她自己有需求。于是，她转身对孩子们说："孩子们，今晚我得把你们踢出卧室了，你们一个睡沙发，一个用睡袋，可以抛硬币决定。今晚，你们就在客厅睡好吗？"

他们很爽快地答应了。她帮他们铺好床，本把电视搬到客厅去。他倒好酒，一起回卧室，关上了门。他们躺在床上聊天，酒和烟灰缸放在中间。其间，孩子们敲了几次门。诺米忘了拿他的睡衣，克拉克想拿他的书。他们问米拉能不能吃剩下的蔬菜通心粉汤。他们每次进来都很害羞，却也充满好奇。每次，米拉和本都很随意放松地和他们说话。有一次，克拉克进来时，他们的手还握在一起，他们就保持着这样的姿势和他们说话。孩子们每次进来，都不动声色地站在那儿，看着妈妈和她的情人躺在床上，就那样看着，眼都不眨一下。米拉看着他们那面无表情的年轻脸庞，心想：他们是什么感觉呢？他们在想什么呢？

最后，公寓里的灯全都灭了，周围安静下来。米拉和本分享了她今天的感受，以及她对于美国梦的困惑。可他并没有理解她的意思，无论她怎么说，他就是理解不了。再说，他也不是很感兴趣。

他欲火焚身，不停地扯着她的上衣，可她想继续聊天。最后，她让步了，但也没有真的让步。不知是因为他对她的不理解，还是因为孩子们在隔壁，那一晚，她感觉与他有些隔阂。他们的做爱迅速且安静，很快就结束了。当本睡熟时，她不由得松了口气。

6

孩子们走后，米拉和瓦尔谈起了那天的感受。瓦尔立刻就明白了。她说："是因为，在那一刻，你相信了永恒的幸福。"

"是的。而且如果你抓住它，就能让时间停止，将那一刻冻结，把快乐保存下来。"

"可那适用于每种幸福，不仅是这一种。"

"没错，但那种感觉转瞬即逝，部分因为，我害怕自己会陷入对永恒的渴望。不过，你知道吗，当我发现自己还会那样——去购物，快乐地哼着歌做家务时，我也感到很震惊。"她喃喃着说。

"本来就是那样啊，怎么了？"

"瓦尔，我和孩子们那天下午过得很开心。我们一起笑，一起唱歌……"她瞪大眼睛看着她的朋友，"蔬菜闻起来那么香甜、新鲜，阳光也那么灿烂，一切都很美满，但我知道我并不喜欢做饭！"她坚持说。

瓦尔笑道："这就跟我一直学不好打字一样。我每天都得打字，可就算过了这么多年，我的打字水平还是很烂。我不想把**本来就应该会做的事**做得太好。"

"哦，"米拉嘲弄地说，"没有什么是容易的。当你发现自己竟然有点儿**喜欢**你一直试图逃离的那个角色时，你该怎么办？"

她们都无奈地笑起来。

"你和孩子们的关系更亲近了，不是吗？"

"比以前是更亲近了。可是——我也不知道，我还是有点儿担心。我想，这是愧疚感吧，我似乎摆脱不了这种感觉。让本和他们待在一起，我还是有些不安。而且他们——我也不知道该怎么说，他们从来不主动提起他，每当我问起他们对他的看法，他们的态度都不太明确。我们大家在一起的时候，他们会取笑他——这当中，嗯，带着一点点，一点点……"

"敌意。"

米拉点点头。

"那是不可避免的，明白吗？那是一种陌生感、嫉妒感，因为对于他们的家庭和生活来说，他是一个入侵者。他们能用一种幽默的方式发泄出来，这样很好。"

米拉叹了一口气："也对。我也不明白我为什么总担心他们相处不融洽。哪怕是一点点不融洽，也会让我心中一颤，我就会开始想，自己是不是做错了，所以想做点儿什么来消除这种担心。"

"你现在说的才真的是女性版的美国梦呢。"

"期望他们从头到尾和睦相处吗？哎呀，我怎么就忘了，适度的混乱对心灵有益。"米拉嘴角浮现出一丝微笑，"你知道吗？昨天晚上，已经很晚了，克拉克打电话来，问我下学期应该选什么课程。他和我在一起住了两周，也没怎么深入交谈，可昨天晚上，我们聊了两个小时。当然，电话费是我付的。"

"哇噢！"瓦尔一手托着头惊呼起来。

　　克丽丝下周就要去上大学了，瓦尔——独立的瓦尔、反对家庭观念的瓦尔，开始心神不宁起来。她和克丽丝相依为命十五年了，可现在，那种生活要结束了。

　　伊索察觉到了瓦尔的焦虑，想到克丽丝要离开母亲独自一人去芝加哥，也可能会有同样的焦虑，于是将大家召集在一起，打算开一场欢送会。瓦尔、塔德、米拉、本、克拉丽莎、杜克、凯拉（哈利来不了）和巴特，一群人挤在两辆车里，送克丽丝去洛根国际机场。按照伊索的指示，他们都穿着奇装异服，手拿标牌、口哨和喇叭。他们到达机场时，克丽丝脸都红了，她又尴尬，又开心。

　　他们跟着克丽丝一路买票、安检、预订座位。这是一群举止怪异的人，但他们是一个温暖的集体。他们站在围绕候机区的低矮的栏杆边（那年代没有栅栏，也不用安检），直到广播里传来"请登机"的通知。克丽丝亲吻了每个人，拥抱了她的母亲，就匆忙排进登机的队伍里。他们热热闹闹地为她打气，一边吹口哨，一边欢呼，还一个劲儿地挥舞标牌。

　　凯拉穿着她的旧啦啦队队长服，不停地跳起来喊："耶，耶，谁是最棒的？克丽丝，克丽丝，克——丽——丝！"克拉丽莎穿着紧身毛裤，披着印第安毛毡，戴着头带，一脸神秘地笑着，挥舞着标牌喊道："芝加哥，克丽丝来咯！"时不时还吹两声口哨。巴特从头到脚穿着亮闪闪的白色皮衣皮裤，他也吹着口哨，还用手在头顶比了一个"胜利"的手势。杜克身上披了条床单，戴一顶头盔，好像北欧神话中的雷神，他手拿三叉戟和标牌，标牌上写着"瓦尔哈拉[1]与你同在"。塔德的服装似乎没什么亮点，他身穿托加袍，缠着腰布，还用被单在胸前打了一个十字结。他一脸茫然，但偶尔也会吹响他的锡制号角。伊索穿着亮闪闪的跳伞服，戴着飞行员帽，挥舞着标牌，吹着口哨，大声喊着，时不时还帮瓦尔理一理老从她肩上滑下来的羽毛围巾。随着队伍中的乘客越来越少，作为指挥者的伊索不停挥手示意。终于轮到克丽丝登机了，大家一齐欢呼、吹口哨、挥舞标牌，他们齐声大喊："加油，克丽丝！"克丽丝站在那儿，看着他们。她穿着崭新的牛仔服，戴一顶平整的帽子，头发扎了起来，一丝不乱，正显出十五岁青春少女的模样。她试图微笑，可嘴角只是抽动了一下，便迅速转身，消失在他们的视线里。

"天哪，她走了！"瓦尔哭出声来。众人拥上来，搂住她的肩，簇拥着她上了车。他们回到瓦尔家，开了一场狂欢派对，直到凌晨两点才结束。

我妹妹的生活也像这样。她住在一个小社区里，平日里朋友之间也有摩擦，可一旦有人遇到困难，其他人就会聚到她身边，陪伴她，关心她。他们做一些平常的事情，尽管没法拯救她，却能安慰她。也许，到处都有像这样的群体：它们有不成文的规则；它们灵活，流动性强，有人走了，又有人来，有人死去，但这个集体还会继续存在；它们受精神而非法典的约束，努力去适应周围发生的一切。

我在剑桥的朋友们也像这样，甚至更甚于常人。是伊索教会了

---

1 瓦尔哈拉（Valhalla），北欧神话中的至高神奥丁接待英灵的圣殿。

我们这种形式的爱。伊索小时候，她的奶奶拉米亚·基思和他们一家住在一起，她对奶奶的爱甚至超过了对父母的爱。她是一个活泼、聪明的女孩，即便还是个孩子，也总是懂得玩乐，懂得伪装，非常理性且诚实。可在那些年里，拉米亚·基思身患重疾，免不了一死。但她总喜欢庆祝，因为在玻璃上看到了霜，或者屋前的柠檬树结了第一枚果实，她就会烤一个蛋糕，或者用皱纹纸和丝带把客厅装饰一番。从圣帕特里克节到哥伦布日，每个节日，她都会买一些喇叭、口哨和小礼物。克拉丽莎·达洛维[1]说："派对刚开了一半，死神降临。"而拉米亚·基思则说："在我去死之前来开派对吧！"伊索回忆着。

在机场的欢送会给了他们灵感。于是，大家开始策划各种派对。问题是要有足够的钱，找到合适的日子。他们有各种各样的想法：装扮成你最喜欢的人物；装扮成你最喜欢的小说角色；装扮成你最喜欢的作家，并且要演出他的特点。

环境可能很差，点心可能很少，但派对非常有趣。他们发明了新游戏：三四人一组，以不同作者的风格，表演出一个故事情节。瓦尔、格蕾特和布拉德分别要以亨利·詹姆斯、田纳西·威廉斯和陀斯妥耶夫斯基的风格表现出一个丈夫发现妻子是异教徒时的情景。瓦尔扮演丈夫角色，因为她个子最高。伊索、凯拉和杜克则要以菲尔丁、斯科特·菲茨杰拉德和诺曼·梅勒的风格表演同样的主题，但杜克不愿意，于是克拉丽莎取代了他的位置。他们常聚在伊索家里，因为她家有很多唱片。他们全体单膝跪地，伴随着阿尔·乔尔

1　弗吉尼亚·伍尔夫发表于 1925 年的长篇意识流小说中的主人公。

森的音乐一起唱《斯旺尼河》，或跟着朱迪·嘉兰一起唱《离开的男人》。他们还会两人一组，伴着三四十年代的音乐，像弗雷德·阿斯泰尔和金吉·罗杰斯一样跳舞，伊索在沙发垫上就跳了起来，她踩在上面，把沙发推倒，然后跳下来，脚尖着地，旋转着跳开。他们带来了手杖、大礼帽和其他从垃圾堆或阁楼里找来的奇怪装备。本和塔德表演了《等待戈多》中的一幕场景；格蕾特和艾弗里分别以法国、意大利、英国和美国电影的风格表演了一幕爱情剧场景。他们排成一列，一起跳踢踏舞，或者假装成"火箭女郎舞蹈团"。他们在房间里蹿来蹿去，一行一行地作诗，还为莫须有的色情小说或列入写作计划的侦探小说构思情节。

参加派对的人随时都在变动，但派对的中心始终是伊索、克拉丽莎、凯拉、米拉和本、瓦尔和塔德。杜克在家的时候也会来，但他不是很乐意参加这种活动；哈利从不参加，但有时他会在深夜来接凯拉。格蕾特和艾弗里恋爱了，他们经常过来，带着由衷的喜悦扮演角色、玩游戏——尤其是格蕾特，她的表演很精彩。可是，要说谁是每场派对的中心人物，这个人非伊索莫属。这种创造性的想法源自她，而且她还支配着这群参加派对的人。在这个夏天里，她的皮肤晒黑了，她的秀发在阳光下闪闪发亮。她又高又瘦，肤色黝黑，就像一首歌里唱的，她那浅绿色的眼睛，镶嵌在圆润的棕色面庞中，她长发飞舞，美得那么张扬。她像视察工作一样从一个房间走到另一个房间。每个人都停下来看她，她仿佛一块磁铁一般。

伊索总能看到别人的优点，这并非假装，而是来源于她对自己和生活的感受。她也曾焦虑，也曾害怕，可还是决定冒险，于是变成了现在的样子：做着自己喜欢的事，有一群朋友围绕在身边。她脸上洋溢着满足的表情，她相信各种可能。那个圈子里的每个人都喜欢她。当她走进来时，每个人的脸庞都被点亮——就连哈利也是。这并不是因为她多么漂亮，举止多么迷人，而是因为她无法定义，才如此令人着迷。大家都觉得自己永远不可能真正了解她，不可能完全束缚住她。

就连了解她的米拉也有这种感觉。她和伊索曾在很多个晚上一起聊天，伊索试着把一些她对生活的感受传递给米拉。

"我也不知道我是什么时候发现自己与众不同的——也许一直都是吧。可我其实并不知道自己是不同的。怎么解释呢？就像有些小孩是棕色眼睛，有些是蓝色眼睛。你可能会发现，你是邻里一带唯一长着绿色眼睛的孩子，可那并没有什么了不起。你不觉得那是不同。就像有的小孩跑得快，有的小孩东西扔得远，还有的小孩滑冰滑得好，这些东西使他们变得特别，但并不是不同。重要的不是不同，而是那些不同之处被赋予的意义。我知道自己对女孩的感觉，很早就知道了，但我那时以为大家的人生都应该是一样的。我假定自己会结婚生子，就像我的母亲和姑妈一样。

"可是，一路走来，我发现自己对女孩的感觉与其他人不同。我发现，我的感觉，我的不同，有一种称呼，那是一种不太好听的称呼，我成了败坏道德的、堕落的、恶心的人，那让我大吃一惊。于是，从那个时候起，我开始变得保守，认真审视自己，并且注意自己的穿着和行为，避免引起别人的注意，希望我那可鄙的倾向不要表现出来。可它还是表现出来了，被那些喜欢我的女人看出来了。你想不到在大学里有多少那样的人想和我交朋友。我被吓到了，于是残忍地拒绝了她们。我不想做我自己。

"我以为自己能够摆脱它。于是我开始答应和别人约会，在车里接吻，并放任别人来引诱我——现在想起来，当时的我实在太冷酷，太处心积虑了。最后，我订婚了。我的父母很高兴，他们一定感觉出我有些地方不对劲了。我和一个非常帅的男人订婚了，他是加利福尼亚大学的法学生。他是个很绅士的人，虽然有点儿乏味无趣，但他有一艘船，并且船开得不错。我们每个周末都会去船上，那就足以弥补一切了。我以为自己可以和他结婚。我不知道自己当时在想什么——我想，那样的婚姻生活，肯定有很多个周末都会在船上度过吧。我讨厌上床，可我不让自己去想这些。他也不逼我，大多时候我都离他远远的。我让步的时候，也是因为醉得不省人事。

"一天晚上，已经很晚了，他出乎意料地来到我的住处。当时我正在复习，因为第二天我有一个经济学考试，你也猜得到，不是我擅长的课程。"她笑着说。伊索是出了名得不细心。"他当时醉醺醺的——我猜他之前是和一群大男人一起出去了，可能他们一直在谈论'上床'之类的话题吧。我不想上床，惹他生气了，如他所说，他是来行使权利的。如果是在其他时候，或许我会让步，只为了让他闭嘴，能让他赶紧离开。可是那一晚，我不想让步。我已经出离愤怒了。我要考试，我得复习，那不是得不得 A 的问题，而是会不会挂科的问题。可他却毫不在意。他看起来邋遢极了，全身散发着难闻的酒和呕吐物的味道。他把我推倒在房间里，还打了我一巴掌。我也扇了回去，试着推开他，可他整个人压在我身上，我没法动弹。最后，他强奸了我。就是这样，虽然法律也不支持这种行为，可强奸是丈夫和男朋友的权利。

"完事之后，他睡了过去。我继续回去复习，却没法集中注意力。我非常愤怒，脑子里全是血腥的画面，无法思考。第二天早上，我去考试了。回来后，他正坐在我的餐桌旁喝咖啡。我就那样看着他，可他似乎没发现什么不对，还摇头晃脑地说笑着。他说自己被'扇'的时候，好像他是做了什么有趣的事儿似的。我问他记不记得自己做过什么，他摆出一副小男孩做错事般的表情说，他知道他推了我。'推'了我。然后，他又笑了，还自以为幽默地说：'你的内裤可不是全镇最性感的哟。'一切都再明白不过了。

"我站在那儿，慢慢地摘下了订婚戒指——那是一枚小小的钻戒，你能想象我戴着那东西的样子吗？然后，我拿着戒指进了洗手间。他站了起来，一副困惑的样子。我站在马桶边，等他走到门口，就把戒指扔进马桶里，按下了冲水按钮。他试图阻止我，可我的动作太快了，他根本来不及。于是，他只能站在那儿大吼大叫，根本无法相信眼前发生的一切。等他回过神来，跟着我出来时，我已经拿起了电话。我说：'你再动我一下，我就告你暴力威胁罪和强奸罪，你再去酒吧时就是有案底的人了。'他满腔怒火地站在那儿，把我用各种污言秽语骂了个遍。他开始想自己该怎么办，看样子是真的很想打我一顿。可那时我也有同样的感觉——我想杀了他。他也意识到了这点，最终溜走了。

"事情就是这样。从那以后，我就再没和哪个男的有过瓜葛。可我还是觉得自己很奇怪。所以，我经常出去旅行，试着寻找其他解决办法，试着逃离自己。然后我就遇到了艾娃。"

"你的考试后来怎么样了？"

"挂了。我总觉得，那只是我付出的小小的代价，它让我在结婚之前看清了那畜生的真面目。他可以怪我不诚实，没有跟他出柜。可那晚之后，他再没资格怪我了。"

"我常在想，如果我说'不'，就只是简简单单说'不'，诺姆会如何反应。他可是太应该被拒绝一次了。"

"你觉得他会怎么做？"

"我不知道。我觉得他不会使用暴力，至少不会立刻那样做。不过，如果我一直拒绝他，也说不定……可他一直觉得和我上床就像强奸，因为我很不喜欢做爱，而且他也知道、能感觉到。那倒反而会让他兴奋吧。"

"天哪，男人。"伊索摇着头说。她伸展身体，让头发散落到椅子上。"做自己的感觉真好，感觉太好了，感觉好才是真的好。"她咯咯笑着对米拉说。

伊索的眼睛很漂亮，她的嘴唇也泛着光泽，她的头发仿佛罩上了一圈甜蜜的光环。米拉希望伊索向她敞开怀抱。她想走到她朋友身边，拥抱她，或者被拥抱。可是她做不到。

她想：她并不喜欢我，至少不是"那种"喜欢。我老了，没有魅力了。

她们久久凝视着对方。这种感觉逐渐消失了。伊索转身打着哈欠说："太晚了，我要回去了。"

7

那年的圣诞节，米拉回新泽西老家看望父母，却丝毫不快乐。沃德夫妇上了年纪，处处表现得体。在四十年的婚姻生活中，他们从没有穿着睡衣吃过早餐，他们的孩子也没有过，直到米拉上个圣诞节回去。她不仅穿着睡衣下来了，而且在那里坐了一两个小时。他们惊讶得说不出话来。

沃德先生吃饭时也不忘穿衬衫和外套、打领带，就连周末一整天在院子里锄草时也不例外。沃德太太也每次都穿着得体的裙子，戴着首饰。他们看见米拉穿着便裤、毛衫坐在餐桌边时，都不由得倒抽一口凉气。可是，女儿已经三十九岁了，已经有了自己的孩子，一年也才回来一次，再数落她显得不合礼数。于是，他们什么也没说，可是他们坐在她身旁，感到很紧张，很不自在。

沃德家有固定的习惯。他们下午四点为晚餐更衣，五点喝茶。他们只喝一种茶——曼哈顿冰茶，所以不理解别人为什么会喝其他的饮料。晚餐通常是一块羊排、两茶匙豌豆配马铃薯罐头，偶尔会有抹着浓蛋黄酱的生菜沙拉，或者烤鸡胸肉加两茶匙罐装青豆。过节的时候，可能会多一块烤牛排和煎土豆。甜点照例是两块蛋糕，一黑一白，其中一种沃德太太每周都会烤一批，已经做了将近四十年。

他们的房子和食物如出一辙。所有的东西都很有品质——却很单调，重在耐用，是以一种沃德夫妇所谓的"高品位"的眼光挑选的，他们对那些"华而不实"的东西嗤之以鼻。已经褪了色的棕色威尔顿机织绒地毯比浅褐色墙纸的颜色还要深，粗花呢椅套已经用了十八年。他们话里有话地说，他们的家具之所以保养得这么好，是因为他们不抽烟。米拉在家的时候，他们常故意当着她面把窗户打开。

并不是因为他们不爱米拉。而是因为她不在的时候，他们的家非常干净、安静、整洁，她每次来，他们都得痛苦地忍受她把家里弄得乱七八糟。当然，她确实很小心了，这点他们得承认。晚上，她会自己倒烟灰缸，自己拿白兰地和杜松子酒，自己洗杯子。可是，她走后好几天，原来散发着柠檬味的客厅里仍残留着烟味。每天早上，厨房里都有一股酒精的味道。她的牙刷、梳子和刷子胡乱堆放在洗脸架上，有时水池里还落满她的头发。他们并没有抱怨。可她感觉到了他们的难处，他们很难接受在他们看来的那种脏乱的生活，她侵犯了他们那单一的生活方式。

可她还想更进一步地侵犯——她想和他们聊天。但那是不可能的。他们严格地遵守着对话原则。他们家有各种层次的礼节。沃德太太的朋友们可能在某个下午过来喝咖啡，低声告诉她一件令人震惊的事；沃德先生可能去五金店见某个人，听他讲一个可怕的故事。他们还会在床头私下交流这些吓人的信息。有时候，有夫妇来访，当妻子进厨房帮沃德太太准备男士们喝完姜汁和威士忌之后要用的咖啡和蛋糕时，沃德太太也会小声地把这个故事转述给她。但这些事绝不能公开讨论，也不能当着孩子的面讲。米拉现在已经不是孩子了，可以赢得母亲的信任，当她们午后坐在客厅里，听着沃德先生在地窖里敲打什么东西时，沃德太太会告诉她一些自己的小秘密。但那些秘密只能很小声地说出来，说的时候还得用余光瞟着地窖的门，米拉明白，这样的话题稍后便不能提起了。很小的时候，米拉就已经清楚地明白了这些不成文的规矩。她并没有多想，但她明白，那讲的是男人和女人间的事。生活中的一些迹象表明，要么是因为男人太脆弱，要么是因为他们不想被打扰，所以女人只在私下里悄悄说这些事。可她感觉，母亲肯定偶尔也会在私底下和父亲说起这些事。这在她看来就是一场毫无意义的礼节游戏，她想要打破它，想把它摆到台面上来。

米拉年轻的时候，只能公开谈论一些规定了的话题。你可以谈论你的孩子，但前提是他们还小，而且不可以说他们的坏话；可以谈论如厕训练；不可以谈论高中辍学；绝不可以谈在晚上狂欢的事；可以没完没了地谈论自己的房子；可以谈钱，但不可以谈资金问题；可以谈论新水壶的价格；可以谈论税收提高了多少；不可以谈论家里入不敷出。你可以谈论你的丈夫或妻子，可也只能说某些方面。可以提他刚加入了高尔夫俱乐部，可以提他刚买了一台割草机，也可以提他升了职，但绝不可以提他刚被查了税，否则意味着你地位不保。而且，如果你提到他周六晚上在俱乐部里喝醉了，跟人打架，那么你会说出这件事带给人的震惊比这件事本身给人的震惊还要大。有些事可以提一下，但不能说得太详细。比如，那年夏天，关于亚当斯家的闺女在离家三栋楼开外被强奸的那件事。大家都知道她晚上十点从汽车站步行回家，突然一个男人朝她走过来，然后……你懂的……那可怜的孩子开始尖叫，可是没人来救她……后来她被送到了医院，但她看上去并无大碍。叹息声、啧啧声不绝于耳。这些留白导致大家穷尽一切想象，把这件事想得非常暴力、下流。毫无疑问，对沃德先生和沃德太太的每位朋友来说，"她被袭击了"这句话包含了许多隐含的内容，那些未说出口的细节，每一个都演变为生动的桃色画面，盘旋在苍白的事实后面。

沃德夫妇不喜欢犹太人、有色人种、生很多孩子的天主教、离婚以及其他不同寻常的行为。沃德太太瞧不起爱尔兰人（他们搭棚子住）、意大利人（邋遢、有大蒜味）、冷漠的英国人（她从没说过自己和丈夫是否属于这类人）、德国人（酒鬼和恶霸）、法国人（好色——尽管她一个法国人也不认识）和共产主义者（他们就像面目模糊却无比可怕的魔鬼）。至于其他人种，则太过陌生，甚至不被认为属于人类的一员。然而，在过去的二十年里，他们周围的环境改变了，各种各样的人搬了进来。于是，好奇又爱社交的沃德太太会停住脚步，跟婴儿车里的婴儿温声细语地说话，然后不知不觉又和婴儿的母亲攀谈起来。她可以跟别人解释："嗯，虽然他们是……但他们人真的不错。"她甚至还有一个犹太人朋友。

米拉离婚，对他们来说是一次可怕的打击。他们无法原谅米拉成为第一个让家族蒙羞的人。尽管他们知道提出离婚的是诺姆，知道米拉曾经是一名模范妻子，可他们仍然深信，妻子的首要职责就是牢牢地抓住自己的丈夫，而米拉失败了。诺姆和他的第二任妻子住在那座漂亮的大房子里，这让他们很受伤。他们只是偶尔和米拉提一下，可每次提起，眼里都会有一种悲痛的神情。

"那天我们去巴克斯特家时，路过你以前的家，看见诺姆栽了新的灌木。"他们说。

每次米拉到家，他们都会激动地拥抱她、亲吻她。他们会给她做午饭，然后坐在餐桌旁喝咖啡，问她：接下来要去哪里？路上堵不堵？学业还顺利吗？这对沃德太太来说，又是一件难以理解的事情。她一辈子都想不通，为什么一个中年女人还想回去读书，每当想起这个问题，她就很难忍受。你现在在干什么？口试。噢，是什么口试呀？噢，那之后呢？你什么时候才能毕业，重新回到成人世界？论文。噢，当然。论文都写的什么？去年他们也问了同样的问题，而且明年还会再问。

朋友的话题在家里是可以讨论的，于是米拉会和他们讲发生在她朋友间的新鲜事。可他们除了瓦尔，谁都记不住，哪怕她经常和他们提起伊索，以及最近在她信里提过的克拉丽莎和凯拉。似乎在他们看来，瓦尔和她年纪差不多，所以才能被归为朋友之列，而其他人则只是"年轻学生"。米拉决定给他们讲讲派对的事。他们听得云里雾里。沃德太太不明白，那些年轻学生本来就没多少钱，为什么还要浪费钱去做这些无聊的事。

"为了好玩啊。"米拉说。可沃德夫妇更不能理解了。

聊天过程中她提到过几次本，可他们谁也没问本是谁。

该轮到沃德太太说他们的朋友了。沃德夫妇有许多认识了三十多年或更久的朋友。他们还认识这些人的儿孙、堂表亲、叔伯（大多数都已经过世了）、姨婶。他们知道很多故事。这个人的女儿搬走了，她的丈夫升了职，搬到明尼阿波利斯去了；那个人死了。谁家生了小孩，谁家的孩子上大学了，还有谁又离婚了——她特意降低了音调，谁的儿子在吸毒——说到这里，她的声音更低了。

米拉很震惊，原来就连贝尔维尤也在发生变化。她还记得，小时候父母周围的世界是多么清白、纯净。她知道自己不符合那里的标准，还一直怕自己污染了那里。当然，当妈妈的朋友们来访时，她总会被遣回房间。她结婚以后，偶尔回家看望父母时，还记得他们谈论起某些老朋友的丑事。比如，据说马丁森家有人离婚了——

可能是哥哥吧。有人提到哈利·克朗凯特时，大家沉默了一阵，最后说，"那件事"已经过去了。可现在，他们在吃饭时谈到了离婚，还有毒品。沃德夫妇频频摇头。世界大难临头了。米拉想，这是真的，他们的世界真的会这样，因为像毒品和流产一类的丑事会打破他们那精心打造的社交生活的表面。处处都有生活危机。

可她仍不得不听着那些陌生人或是其他她没什么印象的人的无聊故事。他们的行为没有动机，也没有结果，就像核潜艇的零件目录一样枯燥乏味。可沃德夫妇乐在其中。偶尔，沃德先生会打断他妻子的话，"不对，不是亚瑟，是另一个兄弟，是住在克利夫兰的那一个，唐纳德"，有时候，他们甚至会小小地争论一番。他们不停地说着这些，好像可以说上三天三夜似的。这让米拉想起了她从伊索那里借来的色情小说。其中有一个男解说员，基本上每一页，他都会做爱。其中有一些细节：他和 A，B 或者 C 做爱，在火炉前的毛毯上、在秋千上、在浴缸里。可大部分情节都是机械、啰唆的生理行为的描述。

"他们就这样来激起自己的性欲。除了手淫，他们还希望做爱像举行仪式一样。"伊索解释说。

"那是意淫。"凯拉补充道。

"我还以为你喜欢那样呢。"米拉说。她还无法说出"意淫"这个词。

"哦，当发生在别人身上时，的确如此。你知道吗，当你撞见两颗心彼此点燃，而且你还能感觉到火花，那种感觉棒极了！但这种情况不同。"

米拉想，如果她对父母说，她觉得他们是在意淫，他们会作何反应。

可她最终只说了一句："要来杯杜松子酒兑奎宁水吗？"反正无论说什么，他们都会吓一跳。

好消息讲完以后，该轮到坏消息了。由于失礼的举止和资金问题是禁止谈论的，所以，唯一可以谈论的坏消息就是疾病和死亡。对此，沃德夫妇可谓移动的百科全书。他们知道每个朋友的每种病的每个症状的每处细节，知道医生开给每个人的账单。因为沃德夫妇和他们的朋友已经七十多岁了，所以那是一笔数目可观的花销。看病的花销确实令人惊愕。沃德夫妇被病痛本身和昂贵的花费吓到了，可除此之外，他们还感到困惑，尽管他们也说不清究竟是什么令他们困惑。他们忧心忡忡地说："真不知道这个世界是怎么了。"

在大萧条时期，沃德夫妇的大多数朋友都和他们一样，并不宽裕。他们生活节俭、工作辛苦，快五十岁的时候，因为战争日子才好过起来。他们并没有想到是战争带来了他们优渥的生活，他们对此并无道德负担。他们都相信科技，相信科技带来进步。社会主义令他们感到恐惧，在他们看来，就连公费医疗制度也是罪恶的。米拉想，这真是一个奇怪的社会，它恰恰摧毁了那些支撑着它的规则的人。因为连那些人都负担不了高额的医疗费用，而且在通货膨胀的情况下，就连还没生过大病的沃德夫妇，也很难依靠沃德先生的退休金度日。自从认识了本，米拉对政治的那一点儿微弱的兴趣渐渐变得浓厚起来，他经常谈论政治，可她这次回家才第一次看到政治的实际运用。除了道德方面，这个国家的体制并不支持那些拥护它的民众，这样的体制迟早要完蛋。她试着用通俗易懂的语言告诉父母这一点，可他们听不进去。在他们心中只有两种概念：资本主义好，高额的医疗费不好，但这两者之间并没有联系。她最终放弃了。

九点半时，米拉开始感到头痛了。她盼着十点赶紧到来，那是沃德夫妇看电视新闻的时间，之后他们就会就寝。她已经走神了。明天就是平安夜了，她要买一些小东西，要包礼物，下午，孩子们还要过来。他们会留下过夜，一直待到圣诞节的下午，再去他们父亲家。接下来又是一顿圣诞节晚宴，然后要打扫卫生，接下来要谈论礼物。之后，她只需再待上一天，就走了，沃德夫妇并不会不高兴。她走了以后，他们就可以给家里通通气，擦亮盛白兰地的矮脚杯，把它放回瓷器柜的最里面。她暗自想着是不是可以早点儿走。突然，沃德太太不说话了，她当时正在讲惠特科姆先生家二堂兄的肝病，米拉没怎么听。

房间里突然的沉默令米拉抬起了头。沃德太太正坐在一把直背椅上，旁边是一盏昏暗的台灯。母亲骨节粗大的手一动不动地、轻轻地握着，放在膝头。

“我们很快也会死的。”她说。

米拉惊讶地看着她。母亲看起来并不老。她发色灰白，可在她二十几岁的时候就已经是这样了。她是个精力旺盛的女人，可以穿着高跟鞋、戴着耳环在家里跑来跑去打扫卫生。她的动作比米拉还敏捷。父亲动作一直都很迟缓，自从退休，他的身体状况就大不如前了。他甚至会打破过去的规矩，在晚餐前穿着绒拖鞋。他整天在家里逛来逛去，找点儿物件修修补补，他坚持认为，有很多东西需要他修补。

她望着他们，他们并不老，至少不比以前更老。他们一直是这么老，她也记不起他们别的模样。她曾见过一张母亲的照片，那是在她结婚之前照的。那时的她，头发乌黑，长得像格洛丽亚·斯旺森[1]，看起来美极了。她一手扶着宽边帽檐，微笑着，秀发随风飘扬。她的眼眸明亮、富有生气，笑得很灿烂，看上去充满活力，发自内心地快乐。她也见过父亲年轻时的照片。他穿着"一战"时的军服，正准备出国作战。他修长白皙，她想象他的脸颊是红扑扑的，就像克拉克一样。他眼里满怀希望，看上去腼腆、文弱，就像一个浪漫诗人。

他们后来怎么了？坐在她面前的，显然已经不再是那个充满活力的漂亮姑娘，那对未来满怀希冀、敏感温柔的小伙子。此刻，他们不在这间屋子里，也不在那两具面目全非的皮囊之中。生活已将他们困在按揭和贷款里，不是吗？是不是仅仅生存本身对他们来说已经那么难，以至于其他一切都成了奢侈品？认为自己还活着就算奇迹的她，是否只是比他们更幸运一些而已？毫无疑问，精神要依赖于肉体的存在，但艰辛的生活并不一定会扼杀所有受难者的心灵。或者，真的是这样吗？他们真的过得那么艰难吗？还是说问题在于他们的生活方式，他们对自己职责的理解，以及对未来的期望？她回忆起他们以往的生活，他们所居住的环境，又觉得他们无可指责。他们没有更广阔的生活空间。而现在，令人难以忍受的不只是他们现在的样子，更因为他们接受不了每个人都有选择自己生活方式的权利。她仿佛能听到瓦尔说，这就是生活的代价。他们被迫为自己

---

1 格洛丽亚·斯旺森（Gloria Swanson，1899—1983），美国女演员，以其在无声电影中的生动的表演技巧和个人魅力著称。代表作有《日落大道》《航空港七五》。

的生活付出的代价太大了。他们曾经想要什么呢？是穿着卡林顿太太那样漂亮的绣花衣服、用银茶壶上茶吗？那一套银茶具还用布盖着放在瓷器柜里呢。是提高社会地位吗？是吧。可那需要一定的目标和一定的方式。他们确实提高了，已经到了一定的高度。他们现在是贝尔维尤的老居民。卡林顿家的人和他们的朋友很久以前从巴黎、棕榈滩、萨顿来到这里，旧的卡林顿宅邸现在是一所私立学校，米勒为老人们重新安了家。

随着新闻播报员说出"晚安"，她的父母站起来，关了电视，转身对她道晚安。她也站起来，走上前去拥抱他们，是真正地拥抱他们，而不只是礼节性地贴面亲吻。他们吃了一惊，身体稍稍僵硬了一下。父亲甜甜地、腼腆地一笑，母亲则笑得很爽朗。可最终她只说了一句："亲爱的，别睡太晚了，知道吗？"父亲则说："你睡觉时得把暖气关小一点儿，米拉。"他们说完就上楼睡觉去了。

8

圣诞节那天早上，沃德一家很早就开始"过节"了：沃德太太一大早就开始在厨房里忙碌，要赶在下午三点左右准备好晚宴。之后，大家就会坐在客厅里，打着饱嗝，昏昏欲睡。有一些男人——只能是男人——可能还会打一会儿盹。其他人就坐下聊天，直到晚上八点，再上火鸡、三明治和咖啡，大家不说话的时候就吃东西。如今，因为米拉离婚了，孩子们在节假日不得不和他们的父亲分开，这破坏了老传统，她的父母至今还无法接受。

如今，他们会在平安夜办一个小小的派对，邀请一些亲戚来做客，"好让孩子们认识一下他们的家人"，沃德太太痛心疾首地说。孩子们会在第二天下午三四点前离开，错过圣诞晚宴，她便会邀请其他家庭成员来赴宴，以帮她度过这段不自在的时间。

米拉在公交车站见到了孩子们。他们打扮得很得体，身着短夹克，打着领带，精心梳洗过，尽管头发有点儿长了。他们在车里时很活泼，可一走进沃德家，就变得很克制甚至拘谨。先逐一和大家贴面吻，聊一下交通状况、天气，然后长辈会客套一下，问问学业情况。他们端着可乐坐在客厅里，米拉说："等着，看看我买了什么！"

她跑上楼，迅速换好衣服。瓦尔帮她选了一件蓝绿相间的大喜吉装[1]，她把衣服往身上一套，忘了穿胸罩。她上眼睑涂了漂亮的蓝色眼影，眼珠看起来更蓝了。她还戴上了夸张的金色大耳环，那耳环扯得耳朵疼，可她咬牙忍住了。她狠狠地对自己说，我得跟他们摊牌，要让他们知道我是谁。因为她知道，家人都会按老规矩着装：男人穿深色套装、白衬衫，打着红蓝、红金或蓝金相间的条纹领带；女人穿三件套，头发梳起来、定型，穿高跟鞋，拎配套的手包，大胆一点儿的可能穿针织女衫裤套装。

她就像出席典礼一样走下楼梯，站在儿子们面前，灿烂地笑着。他们也回以灿烂的笑容。"你看起来很漂亮。"克拉克说。"对了，你那衣服是在哪里买的？"诺米问，他的声音听起来很兴奋。见她没有回答，他继续追问："是在马萨街木球店旁边的那家小商店买的

---

1 原文 dashiki，是一种色彩鲜艳、宽松的男式套头衫，流行于欧美等国的黑人群体。

吗？还是在布拉特尔街？"看样子他真的很想知道。"为什么想知道？"她问他。他害羞地说："呃，那里也有卖男孩穿的衣服，对吧？"

"你是说你也想要一件？"

他耸了耸肩说："也许是吧。"

沃德太太见到她女儿时，眉头皱了起来，但她转而笑起来。"嗯，确实与众不同。"她承认。沃德先生说米拉像从非洲来的，他摇了摇头，坐下来。

沃德家的房子不大，前边的玄关也很窄，有一道折叠玻璃门将玄关与客厅隔开。为了不把家里弄脏，他们把人造圣诞树放在玄关窗下的长木椅上。圣诞树周围铺满了礼物。玄关中除了长靠椅就只放了一张写字台。地板打了蜡的客厅闪闪发光，烟灰缸也干净得发亮。米拉想和孩子们说话时，就把他们叫到玄关，拿上一个烟灰缸，三个人一起坐在地板上。米拉大声对母亲说，等她和孩子们说完话，就过去洗菜，保证在一小时内完成。可沃德太太已经站在厨房里开始削皮、切菜，紧紧抿着嘴唇。这时，沃德先生去地下室为客人们准备"狂欢屋"（他们这么叫）了。米拉知道，像这样坐在地板上抽烟，让烟味弥漫进各个房间，是一种叛逆的行为，会惹他们生气。可是她拒绝让步。

诺米和克拉克看上去比夏天时长大了许多。他们此刻正在随意聊天，给她讲学校里的事：有人在足球赛中犯了一个好笑的错误，他们的数学老师很严格，有人偷偷把啤酒带回了寝室。诺米说想和她好好聊一聊大学的事，他爸爸坚持让他去读一所预科学校的医学专业，将来当医生，可他不想当医生。问题是，他也不知道自己为什么不想当医生，是因为本来就不想，还是因为爸爸想让他当他才不想的。米拉笑着说，他可能来不及找出答案了。克拉克想和米拉聊他和爸爸吵架的事。她渐渐才听明白，原来他之所以烦躁不安，是因为他朝爸爸大声吼了。"他当时正在吼我。"他闷闷不乐地说。米拉拍拍他的背，说："我觉得你也可以有脾气的，每个人都有。"诺米在预备学校的联谊晚会上认识了一个女孩。他想知道，是不是所有女孩都像那样。米拉站起身来，给自己倒了一杯杜松子酒兑奎宁水。

"妈，剩下的交给我和孩子们做吧，真的。"她说。可沃德太太还是冷着脸削啊，切啊。沃德太太讨厌做饭，她不知道为什么非得做这些。

米拉又回到玄关，他们仨说笑不断。她给他们讲了派对的事，还讲了伊索的变化。他们听得很入迷，问了一个又一个问题。他们嚷嚷着想知道，女人和女人一起、男人和男人一起都会做些什么。他们给她讲了学校里那些关于同性恋的传言，讲了一些笑话和他们听说了却不明白的事。他们小心翼翼地问她，怎么看出一个人是不是同性恋。米拉从未见他们对一件事如此感兴趣，她暗自琢磨这个话题为什么如此吸引他们。

"瓦尔觉得，每个人天生就是双性恋，只不过大多数人很早就习惯了成为其中一种。可伊索觉得不是那样的，她说自己一直只喜欢同性。我也说不清，没人能说得清。想想看，这其实也没那么重要——你爱谁，跟别人有什么关系呢？只是会引起性别身份认同的问题而已。但它无论如何都会发生的，不是吗？"

他们似懂非懂。

"你们对这个话题很感兴趣，看来你们是想弄明白自己是不是同性恋，对吗？"

"是这样的。有个叫鲍勃·墨菲的同学，他是个很棒的足球运动员，挺好的孩子，大家都喜欢他，我也喜欢他。有时候，一看到他我就很开心，不知道你明白吗？在更衣室里，大家总是摸他，拍他的背或者戳他的胳膊，他也只是笑笑。可是有天，有个叫迪克的浑蛋说我们是一群同性恋。你觉得真是那样吗？"

"我觉得你们只是很爱他而已啊，你们觉得我爱瓦尔和伊索有什么奇怪的吗？"

"不奇怪，但你是女的啊。"

"那你们觉得男人和女人的感觉不同吗？"

他们耸了耸肩。"不同吗？"诺米迟疑地问。

"我不觉得，"她笑着站起来，"过来吧。"为了不让他们觉得愧疚，沃德太太离开厨房，上楼换衣服去了。米拉和孩子们来到厨房。她又给自己倒了杯酒，也给他们倒了一杯——他们为此放声大笑。他们继续聊天。她在一边削皮、切菜，他们则去收拾餐桌，从碗架上取下盘子，从食品柜里拿出醋，搅拌奶油沙司。厨房里充满了欢声笑语。

"我班上大一点儿的同学——有的是年龄大一点儿，有的只是看起来老成一点儿——总在谈论酒和女人，女人和酒，"诺米模仿浑厚低沉男性嗓音说，"你觉得他们真的会沾这些东西吗？"

"什么东西？"

"你懂的，就是和女孩们做的那些事。"

"我不知道，诺米，他们都说自己做了什么？"

"嗯……上床之类的呗。"他红着脸说。厨房里的气氛紧张起来，她能感觉到他们正在急切地等待她回答。

"也许有些人真的做过，"她慢悠悠地说，"另一些人是瞎编的。"

"我也是那么觉得的！"诺米激动地说，"都是骗人的。"

"有可能。但也有一些人真的和别人上床了，"这时，米拉听到父亲下楼的脚步声，"你要知道，他们其实也不太清楚自己在做什么，只是和你一样害怕、紧张而已。他们可能笨手笨脚的。按瓦尔的说法，他们很多人都会显得笨手笨脚的。"

沃德先生从客厅往厨房走来。

"他们说女孩们就喜欢那样，"诺米皱着眉头说，"还说女孩们想要。"

"也许有些人是吧。但大部分人可能是假装的。对许多人来讲，性不是自然而然的，至少在这样的社会里不是。或许回到农耕时代就是了，我也不知道。"

沃德先生的脚步声蓦地转向别的方向，消失在客厅的地毯上。

孩子们看了一眼客厅，再看看他们的母亲。他们红着脸，捂嘴偷笑着。米拉站在那里，微笑地看着他们，心情却很沉重。

"这并不是说，人小时候就没有性欲，"她一边转身削胡萝卜，一边平静地继续说，"我还记得，我十四岁就开始手淫了。"

他们瞬间沉默了。她站在水槽前，背对着他们，看不到他们的表情。诺米朝她走过来，把手轻轻搭在她背上，说："妈妈，需要我把泡洋葱的水倒出来吗？"

六点钟，亲戚们准时到场。其中有沃德太太的姐姐姐夫、哥哥嫂子、他们的三个子女及配偶、五个孙辈，还有沃德先生的哥哥嫂嫂、他们的女儿女婿和三个孩子。简单的问候之后，小孩子们就去下面的"狂欢屋"了，那是沃德先生专门为这种场合准备的，他们可以在那里看电视、打乒乓球或者玩飞镖。大人们则挤在客厅里。沃德先生给他们端来曼哈顿冰茶，只有米拉喝别的饮料。克拉克和诺米下去了一会儿，可不到半小时，他们又上来了，坐在客厅角落里。似乎没有人注意到，但那也没关系。他们的谈吐都很得体，没有再谈到关于性的话题。

亲戚们照例开始拉家常。或许是因为她之前没怎么认真听他们说过话，米拉不知道是他们变了，还是她去哈佛上学这件事刚好成了靶子，她感到每个人都火气冲天。那些她熟悉的叔叔伯伯、姨母舅妈，好像跟谁有深仇大恨似的。他们愤怒而又轻蔑地谈论着吸毒犯和嬉皮士，以及那些留胡子和长发、被宠坏了的不孝子。在过去的一两年里，"犹太佬"在他们心目中似乎变得更邪恶了，可他们倒不再是最大的麻烦了，那些"黑鬼"取代了他们。在米拉的抗议下，他们才改口说"有色人种"。他们——有色人种、嬉皮士和反战者，正在摧毁这个国家。"他们"无处不在；"他们"靠奖学金上大学，而可怜的哈利，一年只赚三万五千美元的哈利，还得交学费送孩子们去上大学。那些有色人种和嬉皮士上了大学后（可以肯定，他们不是凭真本事考上的），又试图推翻学校。哈佛的学生是最坏的。他们是一群享有特权最多的学生，可他们还不满足，还在抱怨。"我们"要努力工作才能有所得；"我们"一无所有，也不敢反抗。可"他们"还不满足。

米拉倾听着。尽管她觉得他们的话并非全无道理，可她仍要发出一些反对的声音。

"你们不能以过去的标准来评判他们。"她说。可换来的却是他们的怒目而视。那些标准是永恒的。辛苦工作、节俭、压制欲望，这才是成功的秘诀，而成功就是善良和美德。妻子忠于丈夫，按时还清贷款，创造表面的秩序。否则，世界就会崩溃。

"你知道吗，"与米拉年纪相仿、婚后生了三个孩子的堂姐说，"我们学校里的黑人学生——一所两百三十人的学校里总共只有十个，竟敢要求校长开一堂关于黑人学的课！你能想象吗？我简直目瞪口呆！可我听说那个白痴校长竟然真的在考虑给他们开！于是我冲进他的办公室，说如果给他们开黑人学的课，我就要开一门英语 - 爱尔兰语学的课！如果给他们开，就得给我开！"

"从现状来看，他们也只能得到这么多了。"米拉说。可堂姐置若罔闻。

"楼下有个老师是法国人。我跟他说，他可以开一门法语学课程！哈！他会怎么觉得呢？让六年级的学生去学那种东西！"

"哪种东西？"

"老天，米拉，就是学法语啊！"她四处张望一下，看见了克拉克和诺米，"你可以想象一下！"她脸上带着讽刺的笑容。

他们就像这样说个不停。用餐时和用餐后，都在聊那些事。米拉回想了一下，难道从小到大一直是这样吗？晚上的某个时候，她给自己倒了杯黑麦威士忌。正在倒可乐的诺米看见了，问她："换饮料吗？"

"喝杜松子酒兑奎宁水，好像还不够醉。"

"那你为什么不喝白兰地？"

"那个要晚一点儿喝，是晚上休息的时候喝的。"

“我今晚可以喝一点儿吗？如果我们很晚才睡的话？”

“当然可以。”她笑着挽起他的手臂。他搂过她的肩膀，他们一起站了一会儿。

那晚，等大家都走了以后，他们确实很晚才睡。他们每人倒了一杯白兰地，但是孩子们只喝了一小口，他们不怎么喜欢，于是又换回了可乐。米拉问他们：“今年是我变得更糟了，还是他们变得更糟了？”

他们也说不清。很显然，这些年里他们并不常听他们聊天。米拉狠狠地批评了她的亲戚们一番，批评了他们那一套陈规陋俗和偏见。孩子们就在一旁听着。她问他们意见的时候，他们什么也说不出来，就连对于偏见的看法也没有。他们解释道，他们也知道偏见是不好的，可是，无论走到哪里都能遇到。而且，他们认识的犹太人少之又少，黑人更是没有，那么，他们该怎么评判他们呢？

“我知道他们说得很夸张，”克拉克解释说，“可我也不清楚，也许黑人真就像他们所说的那样。我知道你说那些都不是真的，我相信你，但我也不明白。就我自己而言是真的不明白。”

米拉沉默了。“没错，”她说，“你说得没错。当然，你得等到自己明白为止。”

不过孩子们还是有所怨言。亲戚们的仇恨太深了，孩子们之前还从没见过这么多仇恨和愤怒。

“她老是愤愤不平的。”

“他好暴躁啊。”

“他一直都那么暴躁吗？”

“哈利舅舅一直都是那样吗？”

他们令她有了新的看法。她想起了那些她从小就认识的面孔，他们无所谓美丑，她本来也不会特意注意他们，不会去观察那些熟悉表象之下的特征。可是，听孩子们这么一说，她开始重新审视他们：他们面目冷酷，一脸愤懑，长着深深的饱含怨气的皱纹，眼睛里透出戾气，嘴巴也充满恨意地紧闭着。她还记得第一天去哈佛，照镜子时，她注意到自己嘴上那道细薄的疤痕。

"我看起来跟他们像吗？"她颤声问。

他们犹豫了一会儿。她的心紧了一下，她知道他们会对她说实话，只不过在琢磨该如何措辞。

"以前是的，"诺米说，"不过后来你长胖了一点儿。"

她叹了口气。确实如此。

"你变得温和一点儿了，"克拉克说，"你的脸看上去——更圆一点儿了。"

她的虚荣心上来了："我看起来胖吗？"

"不胖！"他们赶紧说，"真的，不胖，只是……更圆一点儿。"克拉克找不到别的合适的词，只好重复道。

"你的嘴巴没有以前那副苦相了。"诺米说。她抬眼看着他。

"我的嘴巴以前有苦相吗？"

他耸了耸肩，感觉有些招架不住了："就是，有那么点儿。你以前看上去倒不暴躁，就是要哭了的样子。"

"是的，"她目光炯炯地看着他们，"你们想听我说说你们的变化吗？"

"别！"他们笑着喊道。

她开始回忆那个圣诞夜。她想要强调一些事情。她不希望他们长大后不去思考，只是重复那晚所听到的话。她想强调一种道德，可他们身上没有。从那晚看来，他们没有自己的主意，没有立场。

她有点儿醉了，开始变得冲动。她想用拳头猛砸桌子，想强烈地抨击亲戚们的固执、刻板和偏见。她想要坚持自己的公正。她生气地说："是的，都没错，你们又不可能凭想象判断，听起来挺合理。可你们自己也承认了，你们周围的一切事、一切人都被偏执和刻板传染了，等你们真正遇到那些被他们的偏见所伤害的人，想去了解他们时，你们也只能通过别人给你们戴上的有色眼镜来看待他们了。"

他们开始反对、开始争论。"可为什么你给我们洗脑就可以？"诺米说。

她想像维多利亚时代的父亲那样站起来，斩钉截铁地下结论，用不容置疑的语气让他们服从。他们怎么敢不服从她那更渊博的知识、在道德上更深刻的体验呢？

可她突然就垮了下来。她坐在那儿，盯着手里的酒，哽咽了。他们不相信她的道德判断，因为她让他们知道了她也有性需求，因而她已经丧失了引导他们的权利。她吸了吸鼻涕，咽下了那一份自怜的情绪。他们再也不会仰慕她，她再也不能用母亲那坚定而充满爱的手温柔地引领他们了。然而，他们并没有注意她的情绪变化。他们正交谈着，模仿着那晚听到的言论，咯咯笑个不停。

"是啊，你看没看到查尔斯舅舅往前一倾，嘲笑妈咪时的样子，他说要是她的孙子都长得像斜眼，看她是什么感觉！"两人大笑起来。

她在一旁听着。

"结果妈咪说，斜眼都比她见过的某些人要好，他气得眼珠子都要爆出来了！"

他们边说边笑。他们在讨论什么是丑，他们达成了一个共识：那些人很丑，而他们不想像他们一样。孩子们已经发现，如果人都丑成那样，那么他们的生活、他们的思想和他们的世界迟早要出问题。她深深松了口气。孩子们说得对。

9

元旦米拉和本是一起过的。那晚也有人开派对，可他们从圣诞节前就没见过面了，只想两个人待在一起。本把他的电视带过来，安在了卧室里。他们半裸着躺在床上，一边喝本带来的波旁酒，一边聊走亲戚的事。他们对这个话题都很感兴趣，都注意到家里的氛围与以前不同了，人们的愤怒、仇恨和恐惧越发增长。他们也都感觉自己与其他人格格不入，而且别人也看出来了。

"三十四岁之后，我妈终于不再叫我小本了。"

米拉详细地讲了她和孩子们的对话，本并没有觉得烦，而是认真地听着，不时认真发问，哪怕他们不是他的孩子。他又讲起了自己的童年，比较了一番，提出自己的建议。他说，他们是不是和他在这个年纪时有一样的感受？那是一次美妙的谈话，他们都感到很充实、满足和亲密。

倒计时的时候，本开了香槟，当气球升上时代广场上空时，他们手挽着手，用高脚杯大口大口地喝起来。但由于姿势不当，香槟洒在了彼此身上，他们咻咻地笑着，不停地接吻，结果香槟又洒了一床。他们可不想在湿漉漉的床垫上睡，只得起身换床单，他们一边换一边注视着对方，充满爱意地看着对方的每个姿势和动作。那甜腻的酒沾在身上，黏糊糊的，他们得去洗澡了。他们把浴缸放满水，米拉把圣诞节姨妈给的沐浴露倒了一半进去。味道很奇怪，酸甜味混合着薰衣草味，却也很有趣。他们索性把香槟带进了浴室，把酒杯放在浴缸边，然后钻进水里。他们相互擦洗，爱抚对方的每块肌肉、身体每个弯曲处、脖子、锁骨、每处关节，甚至眼角和唇边的皱纹。他们往彼此身上泼水，每掬水都代表着一份爱。

"就像在温暖的精液里洗澡。"米拉笑着说。

"不，像在你的体液里洗澡。你怎么称呼它来着？"

米拉也不知道。"润滑液吧。"她说。两人都笑了。

"米拉，"本突然说，"我有事跟你说。"

他很严肃，她感觉心里一沉。恐惧就是这样潜伏在表面的快乐之下的。

"什么事？"

"我讨厌香槟。"

她嘿嘿一笑说："我也是。"

他拿起酒瓶，把香槟倒在她头上："我为你洗礼，米拉·福勒。"她大叫一声，假装哭着把自己杯子里的液体往他头上倒，他们在湿滑的浴缸里打闹，身体纠缠在一起。最后，他们以拥抱结束了嬉闹。他们用力为对方擦干身体，时而拍拍对方的屁股，时而紧紧拥抱。

之后，他们赤身裸体去厨房拿之前准备好的食物，用盘子盛好拿到卧室，准备再把新换的床单弄脏。他们聊天，交换意见，打断对方，争论，大笑。突然，本说："我说，我们结婚吧。"

米拉愣住了。她意识到这段时间以来，他们提起未来的时候已经很少用"我"，而总是说"我们"。上一句可能是"等我拿到学位"，但接着就是"我们可以去旅行"。他们还计划着要和孩子们一起去缅因州租一个小屋，去英国的乡村骑自行车，还要申请旅行经费。

"我们可以不用结婚啊。我们现在就很好，婚姻可能会破坏我们的关系。"

"我们可以一直在一起。"

"如果想一直在一起，现在也可以啊。我们似乎只是有时想在一起。"

他朝她倾过身。"可以不用马上结婚。但是，以后——我想要一个自己的孩子，"他轻轻地触碰她的指尖，"而在这个世界上，我只想和你一个人生孩子。"

她没有回答，也无法回答，接下来的漫漫长夜里依然不行。第二天，本又开始整理他的笔记，她也开始做自己的事，沉浸在研究十七世纪布道文的乐趣里。他们似乎忘记了那个话题。

节日过后，朋友们决定一起再庆祝一次新年。凯拉把她的房子让了出来，那在研究生住宅里算是最好的了。刚来的时候，凯拉手疾眼快地找到了一座老公寓的底层。那里铺着木地板，屋里还有雕刻的模型，彩绘天花板很高，每间屋子里都有壁炉。玻璃窗上染了污迹，房间的门都是过时的滑动门。厨房里有一个单独的早餐角，从那里可以望见生机勃勃的花园里开满了野花。

凯拉在阳光充足的窗台上挂了植物，为其他窗户织了漂亮的窗帘，窗台上也盖着同样的织物。卧室的壁炉前铺了一张软毛垫，卧室一角就是凯拉的书房。原本餐厅很大，他们把它分隔成了一间小餐厅和一间客厅，客厅正合适做哈利的书房。夫妻二人从艺术家朋友那里搜集了很多版画和油画，墙上挂着许多设计精巧的工艺品。

大家决定正装出席。他们都兴致勃勃。男人们还去租了礼服。女人们则买了一些时髦的低领衣服。凯拉穿了一件白色希腊风裙子，头戴一枚镶水钻的发饰；克拉丽莎穿了一件海绿色的雪纺纱裙；伊索穿了一件侧边开衩、修长包身的红色缎面裙子；瓦尔穿了一件低领的黑色天鹅绒裙子，还围了一条圆筒形羽毛围巾；米拉则穿了一件浅蓝色的露背礼服，那是她最性感的衣服了。

每个人都兴奋不已。夜幕悄然降临。大家喝着酒，聊着天，留声机里放着塞戈维亚演奏的巴赫的曲子。哈利看起来很帅，他穿黑色天鹅绒礼服和白色褶边衬衫，这一身把他那冷酷而苍白的脸庞衬得柔和了一些，也让他那浅金色的头发更加显眼。杜克看起来很优雅，正装很适合他，他的深色礼服很显瘦。塔德的礼服好像不怎么合身，他的袖子似乎做短了。本看上去有点儿不自在，就像一个去参加婚礼的机修工。可他们全都带着一种优雅感，这从他们的举止中就能体现出来。一切都感觉很优雅。

女人们有很多话要说，因为她们大部分人圣诞节都是和父母或亲戚一起过的，她们亲密地交谈着，像男人们不在场时那样。米拉讲了她和孩子们的谈话，但省略了讨论伊索和性的那一段；她还讲了她的亲戚们无名的仇恨。凯拉和哈利的经历差不多，老人们对年轻人和反战者的反对太过激了，凯拉觉得这当中似乎有着特殊的根源。男人们在一旁听着，他们很少说话，但也没有走开。能感觉到他们是感兴趣的，因为他们在倾听。他们的积极参与让谈话变得丰富而热烈。哈利说，真正令老人愤怒的是年轻人可以自由地选择："可以拒绝参加战争，是一种奢侈。他们是不敢的。他们觉得每个年轻人都在寻欢作乐。他们是在嫉妒。"屋子里所有人都开始参与讨论这个话题，每个人都可以用父母或亲戚的个人经历来解释这种情况。大家都觉得，"外面"的"真实世界"很可怕，那里的空气中充满了仇恨和愤怒。"我在想，有一天他们爆发了会是什么样子。"杜克不安地说。

但他们太高兴了，感觉不到这种威胁。克拉丽莎对她的家族历史进行了一番调查，发现她的家人也都是怒气冲冲的。"我问了很多问题，我妈拿出一本我从没见过的家族相册，相册上有我们家族的五代人，大部分都是达科他地区的庄稼人。他们的样子很迷人，看上去都很健壮，一副饱经沧桑的样子，可以看出，他们因为长年在户外劳作所以皮肤很黑，他们的嘴角透出冷酷。可他们真的很强壮！如今，你已看不到像他们那样的人了。我的父母不像那样——当然了，因为他们没有种过地，可我那些还在种地的叔叔婶婶也不是那样了。他们长着一副美国人的脸。人们说起道德楷模和美国的支柱时，就是指我的祖辈那一代人。他们很坚忍。我的曾祖母有十二个孩子，她活了八十七岁，到死之前，都还在农场劳作。我的祖母九十岁了，还在为我住在农场里的叔叔婶婶和他们的孩子做饭。但我的祖辈并不像我们想象的那样。其中一个因为要养情人，挪用了银行的钱，事发后坐火车逃到镇外去了，他的情人就住在他家附近的裁缝店里。另一个叔叔是无神论者，他引起了全镇的公愤。周日，他会站在教堂外面，立在一块又大又平的石头上，等信众们出来，他就开始痛陈宗教的邪恶。八十三岁那年，他掉进猪圈里，死了，镇上的人都说，那是上帝对他的裁决。我的曾曾祖父同时拥有三个妻子，其中一个是印度人，还有一个是印第安基奥瓦人，我觉得我就是她的后代。谁是谁的孩子已经无从考证，因为她没有留下照片。不过，有一张曾曾祖父的照片，他穿黑西装，戴金表链，看上去很体面、很可敬，绝不是你想象中会娶三个妻子的男人的样子。

"他们是彻头彻尾的资产阶级。他们的储酒室很干净，食品储藏室井井有条，畜棚里堆满了干草。我想象那个女人围着干净的白色围裙走来走去，腰带上挂着一串钥匙，她脸上流露出满足的神情，因为食品室里有培根和火腿，碗里有新鲜鸡蛋，地窖里储存着蔬菜，这些东西足够他们过冬了。她们坐在圆桌边做针线活，男人们或雕刻木头，或大声地读报纸给她们听，壁炉里的火焰在燃烧，一阵风吹进来，头顶的灯随之轻轻摇晃。他们是资产阶级，可他们不是我们想象中的那样。他们的道德准则与我们不同。她们能接受一起生活的人的各种怪癖。"

"是指男人们吧。"瓦尔打断她说。

克拉丽莎意味深长地点点头。"可能是的。对于那些无神论者或一夫多妻的祖辈的事迹，我知道的并不多。但我知道叔祖母克拉拉的事，我的名字就是跟着她取的。她是一个神枪手。托拜厄斯叔叔的脚被车轮轧了，后来死于坏疽。从那以后，她就独自经营农场三十年。我觉得，这是因为他们是一体的，因为他们没有太多选择，因为他们得辛勤劳作，所以，其实他们本可以拥有更多的自由……"她的声音渐渐含糊了，"我也不知道。我也说不清自己对他们的感觉。他们大多数人都很虔诚。可是他们的眼睛——那些照片中的眼睛，那镶嵌在冷酷、严厉而又憔悴的脸庞上的眼睛，好像预言家的眼睛一样。他们的视线根本不在挂在食品储藏室里的火腿和培根上，也不在满满当当的地窖里。"她深吸一口气，向后仰了仰头，"噢，简直不可思议！他们让我想起了那个令人毛骨悚然的地方——'救赎石洞'，在艾奥瓦州的西本德。它本该是罗马天主教的纪念碑，是一些牧师从一九一二年起开始修建的。太疯狂了，它是用小石头一块一块垒起来的，就像通往修道院、佛教寺院和迪士尼乐园的石子路那样。它像维多利亚时期的建筑一样，有扭曲的塔、浮雕和各种怪异的装饰。它很疯狂，很原始，可它也是由他们建成的，和犁好的耕地、存起来过冬用的饲料，以及牧场里的那些胖奶牛一样。是他们建造了它。"

"你在想他们眼中的世界是什么样子，对吗？"

克拉丽莎点了点头。

"你应该已经知道了，"伊索温柔地说，"你觉得会是什么样？"

克拉丽莎默不作声地看着她。

"你们看到的东西是一样的。我常在想你在看什么。你那么专注，好像你眼中的世界已如此丰富，无暇四顾了。你的梦总是有预示性。你总能发现事物中的巧合。还记得那天我们一起走在昆西大街上，你看到一片羽毛，就说你应该在化装舞会上扮印度人。更巧的是，服装店里正好有你梦中出现过的印度头饰。"

"你觉得那很神秘吗？"

"嗯，反正你肯定不是那种保守的实用主义者。你总是做一些奇怪的梦。"

克拉丽莎若有所思。但这时凯拉站了起来，指着一个大钟说"快到十二点了"。于是哈利和本拿来香槟。他们假装是在过一周之前真正的新年，并开始倒数、倒酒。钟声响起时，大家一起为新年干杯。

"一九七〇年快乐！快乐一九七〇年！"

大家相互亲吻，每个人都很快乐，因为展现在他们面前的似乎是一个美好的未来。他们爱着，也被爱着；他们喜欢自己的工作；他们爱自己的朋友；他们为生命庆祝，为活着而庆祝；他们都相信，过去的辉煌已经过去，未来有一个更加美好的开始。

大家又开始跳舞、吃吃喝喝，把音乐放得更大声。他们坐在沙发和椅子围成的圈里，中间留出来当舞池。凯拉放上了乔普林的唱片，然后站起来，翩翩起舞。她缓慢而优雅地摇摆、转身。她对着他们跳，她为他们而跳——她是在邀请大家。她容光焕发，红发飞扬，转身时白色的礼服优雅地散开。不一会儿，克拉丽莎起身站在她身后，双手搭在凯拉的腰上，让她那闪着光泽的深色头发、那梦幻般的蓝眼睛和海绿色的裙子加入这幅画面。她们一同起舞，克拉丽莎跟随着凯拉的舞步，仿佛这支舞是精心排练过的。两个不同的人，怀着同样的心情起舞。然后，伊索站起来加入了她们，跳起了三步舞。伊索是她们中最高的一个，她把手放在克拉丽莎的腰上，跟着她们的节奏从容地移步，她那蜜棕色的头发和红色的裙子也随之飞舞。接着，米拉也不知不觉站起来，加入了她们，她们四个人快乐地舞动着，不住地旋转，一边还在和屋里的人说着话，笑逐颜开。塔德突然激动地喊："天哪，好美！你们好美啊！"其他人则坐在旁边定定地看着，女人们微笑地看着在一旁兴高采烈的瓦尔，最后，她也站起来和她们一起跳，还叫上了塔德。于是，男人们也加入进来，大家从客厅跳到厨房，又绕回来，最后围成一圈，跳了一支很像霍拉的舞——那是一种古老的罗马尼亚民间集体舞，舞步很像旧式的方块舞，但其中加入了很多创造性的元素。他们舞姿翩跹，每个人都满怀爱意地看着其他人，他们拍手、拥抱，一张脸掠过另一张脸，整个屋子都在旋转。那绿色的植物、红色的挂饰、蓝色的垫子、蓝绿色的椅子、红色、绿色、蓝色、绿色、蓝色、红色，全世界都充盈着色彩，不停地运动，充满了爱。他们跳累了，就停下来，拉着彼此，相互揽着，一起去享受这种美好。

在坐车回家的路上，大家沉默不语。在半路上，米拉突然说："我觉得这是我一生中度过的最美好的夜晚。"

10

瓦尔说："那是一种幻想。"

一天下午，在图书馆安静地学习了好几个小时之后，女人们在瓦尔家聚会。她们一边喝着咖啡、可乐、啤酒、杜松子酒，一边聊天。她们还沉浸在那天的派对带给她们的快感中，那种氛围仿佛还萦绕在她们周围。瓦尔一开口，大家都安静下来，等着她继续说。

"那是对集体的幻想，是对可能性的幻想，是融入了这个群体却仍是孤立的人的幻想，同时也是对和谐的幻想。它不是秩序，至少不是不可动摇的秩序，每个人行动的方式都略微有所不同。大家穿着不同，相貌也不同。就连男人们也有了一点儿个性——哈利穿了褶边衬衫，塔德打了领带，本也穿了红色翻领西服。我们组成一个集体，是出于主动的选择，而不是迫不得已，也并不是出于恐惧……"

"你为什么不早点儿加入？"

"因为我想先观察。我非常想加入，但我必须先观察一下才行。"

"那你看到了什么？"克拉丽莎似乎非常好奇。

"看到了事物应有的样子。"瓦尔突然悲伤地说，起身去拿啤酒。她旁边的桌上放着关于南越政治犯监狱条件的报告。她在协助一个试图还原事情真相的组织整理这些资料。瓦尔越来越不把学校的工作放在心上了。

"我不明白，"她回来后，伊索说，"那和别人有什么关系呢？"

瓦尔耸了耸肩："嗯，你知道吗，我有很多幻想。我成长于四五十年代，那时，智者们认为，如果太过融入这个世界，就无法去幻想。哦，还有社会学家，至少，他们有教条。可是，在五十年代初那样的环境下，他们也只能沉默不语。我们那代人是读乔伊斯、伍尔夫、劳伦斯和五十年代那些三流诗人的诗长大的。诚然，可能劳伦斯喜欢三五成群，伍尔夫想要遗世独立，可他们仍然会觉得这个世界很肮脏，会觉得权力就代表疾病和死亡。无论哪个国家都是如此。除此之外，所有失恋的人都会给出同样的建议：如果遇到麻烦，就远离你的婆婆，搬出去住，让那些刻薄自大的七大叔八大姨找不到你。"

"没错。我们都曾学着一个人生活。"米拉插了一句。

"是的。救赎是个人的事。但看看我们！我们有一个集体，一个真正的集体。我们几乎分享一切，但仍保有自己的隐私。我们可以在不带给对方压力的情况下，给予彼此爱和支持。能做到这点，是非常了不起的。这让我觉得，我的幻想是能够实现的。"

"是什么样的幻想？"克拉丽莎笑着问。

"这个嘛。"瓦尔点燃一支烟，坐了回去，看上去就像某个董事长正要做年度报告一样。我们都坐好，准备听一番演讲。

"等一下！"凯拉咯咯笑着说，"我要拿本子记笔记！"

"以往的邻里关系不复存在。意大利人讨厌爱尔兰人，爱尔兰人讨厌犹太人，邻里间战乱不断。但是，邻里关系的破裂也意味着大家庭的结束，现在只有黑人还保留着大家庭模式。随着大家庭模式的终结，单个家庭就面临着巨大的压力。外婆在家无人照料，当妈妈出去采购时，谁也不能保证外婆不把房子给点着了。没有邻居帮忙看护当地那个十四岁的傻子，没有人照顾他，当然也没有人打他——我并不是说过去邻居都是好人。所以，我们想出了让大家各自独立出来的办法。于是他们被锁进了监狱、精神病院、老年社区、敬老院、幼儿园和不让妇女和孩子上街的廉价社区，以及各家都带有后院和前庭草坪的昂贵社区，他们的草坪都有园丁打理，于是所有的草坪都是一个样子，以至于没人再使用它们。你见过哪家人用他们的草坪？总之，我们越快把他们锁起来，犯罪率、自杀率和精神崩溃的概率就越往上升。照这样发展下去，很快，那些人的数量就会多过我们的。于是，你就不得不问，没有被锁起来的人占了多大比例？答案是：另外百分之五十五的人要么疯了，要么犯了罪，要么就是年老体衰。

"我们得想想其他的办法。那些住公社的学生想到了一个好办法，但那种形式行不通，因为大多数群居者都排斥科技。可我们不该这样。我们需要科技，而且有朝一日，我们不得不去喜爱科技，以之为生，使之人性化。因为，若没有它，我们不仅无法好好生活，甚至连生存都成问题。科技不是一种可能性，而是已经成为第二天性——它已然成为我们生活环境的一部分，和第一块耕地、第一只被驯化的动物、第一种工具一样，都是真实存在的。但公社也不失为一个好主意。人们批评公社是因为它无法持久，可你告诉我，为什么它就一定得持久呢？为什么一种秩序要成为永久的秩序呢？也许我们可以过几年某种生活，然后再尝试另一种生活。

"总之，为此，我想了很久，也找人聊过，我不能说我的观点具有独创性，因为我知道，这些都是我从四面八方'偷'来的，我也不敢说有什么好的办法，但至少是另一条道路。所以，我在想——当时我在西班牙，你们知道吗，有些最穷、最悲惨的西班牙小镇其实非常漂亮。那里的房屋都是相连的，至少在路上看起来是连着的。它们都是小门小户的白色灰泥房子，建筑的角度很奇特，但都由一面围墙连起来，而且建在一个圆形区域里。屋顶是红瓦，看上去就像一群人为了取暖和躲避危险而伸开双臂相互拥抱着。哎，我们不用相互拥抱也可以取暖，而且相对安全，但我不确定，如果不能彼此依靠，我们还能不能保持神志清醒。那些房屋矗立在那儿，阳光照耀着它们，可它们内部是阴冷的，还有灰尘落在门槛上。我敢肯定，那里面一定很难闻，而且没有浴室，也没有我们想要的那些生活用品。可是，它们堆在山边，看起来就像身后的橄榄林一样美丽、自然。

"于是我开始想象，假如我们像那样居住，会是什么样。假如我们把房子围在圆形、方形或其他形状的区域里，把大大小小的房子连在一起，每幢房子都简洁漂亮。中间是一个花园，摆有长凳，栽有绿树，那是公有的地方，人们还可以在里面养花。而在外面，在房子后面，也就是通常用做前庭和后院草坪的地方，也当成公有的地方。那里有菜园、土地和供孩子们玩耍的树林。但也会出现有人摘了别人家种的西红柿或玫瑰，或孩子们踩了地里的豌豆之类的问题，可是，住在里面的五十户人会全权负责和管理发生在他们这块小地方上的事。那些房子的对面，是一个小小的社区中心。还有一个社区洗衣房——为什么非得每人一台洗衣机呢？还有几间娱乐室、一间小咖啡屋和一个公共厨房。咖啡屋是露天的，冬天时，可用滑动玻璃门，就像巴黎的那些咖啡馆一样。但那不是大锅饭型的社区，每个人都有自己谋生的方式，都有各自的收入，住所会根据大小来定价。每个人都有一个小小的厨房，想单独做饭时，就可使用；每个人都有一个理想大小的居住空间，但也不是很大，因为有社区中心。社区中心可能很漂亮，甚至很豪华。除此之外，还有大人和小孩的娱乐室和堆满了书的客厅。但社区里的每个成员，包括最小的孩子在内，都有自己的事做。"

米拉一脸难以置信的表情。

"孩子们也可以做事！"瓦尔坚称，"那会让他们有成就感。虽然偶尔是有些冒险，但该发生的还是会发生。他们可以赶马车，可以帮忙搬运东西，他们可以跑腿、清洗玩具、布置桌子、剥豌豆。"

"在欧洲，很多小孩都在做事。他们在父母的商店或咖啡屋里帮忙。"伊索说。

"没错。他们可以做任何想做的事。因为大家都在做事，所以他们也想做点儿什么。又没有什么严格的任务等级制度，只是花点儿时间而已。小孩每周只需在社区中心待四小时左右就行了，也许十二岁及以上的儿童，或者大一点儿的孩子——我也说不准——比如十二岁到十六岁的青少年，需要待八个小时。但如果有人想多待一会儿——比如，退了休的人，或某个不想朝九晚五上班的诗人，那么，针对他们额外付出的时间，会相应地给他们减少房租。上了年纪的人可能想花时间照看孩子，或者种菜。不过，社区也有自己的体制，每个人都有投票权，都会负责清理自己的垃圾，制定自己的准则，每家人都应该有自己的厨房和——户外咖啡屋，"瓦尔笑着说，"这是我坚持要有的。"

"有一件很重要但可能会很麻烦的事：得有一个定额分配制度。还应该老幼结伴，方便年轻人多了解老人。我想，还应混合不同类型的人，不同宗教、肤色和家族的人，无论形单影只的还是成双成对的。否则，以前邻里间出现的问题还会重演。不过，我不赞同那些时髦的单身男女混住在一起。"

"这我就不明白了，"伊索说，"为什么那些时髦的单身男女不行？"

"是啊。"瓦尔停下来，皱了皱眉头。她似乎在思考这个问题，好像它真的是一个眼下需要面对的现实问题似的。"我们之后再讨论这个。"她说。于是我们大家都笑了。

"接下来，这样的社区应该有一定的数量，其数量取决于自然地形和人们的选择。每个社区都以一个更大的小镇为中心，且随时有班车来回。更大的中心里建有学校，但不同于我们的学校。它们不会严格地根据年龄区分学生。它们采取自愿入学原则，任何年龄层的人都可以去上学。那里的房间是根据功能来区分的。有的房间养小动物，有的种植物，有的堆放画作和报纸。有的房间用来读书写字，但读书和写字都是为了娱乐，而不是为了完成作业。懂了吗？对了，还有一件事。小镇的中心还有商店、教堂、当地政府大楼和服务厅。人们只能步行穿过这里，大一点儿的中心里可能有小巴士，但大多数地方都很小，里面有狭窄的巷子、树木、户外咖啡屋，甚至可能有一个喷泉广场，或者像米兰那样的商业街。其中一所学校的礼堂还能举办音乐会、开会，芭蕾舞团和流动剧团可以在此演出。而且，里面的有些地方——可能是商业街里——还可以有一个画廊，只展出当地的艺术作品。"说到这里，她停下来，皱起眉头，"不对，可以进行艺术交流。有当地艺术家的作品，也有城市里那些艺术家的作品。但可能得装上玻璃，以防小朋友们用沾了冰激凌的小手去摸。但它是开放的，而不是封闭的，这样，大家就都能看见那些画了。"

"瓦尔，你读过《桃源二村》[1]吗？"

"嗯。和书里说的一样吗？"

"有一点点。"

"噢，我不会用玻璃挡住婴儿。而且，《桃源二村》里没多少儿

---

1 《桃源二村》(Walden Two)，又译作《瓦尔登湖第二》，作者是美国心理学家伯勒斯·弗雷德里克·斯金纳（Burrhus Frederic Skinner，1904—1990），书中描绘了一个有一千户人家的理想公社。

童。有被挡在玻璃后的婴儿，有适龄的男孩和女孩，但没有儿童。那是因为写书的是男人。我曾听莫蒂默·阿德勒[1]说过，在理想的世界里，没有人非得做脏活儿，婴儿的尿布可以由机器人换。老天！我希望他可不要对现实世界也抱有这种看法。倒不是因为我喜欢换尿布，而是因为婴儿需要的是拥抱、爱抚、触摸、听摇篮曲，以及不被干涉。我们的一切做法都是滞后的。孩子小时候，我们不愿经常抱他们，可等他们长大一点儿，我们又开始干涉他们，我们太过于保护他们了。克丽丝和我曾在南方一个富裕的社区里待过一阵子，那里的孩子整个下午都被安排好了！真的！牙医、正齿医生、舞蹈课、兄弟会、寺庙参观、童子军、少年棒球联合会、音乐课——他们一分钟的自由时间都没有。我不知道他们将来会变成什么样子。"

"总之，"她继续有条不紊地说道，"那些中心仍然是某种社区。它们不算大，但也有自己的体制和医疗中心等。人们在里面工作，但不是白白劳动，而是拿报酬。十一二岁的人每周工作一天，十五至十九岁的青少年每周工作两天，年龄更大的每周工作三四天，他们工作的时间取决于他们的兴趣和他们想赚多少钱。老年人可以减少工作时间。实在上了年纪的和那些年老体弱的人，如果不想在中心做事，可以只在社区里帮忙。但大家总要分着做一些脏活儿、累活儿。比如，某人每周有四天是医生，可也要为社区倒几周的垃圾；某个在工厂上班的人，要负责社区中心的节日装扮。而且，你

---

1 莫蒂默·J.阿德勒（Mortimer J. Adler, 1902—2001），美国哲学家、教育家、编辑，是西方世界经典名著项目的发起人。

知道吗？每个人都会做饭，除非有谁真的很讨厌做饭。每个人都要打扫卫生，除非有谁真的很讨厌打扫。总之，按照惯例，随着人口的增加，就会形成城市。哦，对了，工业中心也像城镇和城市那样，建成以后，既可以娱乐，也可以工作，而且周围还有乡村，以便保持生态平衡。就像瑞士的日内瓦一样，明白吗？另外，城市里无论如何都会有大学、博物馆、商业大楼和音乐厅。正如小镇里有人居住一样，城市里也有人居住，可是，就像在乡村一样，人们都是小规模聚居。除此之外，人们还拥有一定的开放空间，每处聚居点也都有一些小空间。如果你想听冈瑟·舒勒[1]的音乐，或看一出先锋派的戏剧，那么，你可能就得去市里。唉。"她叹了口气，开始喝酒。

大家都看着她。她花了多少时间来做这些白日梦呢？米拉心想。

"听起来不错。"凯拉说。她准备找其中的逻辑漏洞。

"我知道，"瓦尔悲伤地说，"我不是要建议大家追求完美，想都没想过。我只是觉得，我们应该寻找一种更人道的生活方式，一种让我们感觉更好的方式。我还记得克丽丝小时候的生活。刚和前夫离婚的头几年，我过得非常不好。我没有钱，他就拿出钱来，希望用这种方式挽回我。那个笨蛋永远不明白，如果他之前表现好一点儿，说不定还有戏。男人似乎总认为权力比爱更有吸引力。我想，他们这么认为也是有原因的吧。总之，那时我的生活糟透了，唯一的好处是，生活里再也没有他喜怒无常的脾气和高声大喝了。下班

1　冈瑟·亚历山大·舒勒（Gunther Alexander Schuller, 1925—2015），美国指挥家、作曲家、小号演奏家和爵士乐家。

后，我要去修女那里接克丽丝，然后回家做晚饭、打扫卫生，在那脏兮兮的办公室里工作，之后还要去超市买东西，一只手提着重重一袋杂货，另一只手抱着克丽丝，每天都累得筋疲力尽。她也累了，然后就会发脾气。最后，我还得给她洗澡，等她睡了，再回到厨房洗那些该死的碗。然后，我回到她身边，又累又苦恼，我讨厌那样的生活。我看着她坐在浴盆里，自顾自地哼着歌，玩着橡皮船，也许根本就没注意到我，我只是一件器具。她的肌肤在水中闪闪发亮，她的头发鬈曲着，她咿咿呀呀地和她的玩具说话。然后，她看见了我。她咧嘴笑着，将玩具往水里拍，朝着我拍，把肥皂泡弄到我的眼睛里，于是我不得不抱起她。她是那么漂亮，那么自由，那么自我……我也不知该怎样形容。不管怎样，因为照顾克丽丝，我才像一个人。如果我们都会那样，全都相互照顾，如果那不是要求，而是一种习惯，是一种大家都会做的事……我在脑中想象着这样的场景。我看到一位心怀恨意的老人在打理一个玫瑰园。其间，几个孩子偶尔过来看他。一开始，他会将他们赶走，朝他们大喊大叫，可他已经在那儿待了很久，他们都不怕他了。几年后的一个春日，他们站在旁边和他说话，他开始教他们如何照料玫瑰，还把大剪刀交给其中一个孩子，教他剪去已经死去或即将枯死的苗芽。"她说着伸出双手，微微笑了笑，"你们就让我当一个傻瓜吧。梦得有人来做啊。"

凯拉从屋子另一边跑过来，捧起她的脸；伊索站起身，替她倒了杯酒；克拉丽莎朝她微笑着。

"我们刚刚已经把你选为我们社区的傻瓜了。"克拉丽莎说。

11

那天派对上的情形在米拉的脑海中萦绕不去。在她看来，那仿佛是神赐的时刻，尽管她是一个无神论者。她们全都被深深触动了，从那以后，她们再也不是原来的自己。她们举办过很多美好的派对，有许多相聚的时光，但这一次，是超越性的，那全然是一幅人类和谐与爱的画面。它能够持久吗？将来有一天，当她们再聚在一起时，还会像那样融为一体，还能感受到这种恩赐吗？这样的恩赐无法被安排、无法强迫，甚至无法去希冀，没有哪一种体制能创造它。瓦尔会去尝试，她会花费宝贵的时间，试着寻找一种不会扼杀心灵的体制。米拉感觉，她能够去尝试，这点值得赞扬，可却注定要失望。当舞曲响起时，最好旋转起来，让自己融入音乐，尽情舞动，然后，记住这一切。可她们全都被瓦尔触动了，于是再也不是原来的自己。她很确定这一点。

那年的冬天漫长、寒冷而又孤独。学校已经停课了。雷曼餐厅里，那些熟悉的面孔都消失了。大家都窝在家里或怀德纳图书馆的小单间里，埋头阅读，整理笔记，写草稿。读完一本书就在读书清单上划去一本，然后再添三十本。米拉的各种列表清单已经塞满了好几个文件夹。其中包括关于《坎特伯雷故事集》的各种研究计划，"马丁·马普雷特论战"里的词条，以及《教会法》和《忧郁的解剖》所有版本的出版时间。

只有瓦尔没在准备口试，她另有打算。她正在准备一项精心的计划，需要和几百个精挑细选出来的人面谈。那些天她似乎总在逃避聚会，似乎对此有所抗拒。她有些焦虑，愈发怒气冲冲：美国不断增兵，在越南扩大轰炸规模，这令她难以忍受。不过，彼时我们所有人都心烦意乱。凯拉面色苍白，脸上就像布满皱纹般皱巴巴的；克拉丽莎的眼窝深陷下去；米拉有点儿焦虑，开始离群索居；唯有伊索精力旺盛。

女人们每周会到伊索家去两三趟，那已是她们最大的享受了。但凯拉几乎每天都会去。她总是心血来潮——有时上午十一点去，有时下午两点、四点，甚至傍晚六点去。如果伊索不在，她就坐在台阶上等，留下孤单娇小的身影。她表情扭曲，愁眉不展。她有时坐在那儿看书，即便这个时候，她的嘴唇都还是颤抖着的。看见伊索时，她就起身笑脸相迎，面庞恢复如初。

伊索没什么钱，但她随时都为朋友们准备着满满一冰箱苏打水、果酒和啤酒。伊索也在准备口试，但她似乎一点儿都不介意被朋友打扰。她会对凯拉灿烂地微笑，然后扶起她，仿佛她的到访是她这一天最重要的时刻。她注意到凯拉那颤抖的嘴唇和拧在一起的手指。她会适时地倒上一杯，从容地坐下来，静静地倾听。她会不时向凯拉发问，但那些问题不是关于现在，而是关于过去，关于她的童年、她的两个事业成功的兄弟、她的父母、小学和高中生活。她们的话题很单纯，凯拉聊得轻松自如。她将自己的故事和回忆、伤痛和成就和盘托出，仿佛是第一次和人说起这些事似的，她在讲述同时也在试图了解自己。伊索看上去很感兴趣，而且是发自内心地感兴趣。"我没打扰到你吧？"凯拉经常停下来，咬着唇问。她竹筒倒豆子般倾诉着，好像她的过去已经尘封了太久，被关得太紧，以至于一旦找到某个可以逃脱的洞口，它就喷薄而出。

"我还记得，很小的时候，我就开始看书，我会说'我就想成为这样的人'，或者'我不想成为那样的人'。大约十岁时，我就开始写日记——就是记一些流水账，列出了一些我想要具备或避免的品性，并把每天的收获都记录下来。就像本杰明·富兰克林那样，只不过我没他那么成功而已。与他不同的是，我并没能在三十天内具备所有美德，包括谦逊。"说到这里，她们笑了，凯拉咬着嘴唇，不安地说，"我用尽了各种办法，但其实那些美德我都没能具备。我一直在退步。这太令人沮丧了，我认为具备那些美德，对我来说特别重要。"

"比如？"

"比如诚实。诚实总在第一位。还有公正——或者公平，随你怎么说。还有服从。对于这点，我真的做不到。"她突然语气一变，开始讲起一件毫不相关的事，她讲起了在高中担任啦啦队队长的岁月，她坐在一个朋友借来的摩托车上，在马路上飙车，不知怎的，竟撞进了沟里。"我讨厌一成不变的事情。那种事我永远理解不了，"她呷了一口杜松子酒说，"还有优秀，不，是完美。不管我做什么……"

"那什么是不好的呢？"

"胆小、欺骗、卑鄙、自控力差，"她不假思索地说，"啊，我好讨厌这些，所以，我才这么爱哈利。他身上没有这些缺点。"

一谈到哈利，她总是音调拔得很高，也更容易情绪崩溃，几杯红酒和杜松子酒下肚，她就开始口齿不清，最后歇斯底里地哭起来。折腾一番之后，凯拉总会得出同样的结论：哈利很好，一切都很好，她不应该喝酒的。

然后她一跃而起，抓起东西跑出去，跑下楼梯，跑上大街。准是上课要迟到了。她一直都很焦虑，就连上课时也一样。她两腿不断地变换着姿势，她点燃一支烟，吞云吐雾，弹着烟灰。她说话时手舞足蹈，有时一激动甚至会把手里的东西丢到房间对面去——可能是一支笔、一杯酒或一支烟。她不时抓抓后脑勺、扮个鬼脸，眉宇间一惊一乍，她把椅子挪得吱吱响，哗哗地翻着书。她总是急匆匆、慌慌张张的，好像一只被追赶的小动物，从一个熟悉的洞惊慌地逃到另一个熟悉的洞，发现每个洞都被堵上了，可还是会来来回回两边跑着。到伊索家时，她常常会坐下来，先花上十分钟跟伊索说她不应该来的，因为她还有这样那样的事要做，并列举一些听起来就不靠谱的计划，坚持说她喝完这杯咖啡、这杯可乐、这杯红酒、这杯杜松子酒就去工作。可是，喝完一杯总有下一杯，到最后，总是不可避免地引出她的眼泪。她似乎没有意识到自己每天都会去伊索家，也没有意识到自己在那里一待就是几个小时。她经常从下午一直待到深夜。哈利渐渐知道了她的去处，有时他会在晚上七八点或八九点打电话来。凯拉从卧室里出来的时候，脸色苍白，神色紧张。她声音空洞地说："我又出错了。"她已经两次忘了要回家准备晚宴待客。她脑子里一片空白。

终于有一天，伊索逼着她摊牌了。那几天，大家都不太好过，那是凯拉口试前一个月，是伊索口试前一周。凯拉紧咬嘴唇，直到咬出了血，她手上长满了湿疹。那些天，她只要喝一杯杜松子酒兑奎宁水，甚至一小杯葡萄酒就会醉。她一边呷着葡萄酒，一边用颤抖的声音讲述着前一天夜里，她在麻省理工大学物理学研究生举办的派对上的一次失态。

"那个康塔尔斯基！那个不可一世的康塔尔斯基！他是哈利的论文导师，哈利的前途就掌握在他的手上！对任何人说这番话都是不妥的，何况是对他说！哈利气坏了——他在回家的路上一句话都没跟我说。我们到家后，他收拾好行李就气冲冲出门去了。我一边哭，一边道歉。我想他应该是去实验室睡觉了。我不怪他。我也不知道自己怎么会干出这样的事来。"

"你到底做了什么可怕的事情？"

她试图详细道来，眼泪却流个不停。她右手紧紧地攥成拳头，指关节青筋暴起，不停地在膝盖上捶着。"我怎么能那么做呢？我怎么能干出那样的事情来呢？"她不住地抽泣，声音尖细，含糊不清。最后，她平静下来："我喝了几杯酒。当时康塔尔斯基正在和我说话，俯视着我，你要知道，他很高大，他带着父亲般的仁慈对我微笑，但我知道那姿势、那表情是什么意思——他是在色眯眯地看我，想看看我能为丈夫的事业做多少'贡献'。周围还站着其他的人，大多都是教授，最边上，在这些教授的身后，是那些贪婪的小研究生，他们渴望发表意见，陶醉地呼吸着这位了不起的大人物呼吸过的二氧化碳。他正在谈论他的学术生涯，他说那种生活很美妙，说我和哈利能一起度过学术生涯是多么美好的事。我抬头看看他，轻轻弹了弹烟灰，说我不觉得有多好，还说，就我所知，学术界全都是一些没种的怪胎。"

伊索咯咯轻笑起来，然后爆发出一阵大笑，直到眼泪从凯拉的脸颊滑落，笑声才停止。凯拉惊恐地看着她。"你没注意到吗，我不确定他是不是在调戏我！他什么都没说！如果他说了什么，也就没有这么糟了！我不能确定啊！"她不停地说着，而伊索一直在笑。于是凯拉也不由得偷笑起来，两人放声大笑了一阵。"啊，那个浑蛋！"她气呼呼地说，"他真的很浑蛋，真的，我很高兴自己说了那番话！"然后，她的表情突然严肃起来，"只是，可怜的哈利。我真不该那样对哈利。我不适合出席公共场合。"

"我觉得你干得不错，"伊索叹了口气，替她擦去眼泪，"那个自我膨胀的自大狂，那个蠢货康塔尔斯基！他们觉得自己在做什么了不起的事——如果他们只会空想，又怎么能做出对人类有益的事呢？米拉会说，他们真该一周扫一次厕所。他们真该这么做。"

"伊索，你真这么想的吗？"凯拉咬着嘴唇问，"可我怎么能那么对哈利呢？"

"听我说，凯拉，作为一个崇尚诚实和勇气的人，你现在却陷入欺骗和怯懦中了。"

"我？"凯拉把手掌贴在胸前，"我吗？"她把杯子重重地放在桌子上，里面的酒都溅到裙子上了。她站起来，从包里拿出纸巾。"我可能是个总是喝得醉醺醺的贱人，但我并没有不诚实！这么说不公平！"她一边说着，一边擦着裙子上的酒渍。

伊索温和地看着她："你是我见过的最不会说谎的人。"

凯拉坐在椅子上，眼里又涌出泪水。

"你对别人撒谎了，也对自己撒谎了。你不停地一遍又一遍说哈利很好，你很快乐，你们的婚姻很幸福，好像你可以让这些变成真的似的。但其实你快要崩溃了，你很痛苦——谁都看得出来。我不明白为什么哈利看不出来。天知道，你和他一起参加派对时都会哭。你经常哭。"

凯拉的眼泪夺眶而出。她号啕大哭。她瘦小的身体一起一伏，仿佛要被心中的痛苦击垮。伊索挨近她，握住她的手。凯拉把头埋进伊索怀里，不停地哭着。她紧紧地抱着伊索，在她手臂上留下深深的抓痕。她一边抽噎着，一边倾诉。她所讲述的每件事都引向了自己的不足。哈利很好，可他似乎并不爱她，但那是因为她要求太多了，因为哈利已经很了不起了。当他在实验室有所突破，满心激动地回家来，想要和她分享时，她却不在，他当然会很失望。而当她想和他说话时，他在忙着学习，不想被打扰。他的工作非常困难，非常重要。这一切都情有可原，都是她不好。她不停地咬着嘴唇，咬得嘴唇都流血了，沿着下巴滴下来。"但我也有高兴的事情想要分享的时候，但我想和他说话时，他都在忙，不想听我说。然后就是口试。他在准备口试的时候，我包揽了所有家务，什么事都是我来做，好让他可以心无旁骛地学习。我也要上课，也要开会，可我还得切菜、做饭、打扫卫生。等他不在家时我才能用吸尘器；我接电话都得压低嗓门，就好像他准备口试是一个特别神圣的仪式，而我就是扫教堂的女信徒。"

"可现在到我要准备口试的时候，他做了什么呢？什么也没做。他还希望我继续伺候他，他还要带朋友回家来让我招待。他现在不是很忙了，他的工作差不多都完成了，有时间和朋友们一起玩。嗯，我理解这一点，我不怪他，我爱哈利，他努力工作了这么久，有权放松一下。他并没有恶意——他只是不知道我有多害怕而已。他觉得英语特别容易，觉得我够聪明，不用怎么复习就能通过。"此时，她还坐在椅子上，但腿不再动来动去了，"那是最令我沮丧的一点。好像他不把我当回事似的。"

"他对所有学英语的人都是这么看的吗？"

"是的。他对英语这门课程最不以为然。他喜欢艺术和音乐，他说，历史专业也有存在的理由，还有哲学，甚至语言学——他尊重语言学家，但他瞧不起学文学的。他说读书谁都会。他觉得他对文学的了解不亚于我们当中任何一个人。这倒是真的，他确实知道不少。要去指责哈利很难，因为他总是对的。可他这种态度我还是觉得很讨厌。"

　　大约晚上十一点时，伊索去厨房拿出罐头汤、饼干和奶酪。她与凯拉争辩，告诉她她很聪明、她的工作很有意义。"我曾听哈利谈论过文学作品，他的观点很古怪。他觉得詹姆斯·布兰奇·卡贝尔是最伟大的作家，这倒也无所谓，听听不一样的见解也算是好事，可他说的与我们的工作毫无关系。我们研究的是各个时代观念的不同所引发的创作风格的变化，研究的是整个文学的传统……"

　　凯拉咯咯轻笑着说："你去跟哈利说这些吧！你这么一说，我们的工作似乎确实有意义多了！"伊索站在炉子边搅拌着汤汁，凯拉搂着伊索的腰，伊索搂住她的肩膀，俯身轻轻地吻了吻她的额头。

　　她们边吃边聊。凯拉很高兴。"我已经好几年没有这么开心过了！你让我觉得自己值了，我所做的那些都是值得的。"伊索坐在沙发上，身体舒展开来，凯拉跑过去坐进她的臂弯里，伊索紧紧抱住她。凌晨两点，两人上床歇息，凯拉躺进伊索的怀抱。

　　第二天，凯拉回家去给植物浇水。她在空荡荡的屋子里待了两天两夜，试着静心学习，可她又跑去了伊索家。自那以后，她们就轮流到对方家里复习，偶尔抬头冲对方微笑。她们一起煮咖啡，每天下午四点一起喝杯酒。

　　她们一起出门时也如胶似漆。她们一起轻快地走过街道，高兴之情溢于言表，米拉觉得，陌生人都看得出来她们有多亲密。伊索顺利地通过了口试，一群人出去庆祝。凯拉看起来像是变了个人——但仍然很活泼、精力充沛，仍然习惯敲酒杯和扔勺子，但她的嘴唇不再像以前那样颤抖，而是安静地微笑着。

几天后，凯拉和伊索在凯拉家里看书，伊索正在考她关于文艺复兴的问题。这时，哈利走了进来。他当然不明白她们那种关系。他对伊索很热情，对凯拉有些冷漠和客气。而凯拉则立刻僵硬地站起来，不安地交叉两腿，然后又打开。

"如果伊索不介意的话，我想和你说点儿事。"

"我很忙，哈利，我在复习。"

"是很重要的事。"他温和而又带点儿嘲弄地说。

凯拉咬着唇，求助地看着伊索。

"我得走了，我还约了米拉四点半见面。"伊索撒谎说。

凯拉站起来，抱了抱伊索："谢谢你，谢谢你帮我，谢谢你所做的一切。我回头给你打电话。"

"我想回家。"哈利一边用手指理着头发，一边说。每当他心里不安时，就会做这个动作。哈利的父亲在西点军校受过训练，所以也训练过他的儿子如何保持"镇静"，也就是不能有任何显露感情的表情。

"我又没赶你走。"

"你赶了，凯拉。"他提高了音量。他面无表情地叙述着他的委屈，就像法官在宣读犯人的罪状一样。她的罪状包括：本该在家的时候却不在；忘记准备招待客人的晚餐；每天也不好好做饭；经常在派对上喝得烂醉如泥；最为严重的是对康塔尔斯基说了那番可怕的话。"所幸，他的前妻也有过几次精神失常——"

"她当然会的！"凯拉脱口而出。

"所以他能理解，"哈利皱起眉头，但还是继续平静地说，"我和他聊了很久——"

"聊我吗？你和他谈论我？"她尖声问道。

"凯拉！你到底要对我怎样？我看你是想毁了我！我觉得你有点儿神志不清——真是疯了！"

"你就是这么想的！"她暴跳如雷，将桌上的一个玻璃花瓶打翻在地，"我所做的一切都是为了毁了你，是吗？"

哈利努力控制着自己的表情，他的动作像是在炫耀他多么有耐心。他弯腰捡起花瓶，将它放在高高的壁炉架上。凯拉站起来，冲进厨房，给自己倒了杯纯杜松子酒。

"如果你又要喝醉，那我就走。你那个样子，根本没法和你说话。"

她跌坐在沙发上，开始了漫长的控诉：他经常不回家，即便回到家也是——

"你什么意思啊？"

"你知道我是什么意思！"即便在家的时候，他对她，对她的工作、她的学习和她的发现也丝毫没有兴趣，他只需要她当一名听众。他在准备口试的时候，她为他做了一切事情，可到她要复习的时候，他却什么也不管。还有，还有（她咬着嘴唇，别开了头），在性生活上，他也不体谅她。

哈利平静地坐在那里，像一尊精致高贵的希腊雕塑，可听到最后一项指责时，他眨了眨眼睛，转过身来。

"怎么体谅？"

"你知道该怎么做，你知道的。你总是那么心急，还没等我准备好就进去，在我还没兴奋起来的时候是会很痛的，你都知道的，你不是明知故问吗？"

哈利直视着她，眼里流露出恐惧的神色。然后，他移开了视线，可他的表情变了，带上了一抹痛苦的神情。这让她有些难受。于是，她语气缓和了一些："我们之前也聊过这个问题。我问过你。可你似乎忘记了。"

他盯着地板，双手在膝盖间轻轻地摩挲着："原来真是这样。这些日子你一直对我怀恨在心，原来就是因为这个。你那些疯狂的行为……"

"不是这样的，"凯拉的声音听起来很平静、很坚定，"是因为你不把我当回事。无论在哪方面都是那样。"

"胡说。"

她又说了很多，可这一次，她的声音很平静，很庄严：他觉得她的工作不重要；觉得她情绪波动大，因此不正常；觉得她关心的事情没有意义。她给他举了一个又一个例子。哈利站起身来，又开始用手指梳头发。他凑近她身边，但没有直视她的眼睛。他脸侧向一边，望着窗外说："我不是故意要伤害你的，凯拉。"

她闭上眼睛，一滴眼泪沾到睫毛上。哈利站在她面前，低头看着她。"凯拉，我会试着改变的。"这是她第一次听到他对自己没有把握，她知道对他来说这有多难。他就像天使一样站在她面前，最后一抹夕阳照在他的头发上，白得耀眼。他是因为她才落下凡间，是她把他拖到了这个有着肉体、苦痛、局限的不完美的世界。他本不属于这个世界，他的世界里只有纯粹的理性。他的表情从不曾那般悲伤，他的声音从不曾那般颤抖。她抓起他的手，轻轻地吻着，用脸颊摩挲着。他俯下身，吻了吻她的额头。凯拉突然闻到了自己腋下的汗味，当他俯下身来拥抱她时，她发现自己在流汗，她似乎闻到自己裤裆处有腥臭味，一定是来月经了。于是她推开他，让他坐回椅子上。她用手捋一把头发，感到头皮又黏又腻。"我和伊索在一起了。"她说。

哈利看着她。她仔细解释了事情的经过，她说她之前很难过，伊索很同情她，她在绝望之中从伊索身上寻找爱。

"嗯。"除此之外，哈利什么也没有说，她在解释的时候，他一直眼神犀利地盯着她。他最后问道："你是说，在感情上，我被一个女人取代了吗？"他的嘴角抽动了一下。

"不。这种感情是不一样的。她没有取代你，只是一种填补。"

"那就忘了吧，"他站了起来，"如果你乐意的话，我可以回来了吗？"

她感到满满的爱意从心底涌起，当她抬头看着他，这爱意从她眼中流露出来。

"啊，当然，哈利，亲爱的，当然。"

"那我去车里拿东西。"

"好的。我去冲个澡。"

她一边洗澡一边哼着歌，水冲走了她的汗臭和油脂。她洗得很彻底，把身体的每处都洗得干干净净。他比她之前认为的还要好。他很大度，他能够接受批评，他能够原谅和理解。他们会有一个崭新的开始。也许他们应该要一个孩子。她在怀孕期间也可以写论文，说不定会挺有趣。

那天下午，他们做爱的时候，哈利很小心，很卖力。他爱抚她的身体，用鼻子蹭她的胸部，还揉了她的阴蒂。他并没有逼她，还问她是否准备好了。当他第三次问她的时候，她再不好意思说没有，于是撒了谎。她忍着痛让他进入，很感激他如此体贴，同时也懊恼自己太迟钝，更为自己假装高潮而不安。之后，哈利满足地躺了下来，眼中带着成就感和愉悦。

凯拉的嘴唇又颤动起来。

12

凯拉抽着烟，不安地和米拉说着她和哈利的约定。接下来的两周，家务都归他做，直到她口试结束，以后，他们会共同分担家务。她想几点回家都可以；他要像她配合他一样配合她准备口试；她还可以跟伊索像朋友那样交往，但不能有性关系。

雷曼餐厅空荡荡的，可是她们周围的桌子上一片狼藉，堆满托盘、空咖啡杯、乱七八糟的薯片袋和烟盒。米拉听凯拉讲着，试着将凯拉传达的自信和快乐通过眼神和微笑反映出来，可她的情绪很低落。她觉得这个地方很压抑，满是残羹冷炙，全是过去的残渣，午餐和咖啡把这里弄得一团糟，却一点儿都不值得，除了满足赤裸裸的饥饿感，毫无意义。瓦尔坐在米拉旁边，静静地听着。最后，凯拉站起来，看了看表，急匆匆地走了。

"我真不敢相信。"米拉悲伤地说。

"我明白。"

"我也能。本和我也许能相处得还好，但哈利不一样。"

"他居然能这么轻易地接受凯拉和伊索的事，简直不可思议。"

"他这点倒很不寻常。"

"哈!"瓦尔嗤笑道,"那只说明他并没有当真。找一个女人当情人不算数。"

"你是这么想的?"米拉很惊讶,"瓦尔,有点儿慈悲心吧。"

瓦尔扮了个鬼脸。"越来越难了。"她看上去很憔悴。那些天,她几乎一直都在忙反战委员会的事。她力求让每个人知道,战争已经蔓延到老挝和柬埔寨了,还说我们正在摧毁整个印度支那。她总感到愤怒和焦虑。她叹口气,转身对米拉说:"所以,你和本怎么样了?"

"我们很好,至少我觉得很好。一定是这个地方的缘故,"她四处看了看,"到处是垃圾,到处是剩菜,好像你永远也无法摆脱这些东西……"

瓦尔皱起眉头,一脸困惑:"什么东西?"

"我也不知道。我不知道自己的情绪为什么这么低落。大概是因为听到凯拉兴致勃勃地讲她和哈利的打算。她在向往一个美好的未来,但我觉得她和哈利不会如愿。她还说也许可以要个孩子……你知道吗,有时候你自我感觉良好,可是,可能在别人眼里,你太轻信一个人了,就像我看凯拉一样?"她迟疑地说。

瓦尔笑了:"我就当你是在问我好了。我不认为你轻信别人。我觉得本很好。"

"可是,"米拉小心翼翼地说,"他也想要孩子。"说完观察着瓦尔的反应。

她的表情并没有变化:"你怎么想?"

这下轮到米拉不安地抽烟了。"这个嘛,"她心不在焉地笑着说,

"也许我这么说有些奇怪，但我都不确定自己想不想结婚。"她继续说着，瓦尔认真地看着她。她忘了，她现在说的话正是一年前听瓦尔说过的。婚姻使人习惯了某些好处，所以，人们视这些好处为理所当然，但同时，不尽如人意的事情也被夸大了，于是，人们觉得痛苦，就像眼里进了沙子。忘了关的窗户、忘了收起来的牛奶、吵闹的电视和浴室地板上的袜子都能引发难以想象的愤怒。在婚后的两性关系当中，产生了某种微妙的变化——婚姻意味着承诺要与配偶以外的异性保持距离，即便很多时候这一点并未被严格遵守，但仍然产生了巨大的影响。有人觉得被它束缚了，要主张自由。有人视它为缰绳，努力克制欲望，远离可能产生欲望的场合，避免在派对上和有吸引力的异性长聊。时间一久，所有对异性的感觉都被扼杀了，与异性之间的交流也局限于礼貌范围内。于是，男人们凑在一起谈论商业和政治，女人们聚在一起聊八卦。可是，有时候，当你那么做时，会有一种死亡的气息从生殖器里渗出来，蔓延至全身，直到通过眼神和姿态让人表现出一副了无生趣的样子。可另一方面，如果本对其他人产生"性趣"，她又会非常痛苦，而且她希望他也有同样的感觉。可是，如果他们结婚了，会怎样？本会觉得自己与精彩的生活隔绝了吗？反正她不会觉得。她对别人没有欲望——当然周围也没有多少人，也许换一个地方……可是她会失去她的朋友们吗？她和瓦尔、伊索，还能彻夜畅谈吗？她和本会成为一对夫妻。然后，他们在一起会失去热情，生活会变得平淡。

还有孩子——说到这里，她犹豫了一下，声音变得低沉。孩子。她使劲摇着头："我不能再回到那样的生活，我受不了。我爱我的孩子们，我很高兴有了他们，可是，不，不，不！但他毕竟有要孩子的权利，不是吗？只不过他不是负责生的那一个而已。如果我不得不生——我不会觉得特别期待，但我还是会生。但你也知道，这条路会没完没了的。如果在我六十岁、他五十四岁的时候，他离开了我，留下还在上大学的孩子，还得由我照顾。可他仍然想要孩子，如果他坚持的话……"

"是的，如果他——他没必要坚持，只用给你压力就够了。"

"是的，那我该怎么办？"她不安地抽着烟，"我也不知道。我知道我不应该再生孩子，我自己知道。可是我很爱本，我可能会让步。一想到失去他，我就感觉好像坐着电梯突然往下掉了十层楼。他是我生活的重心，因为他的出现，一切才变得美好。可是如果我生了孩子——啊，天哪，我也不知道。"

瓦尔看着她，米拉从瓦尔脸上看到了令瓦尔与众不同的东西。这一刻，她的表情里包含了一切：理解、同情、对痛苦的了解、意识到那些我们年轻时视为幸福的事物的难得，以及一种具有讽刺意味的快乐——幸存下来的人才明白小小的快乐是多么珍贵。

米拉摊开手。"没有解决办法。"她耸了耸肩。

"问题是必须得做出选择。"

米拉疑惑地皱起眉。

"你们必须做出选择。要么继续在一起，要么分开。要么结婚，要么不结。要么生孩子，要么不生。"

米拉心里一沉。"我就是无法选择，"她问瓦尔，"如果我们在一起，但不要孩子，你觉得他将来会原谅我吗？"

"如果你们在一起，生一个孩子，你将来会原谅他吗？"

米拉笑了。她们一同哈哈大笑起来。"去他妈的将来！"瓦尔喊道。米拉握住她的手，她们坐在那儿，望着彼此不再年轻的脸庞，在岁月的洗礼下，添了些许皱纹，在生活的历练中，多了几分豁达。在这个满是年轻人的地方，她们这些幸存者因为一个只有她们能懂的玩笑而开心着。米拉想起几个月前，在一场化装舞会上，瓦尔出场的那一刻。她穿一身性感的黑色衫裤套装，上面缀饰着羽毛，她的头发闪着银色的光泽，眼睛上涂了绚烂的蓝色眼影，手拿一根长长的黑色烟斗。她走进来，摆了一个浮夸的造型，大家都停下来，看着她笑了。她也笑了。她站在那儿，一副泰然自若的样子，此刻，体形和年龄又算得了什么呢？她摆出一副诱惑的姿态，得意地笑着，她是在笑自己，笑自己的幻觉和欲望，笑她这种妖艳的模样——但若没有这些，这个世界岂不索然无味？我们中有一些人懂她。我们都将是被嘲笑的对象。人们都看得出我们的脖子变干瘪了，下巴变松弛了，走路姿态不再轻快，发际线也后退了。年轻人也一样，尽管他们还不承认自己会变老，不承认他们想象的美好生活不会实现，但他们已经知道，有些东西并不是那么理想的，比如身材不够修长，膝盖上的皮肤不够光滑。就连我们中最年轻、最漂亮的人都有对自己不满意的地方，比如眉形不好、鼻孔太大。所有我们这些漂亮的、上了年纪的人，都在迈向死亡之际打扮着自己，用生命来装扮自己，试图摆脱死亡的阴影。她让我们看到了这点。她进来的时候神采飞扬、笑靥如花、艳光四射。啊，瓦尔是不会屈服的！

13

　　她第一次做噩梦是在口试前那一周，从此以后，她每晚都会做噩梦。醒来之后，她大汗淋漓，浑身发抖，于是起床抽烟，在房间里走来走去。但她没有告诉哈利。她谁也没告诉。

　　她梦见自己在进行口试的房间里，那是一个铺着木地板的房间，里面有几扇小玻璃窗和一张闪亮光洁的大桌子。她走进去时，测试她的三个男人正坐在桌子的另一端吵架。她刚走进去就看见了角落里的一堆东西。她立刻就知道了那是什么，可她不太相信，她很羞愧，于是她走近了去看。那正是她所想的东西。她很害怕。那些用过的卫生棉和带血的内裤都是她的，她知道那是她的，而且她知道那几个男人也会知道。她试图站在前面挡住它们，可怎么也藏不住。这时，那三个男人停止了争吵，转过头盯着她看……

　　她焦虑极了。她又迅速地列出了一大堆计划，她早上一起床就跑去图书馆看书，直到闭馆。可一天结束后，她发现自己什么也没看进去，脑中只是塞满了文字。她向哈利诉说心中的恐慌，可他并不当回事。

　　"凯拉！你想的这些太荒唐了！根本没什么可担心的！"

　　她的害怕让他不耐烦了，他说她的主考官算个屁，她肯定能把他们哄得团团转。从他的不耐烦之中，她察觉到他对成年男人学英国文学的蔑视，只是她太过慌张、太过恐惧，所以并没有说什么。她很少和哈利说话，她没日没夜地看书、列计划，把完成事项一个个划掉，每晚都做着同样的梦。

　　考试那天，她走进那间铺着木地板的房间，看到那张光洁的桌子，以及坐在桌旁的三位主考官。他们为要不要开窗，如果要开，开哪扇窗、开多大争论了半天。他们就像住在一起、吵吵闹闹五十年的老年三人组。她看了看房间角落，那里空荡荡的。于是她坐下来。她浑身都在颤抖。

两个多小时后，主考官走到她身边轻声告诉了她考试结果，她颤巍巍地走下楼梯。她感到自己的下巴绷得紧紧的。她不能在这儿，不能在他们面前，不能在沃伦楼哭出来。她抓着扶栏，小心翼翼地走下去。她不能在这儿跌倒，不能。面前的物体在她视线中闪烁、游动，还有一群人，看上去有些眼熟，没错，那是伊索、克拉丽莎、米拉和本。有人问："怎么样了？"她在喉咙里艰难地迸出一声："我通过了。"他们都欢呼起来。但他们一定看出来了，一定理解她的心情，因为他们把她抛了起来，周围洋溢着兴高采烈的气氛。他们将她托起来，一路走着。已经是四月，万物萌芽，空气中充满着清甜的香味。

他们带她去"托加"，点了酒，开始询问她具体情况，她向他们复述了几个考题，看到他们被吓住的样子，不禁笑了出来。"听起来很不可思议对吧？他们问那些问题，只是想吓唬我，可它们真的吓到我了！"

她们喝了一杯又一杯。有人站起来去给瓦尔打电话。半小时后，她来了。这时，也有人给哈利打了电话——凯拉隐约感觉是米拉，因为伊索悄悄地跟她说了些什么。可是，哈利没有来。凯拉没有问为什么，她甚至压根没有提起这件事。他们点了吃的，过了一会儿，他们又买了一些便宜的酒带到伊索家，坐在一起喝酒聊天，很晚才离开。凯拉没有离开。

伊索送瓦尔走时已经凌晨一点多了。她回来时，看到凯拉像个孩子似的蜷缩在木椅边，双手抱着肩，浑身都在不住颤抖。

"其实我失败了，伊索。"她说。

伊索脸色苍白地坐了下来："你是说你撒谎了？"

"噢，没有，没有，他们说我通过了。胡顿走过来小声说我通过了。"伊索松了口气。"可我彻底垮了。"凯拉说。

伊索又斟了一杯酒。"伊索，没用的。我做不到。在他们的世界里，我实现不了自己的理想。我受不了。"凯拉跟伊索讲了她的梦。

"你对别人说过吗？找个人聊聊可能会好些。你告诉哈利了吗？"

她摇着头说："那样他只会更看不起我。"她描述了哈利的反应，"都是一样的——哈利、哈佛、整个该死的世界，天哪！我还是回家，生两个孩子，剩下的人生都在烤面包、种花和织布中度过好了。我受不了了，受不了了。"

"别瞎说！"

"你觉得那样不对？"

"天哪！"伊索站起来，踱着步，"我真受不了你那样的想法。"

"他们挫了我的锐气，他们有那样的力量，我给了他们那样的力量。从梦中就可以看出那是什么样的境地。面对他们，我没有底气。我受够了尝试，受够了向哈利证明我和他一样理智、聪明，受够了向哈佛证明我也能够写出那些了不起的杰作。"

伊索走来走去，双手环肩。凯拉看见了，也明白了，伊索正在切身感受着她的痛苦。"问题是，"伊索极力让自己的声音冷静下来，"烤面包和种花，会让你厌烦的。"

"不，不会。能做那些多好啊。"

“是啊，那些也是挺好的。我的全部身心都在告诉我，那是最好的，是极其重要的事。”

“不是根据哈佛或政客们的标准。”

“不是。可问题是——并不是说我觉得哈佛和政客们的标准，或男性建立的其他标准就正确——你得做比种花和烤面包更重要的事，是因为他们做的大部分事情都是短暂的，没什么营养，也没什么创造性。生小孩当然是很了不起的事，可——”她转身对凯拉说，“种子很早以前就在你身上播下了。你逃也逃不掉。你还不明白吗？”

她坐在那儿，啜着酒，颤抖着。

凯拉看着她。

“我知道这一点，是因为我身体里也有这样的种子。”伊索颤抖着说。

“种子。”

“我算是聪明，你也挺聪明。我们也都称得上优秀。我们拥有许多女人没有的机会。我们的志向与我们的智力、背景是匹配的。我们要在他们那该死的世界里实现它。可假如我们放弃了，假如我们说，去他的，就让他们自我毁灭吧，我要去打理我的花园了。假如你那么做了，会怎样？对我来说是会不同的。假如你和哈利或别人走了，放弃这个烂摊子，回家生孩子、种花、烤面包，你仍然不会觉得自己有底气，你还是会对世界充满仇恨。你会加倍讨厌它，因为你觉得你在其中失败了。你还会讨厌你的男人，那个在外面有底气的人，那个可以实现理想，却不用饱尝那种仿佛被吞噬了灵魂的感受的人。”

"只是'仿佛'而已，"凯拉讽刺地说，"米拉今晚给哈利打电话了，是吗？"

"呃，我不知道。"伊索闪烁其词。

"可他却没有来。我觉得是因为你在那儿吧。可他为什么不去门口等呢？"

伊索盯着她手里的酒。

"所以，我现在是进退两难了吗？"凯拉笑着伸了伸腿，"毁灭的种子把我控制住了？"

伊索笑了。

"过来亲亲我吧，你这个末世论者！"

伊索走了过来。"听着，"她笑着说，"我不想成为替代品。感觉就好像——如果哈利不来，还有伊索。"

凯拉的脸皱成了一团："啊，天哪。我已经尽力用最合适的方式对待你了！伊索，我爱你。但我不能承诺任何东西。你能吗？"

伊索笑着坐在地板上，凯拉也过去和她坐在一起，她们拥抱着对方，亲吻了很久。

14

"真是的，"米拉环顾着瓦尔那乱七八糟的客厅，到处都是纸、油印传单和小册子，"据我所知，凯拉留在伊索家了，哈利都气炸了。他说了一些很恶毒的话。你当初说的是对的，他一开始就没当真。"

"男人啊。"瓦尔一脸嫌弃地说。

米拉看着她:"我很久没看见塔德了,出什么事了吗?"

瓦尔的嘴唇抽动了一下:"哦,都过去了。"

"你还好吧?"

瓦尔点燃一支烟:"最近我们似乎都有点儿忧郁。嘿,忧郁的词源是什么,英语专业的?"

"我不知道。你们怎么了?"

"不是塔德的原因。我觉得不是。总觉得,我比自己想象中更在乎他。那是我的问题。有些人的问题在于他们觉得自己很在乎别人,其实不是。而我的问题却是,我总觉得自己不那么在乎,觉得没他们我也可以过得很好,可最后却发现我比自己想象中更爱、更需要他们。可这一次,我不这么觉得。我觉得愧疚。一旦你开始质疑自己的行为,一旦你开始觉得自己在某些事上做错了,那么,一切就都摇摇欲坠了,因为上一周的错误行为可能是十五年前一次选择的结果,你会不由得质疑所有的事情,所有的。"

瓦尔把脸埋进掌心。

米拉担忧地看着她。她从没想过瓦尔会和其他人一样脆弱,她下意识地把瓦尔当成了超人。可是,现在,瓦尔在发抖。

"发生什么事了?"

"那是复活节期间的事情了。"她说。

复活节期间,克丽丝放假回家了。那是圣诞节过后她和瓦尔第一次见面,她们自然形影不离。克丽丝回家的那晚,她们聊到很晚。她们想单独聊天,不希望塔德在那儿,可是塔德坚持要留下来。当时的气氛很尴尬，她们很生气，但瓦尔不想伤害他。最后，大约凌晨两点半时，他终于去睡了，她们于是可以单独聊天。她们一直聊到天蒙蒙亮，然后亲吻、拥抱了对方才回到各自房里。

第二天，塔德生气了。她们早上七点才回屋睡觉，下午才起床，他从早上醒来就被晾在那里大半天。他因为前一晚被她们排斥而生气。瓦尔刚起床，还没来得及喝咖啡，他就朝她撒气。他怒气冲冲地看着她，还尖刻地批评她晚睡。她没理会他，就坐在那儿喝咖啡。他于是默不作声，开始假装看《时代》，把杂志翻得哗哗响。

"你让我觉得自己就是一个不相干的外人，"他突然说，"昨天晚上，你和克丽丝根本就不想和我说话。你们也一句话都没和我说，好像当我不存在似的。你无视我！"他说着站起来，走到炉子旁边，对着空咖啡壶咒骂了几句，把它呼的一声放在炉子上，"我还是不是这个家里的一分子了？"

如果瓦尔完全醒了，也许她会采取不同的处理方式。可她当时抬起头，讥讽地看着他，冷冷地说："很明显，你不是。"

仿佛当头一棒，他脸色都变了。一瞬间，她觉得他快要哭了。看他这样，她觉得很内疚。她想过去抱抱他，跟他道歉，但已经太晚了。他摇摇晃晃地站在那儿。

她试图补救，于是温和地说："至少，在我和克丽丝的关系面前是这样。毕竟，她是我的孩子。我们很亲密，而且我们很久没见了。我们也想有独处的时候。"也许会没事，她也拿不准。她伤害了他，也将为此付出代价。也许他心里明白，却不会轻易地原谅她。即便那时，她还倔强地以为，也许会没事的。她又补充道："塔德，其实你是我生命中很小的一部分。你一定得明白这一点，我快四十一了，我的人生很复杂。你闯进来，说我们在一起，我同意了，于是你好像以为这样就可以永远进入我的生活。你怎么会这么想？你有问过我，是否希望你永远留在我的生活中吗？你就那样闯进来，完全不顾别人的感受。你表现得好像我们结婚了似的。听你的语气，就好像我只能和你上床，再也不可以和别人上床了似的。不可能！"

她一股脑儿说完了这些。塔德面无表情地看着她，从厨房走出来，来到客厅，抱着头坐在那儿。

她喝完了咖啡。她当时又急又恼，没想到自己竟然那么生气。"爱情。"她自言自语着。她觉得，爱情让你隐藏自己的不快，所以，当它发泄出来的时候，就成了有毒的东西。但她不觉得愧疚，如同她欺骗他时一样。这时，克丽丝摇摇晃晃地走进厨房，一副睡眼惺忪的样子。

"塔德怎么了？"

瓦尔告诉了她。克丽丝"嗯"了一声。昨天晚上，妈妈没让塔德走开，她还在生妈妈的气。可今天早上，她又觉得妈妈太不近人情："你不觉得那样说太无情了吗？"

"没错，是很无情！"瓦尔愤怒地吼道，"你觉得我什么事都能处理得好，是吗？"

"好像是的。"克丽丝说。瓦尔真想扇她一耳光。

她做好早餐，让克丽丝回客厅去叫塔德。他不吃。于是，她们一边吃东西，一边安静地看《时代》。这时，两人都已清醒，偶尔也会交谈几句。瓦尔还在生克丽丝的气，所以有点儿爱搭不理。

"对不起，"克丽丝说，"只是，他看起来很可怜。我从客厅路过的时候，还以为他在哭呢。我一直觉得你应该能治愈每一道伤口，让一切好起来，但如果你没那么做，就是你的不对。"

"是啊，"瓦尔苦涩地说，"我当然能。我就必须否定自己的感受。因为人们就希望母亲那样做。"

"我知道，我知道！我说了我很抱歉。"

"孩子啊。"瓦尔喃喃着，"作为母亲，就不应该有自己的情感，以便成为别人永远的慰藉吗？"

克丽丝看着她："要不是我很了解你，我会觉得你在内疚呢。"

瓦尔把脸埋进掌心。"我确实很内疚，我伤害了他，心里也不好过。"她抬起头，"更糟的是，我想伤害他。我一直感觉被限制着。我想伤害他已经很久了。"

傍晚时分，瓦尔平静了一些，不再对塔德那么生气。她闻到客厅里有大麻的味道，知道他抽大麻是为了麻痹自己的感觉。她心中对他充满歉意，他看上去非常无助。伤害一个无助的人，是不可原谅的。她走进客厅，坐在塔德旁边的椅子上。

"塔德，对不起，我刚才说了那么残忍的话，"她说，"我很生气，而且觉得自己已经生气很长时间了，却不自知，所以，才以那样的方式发泄出来。我真觉得你是我生命的一部分——如果你现在还在意这个的话。"

他猛然抬起头："你和别人上过床吗？"

"什么？"

"你听见了，瓦尔！你到处和人上床吗？"

"你浑蛋！"她火冒三丈，"关你他妈什么事？"

"是你自己说的！你说要是我以为你不会，那就太自以为是了。我想知道你是不是这样。我必须知道。"他的声音沙哑。她觉得火气下去了一些。

"是不是又有什么关系？"

"关系大了。你觉得我会跟一个婊子在一起吗？"

她冷冷地看着他："如果那就是你看待事情的方式，那你现在就可以走了。你以为我过去二十年都在干什么？"

"这个我不在乎，那是在遇到我之前。"

"我明白了。你可以接受某个人并不一直都是你的，但不能接受她和你在一起时不是你独有的财产。"

他似乎没听明白："你到底有没有？"

"有。"她回答。

"谁？"他一屁股坐回沙发上。他很沮丧，很绝望。

"那不是你该问的。我想告诉你的时候自会告诉你。"

他的脸突然绷紧了。"谁？是谁？我必须要知道，瓦尔，我必须得知道！"

"老天！"她一脸反感地说，"蒂姆·瑞安。"

蒂姆·瑞安是和平小组的一员，是塔夫茨大学的本科生。

"瓦尔，他才十八岁！十八岁啊！比克丽丝还小！"

"那又怎样？你也没比克丽丝大多少啊。什么时候年龄变得那么重要了？"

"我要杀了他。"塔德咬牙切齿地说。

"老天哪，"瓦尔站起来，"去吧，把书里那些愚蠢的游戏都玩个够。我可不会浪费时间陪你玩。"她说着离开客厅，回到自己的卧室，坐下来开始写报告。几个小时过去了。她听见塔德去厨房倒了杯酒，又回到客厅，但他一句话也没和她说。大约晚上九点时，克丽丝饿了，开始准备晚餐。克丽丝问塔德要不要，他拒绝了。可是，她和瓦尔吃东西的时候，他又去厨房倒了两次酒。他走路东倒西歪，还差点儿滑倒了。每次返回客厅，他都一言不发。

克丽丝皱着眉头说："妈，我今晚要出去，和几个朋友聚一聚。他们说巴特也要去，我已经几个月没和他联系了，很想见一见他。"

"亲爱的，别担心，我应付得了塔德。能出什么事呢？他喝醉了，可能会断片。如果出点儿什么事，我能跑，他可跑不动。"瓦尔笑着说。

她们快吃完的时候，塔德又跌跌撞撞地跑去厨房，可这一次，他倒完酒后，摇摇晃晃地从她们身边走过去，进了瓦尔的房间，倒在床上。他开口了。他开始滔滔不绝、源源不断地大声咒骂："淫妇、贱人、婊子、母狗、荡妇、妓女，我信任你，我以为我爱你，可我告诉你，瓦尔，我没那么爱你，没那么爱。我决不会原谅你，你个肮脏的荡妇，你个妓女，你个婊子……"

他没完没了地骂着。瓦尔站起来，走到卧室门口，说："带上你那肮脏的价值观，给我滚出去。"可他却喊得更大声了。她砰的一声摔上卧室的门。他晃晃悠悠地站起来——差点儿摔倒了，把门狠狠地拉开，又躺回床上，继续骂。

瓦尔摇了摇头："真逗，他最在意的居然是那个。我说他不是我生命中的一部分的时候，他很受伤，这我理解，假如他那么对我说，我也会伤心的。可他却这副德行！"

她们一边喝咖啡，一边面面相觑。他还没有停下来。"咱们可以把他扔出去，他这个样子，咱俩就可以办到。"瓦尔说。

她们相对无言。听起来真是荒唐。他醉得一塌糊涂，连路都走不稳，还那么伤心，要把他扔到大街上不管吗？不行。必须忍耐。她们没再说什么，直接放弃了这个想法。

　　"我可以叫警察。"瓦尔盯着她的咖啡说。克丽丝没有作声。

　　她们在那儿坐了一会儿。塔德还是没有停下来。"婊子、臭婊子、妓女、贱人。"他越骂越来劲，好像语言就能打垮她似的。

　　突然，他哭了起来。他抽泣了一会儿，微弱地叫着："克丽丝！克丽丝！"

　　克丽丝抬头瞟了一眼母亲。

　　"克丽丝！克丽丝，过来和我说说话，求你了，过来，好吗？"

　　瓦尔皱了皱眉头，大惑不解。但克丽丝站了起来。

　　"克丽丝，过来，过来好吗？"

　　克丽丝过去了，对母亲的使劲摇头示意视而不见。

　　她站在床边，低头看着他。瓦尔坐在那里，可以看到房间里的情形。

　　"坐下，克丽丝，"他拍拍床，她坐了下来，"上床来，好吗？你和我，克丽丝，别管那个贱人，关上门，过来和我干吧。克丽丝，从我第一眼见到你，就一直想干你。我们不用管她，她可以去找十个人来，过来，克丽丝，躺下，亲亲我。"

　　瓦尔一动不动。她可以看见克丽丝坐在那儿。克丽丝看起来既不生气，也不害怕。她正用手抚摩他的额头。他似乎没注意到，他的那番话并没产生影响。他反反复复地说着，几度抓住她的手腕。她平静地坐在那儿，同情地看着他。许久后，克丽丝站起来，俯身在他额头上亲了一下。"我得出去了。"她轻声说。

她来到厨房。"车钥匙呢？"她面无表情地问母亲。

瓦尔冲自己的手提包努努嘴。塔德挣扎着站起来。

"好啊，贱人，你要我走，我这就走。我走，我要和克丽丝一起走，我们要出去喝一杯。"

他跌跌撞撞地穿过房间，走到门口。瓦尔站起来跟着他。她担心的是，他会不会去开车载克丽丝。她对克丽丝也不放心，不知道她有多同情他，不知道她把界线画在何处。她站在门边，看着他们，他们看不见她。克丽丝已经发动了车子，她见塔德走近，便摇下了车窗。他想开车。他坚持要开，正在和她争，叫她坐到副驾驶座去。瓦尔不想干涉，这是克丽丝自己要面对的问题。可她的身体随时准备着，就像蹲在起点线前的赛跑运动员一样。如果克丽丝准备打开车门，她就会立刻冲上去阻止。当时那种情况下，多犹豫一秒都显得如此漫长。可她听不见克丽丝说话，只有塔德在大声嚷嚷着什么，也听不清楚。克丽丝好像移开了。瓦尔把手搭在门把上，准备开门。但克丽丝摇上了车窗，塔德抓着车门不放。突然，他放手了。可还没等瓦尔松口气，他又摇摇晃晃地转到另一边，打开车门钻了进去。克丽丝把发动机关了，他们坐在一片黑暗中。瓦尔猜，他们在说话。他们在里面坐了很久，但瓦尔看不太清楚。路灯照亮了车身，克丽丝的脸半明半暗。瓦尔想上厕所，可她还是站在那儿看着。好像没完没了了。瓦尔小声地抱怨着："臭丫头，何必这么心软呢？"

然后，车门打开了，克丽丝下了车，走上台阶，进屋来。瓦尔退回屋里，她不想让克丽丝知道她很担心。克丽丝把车钥匙扔在桌上。

"我从后门出去，走路去。"她冷冷地说。

瓦尔还来不及阻止，她就走了。她担心克丽丝独自在剑桥走夜路，但克丽丝从不理解有什么好怕的。她说，她的朋友经常独自走夜路。瓦尔跟她讲了夜里独行的危险性，她只是耸耸肩。她觉得，只要你不想着会出事，就不会出事。她觉得很安全。不管怎么说，她还是走了。瓦尔拿起车钥匙，藏了起来，她希望自己明天还记得把它藏在哪里了。然后，她收拾了桌子，开始洗碗。过了一会儿，塔德也跟跟跄跄地进来了，他直冲向橱柜去倒酒，把苏格兰威士忌洒在了橱柜和地板上。

"你已经喝得够多了，塔德，会生病的。"瓦尔硬生生地说。

"给我闭嘴，你个臭婊子。"塔德想继续骂，可他已经没力气了。他想朝客厅走，可他的身体不听使唤，转不过来，于是，他顺道走进了卧室。他一头栽倒在瓦尔的床上，灯还亮着。她把厨房打扫干净，锁了门，为克丽丝留了灯，就走进了客厅。她打算坐在这里等克丽丝回来。突然，她听见砰的一声，赶忙起身跑到走廊。塔德正在卫生间里吐，走廊的地板上满是呕吐物。她回到客厅，点燃一支烟。塔德从卫生间出来，踩到自己的呕吐物滑倒了，他骂骂咧咧地回到卧室。她想，他就这样满身秽物地睡在我床上吗？她在心里咒骂了他，咒骂了自己，也咒骂了全天下的男人。凌晨五点，克丽丝悄悄地回来了。克丽丝经过客厅回到自己房间时，瓦尔睁开了眼睛，但克丽丝看都没看她一眼。

"当然，第二天，他感到十分狼狈。一开始，他只为弄脏了家里而道歉，好像他就只做错了这一件事似的。我告诉了他他的所作所为，他难过地哭了。可说实话，米拉，我没什么感觉。或者说，我觉得在赶他走之前，应该让他调整好状态。那天是复活节，克丽丝几乎睡了一整天。我们三个人本应该去布拉德餐厅吃晚餐的。他说他还约了一群人要去庆祝天使报喜节，因为和复活节没差几天。但我必须得和塔德做个了结。他痛哭流涕，伤心不已，一个劲儿地道歉。他还给克丽丝写了张字条，又撕掉了。

"他就是不肯听我说话。他为引诱克丽丝一事而不停地道歉。我怎么说他也不明白，我不是因为那个而生气。他根本不可能引诱得了克丽丝的。"

"可他这样对克丽丝也太不应该了，太不像话了！"

"是啊，是不应该，"她闷闷地说，脸上满是同情和悲伤，看上去难过极了，"但不是出于他想象中的原因。他觉得他不应该破坏规则，他的错误在于损害了克丽丝的名誉、尊严或是诸如此类的玩意儿。他完全搞砸了。"

米拉很费解的样子。

"你看，他生我的气，是吧？他有权生气，我伤害了他，这点我不怪他。我不是希望他像个他妈的圣人一样坐在那儿，打了他左脸，他又伸过右脸来。我希望他生气，但重要的是他生气的方式——他最后选择了最能伤害我的方式。'我可以上她的女儿。'或许，他觉得最能伤害我的方式就是伤害我女儿的感情。不管是哪一种，他都觉得他能通过克丽丝带给我最大的痛苦。这种想法本身就很可耻，很浑蛋。可考虑到塔德和克丽丝关系还不错，他们爱对方，那又另当别论了。他们真的很爱对方。克丽丝对他的感情和对我的不一样，要多一点儿异性相吸，少一些个人感情。她并不想老跟他聊天，她在和我交谈的时候，并不希望他一直在身边。但他们在乎对方。他从来没有好好琢磨过这一点。他在忙着报复我的时候，并没有想过自己是在牺牲他和克丽丝之间的关系，他把她对他的感情当成了可以牺牲的东西。

"但她什么都明白。我那样对他，她很同情他。她觉得——我想她一直是那么觉得的，和我在一起的人总是吃亏。我知道她这么想是不公平的，但她是我的女儿，我不会去改变她的想法。她同情每一个和我在一起过的年轻男人，至少是那些长相不错的男人。从这个角度来说，她自己也很残忍，就像她觉得我对塔德很残忍一样。可是，当她拿着车钥匙进来的时候，我看到了她的表情。她感到厌烦和愤怒，但她不知道怎么处理自己的感情。我觉得，她对塔德和我都很厌烦，所以想走开吧。这是可以理解的。"

"瓦尔，我不明白你为什么不阻止他。你怎么能让他对她说那样的话呢？我要是在那儿……我不知道。我觉得我会揍他！"

瓦尔摇了摇头。"是啊。"她说。米拉手扶着酒瓶，一脸质疑地看着她。"米拉，克丽丝十八岁了。他在和她说话。我如果干涉，就会显得我不相信她自己能应付。结果表明，她应对得很好。如果她要我帮忙，我会去帮她，可是她没有。"

米拉缓缓地摇着头，她不理解，却也没有争论。

瓦尔疲倦地说："很久以前，我就放弃遵守规则了。既然我不按规则生活，那么，在我需要它们的时候，也就没办法拿来用。'先生，你太放肆了！把手从我女儿身上拿开！'说这个没意义。克丽丝和我经历过很多困难，甚至更糟糕的事。这时候讲法律没用。"

"之后克丽丝是怎么想的？"

"厌恶吧。塔德清醒了，我叫他走。他想留下。他想和克丽丝谈谈，可她还在睡觉。我坚持让他走，因为我看得出来他已经没事了，他不会在回家的路上被车撞到。他走后，克丽丝才起来。我猜她就是在等着他走。我俩面面相觑。她喝了点儿咖啡，我们开始交谈。她仍然很同情他，可她不想看见他，也不想和他说话。我没有对她说刚才和你说的那番话。我告诉她，他试图用最残忍的手段伤害我，那就是利用她。她抬头看着我说：'但是，他真的想和我上床——在昨天晚上以前就是。我也想，但我没那么做。塔德也没那么做，但我本可以的。我本想……'我问她：'那你为什么没做？'

"她耸了耸肩。'我不想和你比较。不管结果怎么样，和你比较，我都会觉得不舒服。可他确实想过。'我同意她说的。话就说到这里。她待到假期结束才走。塔德打过几次电话，想和她通话，但被她拒绝了。她走的时候状态还不错。

"可是，米拉，每当我坐下来想起这件事时，我就浑身发抖。各种负疚感向我袭来。我想，如果我没有这样做，没有那样做，就不会发生这样的事了。我觉得之所以会发生这样的事，是因为我坏了规矩。可是，我要怎么做才能不坏规矩呢？我难免会想，就因为我坏了规矩，我的孩子为此付出了代价。"

"我没有破坏规矩，我的孩子也付出了代价。诺姆和我离婚对孩子们的打击比这件事对克丽丝的打击还要严重。可我丝毫没有破坏规矩。"

"可你的孩子没有被拖进如此丑陋的一幕。"

"没有。可要不是玛莎阻止了我，他们会被拖进更丑陋的一幕——发现他们的妈妈在浴室里割腕自杀了。或许是我割得不够深。"

"我不知道你还自杀过。"瓦尔瞪大眼睛，仿佛才认识米拉似的。

"这有改变你对我的看法吗？"

瓦尔把手搭在米拉肩上："有一点儿。第一次见你时，我觉得你有一点儿——可以说是肤浅吧。但我现在不这么认为，很久之前就不这么认为了。你向我坦露了内心，你一直都有丰富的情感。"

"你说得对。我有丰富的情感，可它们被埋葬了。是我自己埋葬了它们，还在坟墓上种了花。是离婚破坏了葬礼。"她顿了顿，若有所思，"天知道，那会给孩子们造成什么样的影响——缺席的爸爸和情感压抑的妈妈。克丽丝比我的孩子们要聪明许多，也坚强许多。"

"也许吧。当然，你说得对，那种影响是无法计算的。可你不觉得情感丰富也有一点点好处吗？"

"嗯，有一点儿吧。比如昨晚在派对上对某个人不礼貌，今早就会觉得愧疚。它能让你保留人性吧。"

瓦尔摇了摇头："希望如此。太他妈痛苦了，我真希望它们多少有点儿用处。"

这时，门铃响了，伊索走进来。"天哪，这世界真是一团糟！"她一脸担忧地说，"我刚在哈佛广场遇到塔德了，他说你们吵架了。"

"不是吵架，是分手了。"瓦尔简短地跟伊索讲了事情的经过。

"哇，果然很严重。"

"还出了什么事儿？"

"凯拉！她和我待了一周，这期间哈利到处去跟别人说我勾引别人的妻子，叫他们当心我之类的话。结果她竟然回到他身边去了！我简直想不通。我们在一起时那么幸福，她和我在一起很开心。我这不是狂妄吧？你们看出不同了吧？"

"你们的关系光华四射——"

"如晃动的银箔[1]。"

"她对你说了些什么？"

"哦，全都是废话，至少我听着像废话。她说她是一气之下才来找我的，就因为她口试过后，哈利没有出现。他可真是够了——他本应该明白她有多么害怕。如果不明白，就说明他不在乎她。她还说没办法做决定，要好好想一想，做出正确的选择。"

"不过，凯拉就是那样的人。她从来不相信自己的感觉。"

"我知道，"伊索抚摩着前额，好像在拂去汗水似的，她一直做着那个动作，"他说是想让她学会独立，所以他才没来，之后他也不会来，因为我在那儿，而现在，她没有考试的压力了，他们应该重新开始。此外，夏天她要把公寓租出去，因为他们要去阿斯彭参加物理学会议。她竟然去了！"

"去阿斯彭了？"

"没有。回去转租房子了。重新开始。呸！"她摇着头，好像有什么东西在束缚着她似的，"我知道她不相信自己的感受，但我希望她稍微多考虑一下我的感受。断了又好，好了又断。你们知道吗，

---

1 晃动的银箔（Shook foil），出自杰拉德·曼利·霍普金斯（Gerard Manley Hopkins，1844—1889）的《上帝的荣耀》（God's Grandeur）一诗，原诗句为 "It will flame out, like shining from shook foil"（它将燃烧，如晃动的银箔，光华四射）。

我爱她！"伊索出人意料地加了这句话，"我要告诉她。我必须告诉她，我觉得她很残忍。她搂着我、哄我，把我当成个擦破了膝盖的两岁孩子似的。她让我坐下来，冷静一下，非常理性地解释说，她的第一责任是哈利，因为她认识他在先，以身相许在先，除此之外，他还是她的丈夫，而那是一种契约！你们能想象吗？"

"她那么做我倒是能想象得出来。她脑子里装着一本道德账，罗列了各种优先事项：最重要的、相对重要的……"

"他们长久不了的，"瓦尔说，"和哈利待两三周，她的理性就又会消失了。和他在一起，她非常情绪化。"

"不管是谁和哈利在一起都会变得情绪化！"

"你们觉得她还会回来吗？"伊索满怀期待地问。

"嗯，我打赌，她和哈利在一起待不过这个夏天。除非她比我所想的更有决心、更憎恨自己。"

伊索叹了口气："我本以为这个夏天我们会过得很愉快……"

瓦尔拍了拍她的手背："伊索，我们可以去海边散步……"

伊索笑了："我知道你所谓的'散步'是什么，姐们儿！要进军华盛顿吗？不了，谢谢！"

提到政治，瓦尔皱起了眉头："老天，我居然忘了！我还得准备今晚的报告呢……我不能陪你们了，我居然忘得一干二净，"她开始收拾文件，"抱歉，你们得走了。"她们于是笑嘻嘻地起身告辞了。

来到门外，她们面面相觑。这样被打发走，她们有一点儿受伤，但她们更担心瓦尔。"你觉得像她这样担心那么遥远的东西，好吗？你不觉得这有点儿不切实际吗？"

米拉耸了耸肩："我不知道，我不觉得瓦尔神经过敏。"她们慢慢地往家走。"我想人能有点儿事做总是好的。"

"哪怕做的事情毫无用处。"伊索悲伤地说。

15

一九七〇年二月，杜克转到了新英格兰的一个基地，从那里可以乘车往返剑桥。他很高兴。结婚以后，他和克拉丽莎就没有真正住在一起过。他们只有周末和假日才有机会相聚。有时候，他一个月都见不到她一次，尽管他工作非常忙，可一有空他就很想她。克拉丽莎是杜克热情的来源，像一团跳动的火苗，温暖着他麻木的手指。这种感觉并不只是性方面的，她精神上的热量也温暖着他。

可是，她进哈佛的这一年半以来，他感觉，好像她正在从他手中滑走，好像他再也无法完全抓住她了。他怪自己去越南待了九个月，怪她的朋友们影响她。他觉得哈佛被知识精英主义和激进主义渗透了，所以，他不仅怀着愉快的心情，而且带着一种目的感，去期待一种新的生活：他要重塑他们之间的关系。为此，他还买了一辆保时捷，停在克拉丽莎住处的门外。

克拉丽莎沉默不语，若有所思，她对别人意图的警惕性，令她流露出一种成熟老练的气场。可她柔和的脸庞，她害羞的样子以及毫无心机的举动，都令她显得比实际年龄要小。她今年二十五岁。

克拉丽莎是她那个年代的花朵，是主流媒体、心理学家、教育者和父母都想培养的那一类女孩。她总会令女人们惊讶，因为她好像没有过任何困扰。她承认，除了肌腱撕裂，她没有遭遇过什么痛苦，且并无炫耀或羞愧之意。她出生在有教养的家庭里，她和她的姐姐从小在关爱中、在温和的训导和自由的教育中长大。她们一直受到人性化的对待，上幼儿园时可以在角落里玩洋娃娃。她们住在斯卡斯代尔一座漂亮的老房子里，但克拉丽莎身上不仅没有沾染那里的势利风气，更是居然不知道这种风气的存在。在学校里，姐妹俩学习好、体育好，而且还很受欢迎。她姐姐后来当了儿科医师，已经结婚且有了五个孩子，目前和丈夫一起住在南加州的一所大房子里。姐妹俩关系很好，近乎完美：没有竞争，也没有嫉妒，因为这些东西都没有存在的理由。

这群女人刚见到她时，会安静地听她讲述她的过去，虽然她很少提起。她们常说，她的过去太不可思议了，简直太幸福了。她们就像听神话一样听着，最后还得回到自己那不幸的生活中去。此外，克拉丽莎对她们的故事也很着迷。她经常会问：那是什么感觉？她对痛苦情感的认识来源于书籍和她的想象。迈入青春期之后，她会一坐几个小时地阅读，认真体会安娜·卡列尼娜、伊万·卡拉马佐夫或艾玛·包法利的感受。尽管她出生在一个信教的家庭，而且很多个暑假都是在北达科他州的家庭农场里度过的——他们家族大多数信教的人都住在那里，但是，她也没遇到过信仰危机。她可以完全接受天主教教条，也可以单纯地信奉上帝，而自从她学习了几何、代数、三角学和微积分后，也可以轻易地意识到宗教中一些荒谬之处。这些都是她克服困难、提高理解能力的步骤之一。

她曾就读于拉德克利夫学院。她在父母朋友举办的一场派对上认识了杜克，并以最得当的方式谈起了恋爱。杜克的家族历史悠久而有名望，他的家人有从西点军校和常春藤名校毕业的，也有从政的：他们家出过一个纽约州长和一个州政府秘书长。双方家庭都很满意他们的婚姻。他们在一起，似乎注定会幸福终老。结婚四年了，克拉丽莎额头上没有一点儿皱纹，那安定的满足感说明了一切。

但有一个秘密克拉丽莎很少说起，大多数人也不知道。大学期间，她参与了附近罗克斯伯里拉丁学校的一项计划，帮助犹太区的孩子们识字读书。这种事通常都让人束手无策，她却表现得很好，不像有些人去那儿是向"愚蠢的穷人"展现白人的优雅和文化的，而是像另外一些人一样，是去那儿学习、了解他们的。她渐渐成为邻里之间"大家庭"的一分子。人们很信任她，她还介绍其他人进来。她参与的读书计划非常成功。大学毕业后，杜克去了国外，克拉丽莎和罗克斯伯里的一些人用联邦资助扩大了该计划，有两年，她大部分时间都待在罗克斯伯里。她在那儿生活，在那儿工作。杜克很不高兴，他坚持让她在剑桥租房子。他希望舒适的房子能诱惑她，让她晚上能待在家里。但是，克拉丽莎喜欢罗克斯伯里，她在那里感受到了前所未有的生气。她在那里见识到了太多的痛苦，弥补了她对痛苦的无知。每当她向我们提起那些年，她的眼神就很明亮，表情也很有活力。她在那里甚至还有情人，这一点，她也是很久之后才告诉我们的。

虽然计划很成功，但尼克松上台后，资助就断了——那是他上台后的第一个举措。克拉丽莎不得不离开。她去了哈佛的研究生院就读。比起其他英语专业的学生，她更加质疑自己去那儿的目的，但是，她并没有说出来。可是，有时，在夜深人静的时候，她又会扪心自问。

"人们觉得培养年轻的学者和老师，就能对社会产生影响，就能改变人们的思维方式，可我真的很怀疑，是不是记住英国的那些国王、明白莎士比亚作品中的关键——也就是我们主要所学习的内容——就能让你在这些方面的学识有所增长。这倒更像是在比赛'如何更好地阅读一篇文章'。"

"你希望回到罗克斯伯里吗？"瓦尔笑着问。

"不，回去也没有意义。钱没了，人也散了，白人去那边更加危险了——没什么值得回去的，至少对我来说是这样，但或许对有些白人来说不是。再说，那就像是一种寄生，我在那里时过得很愉快，但我也必须承认我从他们身上汲取了养料，我依附于他们生存，而忽视了我自己的生活。在哈佛就不会有那种感觉。"

她的各科成绩都很优异，而且似乎有望当上助教。哈佛的英语专业研究生有三种工作机会：当哈佛的助教、耶鲁的助教和普林斯顿的助教。自一九七○年以来，人们很难想象哈佛会聘用女人，普林斯顿也不太可能让女人任教，所以，大家都希望克拉丽莎能被耶鲁聘用。别的都不成问题。用智慧和高尚办不到的事，她的家族关系能办到。

杜克调走后，克拉丽莎很少露面了。像我们一样，她也在准备口试。晚饭她得回家吃，因为她晚上想和杜克在一起，白天她要看书，抽不出时间。可是，四月初口试之前，某天下午她来到了伊索家。她看上去不像平常那样平静，但又说不出有什么具体的不同。米拉说她的表情有些忧郁。但克拉丽莎什么也没说。

她的口试很顺利地通过了，一群朋友出门庆祝。杜克回家后也加入了他们。他为她的成功而高兴，并且为她骄傲。不像凯拉和米拉，克拉丽莎通过考试后显得欣喜若狂。杜克有几天假，可以在家陪她，那些天，大家都没去找他们。不久之后，他们发现两个人都红光满面，尤其是克拉丽莎，她面色红润，一脸满足。伊索说，你老觉得他们才刚起床。之后杜克就回去了。克拉丽莎在图书馆里闲逛，寻找论文的选题，又和朋友们聚在了一起。不过这一次，她提到了困难。杜克遇到了难关。

"他被迫过着一种精神分裂般的生活。他回家来，脱掉制服，穿上牛仔裤和摩洛哥衬衫，还要包一条印度头巾——为了不让头发长长，他不得不那样做。我倒挺喜欢他那身打扮，但他不愿老包着头巾，宁愿把头发留长。他戴上念珠，我们去哈佛广场吃饭、看电影或者闲聊。可第二天，他又穿回他的制服了，专心地敬礼、立正，听他的同事讲印度乐队中的怪人和嬉皮士。我觉得他很讨厌这种不断的转换。"

"他表现出什么了吗？"伊索顽皮地眨着眼问，"他进门的时候叫你立正了吗？你每天要写一式三份的工作报告吗？"

大家都笑了，可克拉丽莎皱起了眉头："差不多。是这样的，他想融入他们那群人的圈子，但又想融入我的世界。他觉得哈佛的学生太激进了。"

"那他应该听听我们常聊的那些。"凯拉干巴巴地说。

"别这么说，其实他说得对！"瓦尔抗议道。

其他人也大声嚷嚷起来。她们声称，除了瓦尔，其他人一点儿都不关心政治，她们简直政治冷漠得可耻。

"我同意，我同意，"瓦尔笑着说，"但我们还是对政治有兴趣的，只是不积极而已。我想，不积极的一个原因在于这里的政治问题太温和了，而且与我们自己的激进主义没什么现实上的联系，所以引不起我们的兴趣。"

"我们？你说我们激进？"四个人朝她嚷嚷起来。

"你们真是的！"她欢快地说，"我们因为什么聚在一起？因为什么成为朋友？我们几乎没什么共同点，我们来自不同的地方，我们的兴趣大相径庭，我们的年龄和背景都各不相同。我们为什么如此讨厌哈佛？为什么大多数研究生不喜欢我们？"

"我们对哈佛的体制不满，对国家的政治和经济政策不满，就像'新左派'一样。但我不是'新左派'的成员，我参加了两次他们的会议就退出了。老天，那是个什么样的组织啊！我讨厌他们不是因为他们好战，而是因为他们的价值观和他们反对的人的价值观是一样的！他们像天主教堂、哈佛、通用汽车公司和美国政府一样高高在上！我们反抗所有已确立的秩序，因为我们反对男性霸权。我们想要一个完全不同的世界，至于如何不同，我们也说不清楚，但它肯定不是现在这样——"

"一个我可以烤面包、种花，同时还能被当成一个聪明人看待的世界。"凯拉咬着唇，小声说道。

"是的。"

"或者，在那样的世界里，杜克无权让我每晚都做饭，不能说他做的就是工作，而我做的就不是。再说，他本来就喜欢做饭，而我讨厌做饭。"克拉丽莎有些严厉地说。

女人们都转过头看着她。她之前从没提过这一点。

"是的。我们都在反抗那个属于自大而又空洞的白人男性的世界，以及他们让这样的世界合理化的意图；我们同情每一种不正统的东西，因为我们都感觉自己是不正统的；我们都反对战争，反对已经确立的东西，反对资本主义——"

"但我们不是共产主义者，"凯拉说。她转身对克拉丽莎说："我们都是可耻的政治冷漠者。"

"我的天哪，对我们来说，共产主义有什么？从现实层面来说，它只是同一种意识形态的又一种变体而已。"

"嗯，"克拉丽莎若有所思地说，"但我觉得，我们大多数人大体上是接受社会主义的。"

她们面面相觑，然后所有人都点了点头。

"这真是太神奇了！"凯拉跳起来，"我们之前从没讨论过这点，从没谈起过信仰！我不知道在座的各位信仰什么，我只知道，我们对某种深层的东西有着共同的看法……"

"但我们所信仰的也是每个人都信仰的啊。"米拉不解地说。

她们起哄道："那你跟我们讲的去沃德家过圣诞节的情形，又怎么说？"

她笑了："我在这儿待得太久了，别的世界对我来说已经不存在了。"

"杜克的信仰就和我们的不一样。我在想，男人们的信仰是否都和我们的不一样。"克拉丽莎痛苦地皱着眉头说。

瓦尔同情地看着她："我知道，所以事情才那么困难。当然，我们的这种激进主义，是最具威胁性的。不仅因为我们有枪有钱。他们试图让我们在他们的嘲笑中灭绝，试图让我们在他们定义的形象中灭绝——就像他们对黑人所做的那样，我想，他们做得不是很成功——他们完全不把我们当回事，就是他们的某种可怕手段。"

凯拉僵硬地坐着，看着瓦尔。她手拿两支烟轮流抽，自己却还没意识到。

"因为我们威胁到的是男权正统化。假如一个男人和一个女人都出生在 WASP[1] 家庭，都接受过良好的教育，都有钱——换句话说，都有能被称为'正统'的身份标志。那个男人会被看重，女人却不会被看重，无论她有何作为。看看他们是怎么对待埃莉诺·罗斯福的。男人一旦失去了正统感，就等于失去了优越感。他就得从其他人身上寻找自己生存必需的优越感。不正统的男人，比如黑人和奇卡诺人，也遵循着这样的模式，但他们只能从女人身上找优越感。男人一旦失去了优越感，就等于失去了权势。我们所谈论的'被阉割的女性[2]'也就是这么来的吧。'被阉割的女性'拒绝假装认为男人比真实的他们更优秀，比女人更优秀，于是被阉割了。这一简单的事实——人人平等，对于摧毁一种文化，比原子弹的威力还大。所谓的破坏，就是说出事实。"

女人们一言不发地坐在那里。

"啊，天哪。"凯拉轻声咕哝着。

"有些男人不是那样的。"米拉坚持说。

"也许只是暂时的吧。作为个体，有的男人能独善其身。但这种

---

1 盎格鲁 - 撒克逊裔白人新教徒，是在美国社会中居中上层地位的人群。

2 "被阉割的女性"是著名女性主义作家、思想家杰梅茵·格里尔（Germaine Greer）在其重要著作《被阉割的女性》中提出的概念。她披露了女性是如何被时刻囚禁于传统思想的"牢笼"之中，被按照固定的模式培养，并在消费市场和浪漫爱情的双重推力之下成为一个"被阉割的人"。

社会结构把我们逼到了死角，没人能逃离。"瓦尔冷酷地说。

"我不相信！"米拉眼角湿润了。

瓦尔转身对她说："总有一天，你会相信的。"

米拉转过身去，不看瓦尔。

这时，克拉丽莎慢悠悠地说："比如说，杜克在他所处的环境中感受到了敌意。其实，已经很明显了，可他就是不承认，于是就埋怨剑桥和哈佛。他很沮丧，因为他曾经举枪杀敌，可他现在却找不到一个明确的敌人。他觉得，那种敌意就像雾霭，包围着他，他不停地移动，想抓住什么坚实的东西，可什么也抓不住。"

"但他的情绪一直都很低落。"

"是啊。所以，一旦报纸、杂志或电视上出了什么事，他就开始宣讲，吓唬我说草率的自由主义多么万恶。可有时候他的想法也非常草率，我不得不给他指出来，而这总会引发争吵。"

"有句话不知当讲不当讲，但我还是得说：'和价值观不同的人，能一起生活吗？'"伊索身体前倾，死死地盯着凯拉说。

瓦尔看了看克拉丽莎："你觉得呢？杜克一辈子都会待在军队里。"

克拉丽莎表情一僵。她抿着嘴唇，不安地说："我觉得爱情能让人改变。"大家都心知肚明，她在转移话题。酒仍然传来传去，可除了伊索，没人再喝了。那天晚上，除了伊索，其他人都不喜欢瓦尔，奇怪的是，她们对彼此也没什么好感。她们不希望在瓦尔描述的世界里，通过别人的生活看到自己的妥协，看到自己的被同化。她们开始微妙地、几乎不露痕迹地和瓦尔、和彼此之间保持距离。但情绪的变化是可以捕捉到的，她们每个人都感觉到了。心中的空缺需要填补，最终她们又都和伊索这个天真的、不会伤害别人的人走得更近了。

16

春天又来到了剑桥，人们像鲜花一样在路边绽放，有人脱了外套，有人敞开外套，漂亮的衣服令人眼花缭乱——刺绣衬衫、贴花的裤子、长裙、短裙、靴子、各种便鞋；库普商场里，还能看到穿苏格兰短裙的男人；印度教克利须那派的人们又穿上了白色和橙色的衣服，冬天的大衣和夹克都已经脱去。霍尤克中心又传出了吉他声。

瓦尔一直觉得呼吸有些不顺畅，并且胸痛不止。她认定这只是因为单纯的操心，也可能因为更深层的焦虑。她已经放下了学校的工作，专心忙起反战委员会的事，没有人注意或者在乎她正在看的那些报道，这令她愧疚、沮丧不已，甚至感到愤怒。过去的几个月情况不怎么好。她没时间深思。她很忙，整天跟十个不同的团体混在一起，可是，情况不妙。她感觉，自己正在跟所谓的"生活"渐行渐远，但她也没办法。总得有人关心那些在东南亚被屠杀的人。

那天，天气不错，开完会后，她决定去哈佛广场走一走再回家。她什么也不需要，只需要散一散步。可能就是缺乏锻炼，烟抽多了，没什么的。散散步不错，除了散步也没什么别的能做的了。她悠闲地走着，东逛逛，西看看——这对她来说是一种奢侈。她逛了一家书店，买了张唱片，又去超市买了一斤意大利面。得闲出来逛一逛，这种感觉真好。她觉得呼吸顺畅了一些，感到自己脸上绽开了一抹淡淡的笑容。

她往家走时，天色已晚。行人的脸朦胧而欢快，他们从她身边走过，就像一个个充满生命力的小圆点，沿着昏暗的街道跳动。他们的欢声笑语忽前忽后地飘散开去。她想，街上行人的感受有多重要呢？在华沙，人们行色匆匆；在华盛顿，人们走路时不会欢快地轻声细语。她突然意识到自己正在哼歌，她打算以后要经常这样，开开心心的，多好。

是呀，她要经常这样，她每天都可以哼歌。可是今晚，她还得回家准备下午的会议报告。不过，她要先做一些意大利面酱，把胡萝卜、洋葱、大蒜和香芹切成薄片，和西红柿一起炖，加些盐、胡椒、罗勒和牛至，再加入几天前做的牛肉汁和牛肉块一起炖——想想都要流口水了。她还要听听新买的唱片，要写信给克丽丝——她已经两周没写信了，真说不过去——然后穿上温暖的睡袍，坐下来写那讨厌的报告。她写报告的时候，要尽量平静下来。她要平静地抗议美国对柬埔寨的入侵，可她脑中充斥着今天下午听说的各种故事及看到的景象。人们，世界各地的人们，只想生存。可那些发动战争的人到底想要什么？她觉得那是她永远都无法理解的。

她哼着歌，炒了菜，盖上锅盖，给自己倒了杯酒，穿过厨房，打开电视看晚间新闻。时间还早，电视上放的是旧新闻。她没去管它，一边做意面酱，一边收拾桌子，不时喝两口酒。菜还在锅里炖着，闻起来很香，她揭开锅盖来闻——她总喜欢这样做。这时，她听到有人说话，她听到了，不可能有别人，可就是有人在说话。她转身看了看电视屏幕，是那里面传出的声音。她不敢相信眼前的画面是真的，可它就是发生了，有现场的图像，就发生在她眼前。图像定住了，有人指着一件衬衫满是血污的领子在说着什么，就好像还有什么可说的似的。她听到一声凄厉的尖叫，是从她脑后传来的，她听得出来，那是一个女人痛苦的尖叫声。当她定睛再看时，厨房地板上全是血。

那时，我们不知道那还只是开始。那是噩梦第一次出现在公众视野里，你能够真切地看到，能够用手触摸得到。除了杜克，许多人都能感受到当前形势的岌岌可危，但无法说清问题的症结。有时候，当我走在沙滩上时，似乎一切都很安静、很安宁，我忍不住想噩梦究竟何时会来。我觉得噩梦就像地球内部的岩浆，一直都在，只是偶尔会张开那杀人的巨口，喷发一次。

瓦尔终于回过神来。她不再尖叫，但哭泣不已。她俯下身去擦被她洒了一地的意面酱，泪流满面。她蹲下来，掩面而泣，无法相信，也无法不相信，最后，她放声恸哭："我们正在杀害自己的孩子！我们正在杀害自己的孩子啊！"

电话不停地响。不停地开会。那些天发生的事情一片混乱，回荡在我的脑海里。突然间，镇上那些分散的和平小组成为一个大组织。突然，它们的成员就增加了，甚至翻倍了。几天后——是几天后吧？有人在杰克逊州立大学[1]杀害学生，凶手也说自己被逼无奈，也在抱怨，仿佛他们要是可以在不消灭黑人学生的情况下消灭白人学生就好了。

大家走路都恍恍惚惚的。有人觉得，苦难时期已经到来，比《一九八四》里还糟糕的事情发生了。政府官员——就像选阿道夫·希特勒那样被选举出来的政府官员，突然就变成了一群杀人犯。

1　杰克逊州立大学成立于 1877 年 10 月 23 日，位于美国密西西比州的杰克逊，在历史上曾是一所黑人大学。

我们得知时，木已成舟。年轻一点儿的学生几近歇斯底里。下一个会是谁呢？他们能够杀害学生，也就能杀害我们。年纪稍大的人走路时也小心翼翼，担心下一个会轮到自己。做母亲的更是警惕，那些被杀死的也可能会是她们的孩子。他们只会来封电报，说很不幸，这是一次事故。三年的把屎把尿，十五年的辛苦培养，长到十九岁，健健康康，眉清目秀，这一切都付诸东流。有呼吸的人一下变成了没有呼吸的尸体，就这么完了。

有人写信，有人发电报。和平小组在哈佛广场中设了一张桌子，帮人发电报，每封一美元，只需要填一张表格。那些在一两年前还声称自己知道军火库，嚷嚷着要革命的人，此时也哑口无言，只是张皇四顾。有人在街上游行，我们聚集在剑桥的公地，听着喇叭里传出的演讲，却听不清楚演讲的内容。但是无所谓。年龄大一点儿的人，昂首挺胸；年轻人，畏畏缩缩，警惕地观察着眼前的情况——毕竟他们付出了更大的代价。突然间，有人从暗处往人群中扔小烟盒，人们四下逃窜。有人大胆地打开其中一个用透明胶带密封好的烟盒，发现里面是三四只大麻烟卷。大家就成群聚集在一起，将烟点燃，但仍然很警惕。大麻中有可能掺了火药吗？联邦调查局有那么聪明吗？游行开始了，从芒特奥本街到马萨街，穿过桥，进入波士顿，从联邦到公地。一路上，人们驻足观望，有穿西服、拿相机的人，也有穿工装、表情沉重的人。人们感到全世界都布满了联邦调查局的线人。人们一边行进，一边说笑，可是，每当头顶有直升机掠过，年轻人都会身体一颤。我们中的一些人走到伯克利的人民公园时，有人朝人群中扔了催泪瓦斯。我们心知肚明。

我们到了公地，漫无目的地穿过去，看上去像有几百万人。我们找了一块空地坐下，在草坪上休息。阳光很温暖，空气很柔和，草木青翠。指挥台上的人在唱歌、演讲，可我们听不到。我们就坐在那儿，面面相觑。只有几种可能：不管用什么方法，他们会把我们杀死在这儿；他们根本就不理会我们；或者，我们聚集在这儿，就能让他们住手，住手，住手！可是，我们谁也不相信最后一种可能。但我们都希望去相信。我们坐在那儿，看着刚到的人，他们有的手持越共的旗帜，有的举着毛泽东的画像，有的举着写有华盛顿、尼克松和"老魔鬼"军工复合体罪行的标牌。没错，魔鬼都有其生存之道。我们大多数人都保持沉默。奴隶之间是谈不上相互尊重的。在那一天，我们当中的年轻人感觉自己就像奴隶——那些活着的和想活下去的人，他们的政府巴不得杀了他们，宁愿杀了他们也不愿听他们表达。年轻人坐在那里，无声、无力、害怕；年长的人坐在那里，忍受着关节炎、风湿痛。然后，就结束了。没有人发表演讲，我们成千上万的人就那样朝大都会运输署走去。没有人往前冲，因为没有意义。人们走着，走着，仿佛走向教堂一般，仿佛真的是朝教堂走去。过了一会儿，我们到了地铁站。我还记得当时在想，他们是怎么管理地铁系统的？站台很拥挤，但无人推搡，也无人喧哗。我们成群地走进地铁商店，买了三明治。然后，米拉、本、伊索、克拉丽莎、凯拉还有巴特一起去了瓦尔家——她们是在路上遇到巴特的。此外，格兰特和其他人也在那里。他们在瓦尔家里看电视，一个频道接一个频道地看着同样的新闻。他们一边喝咖啡，一边吃三明治，间或有一个人说："他们必须要听，我们有那么多人。"然后，就是一阵沉默。恐怕我们想得太简单了。杀害孩子的就是他们，是他们杀害了那些黄皮肤、黑皮肤、红皮肤和白皮肤的孩子。是他们，而不是我们。我们站起来反对他们。我们证明了自己的纯洁。贫穷的我们，就算过得好，也不是因为利用了非洲或亚洲的人民；我们的友谊对美孚石油公司在安哥拉的持股，或福特公司在武器上所获的利润并没有直接影响。至少，我们希望如此。要嘲笑我们的道德，是一件很容易的事。我都可以自嘲。可我们还能做什么呢？冲击五角大楼吗？你觉得那样有用吗？如果那样就能阻止杀戮，那么我们愿意变得更贫穷，如同以前那样贫穷。

这些纷乱的问题，并没有答案。至少我不知道答案。几天后，俄亥俄州的州长在候选人初选中被打败了——那天他还派出了国民警卫队。米拉转身对着本大喊："看到了吗？！看到了吗？！全国人民都和我们看法相同！"

本平静而又冷酷地说："他本该输得更惨的。他的所作所为反倒提升了他的知名度。"

米拉转头看着电视，脸色苍白。

但那是之后的事了。当时，他们都坐在瓦尔家的厨房里，谈论集会人群的规模、空中拍照的场面，试图估计有多少人。他们真的都围坐在那里，消磨时间，等着看十一点的新闻。他们都希望自己有发声的权利。不是希望能感觉好一点儿，因为这不可能；也不是希望觉得自己有多强大，因为这也不可能。他们希望感到自己参与了一场意义深远的行动。他们已经献上了祭品，正等待着小小的回报。

在这种紧张的气氛之中，电话响了，大家都愣在那里，无人说话。瓦尔穿过大家，走到墙边，默默地接起电话。我们都听到了电话中传出的声音，因为那是一个小姑娘在尖声大喊："妈咪，妈咪！"

"怎么了，克丽丝？"瓦尔整个身体都绷紧了。米拉注意到，她的手指绞成一团，没了血色。但她的声音还很平静。

"妈咪！"克丽丝尖叫着，"我被强奸了！"

17

回望过去，灾祸如此接踵而至，简直不可思议。令我惊讶的是，我们竟然能够幸存下来。但我想，整个人类也曾经从更大的苦难中幸存下来过。一定是这样。问题是，代价是什么呢？因为伤口会留疤，而伤疤没有感觉，所以，当人们通过伤害的方式把儿子训练成"男子汉"时，就忘了这一点——幸存是要付出代价的。

瓦尔冷静地和克丽丝通话。她很快弄清了详情，于是叫克丽丝锁好门，挂了电话，然后再报警。瓦尔就守在电话旁边等，警察一来，克丽丝就会给她打电话，或者报完警之后，就会给她打电话。她快速而简明扼要地嘱咐着，克丽丝不停地说："好的，知道了，妈咪，我会的。"她的声音听起来就像个十二岁的孩子。

瓦尔挂了电话，站在墙边，转身把额头抵在墙上。她就那样定定地站着。大家都已经听到了，没人知道该怎么办。最后，凯拉站起来，轻轻碰了碰她的胳膊。

"需要我们在这里陪你吗？还是希望我们离开？"

"你们不必留下来。"瓦尔说。她仍然对着墙。

于是大家悄悄站起身，迅速离开了。不是因为他们不关心。这种事情很微妙，它侵入了瓦尔生活中最隐秘的部分——甚至比她的性经历、她的月经周期更为隐秘。他们走到她身边，轻轻地碰了碰她，然后道一声晚安。

"如果需要我做点儿什么……"大家都说。

可是，当然，没什么需要他们做的。除了安慰，你还能做什么呢？只有巴特、本和米拉留了下来。瓦尔站在墙边。米拉给大家倒上饮料。瓦尔拿出烟抽。巴特给她拿了把椅子，让她坐下。当电话再次响起时，他迅速拿起了话筒，瓦尔倒抽一口凉气，以为他要接，可是，他把话筒递给了她，还给她拿来一个烟灰缸。这一次，话筒里面的声音小了不少，他们听不到了。说了几句，瓦尔就挂了电话。警察已经到了克丽丝的房间。那个强奸她的男孩跑了。他在离她家不远的地方强奸了她，她回到家，给她唯一能想到的人打了电话，而那个人，恰好与她相隔千里。警察送她去了医院。瓦尔在墙上记下了医院的名字。她给芝加哥查号台打电话，查到了医院的号码。

"太可怕了，但我必须得做点儿什么，"她不安地抽着烟说，"虽然隔得很远，但得有人照顾她。"

他们在那里待到凌晨三点。瓦尔不停地打电话。她给医院打电话，很久都没人接，于是她挂了再打，打了又打。最后，他们告诉她，克丽丝已经不在那儿了。警察把她带到警察局去了。于是，瓦尔又给芝加哥警察局打电话。过了很久，打了很多个电话，才找到克丽丝被送去的辖区，可瓦尔终于还是找到了，并询问了她孩子的情况。他们也说不清楚。他们让她等着，可她挂了又打。克丽丝终于过来接电话了。据瓦尔后来说，她的声音听起来有些歇斯底里，却还没有失控。

"先别起诉。"瓦尔说。

克丽丝不同意。警察想让她起诉。她知道那个强奸她的男孩的名字和住址。据他们说，他们对他还有别的指控，他们想逮捕他。

"别那样做，"瓦尔不停地说，"你不知道会付出什么样的代价。"

克丽丝根本不听。"他们叫我签，我打算签了。"她说着挂了电话。

瓦尔不知所措地站在那里。"她不知道自己在做什么。"她说。手里仍举着话筒，拨号音还在嘀嘀作响。她站起身，又拨了过去。那个接电话的男人有些生气了，瓦尔把他惹毛了。他让她别挂断，然后就一去不返。她等了十分钟，然后挂了电话又打一次。过了很久，有人接起了电话，可他好像不明白她在说什么。

"我去看看，"他说，"等一下。"

她等了很久。他终于回来了。

"抱歉，女士，她走了，他们送她回去了。"

瓦尔谢了他，挂掉电话，跌坐回椅子上。然后她又站起来，从一个柜子里翻出电话簿，翻到黄页。她给航空公司打电话，预订了第二天早上的飞机。她转向米拉。

"你能开车送我去机场吗？"

当然，米拉和本都很乐意送她。

瓦尔一边抽烟，一边等着。二十分钟后，她往克丽丝的寝室打电话，可是没人接。她又等了十分钟，又打过去，还是没人接。一群人又陪她等了一个小时。她打了六次，可还是没人接。巴特的膝盖都有点儿发红了。

瓦尔叹着气坐下来："她去别的地方了。还算明智。可能和她的朋友在一起。"她站起来，从架子上拿出一本小便笺本，翻了一遍，又拨了一个号码。此时，已经是凌晨四点了。有人接了。瓦尔的声音压得很低，可仍然有些发颤。她在告诉对方克丽丝被强奸的事。"好的，我明早飞过去。"一阵沉默，接着她说，"是的。"又沉默了。然后她挂了电话。她转向她的朋友们。

"是克丽丝的爸爸。我觉得他应该知道。我以为他想知道。过去十四年，她每年假期都是和他一起过的。她可不是陌生人。"她的语气很奇怪。

"他说什么？"米拉问。

"他说有我去就好了。"

她走到橱柜前，倒了杯酒。她呷了一口，试着对他们笑一笑。那笑容仿佛是从她脸上撕裂出来般的扭曲。

"回家去睡一觉吧。谢谢你们留下来。不管我愿不愿意，你们都留下了。我不希望你们留下，但又很感激你们留下了。我发现，我希望留下来的，是那些不管我要不要他留下，他都会留下的人。"

他们笑了。如此沉重的时刻还这么啰唆！

早上九点半，她穿好衣服，装好行李，米拉和本载她去洛根国际机场。她预订的航班十一点起飞。她承认自己失眠了，可是，一夜无眠之后，瓦尔的状态并不算糟。第二天，她才显露出疲态。所以，她离开的时候仍然很有精神。

她回来后，才显得憔悴了一些。她回来那天，朋友们都没见到她。她和克丽丝从机场搭了一辆出租车回家。几天后，瓦尔才给她的朋友们打了电话。她只去了四五天。大家过去看望她和克丽丝，可是，她俩都很奇怪。克丽丝沉默寡言，只是呆呆看着这些去年秋天曾和她一一道过别的人。她缩在椅子一角，情绪很消沉。瓦尔紧张而冷淡。她试着和大家聊天，但看起来很勉强。她也没留他们，大家也不知道能做什么，就离开了。他们很担心，相互之间也在商量该怎么办。最后，他们决定让她俩独处几天，再找个时间去看望她们。

那段时间里，我见过瓦尔，她的眼神令我刻骨铭心。很久以后，我又见到了那样的眼神。一个在集中营里度过了青年时代的波兰籍犹太人，就曾用那样的眼神看着我。造成他们那样眼神的原因或许不可相提并论，但也不能说毫不相似。因为不久之后，我听说了那件事的细节。

那天，克丽丝刚参加完一场芝加哥的和平示威游行往家走。她觉得自己做了件好事，正在兴头上，非常开心。游行过后，她和几个朋友还有一个老师一起出去吃了点儿比萨，喝了些啤酒。克丽丝的公寓附近很安全，所以她出了车站之后步行回家。她走得很累，鞋子也不好穿，鞋跟太高，脚踝处还有搭扣。在离家不远的地方，她独自走在人行道上，突然，一个男孩从停着的两辆车中间蹿了出来——是蹿，不是走出来的，他直接挡住了她的去路。那一刻，她很害怕，想到这破鞋子，穿着它们根本跑不快，可她又没法立刻把它们脱下来。他问她要一支烟。她给了，想从他身边绕过去，可他一把抓住了她的胳膊。"你要干什么？"她喊道。"火柴。"他向她晃着手里的烟说。"让开。"她说。可他不放。"你不放开，我怎么拿火柴？"他放开了她的胳膊，但挪了挪身子，又挡在她面前。她知道，自己所处位置离地铁有两个街区，而且空无一人。当时才晚上九点半，可街上已经没人了。她把火柴盒递给他，脑子转得飞快。周围的公寓黑压压的，她不想叫喊。也许，他只是想吓唬她，她的尖叫声反而会刺激他，他可能会动武。每周，芝加哥的街上都会有人被杀。她决定强装镇定。她叫他让开，想绕过他。他抓住她，把她拖下人行道，一只手捂住她的嘴。他把她推倒在街上停放的两辆汽车之间，捂着她的嘴，凑到她耳边低声说，几个月前他刚在这个街区杀了三个人，还说，如果她叫出声，他就会杀了她。她没看到武器，不知道是否该相信他，可她太害怕了，不敢挑战他，只好点点头。他松开了手。

他扒下她的裤子，把硬邦邦的阴茎插入她体内。他乱插一气，很快就射了。她睁大眼睛躺在那儿，感觉快要窒息了。完事后，他倒在她身上。

"我可以起来了吗？"她用颤抖的声音问。他笑了。她努力地思考着。先奸后杀的例子并不少见。他不会轻易放她走的。克丽丝不停地思考着。她从没想过用身体对抗他，除了以智取胜，她想不出什么逃脱的办法。她试着想象，是什么致使一个人走上强奸之路。她试着回想自己听过的、想象过的一切犯罪理由。

"我猜，你的日子一定很难熬吧。"过了一会儿，她说。

男孩从她身上下来，问她要了一支烟。他们坐下来抽烟。他跟她讲了一些疯狂的、乱七八糟的事，谈到了他的母亲，谈到他小时候她怎么对待他。他母亲非常粗暴。他讲了他小时候母亲对他所做的事。克丽丝小声地附和着。

突然，一阵喧闹声传来，那男孩又将她推倒，用手扼住她的咽喉。有几个人从一栋公寓里出来，站在路边交谈。克丽丝希望他们能看到飘起的烟雾。她不敢大声喊。她感觉，就算她喊叫，声音也会哽在喉咙里。最后，那些男人坐进不远处的一辆车里，开走了。那男孩搂住她的头，把阴茎塞进她嘴里。"给我舔。"他按着她的头命令道，同时在她身上上下挪动。她被呛住了，觉得简直要吞了自己的舌头。他直接射在了她嘴里，那又咸又让人反胃的精液令她的喉咙发热。他完事以后，她抬起头，吐出了精液。他又笑了。她试图站起来，可他抓住了她的胳膊。

"你哪儿也不准去。"

她又坐下来，感到彻底垮了。她试着发挥聪明才智，设法让他开口说话，让他把她当成朋友。她对他表示同情，他于是又打开了话匣子。他谈到他的学校、他住的地方，还谈到了芝加哥。他夸口说自己熟悉方圆几里内的小巷和死胡同。她专注地听着，保持着高度的警觉。她觉得，在他恢复理性之前，她最好一动不动，否则就死定了。一定要找准最佳时机。她曾试图稍稍移动身体，可他立刻把她按住，又骑到她身上，把勃起的阴茎塞进她体内。她最后明白了，令他兴奋的是他自己的暴虐，抑或她的脆弱和无助。

他们又坐起来抽烟。"我太累了，我想回家。"克丽丝说。

"干吗？还早呢。这儿很不错啊。"他说。

"是的，可是我累了。你看，现在让我回家，我们另外约时间见面，好吗？"

他半信半疑地笑着看着她："真的吗？你说话算数？"

她也回他一个微笑。嗬，多么狡猾的女人！"当然。"

他兴奋起来："嘿，把你的姓名和住址给我，我也给你我的，我明天打电话给你，好吗？"

"好啊。"克丽丝一口答应。然后，他们交换了字条。克丽丝不敢写假名，因为他可以从她的笔记本中看到她的名字。她也不敢写假地址，因为他能看见她走回去。不过，她留了一个假的电话号码，指望这能够救她。他这才让她起来。她尽量整理好衣服，与他面对面站了一会儿。她想，最好不要跑。

"好了，再见。"

"再见，克丽丝。"

"好的。"她缓缓转身，走上人行道。"拜。"她说。他站在那儿，看着她一边摆弄钥匙，一边僵硬地往家走去。她的双手在发抖，一路上，她的心怦怦直跳，支起耳朵听他是否跟在身后。但他没有跟来。她打开门，走进去，拉上门闩，便奔向里屋。她打开里屋的门，走进去，用力摔上门，插上门闩。她害怕极了，不敢开灯，也不敢往外看，仿佛他隔着街道就能伤害她一样。她不知道该怎么办。于是她走到电话旁边，给在波士顿的母亲打电话。可是，她一张嘴，就禁不住尖叫和哭泣起来。

和瓦尔通过话后，她小心地按照她的指示做了。可她仍在尖叫和哭泣，根本停不下来。她打电话报了警，向警察说明了情况和她的位置。他们很快就赶来了，即便没有在窗边，她也能看到警车那闪烁的灯光照进了屋里。听到敲门声，她颤抖着给他们开了门。她不住地哭，从心底发出一声声悲鸣。

他们做了笔录，还拿走了那张写着男子姓名和住址的字条。看到字条，他们皱起了眉头。他们说要带她去医院。他们对她很和蔼。她记起还要给母亲回电话。挂了电话后，她转身面对他们，感觉自己仿佛是一只被切断了绳索的小船，正漂向一片可怕的汪洋大海。他们把她带到医院，让她坐在一个带轮子的推车上，独自待在一个房间里。她还在哭，完全止不住，但她的头脑开始清醒。然后，有人进来，察看了她的身体，检查了她的阴道，她不得不把脚伸进马镫形的皮带里。整个过程中，她一直在哭，她感觉自己名誉扫地，人们看着她，都只对同一个地方感兴趣，好像这地方就是她的全部，阴道，阴道，阴道，除此之外你再无其他，世界上就只有这个东西了，她在这个世界上，就只有这个东西了，阴道，阴道，阴道，她活在世界上就只有这玩意儿。他们检查完后，就不再管她了，没有给她打镇静剂，也没有和她谈谈。她在心里一直说着话，可嘴里传出的却是哭声。我叫，叫，叫克丽丝蒂娜·特鲁瓦克斯，是个学生，是学政治的，我叫，叫，叫克丽丝蒂娜·特鲁瓦克斯，是个学生，是学政治的。念咒般地，歇斯底里地。他们扶她出去，把她送上警车，仍然不理会她的哭泣。

过了一会儿，她稍微平静了一些，可仍然抽抽搭搭，只是不那么突然地痛苦尖叫了。她心里还在说，我叫，叫克丽丝蒂娜·特鲁瓦克斯，是个学生。他们带她去了警察局，让她坐下来。她能听到他们说话，他们语调很温柔。他们说，他们想抓住这小子。他们对他还有另外三项指控，想要逮捕他。她吓了一跳，眼中充满恐惧。他知道她的名字和住址，他看到她的笔记本上写着芝加哥大学，她逃不掉，他会找到她的……

母亲打来电话，克丽丝抽噎着，闷声说："他们想让我签一份声明。"

"别签！不要急着起诉！克丽丝，听见我说的没有！"

他知道我的名字，知道我的住址，还知道我上哪所学校。

"他们叫我签，我打算签了。"她说完就挂了电话。他们又开始催促，请求。她最后点头了。她签了。他们松了一口气，问她想去哪里，她呆呆地看着他们。她又开始哭了。他们开始不耐烦。她想不到能去哪里。不能回家。他知道我的名字，知道我的住址。

在她身后，电话响个不停，有些警察坐在桌前，还有些警察在屋里穿梭。姓名，地址。你叫什么名字？我叫克丽丝蒂娜·特鲁瓦克斯，是个学生。我和几个朋友还有我的老师伊夫琳一起去外面吃饭，大约晚上九点半时，我走在回家的路上……

"送我去伊夫琳家吧。"她说。

18

瓦尔到了芝加哥之后，从机场坐公共汽车到了地铁站，再换乘地铁到克丽丝住处附近。出了站，她往克丽丝的公寓走，一边走一边四处张望。事发地点是在这儿？还是这儿呢？在美丽的五月的下午，那条街看上去很漂亮。街边绿树成荫，女人们推着婴儿车出来散步。克丽丝坐在昏暗的客厅里，一个叫莉萨的朋友陪着她。一看到母亲来，她就跑过去，紧紧地抱住她，她们就那样抱了好一会儿。

"你看起来还好。"瓦尔看着她的脸说。

"我还好，"克丽丝笑着说，"昨天晚上，我去了伊夫琳家，她对我很好。她是我的老师，是英语专业研究生。她可好了，妈咪！她说，我是她知道的今年第十五个被强奸的女孩。光今年啊！她整晚都陪着我。我情绪不太好，她给了我苏格兰威士忌，"克丽丝咯咯笑着说，"我还真的喝了！"克丽丝转向莉萨，"还有莉萨，我在伊夫琳家给莉萨打电话，她马上就赶过来了。她们都对我很好。伊夫琳帮我洗了澡，还在洗澡水里放了上好的浴液，会冒泡，还有香味。之后，她让我坐下来，帮我梳头，梳了好久。她还陪我聊天。她给我做了三明治，送我上床睡觉，就像你在这儿一样。"她说着说着，声音有些嘶哑，又一把抓住母亲。

"我们过来收拾克丽丝的东西。"莉萨说。

"好的。"瓦尔坐了下来。克丽丝匆匆去了一趟厨房，给她端来一杯咖啡。

瓦尔讲到这里就停了。"对于这件事，我们要怎么做，她好像明白了。好像我们都明白了。我一直在为克丽丝做一些事，她也一直在为我做一些事，但我们所做的不同。"

瓦尔问了克丽丝事情经过，不时打断她，询问每个细节，听不清楚的地方，就会打断再问。她认真地听着。克丽丝讲了很久。莉萨走了，她还有约会。外面的天色暗了下来，克丽丝开始紧张地四处张望。

"好了，"瓦尔起身说，"收拾行李，亲爱的，我们去住宾馆。"

如此简单的解决办法令克丽丝很高兴。只要妈咪在这儿，就一切都好。妈咪会照顾她的。她们锁上房门，走到街上，每人拖着一个小皮箱。克丽丝挽着母亲的手臂。她们就这样沿街走着，克丽丝向母亲靠过去，紧紧地贴着她。走到十字路口，瓦尔拦下一辆出租车，去了一家专供女性的宾馆。入住后，她们换上了睡衣，瓦尔从行李箱里拿出一瓶苏格兰威士忌，她们坐下来聊天。到她们更衣准备去吃饭时，已经理清了事情的所有细节。因为克丽丝还要上学，而且很快就要回家了，所以他们安排她早日出庭。瓦尔迅速地安排好了这一切。她们明天一大早就回克丽丝的公寓打包。她们一路上买好包装箱。打包要花上两天时间，带不走的东西就托运，瓦尔给托运公司打了电话。一切都安排好了。三天后，克丽丝就要出庭了。她们拿不准打官司要耽搁多久，所以计划完事后次日就走。瓦尔打电话给航空公司订了机票。这天，克丽丝还要去银行取钱，然后请伊夫琳吃饭。克丽丝的状态还不错。她不停地拥抱母亲。一切都有序进行的感觉真的很好，知道自己在哪儿，今天干什么，明天干什么，后天出庭，大后天回家……克丽丝开始有了安全感。

瓦尔给自己倒了杯苏格兰威士忌，问克丽丝要不要，但克丽丝笑着说："我今天可没被强奸。"

瓦尔坐在床上说："我还有一些事要问你。医院给你注射镇静剂了吗？你情绪失控时，他们有对你采取什么措施吗？"

没有。

"他们给你做梅毒和淋病检查了吗？"

没有。

"警察有说过，如果他们没有抓住那个人，会对你提供什么保护吗？"

没有。

瓦尔往后靠了靠。克丽丝有点儿紧张，往母亲身边靠过去。她们一起躺在床上，克丽丝蜷缩在母亲怀里。

"会出什么事吗，妈咪？"

"没事，"瓦尔说，可她的声音很生硬，"我们回剑桥再去检查。会没事的。"她轻拍着她的孩子。然后，她又换了一种语气："克丽丝，你试着反抗过吗？"

克丽丝猛一抬头，睁大了眼睛："没有！你觉得我应该反抗吗？"

"我不知道。你想想，假如你推开他，从他身边绕过去，或者大喊，会如何呢？"

克丽丝默然："不知道。"她又想了很久，最后说："当时我太害怕了。"瓦尔说："当然。"然后抱了抱她。可是，过了一会儿，克丽丝若有所思地说："妈咪，你知道吗，我还有一种感觉。你还记得有一次我走在马萨街上，那个中年男人停下车叫住我的事吗？当时，我直接走下人行道朝他走了过去。他问我想不想当模特儿，我说不想，但我受宠若惊。他说他开了一家模特儿公司，如果我上车去，他就给我他的名片，我可以去他办公室找他。虽然小时候你千叮咛万嘱咐，叫我不要上陌生人的车，可我还是上去了，我鬼使神差地就上去了，好像他说了我就得照做一样，好像在他和我说话的那一分钟，我丧失了自己的意志似的。还记得吗，我和你讲过的？当时倒没出什么事，因为还没等他开远，我就下车了——你还说幸亏马萨街总是堵车，记得吗？"

瓦尔点点头："那时你大概十四岁。"

"没错。这回也有相似的感觉。就像我们坐在家里，看着塔德那副吓人的样子时一样。感觉好像我们如果做些什么，比如把他扔出去或者报警，就是犯罪似的。别人不会说那是犯罪，但我们却会那么觉得。我们感到很不舒服，就好像自己没去做本来应该做的事似的。"

"在那件事上，我觉得我们的做法是对的。"

"是啊。你觉得你不得不忍受这些。可为什么我也觉得不得不忍呢？你知道吗？"

"说说看。"

"这回也有那样的感觉。好像他有权利那么做似的。好像，只要他袭击了我，我就无可奈何似的。你知道吗，就像电视或电影里那样。女人从不反抗，从来不。她们哭泣、尖叫，等着某个男人来救她们。或者，就算她们做了些什么，也没有用，那个男的会抓住她们，情况会变得更糟。但我当时并没有想那些。只是我有这么一种感觉而已。好像我真的无可奈何。我很无助。我被彻底打垮了。好像他有将我打垮的力量。哦，还不只是这样。他说他有刀，我害怕极了，只能相信他。我失去了勇气，妈咪。"她说到这儿站了起来，好像发现了什么重要的东西似的，"我一直都很有勇气，你知道的，我经常和老师争论。可是，那天晚上，我一点儿勇气都没有了。"

瓦尔用手揽着她，俩人聊了很久。克丽丝在母亲的爱里平静下来。母亲谈到调节、勇气和常识。她告诉克丽丝，在当时的情况下，她已经做了最明智的选择。

"我一直在想，他会不会划伤我的脸，"克丽丝说，"其他的我倒不担心。"

接下来的几天，她们都忙着收拾克丽丝的行李、打扫公寓。走在街上时，克丽丝仍然挽着瓦尔的手臂；尽管屋里有两张床，克丽丝还是每晚都和母亲一起睡。瓦尔接过了收拾和打扫的活儿，同时也监督克丽丝整理东西——其实大多是瓦尔一个人做的。可是，克丽丝觉得瓦尔有点儿不对劲。她觉得瓦尔很紧张，好像将要发生什么可怕的事情似的。瓦尔表现得过于镇定了。克丽丝跑进跑出，给她端茶、倒咖啡，端奶酪或饼干。她对母亲脸上的每个表情都很警觉，时不时跑过去抱着母亲。"好像是她在保护我似的，"瓦尔对我说，"好像她觉得自己必须这么做似的。"

她们走在街上时，瓦尔总是眼观六路，耳听八方。有时候，有车停在街中央，车里的男人会冲着克丽丝喊："嘿，小妞！"克丽丝的确很漂亮。她贴着母亲，几乎是躲在她身后，希望他们赶快走开。当然，她已经习惯了，因为从十三岁开始她就常常碰到这种事。她根本不知道如何是好。她会径直走过去，不理睬他们。当她问母亲该怎么办时，瓦尔说："让他们肏自己去。"克丽丝很吃惊。"想玩玩吗，宝贝儿？"有些男人从她身边经过时，会这么对她说，她就扭头不看他们。此刻，贴着母亲，她明白了。那是强奸，强奸，强奸，她知道瓦尔也心知肚明。她试着反抗，在心里说了一遍又一遍："肏你自己去吧！"一天晚上，她们去餐馆吃完饭回家时，瓦尔大声说出了那句话。当时，她们手挽手从两个年轻男人身边经过。

"嘿，姑娘们。"其中一个说。

"要逍遥一把吗？我们带你们去快活快活。"

"肏你们自己去吧！"瓦尔说，拉着克丽丝匆匆走过去。

回宾馆的路上，克丽丝笑了一路，但她笑得有点儿歇斯底里。

出庭的日子到了。她们只得乘公共汽车去。她们经过了一些克丽丝没去过的地方。克丽丝一边眺望窗外，一边瞄着母亲的脸。母亲的神色令她有些担心。车窗外有许多黄色的建筑。每栋建筑都带一个混凝土庭院，庭院周围是高高的防风栅栏。这些一定是为黑人建的，因为院子里面全是黑人，有几十个，他们就站在那里往外看着。克丽丝看了看瓦尔，又看向车外。她也感觉到了。一股仇恨的浪潮从那些面孔中涌出来，淹没了公共汽车，那是一束恨意的激光，凡是被它照到的东西，都会被摧毁，公共汽车、街道、小轿车——

所有的一切。

"戴利知道怎么制伏这些黑人，"瓦尔愤愤地说，"他真的很擅长。给他们修一堆监狱，让他们住进去，假装他们是自由的，把他们困在那里，给他们发救济金。但凡看过神话故事的人都知道，如果你有一条龙，你就算把它锁在地牢里它都会跑出来，摧毁整个国家。我估计戴利从没看过神话吧。"

克丽丝感到一阵战栗："妈咪，你觉得他们恨我们吗？"

"为什么不恨？如果我是他们，我也会恨。你会吗？"

克丽丝又是一阵战栗，沉默不语。

"怎么了？"

"那个男孩……强奸我的那个……米克……也是黑人。"

"是吗？巴特也是。"

克丽丝放松下来："那倒是的。"

瓦尔和克丽丝走进警察局时，大家都转过头。男人们上下打量着瓦尔，但他们的目光在克丽丝身上停留得更久。瓦尔身体紧绷，克丽丝把母亲抓得更紧了。瓦尔在看着什么，克丽丝循着她的视线看去。她在看男人们的臀部。穿着不合身的警服，他们的臀部都显得又宽又难看，每个人腰部都别着一个枪套，里面插着一把枪。他们走路一摇一摆的，裤子因为武器的重量而下坠。就像两个睾丸和一根阴茎。只要别人看得见他们武器的分量和尺寸，他们就不在乎自己的模样多么丑陋。瓦尔的嘴巴扭曲着。

她们终于找到了审判室。可刚一进去，克丽丝就从喉咙深处挤出一句："他在那儿，"她倒抽一口凉气，盯着一个后脑勺看，四下环顾，"不，他在那儿！"她不住地念叨着。于是瓦尔说："我得走开一会儿，到前面去去就来。"她说着站起来，和站在屋子前面的那个男人说了几句，然后叫上克丽丝，带她去了另一间屋子。那是一间休息室，又长又窄，两边靠墙摆放着几个存衣柜，中间是几张长椅。屋里还有几扇大窗户，可以看到外面街道上繁茂的枝叶。她们还听到狗吠，附近有很多狗在叫。她们坐在那儿抽烟。半个小时后，克丽丝蜷缩在一张椅子上睡着了。偶尔会有警察经过，怀疑地瞥她们一眼。瓦尔猜，男厕所或许就在休息室的某一端。

三个小时后，两个穿便衣的男人匆匆进来，向她们走来。他们扫了她们一眼，其中一个男人指着克丽丝问瓦尔："她就是那个吗？"

"那个什么？"瓦尔火了。但他们没有理会她。克丽丝站了起来。她看上去很年轻，不像十八岁，倒更像十五岁，睡了一觉后，她的脸蛋红扑扑的。她睁大双眼。两个男人坐了下来，手里都拿着文件夹，上面夹着纸和笔。他们随意地问了几个问题，却几乎不等她回答。瓦尔面色很难看。克丽丝一动不动地坐在那里。她温驯地小声回答着他们的问题。他们与她争辩时，她也不坚持。他们不停地刺探、盘问，想让她更改陈述。她好像没有察觉到他们真正的用意，眼睛眨巴着，老老实实地一一作答。她不改口，但也不生气，也不回击。于是他们开始威吓她："你别以为我们会相信你说的，你可和他在那儿坐了一个小时啊！""他说你是她的朋友。他还知道你的名字，来吧，姑娘，说实话吧！"

瓦尔明白，他们是在试探克丽丝是否可以胜任证人，可她也明白，遇到像这样的案子，他们必须这样做。那个男孩只是一个孩子，不是"富二代"，没有好的律师，也没有人花高价钱赎他出去。他们问了克丽丝一个问题，可她刚回答到一半，他们就打断她，然后又问下一个，她还来不及回答，他们又问了第三个问题。克丽丝很冷静，非常冷静。尽管她看着他们，可又好像完全无视他们。她开口回答问题，当他们打断她时，她就礼貌地停下来，听着，思考一会儿，接着回答下一个问题。当他们又打断她时，她就停下来看着他们，面无表情，一副恭顺的样子。自始至终，他们一次都没叫过她的名字，就好像她没有名字似的。她沉默时，他们就又开始问她一些之前问过的问题。她看着他们，就像一个乖巧的机器娃娃。然后，她开始回答，声音很平静，很冷漠，她的回答还是和之前一样，眼睛一眨不眨。

就这样过了大概十五分钟，其中一个人忽然转向瓦尔："你是她母亲？"

她怒视着他们："那你们是谁？"

他停顿片刻，看着她，好像她疯了似的。他愤愤地冲她说了些什么，就转向克丽丝。

"等一下，"瓦尔从包里掏出一个小本子，用不容置疑的语气说道，"再说一下你的名字和职位。"

那人不可思议地看着她。他又说了一遍自己的名字——菲特，他的职位——助理律师。

"还是个欺负人的律师，我把这点也记下来了。"瓦尔说。

那两个男人盯着。他们相互说了几句悄悄话，就起身离开了。克丽丝坐回椅子上，又睡着了。瓦尔看着那两个男人。那个律师很年轻，她猜，也就三十出头吧，如果他的行为不那么丑陋的话，也算是个很有魅力的男人。他们走到门边，停下来又商量了一番。那个律师朝瓦尔走过来，一脸憎恶地看着她。

"女士，你知道那小子说什么吗？他说她是他的朋友，懂吗？他说她是自愿的。你也许觉得很震惊，"他嘲笑道，"不过，很多漂亮的白人小公主就想尝尝小黑肉的滋味。"他说完，合上文件夹出去了，另一个男的也跟着出去了。

瓦尔走到窗边。狗一直在叫，叫个不停。这叫声好像是从她们所在的这栋建筑里传出来的，这里一定有个野狗窝。她站在窗边，抽着烟。她想到那个律师，不知道他在家是否也是这副嘴脸。他看他的妻子和孩子也像看犯人一样吗？面对奶油炖鸡，他也会询问一番吗？瓦尔知道她现在的处境已经失控了，已经无法回头。她也不想回头，因为回头就意味着欺骗自己，意味着否认她看到的事实，这些事实围绕着她，无处不在。

又过去几个小时，瓦尔和克丽丝都饿了，却不知道她们能不能先找地方吃饭。烟抽多了，有点儿反胃。终于又进来一个男人，也是着便服。他走路的姿势大义凛然，好像觉得他在自己小小的世界里很有威严似的。瓦尔还站在窗边，他朝瓦尔走过来。他皮肤黝黑，身材颀长，比之前那两个人斯文得多。

"你是被强奸人的母亲吗？"

"如你所说，那个被强奸的，就是我女儿——克丽丝蒂娜·特鲁瓦克斯。你是谁？"她又拿出了小本子。

他说了名字，她记了下来：助理律师卡曼。

他开始问她问题，和之前那个人问的一样，但更有礼貌一些。她说："另一个人，就是刚才那个畜生不如的人，已经问过了。"

律师解释说，他还得再问一遍。

"那干吗问我？问克丽丝啊。她才是当事人。"

他朝她走过去。克丽丝独自坐在椅子上，看起来娇小又脆弱，她那单薄的身体蜷缩着，长发披在肩上，一副惊魂未定的样子。律师又开始盘问了，不过他比之前那两个人温和多了。他也没有叫克丽丝的名字，但他显得很同情她。

过了一会儿，瓦尔才意识到是怎么回事——她惹毛了菲特，所以他拒绝接手这个案子。卡曼来之前，也有人警告过他要当心她。她失声大笑，卡曼不安地看了看她——她可是惹毛过菲特的！

问完问题后，卡曼就离开了，走时说他还会回来。这时一群人吵吵嚷嚷地走进来。是警察。原来是漏了一道程序，克丽丝尚未指认那个男孩。那男孩不在那里，她得从一群人中把他指认出来。人们就这么进进出出的，但更多时候她们只是干等着。已经是下午，太阳西斜。狗还在不停地吠。有几个警察进来，粗鲁地叫克丽丝下楼，瓦尔跟了出去。

"在那儿。"一个警察指着某个房间说。

"不会吧，你们不能这样！"瓦尔大叫。他们都看着她，她看得出来，他们已经听说过她了。

"房间里没有隔板，你们不能让他们就这么直接见面，"她说，"你们得照章办事。"

他们转过身去，推了推克丽丝。

"克丽丝！"瓦尔大叫一声，但克丽丝转过身，茫然而怨恨地看了她一眼，就走了进去。瓦尔站在她身后，警察堵在了门口，好像防着她跟进去似的。瓦尔往里看了看。克丽丝背对着她站着。六个黑人男孩站成一排。一个警察厉声对他们发出口令。

"向右转！向前看！向左转！"

那些男孩转过身，看起来没精打采的，他们的手臂肌肉发达，其中几个背上还有伤疤。她想，他们心里也明白。要是警察用那种口气和她说话，她肯定会冲过去给他们一下。可作为白人女性，她还有点儿特权，所以，他们只会把她打晕，或者抓住她的胳膊，把她扭送到精神病院。对这些黑人，他们可就不会这么客气了。那些男孩转过身，他们眼神麻木，甚至都不敢流露出怨恨。那天她见到的所有警察，都是白人。

　　克丽丝对其中一名警察说了些什么，然后走出来，挽起母亲的胳膊。瓦尔明白了，克丽丝也知道她明白。克丽丝是在告诉她，你千万别拦着我。我一定要了结这件事，否则我以后走在街上都会害怕。你就让我做该做的事吧，我不在乎流程是否合法。

　　她们又回到了休息室。

　　过了一会儿，卡曼进来了，他建议她们撤诉。克丽丝震惊不已，他们为此争执了一个多小时。那个男孩好像坚称她是自愿的。卡曼的语气听起来就好像这已经是最后的结果，已经是最高法庭的判决似的。他解释说，克丽丝并未受伤，这一点很不妙。他认为（他翻了翻笔录），她身上只是有些瘀青——至少笔录时她是这么说的。在没有受伤的情况下，她们最好的办法就是告他殴打，而殴打罪只能判六个月。可那个男孩一口咬定她是他的朋友，所以卡曼觉得事情很不好办。他一直劝瓦尔让她撤诉，看都不看克丽丝一眼。克丽丝目光呆滞地看着他，似乎不明白他在说些什么。那个男孩还另外被控两宗殴打罪和一宗强奸罪——那件案子里，真的有刀伤。因此，无论如何他肯定会入狱。

　　克丽丝看着他说："不。"

他劝了又劝。克丽丝就是不答应。于是，律师说他不想受理这个案子了。

瓦尔怒气冲冲地说："如果你不受理，我会请民事律师起诉政府。也许最好是买一支枪，打死那小子，我女儿走在街上才会觉得安全。"

他不自然地笑了笑。他肯定，非常肯定，她绝不会杀人。他表现得很得体，始终用劝解的口吻，但一直在同她们争论。克丽丝一次又一次地拒绝，他一直看着瓦尔，但瓦尔也不会改变态度。她不会说一句影响克丽丝的话。克丽丝始终拒绝。

"好吧。"他叹了口气。瓦尔想，还真是讽刺。他不愿意为了克丽丝接下这个案子，是因为他不想看着克丽丝在法庭上被羞辱。他竟然毫无保留地相信那个男孩。那男孩没有对任何细节提出异议。他并未否认他从两辆车中间跳出来，把她摁倒。没有人提出看克丽丝身上的瘀伤，可她身上确实有，肩膀上有一道又深又大的伤痕，擦破了好几层皮；脊椎边还有一道伤口，不大但是很深，都流血了。没有人询问这些。瓦尔想，只有男人才会相信，一个女人被那样对待了还能乐在其中，从强奸者身上获得满足。她在男作家写的小说里也读到过类似的描述。服从，是的，他们就是被服从的对象。国王、皇帝和奴隶主也是被服从的对象。常见的描述还有诡计多端，女人和奴隶不就是以此著称的吗？

她心中暗潮汹涌。克丽丝领她去了审判室，让她坐下，腾出一只手揽着她。瓦尔在咕哝着什么。审判室里不允许抽烟，可只有抽着烟，她的精神才不至于崩溃。她仍在不停地咕哝着。她们周围全是男人：警察、律师、罪犯、受害者。他们在一旁看着诉讼过程。

瓦尔咕哝的声音越来越大。有人回过头看她。法官和律师对待黑人和白人的方式有很大的差异，太明显了。瓦尔不由得想，这并非凭空出现，压制住他们所有人的。这是有原因的。

"愚蠢的性别歧视，"她说，"还有种族歧视！"克丽丝揽着她的肩，轻轻拍拍她。

"没事的，妈咪。"她在瓦尔的耳边轻声说。

"杀，杀，杀！你只能这么干！他们人太多了，"她对克丽丝说，"你赤手空拳是打不倒他们的。你需要武器。杀！"

克丽丝亲了亲她，把脸颊贴在她的脸上。

"我们得炸死他们。没别的办法了，"瓦尔说，"我们得把他们捆在一起，一次干掉。"

轮到审理她们的案子了。有人传那个男孩进来。卡曼朝她们走过来。他表情和善，一副关切的样子。但他仍然是一头性别歧视的蠢猪。他说话的时候，瓦尔一直用手捂住嘴，以免冲他吼出声来。克丽丝紧紧拽住瓦尔的胳膊肘。她在央求母亲别吼。这时瓦尔听到了卡曼在说什么。他在提醒她们，克丽丝将会遭受羞辱。他在试着缓和这件事，可同时，他又暗示，这是她们自找的。"你确定要这么做？"他问瓦尔，"我们还有机会撤回。"

瓦尔把手从嘴上拿开。她厌恶得嘴巴都扭曲了："小黑肉，你在休息室里是这么说的，对吧？"

卡曼吃了一惊。他一脸嫌恶地看着她。

"她要是想和那个小黑肉上床，大可以在自己舒服的床上，没必要在街上把自己弄得遍体鳞伤。如果你觉得我们担心的是她的清白或贞洁，那你就错了。我们是在捍卫她的安全，是在争取她生存于这个世界上的权利。一个充斥着'你们'——满是男人的世界！"她说完了。他一脸困惑和惊恐，眉头皱了起来。他觉得，她可能是疯了，她很可怕，很可憎。可他是一个专业人员，不能跟她一般见识。于是，他走回律师席，继续翻他的文件。公设辩护人，一个身材高大、脸膛发红的爱尔兰人问道："下一个是谁？"卡曼小声地应了几句。

"哦，米克啊！"辩护人笑着说。他的笑容说明了一切，眼中闪过的那一抹邪恶，那种心领神会，那种乐在其中表露无遗。那些乖乖女就爱偶尔扮演一把小荡妇。"别逗了，你不会是要接这一个吧？"他笑着问卡曼，"你开玩笑吧，这小姐的裤子那么性感。"

那男孩被带进来了。他很年轻，看上去不到十九岁，但其实已经二十一岁了。他长着一张可爱的娃娃脸。他的体格比克丽丝高大，看上去比她健壮，但还远远算不上魁梧。他扫了克丽丝一眼，可她并没有看他。她站在那儿，缩成一团，看上去那么弱小，长长的头发散落在瘦削的脸庞边，眼窝深陷。

法官问克丽丝事情经过，她简短地讲述了一遍。审判室里，那个爱尔兰律师站在他的当事人身后，隐约能看到他的侧脸。他正灿烂地笑着。

法官转身面向那个男孩。公设辩护人手持文件夹，正准备打开，以反驳控告。他准备得可真够充分的。

"你认罪吗？"法官问那男孩。

"认罪。"那男孩说。

就这样审理完了。双方律师都很惊讶，但都平静地合上了文件夹。只有克丽丝一动不动，直到法官宣布那男孩因殴打罪被判六个月监禁，她才用一种微弱而颤抖的声音说，她对美国的公正期望过高了，她学了多年的法律，本想将它作为终生的事业，可今天的遭遇，粉碎了之前的一切向往。她身材瘦小，看上去很年轻，声音尖细而飘忽不定。他们让她说完了。法官敲响小木槌，宣布审理下一个案子。然后他们便对她置之不理了。毕竟，她算什么呢？

克丽丝颤抖着回到母亲身边。就这么结束了，就这么判决了。一个黑人男孩，完全信奉他的文化并按照这种文化行事，被判了六个月的监禁。当然，他身上还背着其他的罪名。他的余生也许都要在监狱里度过。他会带着痛苦和仇恨进去。她说要和他做朋友，他相信了她。就像其他男人一样，他觉得自己被一个女人背叛了。他只记得这一点，剩下的都不记得了，不记得他跳出来，不记得他掐着她的咽喉。他只会记得，她捉弄了他，他却相信了她。经过克丽丝这件事，总有一天，他会杀了另一个女孩。

瓦尔坐在那儿，想起在楼下的时候，她还同情那群接受指认的黑人男孩，此刻，那种同情已经消失了，永远不再有了。他们的肤色是黑、是白，还是黄，都已经不重要了。重要的是，那是男性与女性之间的对抗，至死方休。那些站在那里的白人男性，宁愿让克丽丝成为牺牲品，却不去质疑一个他们由衷蔑视的人种的男性。那么，他们是怎么看待女性的呢？怎么看待他们自己种族的女人？又是怎么看待他们自己的妻女？

她僵硬地站起身，仿佛骨髓已经被抽干了。克丽丝挽着她走出房间，好像她是个残疾人似的。她们回到了宾馆。克丽丝付了房费，叫了一辆出租车。可是，好像诸事不顺。前台那个男的为了一些事和她们争论不休，出租车司机嫌她们行李太多，乘务员朝瓦尔吼道，如果她女儿不穿上鞋，他就要把她们丢下飞机。无论看向何方，她们都能看到那些肥大的蓝裤子、枪套和手枪，以及像那些律师一样，西装革履、穿戴整齐的男人，他们看起来文质彬彬，从不当着女性的面说脏话，去餐厅吃饭的时候还会为她们拉开椅子。瓦尔一直在想，他们也有自己的女儿，心情好的时候还会陪她们玩耍。他们也有儿子，但又会如何教育他们呢？她如此想着，微微战栗。

回去的路上，克丽丝一直在照顾瓦尔。一回到家，克丽丝就崩溃了。她蜷缩在沙发一角，一声不吭。除了母亲，她不能忍受任何人待在她身边。她躺在母亲的床上，却怎么也睡不着。她总觉得自己听到了奇怪的声音，不断被惊醒。她试着看书，却无法集中注意力。她每天坐在镜子前，用指甲剪剪分叉的头发，一坐就是几个小时。就算有人来，还是她喜欢的人，比如伊索、凯拉、克拉丽莎、米拉，她也心不在焉地坐着，很少和她们说话；对母亲说话的语气也很冲，要么就回到自己的房间，锁上门。瓦尔叫她帮忙做饭或打扫，克丽丝有时会听话，可经常是一转头人就不见了，最后发现她已经倒在床上睡着了。

瓦尔带她去体检，也做了性病筛查。克丽丝的身体并没有什么问题。瓦尔无论去哪儿，克丽丝都跟着，因为她不愿一个人出门，也不愿一个人待在家里。可是，瓦尔也不怎么出门，通常也就去超市和洗衣房。她退出了所有的组织，没有做任何解释。人们不时上门来取各种印刷的小册子和笔记，她一脸厌弃地把这些东西塞给他们，好像它们全都是废物一样。晚上，她们偶尔会打开电视，可过不了一两分钟，上面就会出现一些令她们难以忍受的广告、场景和对话，于是，她们都不用看对方一眼，就直接起身把电视关了。瓦尔试着看书，可没看几页，就会忍不住把书冲墙上扔去。她们甚至连音乐都不能放，克丽丝一听到摇滚乐歌词就会发火，而瓦尔一听到贝多芬的音乐就会暴躁。她不停地说，那是"老男人的音乐"。对她们来说，好像整个世界都被污染了。有一天，塔德顺路过来坐坐，她们却谁也不理他。

克丽丝唯一想见的只有巴特。他过来之后，她和瓦尔坐下来陪他一起喝茶，克丽丝跟他讲了事情的经过。他倾听着，眼中充满了泪水，沮丧地盯着桌子。克丽丝讲完后，他抬起头，语气急促地告诉她们，黑人男性是如何看待白人女性的——他们只是把白人女性当成报复白人男性的工具。

克丽丝和瓦尔看着他。不一会儿，他就走了。

瓦尔意识到自己该做点儿什么，可她根本没心思。她感觉自己已经没几个朋友了，她们似乎都不太明白克丽丝的遭遇究竟意味着什么。她们尽可能装作很开心，尽量谈论其他事情，好像强奸算不了什么，就跟有人破门而入偷走你家的音响没什么两样。她并不生他们的气，只是不想见他们而已。她突然想起住在萨默维尔公社的一群人，他们于一年半前，在伯克希尔办了一家公共农场。他们在那里种植蔬菜和牧草，养鸡养羊，还搭了葡萄架，养了蜜蜂。他们吃自己做的奶酪、酸奶、葡萄酒和蜂蜜。他们沿着几条主干道兜售自制的面包、陶艺品和针织品。他们努力生活。

她写信给他们，提到了克丽丝的事，他们的回信很热情，还邀请克丽丝过去，说那是个平静、亲近自然的地方，一定能帮到她。而且，那里也有一个被强奸过的女人，她能够理解克丽丝。

瓦尔把信藏了起来。那天，瓦尔趁克丽丝小睡的时候出去散步，回到家时，只见克丽丝面色苍白、神情恐慌。

"你去哪儿了？"

"克丽丝，有时我也需要独处。"她只回了这一句。那晚，她坚持让克丽丝回她自己的房间睡觉。她听到克丽丝整晚都在走来走去，但她并没有迁就，接下来的几晚继续如此。克丽丝终于不再走来走去了，可是，从她的脸色可以看出，她显然一宿没睡。一周后的一个晚上，瓦尔要出门，不让克丽丝跟着。她去看了一场电影，虽然什么也没看进去。她夜里十二点后才回家。回家后，就看到克丽丝一脸惊恐，呼吸急促，一言不发，只是用麻木而怨恨的眼神瞪着她。

最后瓦尔建议克丽丝外出一段时间，去那个叫伯克希尔的地方。克丽丝紧咬嘴唇，黑眼圈深重，眼神分明在说——她再也不信任瓦尔了。

"我看是你想让我去吧。"

"是的，你不能一辈子跟在我身边啊。"

"一定是我妨碍到你了吧。你是想和谁同居，嫌我碍着你的事儿了吧。"

"不是。"瓦尔垂下眼帘，平静地说。克丽丝的怨恨是最令她痛苦的。

"你要是想摆脱我，我就去和巴特一起住。"

"巴特要工作啊，你总不能每天和他一起去工作吧。你得一个人待着，他家附近不安全。"

"别说了，别说了，别说了！"克丽丝跳起来，尖叫道，"你非得这样对我吗？别说了，我受不了了！我再也受不了了！"她说着跑进房间，摔上门。瓦尔喝完闷酒，摇摇晃晃倒在床上。

第二天早上，克丽丝一边喝咖啡，一边冷冷地看着瓦尔，说：

"好吧，我去。"

瓦尔松了口气，激动地笑了。她伸手去拉克丽丝的手，但克丽丝躲开了，冷冷地看着她的母亲。

"我说了我会去。可我永远都不会原谅你，在我最需要你的时候，你却想摆脱我。我去就是了。但你别指望再见到我，别指望再和我联系——永远别想。"

几天后，瓦尔开车把克丽丝送到伯克希尔农场。克丽丝走进农舍，像是被押送到监狱的囚犯似的。瓦尔离开时，克丽丝没有亲吻母亲，连句告别的话也没说。

19

瓦尔曾说过，她有点儿像斯特拉·达拉斯。是的，但也不完全像。她的女儿并没有嫁给某个"富二代"，没有住在歌舞升平的豪宅里。瓦尔一直在风风雨雨中走过，但她没有哭泣。

如果她是斯特拉·达拉斯就好了。如果她可以哭泣就好了。我想，如果有那一天，事情就可以缓和，一切就能够被软化，恢复如初。我是这么想的，但这也是事后的想法。

事实是，她失去克丽丝了。面对痛苦，她让自己变得更加冷酷，她知道，这种痛苦不会很快过去，而且，数年之内还会煎熬着她。她觉得，在她和克丽丝这样的亲密关系中，背叛是不可避免的。克丽丝太过依赖她了。父母的某些错误，是有助于孩子成长的，不管他们是有意为之，还是本来就不称职。瓦尔这么坚强，又这么聪明，所以，她似乎是故意的。当然，她可以让克丽丝回到她的怀抱，但她没有那么做。剩下的事，就顺其自然吧。她告诉米拉："我没什么能为克丽丝做的，除了去死，但我不想那么做。"

她偶尔给克丽丝写信，但没有回音。瓦尔写的不是真正的信，因为她已经越界了。这一点，除了她自己，没有人知道。

道德虽好，却也是有界限的。人们要一起生活，道德就是约束他们的一套准则，它使人们形成集体，并使得集体利益最大化。但对那些已经越界的人没用，他们也不会在乎。比如，几年前，一架飞机在安第斯山脉坠毁，幸存者们最后沦落到食人肉维生。这引发了所谓的道德问题。或许这也谈不上真正的问题，因为这样的问题谁能有答案？你可以宣扬教条，可以引经据典，也可以搬出权威；你可以辩论到死，但依然无法分辨谁对谁错。假如你是一个犹太人，你的丈夫和孩子被纳粹分子杀死了，而你因为还能出卖肉体而活了下来，你走在阿根廷的街道上，看到那个曾经关押过你的集中营的长官，你口袋里有一支枪——你无论走到哪里都带着它——你的手指正在扳机旁，而你看见了这个男人……你会怎么做？有些事，你无法将它分类，无法判断，只能由那些想实践或被迫要实践的人去亲身实践。这些人从不在乎后果。

我想知道，他们是否真的不在乎。坐在这里，看阳光透过窗户倾泻进来，桌上放着一杯冰茶，望着远处的海面，在沙滩上散步，写那些不会在乎后果的人的故事，多么惬意。不过，真有这样的人吗？是否就连最好战的人也在乎后果——哪怕他的灵魂已经伤痕累累，哪怕他的希望已被摧毁，甚至在他开着坦克去撞墙，开着飞机去撞航空母舰的时候，也曾有片刻想过，这也许是一场终会结束的噩梦，或许他能被拯救，能回到家，坐在炉火旁，端起那盏茶，拍拍坐垫，笑谈那些陈年旧事，一边笑着，一边抹去眼角的泪水……

哦，天哪。有什么用？我写的一切都是骗人的。我尝试说出真相，可真相究竟是什么呢？我思索许久，想象那种极端情境，在人类的一般认知之外，那种和普通人没有关联的情境，其他人就无权评判深陷那种情境中的人了。可就在我写下这些字的时候，一只冰凉而令人战栗的生物刺了一下我的脊椎，往上爬到我的大脑里，告诉我，所有人都会经历这样的情境，所有人都是。

可是，如果是那样，人们岂不是就连最简单的故事也讲不出来了？我放弃。我再也不能往下想了。我所能做的，就是讲述，讲述，讲述。当然，我要尽我所能，去讲述，讲述，讲述。我要告诉你接下来的故事，把它讲完为止。它还没有完，永远不会完。可我的生命是有限的，这也是这个故事结束的唯一原因。

从芝加哥回来后，瓦尔变得很古怪，变得陌生、疏离而冷漠。女人们有各自的生活要忙，也就不经常来找她了。克丽丝很消沉，变得很难相处，伤害了她们的感情。她们不清楚事件的整个经过，但因为在瓦尔家里，性并不是禁忌的话题，她们以为克丽丝不过是受惊了，很快就会好的。瓦尔没给她们中任何一个人打过电话，她们觉得和她日渐疏远。

米拉可能是和她最亲近的一个，她觉得很愧疚，一直想去看望她们。可她又怕见瓦尔。她刚认识瓦尔时，瓦尔就告诉她一些她没想过的事情，也不管她想听不想听，她预感到这次也会一样。而且这次的预感更加强烈了。她怕见瓦尔，仿佛瓦尔得了某种致命的传染病似的。可终于有一天，她还是逼自己给瓦尔打了电话。瓦尔心不在焉地说，她在家。

瓦尔穿着牛仔裤和衬衫。她瘦了，脸庞不再丰满，而是变得坚硬、棱角分明，看上去老了许多。她的头发灰白。这些改变并不明显，可她就像变了个人似的。

她们有一搭没一搭地闲聊了一会儿。凯拉和哈利去了阿斯彭；克拉丽莎和杜克出了问题；伊索在埋头写论文；孩子们现在和诺姆在一起，八月份会同米拉和本一起去缅因州。

"克丽丝怎么样了？"

瓦尔的声音空洞，听不出任何情绪："她在伯克希尔的一个农场。他们觉得她似乎好点儿了。"

"她真的很消沉。"米拉半是询问，半是陈述地说。她听出自己的声音里有评判的意味。她其实是想说克丽丝过于消沉了。

瓦尔也听出来了。她只是点点头。

"对不起，瓦尔，是我不理解。我从来没有被强奸过。"

"是没有。我记得，也差点儿了吧。"

米拉眉头一皱。"在'凯利之家'的那个晚上？天哪！"她颤抖着说，"我都忘了，我想忘了它。这是为什么？"

"我想，这就是理智吧。大多数女人不想过多了解关于强奸的事。只有男人才感兴趣。女人总试图忽略它，假装是受害者自找的。她们不想面对事实。"

米拉觉得她的身体开始哆嗦，好像她血液里的每个细胞都变得警觉起来。"事实？"她声音颤抖地问。

瓦尔坐回椅子上，点燃一支烟。她的姿势和动作里还有着往日的气场，最近人一消瘦，这种气场就更强了，只不过动作不再那么自在、流畅、豪爽了。她更加敏感、更加专注、更加狭隘了，就像一道光束，发现了目标便全力照射上去。于是，她把克丽丝的遭遇跟米拉和盘托出，从头到尾讲给她听。瓦尔说完时，米拉紧紧抓着椅子的扶手。瓦尔往后一靠，声音稍微缓和了一些。

"去年秋天，在康科德还是列克星敦的一次会议上，我记不清楚了，有个人邀我一起自驾回剑桥。那是个年轻男人，有些呆板，又有些自大，是个新教牧师。他想跟我搭话，一路上说个没完，因为路上堵车，所以，他有大把的时间絮叨。他是一个很温和的年轻人，懂得关心别人的感受，至少看上去是这样，他不会脱口而出'妈的'或'肏'这样的脏话。不必说，我的言辞吓到他了。"

米拉笑了笑。可瓦尔并没有笑。

"他跟我说起他几个月来一直在做的梦。他说，他婚姻美满，家庭幸福，还有一个小儿子。我估计他才二十五六岁。最近，他和他儿子之间出了点儿问题，还和他老婆为此吵过几次。她觉得他对儿子太专横、太苛刻。但他的梦与此无关。他梦到的是多年前在大学认识的一个女孩。他一直梦到她，却又记不起梦的具体内容。那是什么意思呢？"

"我问他，以前对那个女孩是什么感觉。他喜欢过她，爱慕过她，但她有些轻佻，和一个又一个男人调情，需要他的时候又来找他。而他却总是向她敞开怀抱。我问他有没有和她上过床，他说没有，从来没有'和她有过性方面的接触'。"说到这里，瓦尔忍俊不禁，"他觉得她和其他人也没有过。他觉得其他人那样做也会有负罪感，因为他们在一所教会学校。"

"我问他现在对她是什么感觉。他觉得她很有魅力，可一想到她就生气。他曾经很爱她，想得到她，可他什么也没做。他生她的气，但更生自己的气。'那你本可以干什么呢？''我可以强奸她。'"

"我丝毫不觉得惊讶，这个男人很呆板、很无趣，是个温和而懦弱的基督徒。可本性上，他却是一个强奸犯。"

"我知道。我早就知道这点。"米拉有气无力地说。

"天知道还有多少这样的事情，历史上又该有多少。我和克丽丝一起走在芝加哥的街道上，看见男人们盯着她看，对我来说，什么法律、什么传统、什么风俗都在那一刻冻结了。无论他们在公共场合是什么样子，无论他们和男人、和女人之间的关系如何，所有的男人都是强奸犯，这就是他们的本质。他们用他们的眼睛、他们的法律和规则强奸我们。"

米拉两手捧住头。"我还有两个儿子。"她轻声说。

"是啊，那就是他们维持权力的方法之一。我们爱我们的儿子。谢天谢地我没有儿子，不然那真会阻碍我的。"她满面怒容。

米拉直起身："阻碍你？"

"祸不单行。那个牧师、那样对待克丽丝的塔德、那个强奸她肉体的家伙、那个强奸她灵魂的律师、那般对待她的法庭、挂着枪的警察看她的眼神，还有街上那些男人对她的品头论足。我没办法保护她，没办法让她摆脱现在的感受，也没办法替她承受这一切。

"我冥思苦想，根本控制不住自己。我想到了婚姻及其规则，想到了夜里出门的恐惧、旅行的恐惧，想到男人沆瀣一气、不把女人当回事，想到强奸的方式不止一种。女人无足轻重，是魔鬼，是祸水，她们既是奴仆又是发泄工具。男同并没有比直男好到哪里去——有的男同比直男更讨厌女人。看看那些书就知道了，几年来，几百年来，几千年来，都写满了对女人的仇恨，而在仇恨背后，隐藏着的威胁方式和行为都是一样的，那就是强奸。

"我还想到，天哪！这些年来，我一直从事民权运动、和平运动，要求释放政治犯。在萨默维尔和剑桥，我和学校委员会一起工作。在此期间，我一直在考虑大人和儿童的利益。可是，我试着帮助的，有一半是男性，而且是看见我和我的女儿就会强奸我们的男性。一有机会，他们就会占有你的身体、你的灵魂，会控制你、虐待你，或者抛弃你。我居然浪费我宝贵的生命去帮助他们！帮助那群强奸犯！一旦你意识到这点，就再没有回头路。所有男人都是敌人！"

她两眼冒火，声音激昂，但努力克制住了。

米拉感到窒息。不，不，别这样好吗？她心中不断地说。

"他们还希望你享受自己的毁灭！一个女孩被强奸了，她应该怎么做呢？'躺回去，好好享受。''如果一个和平主义者的妻子被强奸了，他会怎么做？''疏远他们。'丈夫不可能强奸他的妻子——根本没有相关的法律，因为强奸就是他的权利。"

"我告诉你，"瓦尔的声音变得低沉，怒火中烧，"我受够了。妈的，以前我还让男人搭便车！再也不会了。让他们自己用腿走吧，让他们打他们的烂仗去吧。任何一个男人都别想从我这里得到一点儿帮助，一点儿都别想。我永远会把男人当成敌人。我还想，假如那个吓唬克丽丝的律师菲特有一个女儿，如果她被强奸了，他十有八九会像对待克丽丝一样对待她。"瓦尔看了米拉一眼，"很抱歉。我知道你有儿子。这很好，这能让你在这个世界上生存，让你，"她讽刺地说出了那个词，"保持理智。"

米拉的表情痛苦而纠结。瓦尔很镇定，很坚定，就像一名高举旗帜的士兵："至于我，幸亏我没有儿子，因为他会挡住我的视野，我得为他着想，这会让我偏离真理。如果我有儿子，我就不会认识到这些，不会感受到这些，我会把这些深深埋藏在心底，任它们慢慢地荼毒我。"

"可是，没有男人，你又怎么生活呢？你看，如果你想找一份工作，老板是男的；如果你要申请经费，控制资金的是男人；如果你想申请学位，你的导师也是男的……"

"我已经退出了那个世界。现在，我属于一个全是女性的世界。我在女性商场里买东西，在妇女银行存钱。我还加入了一个激进的女权组织，将来也只为它工作。去他的论文，去他的学位，去他的哈佛。它们全都是男性世界的一部分。你不能向它妥协。它会将你生吞活剥，会强奸你的身体和灵魂……"

"可是瓦尔，你怎么生活呢？"

她耸了耸肩："怎样都可以活下来的。有一群女人住在北剑桥的一座老房子里。她们活得很好。我很快会加入她们。我这一生已不企盼什么快乐了，对我来说，那是一种奢侈。四十多年来，我一直助纣为虐，与敌人为伴，推动他们的发展。在有些地方，那叫作奴役。我要结束这种生活。我想和那些女人一起工作，她们都献身于我们的事业。"

"代价是放弃她们的生活！"

"奉献她们的生命——不管你们英国人怎么说。"

"牺牲。"

"那不是牺牲，是一种认同。牺牲是放弃一种有价值的东西，换取另一种更有价值的东西。我的情况不是那种。无论怎样，我曾经认为很有价值的东西——娱乐、享受、快乐，已经离我而去了。我再也回不去了，你明白吗？"

她严肃地看着米拉："你看上去很痛苦。"

米拉痛心地说："可你以前是那么了不起。"

"一个了不起的妥协者。在你看来，我变得残缺了，可在我看来，这是一种净化。仇恨，能够使你分清界限。你失去了某些东西，却使得另一些东西日臻完满。就像盲人的听觉特别灵敏，聋子对嘴型和表情特别敏感一样。仇恨让我能够做一直以来该做的事。我对人类的博爱阻碍了我对女性同胞的爱。"

米拉叹了口气。她想哭，想把瓦尔变回从前的样子，就像一盒胶卷，你可以选择让时间凝固在哪一刻。她无法忍受她所看到、听到的一切，她已经筋疲力尽了。她向瓦尔靠过去："我们喝一杯吧。为了过去，喝一杯。"她的声音嘶哑。

瓦尔第一次真正地笑了。她拿出酒瓶，倒了两杯酒。

"我觉得，你的这种新生活，会让你彻底远离我们，远离我。"米拉难过地说。

瓦尔叹息一声，说："是啊，不是因为我不在乎你们了，那也很难，而是你们不想听我说这么多了吧。而且，我们对事情的看法也不一样了。你有两个儿子，还有本，所以你不得不妥协。我是认真的，并没有自视甚高的意思。你觉得我很狂热，我觉得你很懦弱。我如今已是一名狂热分子了，"她笑着说，"我这种狂热分子，让中间那条线稍微挪了一点点。我觉得这样很好。"

米拉想，她这是在说再见了吧。她一路走回家，泪流满面。

20

对我们中的许多人来说，那个夏天，似乎都意味着与过去告别。难道每个人都在扮演斯特拉·达拉斯？

凯拉被哈利说动，决定再给他们的婚姻一次机会。她回到了他的身边，并答应他再也不见伊索了。这一次，他非常生伊索的气。她很不解："你以前多么通情达理啊。"

"以前我没有当真。"

"为什么？我告诉过你我爱她。"

"老天，凯拉，她是个女的。"

"那又怎样？"

"好吧，我不介意多一个人补充，但我不想被取代。"他的生气听起来就像是嫉妒，她反而感到欣慰。如果他不爱她，就不会嫉妒，对吧？她把房子转租出去，开始打包行李。哈利帮她做家务的时间比以前多了，可她还是觉得生活很空虚。有几个下午她又去找伊索，虽然心怀愧疚，却情不自禁。她没有告诉哈利她去找过伊索。她对自己说，到了阿斯彭，她就再也见不到伊索了。她为自己的欺瞒寻找借口。

那段时间，她正在寻找论文选题，可也三心二意的。她坐在图书馆里漫不经心地翻书。她在家重读浪漫主义诗歌。突然间，她觉得浪漫主义诗歌正如哈利所概括的：自我陶醉对现实的粉饰。对于华兹华斯独特的音律结构和济慈的语言，过去她击节赞叹，现在却毫无感觉。柯勒律治变得令人反感，拜伦就像个被宠坏了的、爱发脾气的孩子，雪莱则像个时常梦遗的青少年。她读书的时间越来越久，可她读得越多，就越发觉得他们是一群炫耀自己声色犬马的生活、自命不凡的青少年。她纳闷自己之前怎么就那么喜欢他们呢。每天，她都会一脸厌恶地合上书本。要打包行李准备前往阿斯彭的时候，她只往哈利的书堆上多加了一套《莎士比亚全集》。她决定，整个夏天就用来烤面包、种花，也许还可以备孕。她认为这不是自我放弃，而是一种休息，一种调整。然而，当他们坐上车，驶向第一站——俄亥俄州她父母亲的家时，她并不觉得像是度假一般轻松自在。她凝视着哈利的侧影，依然能感觉到往日偷偷望着他时那种爱意。她仍对他的卓尔不群有一种说不清道不明的钦慕。可她也感到一种弱势，甚至低人一等。她隐约觉得，自己正在驶向一座监狱。可当哈利需要她指路时，她立马把这种想法抛到了脑后，心情明朗起来。凯拉喜欢看地图。

凯拉走后，伊索萎靡了几周。可是，适应力极强的她，短短一周之后就交了新朋友，又开始像以前那样忙碌起来。以前是凯拉每天都来，如今换作了克拉丽莎。

克拉丽莎和杜克还在吵个没完。她不想提这些烦心事："还不是该谁洗碗之类的鸡毛蒜皮。问题是，我真的再也不想洗碗了。我讨厌做饭扫地，我再也受不了了。杜克不在的时候，我就热点儿盒饭凑合凑合，吃完把餐盒丢进垃圾桶，餐具就先堆在一边。直到餐具堆积如山，我实在没的用了才去洗。或者他快回家了，我才去洗。我吃什么都无所谓。那我为什么要做饭？"

"是啊，怎么不请个保姆呢？我倒是不在乎打扫，"伊索咧嘴笑道，"而且我正需要钱，我帮你做，我收你——一小时三块钱怎么样？"

克拉丽莎却不笑："那样只会掩盖问题。"

"听起来挺严重啊。"米拉说。

"不过还是可以解决的。"然后她就转而谈论别的话题了。可是下回这些女人聚在一起时，她又会提到这件事，然后又岔开话题。

那些天，格蕾特常跟她们一起去伊索家。她总在下午四点左右出现在那里，穿一身奇装异服，手拿一瓶葡萄酒，看起来就像童话里的公主。她总穿着款式奇怪的绣花衬衣，披一块纱丽做出飘逸的样子，找一些夸张的珠子和饰品镶在上面，像民族服装似的。她用方巾挽起深色的头发，戴上沉甸甸的耳环。伊索说，格蕾特把衣服穿出了艺术。格蕾特对艺术很感兴趣，她正计划写一篇论文，主题为十八世纪晚期的素描和诗歌意象之间的关系。她使这个小集体有了新的活力。整个夏天，大家的谈话都精彩纷呈。

克拉丽莎的问题还在继续。一天，她们正在谈论政治中的互惠问题，她突然插一句："杜克现在就是这样！我才意识到。"

"从通用汽车跳到杜克，跨度也够大的。"格蕾特说。格蕾特出身贫寒，用她自己的话说，她对一切有钱人都抱有成见。

"好了，我现在明白了。每当杜克参加完哈佛的派对，陪我听完一张新唱片，承认我喜欢的摇滚乐团确实不错，或者给我买了一件特别高档的衬衫，他就会表现得好像有权得到什么回报似的，好像我欠他什么似的。我独自洗碗时，他就在沙发上坐着，我一抱怨，他就生气，还说他都没时间看报纸了。对此，我一直很生气，可你也知道，我不想变成一个没完没了唠唠叨叨的人。我也不明白这是怎么回事。"

"那就是他所理解的折中。"米拉笑着说。

"是啊。等值交换。其中的逻辑似乎有问题，但我又指不出是什么问题。"

"他希望你扮演女人传统的角色，"格蕾特说，"而他……"

"是的，而他怎么样？"

"给你洗脑？"

克拉丽莎扬起下巴，长出一口气说："所以，合理的交换条件就是我也给他洗脑。可我去参加他同事办的派对，也从来没批评过尼克松。我去他家走亲戚时，也和其他女人一起在客厅里喝咖啡，而男人们则在厨房里喝白兰地，聊政治。"

"现在的人怎么还这样！"格蕾特气呼呼地说。

"我不知道别人是怎样，反正他们还是。我在找一个进攻的角度，现在找到了。谢谢。"

那天，对杜克的议论就到此为止。

还有一次，克拉丽莎谈起了她的论文主题《社会结构对十九世纪英国小说的影响》。"当然，这种影响早在十八世纪就已经有了——比如，在笛福的小说里，可是，到了克雷布[1]和奥斯汀的时代，它已经成为一个老生常谈的话题。金钱，金钱，金钱。那是其他一切事物的根源。就像那时的杜克一样。"她补充道，然后突然停住了。她低下头，头发散落下来，几乎遮住了她的脸，可米拉还是能看到她眉头微蹙，差不多能读懂她的心思——她意识到自己独自一人时是绝不会认识到这些的，只有在和这些女人谈论别的事情时，她才能想到，好像它们是自动进入她脑海似的。她有些困惑。然而，米拉什么也没说。

---

1 乔治·克雷布（George Crabbe, 1754—1832），英国诗人、韵文故事作家、博物学家。

"钱！我喜欢钱！"格蕾特大叫道，戴着镯子的手臂在空中挥舞，"但也不要太多。"

克拉丽莎抬起头，严肃地说："是啊，我也喜欢。但不像杜克那样。他无时无刻不在谈钱，简直钻到钱眼里去了。他一直就那德行。每次我们出门逛街，他就挨个商店逛，什么都想要。他想买大卫的画，但并不是因为多喜欢那些画，而是因为他认为大卫总有一天会成名，值得投资。他老说要退役——但其实他很喜欢军队——去和麻省理工的几个人合伙做生意。他是通过哈利认识他们的。他们总在谈论用电脑搞城市规划。显然这行眼下很赚钱。虽然他们还上着学，可已经想着开一家咨询公司了。"

"什么样的咨询公司？"伊索坐在窗下，阳光照在她头发上，修长的腿搭在椅子扶手上，纤细的手里拿着一支小雪茄。

"你看着就像凯瑟琳·罗斯[1]。"

"才不像呢！"

"你像。"

"你喜欢凯瑟琳·罗斯吗？"

"嗯。"克拉丽莎咧嘴一笑，舔了舔嘴唇。

"那好吧，我像她。"伊索笑着说。

"他们想解决问题。他们认为城市规划机构会来找他们，他们要收集相关数据，输入电脑，电脑就能告诉他们该如何治理污染、如何管理学校、如何解决国内的移民问题、如何提高出生率。他们觉得自己能规划我们的未来。他们坚信，这一切之所以如此混乱，是

---

1 凯瑟琳·罗斯（Katharine Ross, 1940—），美国电影演员，代表作《烽火田园》《毕业生》。

因为没有人去规划。"

格蕾特"哼"了一下，米拉"呸"了一声。伊索嘿嘿笑着说："谢天谢地，幸亏他们的人类规划计划失败了。"

"杜克觉得他会发财。我才不在乎他会不会发财——那是他的事。可我不明白，他怎么就把钱看得那么重，他以前可是个十足的理想主义者。"

"没错，"伊索深思一番说，"就像昨晚上吃饭的时候，一说起这个话题，他就慌了。好像他感觉自己处境艰难，只有钱才能让那些士兵不朝他开枪似的。他心里有一种极度的渴望，但不能称之为贪婪，尽管听起来像。我一直以为，贪婪是一种你想要占有某种并不需要的东西的欲望。杜克却好像急需要钱，好像在被债主追债似的。"她转身对克拉丽莎说，"也许他暗地里在赌博。"

"有可能，"米拉想到了诺姆，"男人是会有这种感觉。"

"我发现可怕的是，"格蕾特挥舞着胳膊，"那些自以为能规划我们生活的人，却正是那些对生活一无所知的人。"

米拉飞快地瞥了一眼克拉丽莎。她知道，一提到杜克，克拉丽莎就会感到不安，说多了会惹怒她。然而，克拉丽莎却对格蕾特笑了笑："是啊，我跟他们说要是他们真打算这么干，最好找几个诗人——最好是女诗人，来和他们一起干。"

米拉发现，杜克和克拉丽莎之间的问题真的很严重。尽管从那以后，克拉丽莎便不再谈论杜克了。也是通过伊索，米拉和格蕾特才知道情况确实糟糕。伊索并没有细说，但有好几个晚上，克拉丽莎来伊索家时，都像是哭过的样子。女人们聚在一起时，克拉丽莎并没有提这些事。米拉有些受伤，她觉得，这个小团体的主要意义，就是为彼此提供支持。她隐隐预感，瓦尔和凯拉走后，克拉丽莎如果也退出，这个团体就会彻底瓦解。

克拉丽莎最终的退出，倒不是因为不愿和大家分享她的经历，而是因为她对伊索的感情越来越深。她觉得和她在一起很和谐、很舒服，她全身心信任她。和伊索在一起时，她感觉更轻松，甚至更快乐。很多个晚上，在和杜克吵完架后，她会穿过五个街区，来到伊索家。有时她会在伊索的沙发上过夜。杜克很困惑，他不明白他们之间是怎么了。他一次又一次把克拉丽莎抓回去。他渐渐认为，是那些女人把她从他身边带走了，他千方百计诋毁她们，诽谤她们。他对她们的憎恨与恐惧，发展到了憎恨和恐惧他所谓的"妇女解放"。后来，他开始针对女性这个群体大放厥词。这时，克拉丽莎就会愤怒地说："我也是女人。"而他大怒："你不一样！"克拉丽莎就又摔门而出。他越是拉她，她挣扎得越厉害。杜克都快疯了，却无人可以倾诉。有两个晚上，他独自出去嫖妓，还去了她们的住处。可那两次他都不行。他只想聊天。他感到自己的性能力正在减退。一天晚上，他试图强迫克拉丽莎，遭到抗拒，于是他打了她。结果她还手，一拳狠狠打在他的下巴上。他坐在那儿，不知所措，不明白曾经相爱的两个人怎么会变成这样。她冷冷地看着他，转身出去了。她轻轻地关上门，而不是像以前那样，每次吵完架就摔门而去。杜克坐在那儿，揉着下巴，呆呆地看着门，他感到事情已经一发不可收拾。

克拉丽莎和伊索变得越来越亲密。她们见面会亲吻，经常互相挽着手。克拉丽莎特别紧张时，伊索会给她揉揉背。克拉丽莎和伊索在一起时无拘无束，畅所欲言，无须再像之前那样，说话字斟句酌，总要理智地看待每一件事情。她觉得不必担心自己打扰伊索，不停絮叨着那些可能导致婚姻解体的鸡毛蒜皮。她难过的时候，伊索会给她倒杯酒；她说话的时候，伊索会摸摸她的头；她躺在沙发上，伊索就坐在她旁边的椅子上，静静听她倾诉。

克拉丽莎不知道她和杜克之间怎么了，也不明白为什么会这样。她试图抛开表面的愤怒，找出真正的问题所在，可每当她觉得快要找到了，却又惊恐地退回来，不敢深想，否定自己的想法。杜克和她之间，不是大家常常谈起的那些老套的问题。可以确定的是，他们之间的问题更大、更非同寻常一些。但总是因为洗碗和做饭吵个不停，说明还是那些老一套。"他说整天看书不算是工作。当然，他的最终目的是把我培养成一个家庭妇女！"她气呼呼地对伊索说，"为什么？为什么？我以为他爱的是我的思想，我的独立和个性。为什么他总想把我变成他口口声声厌烦的那种人？为什么？"

问这些毫无意义。这些问题是没有答案的。

克拉丽莎坐起来。她冷静地啜了一口酒："无论怎么挣扎，我脑中总是不断想起一些事。记得那天晚上，瓦尔说社会规则会如何一步步毁掉你，不管你怎么抗争，我还因此对她很不满。"

伊索点了点头，说："我那天也生她的气，倒不是因为她说的不是实话，而是因为她太不考虑你、凯拉和米拉的感受了。人也有不应该说实话的时候嘛。"

克拉丽莎看着她，两人都笑了："就连对最好的朋友也不说实话吗？"克拉丽莎目光闪烁。

"你要是一直都说实话，就不会有最好的朋友了。"

一阵沉默。"你对我说实话了吗？"

伊索顿了顿："是的。据我所知，没什么瞒着你的。"

克拉丽莎认真地看着伊索的脸："我说的也都是实话。"

"我知道。"伊索轻抚着她的脸，对她温柔一笑。

"昨晚我做了一个可怕的梦。太可怕了。"

"说说看。"

"杜克和我坐在客厅里，凯文·卡拉汉突然敲门进来。凯文确有其人。在梦里，他是一个比我大三岁的年轻人，可在真实生活中，从大概八九岁之后，我就再没见过他了。上一次回家的时候，我妈告诉我，他们夫妇收养了一个孩子。我没问她原因，但那时我觉得，他们之所以会收养孩子是因为他阳痿。我也不知道为什么会那么想。可能因为凯文小时候就很阴柔吧。总之，凯文发现屋里很乱，然后对杜克说，他应该命令我这个家庭主妇干好自己的活儿。我很气愤，说让他见鬼去吧，然后冲进卧室，心想，只有阳痿的男人才会故作男子汉。

"可我一进到卧室，又后悔不该冲他发脾气。我让杜克向凯文解释，说我吃了一种药，所以才举止怪异。我之所以吃这种药，是因为在四十八小时内我和杜克就要结婚了，这种药会让我进入一种近乎死亡的昏迷状态。药效发作时，我将被送到一个遥远的地方，举行婚礼。

"送走我的时间到了。服了药的我被放进一节火车车厢里，我躺在一束激光上，昏死过去。最后——我不知道自己有没有忘记什么，我们到达了举行婚礼的地方。仪式由我父母的一个朋友主持，在现实生活中，他碰巧是个殡葬业人士。他做了一个我的人体／尸体模型，他很注重细节——比如皮肤的纹理和头发的不同颜色。他做的那个人偶可以走路，可以眨眼睛，可以做一切新郎在婚礼上要求它做的事。最终，那个新娘／尸体／模特会代替我参加仪式。观众们会认为那是我，我就可以逃避这个仪式了。那个殡葬业人士还雕了一张工艺复杂的床／棺材，放在圣坛上。仪式结束时，那对新人在观众的注目下躺进了这张床／棺材。

"一切就那样发生了——婚礼，新郎新娘躺进床／棺材。可与此同时，杜克和我一起逃到了纽约。甚至没有人发现我们不见了。"

"人偶可以缝补，可以做饭，可以说话，说话，说话，"伊索说，"但你确实逃掉了，你和杜克一起逃掉了。"

"我感觉好像这一生都在梦游。就像睡美人一样，至今还没有醒来过。"

伊索看着克拉丽莎那孩子气的圆脸，尽管有几分惆怅，长了几丝皱纹，却还是甜美动人。"噢，那可真是个美梦啊，躺在玫瑰藤下面，爸爸妈妈都爱他们的小公主，她从来不缺什么东西，因为她还没开口要之前，美丽的仙女就用魔法棒给她变出来了。在学校也是一样。你还有杜克。看看你们，年轻，漂亮，出身又好，一定能生出漂亮的孩子，一定有一个美好的未来。房间里满是从越南黑市上淘来的版画、地毯和花瓶——"

"伊索！"

"还跟各种达官贵人有交情，在莱茵贝克镇、纽波特市都家大业大，在北达科他州也有房子——"

"伊索！"

"是你让我说实话的。你以为你跑到罗克斯伯里就能摆脱过去，但你其实一直都知道过去还会回来，它随时可以回来。"

克拉丽莎一跃而起，冲出伊索家。她甚至连门都没关，一路跑下楼梯去了。

　　伊索坐在那儿，直到克拉丽莎的脚步声消失。她甚至没有起身关门。她感觉像受到重击，感觉自己被伤害，被利用了。她抽完一支烟，然后像老人一样，迟缓地走到门口，关上门，把三个门闩都插上。一年多来，她一直自我感觉良好，觉得自己一切正常。她就像一双永远敞开的手臂，他们把她家当成餐馆，喝她的酒，吃她的东西，在她的仁慈和关爱中取暖。然后，当她们痊愈、恢复了自尊，就离她而去。当然，有人走也有人来。只要她敞开心扉，打开门，把冰箱塞满，就还会有人来。

　　她想起和凯拉在一起时的某一天。她们开车去康科德，把车停在路边，下来散步。她们走到人少的地方，闯进装有栅栏的草坪。凯拉很紧张，又开始咬嘴唇，还被树枝绊了几跤。她弯腰低头穿过一道铁丝篱时，头发被钩住了。伊索跑过去，想帮她解开，凯拉却开始大喊大叫，破口大骂。

　　"你他妈的走开！走开！我自己能行！"

　　于是伊索放开她的头发，后退了几步，背对凯拉坐在草坪上。泪水涌上了眼眶。凯拉终于解开了头发，她走到伊索身边，面向她扑通坐下来，开始抽泣。她脸涨得通红，叫道："我不需要你！我不想需要你！"

　　伊索的眼泪干了。她悲伤地看着凯拉。她知道凯拉在哭什么，因为她也不想对伊索残忍，可就是控制不住。那是凯拉一个人的圆桌会议，桌边坐满了一圈与伊索有关的情感。那是凯拉自己的问题。

　　"那我呢？"过了一会儿，她平静地问，"我就是一个没有要求的人吗？我真就那么不重要吗？"

"你！你！你什么！我和你在一起就是纯粹的开心，那是爱，我不欠你什么！"

她往后一躺，又点燃一支烟，望着盘旋消散的烟圈。她感到无比空虚。她把自己倾注出来，她们啜饮她。而且，只要她持续地倾注，她们就会持续地索求，直到把她喝干。可如果她停下来，谁还会来到她身边呢？她这么奇怪，她们凭什么要来？男人们来，是因为想和她上床；女人们来，是因为她给予她们爱。可谁也不曾想到，她也是有需要的。于是她表现得好像自己什么也不需要似的。

她站起来，开始踱步，绕着这间见证了诸多戏剧性的生活瞬间的破旧屋子走来走去，把画扶正，把书摆放整齐，把放了一周的烟灰缸倒空。

她感到彻头彻尾的孤独。她就像一位慈爱的母亲，孩子们已经健康长大，远走高飞。她想，我始终孑然一身，仿佛她们从来没有存在过，仿佛我从不曾把爱和同情倾注给她们。她又坐了下来，挺直了背，目光凝滞。这就是生活的本质啊。她是那个大家的女人，她扮演女人，也扮演男人，遭受了女人从男人那里遭受过的痛苦。没名没分中的没名没分，奴仆中的奴仆。还好，比以前好多了，但还不够好。她得从自己身上发掘一点儿男性气概，不是说要当什么帆船冠军，不是说要在激流中划独木舟，也不是说要会剑术——虽然这些她都很擅长——而是说要坚持自我。不然，你就成了这个世界的垫脚石。可怎样才能做到这一点呢？

她思考着这个问题，许久才站起来。她想跟瓦尔聊聊，可打了几次电话都没人接。瓦尔有秘方，她知道该如何处理这个问题。明天再说吧。

她紧闭着嘴，上床睡觉了。但她不知道接下来该怎么办。她唯一能决定的就是关上心门。从现在起，她要花更多时间在工作上。她热爱她的工作，对她来说，停止工作是痛苦的，可是，为了她们，为了她的朋友们，她之前愿意承受这种痛苦。再也不会开门了，就让她们敲吧。

可就在几天之后的一个晚上，克拉丽莎来敲门了，当时已经很晚了，已是十点左右。伊索不假思索地起身去开门，还回头看了一眼她刚写的最后一句话。

伊索站在门口，冷冷地看着她的朋友。克拉丽莎站在那儿，恳切地说："我是来道歉的。"伊索打开门，冷淡地说："我在工作。"克拉丽莎停住脚步，又热诚地说："伊索，对不起，你对我很真诚，是我的好朋友，可我——那天我只是受不了，太痛苦了，但我却怪在你身上，我知道这很可笑……"

伊索尽量不笑出来，可她心里很高兴，还是回应了克拉丽莎的拥抱。

"哦，好吧，我也累了。该休息一下了。喝一杯怎么样？"

克拉丽莎递给她一个纸袋："我顺道买了一瓶苏格兰威士忌。"

她们来到客厅里，坐下喝酒。俩人之间的亲密感和原有的舒适感还在，可有些微妙的东西已经改变了。伊索不那么热情了，也不那么容易动感情了。她似乎克制了一部分自我。

"我来是想问你，我能住在你这儿吗，我不会回到杜克身边去了。我愿意付给你房钱，等我找到住的地方就搬出去。"

"当然，"她差点儿就脱口而出，"而且你不用付给我钱。"可她忍住了。

"我竟然盲目了这么久，我也不知道为什么，更无法原谅自己。"

伊索笑着说："要我打电话给米拉吗？她可是盲目了十多年。你们可以一起抱头恸哭。"

"那会破坏你的自信心和洞察力。"

"这是我们的必经之路。"

克拉丽莎笑着往前一倾："狗屁！"她说着伸手去拉伊索，"今晚我可以和你一起睡吗？"

克拉丽莎和伊索住在一起，心满意足。杜克彻底无牵无挂了。他每晚、每周都和麻省理工的那帮人一起工作。他没有怀疑克拉丽莎和伊索是情人，可他觉得"那帮女人"赢了。他无法忍受，感到自己像是被阉割了似的，逢人就说。他从未深究自己的话是什么意思，不去深究"阉割"对他意味着什么。那是他用来博取同情的词，而他的男性朋友以及那些妓女，确实因此而同情他。其实，他还是阳痿，可他从不觉得这是他自己的原因。全都因为克拉丽莎那个贱人。他的男性朋友们同情地摇摇头，他们知道是怎么回事。他们回家告诉自己的妻子，这个可怜的人被那个从不洗碗的贱人给毁了。但他们也在背后讥笑他。

米拉和本的关系依然很好。对他们来说，那个夏天就像是一首美妙的田园诗，只是被朋友们发生的不幸稍稍打断了一下，再就是米拉从瓦尔那里回来后心绪不宁了几天。口试完后，她开始准备写论文，她发现自己很享受这个过程。她属于那一类怪人，喜欢汇编文献目录，喜欢阅读学术书籍和文章。她写论文时，就像以前持家时一样，很勤奋。她买了特殊的摘录卡，可以通过卡上的小孔对照上下文。她每天从早上九点半工作到下午三点半，晚上到家继续干。

可她并不觉得辛苦，反而觉得很自由。她生平第一次明白了读研究生的意义，所有的课程设置都是为了解放她。她不必担心任何小事，她有足够的学识去表述某个观点，有足够的信心去不断获取新的知识。这就是解放。她在做一份有意义的工作，可以随心所欲、有条不紊地安排自己的生活。她还能要求什么呢？

她觉得自己天生就是写论文的料。她带着探险家般的狂喜冲进那堆书籍和文章里。天不亮她就起床开始工作，她呼吸着清晨那寒冷而清冽的空气，听着窗外的鸟语虫鸣，聆听着自己踩在干枯灌木上的脚步声。每天，她都满怀期待地翻开书本。在这些早在她出生之前就已存在的前人著作中，她能从容顺畅地钻研，创造出自己的观点吗？或者，某个犀利的词句会突然闯入她脑中，开花结果吗？她能到达那个集文学、逻辑和生活于一体的，如握在掌心的水晶般迷人的理想国吗？或者，她会发现某种犀利的、颇具争议的解释，令她收集的那些资料还没整合起来就被推翻了？

她强烈感觉到，自己目前所做的事需要很大的勇气，但她只对本吐露过这点。这好像很荒唐——天天坐在图书馆里看看书、写写字，也需要勇气？要说需要把图书馆坐穿的勇气，倒是可能。可她就是这么觉得的。在本面前，她时而欢呼雀跃，热情洋溢，因为发现了新事物而欣喜若狂；时而因为某人的放肆言论而火冒三丈；时而对逝去多年，名声赫赫的可怜的某人心生怜爱；时而又会对才华横溢而又怀有偏见的某人密切关注。本也会热情地回应她，认真地倾听，偶尔插一两句话，并且总是恰到好处地打断她，亲吻她。她觉得，这是爱情最严峻的考验，而本的得分远远超过满分。

本终于把纸箱全部打开了，里面的笔记被他小心翼翼地整理好，堆在卧室和走廊的地板上。他开始动笔，但困难重重，他不让米拉看他写的东西。他告诉米拉，他总担心铅笔是否好用，每天要削好几次："一支铅笔能用五天。我总觉得，如果铅笔是削尖的，我的感觉也会很敏锐。"

他们偶尔会休息一天。有时候，他们和伊索、克拉丽莎、格蕾特，或者本的朋友大卫和阿曼德夫妇一起开车去海边。但因为他俩平时独处时间不多，所以常常还是他俩单独出行。他们觉得有点儿对不住那些没有车、正在剑桥忍受酷暑的朋友，可同时又有种小孩子逃学般的兴奋。八月，米拉和本带孩子们去了缅因。他们在湖边租了一座小木屋，还有一艘小船、一条独木舟和一个烧烤架。他们把工作抛到脑后，高高兴兴地度过了两周。本像个野人似的在沙滩上狂奔，和孩子们打垒球、玩飞盘、游泳、骑车，还带他们去划船，仿佛刚从笼子里放出来似的。有时候，米拉也和他们一起玩，有时则戴一副大太阳镜，手拿一本书，坐看他们玩，脸上露出欣慰的笑容。

他们还一起做饭，一起洗碗。诺米做了辣椒酱（按米拉的秘方做的），克拉克做了意面酱（按本的秘方做的），都大获好评。本尝试做核桃派，米拉试着把活龙虾放进锅里煮，他俩都没成功。到了晚上，他们坐在一起聊天、打扑克，教孩子们打桥牌。湖边的电视信号不好，但好像谁也没有注意到。夜深了，大家困了，米拉和本便相拥上床，不多会儿便翻个身，沉沉睡去。他们做爱的时候也轻手轻脚，因为孩子们的房间就在旁边。就算没什么激情，他们也会感到温暖、安全，对打嗝和放屁也都习以为常。米拉想，他们如果结婚了，该有多好。

21

凯拉和哈利计划八月中旬从阿斯彭去威斯康星州看望哈利的父母，九月初回到波士顿。可是，八月的一天半夜，伊索家的电话响了，电话那头，一个神经质的声音说道："伊索，我离开哈利了，永远离开了。"凯拉当时在 MTA 车站，她的公寓转租出去了，她没有地方可去。

在这样的时刻，人的一辈子就这么定型了。在剧本或小说中，人们总是将抉择过程描写得分外纠结，可我觉得，我们最重要的决定往往是在一瞬间做出的。伊索的人生一直都很隐忍，那是她第一次冲动。

"坐出租车去米拉家，在那儿等我。她不在家，我有她家的钥匙。我们半小时后在那里见面。"

克拉丽莎正在客厅里看棒球赛重播。伊索站在卧室里，喃喃自语，心怦怦直跳，脸颊发烫。后来，当米拉问她为什么不邀请凯拉去她家和克拉丽莎一起住，她答不出来。她只知道当时必须要撒谎。她和克拉丽莎有个共同的朋友叫佩姬，是个大嘴巴，又很假正经，而且克拉丽莎不想这么快让大家知道她们的关系——这些事一下子涌上伊索心头。

"是佩姬打来的。"她皱着眉头对克拉丽莎说。

"佩姬？"

"她好像很难过。我不能叫她到这儿——"她故意话说一半。

"可她为什么会给你打电话？你又不是她的朋友。"

"我猜她可能没什么朋友吧。我那天跟她在雷曼餐厅聊过几句。可能她就觉得我是她的朋友。她的情绪不太好，我答应过去找她。"

伊索知道克拉丽莎不会反对，不会问她为什么要去，也不会给佩姬打电话。

伊索急匆匆赶到米拉家，凯拉已经在那儿了，她瘦小的身影孤零零地站在米拉家门前的人行道上，旁边放着一只行李箱，一副有气无力的样子。伊索见她站在路灯下，就像一个疲惫的妓女在等生意，又像一个工作了十小时的女店员，正等着坐车回到冰冷的家，啃一口面包和奶酪。伊索感到心酸，她为什么这副样子？凯拉一看见她就朝她飞奔过来，她们拥抱了一下，笑了笑，差点儿哭出来。凯拉不住地絮叨着飞机、公共汽车、威斯康星、俄亥俄，伊索拉着她的手进屋，让她坐下，然后去米拉家的橱柜里给她找喝的，但只找到了白兰地。

阿斯彭死气沉沉的。他们住在公寓里，不能养花，也没有烤面包的设备；除了莎士比亚的书，她又没带其他书，而且那里的图书馆也很烂。哈利一点儿都不同情她，说她没有先见之明，不知道多带点儿书。他白天开会，晚上还得和一群名人、物理学家一起用餐，无聊透顶。"他们讲话客套，一点儿意思都没有。"凯拉干巴巴地说。两周后，她决定离开，开车去新墨西哥或者亚利桑那，总之哪里都好。哈利不介意她走，可得把车留下。哈利在那里过得很开心，如鱼得水。下午，她就去酒吧和咖啡馆枯坐，她能在那里喝一下午啤酒。她遇到一些来阿斯彭旅行的人，决定和他们一起上路。他们要去圣达菲。哈利大发雷霆，但她还是带上几件衣服和一本书，背上一个帆布包就走了。他们一路上徒步旅行、露营、搭便车、乘公共汽车，一直到了亚利桑那。她和其中两个小伙子睡过觉。她想要一种"真实"的体验，可是，她笑着说："别看他们一副穷酸相，其中一个还是伯克利的博士呢，另一个也有科罗拉多大学的学位，还有一个地质学家。那几个女人都是学生，都很年轻，在科罗拉多和犹他州读研究生。那次'冒险'其实再安全不过了。"

上周，她回到了阿斯彭，哈利不理她。"我突然就明白了。是你让我懂得了爱情。"她轻轻触碰伊索的手，"和你在一起，每天都很充实。我对自己、对生活都感到满足。可我一直在想，也许因为你是女人，而只有女人才知道怎么去爱。可如果和你在一起，我不知道自己的将来会如何——对不起，伊索。"伊索定定地看着她，看上去不像受伤的样子。"我的想法还是很传统——结婚、生子、过日子，特别是在探望过我的家人之后，这种想法更加强烈了。"她咬着唇，伊索注意到她嘴唇上的伤痕差不多快愈合了。她轻轻拍了拍凯拉的脸颊。

"别咬了，都快好了。"

凯拉不咬了。"是啊！我的手也是！"她说着举起手，"是在路上的时候弄的。你看，在路上也不是什么都好。不过，那样旅行真好，我喜欢到处看看。可是，和我一起旅行的那些人虽然都还不错，却和我不是太合得来，也比较无趣，你明白的。对我来说，那些女人太年轻了。不过，我对哈利倒是有了全新的感觉。性爱不算好，也不算坏。它让我明白，不是我和哈利不同，而是哈利和大多数人不同。我就是爱他的那种不同，爱他的优越感，爱他的优秀、智慧和冷静。正是那种冷静使他不至于因为一些小事——比如感情和冲动——而影响形象。"她笑着说，"和那些人一起，我觉得很舒服，我不得不承认，我生平第一次觉得自己超级聪明！我并没有在哈利身边那种被压制的感觉。我也不再觉得，我的人生就只能种种花，烤烤面包。我感觉自己很聪明，充满了能量。我想要做点儿什么。于是我回到阿斯彭，想把这些告诉哈利。可是他不理我。我回去的那一晚，他对我很冷淡，而且，我就那么和一帮流浪汉跑了，在他同事面前把他的脸丢尽了。我又让他丢脸了，又在康塔尔斯基面前。但这一次我不觉得愧疚，这一次我明白了我的问题在哪里。因为我爱哈利，我真的爱他，我觉得他很了不起。可是他压制着我。他对自己好，可对我不好。我不知道为什么，但我觉得他不是故意的。"

"凯拉，他自私、冷漠、不懂爱。"伊索脱口而出。她之前从没说过哈利一句坏话。

"不，他只是全身心投入工作了而已。这也是应该的。"

伊索耸了耸肩。

"管他的。"凯拉说着，撩开额前的头发。最近两年，她留了刘海，刘海垂在额前，看上去又脏又乱。她看起来好像一个月没换衣服了似的。她手上的伤口已经愈合，指甲被啃得很短，几乎陷入皮肤。"我对哈利说，我要离开他，以后再告诉他为什么，他脸都白了。很搞笑，他像发了疯一样，似乎恨我入骨。有时候，他用那种冰冷的眼神看着我，我都以为他想杀了我。可是他不想让我走。他想让我留在他身边，好让他继续恨我，"她咯咯笑着说，"好让他多挑挑刺，说我有多烂。很奇怪对吧？"可她这么说时却在笑，这才让伊索更觉奇怪，"他马上就认定我要回来找你了，于是开始说你的坏话。真是莫名其妙。你知道他为什么生气吗？他有意——他曾想和你搞婚外情！他觉得你喜欢他——"

"我是喜欢。"

"他觉得是那种两性间的吸引。"

"有的人就是不辨是非。"

"他不是没经历过感情，只是不懂感情而已。"凯拉越说越气，

"他说他之所以生气，是因为'她到我家来，对我很友好，她吃我的东西，喝我的酒，结果都是为了勾引我老婆！'我说那也是我的家，我的东西，我的酒。我挣的和他一样多。我不只是他的妻子，我也有我的选择权。他说：'我不想和你说这个。我可不想蹚剑桥的浑水。太恶心了。别跟我说你要去她身边。你只是想惩罚我，想证明什么。去吧，去找你那个同性恋朋友吧！但你要是想要真正的性爱了，可别来敲我的门！'"

凯拉冷笑了一声："我非常平静地坐在那儿听他说完，尽量不去想自己有多爱他。他说完，我很冷静地说：'你不必操心这个，哈利，我要是真想做爱，就会去找伊索。'"

"他目瞪口呆地站在那儿。你看得出他虽然表面上没什么，但心里很震惊，可他什么也没说，只是静静坐了几分钟就起身离开了。我打电话订了最早的航班。没等他回来我就走了，所以，我们还没有正式告别。伤害了他，我于心不忍。可他表现得太不堪了，自信得有些愚蠢。我受不了哈利愚蠢的样子。"

"我们都受不了偶像愚蠢的样子。"

凯拉玩弄着伊索的手指："你觉得我残忍吗？"

"嗯，但我也觉得是时候做个了断了。"

凯拉把头靠在伊索的肩上。伊索伸手揽住凯拉："之后你去了哪儿？"

"去我兄弟家了。我在那儿住了几天。那里挺不错。你知道吗，他们拥有了一切——大房子，成功的丈夫，聪明漂亮、从不犯错的妻子，还有三个孩子。天哪，真让人受不了。他们谈论的都是些什么，他们关心的都是些什么啊！呸！我再也受不了了。还不如烤面包呢。不说这些了。不过，孩子们倒是很乖。"她有些惆怅地说，仿佛已经把这些事置之脑后。她突然站起来说："我为什么不能去你那儿？"

伊索把克拉丽莎和杜克之间的事告诉了她："她最近和我住在一起，直到找到地方搬出去。我想单独和你在一起，但又不好让她走。她也没别的地方可去。你知道的，克拉丽莎太文静了，没什么朋友。"

"嗯，伊索，你真好。"凯拉躺在伊索的臂弯里。伊索陪她在米拉家度过了一夜。凯拉睡着了，她却睡不着，凯拉把她弄得筋疲力尽，而她还在想着明天要怎么圆谎。

既然开了头，就只能继续了，别无选择。她得让凯拉回到剑桥，她得编故事解释为什么克拉丽莎一直在那儿不走，为什么凯拉不能在克拉丽莎面前表露她对伊索的感情，还要向克拉丽莎解释她去了哪里。幸好克拉丽莎不想让别人知道她们的关系，幸好有杜克的怀疑，幸好米拉的房间空着。接下来的两周，她要么和凯拉在一起，要么和克拉丽莎在一起。她的工作被丢到了一边。她感到厌倦，觉得自己被困住了。可还是得继续。

米拉回到了剑桥。凯拉的公寓虽然空着，可有哈利在，凯拉不想回去住，于是催促伊索，让克拉丽莎早点儿搬出去。伊索的谎话已经可以信手拈来了，她解释道，克拉丽莎爱上了她，自己并没有回应这种感情，可她不想伤害克拉丽莎，因为她刚和杜克分手，状态不好。可是在凯拉看来，克拉丽莎的状态反而比以前更好了，只是老了一些。克拉丽莎不明白伊索为什么老是不在家，而且图书馆里也找不到人。伊索越来越惊慌失措。她已经被搞得晕头转向，根本无暇考虑一旦谎言败露，她会陷入什么样的境地。

她感到压力很大，快要抓狂了，于是告诉了米拉。

“法国人都可以把这事编成滑稽剧了。”米拉笑她。

“我知道，我知道。”伊索绞着双手。

“为什么不和她们说实话呢？”

“我不能，那样会伤害她们。”

米拉盯着她：“伤害她们？”

“没错，”伊索垂头丧气，“我没法选择。”

最终，事态失控了。凯拉开始和哈利争房子，尽管他们谁也无法独立支付房租。她厌倦了伊索对克拉丽莎的同情，于是亲自去找克拉丽莎。她知道克拉丽莎和杜克分手后，还没有稳定下来，可是，又有什么事是稳定的呢？所以，伊索是时候搬去和她一起住了，克拉丽莎要么住伊索的公寓，要么重新找住处。克拉丽莎茫然地瞪着眼说：“什么？不是你婚姻破裂了心情不好吗？所以伊索才花那么多时间陪你，听你诉苦。”这下轮到凯拉目瞪口呆了。于是两人转向了伊索。

这是伊索一生中最糟糕的时刻了。她坐在椅子上，面对她们的质问和指责，承认了一切。她没有辩解。她绞着手指，噘着嘴，眼泪汪汪，可她并没有哭，只说了一句：“你俩我都爱，我没法选择。”

“我已经放弃了过正常生活的想法，”凯拉勃然大怒，“我愿意公开和你在一起，放弃婚姻，放弃生孩子！”

“我也是！”克拉丽莎也说。

“你不是！你想要保密。”

“是的，”克拉丽莎伤心地说，“可我想了很多。几周之前我就决定了，离婚手续办完后，我就会公开，就会彻底放弃那种生活。”

那天下午，米拉无意间撞见了那个场面。她觉得，直到那一刻，事情都还是可以解决的。如果伊索可以跟任何一个说：“我不能没有你！"那么另一个可能会伤心欲绝，甚至大打出手，但最终也会罢休。但她没有这么做。她抬头看着她们，眼睛忽闪忽闪，露出顽皮的笑容，说：

"好了！我们三个人公开在一起生活，怎么样？"她嘿嘿笑着。她们都爱她，她感到很开心。

克拉丽莎一跃而起，抓起伊索之前坐的木椅子，狠狠砸在地上，一头冲进了洗手间。凯拉也从房间那头冲过来，捶打伊索的背。伊索用手护着头，大叫着："嘿，别打了！别打了，别闹了！"可她同时还在嘿嘿地笑。

米拉想把事态平息下来，可那简直就是在伦敦闪击战[1]间隙开茶话会——根本不可能。哭泣、眼泪、指责、跑进跑出，闹腾了一个多小时。米拉靠在扶手椅上，端着一杯波旁酒。伊索耐心地坐在中间，看上去就像一个被罗马人折磨的殉道者。

最后，凯拉筋疲力尽地跌坐在椅子上。克拉丽莎对眼前的沉默有点儿不安，便也走过来坐了下来。伊索站起来，去厨房倒了四杯杜松子酒。她们拿了酒，谁也没看谁一眼。克拉丽莎终于开口："你没有认真对待我们，这才是你最大的错误。"她说话时眼睛盯着墙。

克拉丽莎扭过头，看到伊索正怜爱地看着她，便赶紧移开了目光。"你说得对。"伊索平静地说。于是大家都转过头来看她。她依然坐在屋子中央那把木椅子上，旁边的地板上是那张被砸坏的椅子、从屋子另一头丢过来的烟灰缸、打翻了的咖啡。她定定地盯着自

1　伦敦闪击战（London Blitz），是指在第二次世界大战中纳粹德国对英国首都伦敦实施的战略轰炸。

己的双手，一脸平静，内心却翻江倒海，她正探入自己的心灵深处，从冰封的泥土里拔出破旧的靴子、生锈的罐子和缺了口的斧子。

"我不奢求你们原谅我，我也不觉得我需要原谅。对不起，我伤害了你们。可是，这阵子，能爱你们两个人，也能得到你们的爱，我并不后悔。如果你们因此而受到伤害，那我也认了，你们要知道，我现在也不好受。"

"你明知故犯，"克拉丽莎说，"我们却被蒙在鼓里，连选择的余地都没有。"

伊索点点头说："的确，的确。我不是说我的做法是对的，也不是说你们不该恨我，也不是要否定你们的感受。我只想告诉你们我的感受。我没有认真对待你们，不是因为我不爱你们，也不是因为我不尊重你们。很难说清楚。我不把任何事当真，你们明白吗？不是你们的问题，而是我的问题。我曾经对艾娃比对任何人都认真，可就连那时……我也没有完全当真。你们想想，什么时候我们会对一样东西认真？不是因为喜欢、爱慕或者友谊——而是因为我们拥有它，而且它对我们有益，但这些不是你们现在对我生气的原因。使你们对一件事认真的是持久的信念。你们都在计划未来，而我也附和了，这点我无法否认。可我忘了一点，我回避了某个事实——别人跟我不一样。你们觉得自己已经做出了牺牲——放弃了体面的生活、丈夫、孩子、事业、房子，牺牲了你们的世界，在这个世界中，你们有自己特定的身份，你们不用付出太多努力，因为只要守规矩，一切就唾手可得。"

"可那些对我来说，是从来都不存在的。我曾经努力过，和一个男人订了婚，可并没有持续多久，令人很绝望。我就这么蹉跎了岁月，像个乞丐，站在餐馆外面，等待着残羹冷炙……"

"噢——"凯拉叫道。

"别，让我说完。你们应该看得出来，我不是来这儿顾影自怜的。再说，我也没那么可怜。"她自嘲地笑笑。她们也不由得露出笑容。

"我本觉得自己能适应主流的生活，能像大家一样被别人接受，能在做礼拜时和牧师聊上几句，邀请他去家里吃饭，尝尝自己做的烤青豆、土豆沙拉和香蕉奶油派。你们知道吗？"

"你想那样吗？"

"问题不在于我想不想。我也不知道自己是否想那样，只知道自己永远不可能得到那些。我无法忍受和男人一起睡觉，正常的生活、丈夫、孩子、房子，所有那些被视为美好的生活、正常的生活、满足的生活的东西，对我来说都是遥不可及的。你们明白吗？这才是问题所在，它会改变你看待事物的方式。"

女人们一言不发，可屋里的气氛变了。她们开始放松下来，有的盘起了腿，有的在喝酒，有的在抽烟。她们小声咕哝着，表示赞同。

"所以，我学会去获取自己可以得到的东西——比如，转瞬即逝的快乐。在我的字典里没有永远，因为永远不是我能奢望的。还有就是，我爱你们——你们无须怀疑，会怀疑吗？不会吧？"她近乎绝望地转过头看着她们。

"不会。"凯拉往前一倾，热切而温柔地说。

"不会。"克拉丽莎往后一靠，双手交叉着，她的脸看上去就像一副希腊悲剧中的面具。

"哦，"她叹了口气，"那就好。"她又叹了口气，"你们知道吗，我还有点儿庆幸这一切都结束了。我真的很累，很不安，欺骗游戏并不好玩。"说到这里，她顿住了，仿佛真觉得事情就这么结束了。然后，她环顾四周，对着大家爽朗一笑，好像一个孩子得到了全家人的支持似的。

"可事情还没完呢。"克拉丽莎说。

伊索瞥了她一眼。

"我们无法原谅你的是，你没有认真对待我们。我们能理解你的苦衷。可我们最不能原谅你的，是在我们当中你居然没有一个更爱的人。"

伊索又坐回椅子上，用手捶着额头。"我没办法！我没办法！为什么一定要比较？"她问米拉。

于是大家都转身看向米拉，好像她知道答案似的，可她只是尴尬地笑了笑。她得说点儿什么，她多希望有瓦尔在场，瓦尔一定知道。可她又怎么知道呢。"在我看来，"她字斟句酌地说，"伊索的意思是，她早就放弃了对永恒之爱的追寻了。就像你必须爱上帝，因为它是你可以永远爱下去的人。那是一种可以填补需要，抚平一切伤痛，在厌倦来临时重新振奋人心的爱，它是绝对的，我说的绝对是指无论你做什么或不做什么，你能成为什么人或是不能成为什么人，它都永远不会消退。我觉得我们穷尽一生都在寻找它，可显然一直没找到。就算找到了——类似于母爱——也还是不够的，无法满足我们的。因为接受这样的爱令人压抑，令人顺从，却不够令人兴奋。于是我们继续追寻，继续感觉不满足，感觉世界失信于我们，"她瞥了凯拉一眼，"甚至更糟，感觉是我们辜负了这个世界。后来，我们中有些人意识到这种爱是不可能的。于是我们放弃了希望。一旦放弃了希望，我们就和别人不同了。我们无法轻易去交流它，但我们有了不同的标准。我们变得更容易满足，更容易被取悦。爱情这种罕见的东西，一旦发生了，就是一份美好的礼物，一个漂亮的玩具，或是一个奇迹，但我们不指望它将来能够保护我们逃脱未来的风险。下雨了，打字机坏了打不出字来，而这篇文章又必须在周一之前写完并寄出去，或是明天没有足够的钱付房租——诸如此类的风险。爱情就像一场金色的及时雨，滴落在你的掌心，你惊叹它的璀璨，它滋润你干枯的生活，散发出温暖和光辉。但也仅此而已。你无法抓住它不放。它无法满足你的一切要求。如果剑桥有五个本，我会像爱他一样爱他们五个人。可是，世上没有那么多本。但是有你们两个，还有格蕾特、瓦尔、我的老朋友玛莎——老天，你们都是天赐的珍宝。伊索无法在你们之间选择，是因为她不需要你们，因为你们谁也无法让她完全满足，但你们无疑都滋养了她。她不能自欺欺人，说你们谁也没有如母亲的子宫般温暖过她。"

她们都转身看向伊索。伊索热泪盈眶，满怀爱意地望着米拉："你还漏掉了一个人——你自己。"

那晚的分别，像芭蕾一样优雅又正式。那种正式不是出于尴尬或愤怒，而是因为他们所有人都觉得，有些事，或者说某种互相间的理解，已经结束了，但还没有什么新东西来代替它。所以在有之前，只有适度的端庄举止、彬彬有礼，才能表达他们到底有多亲密，他们之间的距离有多么不可逾越。人可以一次次表示理解，但仍会坚持己见。她们还是朋友，但从前每天下午在伊索家的固定聚会，逐渐改为周五或周六晚上的偶尔小聚。克拉丽莎找到了新住处。凯拉找了个人与她合租。伊索家每天下午仍然宾朋满座，但已不像往日那么频繁，而且已经换了一拨新面孔。

不管论文进展是否顺利，凯拉还是每天看书，却找不到能触动她心灵的东西。她后悔自己没有研究过文艺复兴，不了解其道德体系和行为准则。克拉丽莎读书很刻苦，可越读越偏题。社会结构和小说形式之间的关系越来越令她着迷。伊索全身心投入到论文的准备工作中。她还在申请一笔助学金，准备去英国和法国研究古代手抄本。格蕾特很认真，但进展缓慢，因为她正和艾弗里谈恋爱，他们没完没了地腻在一起，即使不在一起，她也总想着他。格蕾特是个天才，而且还很年轻，刚满二十四岁。"我觉得，"她对朋友们说，"一个人的感情生活得先稳定下来，得有一些保障，才能全心全意地投入工作。"

"那就要一个孩子。"米拉的声音有些沙哑，听起来像瓦尔。

米拉的论文一如既往地顺利。本已经写了五十页了。他们计划在一年之内完成各自的工作。十一月，本收到了一份来自利阿努的工作邀请，是那个国家的总统发来的，请他去当顾问。非洲人在理解美国人奇特的思维方式上遇到了困难。本要远走高飞了。那份工作不是长久之计，迟早，利阿努人会把白人赶出来。可是，那里真的很美，火山、森林、沙漠，还有他的朋友们，那里的人也很有趣……

米拉也承认那里很好，她还说，你可以待到他们把你赶回来为止，但那时你就事业有成了，你就是非洲专家了，白人国家就需要你这种了解非洲的白人男性。她的语调中带着难以察觉的讥讽，可是本感觉到了。于是他避开了这个话题。可他无法克制自己的兴奋和期待，两周以来不断和别人谈到这件事，这令米拉无法再掩饰自己的恼怒了。

本从没问过她是否愿意去非洲，他想当然地以为她一定会去，这就足以让米拉对去非洲一事心怀成见了。她还记得，诺米说他不知道自己不想当医生，是因为父亲想让他当医生，还是因为他自己本来就不想当，她当时跟他说，等他找到答案的时候已经太迟了。诺米后来去了阿默斯特学院，他说那里"满是像我一样假装自己不是富家子弟的富家子弟"。

她得趁着酒劲儿，不那么清醒时和本谈谈这事。一个周五的晚上，她真的这么做了。事后看来，那像是步了凯拉的后尘，当时她是故意让自己喝醉的。她喝醉了，一路责备本，直到回到她家。本冲她大吼大叫，她也自我辩白，朝他吼回去，骂他傲慢、自私，以及诸如此类的话。

他一开始还为自己辩解，甚至说了谎。他坚称曾问过她要不要去非洲，而且她同意了。他坚持了两个小时，她说，如果真有这回事，她不会不知道。可他还是不松口。他渐渐不再指望她顺从，转而开始软磨。没有她在身边太痛苦了，他想都不能想，于是他想象了他们之间的那次谈话——尽管他真记得很清楚他们有过这次谈话——因而就理所当然地认为她会和他一起去。

她尖叫道："滚你妈的，本！"

从不说脏话的一个好处就是，一旦你骂了脏话，就会产生很惊人的震慑力。最近一年，米拉只在和她的女性朋友在一起时偶尔说说脏话，几乎从不在本面前说，以至于说起来有点儿生硬。她和她母亲一样，是不说脏话的。

他一句话还没说完，一下子愣住了。他看着她，垂下眼帘，说："你是对的，我确实没问过你。对不起，米拉，我不知道自己为什么那样做。可是，我说的最后一句话是真的。我是认真的，我不能没有你。那太痛苦了，我受不了。"

他抬头看了看米拉。米拉的嘴唇扭曲着，泪水扑簌簌地顺着脸颊滚落下来。

"我相信你说的，本，"她急切地说，"你想去，如果我不去的话，你会伤心，于是你就只是草率地假定我会去，觉得这是最好的解决办法。但你从来，从来没有考虑过我！我的需要、我的生活和我的意愿！你像诺姆一样，完全不把我当作一个独立的人来看待！"

她跑进洗手间，锁上门，站在里面哭泣着。本在外面坐了很久，抽着烟，直到燃到烟蒂。洗手间的门开了，米拉从里面出来，去厨房给自己倒了杯酒。本坐在那儿，又点燃一支烟。米拉走过来，在他对面坐下。她盘着腿，眼睛红肿，但她神情严肃，背挺得笔直。

"好吧，"他说，"你的需要、你的生活、你的意愿，究竟都是什么？"

米拉有些不安地说："具体我也不知道……"

他身体前倾，伸出一个手指："啊哈！"

"本，闭嘴，"她冷冷地说，"我不知道，是因为我以前的生活不允许我思考自己想要什么。可我知道我喜欢现在所做的事，而且我还要继续做下去。我想写完我的论文，除此之外，别无他想。二十岁之前，我就已经学会不要去奢望自己得不到的东西，因为会很受伤。我喜欢教书，我对文学批评很感兴趣，我要写完论文。还有，"她把脸转向一边，哽咽着说，"我也爱你，不想和你分开，我也想要你。"

他跪坐在她身边的地板上，搂住她的腿，头伏在她的膝盖上。

"我也爱你，你看不出来吗？米拉，你看不出来吗？一想到要和你分开我就受不了！"

“是啊，”她冷冷地说，“我看出来了。我还看到你为了把我留在身边就不顾我的感受。真是讽刺。瓦尔说，爱情是矛盾的。”

他盘腿坐在地板上，喝了一口她的酒：“好吧，那我们现在该怎么办？米拉，你能和我一起去利阿努吗？”

“我去利阿努能做什么呢？”她带点儿调皮地说。但他没注意到。

“我不知道，真的不知道。但我会尽力而为……我不知道能有什么样的条件。但我们可以把你需要的书买好，把你需要的文章都复印下来，每一篇——我会帮你的。我们可以把这些资料都带过去，订阅所有你认为重要的期刊。你可以在那里写论文。问题都是可以解决的。你可以把你的稿子邮寄回国，之后……”

“之后怎么样？”她的声音如此沉静，如此冷漠，连她自己都感到惊讶，仿佛那是来自她另一个自我的声音。

他叹了口气，握住她的手，说：“亲爱的，我虽然没法保证你在那边能有很多事做，但我肯定能帮你在政府部门找份秘书的工作，或者是翻译——对了，你不会说利阿努语。但一定能找到事做的。”

“我想教书。”

他叹口气说：“十年前，那还有可能。可现在，我看不行了。那里还有几名白人老师，可他们如今正在驱逐白人教员，而且那些老师大多是秘书学校毕业的。”他看着她，“我估计不可能了。”

“但是，”她噘着嘴，好像快要哭出来了，“你明知道我五年来一直在为教书做准备，你还是想当然觉得我会去。”

他耷拉下头。“对不起。”他痛苦地说。

他们沉默地坐了一会儿。最后，他说：“我不会在那里待太久的，白人在非洲待不长了。我们会回来的。”说着，他又抬头看着她。

她思索了一阵，说："那倒是没错。"她忽然觉得心中又充满了希望，事情还是有转机的。她的声调不由得提高了一些："如果几年之内你没被赶回来，我没事干了，可以自己先回国。我还是得写完论文。当然，没有图书馆会很不方便，会花更久的时间。可是我可以一边等书寄来……一边打理花园。"她终于笑了。

可他脸上仍然阴云密布："但是，米拉，你不能丢下孩子自己回去。"

"我的孩子？"

"不是吗？我们的孩子，我们即将有的孩子。"

她僵在那里，全身冰凉。她感觉自己好像嗑了药，或是要死了，或被按在一面可怕的墙上，只能说实话，而她的实话的开头是：我是，我是，我是。第二句实话紧随其后，仿佛层层的海浪：我要，我要，我要。突然间，她意识到，原来，她一直不被允许说这两句话。她感到自己蜷缩在一个天寒地冻的角落，终于张开冻得发紫的嘴唇，说：

"我不想要孩子，本。"

然后，一切都破碎了。本很受伤，很震惊。他可以理解她不想再和诺姆生孩子，可以理解她不想和别人生孩子，但绝不能理解她为什么不愿意和他生孩子。他们开始争吵，他很激动，而她很绝望，因为她自己的内心也是天人交战。她爱本，如果是很久以前，她应该很乐意和他生个孩子，很乐意和他一起去一个新的地方，一边种花、烤面包，一边对在一旁玩耍的孩子说："烫！小心烫！"可是如今，她四十岁了，她想做自己的工作。去非洲需要做出牺牲，那会阻碍她的事业。可是她愿意，她会带书去，她可以带着所有行李过去。但她不能再要孩子了。她说，够了，已经够了。

本说，去非洲有很多好处。米拉问，我们什么时候回来？我需要拿东西的时候可以回来几个月吗？他勉强地说，可以安排。她的阅历和经验告诉她，现在的勉强，就是将来的严厉拒绝。那他们什么时候回来呢？虽然是他想要孩子，可孩子还是她的，她要对他负责。他帮不了她太多。他说，他会尽力而为。他真是太诚实了，不会轻易做出太多承诺。

她拿着白兰地，独自坐着，直到夜幕降临。

她和本没有分手，只是不再经常见面了。也没有什么见面的冲动了，因为一见面就会吵架。她感觉本以前高看她了，如今，他看着眼前这个他爱了两年的女人，竟然才发现，原来她这么自私、这么自我。他们睡在一起时，性生活也不再和谐。他很机械，而她已经没有了兴致。她想要强烈地抗议，想要针对他这无声的指控为自己辩解。可是她太骄傲了，不会这么做。她明白，他的优越感以及她的谦卑，都并非他们本人的性格，而是植根于他们的文化当中。单从个人身份来说，他算不上顶层，她也算不上底层，可是仍然……

她非常孤独。瓦尔没有接电话。伊索、凯拉和克拉丽莎都帮不上忙，她们可以倾听，但她们不知道四十岁的孤独是什么滋味，她们对孤独又了解多少呢？她试着整理思绪：第一，这是拥有美好爱情的最后一次机会；第二，是什么呢？我自己，我自己。她还记得小时候的自己独自坐在母亲家的玄关里坚持自我的样子。自私得多么可怕！也许她就是本现在所以为的样子。

她想不通。她揪着自己的头发，把头皮都扯痛了。她只需要拿起电话，说，本，我要去，本，我爱你。他不一会儿就会出现，还会像以前那样爱她。可她的手悬在了半空。像以前那样爱她，那么，他已经不爱她了吗？不，在她坚持自己愿望的时候他就已经不爱她了。但如果她坚持自己的愿望他就不爱他，那他爱她什么呢？当她的愿望和他一致的时候，他就爱她。她又倒了杯白兰地。她觉得自己开始醉了，但她不在乎。有时候，醉了才能看清事实。如果他只有在她的愿望和他一致的时候才爱她，那就意味着，他并不爱她，而是把她当成他自己的一种投射，一种能够理解他、欣赏他的补充物。

但是，一开始就是那样的。她觉得自己比他渺小，因为她觉得他比自己更重要、更伟大、更优秀。

那就是他所希望的。

她放下了酒杯。

是她让他这么觉得的。可现在她又出尔反尔了。

因为她现在不一样了。

她的不一样，有一部分是因为他。

那不算数。他也因为她而变得有点儿不一样了。

她把头靠在椅背上。假如她高兴地跑去找她，像他来找她时一样，然后抓着他，像他以前抓着她时一样，恳求他，坚持说："我爱你！我想要你！为了我留在剑桥吧。我们可以像从前那样生活。你也可以在这里开创事业啊！"那会怎样？

她凄凉地笑了笑，拿起白兰地。"我说什么来着！"她仿佛听到瓦尔的声音。

她站起来，坐在椅子上，用毯子把自己裹起来。她喝着白兰地，轻轻摇晃着。这一切终会结束的——她这么说过吧？米拉在笑，但那是一种凄凉而苦涩的笑。电话响了。她一跃而起，看了看表。已经凌晨一点多了。可能是哪个男孩打来的吧。结果是伊索。

"米拉，我刚听说瓦尔死了。"

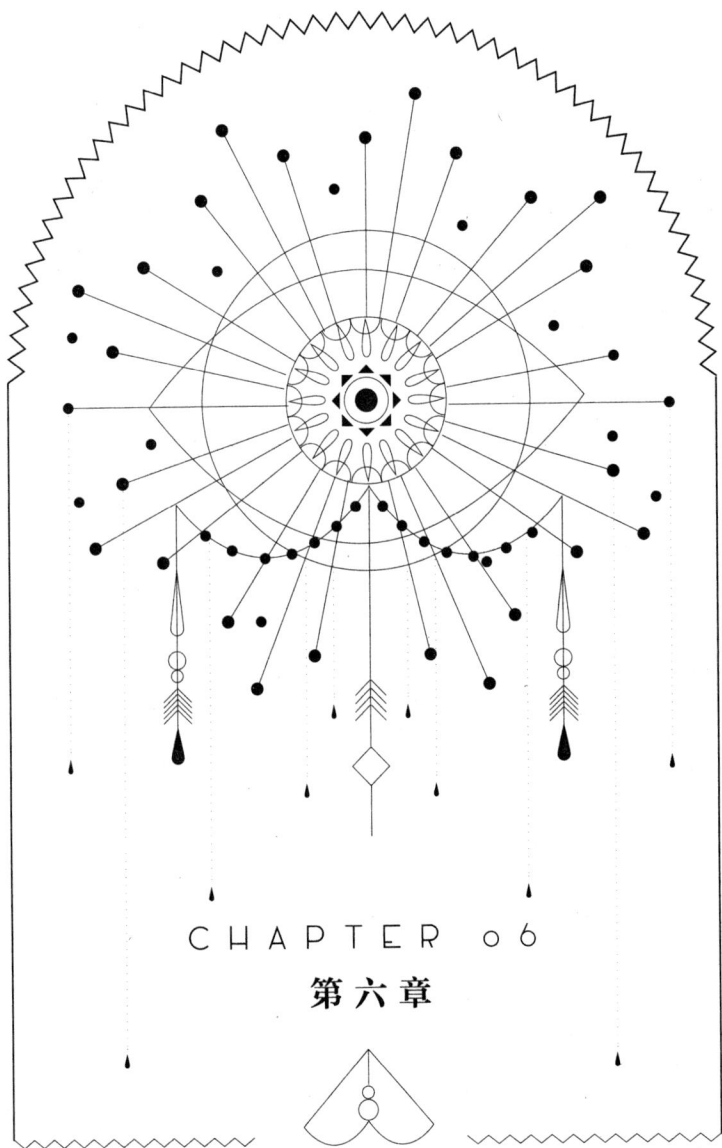

CHAPTER 06

第六章

1

没错，事情确实发生了，一切可能性刚刚打开，似乎一切皆有可能，接着，一切又都关闭了。膨胀，然后收紧。你终会明白的。可瓦尔也说过，为什么每种秩序非得永恒呢？正是这个问题让我来到了海边。我看到自己手里拿着的蒲公英嫩芽。它们是怎么来到我手上的，你知道吗？

如果有膨胀和收紧，那么，还会再有膨胀。不然接下来就是死亡。这是自然法则。就算现在不是，将来也会是。

瓦尔死了。这件事情就发生在我们眼皮子底下，我们却浑然不知。只有需要找她倾诉的时候，米拉才会想起她。不，这么说不公平。瓦尔对她来说很重要，对她们所有人都是，只是没有她期望的以及她们期望的那般重要而已。

事情的经过大致是这样的：有一个年轻的黑人妇女，叫安妮塔·莫罗，她白天当用人，晚上去东北地区上夜校。她想当一名老师（审判的时候，公诉人还嘲笑她，说安妮塔几乎就是文盲）。一天晚上，安妮塔在上完课去车站的路上，一个男人袭击了她。他来到她身后，掐住她的咽喉，把她拖进一条巷子。他把她放倒，掀起她的裙子，但安妮塔是在黑人街区长大的，她的包里随时揣着一把刀。她猛踢他的下巴，迅速翻身起来。他又抓住了她，于是她开始用刀刺他。她不停地往他身上刺，血和恐惧在她耳中跳动，吵闹声和她的尖叫声引来了人们的注意。他们看见，他倒下了，她还在刺他，于是上前阻止。他们抓住她，叫来了警察。

她因为谋杀罪被起诉。那个男人来自一个体面的白人家庭，他有妻子和六个儿子。刀是安妮塔的。公诉人说她是个妓女，是她引诱他到了小巷，她想抢劫他，他要走，她就拿刀刺他。法庭上讨论的主要问题是安妮塔是否受过教育。如果她去学校只是为了揽生意，那她就是妓女，妓女是可以被强奸的。这些不言自明。

安妮塔接受了《波士顿凤凰报》的采访。据说，在采访中，从她说话的语法和句法可以看出，她还颇有文学功底。报纸上引用了她的话："我想回到学校。他们也没办法，那里的老师们——也就是我们——很野蛮，我们不会听的。可那是因为我们没有学习过，你知道吗？不过，我觉得我可以和孩子们聊天，因为我了解他们，我就是他们中的一员，而且我能让他们明白我所明白的。正如布莱克的诗里所写：'我的母亲呻吟，我的父亲流泪——我一头跳进这危险的世界……'你们都知道婴儿是不会跳的。布莱克是在告诉我们，生命就是这么来的——这样跳出来，哪怕跳进危险中，甚至跳进犹如我童年一般可怕的环境里，也在所不惜。那首诗后面写道：'赤身裸体，无依无靠'——仿佛婴儿的哭声是某种音乐，就像在一条黑暗的街道上鸣笛。我知道那种感觉，所以我随身带刀。然后'就像云中的恶魔大呼大叫'，哇哦！他把婴儿类比为魔鬼！哎，你我都知道，确实如此，是真的！"她笑了笑，然后继续讲诗歌。记者说，她当时的眼神很明亮。

他们让鉴定人来判断安妮塔的语法、句法和拼写是否合格。遗憾的是，他们觉得她不合格，而且，他们说，她永远不够格当一名英语老师。他们以她是文盲为由，判了她谋杀罪。一群激进的女权主义者从头到尾参与了她的审判，瓦尔也在那里。她被判刑的那一天，法院周围拉起了警戒线。只有《波士顿凤凰报》报道了那件事，可是，报纸上是这群女权主义者一边呐喊一边挥舞标语的照片。安妮塔以一级谋杀罪被判了二十年有期徒刑。有一张她被带出法庭的照片，照片上，她的表情像孩子般无辜，满是困惑和恐惧。"他要强奸我，所以我才刺他的。"他们把她押送进警车之前，她对那群女人说。

瓦尔所在的群体很小，没多少社会资源，但她们还是引起了联邦调查局的注意，因为她们中渗入了一个联邦调查局的线人。因为有她，他们才能得到消息。安妮塔的事激怒了那群人，她们计划营救她。她们还精心安排了营救之后的事宜。她们打算让各个同情女性的社会组织轮流接待她，直到这个案子完全平息，然后把她送往古巴或墨西哥，再找人帮她伪造身份，让她可以在某个地方教书。那是一个在绝望中产生的疯狂计划。也许，她们并不指望这个计划能奏效。也许，她们已经预见到会发生什么事，并且希望它发生，以引起公众的注意。

在安妮塔被押送至州监狱的那一天（因为她可能会对社会产生危害，所以没有等她上诉），女人们从四面八方聚过来。她们像普通女人一样穿着裙子和牛仔裤，在街上闲逛，直到安妮塔被带出来，准备被送走。她们突然聚拢成一圈，从裙子底下和外套里掏出枪来。

可是，当局已经有所防范。砖墙的后面藏着警察，一个，两个，三个，他们拿着机关枪走出来——女人们只有手枪——对着她们扫射。四个，五个，六个，七个，八个……越来越多的警察拿着机关枪冲出来。有两个行人受伤，那六个女人全都死了。安妮塔被推进车里，车子开走了。事情就是这样。不过，那些警察往其中两个人身上射了太多发子弹，结果尸体爆炸了，伤到了附近的警察。后来，据说那两个女人拿了手榴弹，说也奇怪，那些手榴弹之前一直没有爆炸。其中一具爆炸的尸体就是瓦尔的。有一个警察死了，有人为他举行了葬礼，就连市长都亲自参加了。另外一个活了下来，可他的脸和大腿上都留下了伤疤。

有很多人来参加瓦尔的葬礼。伊索说，也许有一半是联邦调查局的线人，但我不这么认为。我觉得瓦尔有很多秘密的朋友，她可能只和他们说过一次话，但说的都是很真实的东西。我敢打赌，那个有强奸犯潜质的牧师也去了。霍沃德·珀金斯也来了，还有瓦尔的前夫尼尔·特鲁瓦克斯也来了，是克丽丝带他来的，她还介绍他给我们认识。克丽丝脸色苍白，一副茫然无助的样子。她的父亲帅气、优雅，有着恰到好处的灰白鬓角、健康的肤色和紧实的小腹（应该是经常打网球或壁球的缘故）。他和我们握手时不住地摇头。他看着克丽丝，摸了摸她的头，冲她笑着，拨乱她的发丝。克丽丝看着他，面无表情。

"不负责任，简直不负责任！她还有女儿要照顾……她总是这么不负责任……"他看着远处的云，我们看着他。他转向克丽丝，揽住她的肩："亲爱的，走吧，跟爸爸回家。"他笑着说，然后优雅地和我们道别。

克丽丝用茫然的眼神看了我们一眼。米拉回过神来，伸出手去，可他们已经转过身，走远了。克丽丝被肩上那只大手压着，看起来又瘦小又无助。

霍沃德·珀金斯眨着眼朝我们走过来："她很了不起，真的很了不起。我觉得，她是因为更年期失去了理智。女人都这样，不是吗？她老了，对男人不再有吸引力了，她对他们的敌意被……"

"霍沃德，滚蛋。"米拉说。大家纷纷转头看她。霍沃德愤愤地看了她一眼，消失在人群里。

这群朋友一直等待着，直到人群渐渐散去。本也在那儿，他揽着米拉的肩。还有哈利、伊索、克拉丽莎、凯拉、塔德、格兰特和巴特。塔德看上去笨拙而又迷茫；格兰特凶巴巴的；巴特目送克丽丝和她父亲走远，转身面向米拉，耸了耸肩，摊开双手："其实什么也没有改变。"他大声说。她握住他的手说："是啊，是啊。或许到我们的下一代，会改变吧。"

这群人慢慢地朝他们的车走去，一路上沉默不语。然后，本、塔德和格兰特上了哈利的车，伊索、凯拉和克拉丽莎上了米拉的车，两辆车相继驶离，送他们回去。每个人都独自回到了家。

米拉拿出白兰地，坐在电话旁，把脸埋进掌心。电话并没有响。葬礼上，本揽住她肩膀的手唤回了一切：温暖的爱情，以及这爱情对可怕生活的慰藉。她拿起听筒，拨了本的电话号码。电话响了又响，最后，她挂了。她觉得自己有些发狂。她努力地回忆他们之间的所有争吵，回忆她搬出来解释他们分手的每个理由，那些话，那些她说给自己听的话，那些她想用来解释，想彻底说明白他们为什么要分手的话。如今看来，这一切显得很可笑。那团炸开的血肉被塞进坟墓里，然后坟前被写上"瓦尔"这个名字——那个穿大喜吉装、高举酒杯的瓦尔，那个朗声大笑、扬起眉头的瓦尔，那个不可能被镇压、如今却被镇压了的瓦尔。米拉和本也将面临同样的命运。本是那么耀眼，他结实的手臂上覆盖着细细的汗毛，头发像青草一样蓬松茂密，他那充满生气的棕色眼睛，他的笑声……她又拿起电话拨了一遍号码。还是没人接。生命太过短暂，太过残酷，令人无法放弃爱情，哪怕拥有爱情就意味着失去其他的一切。她又倒了一杯白兰地，又打了一次电话。仍然没人接。

假如他们的爱情像她第一段婚姻那样结束怎么办？假如她在四十一二岁的时候生了孩子，没有写成论文，或者写了论文并拿到了学位，可后来还是去了非洲，一边纳凉，一边看着她的孩子蹲在院子里观察一株奇异的花朵。那也可能不会结束。他们的爱情还是那么重要，那么温暖，他们也许会永远为彼此兴奋，在接下来的三十年里，他们也许会一直保有对对方肉体的欲望；在接下来的三十年里，他们也许会带着不变的兴趣和渴望每天相见……

真可笑，可笑。正因为现实不会如此发展，所以这才成为理想，然后又从理想演变为一种永远无法达到的标准。

她感到无比孤独，于是站起来，穿上外套，拿上酒瓶，开车去了伊索家。凯拉和克拉丽莎已经在那儿了。她们都一言不发地坐着。她把酒瓶递过去。她们斟上酒，举起酒杯："敬瓦尔。"她们说着，啜了口酒。

"没什么可说的，无话可说。"有人说了一句。

沉默如同寿衣一般包裹住她的身体，就像消过毒的白色绷带，缠了一圈又一圈，直到她变得干净、雪白、清洁、纯净，直到她的血流干了，炸开的血肉被盖住，直到尸臭味退去，直到她干净、得体，能被公众接受。一架干尸躺在桌子上参加葬礼，它的出现就是一种承诺，一种保证，保证她不再产生威胁，不再怒发冲冠地站起来，手里拿着刀，大叫着："不！不！在你接受现实之前，杀啊！"

"是啊，可是她接受了。她接受了自己的灭亡，正如她曾经是斯特拉·达拉斯那样的女人。"

"可是，不那么做又能怎么办，是吧？不管斗争还是屈服，不管爬上峭壁还是钻入岩洞，那都是你的命，是你创造了你的命运，所以就得负责到底，是吧？"

"可是，呸，我们不必那么做，不必给她贴标签，不必去定义她，帮着把她送进那个冷库，她这样，她那样，她——像讣告一样简洁。"

流言吸干了她的汁液，就像鱼贩用牛皮纸来包一条被取了内脏、割了头、去了鳞的鱼。

"但也别忘了她。你知道吗，希腊语中的'真相'，并不是'谎言'的反义词，而是'遗忘'的反义词。真相是被记住的东西。"

"没错。那我们就说，她是为真相而死，是因真相而死的。只是，有些真相，是致命的疾病。"

"所有的真相都是致命的疾病。"

她们又一次碰杯，然后一饮而尽。

2

我们剩下的人活了下来。

凯拉厌倦了寻找论文选题。她去法学院问教授们她是否可以旁听。一个月后，她又精力充沛起来。她很愤世嫉俗，她说："法律只在乎财富！"但同时也生气勃勃。她认为法律是可以解决问题的工具，是能让她有所收获的东西。她申请了哈佛法学院，可同时又被斯坦福录取了，她立刻决定去斯坦福，并在那里找了一份工作，好赚钱交学费。

上个月，我收到了她的信。她已经从法学院毕业了，正在准备司法考试。她找了一份当律师助理的"小活儿"。那对我来说可不是小活儿。我希望看到她像蝙蝠女侠一样，飞过我的窗外，手里拿着新颁布的十条法令。

克拉丽莎整学期都在学习，主要是看文献，文学书籍看得少了。六月，她去芝加哥看望表姐，却不知不觉走到了芝加哥电视台，为某档新开播的有趣历史类节目提了一些建议，结果制片方当场聘用了她。她回剑桥拿东西时，那成熟许多的脸庞焕然一新，熠熠发光。她说，电视是人类历史上最强大的社会变革力量。我说，我觉得那是除了天主教会以外最保守的事物。如往常一样，我们各自保留意见。

那些天，她在制作一档节目，那档节目被吹捧为十年来最有趣、最新潮的节目，据说还会面向全国播放。不过，克拉丽莎并未因此而焦虑。她的每一天都过得充实、高效，她的精力聚焦在新的创意和合作伙伴身上。她证明了自己可以做到。女人可以做到。我希望，总有一天，她能像女超人一样，从我的电视屏幕里飞出来，手里拿着一串总统候选人的名单，上面全都是女人的名字。

格蕾特和艾弗里结婚了。他们都完成了各自的学业，似乎过上了一种平静的、丰富多彩的剑桥生活。可不久之后，他们就去了加利福尼亚。格蕾特要参演一部电影。我不知道怎么演。人们是如何扮演一个虚构的角色的呢？虽然她只是演一个小角色，但她表现得很出色，再加上她很漂亮，于是，很多工作找上门来。最后，她在一部除她以外全是男性角色的大片里担任女主角。她写信说，等有了足够的钱和名气，她要改变好莱坞的偏见。她还想导演电影、写剧本，或者把以前那群朋友叫来一起写，写一些有强大女性角色的电影，把瓦尔、伊索、凯拉、克拉丽莎和她自己那样的人写进去。

艾弗里在南加州的一所特殊学校教书。他没有钱，但格蕾特很有钱。他们每个周末都待在一起，努力维持着婚姻。他们似乎对于这种痛苦乐在其中。

艾娃也结婚了。前不久，伊索写信告诉了我她的情况。艾娃去纽约时并没抱多大希望，可她表现得很出色。有几次，她还作为芭蕾舞团的伴舞上台表演了。她不停地跳舞、练习。可是，有一天，她跌倒了。大家都很担心，他们并没有笑。她还挺纳闷。她明白，如果她还年轻，他们也许会笑。后来，她又跌倒了，这一次，她的腿受了点儿伤。大家都跑来帮她。她为此冥思苦想了一番，感到心灰意冷。她在一家公关公司当秘书，和一个年轻的男人约会，那男人比她还年轻，非常爱她。他向她求婚，她直言不讳地告诉他她并不爱他。可是，她累极了，每周工作五天，有四天晚上要去跳舞，偶尔还要去表演，还要打扫房间，晚上回家还要做些烤面包。第三次跌倒的时候，她对那个男人说，如果他愿意娶一个不爱自己的妻子，她就嫁给他。他愿意。我无法想象。艾娃做饭、打扫？我是看不到了。我只记得她弹奏钢琴时的样子，她瘦削的肩膀微微一抬，指尖仿佛指挥着千军万马，仿佛在与音乐、与乐器进行沟通。她的脸庞随身体的动作变换着表情，时而平和温柔如同爱神，时而悲伤如悲剧之母赫尔犹巴王后，时而面色严峻如军人；或是她翩翩起舞时的样子，仿佛完全超越了肉身，与音乐融为一体，转化为音乐，成为音乐本身。

但伊索发誓说她真的结婚了，就住在匹兹堡。那就没错了。伊索说，每当有芭蕾舞团去那里，她都会去看。艾娃写信给她："我不断地跌倒。我老了，没有希望了。"

伊索过得很好。期望值越低，越容易满足。她花一年时间写完了论文，几乎同时，她的论文发表了。她申请到了学术补助，同时在牛津大学图书馆和大英博物馆兼职，长期住在英国，并开始着手写一本书。她最近和一个在酒馆认识的女人住在一起。那个女人离过婚，带着两个孩子，以开出租车为生。伊索在信中提到她的孩子时就像在说自己的孩子一样，信末署名"伊索尔德"。可她同时也说，她并不指望这一切能够长久。我希望在她开始下一段新生活之前，她能穿过空气向我们飞来，环绕着我们轻轻盘旋，将中古英语的碎片撒落在我们头顶，如同赐福一般。

她仍然是我们的核心人物。她也有心情不好的时候，但凯拉总会及时地写信给她，克拉丽莎也会写信给她。米拉和格蕾特更是从未和大家中断联络。我们相互之间都有书信往来，但我们最在意的还是伊索。我还记得第一次见她时，她轻快地走在街上的样子。她会弯下腰和牵狗的孩子说话，突然，那孩子的妈妈来了——她有一头柔顺的长发，穿着黑色的靴子，一脸受惊的表情。伊索会和她聊上几分钟，然后，哇！妈妈、孩子、狗，还有伊索就会一起去公园里散步、喝咖啡，然后做一顿美味的家宴。

本去了非洲。米拉后来才知道，哈利开车送本去了机场，他参加完葬礼就直接走了，其实，他是为了参加葬礼而改签了航班。从此，米拉再没有他的音讯。不过，米拉听说过一些关于他的小道消息。他在非洲待了一年半，然后就被迫离开了。回国之后，他在一所大型州立学校工作。他是联邦政府和一些基金会的顾问，大家把他当成利阿努问题的专家。三十八岁的他，已经非常成功了。他结了婚，有了两个孩子，他老婆是他在利阿努时的秘书。她在家里相夫教子，料理家务，因为他非常忙，非常成功。他们住在一所大房子里，周围的环境很不错，他们是大家眼里的模范夫妻。他们受邀参加各种聚会，他无论走到哪里都很受欢迎，女人们都喜欢他。他老婆有一点儿黏人。是啊。

所以，你看，这个故事没有结局。它还会继续，谁又知道十年、二十年后他们的生活又是什么样子的呢？我听说，塔德去修禅了，但也可能是谣言。格兰特在俄勒冈还是华盛顿的某个大学里教书，他在那里可是一个活跃分子。还有克丽丝。每次想到她，我就感到心痛。我不知道克丽丝后来怎么样了。

我想，就这么多了。还有米拉，她写完了论文，等它通过后，就带着离婚时拿到的补偿金去了欧洲，一个人游历了八个月，独自品味那种感受。回来之后，她想找份工作，可是经济形势不好，谁愿意聘用一个年过四十的女人呢？哪怕她有哈佛的学位。最终，她去了缅因附近的一所社区大学教书。她每天都会去海边散步，每晚都会喝白兰地。她总想，自己是不是会发疯。

一天，凌晨两点，克拉克打电话给我，当时我正像往常一样，一边喝白兰地，一边抽烟。他说："嘿！我闲得无聊，想找个人聊聊，我想——都凌晨两点了，谁这会儿还没睡呢？于是我就给你打电话了。"我骂他。他笑了。他讲了一小时关于数学课上那个女孩的事；他说他对事业的规划很模糊；他还说，他希望娶一个有钱的女人，以后他只管做饭和替她看家。我说我的生活中缺少男人，我对事业的规划也很模糊。我们笑得很开心。只是我的问题比克拉克更严峻。因为除了其他问题，我四十四岁了，这和二十一岁可有着天壤之别。

我想，我还是可以做些什么的。但我总是做噩梦。对我来说，梦境比现实更加真切。我所生活的现实世界是一个小地方，只有一家快餐馆，唯一的图书馆本身也是座历史古迹，因为它从前是一座十八世纪的民居。小镇上只有一家超市，只有一座小教堂，没几个人去。

昨天晚上，我梦见自己一个人住在一间公寓里，它和我在剑桥的公寓很像。我躺在床上，一个男人出现在房间里。我有点儿害怕，可我还是好奇地看着他。他是个白人，比我还高，嘴唇上有一道疤痕。但我最在意的还是他的眼睛，那是一对表情空洞的眼睛。他的出现并没有吓到我，可他眼里的无知吓到我了。他手里拿着东西——一只烟斗和一把小刀，又可怕，又可憎。令他显得可怕的是他的无知，而不是他手里的工具。可是，我坐了起来，装作一副不害怕的样子，说："你不觉得冷吗？不介意我开暖气吧？"他点点头，于是我离开了房间。我一走出门就开始往楼下跑，然后又下了一段台阶，来到前门。这时，我就得想该怎么办了。我听到了他下楼的声音。于是我决定逃出去。

突然间，我有那么一点点清醒了，于是我决定改变一下梦境。做梦的时候，我经常会出现这种状态。之后，当我真的醒来后，我才发现，自己当时根本就没醒，我只是梦见自己醒了。总之，梦就是那样的梦。在梦里，我意识到，在深夜的这个时候，剑桥的公寓黑暗又安静。于是在梦中，我决定在家旁边放一家二十四小时营业的便利店。我跑进便利店里，让他们把我藏起来，然后报警。他们照做了，很好。我在其他梦里也做过同样的事，可他们因为害怕而拒绝了。

　　还有一些场景我想不起来了。然后，我就来到了镇上，我坐着警车来到了警察局。在我的指引下，他们找到了我家，走了进去。可是，这时，应该有五个人在我家里，他们都很野蛮、无知，还跷着二郎腿，围成一圈坐在我家客厅里。我知道，令我害怕的不是他们的块头，而是他们空洞无物的眼神。我看到房间里是空的，什么也没有。警察带走了他们，我一边走一边想，应该是吧。然后，当我返回客厅时，他们还在那儿。我又跑出去叫警察回来，可是台阶被撤走了。我不知道该怎么办。我抓着弯曲的栏杆往下滑。

　　之后，我又回去了。那些男人走了，其他的东西也不见了。房间里空荡荡的，冷冷清清。警察过来看我，让我把前门关好。我去锁门，却发现里面的门把手不见了。我大声喊："他拿走了把手！"我不知道谁站在门外，我也不管谁在外面，只管直面自己的困境。如果我关门，门就会锁上，我就别想从里面打开它。也许会有人从外面打开，但我可不相信睡美人的童话。即便我相信，我也不够格做睡美人。有哪个王子会披荆斩棘来救我呢？再说，他们大多是来自无历史记载的公国的假王子。我恐惧地站在那儿。如果关上门，我会被困在里面，如果打开门，我就又要面对那些无知而空洞的眼神。然后，我就醒了。

八月快过去了。还有两周就开学了，可我还什么都没做，我还没看乔姆斯基的书，也没看童话集，更没发现什么新的值得阅读的文集。不过没关系。

我是一名优秀的学者，在别的领域，我都可以找到不错的工作，可是在这个领域，却显得很无望。不过我还是会努力去做，就算是为了自己。毕竟，我还有什么可做的呢？就像诺姆曾问我的那样。

我想，我一直都在期待能有什么东西让这里的生活变得更轻松。就像那些蜗牛，你知道吗？除了存在，它们什么也不用做。这不是我所期待的世界。

我还是做了一件事情：我让我亲爱的灵魂得以安息。"不！"其中一个抗议道。好吧，也许，我还是让你活着吧，我亲爱的灵魂。她安定下来，可是她一直凝视着我。我能感觉到她的眼神。

结束了。是时候有一个新的开始了，如果我还有力气，还有心情的话。

海滩也一天比一天空了。我在沙滩上走很远也不会有人回头盯着这个疯女人看。其实，人们最近不怎么注意我了。他们似乎习惯了我的存在。有时候，甚至有人对我点点头说"早上好"，好像我是他们其中一员似的。

沙子开始褪成琥珀色。天色苍白，日渐变浅，靠近北方的部分开始发白，渐渐变得洁白无瑕。

生命很短暂。

天空一天比一天冰冷，它很大、很空、很无知。

有时候我觉得自己像是死了，有时候我觉得自己像机器人，有时候我觉得自己很有活力，头发像电线，手里拿着刀。偶尔，思想一打滑，我就以为自己回到了梦里，并关上了那扇没有把手的门。我想象第二天我会一边敲门一边大喊着放我出去，可是，没有人听得见，没有人来救我。其他时候，我觉得自己要疯了，只会说实话，就像莉莉，就像瓦尔。有一天，当我在沙滩上散步时，一个上了年纪的男人挡住我的去路，笑着对我说："真是美好的一天，对吧？"那是一个头发花白、面目可憎的人。我看着他，厉声说："你当然得这么说，因为你只剩这一天了！"

他若有所思，然后点点头，往前走去。

也许我需要一个守门人。我不想让他们把我关起来，电击我，以让我忘记。在希腊语中，"遗忘"的反义词是"真相"。

我打开了头脑中的每一道门。

我打开了身体里的每一个孔。

可只有浪花涌进去。

醒来的女性：全二册

[美] 玛丽莲·弗伦奇 著

余莉 译

图书在版编目 (CIP) 数据

醒来的女性：全二册 / （美）玛丽莲·弗伦奇著；余莉译.—北京：北京联合出版公司，2017.6

ISBN 978-7-5502-9678-7

Ⅰ.①醒… Ⅱ.①玛…②余… Ⅲ.①长篇小说－美国－现代 Ⅳ.① I712.45

中国版本图书馆CIP数据核字 (2017) 第018360号

THE WOMEN'S ROOM

by Marilyn French

北京市版权局著作权合同登记 图字:01-2016-6-6143

选题策划	联合天际·任 菲
责任编辑	喻 静 刘 凯
特约编辑	任 菲 徐 艺
美术编辑	晓 园
封面设计	所以设计馆

未
UnRead
-
文艺家

出　　版	北京联合出版公司	
	北京市西城区德外大街 83 号楼 9 层　100088	
发　　行	北京联合天畅发行公司	
印　　刷	北京慧美印刷有限公司	
经　　销	新华书店	
字　　数	498 千字	
开　　本	880 毫米 × 1230 毫米 1/32　22.25 印张	
版　　次	2017 年 7 月第 1 版　2017 年 7 月第 1 次印刷	
I S B N	978-7-5502-9678-7	
定　　价	90.00 元	

关注未读好书

未读 CLUB
会员服务平台